周泽雄新批

三國演義

下

［明］罗贯中 著

周泽雄 批评

CTS

岳麓書社·长沙

第五十九回

许褚裸衣斗马超　曹操抹书间韩遂

却说当夜两兵混战，直到天明，各自收兵。马超屯兵渭口，日夜分兵，前后攻击。曹操在渭河内将船筏锁练，作浮桥三条，接连南岸。曹仁引军夹河立寨，将粮草车辆穿连，以为屏障。马超闻之，教军士各挟草一束，带着火种，与韩遂引军并力杀到寨前，堆积草把放起烈火。操兵抵敌不住，弃寨而走，车乘、浮桥尽被烧毁。西凉兵大胜，截住渭河。曹操立不起营寨，心中忧惧。荀攸曰："可取渭河沙土筑起土城，可以坚守。"操拨三万军担土筑城。马超又差庞德、马岱各引五百马军，往来冲突；更兼沙土不实，筑起便倒，操无计可施。时当九月尽，天气暴冷，彤云密布，连日不开。曹操在寨中纳闷。忽人报曰："有一老人来见丞相，欲陈说方略。"操请入，见其人鹤骨松姿，形容苍古。问之，乃京兆人也，隐居中南山，姓娄名子伯，道号梦梅居士。［犷悍之地，苍古之翁，名号竟风雅若斯。元杂剧《牡丹亭》里杜丽娘的梦中情郎，就叫"梦梅"。］操以客礼待之。子伯曰："丞相欲跨渭安营久矣，今何不乘时筑之？"操曰："沙土之地，筑垒不成。隐士有何良策赐教？"子伯曰："丞相用兵如神，岂不知天时乎？连日阴云布合，朔风一起，必大冻矣。风起之后，驱兵士运土泼水，比及天明，土城已就。"操大悟，厚赏子伯。子伯不受而去。［确是好办法。裴松之曾认为，是时应为闰八月，天气不至如此奇寒。气象学家竺可桢断定汉末中国处于一个严寒周期，或可解释。裴松之写作时间已在两百年后，气候渐趋正常，故有此疑。］

是夜北风大作。操尽驱兵士担土泼水；为无盛水之具，作缣囊盛水浇之，随筑随冻。比及天明，沙水冻紧，土城已筑完。细作报知马超。超领兵观之，大惊，疑有神助。次日，集大军鸣鼓而进。操自乘马出营，止有许褚一人随后。操扬鞭大呼曰："孟德单骑至此，请马超出来答话。"

超乘马挺枪而出，操曰："汝欺我营寨不成，今一夜天使筑就，汝何不早降！"马超大怒，意欲突前擒之，见操背后一人，睁圆怪眼，手提钢刀，勒马而立。超疑是许褚，乃扬鞭问曰："闻汝军中有虎侯，安在哉？"许褚提刀大叫曰："吾即谯郡许褚也！"目射神光，威风抖擞。超不敢动，乃勒马回。操亦引许褚回寨。两军观之，无不骇然。操谓诸将曰："贼亦知仲康乃虎侯也！"自此军中皆称褚为虎侯。许褚曰："某来日必擒马超。"操曰："马超英勇，不可轻敌。"褚曰："某誓与死战！"即使人下战书，说虎侯单搦马超来日决战。超接书大怒曰："何敢如此相欺耶！"即批："次日誓杀虎痴！"［史载许褚"腰大十围"，小说中又说马超"腰细"，幸亏打架不是比腰，否则，马超悬了。］

次日，两军出营布成阵势。超分庞德为左翼，马岱为右翼，韩遂押中军。超挺枪纵马，立于阵前，高叫："虎痴快出！"曹操在门旗下回顾众将曰："马超不减吕布之勇！"言未绝，许褚拍马舞刀而出，马超挺枪接战。斗了一百余合，胜负不分。马匹困乏，各回军中，换了马匹，又出阵前。又斗一百余合，不分胜负。许褚性起，飞回阵中，卸了盔甲，浑身筋突，赤体提刀，翻身上马，来与马超决战。两军大骇。两个又斗到三十余合，褚奋威举刀便砍马超。超闪过，一枪望褚心窝刺来。褚弃刀将枪挟住。两个在马上夺枪。许褚力大，一声响，拗断枪杆，各拿半节在马上乱打。操恐褚有失，遂令夏侯渊、曹洪两将齐出夹攻。庞德、马岱见操将齐出，麾两翼铁骑，横冲直撞，溷杀将来。操兵大乱。许褚臂中两箭，诸将慌退入寨。［临阵光膀子，今语叫"不够专业"。］马超直杀到河边，操兵折伤大半。操令坚闭休出。马超回至渭口，谓韩遂曰："吾见恋战者莫如许褚，真'虎痴'也！"

却说曹操料马超可以计破，乃密令徐晃、朱灵尽渡河西结营，前后夹攻。一日，操于城上见马超引数百骑，直临寨前，往来如飞。操观良久，掷兜鍪于地曰："马儿不死，吾无葬地矣！"夏侯渊听了，心中气忿，厉声曰："吾宁死于此地，誓灭马贼！"遂引本部千余人，大开寨门，直赶去。操急止不住，恐其有失，慌自上马前来接应。马超见曹兵至，乃将前军作后队，后队作先锋，一字儿排开。夏侯渊到，马超接住厮杀。

超于乱军中遥见曹操，就撇了夏侯渊，直取曹操。操大惊，拨马而走。曹兵大乱。

正追之际，忽报操有一军，已在河西下了营寨。超大惊，无心追赶，急收军回寨，与韩遂商议，言："操兵乘虚已渡河西，吾军前后受敌，如之奈何?"部将李堪曰："不如割地请和，两家且各罢兵，捱过冬天，到春暖别作计议。"韩遂曰："李堪之言最善，可从之。"［马超赢着赢着，败了；曹操败着败着，赢了。］超犹豫未决，杨秋、侯选皆劝求和，于是韩遂遣杨秋为使，直往操寨下书，言割地请和之事。操曰："汝且回寨，吾来日使人回报。"杨秋辞去。

贾诩入见操曰："丞相主意若何?"操曰："公所见若何?"诩曰："兵不厌诈，可伪许之；然后用反间计，令韩、马相疑，则一鼓可破也。"操抚掌大喜曰："天下高见，多有相合。文和之谋，正吾心中之事也。"于是遣人回书，言："待我徐徐退兵，还汝河西之地。"一面教搭起浮桥，作退军之意。马超得书，谓韩遂曰："曹操虽然许和，奸雄难测，倘不准备，反受其制。超与叔父轮流调兵，今日叔向操，超向徐晃，明日超向操，叔向徐晃。分头提备，以防其诈。"［自家部队也讲交换场地？军队安营是麻烦事，一日一换，是否过于折腾?］韩遂依计而行。

早有人报知曹操。操顾贾诩曰："吾事济矣!"问："来日是谁合向我这边?"人报曰："韩遂。"次日，操引众将出营，左右围绕，操独显一骑于中央。韩遂部卒多有不识操者，出阵观看。操高叫曰："汝诸军欲观曹公耶？吾亦犹人也，非有四目两口，但多智谋耳。"诸军皆有惧色。操使人过阵谓韩遂曰："丞相谨请韩将军会话。"韩遂即出阵，见操并无甲仗，亦弃衣甲，轻服匹马而出。二人马头相交，各按辔对语。操曰："吾与将军之父，同举孝廉，吾尝以叔事之。吾亦与公同登仕路，不觉有年矣。将军今年妙龄几何?"韩遂答曰："四十岁矣。"操曰："往日在京师，皆青春年少，何期又中旬矣！安得天下清平共乐耶!"只把旧事细说，并不提起军情。说罢大笑。相谈有一个时辰，方回马而别，各自归寨。［场面变换，煞是好看，好似暴雨翻为彩虹：许褚才与马超裸衣相斗，曹操转眼与韩遂执手言欢；杀伐场忽成茶道馆，茶壶上的袅袅清烟，较之烽火狼烟更为诡谲，更为凶险。］早有人将此事报知马超。超慌来问韩遂曰："今日曹操阵前所言何事？"遂曰："只诉京师旧事耳。"超曰："安得不言军务乎？"遂曰："曹操不言，吾何独言之？"超心甚疑，不言而退。

却说曹操回寨，谓贾诩曰："公知吾阵前对语之意否？"诩曰："此意虽妙，尚未足间二人。某有一策，令韩、马自相仇杀。"操问其计。贾诩曰："马超乃一勇之夫，不识机密。丞相亲笔作一书，单与韩遂，中间朦胧字样，于要害处自行涂抹改易，然后封送与韩遂，故意使马超知之。超必索书来看。若看见上面要紧去处尽皆改抹，只猜是韩遂恐超知甚机密事，自行改抹，正合着单骑会语之疑，疑则必生乱。我更暗结韩遂部下诸将，使互相离间，超可图矣。"操曰："此计甚妙。"［贾诩阴不可测。贾诩原与西凉兵相熟，使起离间计来，轻车熟路。］随写书一封，将紧要处尽皆改抹，然后实封，故意多遣从人送过寨去，下了书自回。果然有人报知马超。超心愈疑，径来韩遂处索书看。韩遂将书与超。超见上面有改抹字样，问遂曰："书上如何都改抹糊涂？"遂曰："原书如此，不知何故。"超曰："岂有以草稿送与人耶？必是叔父怕我知了详细，先改抹了。"遂曰："莫非曹操错将草稿误封来了？"超曰："吾又不信。曹操是精细之人，岂有差错？吾与叔父并力杀贼，奈何忽生异心？"遂曰："汝若不信吾心，来日吾在阵前赚操说话，汝从阵内突出，一枪刺杀便了。"超曰："若如此，方见叔父真心。"两人约定。

次日，韩遂引侯选、李堪、梁兴、马玩、杨秋五将出阵。马超藏在门影里。韩遂使人到操寨前，高叫："韩将军请丞相攀话。"操乃令曹洪引数十骑径出阵前与韩遂相见。马离数步，洪上马欠身言曰："夜来丞相拜意将军之言，切莫有误。"言讫便回马。超听得大怒，挺枪骤马，便刺韩遂。五将拦住，劝解回寨。遂曰："贤侄休疑，我无歹心。"马超那里肯信，恨怨而去。韩遂与五将商议曰："这事如何解释？"杨秋曰："马超倚仗武勇，常有欺凌主公之心，便胜得曹操，怎肯相让？以某愚见，不如暗投曹公，他日不失封侯之位。"遂曰："吾与马腾结为兄弟，安忍背之？"［韩遂与马腾早就彼此背叛过了。两人确曾结为异姓兄弟，不久闹掰，成为仇敌，韩遂还曾"杀腾妻子"。后来司隶校尉钟繇从中劝和，两人又复归一处。］杨秋曰："事已如此，不得不然。"遂曰："谁可以通消息？"杨秋曰："某愿往。"遂乃写密书，遣杨秋径来操寨，说投降之事。操大喜，许封韩遂为西凉侯、杨秋为西凉太守，其余皆有官爵。约定放火为号，共谋马超。杨秋拜辞，回见韩遂，备言其事："约定今夜放火，里应外合。"遂大喜，就令军士于中军帐后堆积干柴，五将各悬刀剑听候，韩遂商议，欲设宴赚请马超，就席图之，犹豫未决。

不想马超早已探知备细，便带亲随数人，仗剑先行，令庞德、马岱为后应。超潜步入韩遂帐中，只见五将与韩遂密语，只听得杨秋口中说道："事不宜迟，可速行之！"超大怒，挥剑直入，大喝曰："群贼焉敢谋害我！"众皆大惊。超一剑望韩遂面门剁去，遂慌以手迎之，左手早被砍落。五将挥刀齐出，超纵步出帐外，五将围绕溷杀。超独挥宝剑，力敌五将。剑光明处，鲜血溅飞，砍翻马玩，剁倒梁兴，三将各自逃生。超复入帐中来杀韩遂时，已被左右救去。帐后一把大火，各寨兵皆动。超连忙上马，庞德、马岱亦至，互相混战。超领军杀出时，操兵四至：前有许褚，后有徐晃，左有夏侯渊，右有曹洪。西凉之兵，自相并杀。超不见了庞德、马岱，乃引百余骑，截于渭桥之上。天色微明，只见李堪引一军从桥下过，超挺枪纵马逐之。李堪拖枪而走。却好于禁从马超背后赶来，禁开弓射马超。超听得背后弦响，急闪过，却射中前面李堪，落马而死。超回马来杀于禁，禁拍马走了。超回桥上住扎。操兵前后大至，虎卫军当先，乱箭夹射马超。超以枪拨之，矢皆纷纷落地。超令从骑往来突杀，争奈曹兵围裹坚厚，不能冲出。超于桥上大喝一声，杀入河北，从骑皆被截断。超独在阵中冲突，却被暗弩射倒坐下马，马超堕于地上，操兵逼合。正在危急，忽西北角上一彪军杀来，乃庞德、马岱也。二人救了马超，将军中战马与马超骑了，翻身杀条血路，望西北而走。曹操闻马超走脱，传令诸将："无分晓夜，务要赶到马儿。如得首级者，千金赏，万户侯；生获者封大将军。"众将得令，各要争功，迤逦追袭。马超顾不得人马困乏，只顾奔走。从骑渐渐皆散，步兵走不上者，多被擒去。止剩得三十余骑，与庞德、马岱望陇西临洮而去。［马超没得玩了。匹夫之勇，毕竟玩不大。］

曹操亲自追至安定，知马超去远，方收兵回长安。众将毕集。韩遂已无左手，做了残疾之人，曹操就于长安歇马，授西凉侯之职。杨秋、侯选皆封列侯，令守渭口。下令班师回许都。凉州参军杨阜，字义山，径来长安见操。操问之，杨阜曰："马超有吕布之勇，深得羌人之心。今丞相若不乘势剿绝，他日养成气力，陇上诸郡非复国家之有也。望丞相且休回兵。"操曰："吾本欲留兵征之，奈中原多事，南方未定，不可久留。君当为孤保之。"阜领诺，又保荐韦康为凉州刺史，同领兵屯冀城，以防马超。阜临行，请于操曰："长安必留重兵以为后援。"操曰："吾已定下，汝但放心。"阜辞而去。众将皆问曰："初贼据潼关，渭北道缺，丞相不从河东击冯翊，而反守潼关，迁延日久，而后北渡，立营固守，何也?"操曰："初贼守潼关，若吾初到便取河东，贼必以各寨分守诸渡口，则河西不可渡矣。吾故盛兵皆聚于潼关前，使贼尽南守，而河西不准备，故徐晃、朱灵得渡也。吾然后引兵北渡，连车树栅为甬道，筑水城，欲贼知吾弱以骄其心，使不准备。吾乃巧用反间，畜士卒之力，一旦击破之。正所谓疾雷不及掩耳。兵之变化，固非一道也。"众将又请问曰："丞相每闻贼加兵添众，则有喜色，何也?"操曰："关中边远，若群贼各依险阻，征之非一二年不可平复；今皆来聚一处，其众虽多，人心不一，易于离间，一举可灭，吾固喜也。"［聚焦于一战之胜，则敌人越少越好；着眼于一战而毕全功，则敌人愈多愈好，省得连年劳师远征。曹操的想法出于丞相立场，与手下将校不同。］众将拜曰："丞相神谋，众不及也。"操曰："亦赖汝众文武之力。"遂重赏诸军。留夏侯渊屯兵长安，所得降兵，分拨各部。夏侯渊保举冯翊高陵人，姓张名既，字德容，为京兆尹，与渊同守长安。操班师回都，献帝排銮驾出郭迎接，诏操"赞拜不名，入朝不趋，剑履上殿"，如汉相萧何故事。自此威震中外。

这消息报入汉中，早惊动了汉宁太守张鲁。原来张鲁乃沛国丰人。其祖张陵在西川鹄鸣山中造作道书以惑人，人皆敬之。陵死之后，其子张衡行之。百姓但有学道者，助米五斗，世号"米贼"。张衡死，张鲁行之。鲁在汉中自号为"师君"，其来学道者皆号为"鬼卒"，为首者号为"祭酒"，领众多者号为"治头大祭酒"。务以诚信为主，不许欺诈。如有病者，即设坛使病人居于静室之中，自思己过，当面陈首，然后为之祈祷；主祈祷之事者，号为“奸令祭酒”。祈祷之法，书病人姓名，说服罪之意，作文三通，名为“三官手书”：一通焚于山顶以奏天，一通埋于地以奏地，一通沉于水底以申水官。如此之后，但病痊可，将米五斗为谢。又盖义舍，舍内饭米、柴火、肉食齐备，许过往人量食多少，自取而食；多取者受天诛。境内有犯法者，必恕三次；不改者，然后施刑。所在并无官长，尽属祭酒所管。如此雄据汉中之地已三十年。国家以为地远不能征伐，就命鲁为镇南中郎将，领汉宁太守，通进贡而已。［封建社会的制度起源，一半缘此：打不过你，就给你一块地，作为交换，你必须纳贡。为免两败俱伤，人们自然趋向双赢之道。西欧封建制也类似，当国王无法打败诺曼海盗，即颁发特许状，给予他们一块土地。］当年闻操破西凉之众，威震天下，乃聚众商议曰：“西凉马腾遭戮，马超新败，曹操必将侵我汉中。我欲自称汉宁王，督兵拒曹操，诸君以为何如?”阎圃曰：“汉川之民，户出十万余众，财富粮足，四面险固。今马超新败，西凉之民，从子午谷奔入汉中者，不下数万。愚意益州刘璋昏弱，不如先取西川四十一州为本，然后称王未迟。”张鲁大喜，遂与弟张卫商议起兵。早有细作报入川中。

却说益州刘璋，字季玉，即刘焉之子，汉鲁恭王之后。章帝元和中，徙封竟陵，支庶因居于此。后焉官至益州牧，兴平元年患病疽而死，州太史赵韪等，共保璋为益州牧。璋曾杀张鲁母及弟，因此有仇。璋使庞羲为巴西太守，以拒张鲁。时庞羲探知张鲁欲兴兵取川，急报知刘璋。璋平生懦弱，闻得此信，心中大忧，急聚众官商议。忽一人昂然而出曰：“主公放心。某虽不才，凭三寸不烂之舌，使张鲁不敢正眼来觑西川。”正是：

只因蜀地谋臣进，致引荆州豪杰来。

未知此人是谁，且看下回分解。

决斗

许褚裸衣斗马超，精彩无比。充满少年心气的读者，尤欲罢不能。

人不是公鸡，不会随便决斗。决斗之念，要么怀揣强烈私仇，要么出于对名誉的捍卫——霍姆斯大法官尝戏言："对于浪漫故事中的骑士来说，仅仅同意他的恋人是位好姑娘，是不够的，如果不承认她尽善尽美，世间无匹，就得找你决斗。"——要么出于巨大的金钱利益。古罗马角斗士的殊死搏杀，纯属无奈：获胜才能活过今天，退缩或失败，皆死路一条。阿喀琉斯与赫克托尔决斗，盖因后者打死了阿喀琉斯的好友，许褚与马超搏命，所为何来呢？

在不知爱国主义为何物的时代，将士打仗乃履行职责，或为了金钱，或出于养家糊口——伏尔泰说："古罗马军团的百人队队长或军事护民官只把战争看作是可以赚一笔钱的生意，他们镇静地走向战场，就像建筑工爬上屋顶。"——他们不会对敌人怀有刻骨仇恨，更不会对特定敌人抱有深仇。阿克顿勋爵在谈及欧洲封建时代的战争特点时曾写道："统治者之间的彬彬有礼与他们对于下层的傲慢和蔑视是一致的。敌我两军的指挥官互相致词，没有憎恨，没有激情，战斗以壮观而高傲的队列形式展开。战争艺术成为一种优雅、博学的游戏。"曹操与马超、韩遂间的战争，即有类似特点，他们虽迫于利益打仗，彼此却无私仇，甚至还有交情。曹操与韩遂"按辔对语"虽出于计谋，两人又确有旧情可叙，就像国共两军中那些毕业于黄埔一期、二期的将领一样。

所以，这种决斗纯属纸上厮杀，无论心理上还是现实场景上，都很难想象它会发生。然作为纸上风流，娱乐指数很高。

第六十回

张永年反难杨修　庞士元议取西蜀

却说那进计于刘璋者，乃益州别驾，姓张名松，字永年。其人生得额䦆头尖，鼻偃齿露，身短不满五尺，言语有若铜钟。刘璋问曰："别驾有何高见，可解张鲁之危？"松曰："某闻许都曹操扫荡中原，吕布、二袁皆为所灭，近又破马超，天下无敌矣。主公可备进献之物，松亲往许都，说曹操兴兵取汉中，以图张鲁，则鲁拒敌不暇，何敢复窥蜀中耶？"[与孔明挑拨马超攻曹操，如出一辙。孔明之计，虽使曹操一时无法南下，却令马超丢盔弃甲，最终反助曹操除去一个劲敌，故是否高明，还很难说。张松拾人牙慧，附骥尾而已。]刘璋大喜，收拾金珠锦绮，为进献之物，遣张松为使。松乃暗画西川地理图本藏之，带从人数骑，取路赴许都。早有人报入荆州，孔明便使人入许都打探消息。

却说张松到了许都馆驿中住定，每日去相府伺候，求见曹操。原来曹操自破马超回，傲睨得志，每日饮宴，无事少出，国政皆在相府商议。张松候了三日，方得通姓名。左右近侍先要贿赂，却才引入。操坐于堂上，松拜毕，操问曰："汝主刘璋连年不进贡，何也？"松曰："为路途艰难，贼寇窃发，不能通进。"操叱曰："吾扫清中原，有何盗贼？"松曰："南有孙权，北有张鲁，西有刘备，至少者亦带甲十余万，岂得谓太平耶？"操先见张松人物猥琐，五分不喜；又闻语言冲撞，遂拂袖而起，转入后堂。左右责松曰："汝为使命，何不知礼，一味冲撞？幸得丞相看汝远来之面，不见罪责。汝可急急回去！"松笑曰："吾川中无谄佞之人也。"[观一部《三国演义》，川中谄佞之人独多。]忽阶下一人大喝曰："汝川中不会谄佞，吾中原岂有谄佞者乎？"

松观其人，单眉细眼，貌白神清。问其姓名，乃太尉杨彪之子杨修，字德祖，见为丞相门下掌库主簿。此人博学能言，智识过人。松知修是个舌辩之士，有心难之。修亦自恃其才，小觑天下之士。当时见张松言语讥讽，遂邀出外面书院中，分宾主而坐，谓松曰："蜀道崎岖，远来劳苦。"松曰："奉主之命，虽赴汤蹈火，弗敢辞也。"修问："蜀中风土何如？"松曰："蜀为西郡，古号益州。路有锦江之险，地连剑阁之雄。回还二百八程，纵横三万余里。鸡鸣犬吠相闻，市井闾阎不断。田肥地茂，岁无水旱之忧；国富民丰，时有管弦之乐。所产之物阜如山积，天下莫可及也！"修又问曰："蜀中人物如何？"松曰："文有相如之赋，武有伏波之才；医有仲景之能，卜有君平之隐。九流三教，'出乎其类，拔乎其萃'者，不可胜计，岂能尽数！"修又问曰："方今刘季玉手下，如公者还有几人？"松曰："文武全才，智勇足备，忠义慷慨之士，动以百数。如松不才之辈，车载斗量，不可胜记。"修曰："公近居何职？"松曰："滥充别驾之任，甚不称职。敢问公为朝廷何官？"修曰："见为丞相府主簿。"松曰："久闻公世代簪缨，何不立于庙堂辅佐天子，乃区区作相府门下一吏乎？"［露骨的挑拨。］杨修闻言，满面羞惭，强颜而答曰："某虽居下僚，丞相委以军政钱粮之重，早晚多蒙丞相教诲，极有开发，故就此职耳。"松笑曰："松闻曹丞相文不明孔、孟之道，武不达孙、吴之机，专务霸强而居大位，安能有所教诲，以开发明公耶？"修曰："公居边隅，安知丞相大才乎？吾试令公观之。"呼左右于箧中取书一卷，以示张松。松观其题曰"孟德新书"，从头至尾看了一遍，共一十三篇，皆用兵之要法。松看毕问曰："公以此为何书耶？"修曰："此是丞相酌古准今，仿《孙子十三篇》而作。公欺丞相无才，此堪以传后世否？"松大笑曰："此书吾蜀中三尺小童亦能暗诵．何为'新书'？此是战国时无名氏所作，曹丞相盗窃以为己能，止好瞒足下耳！"修曰："丞相秘藏之书，虽已成帙，未传于世。公言蜀中小儿暗诵如流，何相欺乎？"松曰："公如不信，吾试诵之。"遂将《孟德新书》，从头至尾朗诵一遍，并无一字差错。［姑妄信之。照相机式的记忆也是一种大力丸，表演性大于实用性。］修大惊曰："公过目不忘，真天下奇才也！"后人有诗赞曰：

古怪形容异，清高体貌疏。语倾三峡水，目视十行书。

胆量魁西蜀，文章贯太虚。百家并诸子，一览更无余。

当下张松欲辞回。修曰："公且暂居馆舍，容某再禀丞相，令公面君。"松谢而退。

修入见操曰："适来丞相何慢张松乎？"操曰："语言不逊，吾故慢之。"修曰："丞相尚容一祢衡，何不纳张松？"操曰："祢衡文章播于当今，吾故不忍杀之。松有何能？"修曰："且无论其口似悬河，辨才无碍。适修以丞相所撰《孟德新书》示之，彼观一遍，即能暗诵，如此博闻强记，世所罕有。松言此书乃战国时无名氏所作，蜀中小儿皆能熟记。"操曰："莫非古人与我暗合否？"令扯碎其书烧之。[存疑。今之文章剽客，读此理当愧恧。]修曰："此人可使面君，教见天朝气象。"操曰："来日我与西教场点军，汝可先引他来，使见我军容之盛，教他回去传说，吾即日下了江南，便来收川。"修领命。

至次日，与张松同至西教场。操点虎卫雄兵五万，布于教场中。果然盔甲鲜明，衣袍灿烂；金鼓震天，戈矛耀日；四方八面，各分队伍；旌旗飏彩，人马腾空。松斜目视之。良久，操唤松指而示曰："汝川中曾见此英雄人物否？"松曰："吾蜀中不曾见此兵革，但以仁义治人。"操变色视之，松全无惧意。杨修频以目视松。操谓松曰："吾视天下鼠辈犹草芥耳。大军到处，战无不胜，攻无不取，顺吾者生，逆吾者死。汝知之乎？"松曰："丞相驱兵到处，战必胜，攻必取，松亦素知。昔日濮阳攻吕布之时，宛城战张绣之日；赤壁遇周郎，华容逢关羽；割须弃袍于潼关，夺船避箭于渭水：此皆无敌于天下也！"操大怒曰："竖儒敢揭吾短处！"喝令左右推出斩之。杨修谏曰："松虽可斩，奈从蜀道而来入贡，若斩之，恐失远人之意。"操怒气未息。荀彧亦谏，操方免其死，令乱棒打出。[张松言谈别致，大乖情理。此公为求曹操攻张鲁而远赴许都，却不及正事，一味拿曹操开涮，还幻想曹操从其唐突言中看出超凡脱俗的名士气，向他连称"失敬"。稍加类比，张松像一个来喝喜酒的贺客，席间一味强调新娘相貌平平，却奢望新郎夸他够哥们，新娘对他三笑嫣然。]

松归馆舍，连夜出城，收拾回川。松自思曰："吾本欲献西川州县与曹操，谁想如此慢人，我来时于刘璋之前开了大口，今日怏怏空回，须被蜀中人所笑。吾闻荆州刘玄德仁义远播久矣，不如径由那条路回，试看此人如何，我自有主见。”于是乘马引仆从望荆州界上而来，前至郢州界口，忽见一队军马，约有五百余骑，为首一员大将，轻妆软扮，勒马前问曰：“来者莫非张别驾乎？”松曰：“然也。”那将慌忙下马，声诺曰：“赵云等候多时。”松下马答礼曰：“莫非常山赵子龙乎？”云曰：“然也。某奉主公刘玄德命，为大夫远涉路途，鞍马驰驱，特命赵云聊奉酒食。”言罢，军士跪奉酒食，云敬进之。松自思曰：“人言刘玄德宽仁爱客，今果如此。”遂与赵云饮了数杯，上马同行，来到荆州界首。是日天晚，前到馆驿，见驿门外百余人侍立，击鼓相接。一将于马前施礼曰：“奉兄长将令，为大夫远涉风尘，令关某洒扫驿庭，以待歇宿。”松下马，与云长、赵云同入馆舍，讲礼叙坐。须臾，排上酒食，二人殷勤相劝。饮至更阑，方始罢席，宿了一宵。

次日早膳毕，上马行不到三五里，只见一簇人马到，乃是玄德引着伏龙、凤雏亲自来接，遥见张松，早先下马等候。松亦慌忙下马相见。玄德曰：“久闻大夫高名，如雷灌耳。恨云山迢远，不得听教。今闻回都，专此相接。倘蒙不弃，到荒州暂歇片时，以叙渴仰之思，实是万幸！”松大喜，遂上马并辔入城。［刘备做作。难道孔明算定张松有一根卖主求荣的贱骨？］至府堂上各各施礼，分宾主依次而坐，设宴款待。饮酒间，玄德只说闲话，并不提起西川之事。松以言挑之曰：“今皇叔守荆州，还有几郡？”孔明答曰：“荆州乃暂借东吴的，每每使人取讨。今我主因是东吴女婿，故权且在此安身。”松曰：“东吴据六郡八十一州，民强国富，犹且不知足耶？”庞统曰：“吾主汉朝皇叔，反不能占据州郡；其他皆汉之蟊贼，却都恃强侵占地土，惟智者不平焉。”玄德曰：“二公休言。吾有何德，敢多望乎？”松曰：“不然。明公乃汉室宗亲，仁义充塞乎四海，休道占据州郡，便代正统而居帝位，亦非分外。”玄德拱手谢曰：“公言太过，备何敢当！”［二三其德，张松之谓也。对曹操无端凌辱，对刘备乱拍马屁。］

自此一连留张松饮宴三日，并不提起川中之事。松辞去，玄德于十里长亭设宴送行。玄德举酒酌松曰：“甚荷大夫不弃，留叙三日；今日相别，不知何时再得听教。”言罢，潸然泪下。［世人恒言，刘备的江山是哭出来的。刻下这把泪只是小试牛刀。］张松自思：“玄德如此宽仁爱士，安可舍之？不如说之，令取西川。”乃言曰：“松亦思朝暮趋侍，恨未有便耳。松观荆州，东有孙权常怀虎踞，北有曹操每欲鲸吞，亦非可久恋之地也。”玄德曰：“故知如此，但未有安迹之所。”松曰：“益州险塞，沃野千里，民殷国富；智能之士，久慕皇叔之德。若起荆襄之众，长驱西指，霸业可成，汉室可兴矣。”玄德曰：“备安敢当此？刘益州亦汉室宗亲，恩泽布蜀中久矣。他人岂可得而动摇乎？”松曰：“某非卖主求荣，今遇明公，不敢不披沥肝胆。刘季玉虽有益州之地，禀性暗弱，不能任贤用能；加之张鲁在北，时思侵犯；人心离散，思得明主。松此一行，专欲纳款于操，何期逆贼恣逞奸雄，傲贤慢士，故特来见明公。明公先取西川为基，然后北图汉中，收取中原，匡正天朝，名垂青史，功莫大焉。明公果有取西川之意，松愿施犬马之劳，以为内应。未知钧意若何？”［昔人有言：“若有人说，这是原则而不是钱的事，那其实就是钱的事。”同理，有人频频强调“某非卖主求荣”，他必在卖主求荣。］玄德曰：“深感君之厚意。奈刘季玉与备同宗，若攻之，恐天下人唾骂。”松曰：“大丈夫处世，当努力建功立业，著鞭在先。今若不取，为他人所取，悔之晚矣。”玄德曰：“备闻蜀道崎岖，千山万水，车不能方轨，马不能联辔；虽欲取之，用何良策？”松于袖中取出一图，递与玄德曰：“松感明公盛德，敢献此图。便知蜀中道路矣。”玄德略展视之，上面尽写着地理行程，远近阔狭，山川险要，府库钱粮，一一俱载明白。松曰：“明公可速图之。松有心腹契友二人：法正、孟达，此二人必能相助。如二人到荆州时，可以心事共议。”玄德拱手谢曰：“青山不老，绿水长存。他日事成，必当厚报。”松曰：“松遇明主，不得不尽情相告，岂敢望报乎？”说罢作别。孔明命云长等护送数十里方回。［玄德赚大了，益州近在眼前，所费不过若干虚礼，几坛老酒。］

张松回益州，先见友人法正。正字孝直，右扶风郡人也，贤士法真之子。松见正，备说：“曹操轻贤傲士，只可同忧，不可同乐。吾已将益州许刘皇叔矣，专欲与兄共议。”法正曰：“吾料刘璋无能，已有心见刘皇叔久矣。此心相同，又何疑焉？”少顷，孟达至。达字子庆，与法正同乡。达入，见正与松密语。达曰：“吾已知二公之意，将欲献益州耶？”松曰：“是欲如此。兄试猜之，合献与谁？”达曰：“非刘玄德不可。”三人抚掌大笑。法正谓松曰：“兄明日见刘璋，当若何？”松曰：“吾荐二公为使，可往荆州。”二人应允。

次日张松见刘璋。璋问：“干事若何？”松曰：“操乃汉贼，欲篡天下，不可为言。彼已有取川之心。”璋曰：“似此如之奈何？”松曰：“松有一谋，使张鲁、曹操必不敢轻犯西川。”［计越来越歪，话越说越大。］璋曰：“何计？”松曰：“荆州刘皇叔与主公同宗，仁慈宽厚，有长者风。赤壁鏖兵之后，操闻之而胆裂，何况张鲁乎？主公何不遣使结好，使为外援，可以拒曹操、张鲁矣。”璋曰：“吾亦有此心久矣。谁可为使？”松曰：“非法正、孟达不可往也。”璋即召二人入，修书一封，令法正为使，先通情好；次遣孟达领精兵五千，迎玄德入川为援。正商议间，一人自外入，汗流满面，大叫曰：“主公若听张松之言，则四十一州郡已属他人矣！”松大惊，视其人乃西阆中巴人，姓黄名权，字公衡，见为刘璋府下主簿。璋问曰：“玄德与我同宗，吾故结之为援。汝何出此言？”权曰：“某素知刘备宽以待人，柔能克刚，英雄莫敌，远得人心，近得民望；兼有诸葛亮、庞统之智谋，关、张、赵云、黄忠、魏延为羽翼。若召到蜀中，以部曲待之，刘备安肯伏低做小？若以客礼待之，又一国不容二主。今听臣言，则西蜀有泰山之安；不听臣言，则主公有垒卵之危矣！张松昨从荆州过，必与刘备同谋。可先斩张松，后绝刘备，则西川万幸也。”璋曰：“曹操、张鲁到来，何以拒之？”权曰：“不如闭境绝塞，深沟高垒，以待时清。”璋曰：“贼兵犯界，有烧眉之急；若待时清，则是慢计也。”遂不从其言，遣法正行。又一人阻曰：“不可！不可！”璋视之，乃帐前从事官王累也。累顿首言曰：“主公今听张松之说，自取其祸。”璋曰：“不然。吾结好刘玄德，实欲拒张鲁也。”累曰：“张鲁犯界，乃癣疥之疾；刘备入川，乃心腹之大患。况刘备世之枭雄，先事曹操，便思谋害；后从孙权，便夺荆州。心术如此，安可同处乎？今若召来，西川休矣！”［“枭雄”系刘备专属名号，一如“奸雄”专指曹操。当年识破刘备者，大有人在。］璋叱曰："再休乱道！玄德是我同宗，他安肯夺我基业？"便教扶二人出，遂命法正便行。法正离益州，径取荆州，来见玄德。参拜已毕，呈上书信。玄德拆封视之。书曰：

族弟刘璋，再拜致书于玄德将军麾下：久伏电天，蜀道崎岖，未及赍贡，甚切惶愧。璋闻"吉凶相救，患难相扶"，朋友尚然，况宗族乎？今张鲁在北，旦夕兴兵，侵犯璋界，甚不自安。专人谨奉尺书，上乞钧听。倘念同宗之情，全手足之义，即日兴师，剿灭狂寇，永为唇齿，自有重酬。书不尽言，专候车骑。

玄德看毕大喜，设宴相待法正。酒过数巡，玄德屏退左右，密谓正曰："久仰孝直英名，张别驾多谈盛德。今获听教，甚慰平生。"法正谢曰："蜀中小吏，何足道哉！盖闻马逢伯乐而嘶，人遇知己而死。张别驾昔日之言，将军复有意乎？"玄德曰："备一身寄客，未尝不伤感而叹息。尚思鷦鹩尚存一枝，狡兔犹藏三窟，何况人乎？蜀中丰余之地，非不欲取；奈刘季玉系备同宗，不忍相图。"法正曰："益州天府之国，非治乱之主不可居也。今刘季玉不能用贤，此业不久必属他人。今日自付与将军，不可错失。岂不闻'逐兔先得'之语乎？将军欲取，某当效死。"玄德拱手谢曰："尚容商议。"

当日席散，孔明亲送法正归馆舍。玄德独坐沉吟。庞统进曰："事当决而不决者，愚人也。主公高明，何多疑耶？"玄德问曰："以公之意，当复何如？"统曰："荆州东有孙权，北有曹操，难以得志。益州户口百万，土广财富，可资大业。今幸张松、法正为内助，此天赐也。何必疑哉？"玄德曰："今与吾水火相敌者，曹操也。操以急，吾以宽；操以暴，吾以仁；操以谲，吾以忠。每与操相反，事乃可成。若以小利而失信义于天下，吾不忍也。"庞统笑曰："主公之言，虽合天理，奈离乱之时，用兵争强，固非一道；若拘执常理，寸步不可行矣，宜从权变。且'兼弱攻昧'、'逆取顺守'，汤、武之道也。若事定之后，报之以义，封为大国，何负于信？今日不取，终被他人取耳。主公幸熟思焉。"［强盗逻辑，只是换了套斯文词汇。鲁迅提及北京街巷名，"协资庙"原是"蝎子庙"，

“高义伯胡同”原是“狗尾巴胡同”，实质未变，听来悦耳。] 玄德乃恍然曰：“金石之言，当铭肺腑。”于是遂请孔明，同议起兵西行。孔明曰：“荆州重地，必须分兵守之。”玄德曰：“吾与庞士元、黄忠、魏延前往西川，军师可与关云长、张翼德、赵子龙守荆州。”孔明应允。于是孔明总守荆州；关公拒襄阳要路，当青泥隘口；张飞领四郡巡江；赵云屯江陵，镇公安。玄德令黄忠为前部，魏延为后军，玄德自与刘封、关平在中军，庞统为军师，马步兵五万，起程西行。临行时，忽廖化引一军来降，玄德便教廖化辅佐云长以拒曹操。

是年冬月，引兵望西川进发。行不数程，孟达接着，拜见玄德，说刘益州领兵五千远来迎接。玄德使人入益州，先报刘璋。璋便发书告报沿途州郡，供给钱粮。璋欲自出涪城亲接玄德，即下令准备车乘帐幔，旌旗铠甲务要鲜明。主簿黄权入谏曰：“主公此去，必被刘备之害。某食禄多年，不忍主公中他人奸计。望三思之！”张松曰：“黄权此言，疏间宗族之义，滋长寇盗之威，实无益于主公。”璋乃叱权曰：“吾意已决，汝何逆吾！”权叩首流血，近前口衔璋衣而谏。璋大怒，扯衣而起。权不放，顿落门牙两个。璋喝左右，推出黄权。权大哭而归。[这份忠诚，甚是悲壮。]

璋欲行，一人叫曰：“主公不纳黄公衡忠言，乃欲自就死地耶！”伏于阶前而谏。璋视之，乃建宁俞元人也，姓李名恢，叩首谏曰：“切闻‘君有诤臣，父有诤子’。黄公衡忠义之言，必当听从。若容刘备入川，是犹迎虎于门也。”璋曰：“玄德是吾宗兄，安肯害吾？再言者必斩！”叱左右推出李恢。张松曰：“今蜀中文官各顾妻子，不复为主公效力；诸将恃功骄傲，各有外意。不得刘皇叔，则敌攻于外，民攻于内，必败之道也。”[张松的“益奸”嘴脸，无以复加。] 璋曰：“公所谋，深于吾有益。”次日，上马出榆桥门。人报：“从事王累，自用绳索倒吊于城门之上，一手执谏章，一手仗剑，口称如谏不从，自割断其绳索，撞死于此地。”刘璋教取所执谏章观之。其略曰：

> 益州从事臣王累，泣血恳首：窃闻“良药苦口利于病，忠言逆耳利于行”。昔楚怀王不听屈原之言，会盟于武关，为秦所

困。今主公轻离大郡，欲迎刘备于涪城，恐有去路而无回路矣。倘能斩张松于市，绝刘备之约，则蜀中老幼幸甚，主公之基业亦幸甚！

刘璋观毕，大怒曰："吾与仁人相会，如亲芝兰，汝何数侮于吾耶！"王累大叫一声，自割断其索，撞死于地。后人有诗叹曰：

倒挂城门捧谏章，拚将一死报刘璋。
黄权折齿终降备，矢节何如王累刚！

[玄德大兵未到，益州一派血光。站在刘备角度，是好事。敌之忠臣即我之大敌，敌之叛徒即我之强援。]

刘璋将三万人马往涪城来。后军装载资粮钱帛一千余辆，来接玄德。

却说玄德前军已到垫江。所到之处，一者是西川供给，二者是玄德号令严明，如有妄取百姓一物者斩，于是所到之处，秋毫无犯。百姓扶老携幼，满路瞻观，焚香礼拜。玄德皆用好言安慰。

却说法正密谓庞统曰："近张松有密书到此，言于涪城相会刘璋，便可图之。机会切不可失。"统曰："此意且勿言。待二刘相见，乘便图之。若预走泄，于中有变。"法正乃秘而不言。涪城离成都三百六十里。璋已到，使人迎接玄德。两军皆屯于涪江之上。玄德入城，与刘璋相见，各叙兄弟之情。礼毕，挥泪诉告衷情。饮宴毕，各回寨中安歇。

璋谓众官曰："可笑黄权、王累等辈，不知宗兄之心，妄相猜疑。吾今日见之，真仁义之人也。吾得他为外援，又何虑曹操、张鲁耶？非张松则失之矣。"乃脱所穿绿袍，并黄金五百两，令人往成都赐与张松。时部下将佐刘璝、泠苞、张任、邓贤等一班文武官曰："主公且休欢喜。刘备柔中有刚，其心未可测，还宜防之。"璋笑曰："汝等皆多虑。吾兄岂有二心哉！"众皆嗟叹而退。

却说玄德归到寨中，庞统入见曰："主公今日席上见刘季玉动静乎？"玄德曰："季玉真诚实人也。"统曰："季玉虽善，其臣刘璝、张任等皆有不平之色，其间吉凶未可保也。以统之计，莫若来日设宴，请季玉赴席。于衣壁中埋伏刀斧手一百人，主公掷杯为号，就筵上杀之。一拥入成都，刀不出鞘，弓不上弦，可坐而定也。"玄德曰："季玉是吾同宗，诚心待吾；更兼吾初到蜀中，恩信未立，若行此事，上天不容，下民亦怨。公此谋，虽霸者亦不为也。”统曰：“此非统之谋，是法孝直得张松密书，言事不宜迟，只在早晚当图之。”言未已，法正入见，曰：“某等非为自己，乃顺天命也。”玄德曰：“刘季玉与吾同宗，不忍取之。”正曰：“明公差矣。若不如此，张鲁与蜀有杀母之仇，必来攻取。明公远涉山川，驱驰士马，既到此地，进则有功，退则无益。若执狐疑之心，迁延日久，大为失计。且恐机谋一泄，反为他人所算。不如乘此天与人归之时，出其不意，早立基业，实为上策。”庞统亦再三相劝。正是：

人主几番存厚道，才臣一意进权谋。

[玄德深知此行难免干些龌龊事，故忠厚部下一个不带，身边尽是深通“权变”的新人，也算未雨绸缪。]

未知玄德心下如何，且看下文分解。

小人

张松相貌奇丑，身材五短，是天生的俳优材料。王国维考证，“古之优人，其始皆以侏儒为之”，故《乐记》称为“优侏儒”。假定张松怀有强烈入世心，以其生理条件，先在俳优行中闯荡一番，再别图发展，也有可能。俳优者，弄臣一族也，搞笑是其天职；先意承志，颠倒逢迎，更是日常课业。

张松前往许都，腰间暗藏一幅西川地理图本，以为进献之资。若曹操对他礼遇，这幅图早就献出了；若刘备对他礼数欠周，他会继续南下，巴结孙权。西川图献给谁不重要，重点是必须由自己把它献出去。可见，张松实属无可救药的出卖者，心比身低，志比脸丑。至于张松为何执意出卖，就不得而知了。后人推测，大抵依据所谓时局大势，但时局大势未必对每个人应验如神。伟大的时代也有小丑出没，污秽的地方也有幽兰绽放。圣人之心坦荡，小人之心叵测，能够驾驭这班丑类者，唯枭雄刘备。

当然，真实的故事不是这样，张松见曹操，还在赤壁大战前，曹操任命张松为县令，张松不悦。他在益州是别驾，算第三把手（前两位分别是州牧和治中），做县令，的确屈才了，故一见曹操战败，就择机开溜，改劝刘璋弃曹投刘。

第六十一回

赵云截江夺阿斗　孙权遗书退老瞒

却说庞统、法正二人，劝玄德就席间杀刘璋，西川唾手可得。玄德曰："吾初入蜀中，恩信未立，此事决不可行。"二人再三说之，玄德只是不从。次日，复与刘璋宴于城中，彼此细叙衷曲，情好甚密。酒至半酣，庞统与法正相议曰："事已至此，由不得主公了。"便教魏延登堂舞剑，乘势杀刘璋。延遂拔剑进曰："筵间无以为乐，愿舞剑为戏。"庞统便呼众武士入，列于堂下，只待魏延下手。刘璋手下诸将见魏延舞剑筵前，又见阶下武士手按刀靶直视堂上，从事张任亦掣剑舞曰："舞剑必须有对，某愿与魏将军同舞。"二人对舞于筵前。魏延目视刘封，封亦各剑助舞。于是刘瓒、泠苞、邓贤各掣剑出曰："我等当群舞，以助一笑。"玄德大惊，急掣左右所佩之剑，立于席上曰："吾兄弟相逢痛饮，并无疑忌。又非'鸿门会'上，何用舞剑？不弃剑者立斩！"刘璋亦叱曰："兄弟相聚，何必带刀？"命侍卫者尽去佩剑。众皆纷然下堂。玄德唤诸将士上堂，以酒赐之，曰："吾兄弟同宗骨血，共议大事，并无二心。汝等勿疑。"诸将皆拜谢。刘璋执玄德之手而泣曰："吾兄之恩，誓不敢忘！"二人欢饮至晚而散。玄德归寨，责庞统曰："公等奈何欲陷备于不义耶？今后断勿为此。"统嗟叹而退。［刘备心思难猜吗？一点也不，无非俗话所谓"又要做婊子，又要立牌坊"，庞统当真高明，先替刘备立好牌坊，才是上策。"鸿门宴"实在老套，那是汉朝开国皇帝的传奇，妇孺皆知，庞统照搬戏本，谁会上当？］

却说刘璋归寨，刘瓒等曰："主公见今日席上光景乎？不如早回，免生后患。"刘璋曰："吾兄刘玄德，非比他人。"众将曰："虽玄德无此心，他手下人皆欲并西川，以图富贵。"璋曰："汝等无间吾兄弟之情。"遂不听，日与玄德欢叙。忽报张鲁整顿兵马，将犯葭萌关，刘璋便请玄德往拒之。玄德慨然领诺，即日引本部兵望葭萌关去了。众将劝刘璋令大将紧守各处关隘，以防玄德兵变。璋初时不从，后因众人苦劝，乃令白水都督杨怀、高沛二人，守把涪水关。刘璋自回成都。玄德到葭萌关，严禁军士，广施恩惠，以收民心。［玄德有条不紊，收买民心才是当务之急。］

早有细作报入东吴。吴侯孙权会文武商议。顾雍进曰："刘备分兵远涉山险而去，未易往还。何不差一军先截川口，断其归路，后尽起东吴之兵，一鼓而下荆襄？此不可失之机会也。"权曰："此计大妙！"正商议间，忽屏后一人大喝而出曰："进此计者可斩之！欲害吾女之命耶！"众惊视之，乃吴国太也。［又见屏风。在小说里，屏风成专业窃听器了。以国太之尊，窃居屏风之后，是否为老不尊？］国太怒曰："吾一生唯有一女，嫁与刘备。今若动兵，吾女性命如何？"因叱孙权曰："汝掌父兄之业，坐领八十一州，尚自不足，乃顾小利而不念骨肉！"孙权喏喏连声，答曰："老母之训，岂敢有违！"遂叱退众官。国太恨恨而入。孙权立于轩下，自思："此机会一失，荆襄何日可得？"［要求臣下以子入质，是古时惯常统治术，曹操曾以此要求孙权；刘备非孙权藩属，故张昭意在将阿斗用作交换荆州的筹码，与当今恐怖分子借人质讨价还价的思路一致。］正沉吟间，只见张昭入问曰："主公有何忧疑？"孙权曰："正思适间之事。"张昭曰："此极易也。今差心腹将一人，只带五百军。潜入荆州，下一封密书与郡主，只说国太病危，欲见亲女，取郡主星夜回东吴。玄德平生只有一子，就教带来。玄德定把荆州来换阿斗。如其不然，一任动兵，更有何碍？"权曰："此计大妙！吾有一人，姓周名善，最有胆量，自幼穿房入户，多随吾兄。今可差他去。"昭曰："切勿泄漏。只此便令起行。"

于是密遣周善将五百人，扮为商人，分作五船；更诈修国书，以备盘诘；船内暗藏兵器。周善领命，取荆州水路而来。船泊江边，善自入荆州，令门吏报孙夫人。夫人命周善入，善呈上密书。夫人见说国太病危，洒泪动问。周善拜诉曰："国太好生病重，旦夕只是思念夫人。倘去得迟，恐不能相见。就教夫人带阿斗去见一面。"夫人曰："皇叔引兵远出，我今欲回，须使人知会军师，方可以行。”周善曰：“若军师回言道：须报知皇叔，候了回命，方可下船，如之奈何？”夫人曰：“若不辞而去，恐有阻当。”周善曰：“大江之中，已准备下船只。只今便请夫人上车出城。”孙夫人听知母病危，如何不慌？便将七岁孩子阿斗，载在车中；随行带三十余人，各跨刀剑，上马离荆州城，便来江边上船。府中人欲报时，孙夫人已到沙头镇，下在船中了。

周善方欲开船，只听得岸上有人大叫：“且休开船，容与夫人饯行！”视之，乃赵云也。原来赵云巡哨方回，听得这个消息，吃了一惊，只带四五骑，旋风般沿江赶来。周善手执长戈，大喝曰：“汝何人，敢当主母！”叱令军士一齐开船，令将军器出来，排列在船上。风顺水急，船皆顺流而去。赵云沿江赶叫：“任从夫人去，只有一句话拜禀。”周善不采，只催船速进。赵云沿江赶到十余里，忽见江滩斜缆一只渔船在那里。赵云弃马执枪，跳上渔船，只两人驾船前来，望着夫人所坐大船追赶。周善教军士放箭。赵云以枪拨之，箭皆纷纷落水。离大船悬隔丈余，吴兵用枪乱刺。赵云弃枪在小船，掣所佩青釭剑在手，分开枪搠，望吴船涌身一跳，早登大船。吴兵尽皆惊倒。赵云入舱中，见夫人抱阿斗于怀中，喝赵云曰：“何故无礼！”云插剑声喏曰：“主母欲何往？何故不令军师知会？”夫人曰：“我母亲病在危笃，无暇报知。”云曰：“主母探病，何故带小主人去？”夫人曰：“阿斗是吾子，留在荆州，无人看觑。”云曰：“主母差矣。主人一生，只有这点骨肉，小将在当阳长坂坡百万军中救出，今日夫人却欲抱将去，是何道理？”夫人怒曰：“量汝只是帐下一武夫，安敢管我家事！”云曰：“夫人要去便去，只留下小主人。”夫人喝曰：“汝半路辄入船中，必有反意！”云曰：“若不留下小主人，总然万死，亦不敢放夫人去。”夫人喝侍婢向前揪捽，被赵云推倒，就怀中夺了阿斗，抱出船头上。欲要傍岸，又无帮手；欲要行凶，又恐碍于道理，进退不得。夫人喝侍婢夺阿斗，赵云一手抱定阿斗，一手仗剑，人不敢近。周善在后稍挟住舵，只顾放船下水。风顺水急，望中流而去。赵云孤掌难鸣，只护得阿斗，安能移舟傍岸？

正在危急，忽见下流头港内一字儿使出十余只船来，船上磨旗擂鼓。

赵云自思："今番中了东吴之计！"只见当头船上一员大将，手执长矛，高声大叫："嫂嫂留下侄儿！"原来张飞巡哨，听得这个消息，急来油江夹口，正撞着吴船，急忙截住。当下张飞提剑跳上吴船。周善见张飞上船，提刀来迎，被张飞手起一剑砍倒，提头掷于孙夫人前。夫人大惊曰："叔叔何故无礼？"张飞曰："嫂嫂不以俺哥哥为重，私自归家，只便无礼！"夫人曰："吾母病重，甚是危急，若等你哥哥回报，须误了我事。若你不放我回去，我情愿投江而死！"［甭管阿斗多无能，他作为刘备骨血的价值，张、赵心知肚明，故张飞敢动粗。刘备说过"兄弟如手足，妻子如衣服"，若以阿斗相询，答案想必是："吾儿即江山。"］张飞与赵云商议："若迫死夫人，非为臣下之道。只护着阿斗过船去罢。"乃谓夫人曰："俺哥哥大汉皇叔，也不辱没嫂嫂。今日相别，若思哥哥恩义，早早回来。"说罢，抱了阿斗，自与赵云回船，放孙夫人五只船去了。后人有诗赞子龙曰：

昔年救主在当阳，今日飞身向大江。
船上吴兵皆胆裂，子龙英勇世无双！

又有诗赞翼德曰：

长坂桥边怒气腾，一声虎啸退曹兵。
今朝江上扶危主，青史应传万载名。

二人欢喜回船，行不数里，孔明引大队船只接来，见阿斗已夺回，大喜。三人并马而归。孔明自申文书往葭萌关，报知玄德。

却说孙夫人回吴，具说张飞、赵云杀了周善，截江夺了阿斗。孙权大怒曰："今吾妹已归，与彼不亲，杀周善之仇，如何不报！"唤集文武，商议起军攻取荆州。正商议调兵，忽报曹操起军四十万来报赤壁之仇。孙权大惊，且按下荆州，商议拒敌曹操。人报长史张纮辞疾回家，今已病故，有哀书上呈。权拆视之，书中劝孙权迁居秣陵，言秣陵山川有帝王之气，可速迁于此，以为万世之业。孙权览书，哭谓众官曰："张子纲劝吾迁居秣陵，吾如何不从！"即命迁治建业，筑石头城。吕蒙进曰："曹操兵来，可于濡须水口筑坞以拒之。"诸将皆曰："上岸击贼，跣足入船，何用筑城？"蒙曰："兵有利钝，战无必胜。如猝然遇敌，步骑相促，人尚不暇及水，何能入船乎？”权曰：“‘人无远虑，必有近忧。’子明之见甚远。”便差军数万筑濡须坞。晓夜并工，刻期告竣。

却说曹操在许都，威福日甚。长史董昭进曰：“自古以来，人臣未有如丞相之功者。虽周公、吕望，莫可及也。栉风沐雨三十余年，扫荡群凶，百姓除害，使汉室复存，岂可与诸臣宰同列乎？合受魏公之位，加‘九锡’以彰功德。”你道那九锡？一，车马；二，衣服；三，乐县；四，朱户；五，纳陛；六，虎贲；七，𫓧钺；八，弓矢；九，秬鬯圭瓒。

侍中荀彧曰：“不可。丞相本兴义兵，匡扶汉室，当秉忠贞之志，守谦退之节。君子爱人以德，不宜如此。”曹操闻言，勃然变色。董昭曰：“岂可以一人而阻众望？”遂上表请尊操为魏公，加九锡。荀彧叹曰：“吾不想今日见此事！”操闻，深恨之，以为不助己也。建安十七年冬十月，曹操兴兵下江南，就命荀彧同行。彧已知操有杀己之心，托病止于寿春。忽曹操使人送饮食一盒至，盒上有操亲笔封记。开盒视之，并无一物。彧会其意，遂服毒而亡，年五十岁。［荀彧身为尚书令，素来不随曹操出征，故得令“同行”，即“会其意”。人们倾向于荀彧是这么死的，至于真相，没人知道，陈寿只说“以忧薨”。］后人有诗叹曰：

文若才华天下闻，可怜失足在权门。
后人漫把留侯比，临殁无颜见汉君。

其子荀恽，发哀书报曹操。操甚懊悔，命厚葬之，谥曰敬侯。

且说曹操大军至濡须，先差曹洪领三万铁甲马军，哨至江边。回报云：“遥望沿江一带，旗幡无数，不知兵聚何处。”操放心不下，自领兵前进，就濡须口排开军阵。操领百余人上山坡，遥望战船，各分队伍，依次排列。旗分五色，兵器鲜明。当中大船上青罗伞下坐着孙权，左右文武侍立两边。操以鞭指曰：“生子当如孙仲谋！若刘景升儿子，豚犬耳！”忽一声响动，南船一齐飞奔过来。濡须坞内又一军出，冲动曹兵。曹操军马退后便走，止喝不住。忽有千百骑赶到山边，为首马上一人，碧眼紫髯，众人认得正是孙权。权自引一队马军来击曹操。操大惊，急回马时，东吴大将韩当、周泰，两骑马直冲将上来。操背后许褚纵马舞刀，敌住二将，［两将敌住一将有可能，一将敌住二将不好办。若韩当的马向左，周泰的马向右，许褚如何分身?]曹操得脱归寨。许褚与二将战三十合方回。操回寨，重赏许褚，责骂众将："临敌先退，挫吾锐气！后若如此，尽皆斩首!"

是夜二更时分，忽寨外喊声大震。操急上马，见四下里火起，却被吴兵劫入大寨。杀至天明，曹兵退五十余里下寨。操心中郁闷，闲看兵书。程昱曰："丞相既知兵法，岂不知兵贵神速乎？丞相起兵，迁延日久，故孙权得以准备，夹濡须水口为坞，难于攻击。不若且退兵还许都，别作良图。"操不应。程昱出。操伏几而卧，忽闻潮声汹涌，如万马争奔之状。操急视之，见大江中推出一轮红日，光华射目；仰望天上，又有两轮太阳对照。忽见江心那轮红日，直飞起来，坠于寨前山中，其声如雷。猛然惊觉，原来在帐中做了一梦。帐前军报道午时。曹操教备马，引五十余骑径奔出寨，至梦中所见落日山边。正看之间，忽见一簇人马，当先一人金盔金甲。操视之，乃孙权也。权见操至，也不慌忙，在山上勒住马，以鞭指操曰："丞相坐镇中原，富贵已极，何故贪心不足，又来侵我江南?"操答曰："汝为臣下，不尊王室。吾奉天子诏，特来讨汝!"孙权笑曰："此言岂不羞乎？天下岂不知你挟天子令诸侯？吾非不尊汉朝，正欲讨汝以正国家耳。"操大怒，叱诸将上山捉孙权。忽一声鼓响，山背后两彪军出，右边韩当、周泰，左边陈武、潘璋。四员将带三千弓弩手乱射，矢如雨发。操急引众将回走。背后四将赶来甚急，赶到半路，许褚引众虎卫军敌住，救回曹操。吴兵齐奏凯歌，回濡须去了。操还营自思："孙权非等闲人物。红日之应，久后必为帝王。"[成帝王者，总有离奇天象为之附丽，甘夫人曾"夜梦仰吞北斗"而生阿斗，孙权气象在阿斗之上，遂邀红日助兴。类似传说，上古民族都有，连注重理性的雅典也不例外，传闻阿伽里斯特生下立法者伯里克利前，梦见自己生了一头狮子。"狮子王"不仅是当代动画明星，还是古代经典意象。]于是心中有退兵之意；又恐东吴耻笑，进退未决。两边又相拒了月余，战了数场，互相胜负。直至来年正月，春雨连绵，水港皆满，军士多在泥水之中，困苦异常。操心甚忧。当日正在寨中与众谋士商议，或劝操收兵，或云目今春暖，正好相持，不可退归。操犹豫未定。忽报东吴有使赍书到。操启视之。书略曰：

孤与丞相，彼此皆汉朝臣宰。丞相不思报国安民，乃妄动干戈，残虐生灵，岂仁人之所为哉？即日春水方生，公当速退。如其不然，复有赤壁之祸矣。公宜自思焉。

书背后又批两行云："足下不死，孤不得安。"［孙权总有可爱处。聪明人心照不宣，幽默是最好的台阶。］曹操看毕，大笑曰："孙仲谋不欺我也。"重赏来使，遂下令班师，命庐江太守朱光镇守皖城，自引大军回许昌。孙权亦收军回秣陵。权与众将商议："曹操虽然北去，刘备尚在葭萌关未还。何不引拒曹操之兵，以取荆州？"张昭献计曰："且未可动兵。某有一计，使刘备不能再还荆州。"正是：

孟德雄兵方退北，仲谋壮志又图南。

不知张昭说出甚计来，且看下文分解。

荀彧

荀彧死因，是件一直有人说，一直有人信，但很少受到质疑的事。人们愿意相信符合自身臆想的事，而质疑会使深信者失望，仿佛赢来的钱转瞬输光了。但吕思勉的质疑仍然有力，他说："魏武帝真要篡汉，怕荀彧什么呢？况且进爵为魏公，和篡汉有什么关系？他后来不还进爵为魏王么？"曹丕日后曾对孙权加九锡，封吴王。若加九锡意味着篡汉（魏），难道曹丕没事犯贱，故意提示孙权篡位？

荀彧之死会否与曹操有关？当然可能。在曹操留存下来的尺牍公文中，对荀彧褒扬最多，曹操多次撰文，向汉献帝奏请增加对荀彧的封赏，所用词语均是最高级的，如"彧之二策，以亡为存，以祸致福，谋殊功异，臣所不及也"；"彧之功业，臣由以济，用披浮云，显光日月"；"天下之定，彧之功也。宜享高爵，以彰元勋。"

权力场上波谲云诡，友谊如同罂粟花，那份绚烂是带毒的。通常，爱不足施者，恨亦不值加。人们总是将最深的怨恨，加诸自己寄望最切的人。可以肯定，如果荀彧做过让曹操不快的事，曹操定然最为郁闷。至于郁闷的下文是什么，只能起荀令君于地下了。

荀彧一度很像曹操的朋友，但他们不会是朋友，正如孔明不是刘备的朋友，这是专制政治的特性所决定的。约翰·密尔说得到位："中国的一个大官和一个最卑下的农夫一样，同是一种专制政体的工具和仆役。"

第六十二回

取涪关杨高授首　攻雒城黄魏争功

却说张昭献计曰："且休要动兵。若一兴师，曹操必复至。不如修书二封，一封与刘璋，言刘备结连东吴，共取西川，使刘璋心疑而攻刘备；一封与张鲁，教进兵向荆州来。着刘备首尾不能救应。我然后起兵取之，事可谐矣。"权从之，即发使二处去讫。

且说玄德在葭萌关日久，甚得民心。忽接得孔明文书，知孙夫人已回东吴；又闻曹操兴兵犯濡须，乃与庞统议曰："曹操击孙权，操胜必将取荆州，权胜亦必取荆州矣。为之奈何？"庞统曰："主公勿忧。有孔明在彼，料想东吴不敢犯荆州。主公可驰书去刘璋处，只推曹操攻击孙权，权求救于荆州。吾与孙权唇齿之邦，不容不相援。张鲁自守之贼，决不敢来犯界。吾今欲勒兵回荆州，与孙权会同破曹操，奈兵少粮缺。望推同宗之谊，速发精兵三四万，行粮十万斛相助。请勿有误。若得军马钱粮，却另作商议。"［庞统一味使诈。站在谋士角度，无可厚非：主公既然觊觎益州，我就动足脑筋替你算计刘璋。谁知刘备这只狐狸偏要披一块外婆方巾，行事便有了诸多扭捏，使庞统计不得施。好在刘备终于把心一横。］

玄德从之，遣人往成都。来到关前，杨怀、高沛闻知此事，遂教高沛守关，杨怀同使者入成都，见刘璋呈上书信。刘璋看毕，问杨怀为何亦同来。杨怀曰："专为此书而来。刘备自从入川，广布恩德，以收民心，其意甚是不善。今求军马钱粮，切不可与。如若相助，是把薪助火也。"刘璋曰："吾与玄德有兄弟之情，岂可不助？"一人出曰："刘备枭雄，久留于蜀而不遣，是纵虎入室矣。今更助之以军马钱粮，何异与虎添翼乎？"众视其人，乃零陵丞阳人，姓刘名巴，字子初。刘璋闻刘巴之言，犹豫未决。［刘巴也是一位人物，心高气傲，曾骂张飞为"兵子"。

日后入蜀与孔明共事，孔明以古人常见的自谦和夸张评论说："运筹帷幄之中，吾不如子初远甚。"］黄权又复苦谏。璋乃量拨老弱军四千，米一万斛，发书遣使报玄德。仍令杨怀、高沛紧守关隘。刘璋使者到葭萌关见玄德，呈上回书。玄德大怒曰："吾为汝御敌，费力劳心。汝今积财吝赏，何以使士卒效命乎？"遂扯毁回书，大骂而起。使者逃回成都。庞统曰："主公只以仁义为重，今日毁书发怒，前情尽弃矣。"［嘴上如此说，心下好得意。庞统想：边做婊子，边立牌坊，好比左手行窃右手布施，此事难为。欲立功德坊，先做大恶人，事成后往龙椅上仰面一躺，臣民山呼万岁时，自然有凤来仪，万德咸归。］玄德曰："如此，当若何？"庞统曰："某有三条计策，请主公自择而行。"

玄德问："那三条计？"统曰："只今便选精兵，昼夜兼道径袭成都，此为上计。杨怀、高沛乃蜀中名将，各仗强兵拒守关隘；今主公佯以回荆州为名，二将闻知，必来相送；就送行处，擒而杀之，夺了关隘，先取涪城，然后却向成都，此中计也。退还白帝，连夜回荆州，徐图进取，此为下计。若沉吟不去，将至大困，不可救矣。"玄德曰："军师上计太促，下计太缓；中计不迟不疾，可以行之。"

于是发书致刘璋，只说曹操令部将乐进引兵至青泥镇，众将抵敌不住，吾当亲往拒之，不及面会，特书相辞。书至成都，张松听得说刘玄德欲回荆州，只道是真心，乃修书一封，欲令人送与玄德，却值亲兄广汉太守张肃到，松急藏书于袖中，与肃相陪说话。肃见松神情恍惚，心中疑惑。松取酒与肃共饮。献酬之间，忽落此书于地，被肃从人拾得。［一如通俗肥皂剧，越是核心机密，越会轻易丢失。］席散后，从人以书呈肃。肃开视之，书略曰：

> 松昨进言于皇叔，并无虚谬，何乃迟迟不发？逆取顺守，古人所贵。今大事已在掌握之中，何故欲弃此而回荆州乎？使松闻之，如有所失。书呈到日，疾速进兵。松当为内应，万勿自误！

张肃见了，大惊曰："吾弟作灭门之事，不可不首。"连夜将书见刘璋，具言弟张松与刘备同谋，欲献西川。刘璋大怒曰："吾平日未尝薄待他，何故欲谋反?”遂下令捉张松全家，尽斩于市。后人有诗叹曰：

一览无遗自古稀，谁知书信泄天机。

未观玄德兴王业，先向成都血染衣。

［卖人者被人所卖，张松不值同情，只可惜那一家老幼。］

刘璋既斩张松，聚集文武商议曰：“刘备欲夺吾基业，当如之何?”黄权曰：“事不宜迟。即便差人告报各处关隘，添兵把守，不许放荆州一人一骑入关。”璋从其言，星夜驰檄各关去讫。

却说玄德提兵回涪城，先令人报上涪水关；请杨怀、高沛出关相别。杨、高二将闻报，商议曰：“玄德此回若何?”高沛曰：“玄德合死。我等各藏利刃在身，就送行处刺之，以绝吾主之患。”杨怀曰：“此计大妙。”二人只带随行二百人，出关送行，其余并留在关上。

玄德大军尽发。前至涪水之上，庞统在马上谓玄德曰：“杨怀、高沛若欣然而来，可堤防之；若彼不来，便起兵径取其关，不可迟缓。”正说间，忽起一阵旋风，把马前“帅”字旗吹倒。玄德问庞统曰：“此何兆也?”统曰：“此惊报也，杨怀、高沛二人必有行刺之意，宜善防之。”玄德乃身披重铠，自佩宝剑防备。人报杨、高二将军来送行。玄德令军马歇定。庞统分付魏延、黄忠：“但关上来的军士，不问多少，马步军兵，一个也休放回。”二将得令而去。［刘备与刘璋至少在一点上达成一致：不放走对方一人。］

却说杨怀、高沛二人身边各藏利刃，带二百军兵，牵羊送酒，直至军前，见并无准备，心中暗喜，以为中计。人至帐下，见玄德与庞统坐于帐中。二将声喏曰：“闻皇叔远回，特具薄礼相送。”遂进酒劝玄德。玄德曰：“二将军守关不易，当先饮此杯。”二将饮酒毕，玄德曰：“吾有密事与二将军商议，闲人退避。”遂将带来二百人尽赶出中军。玄德叱曰：“左右与吾捉下二贼!”帐后刘封、关平应声而出。杨、高二人急待争斗，刘封、关平各捉住一人。玄德喝曰：“吾与汝主是同宗兄弟，汝二人何故同谋，离间亲情?”庞统叱左右搜其身畔，果然各搜出利刀一口。统便喝斩二人，玄德还犹豫未决，统曰：“二人本意欲杀吾主，罪不容诛。”遂叱刀斧手斩杨怀、高沛于帐前。黄忠、魏延早将二百从人先自捉下，不曾走了一个。玄德唤人，各赐酒压惊。玄德曰："杨怀、高沛离间吾兄弟，又藏利刀行刺，故行诛戮。你等无罪，不必惊疑。"众各拜谢。庞统曰："吾今即用汝等引路，带吾军取关，各有重赏。"众皆应允。是夜二百人先行，大军随后。前军至关下叫曰："二将军有急事回，可速开关。"城上听得是自家军，即时开关。大军一拥而入，兵不血刃，得了涪关。蜀军皆降。玄德各加重赏，随即分兵前后守把。次日劳军，设宴于公厅。玄德酒酣，顾庞统曰："今日之会，可谓乐乎？"庞统曰："伐人之国而以为乐，非仁者之兵也。"玄德曰："吾闻昔日武王伐纣，作乐象功，此亦非仁者之兵欤？汝言何不合道理？可速退！"庞统大笑而起，左右亦扶玄德入后堂。［闲闲一笔，揭开了刘备袍底那个"小"来。倒是庞统，虽屡献诡计，心底原有操守。］睡至半夜，酒醒。左右以逐庞统之言告知玄德。玄德大悔，次早穿衣升堂，请庞统谢罪曰："昨日酒醉，言语触忤，幸勿挂怀。"庞统谈笑自若。玄德曰："昨日之言，惟吾有失。"庞统曰："君臣俱失，何独主公？"玄德亦大笑，其乐如初。

却说刘璋闻玄德杀了杨、高二将，袭了涪水关，大惊曰："不料今日果有此事！"遂聚文武，问退兵之策。黄权曰："可连夜遣兵屯雒县，塞住咽喉之路。刘备虽有精兵猛将，不能过也。"璋遂令刘璝、泠苞、张任、邓贤点五万大军，星夜往守雒县，以拒刘备。四将行兵之次，刘璝曰："吾闻锦屏山中有一异人，道号紫虚上人，知人生死贵贱。吾辈今日行军，正从锦屏山过，何不试往问之？"张任曰："大丈夫行兵拒敌，岂可问于山野之人乎？"璝曰："不然。圣人云：至诚之道可以前知。吾等问于高明之人，当趋吉避凶。"于是四人引五六十骑至山下，问径樵夫。樵夫指高山绝顶上，便是上人所居。四人上山至庵前，见一道童出迎。问了姓名，引入庵中。只见紫虚上人坐于蒲墩之上，四人下拜，求问前程之事。紫虚上人曰："贫道乃山野废人，岂知休咎？"刘璝再三拜问，紫虚遂命道童取纸笔，写下八句言语，付与刘璝。其文曰：

> 左龙右凤，飞入西川。雏凤坠地，卧龙升天。一得一失，天数当然。见机而作，勿丧九泉。

刘璝又问曰："吾四人气数如何？"紫虚上人曰："定数难逃，何必再问!”璝又请问时，上人眉垂目合，恰似睡着的一般，并不答应。四人下山。刘璝曰：“仙人之言，不可不信。”张任曰：“此狂叟也，听之何益。”张任不降之遂上马前行。[这些川将僻处西南，较少征战，骤迎强敌，难免忐忑。但凡前途凶险之任，总会充斥迷信，如水手和足球教练，就是两个充斥迷信的职业。]既至雒县，分调人马，守把各处隘口。刘璝曰：“雒城乃成都之保障，失此则成都难保。吾四人公议，着二人守城，二人去雒县前面，依山傍险扎下两个寨子，勿使敌兵临城。”泠苞、邓贤曰：“某愿往结寨。”刘璝大喜，分兵二万与泠、邓二人，离城六十里下寨。刘璝、张任守护雒城。

却说玄德既得涪水关，与庞统商议进取雒城。人报刘璋拨四将前来，即日泠苞、邓贤领二万军，离城六十里扎下两个大寨。玄德聚众将问曰：“谁敢建头功，去取二将寨栅?”老将黄忠应声出曰：“老夫愿往。”玄德曰：“老将军率本部人马前至雒城，如取得泠苞、邓贤营寨，必有重赏。”黄忠大喜，即领本部兵马，谢了要行。忽帐下一人出曰：“老将军年纪高大，如何去得？小将不才愿往。”玄德视之，乃是魏延。黄忠曰：“我已领下将令，你如何敢搀越?”魏延曰：“老者不以筋骨为能。吾闻泠苞、邓贤乃蜀中名将，血气方刚。恐老将军近他不得，岂不误了主公大事?因此愿相替，本是好意。”黄忠大怒曰：“汝说吾老，敢与我比试武艺么?”魏延曰：“就主公之前，当面比试，赢得的便去，何如?”黄忠遂趋步下阶，便叫小校：“将刀来。”玄德急止之曰：“不可！吾今提兵取川，全仗汝二人之力。今两虎相斗，必有一失，须误了我大事。吾与你二人劝解，休得争论。”庞统曰：“汝二人不必相争。即今泠苞、邓贤下了两个营寨。今汝二人自领本部军马，各打一寨。如先夺得者，便为头功。”[刘备帐下，独多此类插曲。说好听点，叫将士踊跃争功，说难听点，叫主帅威名未立。若调度有方，说一不二，哪容将佐罗唣。]于是分定黄忠打泠苞寨，魏延打邓贤寨。二人各领命去了。庞统曰：“此二人去，恐于路中相争，主公可自引军为后应。”玄德留庞统守城，自与刘封、关平引五千军随后进发。

却说黄忠归寨，传令来日四更造饭，五更结束，平明进兵，取左边山谷而进。魏延却暗使人探听黄忠甚时起兵。探事人回报："来日四更造饭，五更起兵。"魏延暗喜，分付众军士，二更造饭，三更起兵，平明要到邓贤寨边。军士得令，都饱餐一顿，马摘铃，人衔枚，卷旗束甲，暗地去劫寨。三更前后，离寨前进。到半路，魏延马上寻思："只去打邓贤寨，不显能处；不如先去打泠苞寨，却将得胜兵打邓贤寨。两处功劳都是我的。"就马上传令，教军士都投左边山路里去。天色微明，离泠苞寨不远，教军少歇，排搠金鼓旗幡、枪刀器械。

早有伏路小军飞报入寨，泠苞已有准备了。一声炮响，三军上马，杀将出来。魏延纵马提刀，与泠苞接战。二将交马，战到三十合，川兵分两路来袭汉军。汉军走了半夜，人马力乏，抵当不住，退后便走。魏延听得背后阵脚乱，撇了泠苞，拨马回走。川兵随后赶来，汉军大败。走不到五里，山背后鼓声震地，邓贤引一彪军从山谷里截出来，大叫："魏延快下马受降！"魏延策马飞奔，那马忽失前蹄，双足跪地，将魏延掀将下来。邓贤马奔到，挺枪来刺魏延。枪未到处，弓弦响，邓贤倒撞下马。后面泠苞方欲来救，一员大将，从山坡跃马而来，厉声大叫："老将黄忠在此！"舞刀直取泠苞。泠苞抵敌不住，望后便走。黄忠乘胜追赶，川兵大乱。[可怜魏延，恃勇斗狠，临了还得黄忠搭救。]

黄忠一枝军救了魏延，杀了邓贤，直赶到寨前。泠苞回马与黄忠再战。不到十余合，后面军马拥将上来，泠苞只得弃了左寨，引败军来投右寨。只见寨中旗帜全别，泠苞大惊。兜住马看时，当头一员大将，金甲锦袍，乃是刘玄德，左边刘封，右边关平，喝道："寨子吾已夺下，汝欲何往？"原来玄德引兵从后接应，便乘势夺了邓贤寨子。泠苞两头无路，取山僻小径，要回雒城。行不到十里，狭路伏兵忽起，搭钩齐举，把泠苞活捉了。原来却是魏延自知罪犯无可解释，收拾后军，令蜀兵引路，伏在这里等个正着。用索缚了泠苞，解投玄德寨来。

却说玄德立起免死旗，但川兵倒戈卸甲者，并不许杀害，如伤者偿命；又谕众降兵曰："汝川人皆有父母妻子，愿降者充军，不愿降者放回。"于是欢声动地。[不想被视为侵略者，征服者就必须完成角色转换，把自己涂饰成解放者。]黄忠安下寨脚，径来见玄德，说魏延违了军令，可斩之。玄德急召魏延，魏延解泠苞至。玄德曰：“延虽有罪，此功可赎。”令魏延谢黄忠救命之恩，今后毋得相争。魏延顿首伏罪。玄德重赏黄忠，使人押泠苞到帐下，玄德去其缚，赐酒压惊，问曰：“汝肯降否？”泠苞曰：“既蒙免死，如何不降？刘璝、张任与某为生死之交，若肯放某回去，当即招二人来降，就献雒城。”玄德大喜，便赐衣服鞍马，令回雒城。魏延曰：“此人不可放回，若脱身一去，不复来矣。”玄德曰：“吾以仁义待人，人不负我。”［老调又来了。刘备的真实想法是：你不可负我，我不妨负你，全看你识不识趣。］

却说泠苞得回雒城，见刘璝、张任，不说捉去放回，只说：“被我杀了十余人，夺得马匹逃回。”刘璝忙遣人往成都求救。刘璋听知折了邓贤，大惊，慌忙聚众商议。长子刘循进曰：“儿愿领兵前去守雒城。”璋曰：“既吾儿肯去，当遣谁人为辅？”一人出曰：“某愿往。”璋视之，乃舅氏吴懿也。璋曰：“得尊舅去最好。谁可为副将？”吴懿保吴兰、雷同二人为副将，点二万军马来到雒城。刘璝、张任接着，具言前事。吴懿曰：“兵临城下，难以拒敌，汝等有何高见？”泠苞曰：“此间一带，正靠涪江，江水大急；前面寨占山脚，其形最低。某乞五千军，各带锹锄前去，决涪江之水，可尽淹死刘备之兵也。”吴懿从其计，即令泠苞前往决水，吴兰、雷同引兵接应。泠苞领命，自去准备决水器械。

却说玄德令黄忠、魏延各守一寨，自回涪城，与军师庞统商议。细作报说：“东吴孙权遣人结好东川张鲁，将欲来攻葭萌关。”玄德惊曰：“若葭萌关有失，截断后路，吾进退不得，当如之何？”庞统谓孟达曰：“公乃蜀中人，多知地理，去守葭萌关如何？”达曰：“某保一人与某同去守关，万无一失。”玄德问何人。达曰：“此人曾在荆州刘表部下为中郎将，乃南郡枝江人，姓霍名峻，字仲邈。”玄德大喜，即时遣孟达、霍峻守葭萌关去了。

庞统退归馆舍，门吏忽报：“有客特来相访。”统出迎接，见其人身长八尺，形貌甚伟；头发截短，披于颈上；衣服不甚齐整。统问曰：“先生何人也？”其人不答，径登堂仰卧床上。统甚疑之，再三请问。其人曰：“且消停，吾当与汝说知天下大事。”统闻之愈疑，命左右进酒食。

其人起而便食，并无谦逊；饮食甚多，食罢又睡。统疑惑不定，使人请法正视之，恐是细作。法正慌忙到来。统出迎接，谓正曰："有一人如此如此。"法正曰："莫非彭永言乎？"升阶视之。其人跃起曰："孝直别来无恙！"正是：

只为川人逢旧识，遂令涪水息洪流。

毕竟此人是谁，且看下文分解。

寻衅

孟德斯鸠在《罗马盛衰原因论》里写罗马军队与人订立条约，"总是把会使接受这些条约的国家陷于毁灭的各项条件加到条约里面去。"刘备让刘璋做的也是如此，要求刘璋"速发精兵三四万，行粮十万斛相助"，若刘璋同意，也不过"另作商议"，大不了日后再提一项更苛刻的要求，直到刘璋无法接受为止。一旦刘璋拒绝，刘备马上作大怒状，秀一把"扯毁回书，大骂而起"的姿态后，大军就开拔了。

站在刘璋角度，当对方铁了心抢你这块地盘，真是毫无办法。无人替他主持公道，没有上诉法院可以投诉，当是时，哪怕归降曹操，也鞭长莫及。刘备最大的问题是，他必须为自己找到出师理由。虽然战场上的理由十之八九都是借口，但借口也需说得过去，否则，如何对将士进行战前动员呢？刘备目前的法子，和街巷间的寻衅斗殴并无太大区别，鲁智深三拳打死镇关西前，也是这么做的：坚定不移地找你的茬，不愁找不到挥老拳的借口。

美国参议员詹姆斯·华生说过一句名言，现已成为美国人的通行智慧："打不过他们，就加入他们。"当缺少必要的筹码时，中策即为上策。可惜，刘璋一时还拐不过弯来。

第六十三回

诸葛亮痛哭庞统　张翼德义释严颜

却说法正与那人相见，各抚掌而笑。庞统问之，正曰："此公乃广汉人，姓彭名羕，字永言，蜀中豪杰也。因直言忤触刘璋，被璋髡钳为徒隶，因此短发。"统乃以宾礼待之，问羕从何而来。羕曰："吾特来救汝数万人性命，见刘将军方可说。"［貌似很有性格。玄虚之徒多乏真才实学，他们不会明白，坦诚才是高明之道。］法正忙报玄德。玄德亲自谒见，请问其故。羕曰："将军有多少军马在前寨？"玄德实告："有魏延、黄忠在彼。"羕曰："为将之道，岂可不知地理乎？前寨紧靠涪江，若决动江水，前后以兵塞之，一人无可逃也。"玄德大悟。彭羕曰："罡星在西方，太白临于此地，当有不吉之事，切宜慎之。"玄德即拜彭羕为幕宾，使人密报魏延、黄忠，教朝暮用心巡警，以防决水。黄忠、魏延商议，二人各轮一日，如遇敌军到来，互相通报。

却说泠苞见当夜风雨大作，引了五千军，径循江边而进，安排决江。只听得后面喊声乱起，泠苞知有准备，急急回军。后面魏延引军赶来，川兵自相践踏。泠苞正奔走间，撞着魏延。交马不数合，被魏延活捉去了。比及吴兰、雷同来接应时，又被黄忠一军杀退。魏延解泠苞到涪关。玄德责之曰："吾以仁义相待，放汝回去，何敢背我！今次难饶！"将泠苞推出斩之，重赏魏延。

玄德设宴款待彭羕，忽荆州诸葛亮军师特遣马良奉书至此，玄德召入问之。马良礼毕曰："荆州平安，不劳主公忧念。"遂呈上军师书信。玄德拆书观之，略云：

> 亮夜算太乙数，今年岁次癸巳，罡星在西方，又观乾象，太白临于雒城之分，主将帅身上多凶少吉，切宜谨慎。

玄德看了书，便教马良先回，玄德曰："吾将回荆州去谕此事。"庞统暗思："孔明怕我取了西川，成了功，故意将此书相阻耳。"乃对玄德曰："统亦算太乙数，已知罡星在西，应主公合得西川，别不主凶事。统亦占天文，见太白临于雒城，先斩蜀将泠苞，已应凶兆矣。主公不可疑心，可急进兵。"[两位江湖齐名的谋士同为一人效力，彼此没点小九九，倒也不可信。但把孔明想得恁般不识大体，反衬庞统心眼之小。]

玄德见庞统再三催促，乃引军前进。黄忠同魏延接入寨去。庞统问法正曰："前至雒城，有多少路？"法正画地作图。玄德取张松所遗图本对之，并无差错。法正言："山北有条大路，正取雒城东门；山南有条小路，却取雒城西门。两条路俱可进兵。"庞统谓玄德曰："统令魏延为先锋，取南小路而进；主公令黄忠作先锋，从山北大路而进，并到雒城取齐。"玄德曰："吾自幼熟于弓马，多行小路。军师可从大路去取东门，吾取西门。"庞统曰："大路必有军邀拦，主公引兵当之。统取小路。"玄德曰："军师不可。吾夜梦一神人，手执铁棒击吾右臂，觉来犹自臂疼。此行莫非不佳？"庞统曰："壮士临阵，不死带伤，理之自然也。何故以梦寐之事疑心乎？"玄德曰："吾所疑者，孔明之书也。军师还守涪关，如何？"庞统大笑曰："主公被孔明所惑矣！彼不欲令统独成大功，故作此言以疑主公之心。心疑则致梦，何凶之有？统肝脑涂地，方称本心。主公再勿多言，来早准行。"[小心眼藏在肚里，是一回事，公开说出口，又是一回事。刘备不加反驳，难道有所认同？人心易变，久别成疏，一晃，刘备不见孔明，两年多了。]当日传下号令，军士五更造饭，平明上马。黄忠、魏延领军先行。玄德与庞统约定，忽坐下马眼生前失，把庞统掀将下来。玄德跳下马，自来笼住那马。玄德曰："军师何故乘此劣马？"庞统曰："此马乘久，不曾如此。"玄德曰："临阵眼生，误人性命。吾所骑白马，性极驯熟，军师可骑，万无一失。劣马吾自乘之。"遂与庞统更换所骑之马。庞统谢曰："深感主公厚恩，虽万死亦不能报也。"[这类话，平时说说无人见怪，一旦出事，人人做出恍然若悟状，俨然天机已泄，凶兆早露。]遂各上马取路而进。玄德见庞统去了，心中甚觉不快，怏怏而行。

却说雒城中吴懿、刘璝听知折了泠苞，遂与众商议。张任曰："城东南山僻有一条小路，最为要紧，某自引一军守之。诸公紧守雒城，勿得有失。”忽报汉兵分两路前来攻城。张任急引三千军，先来抄小路埋伏。见魏延兵过，张任教尽放过去，休得惊动。后见庞统军来，张任军士遥指军中大将：“骑白马者必是刘备。”张任大喜，传令教如此如此。

却说庞统迤逦前进，抬头见两山逼窄，树木丛杂；又值夏末秋初，枝叶茂盛。庞统心下甚疑，勒住马问：“此处是何地名？”内有新降军士，指道：“此处地名落凤坡。”庞统惊曰：“吾道号凤雏，此处名落凤坡，不利于吾。”［作者认定，庞统死于冥冥中的天数。］令后军疾退。只听山坡前一声炮响，箭如飞蝗，只望骑白马者射来。可怜庞统竟死于乱箭之下，时年止三十六岁。后人有诗叹曰：

古岘相连紫翠堆，士元有宅傍山隈。
儿童惯识呼鸠曲，闾巷曾闻展骥才。
预计三分平刻削，长驱万里独徘徊。
谁知天狗流星坠，不使将军衣锦回。

先是东南有童谣云：

一凤并一龙，相将到蜀中。才到半路里，凤死落坡东。风送雨，雨送风，隆汉兴时蜀道通，蜀道通时只有龙。

当日张任射死庞统，汉军拥塞，进退不得，死者大半。前军飞报魏延。魏延忙勒兵欲回，奈山路逼窄，厮杀不得。又被张任截断归路，在高阜处用强弓硬弩射来。魏延心慌，有新降蜀兵曰：“不如杀奔雒城下，取大路而进。”延从其言，当先开路，杀奔雒城来。尘埃起处，前面一军杀至，乃雒城守将吴兰、雷同也。后面张任引兵追来，前后夹攻，把魏延围在垓心。魏延死战不能得脱，但见吴兰、雷同后军自乱，二将急回马去救。魏延乘势赶去，当先一将，舞刀拍马，大叫：“文长，吾特来救汝！”视之，乃老将黄忠也。两下夹攻，杀败吴、雷二将，直冲至雒城之下。刘璝引兵杀出，却得玄德在后当住接应。黄忠、魏延翻身便回。玄德军马比及奔到寨中，张任军马又从小路里截出。刘璝、吴兰、雷同当先赶来。玄德守不住二寨，且战且走，奔回涪关。蜀兵得胜，迤逦追赶。玄德人困马乏，那里有心厮杀，且只顾奔走。将近涪关，张任一军追赶至紧。幸得左边刘封、右边关平，二将引三万生力兵截出，杀退张任，还赶二十里，夺回战马极多。

玄德一行军马再入涪关，问庞统消息。有落凤坡逃得性命的军士，报说军师连人带马，被乱箭射死于坡前。玄德闻言，望西痛哭不已，遥为招魂设祭。诸将皆哭。黄忠曰："今番折了庞统军师，张任必然来攻打涪关，如之奈何？不若差人往荆州，请诸葛军师来商议收川之计。"正说之间，人报张任引军直临城下搦战。黄忠、魏延皆要出战。玄德曰："锐气新挫，宜坚守以待军师来到。"黄忠、魏延领命，只紧守城池。玄德写一封书，教关平分付："你与我往荆州请军师去。"关平领了书，星夜往荆州来。玄德自守涪关，并不出战。[庞统一死，刘备顿失主见，可见庞统之举足轻重。庞统在，哪怕孔明、关、张俱缺，刘备也敢上攻成都。无庞统则只守不攻，诸事另议。]

却说孔明在荆州，时当七夕佳节，大会众官夜宴，共说收川之事。只见正西上一星，其大如斗，从天坠下，流光四散。孔明失惊，掷杯于地，掩面哭曰："哀哉！痛哉！"众官慌问其故。孔明曰："吾前者算今年罡星在西方，不利于军师；天狗犯于吾军，太白临于雒城，已拜书主公，教谨防之。谁想今夕西方星坠，庞士元命必休矣！"言罢，大哭曰："今吾主丧一臂矣！"众官皆惊，未信其言。孔明曰："数日之内，必有消息。"是夕酒不尽欢而散。

数日之后，孔明与云长等正坐间，人报关平到，众官皆惊。关平入，呈上玄德书信。孔明视之，内言本年七月初七日，庞军师被张任在落凤坡前箭射身故。孔明大哭，众官无不垂泪。孔明曰："既主公在涪关进退两难之际，亮不得不去。"云长曰："军师去，谁人保守荆州？荆州乃重地，干系非轻。"孔明曰："主公书中虽不明写其人，吾已知其意了。"乃将玄德书与众官看曰："主公书中把荆州托在吾身上，教我自量才委用。虽然如此，今教关平赍书前来，其意欲云长公当此重任。云长想桃园结义之情，可竭力保守此地。责任非轻，公宜勉之。"云长更不推辞，慨然领诺。孔明设宴，交割印绶，云长双手来接。孔明擎着印曰："这干系都在将军身上。"云长曰："大丈夫既领重任，除死方休。"孔明见云长说个

“死”字，心中不悦；欲待不与，其言已出。孔明曰：“倘曹操引兵来到，当如之何？”云长曰：“以力拒之。”孔明又曰：“倘曹操、孙权齐起兵来，如之奈何？”云长曰：“分兵抗之。”孔明曰：“若如此，荆州危矣。吾有八个字，将军牢记，可保守荆州。”云长问：“那八个字？”孔明曰：“北拒曹操，东和孙权。”云长曰：“军师之言，当铭肺腑。”［论年龄官衔，孔明最小，孔明时为军师中郎将，关羽、张飞则为将军，赵云是牙门将军，俱在孔明之上。关羽、张飞还是亭侯，属于有资格称“孤”的人，怎么反由孔明交割印绶？作者偏爱孔明，屡违常理。］

孔明遂与了印绶，令文官马良、伊籍、向朗、糜竺，武将糜芳、廖化、关平、周仓，一班儿辅佐云长，同守荆州。一面亲自统兵入川。先拨精兵一万，教张飞部领，取大路杀奔巴州、雒城之西，先到者为头功。一又拨一枝兵，教赵云为先锋，溯江而上，会于雒城。孔明随后引简雍、蒋琬等起行。那蒋琬字公琰，零陵湘乡人也，乃荆襄名士，现为书记。

当日孔明引兵一万五千，与张飞同日起行。张飞临行时，孔明嘱付曰：“西川豪杰甚多，不可轻敌。于路戒约三军，勿得掳掠百姓，以失民心。所到之处，并宜存恤，勿得恣逞鞭挞士卒。望将军早会雒城，不可有误。”

张飞欣然领诺，上马而去。迤逦前行，所到之处，但降者秋毫无犯。径取汉川路，前至巴郡。细作回报：“巴郡太守严颜，乃蜀中名将，年纪虽高，精力未衰，善开硬弓，使大刀，有万夫不当之勇，据住城郭，不竖降旗。”张飞教离城十里下寨，差人入城去：“说与老匹夫早早来降，饶你满城百姓性命；若不归顺，即踏平城郭，老幼不留！”

却说严颜在巴郡闻刘璋差法正请玄德入川，拊心叹曰：“此所谓独坐穷山，引虎自卫者也！”后闻玄德据住涪关，大怒，屡欲提兵往战，又恐这条路上有兵来。当日闻知张飞兵到，便点起本部五六千人马，准备迎敌。或献计曰：“张飞在当阳长坂，一声喝退曹兵百万之众，曹操亦闻风而避之。不可轻敌，今只宜深沟高垒，坚守不出。彼军无粮，不过一月，自然退去。更兼张飞性如烈火，专要鞭挞士卒；如不与战，必怒；怒则必以暴厉之气待其军士，军心一变，乘势击之，张飞可擒也。”严颜从其言，教军士尽数上城守护。忽见一个军士大叫开门，严颜教放入问之。那军士告说是张将军差来的，把张飞言语依直便说。严颜大怒，骂："匹夫怎敢无礼！吾严将军岂降贼者乎！借你口说与张飞！"唤武士把军人割下耳鼻，却放回寨。[虽有"两军交战，不斩来使"之说，综合小说所述，使者实为第一高危职业，或死或残，概率过半。]

军人回见张飞，哭告严颜如此毁骂。张飞大怒，咬牙睁目，披挂上马，引数百骑来巴郡城下搦战。城上众军百般痛骂。张飞性急，几番杀到吊桥，要过护城河，又被乱箭射回。到晚全无一个人出，张飞忍一肚气还寨。次日早晨，又引军去搦战。那严颜在城敌楼上，一箭射中张飞头盔。飞指而恨曰："吾拿住你这老匹夫，我亲自食你肉！"到晚又空回。第三日，张飞引了军，沿城去骂。原来那座城子是个山城，周围都是乱山，张飞自乘马登山，下视城中。见军士尽皆披挂，分列队伍，伏在城中，只是不出；又见民夫来来往往，搬砖运石，相助守城。张飞教马军下马，步军皆坐，引他出敌，并无动静。又骂了一日，依旧空回。张飞在寨中自思："终日叫骂，彼只不出，如之奈何？"猛然思得一计，教众军不要前去搦战，都结束了在寨中等候；却只教三五十个军士，直去城下叫骂。引严颜军出来，便与厮杀。张飞摩拳擦掌，只等敌军来。小军连骂了三日，全然不出。张飞眉头一皱，又生一计，传令教军士四散砍打柴草，寻觅路径，不来搦战。严颜在城中连日不见张飞动静，心中疑惑，着十数个小军，扮作张飞砍柴的军，潜地出城，杂在军内，入山中探听。

当日诸军回寨。张飞坐在寨中，顿足大骂："严颜老匹夫！枉气杀我！"只见帐前三四个人说道："将军不须心焦，这几日打探得一条小路，可以偷过巴郡。"张飞故意大叫曰："既有这个去处，何不早来说？"众应曰："这几日却才哨探得出。"张飞曰："事不宜迟，只今二更造饭，趁三更明月，拔寨都起，人衔枚，马去铃，悄悄而行。我自前面开路，汝等依次而行。"传了令便满寨告报。

探细小军听得这个消息，尽回城中来，报与严颜。颜大喜曰："我算定这匹夫忍耐不得。你偷小路过去，须是粮草辎重在后；我截住后路，你如何得过？好无谋匹夫，中我之计！”即时传令：教军士准备赴敌，今夜二更也造饭，三更出城，伏于树木丛杂去处。只等张飞过咽喉小路去了，车杖来时，只听鼓响，一齐杀出。传了号令。看看近夜，严颜全军尽皆饱食，披挂停当，悄悄出城，四散伏住，只听鼓响。严颜自引十数裨将，下马伏于林中。约三更后，遥望见张飞亲自在前，横矛纵马，悄悄引军前进。去不得三四里，背后车仗人马陆续进发。严颜看得分晓，一齐擂鼓，四下伏兵尽起。正来抢夺车仗，背后一声锣响，一彪军掩到，大喝：“老贼休走！我等的你恰好！”严颜猛回头看时，为首一员大将，豹头环眼，燕颔虎须，使丈八矛，骑深乌马：乃是张飞。四下里锣声大震，众军杀来。严颜见了张飞，举止无措，交马战不十合，张飞卖个破绽，严颜一刀砍来，张飞闪过，撞将入去，扯住严颜勒甲绦，生擒过来，掷于地下；众军向前，用索绑缚住了。原来先过去的是假张飞，料道严颜击鼓为号，张飞却教鸣金为号：金响诸军齐到。川兵大半弃甲倒戈而降。

张飞杀到巴郡城下，后军已自入城。张飞叫休杀百姓，出榜安民。群刀手把严颜推至。飞坐于厅上，严颜不肯跪下。飞怒目咬牙大叱曰：“大将到此，何为不降，而敢拒敌？”严颜全无惧色，回叱飞曰：“汝等无义，侵我州郡！但有断头将军，无降将军。”飞大怒，喝左右斩来。严颜喝曰：“贼匹夫！砍头便砍，何怒也！”张飞见严颜声音雄壮，面不改色，乃回嗔作喜，下阶喝退左右，亲解其缚，取衣衣之，扶在正中高坐，低头便拜曰：“适来言语冒渎，幸勿见责。吾素知老将军乃豪杰之士也。”严颜感其恩义，乃降。[《三国志》里，张飞“义释严颜”是与关羽“报效曹公”并列的标志性事件，陈寿以此赞张飞“有国士之风”。收降敌将，所在多有，曹操一人即不知“义释”了多少，缘何张飞独获高评？想必另有情节。史家常会忽略当时众所周知之事，后人却被迫对它大眼瞪小眼。]后人有诗赞严颜曰：

白发居西蜀，清名震大邦。忠心如皎月，浩气卷长江。

宁可断头死，安能屈膝降？巴州年老将，天下更无双。

又有赞张飞诗曰：

生获严颜勇绝伦，唯凭义气服军民。

至今庙貌留巴蜀，社酒鸡豚日日春。

张飞请问入川之计。严颜曰："败军之将，荷蒙厚恩，无以为报，愿施犬马之劳，不须张弓只箭，径取成都。"正是：

只因一将倾心后，致使连城唾手降。

未知其计如何，且看下文分解。

庞统

与刘备比，庞统未必缺仁人之心，他只是以"在商言商"的态度"在兵言兵"。从军事角度看，欺诈不是恶，如此，说庞统死于刘备的三心二意、首鼠两端，也不为过。

马基雅维里说过一句让人寒彻心扉的高明话："损害行为应该一下干完，以便人民少受一些损害，他们的积怨就少些。"既然刘备免不了对刘璋翻脸，更进一步说，既然刘备入蜀前就没打算空手而归，入蜀后也压根没有履行承诺（刘璋邀刘备入蜀是为了打张鲁，但几时见刘备对张鲁发过一兵一卒？）那么，早些听从庞统的"上计"，或更早些听从庞统的"鸿门宴"，在酒席上把刘璋一举拿下，效果好得多。快刀杀人当然好过钝刀割肉。庞统的幸运在于，他是刘备西征路上最为倚重的人，他也由此展开了一段充满冒险的军师人生。庞统的不幸亦在此：刘备对他决非言听计从，以至他不得不提供三个选项供刘备遴选。作为一名自视甚高的军师，看到主帅只肯采纳自己的"中计"，肯定有点窝囊和不甘。

庞统死了，刘备及其部下不得不在艰难的山道上逐城攻打，一路不知造成多少死伤。可见，虎狼计中未必没有善心，先礼后兵是否好过先兵后礼，不可一概而论。

第六十四回

孔明定计捉张任　杨阜借兵破马超

却说张飞问计于严颜，颜曰："从此取雒城，凡守御关隘，都是老夫所管，官军皆出于掌握之中。今感将军之恩，无可以报，老夫当为前部，所到之处，尽唤出拜降。"［刚投降就踊跃献计，反攻旧主，不像话。盗亦有道，降岂无方。真正的投降只是放下武器，停止抵抗，成为战俘。严颜所为，只能叫变节和附逆。当然，史书上的严颜，只是被张飞"引为宾客"，并无别种下文。］张飞称谢不已。于是严颜为前部，张飞领军随后。凡到之处，尽是严颜所管，都唤出投降。有迟疑未决者，颜曰："我尚且投降，何况汝乎？"自是望风归顺，并不曾厮杀一场。

却说孔明已将起程日期申报玄德，教都会聚雒城。玄德与众官商议："今孔明、翼德分两路取川，会于雒城，同入成都。水陆舟车，已于七月二十日起程，此时将及待到。今我等便可进兵。"［庞统七夕日身亡，十三天后远在荆州的孔明大军启程开拔，考虑到当时的交通、通讯条件，孔明用兵神速。］黄忠曰："张任每日来搦战，见城中不出，彼军懈怠，不做准备，今日夜间分兵劫寨，胜如白昼厮杀。"玄德从之，教黄忠引兵取左，魏延引兵取右，玄德取中路。当夜二更，三路军马齐发。张任果然不做准备。汉军拥入大寨，放起火来，烈焰腾空。蜀兵奔走，连夜赶到雒城，城中兵接应入去。玄德还中路下寨。次日，引兵直到雒城，围住攻打。张任按兵不出。攻到第四日，玄德自提一军攻打西门，令黄忠、魏延在东门攻打，留南门北门放军兵行走。原来南门一带都是山路，北门有涪水，因此不围。张任望见玄德在西门，骑马往来，指麾打城，从辰至未，人马渐渐力乏。张任教吴兰、雷同二将引兵出北门，转东门敌黄忠、魏延；自己却引军出南门，转西门单迎玄德。城内尽拨民兵上城，擂鼓助喊。

却说玄德见红日平西，教后军先退。军士方回身，城上一片声喊起，南门内军马突出，张任径来军中捉玄德，玄德军中大乱。黄忠、魏延又被吴兰、雷同敌住，两下不能相顾。玄德敌不住张任，拨马往山僻小路而走。张任从背后追来，看看赶上。玄德独自一人一马，张任引数骑赶来。玄德正望前尽力加鞭而行，忽山路一军冲出。玄德马上叫苦曰："前有伏兵，后有追兵，天亡我也！"只见来军当头一员大将，乃是张飞。原来张飞与严颜正从那条路上来，望见尘埃起，知与川兵交战。张飞当先而来，正撞着张任，便就交马。战到十余合，背后严颜引兵大进。张任火速回身，张飞直赶到城下。张任退入城，拽起吊桥。［刘备与张飞多年不见，谁想三弟一到就救了大哥的命。无巧不成书，出奇方有戏。］

张飞回见玄德曰："军师溯江而来，尚且未到，反被我夺了头功。"玄德曰："山路险阻，如何无军阻当，长驱大进，先到于此？"张飞曰："于路关隘四十五处，皆出老将严颜之功，因此一路并不曾费分毫之力。"遂把义释严颜之事，从头说了一遍，引严颜见玄德。玄德谢曰："若非老将军，吾弟安能到此？"即脱身上黄金锁子甲以赐之。严颜拜谢。正待安排宴饮，忽闻哨马回报："黄忠、魏延和川将吴兰、雷同交锋，城中吴懿、刘璝又引兵助战，两下夹攻，我军抵敌不住，魏、黄二将败阵投东去了。"张飞听得，便请玄德分兵两路，杀去救援。于是张飞在左，玄德在右，杀奔前来。吴懿、刘璝见后面喊声起，慌退入城中。吴兰、雷同只顾引兵追赶黄忠、魏延，却被玄德、张飞截住归路。黄忠、魏延又回马转攻。吴兰、雷同料敌不住，只得将本部军马前来投降。玄德准其降，收兵近城下寨。

却说张任失了二将，心中疑虑。吴懿、刘璝曰："兵势甚危，不决一死战，如何得退兵？一面差人去成都见主公告急，一面用计敌之。"张任曰："吾来日领一军搦战，诈败引转城北；城内再以一军冲出，截断其中，可获胜也。"吴懿曰："刘将军相辅公子守城，我引兵冲出助战。"约会已定。次日，张任引数千人马，摇旗呐喊，出城搦战。张飞上马出迎，更不打话，与张任交锋。战不十余合，张任诈败，绕城而走。张飞尽力追之。吴懿一军截住，张任引军复回，把张飞围在垓心，进退不得。正没奈何，只见一队军从江边杀出。当先一员大将，挺枪跃马与吴懿交锋；只一合，生擒吴懿，战退敌军，救出张飞。视之乃赵云也。飞问："军师何在?"［来一将，救一人。真是幸会——幸运之会。］云曰："军师已至，想此时已与主公相见了也。"二人擒吴懿回寨。张任自退入东门去了。

张飞、赵云回寨中，见孔明、简雍、蒋琬在帐中。飞下马来参军师。孔明惊问曰："如何得先到?"玄德具述义释严颜之事。孔明贺曰："张将军能用谋，皆主公之洪福也。"赵云解吴懿见玄德。玄德曰："汝降否?"吴懿曰："我既被捉，如何不降?"玄德大喜，亲解其缚。孔明问："城中有几人守城?"吴懿曰："有刘季玉之子刘循，辅将刘璝、张任。刘璝不打紧，张任乃蜀郡人，极有胆略，不可轻敌。"孔明曰："先捉张任，然后取雒城。"问："城东这座桥名为何桥?"吴懿曰："金雁桥。"孔明遂乘马至桥边，绕河看了一遍，回到寨中，唤黄忠、魏延听令曰："离金雁桥南五六里，两岸都是芦苇蒹葭，可以埋伏。魏延引一千枪手伏于左，单戳马上将；黄忠引一千刀手伏于右，单砍坐下马。杀散彼军，张任必投山东小路而来。张翼德引一千军伏在那里，就彼处擒之。"又唤赵云伏于金雁桥北："待我引张任过桥，你便将桥拆断，却勒兵于桥北，遥为之势，使张任不敢望北走，退投南去，却好中计。"调遣已定，军师自去诱敌。［孔明一到，混沌之仗化作高手之棋，思路清晰，招招夺命。］

却说刘璋差卓膺、张翼二将，前至雒城助战。张任教张翼与刘璝守城，自与卓膺为前后二队，任为前队，膺为后队，出城退敌。孔明引一队不整不齐军，过金雁桥来与张任对阵。孔明乘四轮车，纶巾羽扇而出，两边百余骑簇捧，遥指张任曰："曹操以百万之众，闻吾之名，望风而逃，今汝何人，敢不投降?"张任看见孔明军伍不齐，在马上冷笑曰："人说诸葛亮用兵如神，原来有名无实!"把枪一招，大小军校齐杀过来。孔明弃了四轮车，上马退走过桥。张任从背后赶来。过了金雁桥，见玄德军在左，严颜兵在右，冲杀将来。张任知是计，急回军时，桥已拆断了；欲投北去，只见赵云一军隔岸排开，遂不敢投北，径往南绕河而走。走不五六里，早到芦苇丛杂处。魏延一军从芦中忽起，都用长枪乱戳。黄忠一军伏在芦苇里，用长刀只剁马蹄。马军尽倒，皆被执缚，步军那里敢来？张任引数十骑望山路而走，正撞着张飞。张任方欲退走，张飞大喝一声，众军齐上，将张任活捉了。原来卓膺见张任中计，已投赵云军前降了，一发都到大寨。玄德赏了卓膺。张飞解张任至，孔明亦坐于帐中。玄德谓张任曰："蜀中诸将，望风而降，汝何不早投降？"张任睁目怒叫："忠臣岂肯事二主乎？"玄德曰："汝不识天时耳。降即免死。"任曰："今日便降，久后也不降！可速杀我！"玄德不忍杀之。张任厉声高骂，孔明命斩之以全其名。后人有诗赞曰：

烈士岂甘从二主，张君忠勇死犹生。

高明正似天边月，夜夜流光照雒城。

玄德感叹不已，令收其尸首，葬于金雁桥侧，以表其忠。[亲疏有别。日后关羽死于吴人之手，刘备尽起蜀国之兵，拼死复仇。庞统死于张任之手，刘备全无仇恨，不仅"感叹"，还要"不已"。庞统活转来，怕还要气死回去。]

次日，令严颜、吴懿等一班蜀中降将为前部，直至雒城，大叫："早开门受降，免一城生灵受苦！"刘璝在城上大骂。严颜方待取箭射之，忽见城上一将，拔剑砍翻刘璝，开门投降。玄德军马入雒城，刘循开西门走脱，投成都去了。玄德出榜安民。杀刘璝者，乃武阳人张翼也。玄德得了雒城，重赏诸将。[雒城即今广汉市，刘备打下它，费了九牛二虎之力。雒城距成都仅数十公里，确乎"只在目前"了。]孔明曰："雒城已破，成都只在目前。唯恐外州郡不宁，可令张翼、吴懿引赵云抚外水定江、犍为等处所属州郡，令严颜、卓膺引张飞抚巴西、德阳所属州郡，就委官按治平靖，即勒兵回成都取齐。"张飞、赵云领命，各自引兵去了。孔明问："前去有何处关隘？"蜀中降将曰："止绵竹有重兵守御，若得绵竹，成都唾手可得。"孔明便商议进兵。法正曰："雒城既破，蜀中危矣。主公欲以仁义服众，且勿进兵。某作一书上刘璋，陈说利害，璋自然降矣。"孔明曰："孝直之言最善。"便令写书，遣人径往成都。

却说刘循逃回见父，说雒城已陷，刘璋慌聚众官商议。从事郑度献策曰："今刘备虽攻城夺池，然兵不甚多，士众未附，野谷是资，军无辎重。不如尽驱巴西梓潼民过涪水以西，其仓廪野谷，尽皆烧除，深沟高垒，静以待之。彼至请战，勿许。久无所资，不过百日，彼兵自走。我乘虚击之，备可擒也。”刘璋曰：“不然。吾闻拒敌以安民，未闻动民以备敌也。此言非保全之计。”［人之将败，其言也善乎？］正议间，人报法正有书至。刘璋唤入。呈上书，璋拆开书视之。其略曰：

前蒙遣差结好荆州，不意主公左右不得其人，以致如此。今荆州眷念旧情，不忘族谊。主公若能幡然归顺，量不薄待。望三思裁示。

刘璋大怒，扯毁其书，大骂：“法正卖主求荣，忘恩背义之贼！”［法正也是卖主求荣者，与张松不相上下。但刘璋也须反思：若手下叛徒频出，则自己平素为人，定然欠妥。论处境狼狈，无人可与刘备相比，刘备老部下为何无人“卖主求荣”呢？］逐其使者出城。即时遣妻弟费观提兵前去守把绵竹。费观保举南阳人姓李名严字正方，一同领兵。当下费观、李严点三万军来守绵竹。益州太守董和，字幼宰，南郡枝江人也，上书于刘璋，请往汉中借兵。璋曰：“张鲁与吾世仇，安肯相救？”和曰：“虽然与我有仇，刘备军在雒城，势在危急，唇亡则齿寒，若以利害说之，必然肯从。”璋乃修书遣使前赴汉中。［够错乱的，先招刘备来打张鲁，再招张鲁来打刘备。不是儿戏，胜似儿戏。何况，刘璋还杀过张鲁的老母家人。］

却说马超自兵败入羌，二载有余，结好羌兵，攻拔陇西州郡。所到之处，尽皆归降；唯冀州攻打不下。刺史韦康，累遣人求救于夏侯渊。渊不得曹操言语，未敢动兵。韦康见救兵不来，与众商议：“不如投降马超。”参军杨阜哭谏曰：“超等叛君之徒，岂可降之？”康曰：“事势至此，不降何待？”阜苦谏不从。韦康大开城门，投拜马超。超大怒曰：“汝今事急请降，非真心也！”将韦康等四十余口尽斩之，不留一人。有人言杨阜劝韦康休降，可斩之，超曰：“此人守义，不可斩也。”复用杨阜为参军。［马超逻辑，骇然中有一番凛然，终究让人森然。］阜荐梁宽、赵衢二人，超尽用为军官。

杨阜告马超曰：“阜妻死于临洮，乞告两个月假，归葬某妻便回。”马超从之。杨阜过历城，来见抚彝将军姜叙。叙与阜是姑表兄弟，叙之母是阜之姑，时年已八十二。当日，杨阜入姜叙内宅，拜见其姑，哭告曰："阜守城不能保，主亡不能死，愧无面目见姑。马超叛君，妄杀郡守，一州士民无不恨之。今吾兄坐据历城，竟无讨贼之心，此岂人臣之理乎？"言罢，泪流出血。叙母闻言，唤姜叙入，责之曰："韦使君遇害，亦尔之罪也。"又谓阜曰："汝既降人，且食其禄，何故又兴心讨之？"阜曰："吾从贼者，欲留残生，与主报冤也。"叙曰："马超英勇，急难图之。"阜曰："有勇无谋，易图也。吾已暗约下梁宽、赵衢。兄若肯兴兵，二人必为内应。"叙母曰："汝不早图，更待何时？谁不有死，死于忠义，死得其所也。勿以我为念。汝若不听义山之言，吾当先死，以绝汝念。"［男人未必刚直，老母必然刚烈，也是小说一景。］

叙乃与统兵校尉尹奉、赵昂商议。原来赵昂之子赵月，现随马超为裨将。赵昂当日应允，归见其妻王氏曰："吾今日与姜叙、杨阜、尹奉一处商议，欲报韦康之仇。吾想子赵月现随马超，今若兴兵，超必先杀吾子，奈何？"其妻厉声曰："雪君父之大耻，虽丧身亦不失，何况一子乎！君若顾子而不行，吾当先死矣！"［不是"夫为妻纲"，而是"妻比夫刚"。］赵昂乃决。次日一同起兵。姜叙、杨阜屯历城，尹奉、赵昂屯祁山。王氏乃尽将首饰资帛，亲自往祁山军中，赏劳军士，以励其众。

马超闻姜叙、杨阜会合尹奉、赵昂举事，大怒，即将赵月斩之；令庞德、马岱尽起军马，杀奔历城来。姜叙、杨阜引兵出。两阵圆处，杨阜、姜叙衣白袍而出，大骂曰："叛君无义之贼！"马超大怒，冲将过来，两军混战。姜叙、杨阜如何抵得马超，大败而走。马超驱兵赶来。背后喊声起处，尹奉、赵昂杀来。超急回时，两下夹攻，首尾不能相顾。正斗间，刺斜里大队军马杀来。原来夏侯渊得了曹操军令，正领军来破马超。超如何当得三路军马，大败奔回。走了一夜，比及平明，到得冀城叫门时，城上乱箭射下。梁宽、赵衢立在城上，大骂马超；将马超妻杨氏从城上一刀砍了，撇下尸首来；又将马超幼子三人，并至亲十余口，都从城上一刀一个剁将下来。超气塞胸，几乎坠下马来。背后夏侯渊引兵追赶。超见势大，不敢恋战，与庞德、马岱杀开一条路走。前面又撞见姜叙、杨阜，杀了一阵；冲得过去，又撞着尹奉、赵昂，杀了一阵；

零零落落，剩得五六十骑，连夜奔走。四更前后，走到历城下，守门者只道姜叙兵回，大开门接入。超从城南门边杀起，尽洗城中百姓。至姜叙宅，拿出老母。母全无惧色，指马超而大骂。超大怒，自取剑杀之。尹奉、赵昂全家老幼，亦尽被马超所杀。昂妻王氏因在军中，得免于难。［杀得性起，杀得掉价。］次日，夏侯渊大军至，马超弃城杀出，望西而逃。行不得二十里，前面一军排开，为首的是杨阜。超切齿而恨，拍马挺枪刺之。阜兄弟七人，一齐来助战。马岱、庞德敌住后军。阜弟七人，皆被马超杀死。阜身中五枪，犹然死战。后面夏侯渊大军赶来，马超遂走。只有庞德、马岱五七骑后随而去。夏侯渊自行安抚陇西诸州人民，令姜叙等各各分守，用车载杨阜赴许都见曹操。操封阜为关内侯。阜辞曰："阜无捍难之功，又无死难之节，于法当诛，何颜受职？"操嘉之，卒与之爵。

却说马超与庞德、马岱商议，径往汉中投张鲁。张鲁大喜，以为得马超，则西可以吞益州，东可以拒曹操，乃商议欲以女招超为婿。大将杨柏谏曰："马超妻子遭惨祸，皆超之贻害也。主公岂可以女与之？"鲁从其言，遂罢招婿之议。或以杨柏之言告知马超。超大怒，有杀杨柏之意。杨柏知之，与兄杨松商议，亦有图马超之心。正值刘璋遣使求救于张鲁，鲁不从。忽报刘璋又遣黄权到，权先来见杨松，说："东西两川，实为唇齿；西川若破，东川亦难保矣。今若肯相救，当以二十州相酬。"松大喜，即引黄权来见张鲁，说唇齿利害，更以二十州相谢。鲁喜其利，从之。巴西阎圃谏曰："刘璋与主公世仇，今事急求救，诈许割地，不可从也。"忽阶下一人进曰："某虽不才，愿乞一旅之师，生擒刘备。务要割地以还。"正是：

方看真主来西蜀，又见精兵出汉中。

未知其人是谁，且看下文分解。

杀戮

这回书，血光泛滥。

孔明斩张任“以全其名”，依古人道德观，确是一种周到，不当以杀戮视之。对执意赴死之人，以得体的方式处决，不是侮辱，而是尊重。彼既视死如归，即当任其归去。日本封建武士也有类似认知，兵败或戴罪之人倘获准在寺院里切腹自杀，必视为一种荣宠。无他，对于视气节为人生大义的武士，全其气节即全其名声。斩将也有礼数，不可胡来。

至于马超辈，动辄杀人数十百口，手法血腥，漫无章法，甚至血洗全城百姓，只能视如化外蛮风。通常，允许士兵血洗百姓，至少有如下两个“章法”可循：要么作为允诺，以激励士卒的攻城士气；要么作为赏赐，以安抚士兵，便于他们投入下一阶段的战役。观马超，只是为杀为杀，禽兽不如。

话虽如此说，人类史上的类似杀戮，实在比比皆是、数不胜数，二十世纪也非鲜见。而且，越是杀戮广大的暴行，越不容易得到记录。当杀戮被统计为一个个数字时，人们倾向于把它抽象化，概念化，麻木化。当面对“一天之内就有八十万罗马人被屠杀”的题材时，无比渊博的爱德华·吉本都瞬间失语了；当面对南京三十万大屠杀的惨剧时，若干日本人惊愕之余也选择无视和抵赖。

第六十五回

马超大战葭萌关　刘备自领益州牧

却说阎圃正劝张鲁勿助刘璋，只见马超挺身出曰："超感主公之恩，无可上报，愿领一军攻取葭萌关，生擒刘备，务要刘璋割二十州奉还主公。"张鲁大喜，先遣黄权从小路而回，随即点兵二万与马超。此时庞德卧病不能行，留于汉中。张鲁令杨柏监军，超与弟马岱选日起程。

却说玄德军马在雒城，法正所差下书人回报说："郑度劝刘璋尽烧野谷并各处仓廪，率巴西之民避于涪水西，深沟高垒而不战。"［坚壁清野是一种无奈下策，借助大面积物质自残，迫使敌人无资可用，常为实力弱小者所用。九世纪时英国乡民为对付维京海盗，亦好用此策。］玄德、孔明闻之，皆大惊曰："若用此言，吾势危矣！"法正笑曰："主公勿忧。此计虽毒，刘璋必不能用也。"不一日，人传刘璋不肯迁动百姓，不从郑度之言。玄德闻之，方始宽心。孔明曰："可速进兵取绵竹。如得此处，成都易取矣。"遂遣黄忠、魏延领兵前进。费观听知玄德兵来，差李严出迎。严领三千兵出。各布阵完，黄忠出马，与李严战四五十合，不分胜负。孔明在阵中教鸣金收军。黄忠回阵问曰："正待要擒李严，军师何故收兵？"孔明曰："吾已见李严武艺，不可力取。来日再战，汝可诈败，引入山谷，出奇兵以胜之。"黄忠领计。次日，李严再引兵来，黄忠又出战，不十合诈败，引兵便走。李严赶来，迤逦赶入山峪，猛然省悟。急待回时，前面魏延引兵摆开。孔明自在山头，唤曰："公如不降，两下已伏强弩，欲与吾庞士元报仇矣。"李严忙下马卸甲投降。军士不曾伤害一人。孔明引李严见玄德。玄德待之甚厚。严曰："费观虽是刘益州亲戚，与某甚密，当往说之。"玄德即命李严回城招降费观。严入绵竹城，对费观赞玄德如此仁德；今若不降，必有大祸。观从其言，开门投降。［如此作为，非投降者所当为。在各种战俘条例里，均无"带路党"之说。故在除刘备集团的任何地方，李严都将被视为十恶不赦。]玄德遂入绵竹，商议分兵取成都。忽流星马急报，言孟达、霍峻守葭萌关，今被东川张鲁遣马超与杨柏、马岱领兵攻打甚急，救迟则关隘休矣。玄德大惊。孔明曰："须是张、赵二将，方可与敌。"玄德曰："子龙引兵在外未回。翼德已在此，可急遣之。"孔明曰："主公且勿言，容亮激之。"

却说张飞闻马超攻关，大叫而入曰："辞了哥哥，便去战马超也。"孔明佯作不闻，对玄德曰："今马超侵犯关隘，无人可敌；除非往荆州取关云长来，方可与敌。"张飞曰："军师何故小觑吾？吾曾独拒曹操百万之兵，岂愁马超一匹夫乎！"孔明曰："翼德拒水断桥，此因曹操不知虚实耳！若知虚实，将军岂得无事？今马超之勇，天下皆知，渭桥六战，杀得曹操割须弃袍，几乎丧命，非等闲之比。云长且未必可胜。"飞曰："我只今便去，如胜不得马超，甘当军令！"孔明曰："既你肯写文书，便为先锋。请主公亲自去一遭，留亮守绵竹。待子龙来，却作商议。"魏延曰："某亦愿往。"[张飞曾"义释严颜"，岁数亦达知命，孔明依旧把他当成孩子，总是激将。窃为翼德抱屈。在张飞与孔明之间，必有一人拒绝成长，是谁呢？]孔明令魏延带五百哨马先行，张飞第二，玄德后队，望葭萌关进发。魏延哨马先到关下，正遇杨柏。魏延与杨柏交战，不十合，杨柏败走。魏延要夺张飞头功，乘势赶去。前面一军摆开，为首乃是马岱。魏延只道是马超，舞刀跃马迎之。与岱战不十合，岱败走。延赶去，被岱回身一箭，中了魏延左臂。延急回马走。马岱赶至关前，只见一将喊声如雷，从关上飞马奔至面前。原来是张飞初到关上，听得关前厮杀，便来看时，正见魏延中箭，因骤马下关，救了魏延。飞喝马岱曰："汝是何人？先通名姓，然后厮杀！"马岱曰："吾乃西凉马岱是也。"张飞曰："你原来不是马超，快回去！非吾对手！只令马超那厮自来，说道燕人张翼德在此！"马岱大怒曰："汝焉敢小觑我！"挺枪跃马，直取张飞。战不十合，马岱败走。张飞欲待追赶，关上一骑马到来，叫："兄弟且休赶！"飞回视之，原来是玄德到来。飞遂不赶，一同上关。玄德曰："恐怕你性躁，故我随后赶来到此。既然胜了马岱，且歇一宵，来日战马超。"

次日天明，关下鼓声大震，马超兵到。玄德在关上看时，门旗影里，马超纵马提枪而出，狮盔兽带，银甲白袍：一来结束非凡，二者人才出众。玄德叹曰："人言'锦马超'，名不虚传！"张飞便要下关。玄德急止之曰："且休出战。当先避其锐气。"关下马超单搦张飞出战，关上张飞恨不得平吞马超，三五番皆被玄德当住。看看午后，玄德望见马超阵上人马皆倦，遂选五百骑，跟着张飞冲下关来。马超见张飞军到，把枪望后一招，约退军有一箭之地。张飞军马一齐扎住，关上军马陆续进来。张飞挺枪出马，大呼："认得燕人张翼德么！"马超曰："吾家屡世公侯，岂识村野匹夫！"［欲说大话，难免撒谎。史载，马超的爷爷马硕"家贫无妻，遂娶羌女"，然后生下"身体洪大，面鼻雄异"的马腾。当然，扯远些，马腾为伏波将军马援之后，马超未必不可夸嘴。］张飞大怒。两马齐出，二枪并举。约战百余合，不分胜负。玄德观之，叹曰："真虎将也！"恐张飞有失，急鸣金收军。两将各回。张飞回到阵中，略歇马片时，不用头盔，只裹包巾上马，又出阵前搦马超厮杀。超又出，两个再战。玄德恐张飞有失，自披挂下关，直至阵前；看张飞与马超又斗百余合，两个精神倍加。玄德教鸣金收军。二将分开，各回本阵。是日天色已晚，玄德谓张飞曰："马超英勇，不可轻敌，且退上关。来日再战。"张飞杀得性起，那里肯休？大叫曰："誓死不回！"玄德曰："今日天晚，不可战矣。"飞曰："可点火把，安排夜战！"马超亦换了马，再出阵前，大叫曰："张飞！敢夜战么？"张飞性起，问玄德换了坐下马，抢出阵来，叫曰："我捉你不得，誓不上关！"超曰："我胜你不得，誓不回寨！"两军呐喊，点起千百火把，照耀如同白日。两将又向阵前鏖战。到二十余合，马超拨回马便走。张飞大叫曰："走那里去！"原来马超见赢不得张飞，心生一计：诈败佯输，赚张飞赶来，暗掣铜锤在手，纽回身觑着张飞便打来。张飞见马超走，心中也堤防；比及铜锤打来时，张飞一闪，从耳朵边过去。张飞便勒回马时，马超却又赶来。张飞带住马，拈弓搭箭，回射马超；超却闪过。二将各自回阵。玄德自于阵前叫曰："吾以仁义待人，不施谲诈。马孟起，你收兵歇息，我不乘势赶你。"马超闻言，亲自断后，诸军渐退。玄德亦收军上关。［如此好斗，仿佛玩的不是致命兵械，而是任天堂游戏机。]

次日，张飞又欲下关战马超。人报军师来到。玄德接着孔明。孔明曰："亮闻孟起世之虎将，若与翼德死战，必有一伤，故令子龙、汉升守绵竹，我星夜来此。可使条小计，令马超归降主公。"玄德曰："吾见马超英勇，甚爱之。如何可得?"孔明曰："亮闻东川张鲁，欲自立为汉宁王。手下谋士杨松，极贪贿赂。可差人从小路径投汉中，先用金银结好杨松，后进书于张鲁，云吾与刘璋争西川，是与汝报仇。不可听信离间之语。事定之后，保汝为汉宁王。令其撤回马超兵。待其来撤时，便可用计招降马超矣。"[不义之战，需借不义之人成其事。]玄德大喜，即时修书，差孙乾赍金珠从小路径至汉中，先来见杨松，说知此事，送了金珠。松大喜，先引孙乾见张鲁，陈言方便。鲁曰："玄德只是左将军，如何保得我为汉宁王?"杨松曰："备大汉皇叔，正合保奏。"张鲁大喜，便差人教马超罢兵。孙乾只在杨松家听回信。

不一日，使者回报："马超言，未成功，不可退兵。"张鲁又遣人去唤，又不肯回。一连三次不至。杨松曰："此人素无信行，不肯罢兵，其意必反。"遂使人流言云："马超意欲夺西川，自为蜀王，与父报仇，不肯臣于汉中。"张鲁闻之，问计于杨松。[远在天边的孔明尚知杨松乃贪财小人，近在眼前的张鲁竟毫无觉察。]松曰："一面差人去说与马超：汝既欲成功，与汝一月限，要依我三件事。若依得便有赏，否则必诛。一要取西川，二要刘璋首级，三要退荆州兵。三件事不成，可献头来。一面教张卫点军守把关隘，防马超兵变。"鲁从之，差人到马超寨中，说这三件事。超大惊曰："如何变得恁的!"乃与马岱商议："不如罢兵。"杨松又流言曰："马超回兵，必怀异心。"于是张卫分七路军，坚守隘口，不放马超兵入。超进退不得，无计可施。

孔明谓玄德曰："今马超正在两难之际，亮凭三寸不烂之舌，亲往超寨，说马超来降。"玄德曰："先生乃吾之股肱心腹，倘有疏虞，如之奈何?"孔明坚意要去，玄德再三不肯放去。[孔明饶富胆识。]正踌躇间，忽报赵云有书荐西川一人来降。玄德召入问之。其人乃建宁俞元人也，姓李名恢，字德昂。玄德曰："向日闻公苦谏刘璋，今何故归我?"恢曰：

“吾闻‘良禽相木而栖，贤臣择主而事’。前谏刘益州者，以尽人臣之心；既不能用，知必败矣。今将军仁德布于蜀中，知事必成，故来归耳。”玄德曰：“先生此来，必有益于刘备。”恢曰：“今闻马超在进退两难之际。恢昔在陇西，与彼有一面之交，愿往说马超归降，若何?”孔明曰：“正欲得一人替吾一往，愿闻公之说词。”李恢于孔明耳畔陈说如此如此。孔明大喜，即时遣行。

恢行至超寨，先使人通姓名。马超曰：“吾知李恢乃辩士，今必来说我。”先唤二十刀斧手伏于帐下，嘱曰：“令汝砍，即砍为肉酱!”须臾，李恢昂然而入。马超端坐帐中不动，叱李恢曰：“汝来为何?”恢曰：“特来作说客。”超曰：“吾匣中宝剑新磨。汝试言之，其言不通，便请试剑!”恢笑曰：“将军之祸不远矣！但恐新磨之剑，不能试吾之头，将欲自试也!”超曰：“吾有何祸?”恢曰：“吾闻越之西子，善毁者不能闭其美；齐之无盐，善美者不能掩其丑。‘日中则昃，月满则亏’，此天下之常理也。今将军与曹操有杀父之仇，而陇西又有切齿之恨；前不能救刘璋而退荆州之兵，后不能制杨松而见张鲁之面；目下四海难容，一身无主。若复有渭桥之败，冀城之失，何面目见天下之人乎?”超顿首谢曰：“公言极善，但超无路可行。”恢曰：“公既听吾言，帐外何故伏刀斧手?”超大惭，尽叱退。恢曰：“刘皇叔礼贤下士，吾知其必成，故舍刘璋而归之。公之尊人，曾与皇叔约共讨贼，公何不弃暗投明，以图上报父仇，下立功名乎?”马超大喜，即唤杨柏入，一剑斩之，将首级共恢一同上关来降玄德。玄德亲自接入，待以上宾之礼。超顿首谢曰：“今遇明主，如拨云雾而见青天!”时孙乾已回。玄德复命霍峻、孟达守关，便撤兵来取成都。赵云、黄忠接入绵竹。人报蜀将刘晙、马汉引兵到。赵云曰：“某愿往擒此二人!”言讫，上马引军出。玄德在城上款待马超吃酒，未曾安席，子龙已斩二人之头，献于筵前。[借敌酋之头助兴，是蛮族武士的常规乐趣。安息人获得罗马将军克拉苏的人头后，也曾在酒宴上传递狂欢。人头即是“人头马”。] 马超亦惊，倍加敬重。超曰：“不须主公厮杀，超自唤出刘璋来降。如不肯降，超自与弟马岱取成都，双手奉献。”玄德大喜，是日尽欢。

却说败兵回到益州，报刘璋。璋大惊，闭门不出。人报城北马超救兵到，刘璋方敢登城望之，见马超、马岱立于城下，大叫："请刘季玉答话。"刘璋在城上问之。超在马上以鞭指曰："吾本领张鲁兵来救益州，谁想张鲁听信杨松谗言，反欲害我。今已归降刘皇叔。公可纳土拜降，免致生灵受苦。如或执迷，吾先攻城矣！"［史载，刘备让马超士兵变易服饰，扮成胡人模样，把刘璋吓坏了。］刘璋惊得面如土色，气倒于城上。众官救醒。璋曰："吾之不明，悔之何及！不若开门投降，以救满城百姓。"董和曰："城中尚有兵三万余人，钱帛粮草可支一年，奈何便降？"刘璋曰："吾父子在蜀二十余年，无恩德以加百姓。攻战三年，血肉捐于草野。皆我罪也，我心何安？不如投降以安百姓。"众人闻之，皆堕泪。忽一人进曰："主公之言，正合天意。"视之，乃巴西西充国人也，姓谯名周，字允南。此人素晓天文。［谯周非等闲之辈，日后力劝刘禅投降者，亦是此公。陈寿曾在谯周门下学习，学业大进。或可说，无谯周则无陈寿，无陈寿则无罗贯中。］璋问之，周曰："某夜观乾象，见群星聚于蜀郡，其大星光如皓月，乃帝王之象也。况一载之前，小儿谣云：若要吃新饭，须待先主来。此乃预兆，不可逆天道。"黄权、刘巴闻言皆大怒，欲斩之。刘璋挡住。忽报："蜀郡太守许靖逾城出降矣。"刘璋大哭归府。

次日，人报刘皇叔遣幕宾简雍在城下唤门。璋令开门接入。雍坐车中，傲睨自若。忽一人掣剑大喝曰："小辈得志，傍若无人！汝敢藐视吾蜀中人物耶！"雍慌下车迎之。此人乃广汉绵竹人也，姓秦名宓，字子敕。雍笑曰："不识贤兄，幸勿见责。"遂同入见刘璋，且说玄德宽洪大度，并无相害之意。于是刘璋决计投降，厚待简雍。次日，亲赍印绶文籍，与简雍同车出城投降。玄德出寨迎接，握手流泪曰："非吾不行仁义，奈势不得已也！"［也许是实话，刘璋爱听么？］共入寨，交割印绶文籍，并马入城。

玄德入城都，百姓香花灯烛，迎门而接。玄德到公厅，升堂坐定。郡内诸官皆拜于堂下，唯黄权、刘巴闭门不出。众将忿怒，欲往杀之。玄德慌忙传令曰："如有害此二人者，灭其三族！"玄德亲自登门，请二人出仕。二人感玄德恩礼，乃出。孔明请曰："今西川平定，难容二主，可将刘璋送去荆州。"玄德曰："吾方得蜀郡，未可令季玉远去。"孔明曰："刘璋失基业者，皆因太弱也。主公若以妇人之仁，临事不决，恐此土难以长久。"玄德从之，设一大宴，请刘璋收拾财物，佩领振威将军印绶，令将妻子良贱，尽赴南郡公安住歇，即日起行。［妥为善后，刘备不赖。至于"振威将军印绶"原是曹操以汉献帝名义颁给刘璋的，刘备无权剥夺。］

玄德自领益州牧。其所降文武，尽皆重赏，定拨名爵：严颜为前部将军，法正为蜀郡太守，董和为掌军中郎将，许靖为左将军长史，庞义为营中司马，刘巴为左将军，黄权为右将军。其余吴懿、费观、彭义、卓膺、李严、吴兰、雷同、李恢、张翼、秦宓、谯周、吕义、霍峻、邓芝、杨洪、周群、费禕、费诗、孟达，文武投降官员，共六十余人，并皆擢用。诸葛亮为军师，关云长为荡寇将军、汉寿亭侯，张飞为征远将军、新亭侯，赵云为镇远将军，黄忠为征西将军，魏延为扬武将军，马超为平西将军。孙乾、简雍、糜竺、糜芳、刘封、关平、周仓、廖化、马良、马谡、蒋琬、伊籍，及旧日荆襄一班文武官员，尽皆升赏。遣使赍黄金五百斤、白银一千斤、钱五千万、蜀锦一千匹，赐与云长。其余官将，给赐有差。杀牛宰马，大饷士卒。开仓赈济百姓，军民大悦。［刘备阔了！益州原属疲弊之地，滥行赏赐，难免竭泽而渔，殃及百姓。人民卑微而不下贱，"军民大悦"云云，把人民说得既迟钝，又下贱。］

益州既定，玄德欲将成都有名田宅，分赐诸官。赵云谏曰："益州人民屡遭兵火，田宅皆空，今当归还百姓，令安居复业，民心方定，不宜夺之为私赏也。"［赵云堪称伟大。］玄德大喜，从其言，使诸葛军师定拟治国条例，刑法颇重。法正曰："昔高祖约法三章，黎民皆感其德。愿军师宽刑省法，以慰民望。"孔明曰："君知其一，未知其二：秦用法暴虐，万民皆怨，故高祖以宽仁得之。今刘璋暗弱，德政不举，威刑不肃，君臣之道，渐以凌替。宠之以位，位极则残；顺之以恩，恩竭则慢。所以致弊，实由于此。吾今威之以法，法行则知恩；限之以爵，爵加则知荣。恩荣并济，上下有节。为治之道，于斯著矣。"法正拜服。自此军民安靖。四十一州地面，分兵镇抚，并皆平定。［孔明的治国思想，源出战国法家一脉，强调并依赖严刑峻法。］法正为蜀郡太守，凡平日一餐之德，睚眦之怨，无不报服。或告孔明曰："孝直太横，宜稍斥之。"孔明曰："昔主公困守荆州，北畏曹操，东惮孙权，赖孝直为之辅翼，遂翻然翱翔，不可复制。今奈何禁孝直，使不得少行其意耶？"因竟不问。［法正身份复杂，既是小人恶人，又是能人强人，还是刘备的恩人兼新宠。刘备欲在益州立足，少不得法正帮忙。孔明只能"睁一只眼闭一只眼"，姑从"权变"。］法正闻之，亦自敛戢。

一日，玄德正与孔明闲叙，忽报云长遣关平来谢所赐金帛。玄德召入。平拜罢，呈上书信曰："父亲知马超武艺过人，要入川来与之比试高低。教就禀伯父此事。"玄德大惊曰："若云长入蜀，与孟起比试，势不两立。"孔明曰："无妨，亮自作书回之。"玄德只恐云长性急，便教孔明写了书，发付关平星夜回荆州。平回至荆州，云长问曰："我欲与马孟起比试，汝曾说否？"平答曰："军师有书在此。"云长拆开视之。其书曰：

> 亮闻将军欲与孟起分别高下。以亮度之：孟起虽雄烈过人，亦乃黥布、彭越之徒耳！当与翼德并驱争先，犹未及美髯公之绝伦超群也。今公受任荆州，不为不重；倘一入川，若荆州有失，罪莫大焉。惟冀明照。

云长看毕，自绰其髯笑曰："孔明真知我心也。"将书遍示宾客，遂无入川之意。［云长傲得可爱。然而，当傲心须借他人的好话来浇灌时，距离可笑和可悲，已近在咫尺。］

却说东吴孙权知玄德并吞西川，将刘璋逐于公安，遂召张昭、顾雍商议曰："当初刘备借我荆州时，说取了西川，便还荆州。今已得巴蜀四十一州，须用取索汉上诸郡。如其不还，即动干戈。"张昭曰："吴中方宁，不可动兵。昭有一计，使刘备将荆州双手奉还主公。"正是：

西蜀方开新日月，东吴又索旧山川。

未知其计如何，且看下文分解。

益州

当年乘着酒兴，刘备对刘表说：“备若有基本，天下碌碌之辈，诚不足虑也。”眼下“基本”已得，鸿图待展，再不必担心被人骂为“织席编屦之夫”了。

孔明更振奋，也更感责任重大。他七年前在隆中替刘备谋划的那幅宏大构图，终于有了着落。益州及荆州在手（荆州只有半个，另一些荆州地盘分别在曹操、孙权手上），两翼张开、徐图中原之势，堪堪已成。

关羽虽然被孔明那封信逗得很开心，但他肯定没想到，与刘备、张飞等老伙计的“生离”，已经成为“永别”。从现在起，他将以一己之力捍卫刘备的另一大“基本”，而“祸福相依”之谶，已幽幽埋下。

依某种“事后诸葛亮”观点，刘备暂歇兵戈，与民休息，然后暗蓄物力，择日北进，肯定是更好的策略。毕竟，曹军想从北方打进西蜀，不容易，曹操也不为之图。所谓“蜀道难”，指的原是由陇入蜀那条道。可惜人算不如天算，天意另有布局。

第六十六回

关云长单刀赴会　伏皇后为国捐生

却说孙权要索荆州。张昭献计曰："刘备所倚重者，诸葛亮耳。其兄诸葛瑾今仕于吴，何不将瑾老小执下，使瑾入川告其弟，令劝刘备交割荆州：'如其不还，必累及我老小。'亮念同胞之情，必然应允。"权曰："诸葛瑾乃诚实君子，安忍拘其老小？"昭曰："明教知是计策，自然放心。"权从之，召诸葛瑾老小，虚监在府；一面修书，打发诸葛瑾往西川去。不数日，到了成都，先使人报知玄德。玄德问孔明曰："令兄此来为何？"孔明曰："来索荆州耳。"玄德曰："何以答之？"孔明曰："只须如此如此。"计会已定。

孔明出郭接瑾，不到私宅，径入宾馆。参拜毕，瑾放声大哭。亮曰："兄长有事但说，何故发哀？"瑾曰："吾一家老小休矣！"亮曰："莫非为不还荆州乎？因弟之故，执下兄长老小，弟心何安？兄休忧虑，弟自有计还荆州便了。"

瑾大喜，即同孔明入见玄德，呈上孙权书。玄德看了，怒曰："孙权既以妹嫁我，却乘我不在荆州，竟将妹子潜地取去，情理难容！我正要大起川兵杀下江南，报我之恨，却还想来索荆州乎！"孔明哭拜于地，曰："吴侯执下亮兄长老小，倘若不还，吾兄将全家被戮。兄死，亮岂能独生？望主公看亮之面，将荆州还了东吴，全亮兄弟之情！"玄德再三不肯，孔明只是哭求。[孔明与刘备玩了把交叉换位，孔明成哭泣者，刘备唱白脸。]玄德徐徐曰："既如此，看军师面，分荆州一半还之，将长沙、零陵、桂阳三郡与他。"亮曰："既蒙见允，便可写书与云长，令交割三郡。"玄德曰："子瑜到彼，须用善言求吾弟。吾弟性如烈火，吾尚惧之。切宜仔细。"[类似戏文不知演了多少场，东吴人每次都用"上当"来捧场。]

瑾求了书，辞了玄德，别了孔明，登途径到荆州。云长请入中堂，宾主相叙。瑾出玄德书曰："皇叔许先以三郡还东吴，望将军即日交割，令瑾好回见吴主。"云长变色曰："吾与吾兄桃园结义，誓共匡扶汉室。荆州本大汉疆土，岂得妄以尺寸与人？将在外，君命有所不受。虽吾兄有书来，我却只不还。"瑾曰："今吴侯执下瑾老小，若不得荆州，必将被诛。望将军怜之！"云长曰："此是吴侯谲计，如何瞒得我过！"瑾曰："将军何太无面目！"云长执剑在手曰："休再言！此剑上并无面目！"关平告曰："军师面上不好看，望父亲息怒。"云长曰："不看军师面上，教你回不得东吴！"

瑾满面羞惭，急辞下船，再往西川见孔明。孔明已自出巡去了。瑾只得再见玄德，哭告云长欲杀之事。玄德曰："吾弟性急，极难与言。子瑜可暂回，容吾取了东川、汉中诸郡，调云长往守之，那时方得交付荆州。"[老办法，新说法。]瑾不得已，只得回东吴见孙权，具言前事。孙权大怒曰："子瑜此去，反复奔走，莫非皆是诸葛亮之计？"瑾曰："非也。吾弟亦哭告玄德，方许将三郡先还，又无奈云长恃顽不肯。"孙权曰："既刘备有先还三郡之言，便可差官前去长沙、零陵、桂阳三郡赴任，且看如何。"瑾曰："主公所言极是。"权乃令瑾取回老小，一面差官往三郡赴任。不一日，三郡差去官吏尽被逐回，告孙权曰："关云长不肯相容，连夜赶逐回吴。迟后者便要杀。"孙权大怒，差人召鲁肃责之曰："子敬昔为刘备作保，借吾荆州，今刘备已得西川，不肯归还，子敬岂得坐视？"肃曰："肃已思得一计，正欲告主公。"权问："何计？"肃曰："今屯兵于陆口，使人请关云长赴会。若云长肯来，以善言说之，如其不从，伏下刀斧手杀之。如彼不肯来，随即进兵，与决胜负，夺取荆州便了。"孙权曰："正合吾意，可即行之。"阚泽进曰："不可，关云长乃世之虎将，非等闲可及。恐事不谐，反遭其害。"孙权怒曰："若如此，荆州何日可得！"[鲁肃曾力主与刘备修好，现在鲁肃都打起刀斧手的主意，两家关系日益恶化。]便命鲁肃速行此计。肃乃辞孙权，至陆口。召吕蒙、甘宁商议，设宴于陆口寨外临江亭上，修下请书，选帐下能言快语一人为使，登舟渡江。江口关平问了，遂引使入荆州叩见云长，具道鲁肃相邀赴会之意，呈上请书。云长看书毕，谓来人曰："既子敬相请，明日便来赴宴。汝可先回。"

使者辞去。关平曰："鲁肃相邀，必无好意，父亲何故许之？"云长笑曰："吾岂不知耶！此是诸葛瑾回报孙权，说吾不肯还三郡，故令鲁肃屯兵陆口，邀我赴会，便索荆州。吾若不往，道吾怯矣。吾来日独驾小舟，只用亲随十余人，单刀赴会，看鲁肃如何近我！"平谏曰："父亲奈何以万金之躯，亲蹈虎狼之穴？恐非所以重伯父之寄托也。"云长曰："吾于千枪万刀之中，矢石交攻之际，匹马纵横，如入无人之境！岂忧江东群鼠乎！"[云长有说大话狠话的资格，但不说更好，好比富翁有一掷千金的本钱，但节俭更佳。云长的可悲在于，他日后被东吴人用一连串软话哄得团团转，直至身首异处。]马良亦谏曰："鲁肃虽有长者之风，但今事急，不容不生异心。将军不可轻往。"云长曰："昔战国时赵人蔺相如，无缚鸡之力，于渑池会上，觑秦国君臣如无物；况吾曾学万人敌者乎！既已许诺，不可失信。"良曰："纵将军去，亦当有准备。"云长曰："只教吾儿选快船十只，藏善水军五百于江上等候。看吾红旗起，便过江来。"平领命自去准备。

却说使者回报鲁肃，说云长慨然应允，来日准到。肃与吕蒙商议："此来若何？"蒙曰："彼带军马来，某与甘宁各人领一军伏于岸侧，放炮为号，准备厮杀；如无军来，只于庭后伏刀斧手五十人，就筵间杀之。"计会已定。

次日，肃令人于岸口遥望。辰时后，见江面上一只船来，梢公水手只数人，一面红旗，风中招飐，显出一个大"关"字来。船渐近岸，见云长青巾绿袍坐于船上，傍边周仓捧着大刀，八九个关西大汉各跨腰刀一口。鲁肃惊疑，接入亭内。叙礼毕，入席饮酒，举杯相劝，不敢仰视。云长谈笑自若。酒至半酣，肃曰："有一言诉与君侯，幸垂听焉：昔日令兄皇叔，使肃于吾主之前保借荆州暂住，约于取川之后归还。今西川已得，而荆州未还，得毋失信乎？"云长曰："此国家之事，筵间不必论之。"肃曰："吾主只区区江东之地，而肯以荆州相借者，为念君侯等兵败远来，无以为资故也。今已得益州，则荆州自应见还。乃皇叔但肯先割三郡，而君侯又不从，恐于理上说不去。”云长曰：“乌林之役，左将军亲冒矢石，戮力破敌，岂得徒劳而无尺土相资？今足下复来索地耶？”肃曰：“不然。君侯始与皇叔同败于长坂，计穷虑极，将欲远窜，［这是实话，当时刘备走投无路，欲远赴广西梧州，投奔苍梧太守吴巨。］吾主矜愍皇叔身无处所，不爱土地，使有所托足，以图后功；［这是虚情，孙权不是圣诞老人，不会拿土地当糖果派发。］而皇叔愆德隳好，已得西川，又占荆州，贪而背义，恐为天下所耻笑。唯君侯察之。”云长曰：“此皆吾兄之事，非某所宜与也。”肃曰：“某闻君侯与皇叔桃园结义，誓同生死。皇叔即君侯也，何得推托乎？”

云长未及回答，周仓在阶下厉声言曰：“天下土地，唯有德者居之。岂独是汝东吴当有耶！”云长变色而起，夺周仓所执大刀，立于庭中，目视周仓而叱曰：“此国家之事，汝何敢多言！可速去！”仓会意，先到岸口，把红旗一招。关平船如箭发，奔过江东来。云长右手提刀，左手挽住鲁肃手，佯推醉曰：“公今请吾赴宴，莫提起荆州之事。吾今已醉，恐伤故旧之情。他日令人请公到荆州赴会，另作商议。”鲁肃魂不附体，被云长扯至江边。吕蒙、甘宁各引本部军欲出，见云长手提大刀，亲握鲁肃，恐肃被伤，遂不敢动。云长到船边，却才放手，早立于船首，与鲁肃作别。肃如痴似呆，看关公船已乘风而去。后人有诗赞关公曰：

藐视吴臣若小儿，单刀赴会敢平欺。
当年一段英雄气，尤胜相如在渑池。

［关公英勇，但后人用歪诗埋汰蔺相如，则大谬不然。］

云长自回荆州。鲁肃与吕蒙共议：“此计又不成，如之奈何？”蒙曰：“可申报主公，起兵与云长决战。”肃即时使人申报孙权。权闻之大怒，商议起倾国之兵来取荆州。忽报：“曹操又起三十万大军来也！”权大惊，且教鲁肃休惹荆州之兵，移兵向合淝、濡须，以拒曹操。

却说操将欲起程南征，参军傅干，字彦材，上书谏操。书略曰：

干闻用武则先威，用文则先德；威德相济，而后王业成。往者天下大乱，明公用武攘之，十平其九；今未承王命者，吴与蜀耳。吴有长江之险，蜀有崇山之阻，难以威胜。愚以为且宜增修文德，按甲寝兵，息军养士，待时而动。今若举数十万之众，顿长江之滨，倘贼凭险深藏，使我士马不得逞其能，奇变无所用其权，则天威屈矣。唯明公详察焉。

曹操览之，遂罢南征，兴设学校，延礼文士。于是侍中王粲、杜袭、卫凯、和洽四人，议欲尊曹操为魏王。中书令荀攸曰："不可。丞相官至魏公，荣加九锡，位已极矣。今又进升王位，于理不可。"曹操闻之，怒曰："此人欲效荀彧耶！"荀攸知之，忧愤成疾，卧病十数日而卒，亡年五十八岁。操厚葬之，遂罢魏王事。［曹操敬重荀攸，悼文中说"孤与荀公达周游二十余年，无毫毛可非者"，荀攸病重，世子曹丕问候时"独拜床下"，礼敬有加。对历史，作者时而尊重得一丝不苟，时而歪曲得一塌糊涂。］

一日，曹操带剑入宫，献帝正与伏后共坐。伏后见操来，慌忙起身。帝见曹操，战栗不已。操曰："孙权、刘备各霸一方，不尊朝廷，当如之何？"帝曰："尽在魏公裁处。"操怒曰："陛下出此言，外人闻之，只道吾欺君也。"帝曰："君若肯相辅则幸甚；不尔，愿垂恩相舍。"操闻言，怒目视帝，恨恨而出。左右或奏帝曰："近闻魏公欲自立为王，不久必将篡位。"帝与伏后大哭。后曰："妾父伏完常有杀操之心，妾今当修书一封，密与父图之。"帝曰："昔董承为事不密，反遭大祸；今又恐泄漏，朕与汝皆休矣！"后曰："旦夕如坐针毡，似此为人，不如早亡！妾看宦官中之忠义可托者，莫如穆顺，当令寄此书。"［宦官不可靠，除宦官外，伏皇后又无人可托。真是悲剧。］乃即召穆顺入屏后，退去左右近侍。帝后大哭告顺曰："操贼欲为魏王，早晚必行篡夺之事。朕欲令后父伏完密图此贼，而左右之人俱贼心腹，无可托者。欲汝将皇后密书，寄与伏完。量汝忠义，必不负朕。"顺泣曰："臣感陛下大恩，敢不以死报！臣即请行。"后乃修书付顺。顺藏书于发中，潜出禁宫，径至伏完宅，将书呈上。完见是伏后亲笔，乃谓穆顺曰："操贼心腹甚众，不可遽图。除非江东孙权、西川刘备，二处起兵于外，操必自往，此时却求在朝忠义之臣，一同谋之。内外夹攻，庶可有济。"顺曰："皇丈可作书覆帝后，求密诏，暗遣人往吴、蜀二处，令约会起兵，讨贼救主。"伏完即取纸写书付顺。

顺乃藏于头髻内，辞完回宫。

原来早有人报知曹操，操先于宫门等候。穆顺回遇曹操，操问："那里去来?"顺答曰："皇后有病，命求医去。"操曰："召得医人何在?"顺曰："还未召至。"操喝左右遍搜身上，并无夹带，放行。忽然风吹落其帽。操又唤回，取帽视之，遍观无物，还帽令戴。穆顺双手倒戴其帽。操心疑，令左右搜其头发中，搜出伏完书来。［事关性命，曹操不顾丞相之尊，亲自干起机场安检、大楼保安的累活来了。］操看时，书中言欲结连孙、刘为外应。操大怒，执下穆顺于密室问之，顺不肯招。操连夜点起甲兵三千，围住伏完私宅，老幼并皆拿下；搜出伏后亲笔之书，随将伏氏三族尽皆下狱。平明，使御林将军郄虑持节入宫，先收皇后玺绶。

是日，帝在外殿，见郄虑引三百甲兵直入。帝问曰："有何事?"虑曰："奉魏公命收皇后玺。"帝知事泄，心胆皆碎。虑至后宫，伏后方起。虑便唤管玺绶人索取玉玺而出。伏后情知事发，便于殿后椒房内夹壁中藏躲。少顷，尚书令华歆引五百甲兵入到后殿，问宫人："伏后何在?"宫人皆推不知。歆教甲兵打开朱户，寻觅不见；料在壁中，便喝甲士破壁搜寻。歆亲自动手，揪后头髻拖出。后曰："望免我一命!"歆叱曰："汝自见魏公诉去!"后披发跣足，二甲士推拥而出。

原来华歆素有文名，向与邴原、管宁相友善。时人称三人为一龙：华歆为龙头，邴原为龙腹，管宁为龙尾。一日，宁与歆共种园蔬，锄地见金。宁挥锄不顾；歆拾而视之，然后掷下。又一日，宁与歆同坐观书，闻户外传呼之声，有贵人乘轩而过。宁端坐不动，歆弃书往观。宁自此鄙歆之为人，遂割席分坐，不复与之为友。［皆摘自《世说新语》。］后来管宁避居辽东，常带白帽，坐卧一楼，足不履地，终身不肯仕魏；而歆乃先事孙权，后事曹操，至此乃有收捕伏皇后一事。后人有诗叹华歆曰：

华歆当日逞凶谋，破壁生将母后收。
助虐一朝添虎翼，骂名千载笑"龙头"!

又有诗赞管宁曰：

辽东传有管宁楼，人去楼空名独留。
笑杀子鱼贪富贵，岂如白帽自风流。

且说华歆将伏后拥至外殿，帝望见后，乃下殿抱后而哭。歆曰："魏公有命，可速行！"后哭谓帝曰："不能复相活耶？"帝曰："我命亦不知在何时也！"甲士拥后而去，帝捶胸大恸。见郄虑在侧，帝曰："郄公！天下宁有是事乎！"哭倒在地。郄虑令左右扶帝入宫。华歆拿伏后见操，操骂曰："吾以诚心待汝等，汝等反欲害我耶！吾不杀汝，汝必杀我！"喝左右乱棒打死。随即入宫，将伏后所生二子，皆鸩杀之。当晚将伏完、穆顺等宗族二百余口，皆斩于市。朝野之人，无不惊骇。时建安十九年十一月也。[这段故事，真假难辨，吕思勉斥其"不足信"，同时认定曹操杀伏皇后，必有重大隐情。据《后汉书·后记》，伏完死于建安十四年，罗贯中安排他五年后成为收信人，并再死一回，那是明欺读者没文化了。]后人有诗叹曰：

曹瞒凶残世所无，伏完忠义欲如何。
可怜帝后分离处，不及民间妇与夫！

献帝自从坏了伏后，连日不食。操入曰："陛下无忧，臣无异心。臣女已与陛下为贵人，大贤大孝，宜居正宫。"献帝安敢不从？于建安二十年正月朔，就庆贺正旦之节，册立曹操女曹贵人为正宫皇后。群下莫敢有言。

此时曹操威势日甚。会大臣商议收吴灭蜀之事。贾诩曰："须召夏侯惇、曹仁二人回，商议此事。"操即时发使，星夜唤回。夏侯惇未至，曹仁先到，连夜便入府中见操。操方被酒而卧，许褚仗剑立于堂门之内，曹仁欲入，被许褚当住。曹仁大怒曰："吾乃曹氏宗族，汝何敢阻当耶？"许褚曰："将军虽亲，乃外藩镇守之官；许褚虽疏，见充内侍。主公醉卧堂上，不敢放入。"曹操闻之，叹曰："许褚真忠臣也！"不数日，夏侯惇亦至，共议征伐。惇曰："吴蜀急未可攻，宜先取汉中张鲁，以得胜之兵取蜀，可一鼓而下也。"曹操曰："正合吾意。"遂起兵西征。正是：

方逞凶谋欺弱主，又驱劲卒扫偏邦。

未知后事如何，且看下文分解。

单刀

关云长单刀赴会，写得气概非凡，荡气回肠。虽然蔺相如直面秦王的难度还在关羽之上，但人们更愿记住关羽的英勇。

但是，过度放大关羽之勇也不够明智。以打篮球为例，关羽这番表现，相当于在比赛第一节不惜体力，刷出华丽数据，但胜负取决于第三和第四节。东吴人虽在首节比分落后，但未被拉开分差，相反，他们通过相持消耗了关羽体力，为本方最后阶段的反攻积攒了宝贵体能。这里的“体力”，指的是培养关羽的懈怠之心和虚骄之气，随着关羽的自负值持续飙升，他现实的战斗力反而日趋下滑。孙权不是暗弱的刘璋，东吴人不是“孙子”，但特别会“装孙子”，这才是可怕的，尤其当对手好充大佬时，更是如此。所以，我们最好节制这份喜爱，不必对关云长单刀赴会时的那番凛然过度敬佩。现在是第一节，真正的胜利者，属于那个在最后一秒绝杀对手的人，哪怕他之前一直碌碌无为，哪怕他名不见经传，只要完成致命一击，胜负瞬间颠倒。

谁都知道，完成致命一击者，不是关羽。

第六十七回

曹操平定汉中地　张辽威震逍遥津

却说曹操兴兵西征，分兵三队：前部先锋夏侯渊、张郃，操自领诸将居中，后部曹仁、夏侯惇押运粮草。早有细作报入汉中来。张鲁与弟张卫商议退敌之策。卫曰："汉中最险无如阳平关，可于关之左右，依山傍林下十余个寨栅，迎敌曹兵。兄在汉宁，多拨粮草应付。"张鲁依言，遣大将杨昂、杨任，与其弟即日起程。军马到阳平关，下寨已定。夏侯渊、张郃前军随到，闻阳平关已有准备，离关一十五里下寨。是夜，军士疲困，各自歇息。忽寨后一把火起，杨昂、杨任两路兵杀来劫寨。夏侯渊、张郃急上得马，四下里大兵拥入，曹兵大败，退见曹操。操怒曰："汝二人行军许多年，岂不知兵若远行疲困，可防劫寨？如何不作准备？"欲斩二人，以明军法。众官告免。

操次日自引兵为前队，见山势险恶，林木丛杂，不知路径，恐有伏兵，即引军回寨，谓许褚、徐晃二将曰："吾若知此处如此险恶，必不起兵来。"［这条道，约在今宝成铁路沿线。铁路选址总是趋易避难，施工中发生滑坡、塌方仍逾三百次，其艰可想。打仗地形不由己挑，难度倍增。曹操畏惧伐蜀，或许缘此。］许褚曰："兵已至此，主公不可惮劳。"次日，操上马，只带许褚、徐晃二人，来看张卫寨栅。三匹马转过山坡，早望见张卫寨栅。操扬鞭遥指谓二将曰："如此坚固，急切难下！"言未已，背后一声喊起，箭如雨发，杨昂、杨任分两路杀来。操大惊。许褚大呼曰："吾当敌贼！徐公明善保主公！"说罢，提刀纵马向前，力敌二将。杨昂、杨任不能当许褚之勇，回马退去，其余不敢向前。徐晃保着曹操奔过山坡，前面又一军到，看时却是夏侯渊、张郃二将听得喊声，故引军杀来接应。于是杀退杨昂、杨任，救得曹操回寨。操重赏四将。

自此两边相拒五十余日，只不交战。曹操传令退军。贾诩曰："贼势未见强弱，主公何故自退耶?”操曰：“吾料贼兵每日提备，急难取胜。吾以退军为名，使贼懈而无备，然后分轻骑抄袭其后，必胜贼矣。”贾诩曰：“丞相神机，不可测也。”于是令夏侯渊、张郃分兵两路，各以轻骑三千，取小路抄阳平关后；曹操一面引大军拔寨尽起。杨昂听得曹兵退，请杨任商议，欲乘势击之。杨任曰：“操诡计极多，未知真实，不可追赶。”杨昂曰：“公不往，吾当自去。”杨任苦谏不从。杨昂尽提五寨军马前进，只留些少军士守寨。是日，大雾迷漫，对面不相见。杨昂军至半路，不能行，且权扎住。

却说夏侯渊一军抄过山后，见重雾垂空，又闻人语马嘶，恐有伏兵，急催人马行动，大雾中误走到杨昂寨前。守寨军士听得马蹄响，只道是杨昂兵回，开门纳之。曹军一拥而入，见是空寨，便就寨中放起火来。五寨军士，尽皆弃寨而走。[兵士误入敌营，不常见，亦不鲜见。误打误撞变成老谋逆袭，在曹军是撞大运，在敌军是活见鬼。]比及雾散，杨任领兵来救，与夏侯渊战不数合，背后张郃兵到。杨任杀条大路，奔回南郑。杨昂待要回时，已被夏侯渊、张郃两个占了寨栅。背后曹操大队军马赶来，两下夹攻，四边无路。杨昂欲突阵而出，正撞着张郃。两个交手，被张郃杀死。败兵回投阳平关，来见张卫。原来卫知二将败走，诸营已失，半夜弃关走回去了。曹操遂得阳平关并诸寨。张卫、杨任回见张鲁。卫言二将失了隘口，因此守关不住。张鲁大怒，欲斩杨任。[张鲁原是道教史上一大人物，其祖张陵即“张天师”，祖庭在今江西龙虎山天师府。观张鲁此处所为，与寻常军阀莽汉无异。]任曰：“某曾谏杨昂，休追操兵。他不肯听信，故有此败。任再乞一军前去挑战，必斩曹操。如不胜，甘当军令。”张鲁取了军令状，杨任上马，引一万军离南郑下寨。

却说曹操提军将进，先令夏侯渊领五千军，往南郑路上哨探，正迎着杨任军马，两军摆开。任遣部将昌奇出马与渊交锋，战不三合，被渊一刀斩于马下。杨任自挺枪出马，与渊战三十余合，不分胜负。渊佯败而走，任从后追来，被渊用拖刀计斩于马下。军士大败而回。曹操知夏侯渊斩了杨任，即时进兵，直抵南郑下寨。张鲁慌聚文武商议。阎圃曰：

"某保一人，可敌曹操手下诸将。"鲁问是谁。圃曰："南安庞德，前随马超投降主公；后马超往西川，庞系卧病不曾行。见今蒙主公恩养，何不令此人去？"

张鲁大喜，即召庞德至，厚加赏劳，点一万军马，令庞德出。离城十余里，与曹兵相对。庞德出马搦战。曹操在渭桥时，深知庞德之勇，乃嘱诸将曰："庞德乃西凉勇将，原属马超；今虽依张鲁，未称其心。吾欲得此人。汝等须皆与缓斗，使其力乏，然后擒之。"[曹操"才迷"复发。]张郃先出，战了数合便退。夏侯渊也战数合退了。徐晃又战三五合也退了。临后许褚战五十余合亦退。庞德力战四将，并无惧怯。各将皆于操前夸庞德好武艺。曹操心中大喜，与众将商议："如何得此人投降？"贾诩曰："某知张鲁手下有一谋士杨松，其人极贪贿赂。今可暗以金帛送之，使谮庞德于张鲁，便可图矣。"[坏名声总是长着翅膀。在敌手眼里，"贪婪"是一种可取性格，一如贪官是行贿者的最爱。]操曰："何由得入南郑？"诩曰："来日交锋，诈败佯输，弃寨而走，使庞德据我寨。我却于夤夜引兵劫寨，庞德必退入城。却选一能言军士，扮作彼军，杂在阵中，便得入城。"操听其计，选一精细军士，重加赏赐，付与金掩心甲一付，令披在贴肉，外穿汉中军士号衣，先于半路上等候。次日，先拨夏侯渊、张郃两枝军远去埋伏，却教徐晃挑战，不数合败走。庞德招军掩杀，曹兵尽退。庞德却夺了曹操寨栅，见寨中粮草极多，大喜，即时申报张鲁；一面在寨中设宴庆贺。当夜二更之后，忽然三路火起：正中是徐晃、许褚，左张郃，右夏侯渊，三路军马齐来劫寨。庞德不及堤备，只得上马冲杀出来，望城而走。背后三路兵追来。庞德急唤开城门，领兵一拥而入。

此时细作已杂到城中，径投杨松府下谒见，具说："魏公曹丞相久闻盛德，特使某送金甲为信，更有密书呈上。"松大喜，看了密书中言语，谓细作曰："上覆魏公，但请放心。某自有良策奉报。"打发来人先回，便连夜入见张鲁，说庞德受了曹操贿赂，卖此一阵。张鲁大怒，唤庞德责骂，欲斩之。阎圃苦谏。张鲁曰："你来日出战，不胜必斩！"庞德抱恨而退。[张鲁在道教（五斗米道）中的头衔叫"嗣天师"，即第三代天师，谁知这般德行！］次日，曹兵攻城，庞德引兵冲出。操令许褚交战。褚诈败，庞德赶来。操自乘马于山坡上唤曰："庞令名何不早降？"庞德寻思："拿住曹操，抵一千员上将。"遂飞马上坡。一声喊起，天崩地塌，连人和马跌入陷坑内去。四壁钩索一齐上前，活捉了庞德，押上城来。曹操下马，叱退军士，亲释其缚，问庞德肯降否。庞德寻思张鲁不仁，情愿拜降。曹操亲扶上马，共回大寨。故意教城上望见。人报张鲁，德与操并马而行。鲁益信杨松之言为实。

次日，曹操三面竖立云梯，飞炮攻打。张鲁见其势已极，与弟张卫商议。卫曰："放火尽烧仓廪府库，出奔南山，去守巴中可也。"杨松曰："不如开门投降。"张鲁犹豫不定。卫曰："只是烧了便行。"张鲁曰："我向本欲归命国家，而意未得达；今不得已而出奔，仓廪府库，国家之有，不可废也。"遂尽封锁。［凭此善举及一句"宁为曹公作奴，不为刘备上宾"的话，张鲁日后拣回了一条命。］是夜二更，张鲁引全家老小，开南门杀出。曹操教休追赶，提兵入南郑，见鲁封闭库藏，心甚怜之。遂差人往巴中，劝使投降。张鲁欲降，张卫不肯。杨松以密书报操，便教进兵，松为内应。操得书，亲自引兵往巴中。张鲁使弟卫领兵出敌，与许褚交锋，被褚斩于马下。败军回报张鲁，鲁欲坚守。杨松曰："今若不出，坐而待毙矣。某守城，主公当亲与决一死战。"鲁从之。阎圃谏鲁休出，鲁不听，遂引军出迎。未及交锋，后军已走。张鲁急退，背后曹兵赶来。鲁到城下，杨松闭门不开。张鲁无路可走，操从后追至，大叫："何不早降！"鲁乃下马投拜。操大喜，念其封仓库之心，优礼相待，封鲁为镇南将军。阎圃等皆封列侯。于是汉中皆平。曹操传令各郡分设太守，置都尉，大赏士卒。唯有杨松卖主求荣，即命斩之于市曹示众。［行事与刘备大异。庞德投降后，亦未助曹操反攻旧主。］后人有诗叹曰：

妨贤卖主逞奇功，积得银钱总是空。
家未荣华身受戮，令人千载笑杨松！

曹操已得东川，主簿司马懿进曰："刘备以诈力取刘璋，蜀人尚未归心。今主公已得汉中，益州摇动。可速进兵攻之，势必瓦解。知者贵于乘时，时不可失也。"曹操叹曰："人苦不知足，既得陇，复望蜀耶？"刘晔曰：

"司马仲达之言是也。若少迟缓，诸葛亮明于治国而为相，关、张等勇冠三军而为将，蜀民既定，据守关隘，不可犯矣。"操曰："士卒远涉劳苦，且宜存恤。"[司马懿、刘晔之计甚佳，曹操不为所动。也许，曹操累了，虽"志在千里"，终属伏枥老骥。也可能仁心发动，不忍折腾士卒。好战的普鲁士首相俾斯麦也说过这样的话："谁在战场上凝视过垂死战士呆滞的眼睛，他就会在开战之前三思。"]遂按兵不动。

却说西川百姓听知曹操已取东川，料必来取西川，一日之间，数遍惊恐。玄德请军师商议，孔明曰："亮有一计，曹操自退。"玄德问何计，孔明曰："曹操分军屯合淝，惧孙权也。今我若分江夏、长沙、桂阳三郡还吴，遣舌辨之士，陈说利害，令吴起兵袭合淝，牵动其势，操必勒兵南向矣。"玄德问："谁可为使?"伊籍曰："某愿往。"玄德大喜，遂作书具礼，令伊籍先到荆州，知会云长，然后入吴。[这些归在孔明名下的计谋，多具病急乱投医的特征，顶多聊救一时之急。之前邀马超攻曹操即是一例，这条新计，事后看仍是入不敷出。]到秣陵，来见孙权，先通了姓名。权召籍入。籍见权礼毕，权问曰："汝到此为何?"籍曰："昨承诸葛子瑜取长沙等三郡，为军师不在，有失交割，今传书送还。所有荆州南郡、零陵本欲送还，被曹操袭取东川，使关将军无容身之地。今合淝空虚，望君侯起兵攻之，使曹操撤兵回南。吾主若取了东川，即还荆州全土。"权曰："汝且归馆舍，容吾商议。"伊籍退出，权问计于众谋士。张昭曰："此是刘备恐曹操取西川，故为此谋。虽然如此，可因操在汉中，乘势取合淝，亦是上计。"权从之，发付伊籍回蜀去讫，便议起兵攻操，令鲁肃收取长沙、江夏、桂阳三郡，屯兵于陆口，取吕蒙、甘宁回；又去余杭取凌统回。

不一日，吕蒙、甘宁先到。蒙献策曰："见今曹操令庐江太守朱光屯兵于皖城，大开稻田，纳谷于合淝，以充军实。今可先取皖城，然后攻合淝。"权曰："此计甚合吾意。"遂教吕蒙、甘宁为先锋，蒋钦、潘璋为合后，权自引周泰、陈武、董袭、徐盛为中军。时程普、黄盖、韩当在各处镇守，都未随征。

却说军马渡江，取和州，径到皖城。皖城太守朱光，使人往合淝求救，一面固守城池，坚壁不出。权自到城下看时，城上箭如雨发，射中孙权麾盖。权回寨，问众将曰："如何取得皖城？"董袭曰："可差军士筑起土山攻之。"徐盛曰："可竖云梯，造虹桥，下观城中而攻之。"吕蒙曰："此法皆费日月而成，合淝救军一至，不可图矣。今我军初到，士气方锐，正可乘此锐气，奋力攻击。来日平明进兵，午未时便当破城。"权从之。次日五更饭毕，三军大进。城上矢石齐下。甘宁手执铁练，冒矢石而上。朱光令弓弩手齐射。甘宁拨开箭林，一练打倒朱光。吕蒙亲自擂鼓。士卒皆一拥而上，乱刀砍死朱光，余众多降。得了皖城，方才辰时。张辽引军至半路，哨马回报皖城已失。辽即回兵归合淝。孙权入皖城，凌统亦引军到。权慰劳毕，大犒三军，重赏吕蒙、甘宁诸将，设宴庆功。吕蒙逊甘宁上坐，盛称其功劳。［逊让战功，非胸襟阔大、气度过人者莫办。凭此一让，吕蒙已"非复吴下阿蒙"。］酒至半酣，凌统想起甘宁杀父之仇，又见吕蒙夸美之，心中大怒，瞪目直视良久，忽拔左右所佩之剑，立于筵上曰："筵前无乐，看吾舞剑。"甘宁知其意，推开果桌起身，两手取两枝戟挟定，纵步出曰："看我筵前使戟。"吕蒙见二人各无好意，便一手挽牌，一手提刀，立于其中曰："二公虽能，皆不如我巧也。"说罢，舞起刀牌，将二人分于两下。早有人报知孙权，权慌跨马，直到筵前。众见权至，方各放下军器。权曰："吾常言二人休念旧仇，今日又何如此？"凌统哭拜于地，孙权再三劝止。至次日，起兵进取合淝，三军尽发。

张辽为失了皖城，回到合淝，心中愁闷。忽曹操差薛悌送木匣一个，上有操封，傍书云："贼来乃发。"是日报说孙权自引十万大军，来攻合淝，张辽便开匣观之。内书云："若孙权至，张、李二将军出战，乐将军守城。"张辽将教帖与李典、乐进观之。乐进曰："将军之意若何？"张辽曰："主公远征在外，吴兵以为破我必矣。今可发兵出迎，奋力与战，折其锋锐，以安众心，然后可守也。"李典素与张辽不睦，闻辽此言，默然不答。乐进见李典不语，便道："贼众我寡，难以迎敌，不如坚守。"张辽曰："公等皆是私意，不顾公事。吾今自出迎敌，决一死战。"便教左右备马。李典慨然而起曰："将军如此，典岂敢以私憾而忘公事乎？愿听指挥。”张辽大喜曰：“既曼成肯相助，来日引一军于逍遥津北埋伏，待吴兵杀过来，可先断小师桥，吾与乐文谦击之。”李典领命，自去点军埋伏。[军中将领间的关系，最是微妙复杂，勾心斗角，互相拆台，往往而有。孙权事后弥合，曹操事先预防，皆属知人善任。]

却说孙权令吕蒙、甘宁为前队，自与凌统居中，其余诸将陆续进发，望合淝杀来。吕蒙、甘宁前队兵进，正与乐进相迎。甘宁出马与乐进交锋，战不数合，乐进诈败而走。甘宁招呼吕蒙一齐引军赶去。孙权在第二队，听得前军得胜，催兵行至逍遥津北，忽闻连珠炮响，左边张辽一军杀来，右边李典一军杀来。孙权大惊，急令人唤吕蒙、甘宁回救时，张辽兵已到。凌统手下止有三百余骑，当不得曹军势如山倒。凌统大呼曰：“主公何不速渡小师桥！”言未毕，张辽引二千余骑当先杀至，凌统翻身死战。孙权纵马上桥，桥南已折丈余，并无一片板。孙权惊得手足无措。牙将谷利大呼曰：“主公可约马退后，再放马向前，跳过桥去。”孙权收回马来有三丈余远，然后纵辔加鞭，那马一跳飞过桥南。后人有诗曰：

“的卢”当日跳檀溪，又见吴侯败合淝。

退后着鞭驰骏骑，逍遥津上玉龙飞。

孙权跳过桥南，徐盛、董袭驾舟相迎。凌统、谷利抵住张辽。甘宁、吕蒙引军回救，却被乐进从后追来，李典又截住厮杀，吴兵折了大半。凌统所领三百余人，尽被杀死。统身中数枪，杀到桥边，桥已折断，绕河而逃。孙权在舟中望见，急令董袭棹舟接之，乃得渡回。吕蒙、甘宁皆死命逃过河南。这一阵杀得江南人人害怕，闻张辽大名，小儿也不敢夜啼。[张辽大名，抵得一纸张贴：“天惶惶，地惶惶，我家有个夜哭郎，过往行人念三遍，一觉睡到大天亮。”]众将保护孙权回营。权乃重赏凌统、谷利，收军回濡须，整顿船只，商议水陆并进；一面差人回江南，再起人马来助战。

却说张辽闻孙权在濡须将欲兴兵进攻，恐合淝兵少难以抵敌，急令薛悌星夜往汉中报知曹操，求请救兵。操同众官议曰：“此时可收西川否?”刘晔曰：“今蜀中稍定，已有堤备，不可击也。不如撤兵去救合淝之急，就下江南。”操乃留夏侯渊守汉中定军山隘口，留张郃守蒙头岩等隘口，其余军兵拔寨都起，杀奔濡须坞来。正是：

铁骑甫能平陇右，旌旄又复指江南。

未知胜负如何，且看下文分解。

匡正

写历史演义，作者对实有之事泼毫渲染，当属笔墨本分。张辽战孙权一役，正史记载甚详，战况惨烈，连声称“我虽有酒，不祀曹魏”的宋人洪迈亦称许为“以少胜众，分方面忧”的典范；曹丕称帝后追思道：“合肥之役，辽、典以步卒八百，破贼十万，自古用兵，未之有也。使贼至今夺气，可谓国之爪牙矣。”“爪牙”系褒义词，赵云亦获此称。作者非但不加渲染，还略去大量生动细节。为匡正笔墨公道，兹摘抄相关文字如下，一饷读者，一正视听：

“于是辽夜募敢从之士，得八百人，椎牛飨将士，明日大战。平旦，辽被甲持戟，先登陷陈，杀数十人，斩二将，大呼自名，冲垒入，至权麾下。权大惊，众不知所为，走登高冢，以长戟自守。辽叱权下战，权不敢动，望见辽所将众少，乃聚围辽数重。辽左右麾围，直前急击，围开，辽将麾下数十人得出，余众号呼曰：‘将军弃我乎！’辽复还突围，拔出余众。权人马皆披靡，无敢当者。自旦战至日中，吴人夺气，还修守备，众心乃安，诸将咸服。权守合肥十余日，城不可拔，乃引退。辽率诸军追击，几复获权。太祖大壮辽，拜征东将军。”

张辽此战展示的沙场勇气，恐使关、张的种种武勇沦为陪衬，明乎此，当可一窥作者的割爱心思。

第六十八回

甘宁百骑劫魏营　左慈掷杯戏曹操

却说孙权在濡须口收拾军马，忽报曹操自汉中领兵四十万前来救合淝。孙权与谋士计议，先拨董袭、徐盛二人领五千只大船在濡须口埋伏，令陈武带领人马往来江岸巡哨。张昭曰：“今曹操远来，必须先挫其锐气。”权乃问帐下曰：“曹操远来，谁敢当先破敌，以挫其锐气？”凌统出曰：“某愿往。”权曰：“带多少军去？”统曰：“三千人足矣。”甘宁曰：“只须百骑，便可破敌，何必三千！”凌统大怒，两个就在孙权面前争竞起来。［两军人数，只有结合特定地形才有参考价值。“一夫当关，万夫莫开”之地与坦荡沃野，截然不同。斯巴达三百勇士抗击薛西斯数十万大军，虽赖绝顶勇气，亦与温泉关依山傍海的险峻地形有关，舍此则三百人徒成齑粉。］权曰：“曹军势大，不可轻敌。”乃命凌统带三千军出濡须口去哨探，遇曹兵便与交战。凌统领命，引着三千人马离濡须坞。尘头起处，曹兵早到。先锋张辽与凌统交锋，斗五十合不分胜负。孙权恐凌统有失，令吕蒙接应回营。

甘宁见凌统回，即告权曰：“宁今夜只带一百人马去劫曹营，若折了一人一骑也不算功。”孙权壮之，乃调拨帐下一百精锐马兵付宁；又以酒五十瓶，羊肉五十斤，赏赐军士。［人均半斤。可见战时物资匮乏。］甘宁回到营中，教一百人皆列坐，先将银碗斟酒，自吃两碗，乃语百人曰：“今夜奉命劫寨，请诸公各满饮一觞，努力向前。”众人闻言，面面相觑。甘宁见众人有难色，乃拔剑在手，怒叱曰：“我为上将，且不惜命，汝等何得迟疑！”众人见甘宁作色，皆起拜曰：“愿效死力。”甘宁将酒肉与百人共饮食尽，约至二更时候，取白鹅翎一百根，插于盔上为号，都披甲上马，飞奔曹操寨边，拔开鹿角，大喊一声杀入寨中，径奔中军来杀曹操。原来中军人马，以车仗伏路穿连，围得铁桶相似，不能得进。甘宁只将百骑左冲右突。曹兵惊慌，正不知敌兵多少，自相扰乱。那甘宁百骑在营内纵横驰骤，逢着便杀。各营鼓噪，举火如星，喊声大震。甘宁从寨之南门杀出，无人敢当。孙权令周泰引一枝兵来接应。甘宁将百骑回到濡须。操兵恐有埋伏，不敢追袭。后人有诗赞曰：

鼙鼓声喧震地来，吴师到处鬼神哀！
百翎直贯曹家寨，尽说甘宁虎将才。

甘宁引百骑到寨，不折一人一骑；至营门，令百人皆击鼓吹笛，口称万岁，欢声大震。[倏忽来去，徒成滋扰，谈不上“劫寨”。]孙权自来迎接，甘宁下马拜伏。权扶起，携宁手曰：“将军此去，足使老贼惊骇。非孤相舍，正欲观卿胆耳！”即赐绢千匹，利刀百口。宁拜受讫，遂分赏百人。权语诸将曰：“孟德有张辽，孤有甘兴霸，足以相敌也。”

次日，张辽引兵搦战。凌统见甘宁有功，奋然曰：“统愿敌张辽。”权许之。统遂领兵五千离濡须，权自引甘宁临阵观战。对阵圆处，张辽出马，左有李典，右有乐进。凌统纵马提刀出至阵前。张辽使乐进出迎。两个斗到五十合，未分胜败。曹操闻知，亲自策马到门旗下来看，见二将酣斗，乃令曹休暗放冷箭。曹休便闪在张辽背后，开弓一箭，正中凌统坐下马。那马直立起来，把凌统掀翻在地。乐进连忙持枪来刺，枪还未到，只听得弓响处，一箭射中乐进面门，翻身落马。两军齐出，各救一将回营，鸣金罢战。凌统回寨中拜谢孙权。权曰：“放箭救你者，甘宁也。”[孙权最善调和。]凌统乃顿首拜宁曰：“不想公能如此垂恩！”自此与甘宁结为生死之交，再不为恶。

且说曹操见乐进中箭，乃自到帐中调治。次日，分兵五路来袭濡须。操自领中路；左一路张辽，二路李典；右一路徐晃，二路庞德。每路各带一万人马，杀奔江边来。[颇难想象，五军围江岸，姑以“蒲扇大阵”名之。]时董袭、徐盛二将在船上见五路军马来到，诸军各有惧色。徐盛曰：“食君之禄，忠君之事，何惧哉！”遂引猛士数百人，用小船渡过江边，杀入李典军中去了。董袭在船上，令众军擂鼓呐喊助威。忽然江上猛风大作，白浪掀天，波涛汹涌。军士见大船将覆，将下脚舰逃命。董袭仗剑大喝曰：“将受君命，在此防贼，怎敢弃船而去！”斩下船军士十余人。须臾，风急船覆，董袭竟死于江口水中。徐盛在李典军中，往来冲突。

却说陈武听得江边厮杀，引一军来，正与庞德相遇，两军混战。孙权在濡须坞中，听得曹兵杀到江边，亲自与周泰引军前来助战。正见徐盛在李典军中搅做一团厮杀，便麾军杀入接应。却被张辽、徐晃两枝军，把孙权困在垓心。曹操上高阜处看见孙权被围，急令许褚纵马持刀杀入军中，把孙权军冲作两段，彼此不能相救。

却说周泰从军中杀出，到江边不见了孙权，勒回马，从外又杀入阵中，问本部军："主公何在？"军人以手指兵马厚处，曰："主公被围甚急！"周泰挺身杀入，寻见孙权。泰曰："主公可随泰杀出。"于是泰在前，权在后，奋力冲突。泰到江边，回头又不见孙权，乃复翻身杀入围中，又寻见孙权。权曰："弓弩齐发，不能得出，如何？"泰曰："主公在前，某在后，可以出围。"孙权乃纵马前行。周泰左右遮护，身被数枪，箭透重铠，救得孙权。到江边，吕蒙引一枝水军前来接应下船。权曰："吾亏周泰三番冲杀，得脱重围。但徐盛在垓心，如何得脱？"周泰曰："吾再救去。"遂轮枪复翻身杀入重围之中，救出徐盛。二将各带重伤。吕蒙教军士乱箭射住岸上兵，救二将下船。

却说陈武与庞德大战，后面又无应兵，被庞德赶到峪口，树林丛密；陈武再欲回身交战，被树株抓住袍袖，不能迎敌，为庞德所杀。曹操见孙权走脱了，自策马驱兵，赶到江边对射。吕蒙箭尽，正慌间，忽对江一宗船到，为首一员大将，乃是孙策女婿陆逊，自引十万兵到；［短期运送十万兵登岸，那得多少船？多大的运输调配能力？依稀有诺曼底登陆之势。若长江运输如此便捷，谈何天险？］一阵射退曹兵，乘势登岸追杀曹兵，复夺战马数千匹。曹兵伤者，不计其数，大败而回。于乱军中寻见陈武尸首。

孙权知陈武已亡，董袭又沉江而死，哀痛至切，令人水中寻见董袭尸首，与陈武尸一齐厚葬之；又感周泰救护之功，设宴款之。权亲自把盏，抚其背，泪流满面，曰："卿两番相救，不惜性命，被枪数十，肤如刻画，孤亦何心不待卿以骨肉之恩，委卿以兵马之重乎！卿乃孤之功臣，孤当与卿共荣辱、同休戚也。”言罢，令周泰解衣与众将观之：皮肉肌肤，如同刀剜，盘根遍体。孙权手指其痕，一一问之。周泰具言战斗被伤之状。一处伤令吃一觥酒。是日，周泰大醉。权以青罗伞赐之，令出入张盖，以为显耀。[论安抚将帅，孙权乃一等一的天才。乱世而能安坐江东数十年，决非幸致。]

权在濡须，与操相拒月余不能取胜。张昭、顾雍上言：“曹操势大，不可力取；若与久战，大损士卒，不若求和安民为上。”孙权从其言，令步陟往曹营求和，许年纳岁贡。操见江南急未可下，乃从之，令：“孙权先撤人马，吾然后班师。”步陟回覆，权只留蒋钦、周泰守濡须口，尽发大兵上船回秣陵。[奇怪，之前运来的十万兵，竟毫无用处。]

操留曹仁、张辽屯合淝，班师回许昌。文武众官皆议立曹操为魏王。尚书崔琰力言不可。众官曰：“汝独不见荀文若乎？”琰大怒曰：“时乎，时乎！会当有变！任自为之！”有与琰不和者，告知操。操大怒，收琰下狱问之。琰虎目虬髯，只是大骂曹操欺君奸贼。廷尉白操，操令杖杀崔琰在狱中。[崔琰是大人物，士林领袖。作者从演义角度，不加铺叙，点到即止。唯“大骂”不合崔琰风度，“杖杀”不属曹操癖好。崔琰是被“赐死”的。]后人有赞曰：

清河崔琰，天性坚刚；虬髯虎目，铁石心肠；奸邪辟易，声节显昂；忠于汉主，千古名扬！

建安二十一年夏五月，群臣表奏献帝，颂魏公曹操功德“极天际地，伊、周莫及，宜进爵为王”。献帝即令钟繇草诏，册立曹操为魏王。曹操假意上书三辞。诏三报不许，操乃拜命受魏王之爵，冕十二旒，乘金根车，驾六马，用天子车服銮仪，出警入跸，于邺郡盖魏王宫，议立世子。操大妻丁夫人无出。妾刘氏生子曹昂，因征张绣时死于宛城。卞氏所生四子：长曰丕，次曰彰，三曰植，四曰熊。于是黜丁夫人，而立卞氏为魏王妃。第三子曹植，字子建，极聪明，举笔成章，操欲立之为后嗣。长子曹丕恐不得立，乃问计于中大夫贾诩。诩教如此如此。自是但凡操出征，诸子送行，曹植乃称述功德，发言成章；唯曹丕辞父，只是流涕而拜，左右皆感伤。[其实，是曹丕好友吴质教他这么做的：“王当行，流涕可也。”曹丕撰《典论》，文质两美，才华不逊阿弟。后人吹捧曹植“才高八斗”时，想必替他“多收了三五斗”。］于是操疑植乖巧，诚心不及丕也。丕又使人买嘱近侍，皆言丕之德。操欲立后嗣，踌躇不定，乃问贾诩曰：“孤欲立后嗣，当立谁？”贾诩不答，操问其故，诩曰：“正有所思，故不能即答耳。”操曰：“何所思？”诩对曰：“思袁本初、刘景升父子也。”操大笑，遂立长子曹丕为王世子。

冬十月，魏王宫成，差人往各处收取奇花异果，栽植后苑。有使者到吴地，见了孙权，传魏王令旨，再往温州取柑子。时孙权正尊让魏王，便令人于本城选了大柑子四十余担，星夜送往邺郡。［孙权屈伸有节，倨恭随意，深沉心机掩映在一派烂漫中。“巨滑”不尽属“老奸”。］至中途，挑担役夫疲困，歇于山脚下，见一先生，眇一目，跛一足，头戴白藤冠，身穿青懒衣，来与脚夫作礼，言曰：“你等挑担劳苦，贫道都替你挑一肩何如？”众人大喜。于是先生每担各挑五里，但是先生挑过的担儿都轻了。众皆惊疑。先生临去，与领柑子官说：“贫道乃魏王乡中故人，姓左名慈，字元放，道号‘乌角先生’。如你到邺郡，可说左慈申意。”遂拂袖而去。

取柑人至邺郡见操，呈上柑子。操亲剖之，但只空壳，内并无肉。操大惊，问取柑人。取柑人以左慈之事对，操未肯信。门吏忽报：“有一先生，自称左慈，求见大王。”操召入。取柑人曰：“此正途中所见之人。”操叱之曰：“汝何以妖术摄吾佳果？”慈笑曰：“岂有此事！”取柑剖之，内皆有肉，其味甚甜。但操自剖者，皆空壳。操愈惊，乃赐左慈坐而问之。慈索酒肉，操令与之，饮酒五斗不醉，肉食全羊不饱。操问曰：“汝有何术，以至于此？”慈曰：“贫道于西川嘉陵峨嵋山中，学道三十年，忽闻石壁中有声呼我之名，及视不见，如此者数日。忽有天雷震碎石壁，得天书三卷，名曰‘遁甲天书’。［总是一册天书。当今武侠小说亦摭拾其风，动辄以一册秘籍来掀翻武林。愚民的标志并非不读书，而是专会膜拜某本书。］上卷名‘天遁’，中卷名‘地遁’，下卷名‘人遁’。天遁能腾云跨风，飞升太虚；地遁能穿山透石；人遁能云游四海，藏形变身，飞剑掷刀，取人首级。大王位极人臣，何不退步，跟贫道往峨嵋山中修行？当以三卷天书相授。”操曰：“吾亦久思急流勇退，奈朝廷未得其人耳。”慈笑曰：“益州刘玄德乃帝室之胄，何不让此位与之？不然，贫道当飞剑取汝之头也。”操大怒曰：“此正是刘备细作！”喝左右拿下。慈大笑不止，操令十数狱卒，捉下拷之。狱卒着力痛打，看左慈时，却齁齁熟睡，全无痛楚。操怒，命取大枷铁钉钉锁，铁锁锁了，送入牢中监收，令人看守。只见枷锁尽落，左慈卧于地上，并无伤损。连监禁七日，不与饮食。及看时，慈端坐于地上，面皮转红。狱卒报知曹操，操取出问之。慈曰：“我数十年不食亦不妨，日食千羊亦能尽。”操无可奈何。

是日，诸官皆至王宫大宴。正行酒间，左慈足穿木履，立于筵前。众官惊怪。左慈曰：“大王今日水陆俱备，大宴群臣，四方异物极多，内中欠少何物，贫道愿取之。”操曰：“我要龙肝作羹，汝能取否？”慈曰：“有何难哉！”取墨笔于粉墙上画一条龙，以袍袖一拂，龙腹自开。左慈于龙腹中提出龙肝一付，鲜血尚流。操不信，叱之曰：“汝先藏于袖中耳！”慈曰：“即今天寒，草木枯死。大王要甚好花，随意所欲。”操曰：“吾只要牡丹花。”慈曰：“易耳。”令取大花盆放筵前，以水噀之。顷刻发出牡丹一株，开放双花。众官大惊，邀慈同坐而食。少顷，庖人进鱼脍。慈曰：“脍必松江鲈鱼者方美。”操曰：“千里之隔，安能取之？”慈曰：“此亦何难取！”教把钓竿来，于堂下鱼池中钓之。顷刻钓出数十尾大鲈鱼，放在殿上。操曰：“吾池中原有此鱼。”慈曰：“大王何相欺耶？天下鲈鱼只两腮，唯松江鲈鱼有四腮，此可辨也。”众官视之，果是四腮。慈曰：“烹松江鲈鱼，须紫芽姜方可。”操曰：“汝亦能取之否？”慈曰：“易耳。”令取金盆一个，慈以衣覆之。须臾，得紫芽姜满盆，进上操前。操以手取之，忽盆内有书一本，题曰《孟德新书》。操取视之，一字不差。操大疑。慈取棹上玉杯，满斟佳酿进操曰：“大王可饮此酒，寿有千年。”操曰：“汝可先饮。”慈遂拔冠上玉簪，于杯中一画，将酒分为两半，自饮一半，将一半奉操。操叱之。慈掷杯于空中，化成一白鸠，绕殿而飞。众官仰面视之，左慈不知所往。左右忽报：“左慈出宫门去了。”操曰：“如此妖人，必当除之！否则必将为害。”遂命许褚引三百铁甲军追擒之。[许褚苦命，揽上这等苦差，相当于凡人战神仙，《三国志》对掐《山海经》。]褚上马引军赶至城门，望见左慈穿木履在前，慢步而行，褚飞马追之，却只追不上。直赶到一山中，有牧羊小童，赶着一群羊而来，慈走入羊群内。褚取箭射之，慈即不见。褚尽杀群羊而回。牧羊小童守羊而哭，忽见羊头在地上作人言，唤小童曰："汝可将羊头都凑在死羊腔子上。"小童大惊，掩面而走。忽闻有人在后呼曰："不须惊走，还你羊。"小童回顾，见左慈已将地上死羊凑活，赶将来了。小童急欲问时，左慈已拂袖而去。其行如飞，倏忽不见。[胡闹笔墨，却别致有趣。]

小童归告主人，主人不敢隐讳，报知曹操。操画影图形，各处捉拿左慈。三日之内，城内城外，所捉眇一目、跛一足、白藤冠、青懒衣、穿木履先生，都一般模样者，有三四百个，哄动街市。操令众将将猪羊血泼之，押送城南教场。操亲自引甲兵五百人围住，尽皆斩之。人人颈腔内各起一道青气，到上天聚成一处，化成一个左慈，向空招白鹤一只骑坐，拍手大笑曰："土鼠随金虎，奸雄一旦休！"操令众将以弓箭射之。忽然狂风大作，走石扬沙，所斩之尸皆跳起来，手提其头，奔上演武厅来打曹操。文官武将，掩面惊倒，各不相顾。[弱者的想象，弱者不能凭此成为强者，一味陶醉其中，还会从精神到肉体更趋衰弱。作者是元末明初人，距东汉远隔千年，笔下若干场景恐怕更接近元明人情。]正是：

奸雄权势能倾国，道士仙机更异人。

未知曹操性命如何，且看下文分解。

后备

书中所述战况，阔略疏简，且笔墨多聚焦于双方将领的回合厮杀中，故纸上虽热闹，细想每不解。试以后备队为例，惯于带兵打仗者，无不知后备队的重要，盖两军交战，常陷胶着，胜负之机，取决于谁手上握有生力军。法军二战之初惨败于德军，原因即如丘吉尔所惊呼："法军竟连预备队也不留。"拿破仑滑铁卢之败，缘于援军格里希元帅迟迟未到，威灵顿统帅却等到了援军布吕歇尔元帅，战局瞬间改观。古罗马军团作战时，习惯将队伍分为前中后三军（不是小说里常见的左中右三军），中军及后军构成两个后续阵列。后军由久经沙场的老兵组成，他们右膝跪地，长矛斜指，按兵不动，专在关键时刻予敌致命一击。

罗贯中似对后备队的价值茫无所知，要么曹操毫无必要地铺开兵力均等的五路攻势（除非表演团体操，没有带兵者会如此均分兵力），要么孙权锱铢必较地节省兵力，有时三千，有时五百，有时只有百骑，而女婿陆逊又不成比例地弄出十万大军，仿佛孙权倒成了尖刀排排长。若说那十万兵是后备队，又太多（须知周瑜赤壁所将兵力亦不过三万），如此庞大的兵力，究竟服务于何种战术目标，不得而知。他们在抢得数千匹战马后不久，孙权就向曹操投降了。

当然，投降是策略性的，如法国福煦元帅在凡尔赛和约签订之后说的那样："这不是和平，这是二十年的休战。"

第六十九回

卜周易管辂知机　讨汉贼五臣死节

却说当日曹操见黑风中群尸皆起，惊倒于地。须臾风定，群尸皆不见。左右扶操回宫，惊而成疾。后人有诗赞左慈曰：

飞步凌云遍九州，独凭遁甲自遨游。

等闲施设神仙术，点悟曹瞒不转头。

曹操染病，服药无愈。适太史丞许芝自许昌来见操。操令芝卜《易》。芝曰："大王曾闻神卜管辂否？"操曰："颇闻其名，未知其术。汝可详言之。"芝曰："管辂字公明，平原人也。容貌粗丑，好酒疏狂。其父曾为琅琊郡丘长。辂自幼仰视星辰，夜不能寐，父母不能禁止。常云：'家鸡野鹄，尚且知时，何况为人在世乎？'与邻儿共戏，辄画地为天文，分布日月星辰。及稍长，即深明《周易》，仰观风角，数学通神，兼善相术。［《周易》是本伟大的书，但因何伟大，学者迄未统一意见。小到"易"字何解，大到主旨在于历史、哲学还是占卜，仍众说纷纭，难定一尊。交口称誉者，唯《易》之神奇。］琅琊太守单子春闻其名，召辂相见。时有坐客百余人，皆能言之士。辂谓子春曰：'辂年少，胆气未坚，先请美酒三升，饮而后言。'子春奇之，遂与酒三升。饮毕，辂问子春：'今欲与辂为对者，若府君四座之士耶？'子春曰：'吾自与卿旗鼓相当。'于是与辂讲论易理。辂亹亹而谈，言言精奥。子春反覆辩难，辂对答如流，从晓至暮，酒食不行。子春及众宾客，无不叹服。于是天下号为神童。后有居民郭恩者，兄弟三人，皆得躄疾，请辂卜之。辂曰：'卦中有君家本墓中女鬼，非君伯母即叔母也。昔饥荒之年，谋数升米之利，推之落井，以大石压破其头，孤魂痛苦，自诉于天，故君兄弟有此报。不可禳也。'郭恩等涕泣伏罪。安平太守王基，知辂神卜，延辂至家。适信都令妻常患头风，其子又患心痛，因请辂卜之。辂曰：'此堂之西角有二死尸，一男持矛，一男持弓箭，头在壁内，脚在壁外。持矛者主刺头，故头痛；持弓箭者主刺胸腹，故心痛。’乃掘之。入地八尺，果有二棺。一棺中有矛，一棺中有角弓及箭，木俱已朽烂。辂令徙骸骨去城外十里埋之，妻与子遂无恙。［民间多强调《周易》的占卜功能。需要是发明之母，民众心理所需，无非“信”“惧”二端，信者唯运命，惧者唯报应，两相交杂，群疑丛滋，占卜师遂挺身而出，代为解惑。占卜师也是一种操劳的职业，古希腊医家提到占卜师易患静脉曲张。］馆陶令诸葛原，迁新兴太守，辂往送行。客言辂能覆射。诸葛原不信，暗取燕卵、蜂窠、蜘蛛三物，分置三盒之中，令辂卜之。卦成，各写四句于盒上。其一曰：‘含气须变，依乎堂宇；雌雄以形，羽翼舒张。此燕卵也。’其二曰：‘家室倒悬，门户众多，藏精育毒，得秋乃化。此蜂窠也。’其三曰：‘觳觫长足，吐丝成罗；寻网求食，利在昏夜。此蜘蛛也。’满座惊骇。乡中有老妇失牛，求卜之。辂判曰：‘北溪之滨，七人宰烹；急往追寻，皮肉尚存。’老妇果往寻之，见七人于茅舍后煮食，皮肉犹存。妇告本郡太守刘邠，捕七人罪之。因问老人曰：‘汝何以知之？’妇告以管辂之神卜。刘邠不信，请辂至府，取印囊及山鸡毛藏于盒中，令卜之。辂卜其一曰：‘内方外圆，五色成文；含宝守信，出则有章。此印囊也。’其二曰：‘岩岩有鸟，锦体朱衣；羽翼玄黄，鸣不失晨。此山鸡毛也。’刘邠大惊，遂待为上宾。一日出郊闲行，见一少年耕于田中，辂立道傍观之良久，问曰：‘少年高姓、贵庚？’答曰：‘姓赵名颜，年十九岁矣。敢问先生为谁？’辂曰：‘吾管辂也。吾见汝眉间有死气，三日内必死。汝貌美，可惜无寿。’赵颜回家，急告其父。父闻之，赶上管辂，哭拜于地曰：‘请归救吾子！’辂曰：‘此乃天命也，安可禳乎？’父告曰：‘老夫止有此子，望乞垂救！’赵颜亦哭求。辂见其父子情切，乃谓赵颜曰：‘汝可备净酒一瓶，鹿脯一块，来日赍往南山之中，大树之下看盘石上有二人弈棋，一人向南坐，穿白袍，其貌甚恶；一人向北坐，穿红衣，其貌甚美。汝可乘其弈兴浓时，将酒及鹿脯跪进之。待其饮食毕，汝乃哭拜求寿，必得益算矣。但切勿言是吾所教。’老人留辂在家。次日，赵颜携酒脯杯盘入南山之中。约行五六里，果有二人于大松树下盘石上着棋，全然不顾。

赵颜跪进酒食。二人贪着棋，不觉饮酒已尽。赵颜哭拜于地而求寿，二人大惊。穿红袍者曰：'此必管子之言也。吾二人既受其私，必须怜之。'穿白袍者乃于身边取出簿籍检看，谓赵颜曰：'汝今年十九岁，当死。吾今于十字上添一九字，汝寿可至九十九。回见管辂，教再休泄漏天机，不然必致天谴。'穿红者出笔添讫，一阵香风过处，二人化作二白鹤，冲天而去。赵颜归问管辂。辂曰：'穿红者南斗也，穿白者北斗也。'颜曰：'吾闻北斗九星，何止一人？'辂曰：'散而为九，合而为一也。北斗注死，南斗注生。今已添注寿算，子复何忧？'父子拜谢。自此管辂恐泄天机，更不轻为人卜。[作者写累了，洋洋洒洒抄一段书。上述情事，见诸《三国志·方伎传》，但陈寿别有声明："所以广异闻而表奇事也"，并未笃信其真。]此人见在平原，大王欲知休咎，何不召之？"

操大喜，即差人往平原召辂。辂至，参拜讫，操令卜之。辂答曰："此幻术耳，何必为忧？"操心安，病乃渐可。操令卜天下之事。辂卜曰："三八纵横，黄猪遇虎；定军之南，伤折一股。"又令卜传祚修短之数。辂卜曰："狮子宫中，以安神位；王道鼎新，子孙极贵。"操问其详。辂曰："茫茫天数，不可预知，待后自验。"操欲封辂为太史。辂曰："命薄相穷，不称此职，不敢受也。"操问其故，答曰："辂额无主骨，眼无守睛；鼻无梁柱，脚无天根；背无三甲，腹无三壬；只可泰山治鬼，不能治生人也。"[说得别致。文章之道含游戏三昧，游戏可成好词，戏谑无妨当真。]操曰："汝相吾若何？"辂曰："位极人臣，又何必相？"再三问之，辂但笑而不答。操令辂遍相文武官僚。辂曰："皆治世之臣也。"操问休咎，皆不肯尽言。后人有诗赞管辂曰：

平原神卜管公明，能算南辰北斗星。
八卦幽微通鬼窍，六爻玄奥究天庭。
预知相法应无寿，自觉心源极有灵。
可惜当年奇异术，后人无复授遗经。

操令卜东吴、西蜀二处。辂设卦云："东吴主亡一大将，西蜀有兵犯界。"操不信。忽合淝报来："东吴陆口守将鲁肃身故。"[鲁肃死，关羽危。]操大惊，遂差人往汉中探听消息。不数日，飞报刘玄德遣张飞、马超兵屯下办取关。操大怒，便欲自领大兵再入汉中，令管辂卜之。辂曰："大王未可妄动，来春许都必有火灾。"操见辂言累验，故不敢轻动，留居邺郡。使曹洪领兵五万，往助夏侯渊、张郃同守东川；又差夏侯惇领兵三万，于许都来往巡警，以备不虞；又教长史王必总督御林军马。主簿司马懿曰："王必嗜酒性宽，恐不堪任此职。"操曰："王必是孤披荆棘历艰难时相随之人，忠而且勤，心如铁石，最足相当。"遂委王必领御林军马屯于许昌东华门外。

时有一人，姓耿名纪，字季行，洛阳人也，旧为丞相府椽，后迁侍中少府，与司直韦晃甚厚，见曹操进封王爵，出入用天子车服，心甚不平。时建安二十三年春正月，耿纪与韦晃密议曰："曹操奸恶日甚，将来必为篡逆之事。吾等为汉臣，岂可同恶相济？"韦晃曰："吾有心腹人，姓金名祎，乃汉相金日磾之后，素有计操之心；更兼与王必甚厚，若得同谋，大事济矣。"耿纪曰："他既与王必交厚，岂肯与我等同谋乎？"韦晃曰："且往说之，看是如何。"于是二人同至金祎宅中，祎接入后堂坐定。晃曰："德伟与王长史甚厚，吾二人特来告求。"祎曰："所求何事？"晃曰："吾闻魏王早晚受禅，将登大宝，公与王长史必高迁。望不相弃，曲赐提携，感德非浅！"祎拂袖而起。适从者奉茶至，便将茶泼于地下。晃佯惊曰："德伟故人，何薄情也？"祎曰："吾与汝交厚，为汝等是汉朝臣宰之后；今不思报本，欲辅造反之人，吾有何面目与汝为友！"耿纪曰："奈天数如此，不得不为耳！"祎大怒。[老套路：意欲谋反者，必先以假语试探，被试者又必是掏心掀肺的直性子。]耿纪、韦晃见祎果有忠义之心，乃以实情相告曰："吾等本欲讨贼，来求足下。前言特相试耳。"祎曰："吾累世汉臣，安能从贼！公等欲扶汉室，有何高见？"晃曰："虽有报国之心，未有讨贼之计。"祎曰："吾欲里应外合，杀了王必，夺其兵权，扶助銮舆；更结刘皇叔为外援，操贼可灭矣。"二人闻之，抚掌称善。

祎曰："我有心腹二人，与操贼有杀父之仇，见居城外，可用为羽翼。"耿纪问是何人。祎曰："太医吉平之子：长名吉邈，字文然；次名吉穆，字思然。操昔日为董承衣带诏事，曾杀其父；二子逃窜远乡，得免于难。今已潜归许都。若得相助讨贼，无有不从。”耿纪、韦晃大喜。金祎即使人密唤二吉。须臾，二人至，祎具言其事，二人感愤流泪，怨气冲天，誓杀国贼。金祎曰：“正月十五日夜间，城中大张灯火，庆赏元宵。耿少府、韦司直，你二人各领家僮，杀到王必营前，只看营中火起，分两路杀入。杀了王必，径跟我入内，请天子登五凤楼，召百官面谕讨贼。吉文然兄弟于城外杀入，放火为号，各要扬声，叫百姓诛杀国贼，截住城内救军。待天子降诏，招安已定，便进兵杀投邺郡擒曹操，即发使赍诏召刘皇叔。今日约定，至期二更举事，勿似董承自取其祸。”五人对天说誓，歃血为盟，各自归家，整顿军马器械，临期而行。

且说耿纪、韦晃二人，各有家僮三四百，预备器械。吉邈兄弟亦聚三四百人口，只推围猎，安排已定。金祎先期来见王必，言：“方今海宇稍安，魏王威震天下。今值元宵令节，尽张灯结彩，庆赏佳节。”至正月十五夜，天色晴霁，星月交辉，六街三市，竞放花灯。真个金吾不禁，玉漏无催！王必与御林诸将，在营中饮宴。二更以后，忽闻营中呐喊，人报营后火起。王必慌忙出帐看时，只见火光乱滚；又闻喊杀连天，知是营中有变，急上马出南门，正遇耿纪，一箭射中肩膊，几乎坠马，遂望西门而走。背后有军赶来。王必着忙，弃马步行。至金祎门首，慌叩其门。原来金祎一面使人于营中放火，一面亲领家僮随后助战，只留妇女在家。时家中闻王必叩门之声，只道金祎归来。妻从隔门便问曰：“王必那厮杀了么？”［天杀的一张蠢嘴。］王必大惊，方悟金祎同谋，径投曹休家，报知金祎、耿纪等同谋反。休急披挂上马，引千余人在城中拒敌。城内四下火起，烧着五凤楼，帝避于深宫。曹氏心腹爪牙，死据宫门。城中但闻人叫：“杀尽曹贼，以扶汉室！”

原来夏侯惇奉曹操命，巡警许昌，领三万军，离城五里屯扎；是夜，遥望见城中火起，便领大军前来，围住许都，使一枝军入城接应曹休，直混杀至天明。耿纪、韦晃等无人相助。人报金祎、二吉皆被杀死。耿纪、韦晃夺路杀出城门，正遇夏侯惇大军围住，活捉去了；手下百余人皆被杀。夏侯惇入城，救灭遗火，尽收五人老小宗族，使人飞报曹操。操传令教将耿、韦二人及五家宗族老小，皆斩于市，并将在朝大小百官尽行拿解邺郡，听候发落。夏侯惇押耿、韦二人至市曹。耿纪厉声大叫曰："曹阿瞒！吾生不能杀汝，死当作厉鬼以击贼！"郐子以刀搠其口，流血满地，大骂不绝而死。韦晃以面颊顿地曰："可恨！可恨！"咬牙皆碎而死。后人有诗赞曰：

耿纪精忠韦晃贤，各持空手欲扶天。

谁知汉祚相将尽，恨满心胸丧九泉。

[曹操深知"江湖未静，不可让位"之理，尝如此告白："诚恐己离兵为人所祸也。既为子孙计，又己败则国家倾危，是以不得慕虚名而处实祸，此所不得为也。"世道凶险，恶斗双方遂召唤出体内狼血，许都血光满天。]

夏侯惇尽斩五家老小宗族，将百官解赴邺郡。曹操于教场立红旗于左、白旗于右，下令曰："耿纪、韦晃等造反，放火焚许都，汝等亦有出救火者，亦有闭门不出者。如曾救火者，可立于红旗下；如不曾救火者，可立于白旗下。"众官自思救火者必无罪，于是多奔红旗之下，三停内只有一停立于白旗之下。操教尽拿立于红旗下者，众官各言无罪，操曰："汝当时之心，非是救火，实欲助贼耳。"尽命牵出漳河边斩之，死者三百余员。其立于白旗下者，尽皆赏赐，仍令还许都。["君主必须是一头狐狸以便认识陷阱，同时又必须是一头狮子，以便使豺狼惊骇"，曹操不是君主，但马基雅维里这句话，像是对曹操的总结。]时王必已被箭疮发而死，操命厚葬之。令曹休总督御林军马，钟繇为相国，华歆为御史大夫。遂定侯爵六等十八级，关西侯爵十七级，皆金印紫绶；又置关内外侯十六级，银印龟组墨绶；五大夫十五级，铜印镮组绶。定爵封官，朝廷又换一班人物。曹操方悟管辂火灾之说，遂重赏辂。辂不受。

却说曹洪领兵到汉中，令张郃、夏侯渊各据险要。曹洪亲自进兵拒敌，时张飞自与雷同守把巴西。马超兵至下办，令吴兰为先锋，领军哨出，正遇曹洪军相遇。吴兰欲退，牙将任夔曰："贼兵初至，若不先挫其锐气，何颜见孟起乎？"于是骤马挺枪搦曹洪战。洪自提刀跃马而出，交锋三合，斩夔于马下。乘势掩杀。吴兰大败，回见马超。超责之曰："汝不得吾令，何故轻敌致败？"吴兰曰："任夔不听吾言，故有此败。"马超曰："可紧守隘口，勿与交锋。"一面申报成都，听候行止。曹洪见马超连日不出，恐有诈谋，引军退回南郑。张郃来见曹洪，问曰："将军既已斩将，如何退兵？"洪曰："吾见马超不出，恐有别谋。且我在邺都，闻神卜管辂有言，当于此地折一员大将。吾疑此言，故不敢轻进。"张郃大笑曰："将军行兵半生，今奈何信卜者之言而惑其心哉！郃虽不才，愿以本部兵取巴西。若得巴西，蜀郡易耳。"洪曰："巴西守将张飞，非比等闲，不可轻敌。"张郃曰："人皆怕张飞，吾视之如小儿耳！此去必擒之。"洪曰："倘有疏失，若何？"郃曰："甘当军令。"洪勒了文状，张郃进兵。正是：

自古骄兵多致败，从来轻敌少成功。

未知胜负如何，且看下文分解。

迷信

担惊受怕，求签问卦；祸福休咎，人心恒忧。

古代世界不存在现代意义上的唯物主义者，能如孔子"敬鬼神而远之"，已属绝顶上智。苏格拉底亦笃信诸神，对德尔菲神谕崇信有加；拒斥庸俗迷信的希腊史家普鲁塔克同样承认神谕，还在作品中以比我们司马迁、陈寿远为过分的方式加以采信。太史公、陈寿将怪诞之事另章单列，聊加"存录"，普鲁塔克则将其毫无分别地搀入正史之中，仿佛雅典娜的魔力就是一种可信的现实力量。罗贯中也是这么干的。

当然，迷信也有高下。对不可知事物的好奇，对自然力的敬畏，对自身命运的茫然和关注，会使人不期然相信超现实的力量。若深入探索，相信者未尝不可由神学进窥哲学，最终汇入科学之门（"先有鸡还是先有蛋"这个玄妙问题，即出自普鲁塔克）。反之，弃绝思考，无视现实努力，一味耽迷玄异，崇信虚诞，贿赂鬼神，盲从仙方，则等而下之，终将堕入愚钝之井。可叹的是，读管辂故事时，愚钝多而智性寡。

曹操自承"性不信天命之事"，此乃强人本色。恪尽人事，天命自归，《君主论》所谓"最不倚靠幸运的人却是保持自己地位最稳固的人"，信然。

第七十回

猛张飞智取瓦口隘　老黄忠计夺天荡山

却说张郃部兵三万，向分三寨，各傍山险：一名岩渠寨，一名蒙头寨，一名荡石寨。当日张郃于三寨中，各分军一半去取巴西，留一半守寨。早有探马报到巴西，说张郃引兵来了。张飞急唤雷同商议。同曰："阆中地恶山险，可以埋伏。将军引兵出战，我出奇相助，郃可擒矣。"张飞拨精兵五千与雷同去讫。飞自引兵一万，离阆中三十里与张郃兵相遇。两军排开，张飞出马，单搦张郃。郃挺枪纵马而出。战到三十余合，郃后军忽然喊起；原来望见山背后有蜀兵旗幡，故此扰乱。张郃不敢恋战，拨马回走。张飞从后掩杀，前面雷同又引兵杀出。两下夹攻，郃兵大败。张飞、雷同连夜追袭，直赶到岩渠山。［打仗必有战略目的，不可能激于赌胜好斗之心。张郃孤军深入益州境内的巴东、巴西二郡，半劝诱半强制地迁移出数万人口，充实汉中。归途撞见张飞。张郃拖家带口，士兵疲累，张飞以逸待劳，占尽地利，张郃立陷危境。当时，人口是重要的战略资源。］张郃仍旧分兵守住三寨，多置擂木炮石，坚守不战。张飞离岩渠十里下寨，次日引兵搦战。郃在山上大吹大擂饮酒，并不下山。张飞令军士大骂，郃只不出，雷同驱军士上山，山上擂木炮石打将下来，雷同急退。荡石、蒙头两寨兵出，杀败雷同。次日，张飞又去搦战，张郃又不出。飞使军人百般秽骂，郃在山上亦骂。张飞寻思，无计可施。相拒五十余日，飞在山前扎住大寨，每日饮酒，饮至大醉，坐于山前辱骂。

玄德差人犒军，见张飞终日饮酒，使者回报玄德。玄德大惊，忙来问孔明。孔明笑曰："原来如此！军前恐无好酒；成都佳酿极多，可将五十瓮作三车装，送到军前与张将军饮。"玄德曰："吾弟自来饮酒失事，军师何故反送酒与他？"孔明笑曰："主公与翼德做了许多年兄弟，还不知其为人耶？翼德自来刚强，然前于收川之时，义释严颜，此非勇夫所为也。今与张郃相拒五十余日，酒醉之后，便坐山前辱骂，傍若无人。此非贪杯，乃败张郃之计耳。”玄德曰：“虽然如此，未可托大。可使魏延助之。”孔明令魏延解酒赴军前，车上各插黄旗，大书“军前公用美酒”。魏延领命，解酒到寨中，见张飞，传说主公赐酒。飞拜受讫，分付魏延、雷同各引一枝人马，为左右翼；只看军中红旗起，便各进兵；教将酒排列帐下，令军士大开旗鼓而饮。［孔明与张飞，渐似鱼水相得。唯成都距宕渠山约四百公里，山道崎岖，运酒大非易事。］有细作报上山来，张郃自来山顶观望，见张飞坐于帐下饮酒，令二小卒于面前相扑为戏。郃曰：“张飞欺我太甚！”传令今夜下山劫飞寨，令蒙头、荡石二寨皆出为左右援。当夜张郃乘着月色微明，引军从山侧而下，径到寨前。遥望张飞大明灯烛，正在帐中饮酒。张郃当先大喊一声，山头擂鼓为助，直杀入中军。但见张飞端坐不动。张郃骤马到面前，一枪刺倒，却是一个草人。急勒马回时，帐后连珠炮起。一将当先拦住去路，睁圆环眼，声若巨雷，乃张飞也。挺矛跃马直取张郃。两将在火光中战到三五十合。张郃只盼两寨来救，谁知两寨救兵已被魏延、雷同两将杀退，就势夺了二寨。张郃不见救兵至，正没奈何，又见山上火起，已被张飞后军夺了寨栅。张郃三寨俱失，只得奔瓦口关去了。张飞大获胜捷，报入成都。玄德大喜，方知翼德饮酒是计，只要诱张郃下山。

却说张郃退守瓦口关，三万军已折了二万，遣人问曹洪求救。洪大怒曰：“汝不听吾言，强要进兵，失了紧要隘口，却又来求救！”遂不肯发兵，使人催督张郃出战。［国家之事转为个人义气之争，曹洪心眼太小。］郃心慌，只得定计，分两军去关口前山僻埋伏，分付曰：“我诈败，张飞必然赶来，汝等就截其归路。”当日张郃引军前进，正遇雷同。战不数合，张郃败走，雷同赶来。两军齐出，截断回路。张郃复回，刺雷同于马下。败军回报张飞，飞自来与张郃挑战。郃又诈败，张飞不赶。郃又回战，不数合，又败走。张飞知是计，收军回寨，与魏延商议曰：“张郃用埋伏计，杀了雷同，又要赚吾，何不将计就计？”延问曰：“如何？”飞曰：“我明日先引一军前往，汝却引精兵于后，待伏兵出，汝可分兵击之。用车十余乘，各藏柴草，塞住小路，放火烧之。吾乘势擒张郃，与雷同报仇。”魏延领计。次日，张飞引兵前进。张郃兵又至，与张飞交锋。战到十合，郃又诈败。张飞引马步军赶来，郃且战且走。引张飞过山峪口，郃将后军为前，复扎住营，与飞又战，指望两彪伏兵出，要围困张飞。不想伏兵却被魏延精兵到，赶入峪口，将车辆截住山路，放火烧车，山峪草木皆着，烟迷其径，兵不得出。张飞只顾引军冲突，张郃大败，死命杀开条路，走上瓦口关，收聚残兵，坚守不出。张飞和魏延连日攻打关隘不下。飞见不济事，把军退二十里，却和魏延引数十骑，自来两边哨探小路。忽见男女数人，各背小包，于山僻路攀藤附葛而走。飞于马上用鞭指与魏延曰：“夺瓦口关，只在这几个百姓身上。”便唤军士分付：“休要惊恐他，好生唤那几个百姓来。”军士连忙唤到马前。飞用好言以安其心，问其何来。百姓告曰：“某等皆汉中居民，今欲还乡。听知大军厮杀，塞闭阆中官道；今过苍溪，从梓潼山桧钎川入汉中还家去。”飞曰：“这条路取瓦口关远近若何?”百姓曰：“从梓潼山小路，却是瓦口关背后。”飞大喜，带百姓入寨中与了酒食，分付魏延：“引兵扣关攻打，我亲自引轻骑出梓潼山攻关后。”便令百姓引路，选轻骑五百，从小路而进。［在无路之地觅得一条小径，乃战场上屡见不鲜的获胜捷径。］

却说张郃为救军不到，心中正闷。人报魏延在关下攻打。张郃披挂上马，却待下山，忽报：“关后四五路火起，不知何处兵来。”郃自领兵来迎。旗开处，早见张飞。郃大惊，急往小路而走，马不堪行。后面张飞追赶甚急，郃弃马下山，寻径而逃，方得走脱。随行只有十余人，步行入南郑见曹洪。洪见张郃只剩十余人，［人称张飞书法家，证据即张飞获胜后写的一块碑文，上书：“汉将军飞，率精卒万人，大破贼首张郃于八濛（即宕渠山），立马勒铭。”今尚存拓本，字迹漫漶，气势雄壮，一扫张恒侯留在民间的莽夫形象。原碑毁于“文革”时期。］大怒曰：“吾教汝休去，汝取下文状要去；今日折尽大兵，尚不自死，还来做甚!”喝令左右推出斩之。行军司马郭淮谏曰：“‘三军易得，一将难求。’张郃虽然有罪，乃魏王所深爱者也，不可便诛。可再与五千兵径取葭萌关，牵动其各处之兵，汉中自安矣。如不成功，二罪俱罚。”曹洪从之，又与兵五千，教张郃取葭萌关。郃领命而去。[真相是，曹操知张郃兵败，不惩反奖，升他为“荡寇将军”。]

却说葭萌关守将孟达、霍峻知张郃兵来，霍峻只要坚守，孟达定要迎敌，引军下关与张郃交锋，大败而回。霍峻急申文书到成都。玄德闻知，请军师商议。孔明聚众将于堂上，问曰：“今葭萌关紧急，必须阆中取翼德，方可退张郃也。”法正曰：“今翼德兵屯瓦口，镇守阆中，亦是紧要之地，不可取回。帐中诸将内选一人去破张郃。”孔明笑曰：“张郃乃魏之名将，非等闲可及。除非翼德，无人可当。”[孔明激将，“一招鲜，吃遍天”。]忽一人厉声而出曰：“军师何轻视众人耶！吾虽不才，愿斩张郃首级，献于麾下。”众视之，乃老将黄忠也。孔明曰：“汉升虽勇，争奈年老，恐非张郃对手。”忠听了，白须倒竖而言曰：“某虽老，两臂尚开三石之弓，浑身还有千斤之力，岂不足敌张郃匹夫耶！”孔明曰：“将军年近七十，如何不老？”忠趋步下堂，取架上大刀，轮动如飞；壁上硬弓，连拽折两张。孔明曰：“将军要去，谁为副将？”忠曰：“老将军严颜，可同我去。但有疏虞，先纳下这白头。”玄德大喜，即时令严颜、黄忠去与张郃交战。赵云谏曰：“今张郃亲犯葭萌关，军师休为儿戏。若葭萌关一失，益州危矣。何故以二老当此大敌乎？”孔明曰：“汝以二人老迈，不能成事。吾料汉中必于此二人手内可得。”赵云等各各哂笑而退。

却说黄忠、严颜到关上，孟达、霍峻见了，心中亦笑孔明欠调度：“是这般紧要去处，如何只教两个老的来！”黄忠谓严颜曰：“你见诸人动静么？他笑我二人年老，今可立奇功，以服众心。”严颜曰：“愿听将军之令。”两个商议定了。黄忠引军下关，与张郃对阵。张郃出马，见了黄忠，笑曰：“你许大年纪，犹不识羞，尚欲出战耶！”忠怒曰：“竖子欺吾年老！吾手中宝刀却不老！”遂拍马向前与郃决战。二马相交，约战二十余合，忽然背后喊声起：原来是严颜从小路抄在张郃军后。两军夹攻，张郃大败。连夜赶去，张郃兵退八九十里。黄忠、严颜收兵入寨，俱各按兵不动。[作者笔下的张郃恁般不堪，却无法与孔明、刘备等人对张郃的重视印证。可以虚构，不可自相矛盾。〕曹洪听知张郃输了一阵，又欲见罪。郭淮曰："张郃被迫，必投西蜀；今可遣将助之，就如监临，使不生外心。"曹洪从之，即遣夏侯惇之侄夏侯尚，并降将韩玄之弟韩浩，二人引五千兵前来助战。二将即时起行，到张郃寨中，问及军情，郃言："老将黄忠，甚是英雄，更有严颜相助，不可轻敌。"韩浩曰："我在长沙知此老贼利害。他和魏延献了城池，害吾亲兄，今既相遇，必当报仇！"遂与夏侯尚引新军离寨前进。原来黄忠连日哨探，已知路径。严颜曰："此去有山，名天荡山，山中乃是曹操屯粮积草之地。若取得那个去处，断其粮草，汉中可得也。"忠曰："将军之言，正合吾意，可与吾如此如此。"严颜依计，自领一枝军去了。

却说黄忠听知夏侯尚、韩浩来，遂引军马出营。韩浩在阵前大骂黄忠："无义老贼！"拍马挺枪，来取黄忠。夏侯尚便出夹攻，黄忠力战二将，各斗十余合，黄忠败走。二将赶二十余里，夺了黄忠营寨。忠又草创一营。次日，夏侯尚、韩浩赶来，忠又出阵，战数合，又败走。二将又赶二十余里，夺了黄忠营寨，唤张郃守后寨。郃来前寨谏曰："黄忠连退二日，于中必有诡计。"夏侯尚叱张郃曰："你如此胆怯，可知屡次战败！今再休多言，看吾二人建功！"张郃羞赧而退。〔姓夏侯的，口气就是大。可惜，"官二代"威风只可向自家人显摆，未必可验诸战阵。〕次日，二将又战，黄忠又败退二十里；二将迤逦赶上。次日，二将兵出，黄忠望风而走，连败数阵，直退在关上。二将扣关下寨，黄忠坚守不出。孟达暗暗发书，申报玄德，说："黄忠连输数阵，见今退在关上。"玄德慌问孔明。孔明曰："此乃老将骄兵之计也。"赵云等不信。玄德差刘封来关上接应黄忠。忠与封相见，问刘封曰："小将军来助战何意？"封曰："父亲得知将军数败，故差某来。"忠笑曰："此老夫骄兵之计也。看今夜一阵，可尽复诸营，夺其粮食马匹。此是借寨与彼屯辎重耳。今夜留霍峻守关，孟将军可与我搬粮草夺马匹，小将军看我破敌！"是夜二更，忠引五千军开关直下。原来夏侯尚、韩浩二将连日见关上不出，尽皆懈怠；被黄忠破寨直入，人不及甲，马不及鞍，二将各自逃命而走，军马自相践踏，死者无数。比及天明，连夺三寨。寨中丢下军器鞍马无数，尽教孟达搬运入关。黄忠催军马随后而进，刘封曰："军士力困，可以暂歇。"忠曰："不入虎穴，焉得虎子？"策马先进。士卒皆努力向前。张郃军兵反被自家败兵冲动，都屯扎不住，望后而走，尽弃了许多栅寨，直奔至汉水傍。

张郃寻见夏侯尚、韩浩议曰："此天荡山乃粮草之所，更接米仓山，亦屯粮之地，是汉中军士养命之源。倘若疏失，是无汉中也。当思所以保之。"夏侯尚曰："米仓山有吾叔夏侯渊分兵守护，那里正接定军山，不必忧虑。天荡山有吾兄夏侯德镇守，我等宜往投之，就保此山。"于是张郃与二将连夜投天荡山来，见夏侯德具言前事。夏侯德曰："吾此处屯十万兵，你可引去复取原寨。"郃曰："只宜坚守，不可妄动。"忽听山前金鼓大震，人报黄忠兵到。夏侯德大笑曰："老贼不谙兵法，只恃勇耳！"郃曰："黄忠有谋，非止勇也。"德曰："川兵远涉而来，连日疲困，更兼深入战境，此无谋也！"郃曰："亦不可轻敌，且宜坚守。"韩浩曰："愿借精兵三千击之，当无不克。"德分兵与浩下山。黄忠整兵来迎。刘封谏曰："日已西沉矣，军皆远来劳困，且宜暂息。"忠笑曰："不然。此天赐奇功，不取是逆天也。"言毕，鼓噪大进。韩浩引兵来战。黄忠挥刀直取浩，只一合，斩浩于马下。蜀兵大喊，杀上山来。张郃、夏侯尚急引军来迎。忽听山后大喊，火光冲天而起，上下通红。夏侯德提兵来救火时，正遇老将严颜，手起刀落，斩夏侯德于马下。原来黄忠预先使严颜引军埋伏于山僻去处，只等黄忠军到，却来放火，柴草堆上一齐点着，烈焰飞腾，照耀山峪。严颜既斩夏侯德，从山后杀来。张郃、夏侯尚前后不能相顾，只得弃天荡山，望定军山投奔夏侯渊去了。黄忠、严颜守住天荡山，捷音飞报成都。玄德闻之，聚众将庆喜。法正曰："昔曹操降张鲁，定汉中，不因此势以图巴、蜀，乃留夏侯渊、张郃二将屯守，而自引大军北还，此失计也。今张郃新败，天荡失守，主公若乘此时举大兵亲往征之，汉中可定也。既定汉中，然后练兵积粟，观衅伺隙，进可讨贼，退可自守。此天与之时，不可失也。"［这是法正的著名高见，法正凭此一计，荣登三国著名谋士之列。］玄德、孔明皆深然之。遂传令赵云、张飞为先锋，玄德与孔明亲自引兵十万，择日图汉中；传檄各处，严加堤备。时建安二十三年秋七月吉日。玄德大军出葭萌关下营，召黄忠、严颜到寨，厚赏之。玄德曰："人皆言将军老矣，唯军师独知将军之能。今果立奇功。但今汉中定军山乃南郑保障，粮草积聚之所；若得定军山，阳平一路无足忧矣。将军还敢取定军山否？"黄忠慨然应诺，便要领兵前去。孔明急止之曰："老将军虽然英勇，然夏侯渊非张郃之比也。渊深通韬略，善晓兵机，曹操倚之为西凉藩蔽，先曾屯兵长安拒马孟起，今又屯兵汉中。操不托他人，而独托渊者，以渊有将才也。今将军虽胜张郃，未卜能胜夏侯渊。吾欲酌量着一人去荆州，替关将军来，方可敌之。"忠奋然答曰："昔廉颇年八十，尚食斗米、肉十斤，诸侯畏其勇，不敢侵犯赵界，何况黄忠未及七十乎？军师言吾老，吾今并不用副将，只将本部兵三千人去，立斩夏侯渊首级纳于麾下。"孔明再三不容。黄忠只是要去。孔明曰："既将军要去，吾使一人为监军同去，若何？"正是：

请将须行激将法，少年不若老年人。

未知其人是谁，且看下文分解。

现实

在法正那段高见里，作者删改了一条核心判断："此非曹操智不逮而力不足也，必将内有忧逼故耳。"指的是曹操收降张鲁、平定汉中后，未能听从司马懿、刘晔的"得陇望蜀"计。站在刘备立场上，自然是一大侥幸；侥幸过后，"天与之时"，遂反戈一击，收复汉中。

写演义小说，只需强调将帅之勇、谋士之智，但真实的战争决非如此。战争既是天下第一不可预测之物，也是人间第一高损耗之事。打仗必须面对现实，最大的现实就是经济和政治。打仗需要本钱，需要充分的前期预备。汉中频遭兵灾人祸，物资匮乏，人口锐减，再加远离后方，缺乏长期用兵的条件。曹操征张鲁时，感于道路险峻和军食匮乏，发出"此妖妄之国耳，何能为有无"之叹。张鲁早年欲闹独立，怕朝廷追究，烧毁汉中与宝鸡、长安间的栈道，加剧了曹军的用兵难度。故张郃之前担任的另一项工作，就是设法修复道路，它与人口迁徙一样，同属重要的战前准备。张飞、黄忠的相继获胜，正是在这个意义上凸现了战略价值，使曹军不复攻击态势，专意固守。然小说家志不在此，非但无一语涉及，反把张郃与张飞之战，贬为张郃与曹洪间的负气斗嘴。如此，纸上战争锣鼓喧天，现实困境无从呈现。

第七十一回

占对山黄忠逸待劳　据汉水赵云寡胜众

却说孔明分付黄忠："你既要去，吾教法正助你。凡事计议而行。吾随后拨人马来接应。"黄忠应允，和法正领本部兵去了。孔明告玄德曰："此老将不着言语激他，虽去不能成功。他今既去，须拨人马前去接应。"乃唤赵云将一枝人马，从小路出奇兵接应黄忠。若忠胜不必出战；倘忠有失，即去救应。又遣刘封、孟达："领三千兵于山中险要去处，多立旌旗，以壮我兵之声势，令敌人惊疑。"三人各自领兵去了。又差人往下办授计与马超，令他如此而行。又差严颜往巴西阆中守隘，替张飞、魏延来同取汉中。[孔明其实不曾随军出征，而是驻守成都，接应调度。刘备赴汉中，唯法正之命是从，对法正之宠信渐在孔明之上。]

却说张郃与夏侯尚来见夏侯渊，说："天荡山已失，折了夏侯德、韩浩。今闻刘备亲自领兵来取汉中，可速奏魏王，早发精兵猛将，前来策应。"夏侯渊便差人报知曹洪，洪星夜前到许都，禀知曹操。操大惊，急聚文武，商议发兵救汉中。长史刘晔进曰："汉中若失，中原震动。大王休辞劳苦，必须亲自征讨。"操自悔曰："恨当时不用卿言，以致如此！"忙传令旨，起兵四十万亲征。时建安二十三年秋七月也。曹操兵分三路而进，前部先锋夏侯惇，操自领中军，使曹休押后，三军陆续起行。操骑白马金鞍，玉带锦衣。武士手执大红罗销金伞盖，左右金瓜银钺，镫棒戈矛，打日月龙凤旌旗，护驾龙虎官军二万五千，分为五队，每队五千，按青、黄、赤、白、黑五色。旗幡甲马，并依本色，光辉灿烂，极其雄壮。[雄壮？但不像打仗，倒像去泰山封禅。前方道路崎岖，花花排场，有甚用处？]

兵出潼关，操在马上望见一簇林木极其茂盛，问近侍曰："此何处也？"答曰："此名蓝田。林木之间，乃蔡邕庄也。今邕女蔡琰，与其夫董纪居此。”原来操与蔡邕相善。先时其女蔡琰，乃卫道玠之妻；后被北方掳去，于北地生二子，作《胡笳十八拍》，流入中原。操深怜之，使人持千金入北方赎之。左贤王惧操之势，送蔡琰还汉。操乃以琰配与董纪为妻。当日到庄前，因想起蔡邕之事，令军马先行，操引近侍百余骑，到庄门下马。时董纪出仕于外，止有蔡琰在家。琰闻操至，忙出迎接。操至堂，琰起居毕，侍立于侧。操偶见壁间悬一碑文图轴，起身观之，问于蔡琰。琰答曰：“此乃曹娥之碑也。昔和帝时，上虞有一巫者，名曹盱，能娑婆乐神；五月五日，醉舞舟中，堕江而死。其女年十四岁，绕江啼哭七昼夜，跳入波中；后五日，负父之尸浮于江面，里人葬之江边。［“二十四孝”故事，鲁迅幼时听乡中长辈闲聊，道是“死了的曹娥，和她父亲的尸体，最初是面对面抱着浮上来的。然而过往行人看见的都发笑了，说：哈哈！这么一个年青姑娘抱着这么一个老头子！于是那两个死尸又沉下去了”。］上虞令度尚奏闻朝廷，表为孝女。度尚令邯郸淳作文刻碑以记其事。时邯郸淳年方十三岁，文不加点，一挥而就，立石墓侧，时人奇之。妾父蔡邕闻而往观，时日已暮，乃于暗中以手摸碑文而读之，索笔大书八字于其背。后人镌石，并镌此八字。”操读八字云：“黄绢幼妇，外孙齑臼。”操问琰曰：“汝解此意否？”琰曰：“虽先人遗笔，妾实不解其意。”操回顾众谋士曰：“汝等解否？”众皆不能答。于内一人出曰：“某已解其意。”操视之，乃主簿杨修也。操曰：“卿且勿言，容吾思之。”遂辞了蔡琰，引众出庄。上马行三里，忽省悟，笑谓修曰：“卿试言之。”修曰：“此隐语耳。‘黄绢’乃颜色之丝也：色傍加丝，是‘绝’字。‘幼妇’者，少女也：女傍少字，是‘妙’字。‘外孙’乃女子也：女傍子字，是‘好’字。‘齑臼’乃受五辛之器也：受傍辛字，是‘辤’字。总而言之，是‘绝妙好辞’四字。”操大惊曰：“正合孤意！”众皆叹羡杨修才识之敏。［今人结合繁体字，方能会意。］

不一日，军至南郑。曹洪接着，备言张郃之事。［分明在告状。］操曰：“非郃之罪，胜负乃兵家常事耳。”洪曰：“目今刘备使黄忠攻打定军山，夏侯渊知大王兵至，固守未曾出战。”操曰：“若不出战，是示懦也。”便差人持节到定军山，教夏侯渊进兵。刘晔谏曰：“渊性太刚，恐中奸计。”操乃作手书与之。使命持节到渊营，渊接入。使者出书，渊拆视之，略曰：

> 凡为将者，当以刚柔相济，不可徒恃其勇。若但任勇，则是一夫之敌耳。吾今屯大军于南郑，欲观卿之“妙才”，勿辱二字可也。[曹操不愧建安文坛领袖，太会说话。按“妙才”原是夏侯渊的字，曹操活用之，本意也是“激将”，被激者却毫无不快，满心欣悦。]

夏侯渊览毕大喜。打发使命回讫，乃与张郃商议曰：“今魏王率大兵屯于南郑，以讨刘备。吾与汝久守此地，岂能建立功业？来日吾出战，务要生擒黄忠。”张郃曰：“黄忠谋勇兼备，况有法正相助，不可轻敌。此间山路险峻，只宜坚守。”渊曰：“若他人建了功劳，吾与汝有何面目见魏王耶？汝只守山，吾去出战。”遂下令曰：“谁敢出哨诱敌？”夏侯尚曰：“吾愿往。”渊曰：“汝去出哨，与黄忠交战，只宜输，不宜赢。吾有妙计，如此如此。”尚受令，引三千军离定军山大寨前行。

却说黄忠与法正引兵屯于定军山口，累次挑战，夏侯渊坚守不出；欲要进攻，又恐山路危险，难以料敌，只得据守。是日，忽报山上曹兵下来搦战。黄忠恰待引军出迎，牙将陈式曰：“将军休动，某愿当之。”忠大喜，遂令陈式引军一千，出山口列阵。夏侯尚兵至，遂与交锋。不数合，尚诈败而走。式赶去，行到半路，被两山上擂木炮石打将下来，不能前进。正欲回时，背后夏侯渊引兵突出，陈式不能抵当，被夏侯渊生擒回寨；部卒多降。有败军逃得性命，回报黄忠，说陈式被擒。忠慌与法正商议，正曰：“渊为人轻躁，恃勇少谋。可激劝士卒，拔寨前进，步步为营，诱渊来战而擒之。此乃‘反客为主’之法。”[法正所言，与孔明前论夏侯渊，内容相反。孔明极夸夏侯渊，法正反之。若黄忠立功，该算孔明激将有道，还是法正贬抑有术？]忠用其谋，将应有之物，尽赏三军，欢声满谷，愿效死战。黄忠即日拔寨而进，步步为营；每营住数日又进。渊闻知，欲出战。张郃曰：“此乃‘反客为主’之计，不可出战，战则有失。”渊不从，令夏侯尚引数千兵出战，直到黄忠寨前。忠上马提刀出迎，与夏侯尚交马，只一合，生擒夏侯尚归寨。余皆败走，回报夏侯渊。渊急使人到黄忠寨，言愿将陈式来换夏侯尚。忠约定来日阵前相换。次日，两军皆到山谷阔处，布成阵势。黄忠、夏侯渊各立马于本阵门旗之下。黄忠带着夏侯尚，夏侯渊带着陈式，各不与袍铠，只穿蔽体薄衣。一声鼓响，陈式、夏侯尚各望本阵奔回。夏侯尚比及到阵门时，被黄忠一箭射中后心。［此法今日尚存，常见于两国交换间谍，电影里尤多。公然作弊如黄忠者，罕见。］尚带箭而回。渊大怒，骤马径取黄忠。忠正要激渊厮杀。两将交马，战到二十余合，曹营内忽然鸣金收兵。渊慌拨马而回，被忠乘势杀了一阵。渊回阵问押阵官："为何鸣金？"［只此一问，可见单打独斗，夏侯渊不逊黄忠。作者运笔常含微妙分寸。］答曰："某见山凹中有蜀兵旗幡数处，恐是伏兵，故急招将军回。"渊信其说，遂坚守不出。

黄忠追到定军山下，与法正相议。正以手指曰："定军山西，巍然有一座高山，四下皆是险道，此山上足可下视定军山之虚实。将军若取得此山，定军山只在掌中也。"忠仰见山头稍平，山上有些少人马。是夜二更，忠引军士鸣金击鼓，直杀上山顶。此山有夏侯渊部将杜袭守把，止有数百余人，当时见黄忠大队拥上，只得弃山而走。忠得了山顶，正与定军山相对。法正曰："将军可守在半山，某居山顶。待夏侯渊兵至，吾举白旗为号，将军却按兵勿动；待他倦怠无备，吾却举起红旗，将军便下山击之。以逸待劳，必当取胜。"忠大喜，从其计。

却说杜袭引军逃回，见夏侯渊，说黄忠夺了对山。渊大怒曰："黄忠占了对山，不容我不出战。"张郃谏曰："此乃法正之谋也。将军不可出战，只宜坚守。"渊曰："占了吾对山，观吾虚实，如何不出战？"郃苦谏不听。渊分军围住对山，大骂挑战。法正在山上举起白旗；任从夏侯渊百般辱骂，黄忠只不出战。午时以后，法正见曹兵倦怠，锐气已堕，多下马坐息，乃将红旗招展，鼓角齐鸣，喊声大震；黄忠一马当先，驰下山来，犹如天崩地塌之势。夏侯渊措手不及，被黄忠赶到麾盖之下，大喝一声，犹如雷吼。渊未及相迎，黄忠宝刀已落，连头带肩，砍为两段。后人有诗赞黄忠曰：

苍头临大敌，皓首逞神威。力趁雕弓发，风迎雪刃挥。

雄声如虎吼，骏马似龙飞。献馘功勋重，开疆展帝畿。

[这一刀福至心灵，成就黄忠千年威名。汉末一流大将中，遭阵斩者极少。颜良之后，当属夏侯渊。文丑怕是死于乱军中，命丧乱箭之下的倒很多，据此可揣想真实战况。凡遭阵斩，必一击毙命，鲜有多回合交锋。]

黄忠斩了夏侯渊，曹兵大溃，各自逃生。黄忠乘势去夺定军山，张郃领兵来迎。忠与陈式两下夹攻，混杀一阵，张郃败走。忽然山旁闪出一彪人马，当住去路。为首一员大将，大叫："常山赵子龙在此！"张郃大惊，引败军夺路望定军山而走。只见前面一枝兵来迎，乃杜袭也。袭曰："今定军山已被刘封、孟达夺了。"郃大惊，遂与杜袭引败兵到汉水扎营；一面令人飞报曹操。操闻渊死，放声大哭，方悟管辂所言："三八纵横"，乃建安二十四年也；"黄猪遇虎"，乃岁在己亥正月也；"定军之南"，乃定军山之南也；"伤折一股"，乃渊与操有兄弟之亲情也。[夏侯渊早年代曹操入狱，亲情与交情俱非泛泛。]操令人寻管辂时，不知何处去了。操深恨黄忠，遂亲统大军，来定军山与夏侯渊报仇，令徐晃作先锋。行到汉水，张郃、杜袭接着曹操。二将曰："今定军山已失，可将米仓山粮草移于北山寨中屯积，然后进兵。"曹操依允。

却说黄忠斩了夏侯渊首级，来葭萌关上见玄德献功。玄德大喜，加忠为征西大将军，设宴庆贺。忽牙将张著来报说："曹操自领大军二十万，来与夏侯渊报仇。目今张郃在米仓山搬运粮草，移于汉水北山脚下。"孔明曰："今操引大兵至此，恐粮草不敷，故勒兵不进。若得一人深入其境，烧其粮草，夺其辎重，则操之锐气挫矣。"黄忠曰："老夫愿当此任。"孔明曰："操非夏侯渊之比，不可轻敌。"玄德曰："夏侯渊虽是总帅，乃一勇夫耳，安及张郃？若斩得张郃，胜斩夏侯渊十倍也。"[貌似嫌黄忠捏软柿子，老将不爽。]忠奋然曰："吾愿往斩之。"孔明曰："你可与赵子龙同领一枝兵去，凡事计议而行，看谁立功。"忠应允便行。孔明就令张著为副将同去。云谓忠曰："今操引二十万众，分屯十营，将军在主公前要去夺粮，非小可之事。将军当用何策？"忠曰："看我先去，如何？"云曰："等我先去。"忠曰："我是主将，你是副将，如何争先？"

云曰："我与你都一般为主公出力，何必计较？我二人拈阄，拈着的先去。"忠依允。当时黄忠拈着先去。云曰："既将军先去，某当相助。可约定时刻，如将军依时而还，某按兵不动；若将军过时而不还，某即引军来接应。"忠曰："公言是也。"于是二人约定午时为期。云回本寨，谓部将张翼曰："黄汉升约定明日去夺粮草，若午时不回，我当往助。吾营前临汉水，地势危险；我若去时，汝可谨守寨栅，不可轻动。"张翼应诺。

却说黄忠回到寨中，谓副将张著曰："我斩了夏侯渊，张郃丧胆。[黄忠说大话了。刘备前论的潜台词是：张郃比夏侯渊厉害，却听命于夏侯渊。渊死，张郃军权有望提升，威胁反而加大。]吾明日领命去劫粮草，只留五百军守营，你可助吾。今夜三更尽皆饱食，四更离营，杀到北山脚下，先捉张郃，后劫粮草。"张著依令。当夜黄忠领人马在前，张著在后，偷过汉水，直到北山之下。东方日出，见粮积如山。有些少军士看守，见蜀兵到，尽弃而走。黄忠教马军一齐下马，取柴堆于米粮之上。正欲放火，张郃兵到，与忠混战一处。曹操闻知，急令徐晃接应。晃领兵前进，将黄忠困在垓心。张著引三百军走脱，正要回寨，忽一枝兵撞出拦住去路，为首大将乃是文聘；后面曹兵又至，把张著围住。

却说赵云在营中，看看等到午时，不见忠回，急忙披挂上马，引三千军向前接应，临行谓张翼曰："汝可坚守营寨，两壁厢多设弓弩，以为准备。"翼连声应诺。云挺枪骤马直杀往前去。迎头一将拦住，乃文聘部将慕容烈也，拍马舞刀来迎赵云，被云手起一枪刺死。曹兵败走。云直杀入重围，又一枝兵截住，为首乃魏将焦炳。云喝问曰："蜀兵何在？"炳曰："已杀尽矣！"云大怒，骤马一枪，又刺死焦炳，杀散余兵，直至北山之下，见张郃、徐晃两人围住黄忠，军士被困多时。云大喊一声，挺枪骤马，杀入重围，左冲右突，如入无人之境。那枪浑身上下，若舞梨花；遍体纷纷，如飘瑞雪。张郃、徐晃心惊胆战，不敢迎敌。云救出黄忠，且战且走，所到之处，无人敢阻。操于高处望见，惊问众将曰："此何人也？"有识者告曰："此乃常山赵子龙也。"操曰："昔日当阳长坂英雄尚在！"急传令曰："所到之处，不许轻敌。"赵云救了黄忠，杀透重围。有军士指曰："东南上围的，必是副将张著。"云不回本营，遂望东南杀来。所到之处，但见"常山赵云"四字旗号，曾在当阳长坂知其勇者，互相传说，尽皆逃窜。云又救了张著。

曹操见云东冲西突，所向无前，莫敢迎敌，救了黄忠，又救了张著，奋然大怒，自领左右将士来赶赵云。云已杀回本寨，部将张翼接着，望见后面尘起，知是曹兵追来，即谓云曰："追兵渐近，可令军士闭上寨门，上敌楼防护。"云喝曰："休闭寨门！汝岂不知吾昔在当阳长坂时，单枪匹马，觑曹兵八十三万如草芥！今有军有将，又何惧哉！"遂拨弓弩手于寨外濠中埋伏；将营内旗枪，尽皆倒偃，金鼓不鸣。云匹马单枪，立于营门之外。[赵云版"空城计"。]

却说张郃、徐晃领兵追至蜀寨，天色已暮，见寨中偃旗息鼓，又见赵云匹马单枪，立于营外，寨门大开，二将不敢前进。正疑之间，曹操亲到，急催督众军向前。众军听令，大喊一声，杀奔营前，见赵云全然不动，曹兵翻身就回。赵云把枪一招，河中弓弩齐发。时天色昏黑，正不知蜀兵多少。操先拨回马走，只听后面喊声大震，鼓角齐鸣，蜀兵赶来。曹兵自相践踏，拥到汉水河边，落水死者不知其数。赵云、黄忠、张著各引兵一枝，追杀甚急。操正奔走间，忽刘封、孟达率二枝兵，从米仓山路杀来，放火烧粮草。操弃了北山粮草，忙回南郑。徐晃、张郃扎脚不住，亦弃本寨而走。赵云占了曹寨，黄忠夺了粮草，汉水所得军器无数，大获胜捷，差人去报玄德。玄德遂同孔明前至汉水，问赵云的部卒曰："子龙如何厮杀？"军士将子龙救黄忠、拒汉水之事，细述一遍。玄德大喜，看了山前山后险峻之路，欣然谓孔明曰："子龙一身都是胆也！"后人有诗赞曰：[一部三国，众口难调，唯对赵云，通达学人与市井百姓交口称誉。稍感遗憾者，赵云并不得志，小说不经意间提及赵云仅为黄忠副将，已露微意。赵云在所谓"五虎将"里叨陪末座，其真实军衔，与糜竺、简雍、孙乾辈相若，令人费解。]

昔日战长坂，威风犹未减。突阵显英雄，被围施勇敢。

鬼哭与神号，天惊并地惨。常山赵子龙，一身都是胆！

于是玄德号子龙为虎威将军，大劳将士，欢宴至晚。

忽报曹操复遣大军从斜谷小路而进，来取汉水。玄德笑曰："操此来无能为也。我料必得汉水矣。”乃率兵于汉水之西以迎之。曹操命徐晃为先锋，前来决战。帐前一人出曰：“某深知地理，愿助徐将军同去破蜀。”操视之，乃巴西岩渠人也，姓王名平，字子均，见充牙门将军。操大喜，遂命王平为副先锋，相助徐晃。操屯兵于定军山北。徐晃、王平引军至汉水，晃令前军渡水列阵。平曰：“军若渡水，倘要急退，如之奈何?”晃曰：“昔韩信背水为阵，所谓‘致之死地而后生’也。”平曰：“不然。昔者韩信料敌人无谋而用此计；今将军能料赵云、黄忠之意否?”晃曰：“汝可引步军拒敌，看我引马军破之。”遂令搭起浮桥，随即过河来战蜀兵。正是：

魏人妄意宗韩信，蜀相那知是子房。

未知胜负如何，且看下回分解。

战场

刘备没打过什么胜仗，定军山算刘备亲自指挥的。可惜，由于黄忠阵斩夏侯渊，后人称定军山必提黄忠，没刘备什么事。小说读者还可能将战功归诸孔明，同样没刘备什么事。最让刘备窝火的是，曹操听说法正替刘备谋划后，撂下一句话：“吾故知玄德不办有此，必为人所教也。”这话既反映了曹操对老对手的嫉妒，也折射出这场看似简单的战斗，不乏诡谲，唯有实地勘探过战场形地的方家，才能看出法正的过人之处。

普鲁塔克说：“只有胜利者才有战场，战败的一方不占有战场。”盖战场不是舞台，不能由人预先搭就，老练的将帅却将它转换成合乎己用的舞台，让对手下地狱，让自己穿过凯旋门。

赵云即是如此。本来，那是一场无足轻重的遭遇战，并无定军山之战的战略价值，但“一身都是胆”的赵子龙凭着绝世孤勇，打出气势，致使那些不甚起眼的营寨，陡然升华为一片值得铭记的战场。先有赵云，后有战场。

世事如白云苍狗，古战场复归平静，文字却比石碑更能垂诸永久，于是，属于刘备的战场终归黄忠，赵云凭一身胆气赢得的战场，超越时间之上，恍若大漠孤烟，血红残阳，赢得后人历久弥新的赞叹。

第七十二回

诸葛亮智取汉中　曹阿瞒兵退斜谷

却说徐晃引军渡汉水，王平苦谏不听，渡过汉水扎营。黄忠、赵云告玄德曰："某等各引本部兵去迎曹兵。"玄德应允。二人引兵而行。忠谓云曰："今徐晃恃勇而来，且休与敌，待日暮兵疲，你我分兵两路击之可也。"云然之，各引一军据住寨栅。徐晃引兵从辰时搦战，直至申时，蜀兵不动。晃尽教弓弩手向前，望蜀营射去。黄忠谓赵云曰："徐晃令弓弩射者，其军必将退也，可乘时击之。"言未已，忽报曹兵后队果然退动。于是蜀营鼓大震：黄忠领兵左出，赵云领兵右出。两下夹攻，徐晃大败，军士逼入汉水，死者无数。晃死战得脱，回营责王平曰："汝见吾军势将危，如何不救？"平曰："我若来救，此寨亦不能保。我曾谏公休去，公不肯听，以致此败。"晃大怒，欲杀王平。［作势欲杀，大刀横悬，令王平感到一片利刃摇摇欲坠，结果等于逼人投敌。后之关羽亦有此习。］平当夜引本军就营中放起火来，曹兵大乱，徐晃弃营而走。王平渡汉水来投赵云，云引见玄德。王平尽言汉水地理。玄德大喜曰："孤得王子均，取汉中无疑矣。"遂命王平为偏将军，领乡道使。

却说徐晃逃回见操，说："王平反去降刘备矣！"操大怒，亲统大军来夺汉水寨栅。赵云恐孤军难立，遂退于汉水之西。两军隔水相拒。玄德与孔明来观形势。孔明见汉水上流头有一带土山，可伏千余人，乃回到营中唤赵云分付："汝可引五百人，皆带鼓角，伏于土山之下，或半夜，或黄昏，只听我营中炮响。炮响一番，擂鼓一番；只不要出战。"子龙受计去了。孔明却在高山上暗窥。次日，曹兵到来搦战，蜀营中一人不出，弓弩亦都不发。曹兵自回。当夜更深，孔明见曹营灯火方息，军士歇定，遂放号炮。子龙听得，令鼓角齐鸣。曹兵惊慌，只疑劫寨；及至出营，不见一军。方才回营欲歇，号炮又响，鼓角又鸣，呐喊震地，山谷应声。曹兵彻夜不安。[这般滋扰，曹兵固然彻夜无眠，蜀军也难以安枕。]一连三夜，如此惊疑，操心怯，拔寨退三十里，就空阔处扎营。孔明笑曰："曹操虽知兵法，不知诡计。"遂请玄德亲渡汉水，背水结营。玄德问计，孔明曰："可如此如此。"曹操见玄德背水下寨，心中疑惑，使人下战书。孔明批来日决战。次日，两军会于中路五界山前，列成阵势。操出马立于门旗下，两行布列龙凤旌旗，擂鼓三通，唤玄德答话。玄德引刘封、孟达并川中诸将而出。操扬鞭大骂曰："刘备忘恩失义，反叛朝廷之贼！"玄德曰："吾乃大汉宗亲，奉诏讨贼。汝上弑母后，自立为王，僭用天子銮舆，非反而何？"操怒，命徐晃出马来战，刘封出迎。交战之时，玄德先走入阵。封敌晃不住，拨马便走。操下令："捉得刘备，便为西川之主。"[好大的奖励。曹军若有"赏金猎手"，当暴虎冯河，去蜀地走一遭。]大军齐呐喊杀过阵来。蜀兵望汉水而逃，尽弃营寨，马匹军器丢满道上。曹军皆争取。操急鸣金收军。众将曰："某等正待捉刘备，大王何故收军？"操曰："吾见蜀兵背汉水安营，其可疑一也；多弃马匹军器，其可疑二也。可急退军，休取衣物。"遂下令曰："妄取一物者立斩。火速退兵。"曹兵方回头时，孔明号旗举起，玄德中军领兵便出，黄忠左边杀来，赵云右边杀来。曹兵大溃而逃，孔明连夜追赶。[民间绿林好汉，常以《三国演义》为用兵宝典，临阵磨枪，却从未见效过。此段即是显证，盖溃败必有加速度，士兵大面积弃马丢枪时，很难清醒记得"这是假的"，故假退易致真败。此乃玩火战法，很难施诸疆场。传说罗贯中曾在明末义军领袖张士诚手下充当幕僚，然未审有何奇谋。好莱坞电影《父辈的旗帜》片头语是："每个蠢蛋都以为懂得战争，尤其是那些从未上过战场的人。"]操传令军回南郑，只见五路火起。原来魏延、张飞得严颜代守阆中，分兵杀来，先得了南郑。操心惊，望阳平关而走。玄德大兵追至南郑褒州。安民已毕，玄德问孔明曰："曹操此来，何败之速也？"孔明曰："操平生为人多疑，虽能用兵，疑则多败。吾以疑兵胜之。"玄德曰："今操退守阳平关，其势已孤，先生将何策以退之？"孔明曰："亮已算定了。"便差张飞、魏延分兵两路去截曹操粮道，令黄忠、赵云分兵两路去放火烧山。四路军将，各引乡导官军去了。

却说曹操退守阳平关，令军哨探。回报曰："今蜀兵将远近小路尽皆塞断，砍柴去处，尽放火烧绝。不知兵在何处。"操正疑惑间，又报张飞、魏延分兵劫粮。操问曰："谁敢敌张飞？"许褚曰："某愿往！"操令许褚引一千精兵，去阳平关路上护接粮草。解粮官接着，喜曰："若非将军到此，粮不得到阳平矣。"遂将车上的酒肉，献与许褚。褚痛饮，不觉大醉，便乘酒兴催粮车行。解粮官曰："日已暮矣，前褒州之地，山势险恶，未可过去。"褚曰："吾有万夫之勇，岂惧他人哉！今夜乘着月色，正好使粮车行走。"许褚当先，横刀纵马，引军前进，二更已后，往褒州路上而来。行至半路，忽山凹里鼓角震天，一枝军当住，为首大将，乃张飞也，挺矛纵马，直取许褚。褚舞刀来迎，却因酒醉，敌不住张飞，战不数合，被飞一矛刺中肩膀，翻身落马，军士急忙救起，退后便走。张飞尽夺粮草车辆而回。

却说众将保着许褚，回见曹操。操令医士疗治金疮，[只治病，不问责。]一面亲自提兵来与蜀兵决战。玄德引军出迎。两阵对圆，玄德令刘封出马。操骂曰："卖履小儿，常使假子拒敌！吾若唤黄须儿来，汝假子为肉泥矣！"[比得有趣。]刘封大怒，挺枪骤马，径取曹操。操令徐晃来迎，封诈败而走。操引兵追赶。蜀兵营中四下炮响，鼓角齐鸣。操恐有伏兵，急教退军。曹兵自相践踏，死者极多，奔回阳平关，方才歇定。[曹兵正常退军亦"自相践踏，死者极多"，蜀兵佯败却井井有条，难不成蜀兵具机器人之能，不受惯性、情绪支配？]蜀兵赶到城下，东门放火，西门呐喊，南门放火，北门擂鼓。操大惧，弃关而走。蜀兵从后追袭。操正走之间，前面张飞引一枝兵截住，赵云引一枝兵从背后杀来，黄忠又引兵从褒州杀来。操大败。诸将保护曹操，夺路而走。方逃至斜谷界口，前面尘头忽起，一枝兵到。操曰："此军若是伏兵，吾休矣！"及兵将近，乃操次子曹彰也。

彰字子文，少善骑射，膂力过人，能手格猛兽。操尝戒之曰："汝不读书而好弓马，此匹夫之勇，何足贵乎？"彰曰："大丈夫当学卫青、霍去病，立功沙漠，长驱数十万众纵横天下，何能作博士耶？"操尝问诸子之志，彰曰："好为将。"操问："为将何如？"彰曰："披坚执锐，临难不顾，身先士卒；赏必行，罚必信。”操大笑。建安二十三年，代郡乌桓反，操令彰引兵五万讨之；临行戒之曰：“居家为父子，受事为君臣。法不徇情，尔宜深戒。”彰到代北，身先战阵，直杀至桑乾，北方皆平。因闻操在阳平关，故来助战。[抄一段书，缓一把节奏，张弛有致。]操见彰至，大喜曰：“我黄须儿来，破刘备必矣！”遂勒兵复回，于斜谷界口安营。有人报玄德，言曹彰到。玄德问：“谁敢去战曹彰？”刘封曰：“某愿往。”孟达又说要去。玄德曰：“汝二人同去，看谁成功。”各引兵五千来迎。刘封在先，孟达在后。曹彰出马与封交战，只三合，封大败而回。

孟达引兵前进，方欲交锋，只见曹兵大乱。原来马超、吴兰两军杀来，曹兵惊动。孟达引军夹攻。马超士卒蓄锐日久，到此耀武扬武，势不可当。曹兵败走。曹彰正遇吴兰，两个交锋，不数合，曹彰一戟刺吴兰于马下。三军混战。操收兵于斜谷界口扎住。

操屯兵日久，欲要进兵，又被马超拒守；欲收兵回，又恐被蜀兵耻笑，心中犹豫不决。适庖官进鸡汤，操见碗中有鸡肋，因而有感于怀。正沉吟间，夏侯惇入帐，禀请夜间口号。操随口曰：“鸡肋！鸡肋！”惇传令众官，都称“鸡肋”。行军主簿杨修见传“鸡肋”二字，便教随行军士各收拾行装，准备归程。有人报知夏侯惇。惇大惊，遂请杨修至营中问曰：“公何收拾行装？”修曰：“以今夜号令，便知魏王不日将退兵归也。鸡肋者，食之无肉，弃之有味。今进不能胜，退恐人笑，在此无益，不如早归，来日魏王必班师矣。故先收拾行装，免得临行慌乱。”夏侯惇曰：“公真知魏王肺腑也！”遂亦收拾行装。于是寨中诸将，无不准备归计。当夜曹操心乱，不能稳睡，遂手提钢斧，绕寨私行。只见夏侯惇寨内军士，各准备行装。操大惊，急回帐召惇问其故。惇曰：“主簿杨德祖先知大王欲归之意。”操唤杨修问之，修以鸡肋之意对。操大怒曰：“汝怎敢造言乱我军心！”喝刀斧手推出斩之，将首级号令于辕门外。[单论此事，杨修确有惑乱军心之罪，死得不算冤。若结合事外，公仇私冤猬集，就一言难尽了。]

原来杨修为人恃才放旷，数犯曹操之忌。操尝造花园一所，造成，操往观之，不置褒贬，只取笔于门上书一“活”字而去。人皆不晓其意。

修曰："'门'内添'活'字，乃'阔'字也。丞相嫌园门阔耳。"于是再筑墙园，改造停当，又请操观之。操大喜，问曰："谁知吾意？"左右曰："杨修也。"操虽称美，心甚忌之。又一日，塞北送酥一盒至。操自写"一合酥"三字于盒上，置之案头。修入见之，竟取匙与众分食讫。操问其故，修答曰："盒上明书一人一口酥，岂敢违丞相之命乎？"操虽喜笑，而心恶之。操恐人暗中谋害己身，常分付左右："吾梦中好杀人；凡吾睡着，汝等切勿近前。"一日，昼寝帐中，落被于地，一近侍慌取覆盖。操跃起拔剑斩之，复上床睡；半晌而起，佯惊问："何人杀吾近侍？"众以实对。操痛哭，命厚葬之。人皆以为操果梦中杀人；惟修知其意，临葬时指而叹曰："丞相非在梦中，君乃在梦中耳！"操闻而愈恶之。［曹操"奸雄"之名，多缘于这些江湖传闻的小事，论大事莫过于"篡逆"，则终曹操一生，与献帝平安相处，并无篡逆之实。倒是献帝曾借衣带诏，欲置曹操死地。］操第三子曹植，爱修之才，常邀修谈论，终夜不息。操与众相议，欲立植为世子。曹丕知之，密请朝歌长吴质入内府商议，因恐有人知觉，乃用大簏藏吴质于中，只说是绢匹在内，载入府中。修知其事，径来告操。操令人于丕府门伺察之。丕慌告吴质，质曰："无忧也。明日用大簏装绢再入以惑之。"丕如其言，以大簏载绢入。使者搜看簏中，果绢也，回报曹操。操因疑修设害曹丕，愈恶之。操欲试曹丕、曹植之才干。一日，令各出邺城门，却密使人分付门吏，令勿放出。曹丕先至，门吏阻之，丕只得退回。植闻知，问于修。修曰："君奉王命而出，如有阻当者，竟斩之可也。"植然其言。及至门，门吏阻住。植叱曰："吾奉王命，谁敢阻当！"立斩之。于是曹操以植为能。后有人告操曰："此乃杨修之所教也。"操大怒，因此亦不喜植。［杨修苦命，左右不是人。］修又尝为曹植作答教十余条，但操有问，植即依条答之。操每以军国之事问植，植对答如流，操心中甚疑。后曹丕暗买植左右，偷答教来告操。操见了大怒曰："匹夫安敢欺我耶！"此时已有杀修之心；今乃借惑乱军之罪杀之。修死年三十四岁。后人有诗叹曰：

聪明杨德祖，世代继簪缨。笔下龙蛇走，胸中锦绣成。

闲谈惊四座，捷对冠群英。身死因才误，非关欲退兵。

曹操既杀杨修，佯怒夏侯惇，亦欲斩之。众官告免。操乃叱退夏侯惇，下令来日进兵。次日，兵出斜谷界口，前面一军相迎，为首大将乃魏延也。操招魏延归降，延大骂。操令庞德出战。二将正斗间，曹寨内火起。人报马超劫了中后二寨。操拔剑在手曰："诸将退后者斩！"众将努力上前，魏延诈败而走。操方麾军回战马超，处立马于高阜处，看两军争战。忽一彪军撞至面前，大叫："魏延在此！"拈弓搭箭，射中曹操。操翻身落马。延弃弓绰刀，骤马上山坡来杀曹操。刺斜里闪出一将，大叫："休伤吾主！"视之，乃庞德也。德奋力向前，战退魏延，保操前行。马超兵已退。操带伤归寨。原来被魏延射中人中，折却门牙两个，急令医士调治。方忆杨修之言，随将修尸收回厚葬，就令班师，［当事迷，事后清，曹操屡有此举，"老顽固"之名，当与曹操无缘。］却教庞德断后。操卧于毡车之中，左右虎贲军护卫而行。忽报斜谷山上两边火起，伏兵赶来。曹兵人人惊恐。正是：

依稀昔日潼关厄，仿佛当年赤壁危。

未知曹操性命如何，且看下回分解。

知人

茨威格尝言："同代人往往很难一眼看出一个人的伟大。"如华盛顿·欧文所说："合理评价一个天天出现在我们眼前的天才人物真是件难事。"但我们在汉末人物的评论中，为何又频频看到他们对时人的犀利论断和精妙称道，仿佛天生一双洞察人世的锐眼，一眼即能看穿某人的前生后世？这是实有之事还是后人踵事增华的附会之谈？

论知人善任，曹操无出其右，且世有"知子莫如父"之谈，曹操却连两位爱子的人品德行，横竖看不分明，这奇怪吗？不然，识人原非易事。曹魏人物刘劭写过一本《人物志》，内言："人初甚难知，而士无众寡，皆自以为知人。"可谓一语中的。读《人物志》又可知，时人对于知人、用人之术，大有研究，成就斐然。即以小说中屡见不鲜的"以言语相试"而论，刘劭即条贯分明，论道精详，以之对照小说中千篇一律的孔明式激将，几呈云泥之判。试举数端，以明其余：“微察问之，以观其辞；穷之以辞，以观其变；与之间谋，以观其诚；明白显问，以观其德；委之以财，以观其仁；临之以利，以观其廉；试之以色，以观其贞；告之以难，以观其勇；醉之以酒，以观其态”，等等。然即便数法并施，仍然未必识破某人。以曹操论，人或斥为大奸雄，或赞为大英雄；或视为豪迈人，或视如阴猜客，何得一言以概之？故所谓知人，不过“自以为知人”而已。

第七十三回

玄德进位汉中王　云长攻拔襄阳郡

却说曹操退兵至斜谷，孔明料他必弃汉中而走，故差马超等诸将，分兵十数路，不时攻劫，因此操不能久住；又被魏延射了一箭，急急班师，三军锐气堕尽。前队才行，两下火起，乃是马超伏兵追赶。曹兵人人丧胆。操令军士急行，晓夜奔走无停，直至京兆，方始安心。

且说玄德命刘封、孟达、王平等攻取上庸诸郡。申耽等闻操已弃汉中而走，遂皆投降。玄德安民已定，大赏三军，人心大悦。于是众将皆有推尊玄德为帝之心，未敢径启，却来禀告诸葛军师。孔明曰："吾意已有定夺了。"随引法正等入见玄德，曰："今曹操专权，百姓无主。主公仁义著于天下，今已抚有两川之地，可以应天顺人，即皇帝位，名正言顺，以讨国贼。事不宜迟，便请择吉。"[献帝尚在，谈何名正言顺？只能算"闹革命"。]玄德大惊曰："军师之言差矣。刘备虽然汉之宗室，乃臣子也。若为此事，是反汉矣。"孔明曰："非也。方今天下分崩，英雄并起，各霸一方。四海才德之士，舍死亡生而事其上者，皆欲攀龙附凤，建立功名也。今主公避嫌守义，恐失众人之望。愿主公熟思之。"玄德曰："要吾僭居尊位，吾必不敢。可再商议长策。"诸将齐言曰："主公若只推却，众心解矣。"孔明曰："主公平生以义为本，未肯便称尊号。今有荆襄、两川之地，可暂为汉中王。"玄德曰："汝等虽欲尊吾为王，不得天子明诏，是僭也。"孔明曰："今宜从权，不可拘执常理。"张飞大叫曰："异姓之人，皆欲为君，何况哥哥乃汉朝宗派！莫说汉中王，就称皇帝，有何不可！"[口吻酷肖李逵劝宋江。]玄德叱曰："汝勿多言！"孔明曰："主公宜从权变，先进位汉中王，然后表奏天子，未为迟也。"[先斩后奏。]

玄德再三推辞不过，只得依允。建安二十四年秋七月，筑坛于鄠阳，方圆九里，分布五方，各设旌旗仪仗。群臣皆依次序排列。许靖、法正请玄德登坛，进冠冕玺绶讫，面南而坐，受文武官员拜贺为汉中王。子刘禅，立为王世子。封许靖为太傅，法正为尚书令；诸葛亮为军师，总理军国重事。封关羽、张飞、赵云、马超、黄忠为五虎大将；魏延为汉中太守。其余各以功勋定爵。玄德既为汉中王，遂修表一道，差人赍赴许都。表曰：

备以具臣之才，荷上将之任，总督三军，奉辞于外，不能扫除寇难，靖匡王室，久使陛下圣教陵迟，六合之内，否而未泰，惟忧反侧，疢如疾首。

曩者董卓，伪为乱阶。自是之后，群凶纵横，残剥海内。赖陛下圣德威临，人臣同应，或忠义奋讨，或上天降罚，暴逆并殪，以渐冰消。惟独曹操，久未枭除，侵擅国权，恣心极乱。臣昔与车骑将军董承，图谋讨操，机事不密，承见陷害；臣播越失据，忠义不果，遂得使操穷凶极逆，主后戮杀，皇子鸩害。虽纠合同盟，念在奋力；懦弱不武，历年未效。常恐殒没，辜负国恩；寤寐永叹，夕惕若厉。

今臣群僚以为在昔《虞书》，敦叙九族，庶明励翼；帝王相传，此道不废。周监二代，并建诸姬，实赖晋、郑夹辅之力；高祖龙兴，尊王子弟，大启九国，卒斩诸吕，以安大宗。今操恶直丑正，实繁有徒，包藏祸心，篡盗已显。既宗室微弱，帝族无位，斟酌古式，依假权宜，上臣为大司马、汉中王。

臣伏自三省：受国厚恩，荷任一方，陈力未效，所获已过，不宜复忝高位，以重罪谤。群僚见逼，迫臣以义。［古之称王，例有辞让，王莽亦不敢破例，孟子所谓“辞让之心，礼之端也”。刘备率尔自称，大属意外，司马光撰《资治通鉴》，径以“自称汉中王”贬之，对曹操之为魏王，则依陈寿，写成“进魏公操爵为王”。然而，作史者立场不同，同一事又有两说，范晔《后汉书》则曰“曹操自进号魏王”。］臣退惟寇贼不枭，国难未已；宗庙倾危，社稷将坠，诚臣忧心碎首之日。若应权通变，以宁静圣朝，虽赴水火，所不得辞；辄顺众议，拜受印玺，以崇国威。

仰惟爵号，位高宠厚；俯思报效，忧深责重；惊怖惕息，如临深谷。敢不尽力输诚，奖励六师，率齐群义，应天顺时，以宁社稷。谨拜表以闻。

表到许都，曹操在邺郡闻知玄德自立汉中王，大怒曰："织席小儿，安敢如此！吾誓灭之！"即时传令，尽起倾国之兵，赴两川与汉中王决雌雄。［刚刚"三军锐气堕尽"，转眼一个鲤鱼打挺。］一人出班谏曰："大王不可因一时之怒，亲劳车驾远征。臣有一计，不须张弓只箭，令刘备在蜀自受其祸。待其兵衰力尽，只须一将往征之，便可成功。"操视其人，乃司马懿也。操喜问曰："仲达有何高见？"懿曰："江东孙权以妹嫁刘备，而又乘间窃取回去；刘备又据占荆州不还，彼此俱存切齿之恨。今可差一舌辩之士，赍书往说孙权，使兴兵取荆州；刘备必发两川之兵以救荆州。那时大王兴兵去取汉川，令刘备首尾不能相救，势必危矣。"

操大喜，即修书令满宠为使，星夜投江东来见孙权。权知满宠到，遂与谋士商议。张昭进曰："魏与吴本无仇；前因听诸葛之说词，致两家连年征战不息，生灵遭其涂炭。今满伯宁来，必有讲和之意，可以礼接之。"［张昭之心，向归汉室。孙权然其言，不过"宜从权变"。］权依其言，令众谋士接满宠入城相见。礼毕，权以宾礼待宠。宠呈上操书，曰："吴魏自来无仇，皆因刘备之故，致生衅隙。魏王差某到此，约将军攻取荆州，魏王以兵临汉川，首尾夹击。破刘之后，共分疆土，誓不相侵。"孙权览书毕，设筵相待满宠，送归馆舍安歇。

权与众谋士商议。顾雍曰："虽是说词，其中有理。今可一面送满宠回，约会曹操，首尾相击；一面使人过江探云长动静，方可行事。"诸葛瑾曰："某闻云长自到荆州，刘备娶与妻室，先生一子，次生一女。其女尚幼，未许字人。某愿往与主公世子求婚。若云长肯许，即与云长计议共破曹操；若云长不肯，然后助曹取荆州。"

孙权用其谋，先送满宠回许都，却遣诸葛瑾为使，投荆州来。入城见云长，礼毕。云长曰："子瑜此来何意？"瑾曰："特来求结两家之好。

吾主吴侯有一子甚聪明，闻将军有一女，特来求亲。两家结好，并力破曹。此诚美事，请君侯思之。”云长勃然大怒曰：“吾虎女安肯嫁犬子乎！不看汝弟之面，立斩汝首！再休多言！”［不可理喻，仿佛变着法子骂大哥。依此说，刘备娶孙权妹子，该作何解?］遂唤左右逐出。瑾抱头鼠窜，回见吴侯，不敢隐匿，遂以实告。

权大怒曰：“何太无礼耶！”便唤张昭等文武官员商议取荆州之策。步骘曰：“曹操久欲篡汉，所惧者刘备也；今遣使来令吴兴兵吞蜀，此嫁祸于吴也。”权曰：“孤亦欲取荆州久矣。”骘曰：“今曹仁见屯兵于襄阳、樊城，又无长江之险，旱路可取荆州，如何不取，却令主公动兵？只此便见其心。主公可遣使去许都见操，令曹仁旱路先起兵取荆州，云长必掣荆州之兵而取樊城。若云长一动，主公可遣一将暗取荆州，一举可得矣。”权从其议，即时遣使过江，上书曹操陈说此事。［后人多议刘备与孙权谁更理亏。双方皆逐利之徒，利在情在，利去情亡，云何仁义。再则，利字肩上有两物：左一把刀，右一壶酒，要诀只在“见机行事”。古人每偏心关羽，王夫之即痛斥道：“孙权之罪不容诛也。”］操大喜，发付使者先回，随遣满宠往樊城助曹仁为参谋官，商议动兵；一面驰檄东吴，令领兵水路接应，以取荆州。

却说汉中王令魏延总督军马守御东川，遂引百官回成都。差官起造宫庭，又置馆舍，自成都至白水，共建四百余处馆舍亭邮。广积粮草，多造军器，以图进取中原。细作人探听得曹操结连东吴，欲取荆州，即飞报入蜀。汉中王忙请孔明商议。孔明曰：“某已料曹操必有此谋；然吴中谋士极多，必教操令曹仁先兴兵矣。”汉中王曰：“似此如之奈何?”孔明曰：“可差使命就送官诰与云长，令先起兵取樊城，使敌军胆寒，自然瓦解矣。”汉中王大喜，即差前部司马费诗为使，赍捧诰命投荆州来。云长出郭，迎接入城。至公厅礼毕，云长问曰：“汉中王封我何爵?”诗曰：“五虎大将之首。”云长问：“那五虎将?”诗曰：“关、张、赵、马、黄是也。”云长怒曰：“翼德吾弟也；孟起世代名家；子龙久随吾兄，即吾弟也，位与吾相并可也。黄忠何等人，敢与吾同列？大丈夫终不与老卒为伍！”遂不肯受印。［关羽大是性情中人。“性情中人”不失为字面上的美词，现实中难遂其志。］诗笑曰："将军差矣。昔萧何、曹参与高祖同举大事，最为亲近，而韩信乃楚之亡将也；然信立为王，居萧、曹之上，未闻萧、曹以此为怨。今汉中王虽有五虎将之封，而与将军有兄弟之义，视同一体。将军即汉中王，汉中王即将军也。岂与诸人等哉？将军受汉中王厚恩，当与同休戚、共祸福，不宜计较官号之高下。愿将军熟思之。"［幸亏费诗会说话。］云长大悟，乃再拜曰："某之不明，非足下见教，几误大事。"即拜受印绶。

费诗方出玉旨，令云长领兵取樊城。云长领命，即时便差傅士仁、糜芳二人为先锋，先引一军于荆州城外屯扎；一面设宴城中，款待费诗。饮至二更，忽报城外寨中火起。云长急披挂上马，出城看时，乃是傅士仁、糜芳饮酒，帐后遗火烧着火炮，满营撼动，把军器粮草尽皆烧毁。云长引兵救扑，至四更方才火灭。云长入城，召傅士仁、糜芳责之曰："吾令汝二人作先锋，不曾出军，先将许多军器粮草烧毁，火炮打死本部军人。如此误事，要你二人何用！"叱令斩之。费诗告曰："未曾出师，先斩大将，于军不利。可暂免其罪。"云长怒气不息，叱二人曰："吾不看费司马之面，必斩汝二人之首！"乃唤武士各杖四十，摘去先锋印绶，罚糜芳守南郡，傅士仁守公安，且曰："若吾得胜回来之日，稍有差池，二罪俱罚！"［世故之谈是：惩罚，就罚到位；安抚，就抚到家，切莫两头不靠，不间不架。若只是威胁，难保坏事。关羽的威胁，恰巧处在诱发反击、叛变的临界点上。］二人满面羞惭，喏喏而去。云长便令廖化为先锋，关平为副将；自总中军，马良、伊籍为参谋，一同征进。先是，有胡华之子胡班，到荆州来投降关公，公念其旧日相救之情，甚爱之，令随费诗入川，见汉中王受爵。费诗辞别关公，带了胡班，自回蜀中去了。

且说关公是日祭了帅字大旗，假寐于帐中。忽见一猪，其大如牛，浑身黑色，奔入帐中径咬云长之足。云长大怒，急拔剑斩之，声如裂帛。霎时惊觉，乃见一梦。便觉左足阴阴疼痛，心中大疑，唤关平至，以梦告之。平对曰："猪亦有龙象。乃附足，是升腾之意，不必疑忌。"云长聚多官于帐下，告以梦兆。或言吉祥者，或言不祥者，众论不一。云长曰：“吾大丈夫，年近六旬，即死何憾！”正言间，蜀使至，传汉中王旨，拜云长为前将军，假节钺，都督荆襄九郡事。云长受命讫，众官拜贺曰：“此足见猪龙之瑞也。”于是云长坦然不疑，遂起兵奔襄阳大路而来。［云长尚在，作者笔墨已然惊魂不定。］

曹仁正在城中，忽报云长自领兵来。仁大惊，欲坚守不出。副将翟元曰：“今魏王令将军约会东吴取荆州；今彼自来，是送死也，何故避之！”参谋满宠谏曰：“吾素知云长勇而有谋，未可轻敌。不如坚守，乃为上策。”骁将夏侯存曰：“此书生之言耳。岂不闻水来土掩，将至兵迎？我军以逸待劳，自可取胜。”曹仁从其言，令满宠守樊城，自领兵来迎云长。云长知曹兵来，唤关平、廖化二将，受计而往。与曹兵两阵对圆，廖化出马搦战。翟元出迎。二将战不多时，化诈败，拨马便走。翟元从后追杀，荆州兵退二十里。次日，又来搦战。夏侯存、翟元一齐出迎，荆州兵又败，又追杀二十余里。忽听得背后喊声大震，鼓角齐鸣。曹仁急命前军速回，背后关平、廖化杀来，曹兵大乱。曹仁知是中计，先掣一军飞奔襄阳。离城数里，前面绣旗招飐，云长勒马横刀，拦住去路。曹仁胆战心惊，不敢交锋，望襄阳斜路而走。云长不赶。须臾，夏侯存军至，见了云长，大怒，便与云长交锋，只一合被云长砍死。翟元便走，被关平赶上一刀斩之。乘势追杀，曹兵大半死于襄江之中。曹仁退守樊城。［云长生性骄傲，难道老天爷也助其傲慢？这一刻，关羽确实威风八面。］

云长得了襄阳，赏军抚民。随军司马王甫曰：“将军一鼓而下襄阳，曹兵虽然丧胆，然以愚意论之：今东吴吕蒙屯兵陆口，常有吞并荆州之意，倘率兵径取荆州，如之奈何？”云长曰：“吾亦念及此。汝便可提调此事，去沿江上下，或二十里，或三十里，选高阜处置一烽火台，每台用五十军守之；倘吴兵渡江，夜则明火，昼则举烟为号。吾当亲往击之。”王甫曰：“糜芳、傅士仁守二隘口，恐不竭力，必须再得一人以总督荆州。”云长曰：“吾已差治中潘濬守之，有何虑焉？”甫曰：“潘濬平生多忌而好利，不可任用。可差军前都督粮料官赵累代之。赵累为人忠诚廉直，若用此人，万无一失。”云长曰：“吾素知潘濬为人。今既差定，不必更改。赵累现掌粮料，亦是重事。汝勿多疑，只与我筑烽火台去。”王甫怏怏拜辞而行。云长令关平准备船只渡襄江，攻打樊城。

却说曹仁折了二将，退守樊城，谓满宠曰：“不听公言，兵败将亡，失却襄阳，如之奈何?”宠曰：“云长虎将，足智多谋，不可轻敌，只宜坚守。”正言间，人报云长渡江而来，攻打樊城。仁大惊。宠曰：“只宜坚守。”部将吕常奋然曰：“某乞兵数千，愿当来军于襄江之内。”宠谏曰：“不可。”吕常怒曰：“据汝等文官之言，只宜坚守，何能退敌?岂不闻兵法云：军半渡可击。今云长军半渡襄江，何不击之?若兵临城下，将至濠边，急难抵当矣。”［兵法之妙，全在活用。半吊子之徒，却把兵法背成九九口诀表，焉能不败。］仁即与兵二千，令吕常出樊城迎战。吕常来至江口，只见前面绣旗开处，云长横刀出马。吕常却欲来迎，后面众军见云长神威凛凛，不战先走，吕常喝止不住。云长混杀过来，曹兵大败，马步军折其大半，残败军奔入樊城。曹仁急差人来救。使命星夜至长安，将书呈上曹操，言：“云长破了襄阳，现围樊城甚急。望拨大将前来救援。”曹操指班部内一人而言曰：“汝可去解樊城之围。”其将应声而出。众视之，乃于禁也。禁曰：“某求一将作先锋，领兵同去。”操又问众人曰：“谁敢作先锋?”一人奋然出曰：“某愿施犬马之劳，生擒关某，献于麾下。”操视之大喜。正是：

未见东吴来伺隙，先看北魏又添兵。

未知此人是谁，且看下文分解。

称王

刘备自称汉中王，于法不合，于礼乖违，于情有亏，于志可嘉。

其情安在?追随自己的老将旧臣，也有各自的人生成就感，主公位进一层，他们亦可沾光上位，随登层楼。关羽见费诗时那句“汉中王封我何爵”，心思已现。古来位高权重者凡称王称帝之时，必以手下踊跃劝进为先导，故刘备所谓“群僚见逼”，虽是诡词，又未必不是实情。至于刘备本身之半推半就，原属题中固有之义。有野心并非反常，孙权野心亦不小。野心不会直通伟大，伟大却无法脱离野心而存在。

次言其志。刘备凭此自称，向曹操传达势不两立之心，也向士林发出了号召。无论刘备骗取益州的手法有多下作，一俟站稳脚跟，他并未安居成都，坐享风光，而是向着既定目标迈进。在曹操位极人臣之时，孙权三心二意之际，僻处一隅的刘备明知实力不济，仍义无反顾地与曹操对抗，这份勇气和意志，终非凡人所有。

此外，刘备称王（含日后称帝）更符合孔明的抱负。只有宏大的目标，才值得素以管、乐自比的孔明为之鞠躬尽瘁。故刘备所为，使孔明的后续作为，具备了价值和道义。历史常常如此，哪怕一桩颇具丑闻、闹剧特征的行为，只要持之以恒，也会焕发出始料未及的光彩。如此，大人物的成功秘钥，或是“不惮下作”。

第七十四回

庞令名抬榇决死战　关云长放水淹七军

却说曹操欲使于禁赴樊城救援，问众将谁敢作先锋。一人应声愿往。操视之，乃庞德也。操大喜曰："关某威震华夏，未逢对手；今遇令名，真劲敌也。"遂加于禁为征南将军，加庞德为征西都先锋，大起七军，前往樊城。这七军，皆北方强壮之士。两员领军将校，一名董衡，一名董超，当日引各头目参拜于禁。董衡曰："今将军提七枝重兵去解樊城之厄，期在必胜，乃用庞德为先锋，岂不误事?"禁惊问其故。衡曰："庞德原系马超手下副将，不得已而降魏，今其故主在蜀，职居五虎上将；况其亲兄庞柔亦在西川为官，今使他为先锋，是泼油救火也。将军何不启知魏王，别换一人去?"

禁闻此语，遂连夜入府启知曹操。操省悟，即唤庞德至阶下，令纳下先锋印。德大惊曰："某正欲与大王出力，何故不肯见用?"操曰："孤本无猜疑，但今马超现在西川，汝兄庞柔亦在西川，俱佐刘备，孤纵不疑，奈众口何?"庞德闻之，免冠顿首，流血满面而告曰："某自汉中投降大王，每感厚恩，虽肝脑涂地不能补报，大王何疑于德也?德昔在故乡时与兄同居，嫂甚不贤，德乘醉杀之；兄恨德入骨髓，誓不相见，恩已断矣。[临时穿插一段因由，可释众疑。依当时风习，兄弟各事其主，所在多有，没啥大不了。]故主马超有勇无谋，兵败地亡，孤身入川，今与德各事其主，旧义已绝。德感大王恩遇，安敢萌异志?惟大王察之。"操乃扶起庞德，抚慰曰："孤素知卿忠义，前言特以安众人之心耳。卿可努力建功。卿不负孤，孤亦必不负卿也。"

德拜谢回家，令匠人造一木榇。次日，请诸友赴席，列榇于堂。众亲友见之，皆惊问曰："将军出师，何用此不祥之物?"德举杯谓亲友曰："吾受魏王重恩，誓以死报。今去樊城与关某决战，我若不能杀彼，必为彼所杀；即不为彼所杀，我亦当自杀。故先备此榇，以示无空回之理。”[作者奇想妙思，令人绝倒。]众皆嗟叹。德唤其妻李氏与其子庞会出，谓其妻曰：“吾今为先锋，义当效死疆场。我若死，汝好生看养吾儿；吾儿有异相，长大必当与吾报仇也。”[据一段未必可信的记载，庞会日后果然替父报仇，屠戮关羽后人。罗贯中心有不忍，未予理会。]妻子痛哭送别，德令扶榇而行。临行，谓部将曰：“吾今去与关某死战，我若被关某所杀，汝等即取吾尸置此榇中；我若杀了关某，吾亦即取其首置此榇内，回献魏王。”部将五百人皆曰：“将军如此忠勇，某等敢不竭力相助！”于是引军前进。有人将此言报知曹操。操喜曰：“庞德忠勇如此，孤何忧焉！”贾诩曰：“庞德恃血气之勇，欲与关某决死战，臣窃虑之。”操然其言，急令人传旨戒庞德曰：“关某智勇双全，切不可轻敌。可取则取，不可取则宜谨守。”庞德闻命，谓众将曰：“大王何重视关某也？吾料此去当挫关某三十年之声价。”[说得既漂亮，又豪迈。]禁曰：“魏王之言，不可不从。”德奋然趱军前至樊城，耀武扬威，鸣锣击鼓。

却说关公正坐帐中，忽探马飞报：“曹操差于禁为将，领七枝精壮兵到来。前部先锋庞德，军前抬一木榇，口出不逊之言，誓欲与将军决一死战。兵离城止三十里矣。”关公闻言，勃然变色，美髯飘动，大怒曰：“天下英雄闻吾之名无不畏服，庞德竖子何敢藐视吾耶！关平一面攻打樊城，吾自去斩此匹夫，以雪吾恨！”平曰：“父亲不可以泰山之重，与顽石争高下。辱子愿代父去战庞德。”关公曰：“汝试一往，吾随后便来接应。”关平出帐，提刀上马，领兵来迎庞德。两阵对圆，魏营一面皂旗上大书“南安庞德”四个白字。庞德青袍银铠，钢刀白马，[关羽兵士皆呼庞德“白马将军”。]立于阵前；背后五百军兵紧随，步卒数人肩抬木榇而出。关平大骂庞德背主之贼。庞德问部卒曰：“此何人也？”或答曰：“此关公义子关平也。”德叫曰：“吾奉魏王旨，来取汝父之首！汝乃疥癞小儿，吾不杀汝！快唤汝父来！”平大怒，纵马舞刀，来取庞德。德横刀来迎。战三十合，不分胜负，两家各歇。

早有人报知关公。公大怒，令廖化去攻樊城，自己亲来迎敌庞德。关平接着，言与庞德交战，不分胜负。关公随即横刀出马，大叫曰：“关云长在此，庞德何不早来受死！”鼓声响处，庞德出马曰：“吾奉魏王旨，特来取汝首！恐汝不信，备榇在此。汝若怕死，早下马受降！”关公大骂曰：“量汝一匹夫，亦何能为！可惜我青龙刀斩汝鼠贼！”纵马舞刀，来取庞德。德轮刀来迎。二将战有百余合，精神倍长。两军各看得痴呆了，魏军恐庞德有失，急令鸣金收军。关平恐父年老，亦即鸣金。二将各退。庞德归寨，对众曰：“人言关公英雄，今日方信也。”正言间，于禁至。相见毕，禁曰：“闻将军战关公，百合之上，未得便宜，何不且退军避之！”德奋然曰：“魏王命将军为大将，何太弱也？吾来日与关某共决一死，誓不退避！”禁不敢阻而回。

却说关公回来，谓关平曰：“庞德刀法惯熟，真吾敌手。”平曰：“俗云：‘初生之犊不惧虎。’父亲纵然斩了此人，只是西羌一小卒耳；倘有疏虞，非所以重伯父之托也。”关公曰：“吾不杀此人，何以雪恨？吾意已决，再勿多言！”［当年阵斩颜良的神勇骁将，倏忽年近花甲。说关羽神勇不减当年，自是瞎话；关羽之勇，不在弓马身手，而是傲心常存，志向常在。］次日，上马引兵前进。庞德亦引兵来迎。两阵对圆，二将齐出，更不打话，出马交锋。斗至五十余合，庞德拨回马，拖刀而走。关公从后追赶。关平恐有疏失，亦随后赶去。关公口中大骂：“庞贼！欲使拖刀计，吾岂惧汝？”原来庞德虚作拖刀势，却把刀就鞍鞒挂住，偷拽雕弓，搭上箭射将来。关平眼快，见庞德拽弓，大叫：“贼将休放冷箭！”关公急睁眼看时，弓弦响处，箭早到来，躲闪不及，正中左臂。［史载，庞德箭中关羽前额，极为骇人。］关平马到，救父回营。庞德勒回马轮刀赶来，急听得本营锣声大震。德恐后军有失，急勒马回。原来于禁见庞德射中关公，恐他成了大功，灭禁威风，故鸣金收军。庞德回马，问：“何故鸣金？”于禁曰：“魏王有戒，关公智勇双全，他虽中箭，只恐有诈，故鸣金收军。”德曰：“若不收军，吾已斩了此人也。”禁曰：“紧行无好步，当缓图之。”庞德不知于禁之意，只懊悔不已。

却说关公回营，拔了箭头。幸得箭射不深，用金疮药敷之。关公痛恨庞德，谓众将曰：“吾誓报此一箭之仇！”众将对曰：“将军且待安息几日，然后与战未迟。”次日，人报庞德引军搦战。关公就要出战。众将劝住。庞德令小军毁骂。关平把住隘口，分付众将休报知关公。庞德搦战十余日，无人出迎，乃与于禁商议曰：“眼见关公箭疮举发，不能动止，不若乘此机会，统七军一拥杀入寨中，可救樊城之围。”于禁恐庞德成功，只把魏王戒旨相推，不肯动兵。庞德屡欲动兵，于禁只不允，乃移七军转过山口，离樊城北十里，依山下寨。禁自领兵截断大路，令庞德屯兵于谷后，使德不能进兵成功。[于禁原是曹操手下名将，与张辽在伯仲之间，唯兵败关羽，屈膝乞降，一世英名，尽付东流，后人遂得以随意贬损。对刀尖上讨生活的将领来说，活成咋样，终究不及死成咋样。说句闲话，关羽若当真效命沙场，定然好过日后死于东吴匹夫之手。]

却说关平见关公箭疮已合，甚是喜悦。忽听得于禁移七军于樊城之北下寨，未知其谋，即报知关公。公遂上马，引数骑上高阜处望之，见樊城城上旗号不整，军士慌乱，城北十里山谷之内，屯着军马；又见襄江水势甚急。看了半晌，唤乡导官问曰：“樊城北十里山谷，是何地名？”对曰：“罾口川也。”关公大喜曰：“于禁必为我擒矣。”将士问曰：“将军何以知之？”关公曰：“‘于’入‘罾’口，岂能久乎？”[“鱼”谐“于”，“罾”者，渔网也。沙场上讨点口彩，图点吉利，虽有迷信之嫌，亦有鼓气之效。]诸将未信。公回本寨。时值八月秋天，骤雨数日。公令人预备船筏，收拾水具。关平问曰：“陆地相持，何用水具？”公曰：“非汝所知也。于禁七军不屯于广易之地，而聚于罾口川险隘之处。方今秋雨连绵，襄江之水必然泛涨；吾已差人堰住各处水口，待水发时，乘高就船，放水一淹，樊城、罾口川之兵皆为鱼鳖矣。”关平拜服。

却说魏军屯于罾口川，连日大雨不止，督将成何来见于禁曰：“大军屯于川口，地势甚低；虽有土山，离营稍远。即今秋雨连绵，军士艰辛。近有人报说荆州兵移于高阜处，又于汉水口预备战筏；倘江水泛涨，我军危矣。宜早为计。”于禁叱曰：“匹夫惑吾军心耶！再有多言者斩之！”成何羞惭而退，却来见庞德说此事。德曰：“汝所见甚当。于将军不肯移兵，吾明日自移军屯于他处。”

计议方定，是夜风雨大作。庞德坐于帐中，只听得万马争奔，征鼙震地。德大惊，急出帐上马看时，四面八方大水骤至，七军乱窜，随波逐浪者不计其数。平地水深丈余，于禁、庞德与诸将各登小山避水。比及平明，关公及众将皆摇旗鼓噪，乘大船而来。[关羽长驻荆州，早已练就一支精练水军。]于禁见四下无路，左右止有五六十人，料不能逃，口称愿降。关公令尽去衣甲，拘收入船，然后来擒庞德。时庞德并二董及成何，与步卒五百人，皆无衣甲，立在堤上。见关公来，庞德全无惧怯，奋然前来接战。关公将船四面围定，军士一齐放箭，射死魏兵大半。董衡、董超见势已危，乃告庞德曰："军士折伤大半，四下无路，不如投降。"庞德大怒曰："吾受魏王厚恩，岂肯屈节于人！"遂亲斩董超、董衡于前，厉声曰："再言降者，以此二人为例！"于是众皆奋力御敌。自平明战至日中，勇力倍增。关公催四面急攻，矢石如雨。德令军士用短兵接战。德回顾成何曰："吾闻'勇将不怯死以苟免，壮士不毁节而求生'。今日乃我死日也。汝可努力死战。"[庞德勇烈惊人，独不知与关羽有何私仇，非要杀身成仁。]成何依令向前，被关公一箭射落水中。众军皆降，止有庞德一人力战。正遇荆州数十人，驾小舟近堤来，德提刀飞身一跃，早上小船，立杀十余人，余皆弃船赴水逃命。庞德一手提刀，一手使短棹，欲向樊城而走。只见上流头一将撑大筏而至，将小船撞翻，庞德落于水中。船上那将跳下水去，生擒庞德上船。众视之，擒庞德者，乃周仓也。仓素知水性，又在荆州住了数年，愈加惯熟；更兼力大，因此擒了庞德。于禁所领七军，皆死于水中。其会水者料无去路，亦俱投降。后人有诗曰：

夜半征鼙响震天，襄樊平地作深渊。
关公神算谁能及，华夏威名万古传。

关公回到高阜去处，升帐而坐。群刀手押过于禁来。禁拜伏于地，乞哀请命。关公曰："汝怎敢抗吾？"禁曰："上命差遣，身不由己。望君侯怜悯，誓以死报。"公绰髯笑曰："吾杀汝，犹杀狗彘耳，空污刀斧！"[依今日观念，将领兵败投降，再正常不过。投降者不必受辱，战胜者不必辱人。双方各依规则行事，可矣。]令人缚送荆州大牢内监候："待吾回，别作区处。"发落去讫。关公又令押过庞德。德睁眉怒目，立而不跪，关公曰："汝兄见在汉中，汝故主马超亦在蜀中为大将，汝如何不早降？”德大怒曰：“吾宁死于刀下，岂降汝耶！”骂不绝口。公大怒，喝令刀斧手推出斩之。德引颈受刑。关公怜而葬之。［惺惺相惜，关公本色。］于是乘水势未退，复上战船，引大小将校来攻樊城。

却说樊城周围白浪滔天，水势益甚，城垣渐渐浸塌，男女担土搬砖，填塞不住。曹军众将无不丧胆，慌忙来告曹仁。仁曰：“今日之危，非力可救；可趁敌军未至，乘舟夜走。虽然失城，尚可全身。”正商议，方欲备船出走，满宠谏曰：“不可。山水骤至，岂能长存？不旬日即当自退。关公虽未攻城，已遣别将在郏下。其所以不敢轻进者，虑吾军袭其后也。今若弃城而去，黄河以南，非国家之有矣。愿将军固守此城，以为保障。”仁拱手称谢曰：“非伯宁之教，几误大事。”乃骑白马上城，聚众将发誓曰：“吾受魏王命保守此城，但有言弃城而去者斩！”诸将皆曰：“某等愿以死据守！”仁大喜，就城上设弓弩数百，军士昼夜防护，不敢懈怠。老幼居民，担土石填塞城垣。旬日之内，水势渐退。

关公自擒魏将于禁等，威震天下，无不惊骇。忽次子关兴来寨内省亲。公就令兴赍诸官立功文书去成都见汉中王，各求升迁。兴拜辞父亲，径投成都去讫。

却说关公分兵一半，直抵郏下。公自领兵四面攻打樊城。当日关公自到北门，立马扬鞭，指而问曰：“汝等鼠辈，不早来降，更待何时？”正言间，曹仁在敌楼上，见关公身上止披掩心甲，斜袒着绿袍，乃急招五百弓弩手，一齐放箭。公急勒回马时，右臂上中一弩箭，翻身落马。正是：

水里七军方丧胆，城中一箭忽伤身。

未知关公性命如何，且看下文分解。

勇烈

“抬榇”一节，最见庞德勇烈，亦最见作家巧构。小说所述庞德之勇，与史实无大出入，至“抬榇”一出，更是石破天惊，至此方悟烈士之名，唯死士得之。好莱坞西部片《姜戈》（昆汀·塔伦蒂诺《被解放的姜戈》即是向其致敬之作)，枪手姜戈甫一出场，即拖动一口沉重棺材，大收先声夺人之效。唯谜底揭晓，稍觉无趣：棺中所有，不过一挺重型机枪。庞德之棺，妙在空无一物，虚位以待：不是你死，就是我活。

观庞德生平，与关羽毫无交集，纯属素昧平生，而抬榇决战，非重大冤仇莫办。若说庞德此举只为“挫关某三十年之声价”，兼使自己扬名立万，则太过勉强。其中定然另有隐情款曲，惜乎史书未载，小说家又无暇补足前文，只能读者自行猜详了。本来，两将交战，不过各为其主，例行公事，初不必咬牙切齿。不过庞德这番莫名切齿，倒也成就一番壮烈情怀，虽酷烈程度不及早年典韦，价值则远过之。向曾言及，典韦只是“替主公的轧姘头埋单”，庞德好歹算是为国出征，师出有名，死得其所。不要小觑庞德之死，一一考校汉末英雄人物的死因死状，死如庞德之壮美者，实不易得。大量声名煊赫的英雄人物，死得不是凡俗，就是委琐，无法凭借死亡造型完成生命的升华。就此而言，庞德还是幸运的。

第七十五回

关云长刮骨疗毒　吕子明白衣渡江

却说曹仁见关公落马，即引兵冲出城来；被关平一阵杀回，救关公归寨，拔出臂箭。原来箭头有药，毒已入骨，右臂青肿，不能运动。［关羽两臂各中一箭。庞德无毒，毒箭拜曹仁所赐。］关平慌与众将商议曰："父亲若损此臂，安能出敌？不如暂回荆州调理。"于是与众将入帐见关公。公问曰："汝等来有何事？"众对曰："某等因见君侯右臂损伤，恐临敌致怒，冲突不便。众议可暂班师回荆州调理。"公怒曰："吾取樊城只在目前，取了樊城即当长驱大进，径到许都，剿灭操贼，以安汉室。岂可因小疮而误大事？汝等敢慢吾军心耶！"平等默然而退。

众将见公不肯退兵，疮又不痊，只得四方访问名医。忽一日，有人从江东驾小舟而来，直至寨前。小校引见关平，平视其人方巾阔服，臂挽青囊，自言姓名："乃沛国谯郡人，姓华名佗，字元化。因闻关将军乃天下英雄，今中毒箭，特来医治。"平曰："莫非昔日医东吴周泰者乎？"佗曰："然。"平大喜，即与众将同引华佗入帐见关公。时关公本是臂疼，恐慢军心，无可消遣，正与马良弈棋，闻有医者至，即召入。礼毕，赐坐。茶罢，佗请臂视之。公袒下衣袍，伸臂令佗看视。佗曰："此乃弩箭所伤，其中有乌头之药，直透入骨；若不早治，此臂无用矣。"公曰："用何物治之？"佗曰："某自有治法。但恐君侯惧耳。"公笑曰："吾视死如归，有何惧哉？"佗曰："当于静处立一标柱，上钉大环，请君侯将臂穿于环中，以绳系之，然后以被蒙其首。吾用尖刀割开皮肉，直至于骨，刮去骨上箭毒，用药敷之，以线缝其口，方可无事。但恐君侯惧耳。"公笑曰："如此容易，何用柱环？"令设酒席相待。

公饮数杯酒毕，一面仍与马良弈棋，伸臂令佗割之。佗取尖刀在手，令一小校捧一大盆于臂下接血。佗曰："某便下手。君侯勿惊。"公曰：

"任汝医治。吾岂比世间俗子惧痛者耶!"佗乃下刀，割开皮肉，直至于骨，骨上已青；佗用刀刮骨，悉悉有声。帐上帐下见者，皆掩面失色。公饮酒食肉，谈笑弈棋，全无痛苦之色。[不惧痛是好汉，不觉疼是神仙。观作者笔意，关羽是神仙。]

须臾，血流盈盆。佗尽刮其毒，敷上药，以线缝之。公大笑而起，谓众将曰："此臂伸舒如故，并无痛矣。先生真神医也!"佗曰："某为医一生，未尝见此。君侯真天神也!"后人有诗曰：

治病须分内外科，世间妙艺苦无多。

神威罕及惟关将，圣手能医说华佗。

关公箭疮既愈，设席款待华佗。佗曰："君侯箭疮虽治，然须爱护，切勿怒气伤触。过百日后，平复如旧矣。"关公以金百两酬之。佗曰："某闻君侯高义，特来医治，岂望报乎!"坚辞不受，留药一贴以敷疮口，辞别而去。[当时有两位名医：华佗和张仲景。撰《伤寒杂病论》的张仲景曾为长沙太守，首倡"辩证论治"法，对中医贡献巨大。华佗则以神乎其技的民间形象著称，尝与管辂共入《三国志·方伎传》。其实，华佗斯时已死去多年。]

却说关公擒了于禁，斩了庞德，威名大震，华夏皆惊。探马报到许都，曹操大惊，聚文武商议曰："孤素知云长智勇盖世，今据荆襄，如虎生翼。于禁被擒，庞德被斩，魏兵挫锐；倘彼率兵直至许都，如之奈何?孤欲迁都以避之。"司马懿谏曰："不可。于禁等被水所淹，非战之故；于国家大计，本无所损。今孙、刘失好，云长得志，孙权必不喜；大王可遣使去东吴陈说利害，令孙权暗暗起兵蹑云长之后，许事平之日，割江南之地以封孙权，则樊城之危自解矣。"主簿蒋济曰："仲达之言是也。今可即发使往东吴，不必迁都动众。"操依允，遂不迁都，[曹操常住邺城，许都乃献帝居所。关羽擒于禁后，河南数县流寇纷纷打出关羽名号，遥相声援，一时谣言满天，民心惊悸，曹操仓猝起意，脑中掠过迁都之念。一俟徐晃出兵，此念骤止。]因叹谓诸将曰："于禁从孤三十年，何期临危反不如庞德也!今一面遣使致书东吴，一面必得一大将以当云长之锐。"言未毕，阶下一将应声而出曰："某愿往。"操视之，乃徐晃也。

操大喜，遂发精兵五万，令徐晃为将，吕建副之，克日起兵，前到杨陵坡驻扎，看东南有应，然后征进。

却说孙权接得曹操书信，览毕，欣然应允，即修书发付使者先回，乃聚文武商议。张昭曰："近闻云长擒于禁，斩庞德，威震华夏，操欲迁都以避其锋。今樊城危急，遣使求救，事定之后，恐有反覆。"［这还用说？当时惯例，嘴上说定之事，向无不可变更之理，双方唯一可以争取的，只是有效期。所谓"永不相侵"，约能确保数年平安而已。一种人人卖弄诡诈的政治，长远来看，必是成本最高、效用最低的低能政治。］权未及发言，忽报吕蒙乘小舟自陆口来，有事面禀。权召入问之，蒙曰："今云长提兵围樊城，可乘其远出，袭取荆州。"权曰："孤欲北取徐州，如何？"蒙曰："今操远在河北，未暇东顾，徐州守兵无多，往自可克；然其地势利于陆战，不利水战，纵然得之，亦难保守。不如先取荆州，全据长江，别作良图。"权曰："孤本欲取荆州，前言特以试卿耳。卿可速为孤图之，孤当随后便起兵也。"

吕蒙辞了孙权，回至陆口，早有哨马报说："沿江上下，或二十里，或三十里，高阜处各有烽火台。"又闻荆州军马整肃，预有准备，蒙大惊曰："若如此，急难图也。我一时在吴侯面前劝取荆州，今却如何处置？"寻思无计，乃托病不出，使人回报孙权。权闻吕蒙患病，心甚怏怏。陆逊进言曰："吕子明之病乃诈耳，非真病也。"权曰："伯言既知其诈，可往视之。"陆逊领命，星夜至陆口寨中来见吕蒙，果然面无病色。逊曰："某奉吴侯命，敬探子明贵恙。"蒙曰："贱躯偶病，何劳探问。"逊曰："吴侯以重任付公，公不乘时而动，空怀郁结，何也？"蒙目视陆逊，良久不语。逊又曰："愚有小方，能治将军之疾，未审可用否？"蒙乃屏退左右而问曰："伯言良方，乞早赐教。"逊笑曰："子明之疾，不过因荆州兵马整肃，沿江有烽火台之备耳。予有一计，令沿江守吏不能举火，荆州之兵束手归降，可乎？"蒙惊谢曰："伯言之语，如见我肺腑。愿闻良策。"陆逊曰："云长倚恃英雄，自料无敌，所虑者惟将军耳。将军乘此机会，托疾辞职，以陆口之任让之他人，使他人卑辞赞美关公，以骄其心，彼必尽撤荆州之兵以向樊城。若荆州无备，用一旅之师，别出奇计以袭之，则荆州在掌握之中矣。”蒙大喜曰：“真良策也！”［关羽之骄，为人熟知，直如阿喀琉斯之踵。至于吕蒙和陆逊两人，谁小看他们，谁倒霉。］

由是吕蒙托病不起，上书辞职。陆逊回见孙权，具言前计。孙权乃召吕蒙还建业养病。蒙至，入见权，权问曰：“陆口之任，昔周公瑾荐鲁子敬以自代，后子敬又荐卿自代；今卿亦须荐一才望兼隆者，代卿为妙。”蒙曰：“若用望重之人，云长必然防备。陆逊意思深长，而未有远名，非云长所忌，若即用以代臣之任，必有所济。”权大喜，即日拜陆逊为偏将军、右都督，代蒙守陆口。逊谢曰：“某年幼无学，恐不堪大任。”权曰：“子明保卿，必不差错。卿毋得推辞。”逊乃拜受印绶，连夜往陆口，交割马步水三军已毕，即修书一封，具名马、异锦、酒礼等物，遣使赍赴樊城见关公。

时公正将息箭疮，按兵不动。忽报：“江东陆口守将吕蒙病危，孙权取回调理。近拜陆逊为将，代吕蒙守陆口。今逊差人赍书具礼，特来拜见。”关公召入，指来使而言曰：“仲谋见识短浅，用此孺子为将！”来使伏地告曰：“陆将军呈书备礼，一来与君侯作贺，二来求两家和好。幸乞笑留。”公拆书视之，书词极其卑谨。关公览毕，仰面大笑，令左右收了礼物，发付使者回去。使者回见陆逊曰：“关公欣喜，无复有忧江东之意。”［就手法论，东吴人算计关羽，如高手弈棋，算路深远，招法谨严，步步逼向九宫，还能使关羽身临绝境而不自知。年轻人装傻示弱，年高者反因青春气盛而堕入局中，真叫人跌破眼镜。说“自古英雄出少年”者怕是落伍了，青春老辣，皓首骄横，才是合适对照。］

逊大喜，密遣人探得关公果然撤荆州大半兵赴樊城听调，只待箭疮痊可，便欲进兵。逊察知备细，即差人星夜报知孙权。孙权召吕蒙商议曰：“今云长果撤荆州之兵攻取樊城，便可设计袭取荆州。卿与吾弟孙皎同引大军前去，何如？”孙皎字叔明，乃孙权叔父孙静之次子也。蒙曰：“主公若以蒙可用则独用蒙，若以叔明可用则独用叔明。岂不闻昔日周瑜、程普为左右都督，事虽决于瑜，然普自以旧臣而居瑜下，颇不相睦，后因见瑜之才，方始敬服。今蒙之才不及瑜，而叔明之亲胜于普，恐未必能相济也。”［统治欲强、好猜忌的主帅，偏爱监军之术，明为辅佐，实为掣肘。此法最为庸滥，主帅却不为之察。吕蒙直言相陈，句句药石，孙权闻过则改，亦属难得。］

权大悟，遂拜吕蒙为大都督，总制江东诸路军马；令孙皎在后接应粮草。蒙拜谢，点兵三万，快船八十余只，选会水者扮作商人，皆穿白衣，在船上摇橹，却将精兵伏于𦪇𦪙船中。次调韩当、蒋钦、朱然、潘璋、周泰、徐盛、丁奉等七员大将，相继而进。其余皆随吴侯为合后救应。一面遣使致书曹操，令进兵以袭云长之后；一面先传报陆逊，然后发白衣人，驾快船往浔阳江去，昼夜趱行，直抵北岸。江边烽火台上守台军盘问时，吴人答曰：“我等皆是客商，因江中阻风，到此一避。”随将财物送与守台军士。军士信之，遂任其停泊江边。约至二更，𦪇𦪙中精兵齐出，将烽火台上官军缚倒，暗号一声，八十余船精兵俱起，将紧要去处墩台之军，尽行捉入船中，不曾走了一个。于是长驱大进，径取荆州，无人知觉。将至荆州，吕蒙将沿江墩台所获官军，用好言抚慰，各各重赏，令赚开城门，纵火为号。众军领命，吕蒙便教前导。比及半夜，到城下叫门。门吏认得是荆州之兵，开了城门。众军一声喊起，就城门里放起号火。吴兵齐入，袭了荆州。吕蒙便传令军中：“如有妄杀一人，妄取民间一物者，定按军法。原任官吏，并依旧职。将关公家属另养别宅，不许闲人搅扰。”一面遣人申报孙权。［手法麻辣，心思纤柔，文武并举，刚柔相济。］

一日大雨，蒙上马引数骑点看四门。忽见一人取民间箬笠以盖铠甲，蒙喝左右执下问之，乃蒙之乡人也。蒙曰：“汝虽系我同乡，但吾号令已出，汝故犯之，当按军法。”其人泣告曰：“某恐雨湿官铠，故取遮盖，非为私用。乞将军念同乡之情！”蒙曰：“吾固知汝为覆官铠，然终是不应取民间之物。”叱左右推下斩之。枭首传示毕，然后收其尸首，泣而葬之。自是三军震肃。

不一日，孙权领众至，吕蒙出郭迎接入衙。权慰劳毕，仍命潘濬为治中，掌荆州事；监内放出于禁，遣归曹操；安民赏军，设宴庆贺。权谓吕蒙曰：“今荆州已得，但公安傅士仁、南郡糜芳，此二处如何收复？”

言未毕，忽一人出曰："不须引弓只箭，某凭三寸不烂之舌，说公安傅士仁来降，可乎？"众视之，乃虞翻也。权曰："仲翔有何良策，可使傅士仁归降？"翻曰："某自幼与士仁交厚；今若以利害说之，彼必归矣。"权大喜，遂令虞翻领五百军，径奔公安来。

却说傅士仁听知荆州有失，急令闭城坚守。虞翻至，见城门紧闭，遂写书拴于箭上，射入城中。军士拾得，献与傅士仁。士仁拆书视之，乃招降之意。览毕，想起"关公去日恨吾之意，不如早降"。即令大开城门，请虞翻入城。二人礼毕，各诉旧情。翻说吴侯宽洪大度，礼贤下士。士仁大喜，即同虞翻赍印绶来荆州投降。孙权大悦，仍令去守公安。吕蒙密谓权曰："今云长未获，留士仁于公安，久必有变，不若使往南郡招糜芳归降。"权乃召傅士仁谓曰："糜芳与卿交厚，卿可招来归降，孤自当有重赏。"傅士仁慨然领诺，遂引十余骑径投南郡招安糜芳。正是：

今日公安无守志，从前王甫是良言。

未知此去如何，且看下文分解。

权变

"权变"对应于"原则"。成语"事急从权"，点出了"权变"的属性及适用范围，简单地说，它是一种紧急状态法，只能作为危机处理策略，有节制、有限度地加以使用。读一部三国，我们半是兴奋半是沮丧地发现："权变"已然成为原则，真正的原则倒成了例外。

"借荆州"之说，有可能出自东吴史官的杜撰，意在强调刘备不义在先，替本方偷袭关羽找借口。这且不去管它，单就小说所叙情节，在刘备和东吴两方，我们无法确认哪方更占理。从孔明三气周瑜起，刘备即打定主意，把荆州借到底。若刘备赖账在先，后人就无权对孙权多加谴责。实际上，这根本不是一个围绕道义的争论，核心问题全看鹿死谁手。道义，有时是获胜者的战利品，有时是战败者的遮羞布，当孙权与曹操密谋并预先商定战后的红利分配方案时，"权变"彻底成为交战各方的唯一准则。

迷恋权变，必臻杀伐。从东吴时而与刘备联盟、时而与曹操勾结，可见他们的对抗并非水火不容，若放弃权变，坐下来谈判，未必不能找到共赢之途。这就牵涉妥协之道了，对现代政治来说，“原则旁边是妥协”（阿克顿语），而非权变；妥协的精魂是坦诚，权变的本质是欺诈。当然，此乃古人闻所未闻的概念，不提也罢。

第七十六回

徐公明大战沔水　关云长败走麦城

却说糜芳闻荆州有失，正无计可施，忽报公安守将傅士仁至。芳忙接入城，问其事故。士仁曰："吾非不忠。势危力困，不能支持，我今已降东吴。将军亦不如早降。"芳曰："吾等受汉中王厚恩，安忍背之？"士仁曰："关公去日痛恨吾二人，倘一日得胜而回必无轻恕。公细察之。"芳曰："吾兄弟久事汉中王，岂可一朝相背？"正犹豫间，忽报关公遣使至，接入厅上。使者曰："关公军中缺粮，特来南郡、公安二处取白米十万担，令二将军星夜去解军前交割。如迟立斩。"芳大惊，顾谓傅士仁曰："今荆州已被东吴所取，此粮怎得过去？"士仁厉声曰："不必多疑！"遂拔剑斩来使于堂上。芳惊曰："公如何？"士仁曰："关公此意，正要斩我二人。我等安可束手受死？公今不早降东吴，必被关公所杀。"正说间，忽报吕蒙引兵杀至城下。芳大惊，乃同傅士仁出城投降。蒙大喜，引见孙权，权重赏二人。安民已毕，大犒三军。[关羽后院全面起火。大树未倒，猢狲已散。]

时曹操在许都，正与众谋士议荆州之事，忽报东吴遣使奉书至。操召入，使者呈上书信。操拆视之，书中具言吴兵将袭荆州，求操夹攻云长，且嘱勿漏泄，使云长有备也。操与众谋士商议，主簿董昭曰："今樊城被困，引颈望救，不如令人将书射入樊城，以宽军心；且使关公知东吴将袭荆州。彼恐荆州有失，必速退兵，却令徐晃乘势掩杀，可获全功。"操从其谋，一面差人催徐晃急战；一面亲统大兵，径往雒阳之南阳陆坡驻扎，以救曹仁。

却说徐晃正坐帐中，忽报魏王使至。晃接入问之，使曰："今魏王引兵已过雒阳，令将军急战关公，以解樊城之困。"正说间，探马报说："关平屯兵在偃城，廖化屯兵在四冢，前后一十二个寨栅，连络不绝。"

晃即差副将徐商、吕建假着徐晃旗号，前赴偃城与关平交战。晃却自引精兵五百，循沔水去袭偃城之后。［徐晃所带多是新兵，出征前曾率兵士祭拜祖坟，怀不归之志，示敢死之心。］

且说关平闻徐晃自引兵至，遂提本部兵迎敌。两阵对圆，关平出马，与徐商交锋，只三合，商大败而走。吕建出战，五六合亦败走。平乘势追杀二十余里，忽报城中火起。平知中计，急勒兵回救偃城。正遇一彪军摆开，徐晃立马在门旗下，高叫曰："关平贤侄，好不知死！汝荆州已被东吴夺了，犹然在此狂为！"平大怒，纵马轮刀直取徐晃；不三四合，三军喊叫，偃城中火光大起。平不敢恋战，杀条大路径奔四冢寨来。廖化接着。化曰："人言荆州已被吕蒙袭了，军心惊慌，如之奈何？"平曰："此必讹言也。军士再言者斩之。"忽流星马到，报说正北第一屯被徐晃领兵攻打。平曰："若第一屯有失，诸营岂得安宁？此间皆靠沔水，贼兵不敢到此。吾与汝同去救第一屯。"廖化唤部将分付曰："汝等坚守营寨，如有贼到，即便举火。"部将曰："四冢寨鹿角十重，虽飞鸟亦不能入，何虑贼兵！"于是关平、廖化尽起四冢寨精兵，奔至第一屯住扎。关平看见魏兵屯于浅山之上，谓廖化曰："徐晃屯兵不得地利，今夜可引兵劫寨。"化曰："将军可分兵一半前去，某当谨守本寨。"

是夜，关平引一枝兵杀入魏寨，不见一人。平知是计，火速退时，左边徐商，右边吕建，两下夹攻。平大败回营，魏兵乘势追杀前来，四面围住。关平、廖化支持不住，弃了第一屯，径投四冢寨来。早望见寨中火起，急到寨前，只见皆是魏兵旗号。关平等退兵，忙奔樊城大路而走：前面一军拦住，为首大将乃是徐晃也。［写得神出鬼没，但四冢寨究有何种设置，攻打究有何等艰辛，仍只能觑个大概。这是古代史家的特点，笔墨精简，每欲"以少少许胜多多许"，不像古希腊、罗马史家，动辄驱遣数万笔墨大军，场景历历，纤毫毕现，千年后仍令读者身临其境。两般写法，各有优长。］平、化二人奋死战，夺路而走，回到大寨，来见关公曰："今徐晃夺了偃城等处，又兼曹操自引大军，分三路来救樊城；多有人言荆州已被吕蒙袭了。"关公喝曰："此敌人讹言，以乱我军心耳！东吴吕蒙病危，孺子陆逊代之，不足为虑！"

言未毕，忽报徐晃兵至。公令备马。平谏曰：“父体未痊，不可与敌。”公曰：“徐晃与吾有旧，深知其能；若彼不退，吾先斩之，以警魏将。”遂披挂提刀上马，奋然而出。魏军见之，无不惊惧。公勒马问：“徐公明安在？”魏营门旗开处，徐晃出马，欠身而言曰：“自别君侯，倏忽数载，不想君侯须发已苍白矣！忆昔壮年相从，多蒙教诲，感谢不忘。今君侯英风震于华夏，使故人闻之，不胜叹羡！兹幸得一见，深慰渴怀。”公曰：“吾与公明交契深厚，非比他人，今何故数穷吾儿耶？”晃回顾众将，厉声大叫曰：“若取得云长首级者，重赏千金！”公惊曰：“公明何出此言？”晃曰：“今日乃国家之事，某不敢以私废公。”言讫，挥大斧直取关公。[“先礼后兵”“公而忘私”八字，从不曾展现得如此真切具体。关羽须发苍白，徐晃亦非少年公子，两人年岁相去不远，徐晃或还略长数岁。史载，关羽呼徐晃“大兄”。]公大怒，亦挥刀迎之。战八十余合，公虽武艺绝伦，终是右臂少力。关平恐公有失，火急鸣金，公拨马回寨。忽闻四下里喊声大震。原来是樊城曹仁闻曹操救兵至，引军杀出城来，与徐晃会合，两下夹攻，荆州兵大乱。关公上马，引众将急奔襄江上流头。背后魏兵追至。关公急渡过襄江，望襄阳而奔。忽流星马到，报说：“荆州已被吕蒙所夺，家眷被陷。”关公大惊，不敢奔襄阳，提兵投公安来。探马又报：“公安傅士仁已降东吴了。”关公大怒。忽催粮人到，报说：“公安傅士仁往南郡，杀了使命，招糜芳都降东吴去了。”

关公闻言，怒气冲塞，疮口迸裂，昏绝于地。众将救醒，公顾谓司马王甫曰：“悔不听足下之言，今日果有此事！”因问：“沿江上下，何不举火？”探马答曰：“吕蒙使水手尽穿白衣，扮作客商渡江，将精兵伏于艨艟之中，先擒了守台士卒，因此不得举火。”公跌足叹曰：“吾中奸贼之谋矣！有何面目见兄长耶！”[眼下分明是“国家之事”，却先念兄弟之情。关羽糊涂处，也是动人处。]管粮都督赵累曰：“今事急矣，可一面差人往成都求救，一面从旱路去取荆州。”关公依言，差马良、伊籍赍文三道，星夜赴成都求救；一面引兵来取荆州，自领前队先行，留廖化、关平断后。

却说樊城围解，曹仁引众将来见曹操，泣拜请罪。操曰：“此乃天数，非汝等之罪。”操重赏三军，亲至四冢寨周围阅视，顾谓诸将曰：“荆州兵围堑鹿角数重，徐公明深入其中，竟获全功。孤用兵三十余年，未敢长驱径入敌围。公明真胆识兼优者也！”［成语“长驱直入”，即来自曹操《劳徐晃令》。］众皆叹服。操班师还于摩陂驻扎。徐晃兵至，操亲出寨迎之，见晃军皆按队伍而行，并无差乱。操大喜曰：“徐将军真有周亚夫之风矣！”遂封徐晃为平南将军，同夏侯尚守襄阳，以遏关公之师。操因荆州未定，就屯兵于摩陂，以候消息。

却说关公在荆州路上，进退无路，谓赵累曰：“目今前有吴兵，后有魏兵，吾在其中，救兵不至，如之奈何？”累曰：“昔吕蒙在陆口时，尝致书君侯，两家约好，共诛操贼，今却助操而袭我，是背盟也。君侯暂住军于此，可差人遗书吕蒙责之，看彼如何对答。”关公从其言，遂修书差使赴荆州来。［落难之时，忽然天真。关羽竟然不知道，此乃斗力比智之际，非说理论道之时。］

却说吕蒙在荆州传下号令，凡荆州诸郡，有随关公出征将士之家，不许吴兵搅扰，按月给与粮米；有患病者，遣医治疗。将士之家，感其恩惠，安堵不动。忽报关公使至，吕蒙出郭迎接入城，以宾礼相待。使者呈书与蒙。蒙看毕，谓来使曰：“蒙昔日与关将军结好，乃一己之私见；今日之事，乃上命差遣，不得自主。烦使者回报将军，善言致意。”［欲做罗刹，先扮菩萨，吕蒙难对付。］遂设宴款待，送归馆驿安歇。于是随征将士之家，皆来问信；有附家书者，有口传音信者，皆言家门无恙，衣食不缺。

使者辞别吕蒙，蒙亲送出城。使者回见关公，具道吕蒙之语，并说：“荆州城中，君侯宝眷并诸将家属，俱各无恙，供给不缺。”公大怒曰：“此奸贼之计也！吾生不能杀此贼，死必杀之以雪吾恨！”喝退使者。使者出寨，众将皆来探问家中之事。使者具言各家安好，吕蒙极其恩恤，并将书信传送各将。各将欣喜，皆无战心。［吕蒙这一招，才是压倒骆驼的最后一根稻草。］

关公率兵取荆州，军行之次，将士多有逃回荆州者。关公愈加恨怒，遂催军前进。忽然喊声大震，一彪军拦住，为首大将，乃蒋钦也，勒马挺枪大叫曰："云长何不早降！"关公骂曰："吾乃汉将，岂降贼乎！"拍马舞刀，直取蒋钦。不三合，钦败走。关公提刀追杀二十余里，喊声忽起，左边山谷中韩当领军冲出，右边山谷中周泰引军冲出，蒋钦回马复战，三路夹攻。关公急撤军回走。行无数里，只见南山冈上人烟聚集，一面白旗招飐，上写"荆州土人"四字，众人都叫："本处人速速投降！"[四面楚歌，依稀复现。]关公大怒，欲上冈杀之。山崦内又有两军撞出：左边丁奉，右边徐盛，并合蒋钦等三路军马，喊声震地，鼓角喧天，将关公困在垓心；手下将士渐渐消疏，比及杀到黄昏，关公遥望四山之上皆是荆州土兵，呼兄唤弟，觅子寻爷，喊声不住；军心尽变，皆应声而去。关公止喝不住，部从止有三百余人。杀至三更，正东上喊声连天，乃是关平、廖化分两路兵杀入重围，救出关公。关平告曰："军心乱矣，必得城池暂屯，以待援兵。麦城虽小，足可屯扎。"关公从之，催促残军前至麦城，分兵紧守四门，聚众士商议。赵累曰："此处相近上庸，现有刘封、孟达在彼把守，可速差人往求救兵。若得这枝军马接济，以待川兵大至，军心自安矣。"

正议间，忽报吴兵已至，将城四面围定。公问曰："谁敢突围而出，往上庸求救？"廖化曰："某愿往。"关平曰："我护送汝出重围。"关公即修书付廖化藏于身畔。饱食上马，开门出城。正遇吴将丁奉截住，被关平奋力冲杀，奉败走，廖化乘势杀出重围，投上庸去了。关平入城，坚守不出。

且说刘封、孟达自取上庸，太守申耽率众归降，因此汉中王加刘封为副将军，与孟达同守上庸。当日探知关公兵败，二人正议间，忽报廖化至。封令请入问之。化曰："关公兵败，见困于麦城，被围至急。蜀中援兵不能旦夕即至，特命某突围而出，来此求救。望二将军速起上庸之兵，以救此危。傥稍迟延，公必陷矣。"封曰："将军且歇，容某计议。"

化乃至馆驿安歇，专候发兵。刘封谓孟达曰："叔父被困，如之奈何？"达曰："东吴兵精将勇；且荆州九郡俱已属彼，止有麦城，乃弹丸之地；又闻曹操亲督大军四五十万屯于摩陂，量我等山城之众，安能敌两家之强？兵不可轻动。"封曰："吾亦知之。奈关公是吾叔父，安忍坐视而不救乎？”达笑曰：“将军以关公为叔，恐关公未必以将军为侄也。某闻汉中王初嗣将军之时，关公即不悦。后汉中王登位之后，欲立后嗣，问于孔明，孔明曰：‘此家事也，问关、张可矣。’汉中王遂遣人至荆州问关公，关公以将军乃螟蛉之子，不可僭立，劝汉中王远置将军于上庸出城之地，以杜后患。此事人人知之，将军岂反不知耶？何今日犹沾沾以叔侄之义，而欲冒险轻动乎？”［话无大错，刘封若能率兵前往，也就表表决心而已。陆逊已经攻占夷陵、秭归，切断关羽的入蜀退路。孙权决心已下，非要关羽人头。］封曰：“君言虽是，但以何辞却之？”达曰：“但言山城初附，民心未定，不敢造次兴兵，恐失所守。”封从其言，次日请廖化至，言此山城初附之所，未能分兵相救。化大惊，以头叩地曰：“若如此，则关公休矣！”达曰：“我今即往，一杯之水安能救一车薪之火乎？将军速回，静候蜀兵至可也。”化大恸告求，刘封、孟达皆拂袖而入。廖化知事不谐，寻思须告汉中王求救，遂上马大骂出城，望成都而去。

却说关公在麦城盼望上庸兵到，却不见动静；手下止有五六百人，多半带伤；城中无粮，甚是苦楚。忽报城下一人教休放箭，有话来见君侯。公令放入，问之，乃诸葛瑾也。礼毕茶罢，瑾曰：“今奉吴侯命，特来劝谕将军。自古道：‘识时务者为俊杰。’今将军所统汉上九郡，皆已属他人矣。止有孤城一区，内无粮草，外无救兵，危在旦夕。将军何不从瑾之言，归顺吴侯，复镇荆襄，可以保全家眷。幸君侯熟思之。”关公正色而言曰：“吾乃解良一武夫，蒙吾主以手足相待，安肯背义投敌国乎？城若破，有死而已。玉可碎而不可改其白，竹可焚而不可毁其节；身虽殒，名可垂于竹帛也。汝勿多言，速请出城，吾欲与孙权决一死战！”瑾曰：“吴侯欲与君侯结秦晋之好，同力破曹，共扶汉室，别无他意。君侯何执迷如是？”言未毕，关平拔剑而前，欲斩诸葛瑾。公止之曰：“彼弟孔明在蜀，佐汝伯父，今若杀彼，伤其兄弟之情也。”遂令左右逐出诸葛瑾。瑾满面羞惭，［这已是诸葛瑾第二次在关羽处自讨没趣了。］上马出城，回见吴侯曰：“关公心如铁石，不可说也。”孙权曰：“真忠臣也！似此如之奈何？”吕范曰：“某请卜其休咎。”权即令卜之。

范揲蓍成象，乃“地水师卦”，更有玄武临应，主敌人远奔。［不卜自家前程，先卜敌酋休咎，少见。］权问吕蒙曰：“卦主敌人远奔，卿以何策擒之?”蒙笑曰：“卦象正合某之机也。关公虽有冲天之翼，飞不出吾网罗矣!”正是：

龙游沟壑遭虾戏，凤入牢笼被鸟欺。

毕竟吕蒙之计若何，且看下文分解。

士兵

士兵如水，单兵皆不足道，当其突然失去斗志时，即可能一传十、十传百，哄然而散。当是时，水滴不再是水滴，它们生成滔天洪水。在战场上，士气极易成为传播速度最快的病菌，没有任何意志可以阻挡。当颜良、文丑相继授首，袁绍并未呈现败相，他只是受到惊骇。曹操率五千精兵突袭乌巢，也只是烧毁了袁绍的粮食，并未对士兵构成大面积杀伤——五千曹军也不可能对袁军构成大量杀伤。最终，袁军是在张郃、高览率部投降后，突然为一股幻灭谣言所劫持，转瞬失去斗志，兵败如山倒。关羽亦然。士兵四散奔逃时，主将关羽仍在，但士兵思家心切，斗志不再，哪怕主将不动如山，亦于事无补。斯可见吕蒙高明：他将目标锁定在摧毁敌方士兵的心理，士气一旦瓦解，“不战而屈人之兵”的最高境界，立呈眼前。

在小说中我们几乎看不到士兵的作用，读者的视线总是被武将神勇和高端谋略所吸引。当然，在士气不成问题时，将领的谋略和神勇确实重要，一旦士气成为不安定因素，士兵马上升格为决定性因素，再伟大的统帅也会受其涡卷，成为浮萍断梗。

士兵作用大矣哉。在古罗马，兵变多次主导了皇帝的废立，曹操本人也曾深受兵变之苦。

第七十七回

玉泉山关公显圣 洛阳城曹操感神

却说孙权求计于吕蒙。蒙曰："吾料关某兵少，必不从大路而逃。麦城正北有险峻小路，必从此路而去。可令朱然引精兵五千，伏于麦城之北二十里。彼军至，不可与敌，只可随后掩杀。彼军定无战心，必奔临沮。却令潘璋引精兵五百，伏于临沮山僻小路，关某可擒矣。今遣将士各门攻打，只空北门，待其出走。"权闻计，令吕范再卜之。[战争的凶险及不测性，决定了战士的迷信度。罗马军队设有鸡占师，开战前先行占卜：鸡吃食，便在吉兆下投入战斗；鸡拒食，就坚决不开战。当然，此非五五开的占卜，鸡多半嘴馋的，正如吕范之卜：仗肯定要打的，只看在哪儿设伏。]卦成，范告曰："此卦主敌人投西北而走，今夜亥时必然就擒。"权大喜，遂令朱然、潘璋领两枝精兵，各依军令埋伏去讫。

且说关公在麦城，计点马步军兵，止剩三百余人；粮草又尽。是夜，城外吴兵招唤各军姓名，越城而去者甚多。救兵又不见到。心中无计，谓王甫曰："吾悔昔日不用公言！今日危急，将复何如？"甫哭告曰："今日之事，虽子牙复生，亦无计可施也。"赵累曰："上庸救兵不至，乃刘封、孟达按兵不发之故。何不弃此孤城，奔入西川，再整兵来，以图恢复？"公曰："吾亦欲如此。"遂上城观之，见北门外敌军不多，因问本城居民："此去往北，地势若何？"答曰："此去皆是山僻小路，可通西川。"公曰："今夜可走此路。"王甫谏曰："小路有埋伏，可走大路。"公曰："虽有埋伏，吾何惧哉！"[勇气十足，意思难解。哪有蛟龙无畏渔网、虎豹不惧铁笼之理？]即下令马步官军，严整装束，准备出城。甫哭曰："君侯于路，小心保重！某与部卒百余人，死据此城；城虽破，身不降也！专望君侯速来救援！"

公亦与泣别，遂留周仓与王甫同守麦城。关公自与关平、赵累引残卒二百余人，突出北门。关公横刀前进，行至初更以后，约走二十余里，只见山凹处，金鼓齐鸣，喊声大震，一彪军到，为首大将朱然，骤马挺枪叫曰："云长休走！趁早投降，免得一死！"公大怒，拍马轮刀来战。朱然便走，公乘势追杀。一棒鼓响，四下伏兵皆起。公不敢恋战，望临沮小路而走，朱然率兵掩杀。关公所随之兵，渐渐稀少。走不得四五里，前面喊声又震，火光大起，潘璋骤马舞刀杀来。公大怒，轮刀相迎，只三合，潘璋败走。公不敢恋战，急望山路而走。背后关平赶来，报说赵累已死于乱军中。关公不胜悲惶，遂令关平断后，公自在前开路，随行止剩得十余人。行至决石，两下是山，山边皆芦苇败草，树木丛杂。时已五更将尽，正走之间，一声喊起，两下伏兵尽出，长钩套索一齐并举，先把关公坐下马绊倒。关公翻身落马，被潘璋部将马忠所获。关平知父被擒，火速来救；背后潘璋、朱然率兵齐至，把关平四下围住。平孤身独战，力尽亦被执。至天明，孙权闻关公父子已被擒获，大喜，聚众将于帐中。

少时，马忠簇拥关公至前。权曰："孤久慕将军盛德，欲结秦晋之好，何相弃耶？公平昔自以为天下无敌，今日何由被吾所擒？将军今日还服孙权否？"关公厉声骂曰："碧眼小儿，紫髯鼠辈！吾与刘皇叔桃园结义，誓扶汉室，岂与汝叛汉之贼为伍耶！我今误中奸计，有死而已，何必多言！"权回顾众官曰："云长世之豪杰，孤深爱之。今欲以礼相待，劝使归降，何如？"主簿左咸曰："不可！昔曹操得此人时，封侯赐爵，三日一小宴，五日一大宴，上马一提金，下马一提银，如此恩礼，毕竟留之不住，听其斩关杀将而去，致使今日反为所逼，几欲迁都以避其锋。今主公既已擒之，若不即除，恐贻后患。"［与刘备挑拨曹操杀吕布的侧重点不同，结论相同：行为反复无常该杀，行为一以贯之亦该杀。做人难。］孙权沉吟半晌，曰："斯言是也。"遂命推出。于是关公父子皆遇害。时建安二十四年冬十月也。关公亡年五十八岁。后人有诗叹曰：

汉末才无敌，云长独出群。神威能奋武，儒雅更知文。

天日心如镜，"春秋"义薄云。昭然垂万古，不止冠三分。

又有诗曰：

人杰惟追古解良，士民争拜汉云长。
桃园一日兄和弟，俎豆千秋帝与王。
气挟风雷无匹敌，志垂日月有光芒。
至今庙貌盈天下，古木寒鸦几夕阳。

关公既殁，坐下赤兔马被马忠所获，献与孙权。权即赐马忠骑坐。其马数日不食草料而死。[赤兔出场至今约有三十年。登场时即非幼驹，显属高寿。现代竞技赛马的黄金运动寿命多为五年。]

却说王甫在麦城中骨颤肉惊，乃问周仓曰："昨夜梦见主公浑身血污立于前，急问之，忽然惊觉。不知主何吉凶?"正说间，忽报吴兵在城中，将关公父子首级招安。王甫、周仓大惊，急登城视之，果关公父子首级也。王甫大叫一声，堕城而死。周仓自刎而亡。于是麦城亦属东吴。

却说关公英魂不散，荡荡悠悠，直至一处，乃荆门州当阳县一座山，名为玉泉山。山上有一老僧，法名普静，原是汜水关镇国寺中长老，后因云游天下来到此处，见山明水秀，就此结草为庵，每日坐禅参道；身边只有一小行者，化饭度日。是夜月白风清，三更已后，普静正在庵中默坐，忽闻空中有人大呼曰："还我头来!"普静仰面谛观，只见空中一人，骑赤兔马，提青龙刀，左有一白面将军，右有一黑脸乱髯之人相随，一齐按落云头，至玉泉山顶。普静认得是关公，遂以手中麈尾击其户曰："云长安在?"关公英魂顿悟，即下马乘风落于庵前，叉手问曰："吾师何人? 愿求法号。"普静曰："老僧普静，昔日汜水关前镇国寺中，曾与君侯相会，今日岂遂忘之耶?"公曰："向蒙相救，铭感不忘。今某已遇祸而死，愿求清诲，指点迷途。"普静曰："昔非今是，一切休论；后果前因，彼此不爽。今将军为吕蒙所害，大呼还我头来，然则颜良、文丑、五关六将等众人之头，又将向谁索耶?"于是关公恍然大悟，稽首皈依而去；后往往于玉泉山显圣护民。乡人感其德，就于山顶上建庙，四时致祭。[作者一味施展笔墨的妖妄大法，遍中国的关帝庙，又分明佐证作者所言非虚。人一旦封神，即无法依常理忖度。]后人题一联于其庙云：

赤面秉赤心，骑赤兔追风，驰驱时无忘赤帝；
青灯观青史，仗青龙偃月，隐微处不愧青天。

却说孙权既害了关公，遂尽得荆襄之地，赏犒三军，设宴大会诸将庆功，置吕蒙于上座，顾谓诸将曰："孤久不得荆州，今唾手而得，皆子明之功也。"蒙再三逊谢。权曰："昔周郎雄略过人，破曹操于赤壁。不幸早殀，鲁子敬代之。子敬初见孤时，便及帝王大略，此一快也；曹操东下，诸人皆劝孤降，子敬独劝孤召公瑾逆而击之，此二快也。惟劝吾借荆州与刘备，是其一短。今子明设计定谋，立取荆州，胜子敬、周郎多矣！"

于是亲酌酒赐吕蒙。吕蒙接酒欲饮，忽然掷杯于地，一手揪住孙权，厉声大骂曰："碧眼小儿！紫髯鼠辈！还识我否？"众将大惊，急救时，蒙推倒孙权，大步前进，坐于孙权位上，两眉倒竖，双眼圆睁，大喝曰："我自破黄巾以来，纵横天下三十余年，今被汝一旦以奸计图我，我生不能啖汝之肉，死当追吕贼之魂！我乃汉寿亭侯关云长也。"权大惊，慌忙率大小将士皆下拜。只见吕蒙倒于地上，七窍流血而死。［作者厚爱关羽，情难自已，遂假手阴阳果报，代行幽冥正义。吕蒙是病死的。］众将见之，无不恐惧。权将吕蒙尸首具棺安葬，赠南郡太守、潺陵侯，命其子吕霸袭爵。孙权自此感关公之事，惊讶不已。

忽报张昭自建业而来。权召入问之。昭曰："今主公损了关公父子，江东祸不远矣！此人与刘备桃园结义之时，誓同生死。今刘备已有两川之兵，更兼诸葛亮之谋，张、黄、马、赵之勇。备若知云长父子遇害，必起倾国之兵，奋力报仇，恐东吴难与敌也。"权闻之大惊，跌足曰："孤失计较也！似此如之奈何？"昭曰："主公勿忧。某有一计，令西蜀之兵不犯东吴，荆州如磐石之安。"权问何计。昭曰："今曹操拥百万之众虎视华夏，刘备急欲报仇，必与操约和；若二处连兵而来，东吴危矣。不如先遣人将关公首级转送与曹操，明教刘备知是操之所使，必痛恨于操，西蜀之兵不向吴而向魏矣。吾乃观其胜负，于中取事。此为上策。"

权从其言，随遣使者以木匣盛关公首级，星夜送与曹操。时操从摩陂班师回洛阳，闻东吴送关公首级至，喜曰："云长已死，吾夜眠贴席矣。"阶下一人出曰："此乃东吴移祸之计也。"操视之，乃主簿司马懿也。操问其故，懿曰："昔刘、关、张三人桃园结义之时，誓同生死。今东吴害了关公，惧其复仇，故将首级献于大王，使刘备迁怒大王，不攻吴而攻魏，他却于中乘便而图事耳。”操曰：“仲达之言是也。孤以何策解之?”懿曰：“此事极易。大王可将关公首级，刻一木香之躯以配之，葬以大臣之礼。刘备知之，必深恨孙权，尽力南征。我却观其胜负，蜀胜则击吴，吴胜则击蜀。二处若得一处，那一处亦不久也。”操大喜，从其计，遂召吴使入，[无需司马懿献计，曹操也会厚葬关羽。即便薄葬关羽，刘备也必然向东吴兴兵。曹操没有厚葬关羽的义务，孙权负有诛杀关羽的责任。问题的另一面是，孙权知道刘备会报复，故无论是否把话说出口，意思都摆在台面上了：你敢怎么样?]呈上木匣。操开匣视之，见关公面如平日。操笑曰：“云长公别来无恙!”言未讫，只见关公口开目动，须发皆张，操惊倒。众官急救，良久方醒，顾谓众官曰：“关将军真天神也!”吴使又将关公显圣附体、骂孙权、追吕蒙之事告操。操愈加恐惧，遂设牲醴祭祀，刻沉香木为躯，以王侯之礼葬于洛阳南门外，令大小官员送殡。操自拜祭，赠为荆王，差官守墓；即遣吴使回江东去讫。

却说汉中王自东川回成都，法正奏曰：“主上先夫人去世，孙夫人又南归，未必再来。人伦之道，不可废也，必纳王妃，以襄内政。”汉中王从之。法正复奏曰：“吴懿有一妹，美而且贤。尝闻有相者相此女后必有大贵。先曾许刘焉之子刘瑁，瑁早夭。其女至今寡居，大王可纳之为妃。”汉中王曰：“刘瑁与我同宗，于理不可。”法正曰：“论其亲疏，何异晋文之与怀嬴乎?”汉中王乃依允，遂纳吴氏为王妃，后生二子：长刘永，字公寿；次刘理，字奉孝。

且说东西两川，民安国富，田禾大成。忽有人自荆州来，言东吴求婚于关公，关公力拒之。孔明曰：“荆州危矣！可使人替关公回。”正商议间，荆州捷报使命络绎而至。不一日，关兴到，具言水淹七军之事。忽又报马到来，报说关公于江边多设墩台，堤防甚密，万无一失。因此玄德放心。[可见当时通讯交通之不便，若非孔明夜观天象，云长夜半托梦，刘备真不了解外界信息。]

忽一日，玄德自觉浑身肉颤，行坐不安。至夜，不能宁睡，起坐内室，秉烛看书，觉神思昏迷，伏几而卧。就室中起一阵冷风，灯灭复明，抬头见一人立于灯下。玄德问曰："汝何人，夤夜至吾内室？"其人不答。玄德疑怪，自起视之，乃是关公，于灯影下往来躲避。玄德曰："贤弟别来无恙！夜深至此，必有大故。吾与汝情同骨肉，因何回避？"关公泣告曰："愿兄起兵，以雪弟恨！"言讫，冷风骤起，关公不见。玄德忽然惊觉，乃是一梦，时正三鼓。玄德大疑，急出前殿，使人请孔明来。孔明入见，玄德细言梦警。孔明曰："此乃主上心思关公，故有此梦。何必多疑？"玄德再三疑虑，孔明以善言解之。

孔明辞出，至中门外，迎见许靖。靖曰："某才赴军师府下报一机密，听知军师入宫，特来至此。"孔明曰："有何机密？"靖曰："某适闻外人传说，东吴吕蒙已袭荆州，关公已遇害。故特来密报军师。"孔明曰："吾夜观天象，见将星落于荆楚之地，已知云长必然被祸，但恐主上忧虑，故未敢言。"二人正说之间，忽然殿内转出一人，扯住孔明衣袖而言曰："如此凶信，公何瞒我！"孔明视之，乃玄德也。[妙笔通神，刘备转眼已具鬼魅之相。]

孔明、许靖奏曰："适来所言，皆传闻之事，未足深信。愿主上宽怀，勿生忧虑。"玄德曰："孤与云长，誓同生死；彼若有失，孤岂能独生耶！"孔明、许靖正劝解之间，忽近侍奏曰："马良、伊籍至。"玄德急召入问之。二人且说荆州已失，关公兵败求救，呈上表章。未及拆观，侍臣又奏荆州廖化至。玄德急召入。化哭拜于地，细奏刘封、孟达不发救兵之事。玄德大惊曰："若如此，吾弟休矣！"孔明曰："刘封、孟达如此无礼，罪不容诛！主上宽心，亮亲提一旅之师，去救荆州之急。"玄德泣曰："云长有失，孤断不独生！孤来日自提一军去救云长！"[明确拒绝孔明插足，恍惚呼应孟达所论：刘备与云长间，兄弟家事也。孔明所能助者，国事耳。就国事论，孔明反对与东吴为敌；就家事论，刘备非打不可。]遂一面差人赴阆中报知翼德，一面差人会集人马。未及天明，一连数次，报说关公夜走临沮，为吴将所获，义不屈节，父子归神。玄德听罢，大叫一声，昏绝于地。正是：

为念当年同誓死，忍教今日独捐生！

未知玄德性命如何，且看下文分解。

关圣

关羽兵败继以荆州易手，从战略上讲，对刘备是致命打击，那等于宣告孔明早先设计的整体方略——“待天下有变，则命一上将将荆州之兵以向宛、洛，将军身率益州之众以出秦川”。——已经落空。刘备嗣后尽起蜀国之兵为关羽报仇，遭致更大惨败，则是关羽失败的后续效应。孔明日后多次北伐而功亏一篑，导致蜀汉国力积弱，最先为魏国所灭，追溯初因，仍是关羽的骤然覆亡。故就镇守一方的将领来说，关羽过大于功，单叙战功，关羽无法与同期名将争辔颉颃。

然而，人民记忆中的千古名将，却是关羽。孟德斯鸠尝言：“人民的本性就是感情用事。”关羽为人铭记，除却“万人敌”，大要不出“忠义”二字。沙场之勇与将帅之勇原本无法划等号，“忠义”更非为将必备之德，而是古人心目中的美行懿范。所以，人民及统治者（后代皇帝对关羽的偏爱，不在民众之下）在偏爱关羽上的意见一致，更适宜从民俗学角度加以考察。关羽不是因“超凡”而“入圣”，而是先“入圣”，后“超凡”。唯其“入圣”在先，更具“超凡”之能的吕蒙，只能在关羽亡灵前“七窍流血而死”。

第七十八回

治风疾神医身死　传遗命奸雄数终

却说汉中王闻关公父子遇害，哭到于地。众文武急救，半晌方醒，扶入内殿。孔明劝曰："主上少忧。自古道'死生有命'。关公平日刚而自矜，故今日有此祸。主上且宜保养尊体，徐图报仇。"玄德曰："孤与关、张二弟桃园结义时，誓同生死。今云长已亡，孤岂能独享富贵乎！"言未已，只见关兴号恸而来。玄德见了，大叫一声，又哭绝于地。众官救醒。一日哭绝三五次，三日水浆不进，只是痛哭。泪湿衣襟，斑斑成血。[随着权力格局改变，亲兄弟尚且视若寇雠，刘备与关羽生死不渝，确实难得。]孔明与众官再三劝解。玄德曰："孤与东吴，誓不同日月也！"孔明曰："闻东吴将关公首级献与曹操，操以王侯礼祭葬之。"玄德曰："此何意也？"孔明曰："此是东吴欲移祸于曹操；操知其谋，故以厚礼葬关公，令主上归怨于吴也。"玄德曰："吾今即提兵问罪于吴，以雪吾恨！"孔明谏曰："不可。方今吴欲令我伐魏，魏亦欲令我伐吴，各怀谲计，伺隙而乘。主上只宜按兵不动，且与关公发丧。待吴、魏不和，乘时而伐之可也。"众官又再三劝谏，玄德方才进膳，传旨川中大小将士，尽皆挂孝。[过分了。将一人之恸加诸将士之上，勒令同悲，实质是一种强奸民意。关羽长居荆州，未曾入蜀，蜀地兵士并无切肤之痛。]汉中王亲出南门招魂祭奠，号哭终日。

却说曹操在洛阳，自葬关公后，每夜合眼便见关公。操甚惊惧，问于众官。众官曰："洛阳行宫旧殿多妖，可造新殿居之。"操曰："吾欲起一殿，名建始殿。恨无良工。"贾诩曰："洛阳良工有苏越者，最有巧思。"操召入，令画图像。苏越画成九间大殿，前后廊庑楼阁，呈与操。操视之曰："汝画甚合孤意，但恐无栋梁之材。"苏越曰："此去离城三十里，有一潭名跃龙潭；前有一祠，名跃龙祠。祠傍有一株大梨树，高十余丈，堪作建始殿之梁。”操大喜，即令人工到彼砍伐。

次日，回报此树锯解不开，斧砍不入，不能斩伐。操不信，自领数百骑，直至跃龙祠前下马，仰观那树，亭亭如华荩，直侵云汉，并无曲节。操命砍之，乡老数人前来谏曰：“此树已数百年矣，常有神人居其上，恐未可伐。”操大怒曰：“吾平生游历普天之下四十余年，上至天子，下及庶人，无不惧孤，是何妖神敢违孤意！”言讫，拔所佩剑亲自砍之，铮然有声，血溅满身。操愕然大惊，掷剑上马，回至宫内。是夜二更，操睡卧不安，坐于殿中隐几而寐。忽见一人披发仗剑，身穿皂衣，直至面前，指操喝曰：“吾乃梨树之神也。汝盖建始殿，意欲篡逆，却来伐吾神木！吾知汝数尽，特来杀汝！”操大惊，急呼：“武士安在？”皂衣人仗剑砍操。操大叫一声，忽然惊觉，头脑疼痛不可忍。急传旨遍求良医治疗，不能痊可。众官皆忧。［曹操不信邪，争奈作者笃信于此，曹操只能沦为妖界中人。曹操一生强横，千年后遇到罗贯中，潸然感叹：“如今你为刀俎，我为鱼肉。”］

华歆入奏曰：“大王知有神医华佗否？”操曰：“即江东医周泰者乎？”歆曰：“是也。”操曰：“虽闻其名，未知其术。”歆曰：“华佗字元化，沛国谯郡人也。其医术之妙，世所罕有；但有患者，或用药，或用针，或用灸，随手而愈。若患五脏六腑之疾，药不能效者，以麻肺汤饮之，令病者如醉死，却用尖刀剖开其腹，以药汤洗其脏腑，病人略无疼痛。洗毕，然后以药线缝口，用药敷之，或一月，或二十日即平复矣。其神妙如此！一日，佗行于道上，闻一人呻吟之声。佗曰：‘此饮食不下之病。’问之果然。佗令取蒜齑汁三升饮之，吐蛇一条，长二三尺，饮食即下。广陵太守陈登，心中烦懑，面赤，不能饮食，求佗医治。佗以药饮之，吐虫三升，皆赤头，首尾动摇。登问其故，佗曰：‘此因多食鱼腥，故有此毒。今日虽可，三年之后必将复发，不可救也。’后陈登果三年而死。又有一人眉间生一瘤，痒不可当，令佗视之。佗曰：‘内有飞物。’人皆笑之。佗一刀割开，一黄雀飞去，病者即愈。有一人被犬咬足指，随长肉二块，一痛一痒，俱不可忍。佗曰：‘痛者内有针十个，痒者内有黑白棋子二枚。’人皆不信。佗以刀割开，果应其言。［这些传闻，亦见诸

《三国志·方伎传》，一入此传，表明通达学人对此存疑。华佗较为可信的成就，麻沸汤外，还有五禽戏，后者与中华武术颇有渊源。］此人真扁鹊、仓公之流也。见居金城，离此不远，大王何不召之？”

操即差人星夜请华佗入内，令诊脉视疾。佗曰：“大王头脑疼痛，因患风而起。病根在脑袋中，风涎不能出，枉服汤药，不可治疗。某有一法：先饮麻肺汤，然后用利斧砍开脑袋，取出风涎，方可除根。”操大怒曰：“汝要杀孤耶！”佗曰：“大王曾闻关公中毒箭，伤其右臂，某刮骨疗毒，关公略无惧色，今大王小可之疾，何多疑焉？”操曰：“臂痛可刮，脑袋安可砍开？汝必与关公情熟，乘此机会欲报仇耳！”呼左右拿下狱中，拷问其情。［据艾萨克·阿西莫夫《事实手册》：“大脑的四周包着一层含有静脉和动脉的薄膜。这层薄膜里充满了感觉神经，但是大脑本身却没有感觉，即使将脑子一分为二，人也不会感到疼痛。”］贾诩谏曰：“似此良医，世罕其匹，未可废也。”操叱曰：“此人欲乘机害我，正与吉平无异！”急令追拷。［对曹操大有美誉的陈寿，也提及“太祖性忌”。一个猜忌的权臣，足令举国觳觫不安。曹操也有豪爽一面，史载，曹操“每与人谈论，戏弄言诵，尽无所隐，及欢悦大笑，以至头没案中，肴膳皆沾污巾帻”。］

华佗在狱，有一狱卒姓吴，人皆称为“吴押狱”。此人每日以酒食供奉华佗。佗感其恩，乃告曰：“我今将死，恨有《青囊书》未传于世。感公厚意，无可为报；我修一书，公可遣人送与我家，取《青囊书》来赠公，以继吾术。”吴押狱大喜曰：“我若得此书，弃了此役，医治天下病人，以传先生之德。”佗即修书付吴押狱。吴押狱直至金城门，问佗之妻取了《青囊书》，回至狱中付与华佗检看毕，佗即将书赠与吴押狱。吴押狱持回家中藏之。旬日之后，华佗竟死于狱中。吴押狱买棺殡殓讫。脱了差役回家，欲取《青囊书》看习，只见其妻正将书在那里焚烧。吴押狱大惊，连忙抢夺，全卷已被烧毁，只剩得一两叶。吴押狱怒骂其妻。妻曰：“纵然学得与华佗一般神妙，只落得死于牢中，要他何用！”吴押狱嗟叹而止。因此《青囊书》不曾传于世，所传者止阉鸡猪等小法，乃烧剩一两叶中所载也。［曹操杀华佗，最令人切齿。曹操也遭受果报，幼子曹冲不治，曹操仰天长嚎："若华佗在，必不使我儿暴死。"] 后人有诗叹曰：

华佗仙术比长桑，神识如窥垣一方。

惆怅人亡书亦绝，后人无复见《青囊》。

却说曹操自杀华佗之后，病势愈重，又忧吴、蜀之事。正虑间，近臣忽奏东吴遣使上书。操取书拆视之，略曰：

臣孙权久知天命已归主上，伏望早正大位，遣将剿灭刘备，扫平两川，臣即率群下纳土归降矣。

操观毕大笑，出示群臣曰："是儿欲使吾居炉火上耶!"[此语分明是拒做皇帝，某些古人却执意歪解，认定曹操心存篡逆。] 侍中陈群等奏曰："汉室久已衰微，殿下功德巍巍，生灵仰望。今孙权称臣归命，此天人之应，异气齐声。殿下宜应天顺人，早正大位。"操笑曰："吾事汉多年，虽有功德及民，然位至于王，名爵已极，何敢更有他望？苟天命在孤，孤为周文王矣。"司马懿曰："今孙权既称臣归附，主上可封官赐爵，令拒刘备。"操从之，表封孙权为骠骑将军、南昌侯，领荆州牧。[孙权借助对曹操的投机性投诚，终以合法方式获得荆州。刘备愈加气忿难平。] 即日遣使赍诰敕，赴东吴去讫。

操病势转加。急一夜梦三马同槽而食，及晓，问贾诩曰："孤向日曾梦三马同槽，疑是马腾父子为祸；今腾已死，昨宵复梦三马同槽。主何吉凶？"诩曰："禄马，吉兆也。禄马归于槽，主上何必疑乎？"操因此不疑。后人有诗曰：

三马同槽事可疑，不知已植晋根基。

曹瞒空有奸雄略，岂识朝中司马师？

[据《晋书·宣帝纪》，曹操告诫曹丕："司马懿非人臣也，必预汝家事。"]

是夜，操卧寝室，至三更觉头目昏眩，乃起，伏几而卧。忽闻殿中声如裂帛，操惊视之，忽见伏皇后、董贵人、二皇子，并伏完、董承等二十余人，浑身血污立于愁云之内，隐隐闻索命之声。操急拔剑望空砍去，忽然一声响亮，震塌殿宇西南一角。操惊倒于地，近侍救出，迁于别宫养病。次夜，又闻殿外男女哭声不绝。至晓，操召群臣入，曰："孤在戎马之中三十余年，未尝信怪异之事。今日为何如此？"群臣奏曰："大王当命道士设醮修禳。"操叹曰："圣人云：'获罪于天，无所祷也。'孤天命已尽，安可救乎？"遂不允设醮。

次日觉气冲上焦，目不见物，急召夏侯惇商议。惇至殿门前，忽见伏皇后、董贵人、二皇子、伏完、董承等，立在阴云之中。惇大惊昏倒，左右扶出，自此得病。操召曹洪、陈群、贾诩、司马懿等，同至卧榻前，嘱以后事。曹洪等顿首曰："大王善保玉体，不日定当霍然。"操曰："孤纵横天下三十余年，群雄皆灭，止有江东孙权，西蜀刘备，未曾剿除。孤今病危，不能再与卿等相叙，特以家事相托。孤长子曹昂，刘氏所生，不幸早年殁于宛城。卞氏生四子：丕、彰、植、熊。孤平生所爱第三子植，为人虚华少诚实，嗜酒放纵，因此不立。次子曹彰，勇而无谋。四子曹熊，多病难保。惟长子曹丕，笃厚恭谨，可继我业。卿等宜辅佐之。"曹洪等泣涕领命而出。

操令近侍取平日所藏名香，分赐诸侍妾，且嘱曰："吾死之后，汝等须勤习女工，多造丝履，卖之可以得钱自给。"又命诸妾多居于铜雀台中，每日设祭，必令女技奏乐上食。又遗命于彰德府讲武城外，设立疑冢七十二，"勿令后人知吾葬处，恐为人所发掘故也。"［曹操遗令要求："敛以时服，葬于邺之西冈，上与西门豹祠相近，无藏金玉珍宝。"其子曹丕亦言："自古及今，未有不亡之国，亦无不掘之墓也。"可见曹操墓必极平常，"疑冢七十二"之说，不过文士噱头。汉末人多行薄葬，死者多"敛以时服"，孔明亦然。］嘱毕，长叹一声，泪如雨下。须臾，气绝而死。寿六十六岁。时建安二十五年春正月也。后人有《邺中歌》一篇叹曹操云：

邺则邺城水漳水，定有异人从此起。雄谋韵事与文心，君臣兄弟而父子。英雄未有俗胸中，出没岂随人眼底？功首罪魁非两人，遗臭流芳本一身。文章有神霸有气，岂能苟尔化为群？横流筑台距太行，气与理势相低昂；安有斯人不作逆，小不为霸大不王？霸王降作儿女鸣，无可奈何中不平。向帐明知非有益，分香未可谓无情。呜呼！古人作事无巨细，寂寞豪华皆有意；书生轻议冢中人，冢中笑尔书生气！

却说曹操身亡，文武百官尽皆举哀；一面遣人赴世子曹丕、鄢陵侯曹彰、临淄侯曹植、萧怀侯曹熊处报丧。众官用金棺银椁将操入殓，星夜举灵榇赴邺郡来。曹丕闻知父丧，放声痛哭，率大小官员出城十里，伏道迎榇入城，停于偏殿。官僚挂孝，聚哭于殿上。忽一人挺身而出曰："请世子息哀，且议大事。"众视之，乃中庶子司马孚也。孚曰："魏王既薨，天下震动；当早立嗣王，以安众心。何但哭泣耶?"群臣曰："世子宜嗣位，但未得天子诏命，岂可造次而得?"兵部尚书陈矫曰："王薨于外，爱子私立，彼此生变，则社稷危矣。"遂拔剑割下袍袖，厉声曰："即今日便请世子嗣位。众官有异议者，以此袍为例。"百官悚惧。［此种场合，是检验新生代权臣的绝佳机会，站队出错，前程尽毁；反之，锦绣立在眼前。］忽报华歆自许昌飞马而至，众皆大惊。须臾华歆入，众问其来意，歆曰："今魏王薨逝，天下震动，何不早请世子嗣位?"众官曰："正因不及候诏命，方议欲以王后卞氏慈旨立世子为王。"歆曰："吾已于汉帝处索得诏命在此。"众皆踊跃称贺。歆于怀中取出诏命开读。原来华歆谄事魏，故草此诏，威逼献帝降之；帝只得听从，故下诏即封曹丕为魏王、丞相、冀州牧。丕即日登位，受大小官僚拜舞起居。

正宴会庆贺间，忽报鄢陵侯曹彰，自长安领十万大军来到。丕大惊，遂问群臣曰："黄须小弟，平日性刚，深通武艺。今提兵远来，必与孤争王位也。如之奈何?"忽阶下一人应声出曰："臣请往见鄢陵侯，以片言折之。"众皆曰："非大夫莫能解此祸也。"正是：

试看曹氏丕彰事，几作袁家谭尚争。

未知此人是谁，且看下文分解。

功罪

美国宪法之父汉密尔顿写道："凡对罗马历史略知一二的人，无不通晓当时的共和政体曾不得不多次庇护于某个个人的绝对权力，依靠独裁者这一可怕头衔，一方面去制止野心家篡政夺权的阴谋，制止社会某些阶级威胁一切统治秩序的暴乱行为；另一方面防止外部敌人占领并毁灭罗马的威胁。”用来移评曹操，也很恰当。

曹操是延长汉祚的人，若非曹操以一己之力剿除群雄，汉朝早就覆亡了。《剑桥中国秦汉史》即认为，“公元 184 年黄巾叛乱的爆发实际上标志着汉帝权威的结束”。而曹操一边具备随时推翻汉朝的能力，一边又与献帝平稳相处数十年，终其一生维持汉朝名义之不坠，依吕思勉看来，“诚无愧孔子所谓至德”。鲁迅自称不是“曹操一党”，仍认定曹操是一位英雄。苏格拉底问：“假如我们来个坏蛋竞赛，最出色的坏蛋也只有很少几个，你信吗?”有曹操在，无人不信。话说回来，将一位性格如此繁复、成就如此多样、智谋如此渊深、功罪如此难定的人物径以“坏蛋”视之，又多么乏味。

第七十九回

兄迫弟曹植赋诗　侄陷叔刘封伏法

却说曹丕闻曹彰提兵而来，惊问众官。一人挺身而出，愿往折服之。众视其人，乃谏议大夫贾逵也。曹丕大喜，即命贾逵前往。逵领命出城，迎见曹彰。彰问曰："先王玺绶安在?"逵正色而言曰："家有长子，国有储君。先王玺绶，非君侯之所宜问也。"彰默然无语，乃与贾逵同入城。[曹操意外死在洛阳，诸子不在身边，后事未得从容安排，遂添出家庭波澜。]至宫门前，逵问曰："君侯此来，欲奔丧耶?欲争位耶?"彰曰："吾来奔丧，别无异心。"逵曰："既无异心，何故带兵入城?"彰即时叱退左右将士，只身入内拜见曹丕。兄弟二人，相抱大哭。曹彰将本部军马尽交与曹丕。丕令彰回鄢陵自守，彰拜辞而去。

于是曹丕安居王位，改建安二十五年为延康元年；封贾诩为太尉，华歆为相国，王朗为御史大夫；大小官僚，尽皆升赏。谥曹操为武王，葬于邺郡高陵，令于禁董治陵事。禁奉令到彼，只见陵屋中白粉壁上，图画关云长水淹七军擒获于禁之事，画云长俨然上座，庞德愤怒不屈，于禁拜伏于地哀求乞命之状。原来曹丕以于禁兵败被擒，不能死节，既降敌而复归，心鄙其为人，故先令人图画陵屋粉壁，故意使之往见以愧之。[曹丕行事龌龊。龙袍下的小人心，最令人不齿。]当下于禁见此画像，又羞又恼，气愤成疾，不久而死。后人有诗叹曰：

三十年来说旧交，可怜临难不忠曹。
知人未向心中识，画虎今从骨里描。

[于禁投降，更符合今义：放下武器，不再对抗，并未倒戈附敌。古人的投降观苛酷呆板，汉武帝对降将李陵及替李陵争辩几句的司马迁的态度，即是恶性先例。]

却说华歆奏曹丕曰："鄢陵侯已交割军马，赴本国去了。临淄侯植、萧怀侯熊，二人竟不来奔丧，理当问罪。”丕从之，即分遣二使往二处问罪。不一日，萧怀使者回报：“萧怀侯曹熊惧罪自缢身死。”丕令厚葬之，追赠萧怀王。又过了一日，临淄使者回报，说：“临淄侯已与丁仪、丁廙兄弟二人酣饮，悖慢无礼。闻使命至，临淄侯端坐不动，丁仪骂曰：‘昔日先王本欲立吾主为世子，被谗臣所阻。今王丧未远，便问罪于骨肉，何也？’丁廙又曰：‘据吾主聪明冠世，自当承嗣大位，今反不得立。汝那庙堂之臣，何不识人才若此！’临淄侯因怒，叱武士将臣乱棒打出。”[这两人，就是判断失察导致站队失误的样板。此乃投机攀附之秋，焉可殆忽。]丕闻之大怒，即令许褚领虎卫军三千，火速至临淄擒曹植等一干人来。褚奉命，引军至临淄城。守将拦阻，褚立斩之，直入城中，无一人敢当锋锐，径到府堂。只见曹植与丁仪、丁廙等尽皆醉倒。褚皆缚之，载于车上，并将府下大小属官，尽行拿解邺郡，听候曹丕发落。丕下令，先将丁仪、丁廙等尽行诛戮。丁仪字正礼，丁廙字敬礼，沛郡人，乃一时文士；及其被杀，人多惜之。[两人迹近找死又罪不至死。曹丕色厉内荏，滥施杀威棒。]

却说曹丕之母卞氏，听得曹熊缢死，心甚悲伤；忽又闻曹植被擒，其党丁仪等已杀，大惊，急出殿召曹丕相见。丕见母出殿，慌来拜谒。卞氏哭谓丕曰：“汝弟植平生嗜酒疏狂，盖因自恃胸中之才，故尔放纵。汝可念同胞之情，存其性命。吾至九泉亦瞑目也。”丕曰：“儿亦深爱其才，安肯害他？今正欲戒其性耳。母亲勿忧。”

卞氏洒泪而入。丕出偏殿，召曹植入见。华歆问曰：“适来莫非太后劝殿下勿杀子建乎？”丕曰：“然。”歆曰：“子建怀才抱智，终非池中物；若不早除，必为后患。”丕曰：“母命不可违。”歆曰：“人皆言子建出口成章，臣未深信。主上可召入，以才试之。若不能即杀之，若果能则贬之，以绝天下文人之口。”丕从之。须臾，曹植入见，惶恐伏拜请罪。丕曰：“吾与汝情虽兄弟，义属君臣，汝安敢恃才蔑礼？昔先君在日，汝常以文章夸示于人，吾深疑汝必用他人代笔。[曹植十岁时屡有妙文，曹操问：“汝倩人邪？”答曰：“言出为论，下笔成章，顾当面试，奈何倩人？”故代笔之疑，早已释然。由曹操之问道出一个事实：曹操不甚过问儿子教育。古人有“君子不亲教其子”之说。]吾今限汝行七步吟诗一首，若果能则免一死，若不能则从重加罪，决不姑恕！”植曰：“愿乞题目。”时殿上悬一水墨画，画着两只牛斗于土墙之下，一牛坠井而亡。丕指画曰：“即以此画为题。诗中不许犯着‘二牛斗墙下，一牛坠井死’字样。”植行七步，其诗已成。诗曰：

两肉齐道行，头上带凹骨。相遇由山下，欻起相塘突。

二敌不俱刚，一肉卧土窟。非是力不如，盛气不泄毕。

曹丕及群臣皆惊。丕又曰：“七步成章，吾犹以为迟。汝能应声而作诗一首否？”植曰：“愿即命题。”丕曰：“吾与汝乃兄弟也。以此为题。亦不许犯着‘兄弟’字样。”植略不思索，即口占一首曰：

煮豆燃豆萁，豆在釜中泣。

本是同根生，相煎何太急？

曹丕闻之，潸然泪下。其母卞氏从殿后出曰：“兄何迫弟之甚耶？”丕慌忙离坐告曰：“国法不可废耳。”于是贬曹植为安乡侯。植拜辞上马而去。[凶险中偏有佳话，佳话里偏蕴凶险。]

曹丕自继位之后，法令一新，威迫汉帝，甚于其父。早有细作报入成都。汉中王闻之大惊，即与文武商议曰：“曹操已死，曹丕继位，威迫天子更甚于操。东吴孙权，拱手称臣。孤欲先伐东吴，以报云长之仇；次讨中原，以除乱贼。”言未毕，廖化出班，哭拜于地曰：“关公父子遇害，实刘封、孟达之罪。乞诛此二贼。”玄德便欲遣人擒之。孔明谏曰：“不可。且宜缓图之，急则生变矣。可升此二人为郡守，分调开去，然后可擒。”

玄德从之，遂遣使升刘封去守绵竹。原来彭羕与孟达甚厚，听知此事，急回家作书，遣心腹人驰报孟达。使者方出南门外，被马超巡视军捉获，解见马超。超审知此事，即往见彭羕。羕接入，置酒相待。酒至数巡，超以言挑之曰：“昔汉中王待公甚厚，今何渐薄也？”羕因酒醉，恨骂曰：“老革荒悖，吾必有以报之！”超又探曰：“某亦怀怨心久矣。”羕曰：“公起本部军，结连孟达为外合，某领川兵为内应，大事可图也。”超曰：“先生之言甚当。来日再议。”超辞了彭羕，即将人与书解见汉中王，细言其事。玄德大怒，即令擒彭羕下狱，拷问其情。羕在狱中，悔之无及。玄德问孔明曰："彭羕有谋反之意，当何以治之？"孔明曰："羕虽狂士，然留之久必生祸。"于是玄德赐彭羕死于狱。[彭羕有谋反之实，依法处治即可。依孔明之见，彭羕变成替一种潜在罪行受死，此乃诛心恶法。彭羕死前致信孔明，称孔明是"当世伊、吕"，似补证孔明未对彭羕过度加害。]

彭羕既死，有人报知孟达。达大惊，举止失措。忽使命至，调刘封回守绵竹去讫。孟达慌请上庸、房陵都尉申耽、申仪弟兄二人商议曰："我与法孝直同有功于汉中王；今孝直已死，而汉中王忘我前功，乃欲见害，为之奈何？"耽曰："某有一计，使汉中王不能加害于公。"达大喜，急问何计。耽曰："吾弟兄欲投魏久矣！公可作一表，辞了汉中王，投魏王曹丕，丕必重用。吾二人亦随后来降也。"达猛然省悟，即写表一通付与来使，当晚引五十余骑投魏去了。使命持表回成都奏汉中王，言孟达投魏之事。先主大怒。[欲加害他人，还不许他人择机开溜，非得抻长脖子供你砍剁。刘备不像话。]览其表曰：

> 臣达伏惟殿下将建伊、吕之业，追桓、文之功，大事草创，假势吴楚；是以有为之士，望风归顺。臣委质以来，愆戾山积；臣犹自知，况于君乎？今王朝英俊鳞集，臣内无辅佐之器，外无将领之才，列次功臣，诚足自愧！
>
> 臣闻范蠡识微，浮于五湖；舅犯谢罪，逡巡河上。夫际会之间，请命乞身，何哉？欲洁去就之分也。况臣卑鄙，无元功巨勋，自系于时，窃慕前贤，早思远耻。昔申生至孝，见疑于亲；子胥至忠，见诛于君；蒙恬拓境而被大刑，乐毅破齐而遭谗佞。臣每读其书，未尝不感慨流涕；而亲当其事，益用伤悼！
>
> 迩者，荆州覆败，大臣失节，百无一还；唯臣寻事，自致房陵、上庸，而复乞身，自放于外。伏想殿下圣恩感悟，愍臣之心，悼臣之举。臣诚小人，不能始终。知而为之，敢谓非罪？臣每闻"交绝无恶声，去臣无怨辞"。臣过奉教于君子，愿君王勉之，臣不胜惶恐之至！

玄德看毕，大怒曰："匹夫叛吾，安敢以文辞相戏耶！"［刘备文化程度有限，遇到舞文弄墨、皮里阳秋之文，穷于应付，只能一怒再怒。］即欲起兵擒之。孔明曰："可就遣刘封进兵，令二虎相并；刘封或有功，或败绩，必归成都，就而除之，可绝两害。"玄德从之，遂遣使到绵竹，传谕刘封。封受命，率兵来擒孟达。

却说曹丕正聚文武议事，忽近臣奏曰："蜀将孟达来降。"丕召入问曰："汝此来莫非诈降乎？"达曰："臣为不救关公之危，汉中王欲杀臣，因此惧罪来降，别无他意。"曹丕尚未准信，忽报刘封引五万兵来取襄阳，单搦孟达厮杀。丕曰："汝既是真心，便可去襄阳取刘封首级来，孤方准信。"达曰："臣以利害说之，不必动兵，令刘封亦来降也。"丕大喜，遂加孟达为散骑常侍、建武将军、平阳亭侯，领新城太守，去守襄阳、樊城。原来夏侯尚、徐晃已先在襄阳，正将收取上庸诸部。孟达到了襄阳，与二将礼毕，探得刘封离城五十里下寨。达即修书一封，使人赍赴蜀寨招降刘封。刘封览书大怒曰："此贼误吾叔侄之义，又间吾父子之亲，使吾为不忠不孝之人也！"遂扯碎来书，斩其使。

次日，引军前来搦战。孟达知刘封扯书斩使，勃然大怒，亦领兵出迎。两阵对圆，封立马于门旗下，以刀指骂曰："背国反贼，安敢乱言！"孟达曰："汝死已临头上，还自执迷不省！"封大怒，拍马轮刀，直奔孟达。战不三合，达败走，封乘虚追杀二十余里，一声喊起，伏兵尽出，左边夏侯尚杀来，右边徐晃杀来，孟达回身复战。三军夹攻，刘封大败而走，连夜奔回上庸，背后魏兵赶来。刘封到城下叫门，城上乱箭射下。申耽在敌楼上叫曰："吾已降了魏也！"封大怒，欲要攻城，背后追军将至，封立脚不住，只得望房陵而奔，见城上已尽插魏旗。申仪在敌楼上将旗一飐，城后一彪军出，旗上大书"右将军徐晃"。封抵敌不住，急望西川而走。晃乘势追杀。刘封部下只剩得百余骑。到了成都，入见汉中王，哭拜于地，细奏前事。玄德怒曰："辱子有何面目复来见吾！"封曰："叔父之难，非儿不救，因孟达谏阻故耳。"玄德转怒曰："汝须食人食穿人衣，非土木偶人，安可听谗贼所阻！"命左右推出斩之。［刘封可怜。身份只是"假子"，无端成为关羽的祭品。吕布杀义父在前，刘备诛义子在后，至此，戏文完备了。刘封之死，其实出自孔明意见：刘封比阿斗刚猛，孔明担心他“易世之后终难制御”。担心也许没错，杀人断然无理。］汉中王既斩刘封，后闻孟达招之，毁书斩使之事，心中颇悔；又哀痛关公，以致染病。因此按兵不动。

且说魏王曹丕自即王位，将文武官尽皆升赏，遂统甲兵三十万，南巡沛国谯县，大飨先茔。乡中父老，扬尘遮道，举觞进酒，效汉高祖还沛之事。人报大将军夏侯惇病笃，丕即还邺郡。时惇已卒，丕为挂孝，以厚礼殡葬。

是岁八月间，报称石邑县凤凰来仪，临淄城麒麟出现，黄龙现于邺郡。于是中郎将李伏、太史丞许芝商议，种种瑞征，乃魏当代汉之兆，可安排受禅之礼，令汉帝将天下让与魏王。［孟德斯鸠说过：“几乎每一个大人物手里都有一些说他将会统治帝国的预言作为根据。”换言之，此乃司空见惯的扯淡。］遂同华歆、王朗、辛毗、贾诩、刘廙、刘晔、陈矫、陈群、桓阶等一班文武官僚四十余人，直入内殿来奏汉献帝，请禅位于魏王曹丕。正是：

魏家社稷今将建，汉代江山忽已移。

未知献帝如何回答，且看下文分解。

篡汉

从曹操遗令中，人们看不出篡汉之念。曹操功劳不知大出曹丕多少倍，为何在世时无人建议他受禅呢？中国式臣属的必备智慧是：揣摸上峰意图，上有所好，下必逢迎。从曹丕任魏王不久即有臣属费心张罗受禅，可知他们准确揣摸出了曹丕的心思，正如他们之前同样揣摸出了曹操心思：曹操志不在此。

至于篡汉是否可取，并无定论。刘邦何许人也？流氓而已。一俟天下姓刘，尤其当两汉平稳运行四百余年，汉家天下的神圣性与合法性，便不仅无人质疑，还构成了制度、传统与情感的来源。然那又如何？只要曹家天下得以长久延续，人们又会形成全新的传统与情感。例如，清兵入关时，大量明末士子奋勇抗击，演出了一幕幕感人的爱国者传奇，然假以时日，待到清廷坐稳江山，大清国又成为民众新的传统与情感来源，以至清帝逊位时，新一代汉人甚至依恋起那根辫子来了。可见，“篡汉”之论貌似大义凛然，实则不过是时间的产物。毕竟，换汤不换药的改朝换代不同于制度更新，只是朝廷姓氏的改变而已，对百姓而言，正所谓“兴，百姓苦，亡，百姓苦”，有啥关系？

故所谓“篡汉”，不过曹魏统治时间不够长而已。如鲁迅所说，“曹操在史上年代也是颇短的，自然也逃不了被后一朝人说坏话的公例”。非要论道善恶正邪，直是多事。

第八十回

曹丕废帝篡炎刘　汉王正位续大统

却说华歆等一班文武入见献帝。歆奏曰："伏睹魏王自登位以来，德布四方，仁及万物，越古超今，虽唐、虞无以过此。群臣会议，言汉祚已终，望陛下效尧、舜之道，以山川社稷禅与魏王，上合天心，下合民意，则陛下安享清闲之福，祖宗幸甚！生灵幸甚！臣等议定，特来奏请。"帝闻奏大惊，半晌无言，觑百官而哭曰："朕想高祖提三尺剑斩蛇起义，平秦灭楚，创造基业，世统相传四百年矣。朕虽不才，初无过恶，安忍将祖宗大业等闲弃了？汝百官再从公计议。"

华歆引李伏、许芝近前奏曰："陛下若不信，可问此二人。"李伏奏曰："自魏王即位以来，麒麟降生，凤凰来仪，黄龙出现，嘉禾蔚生，甘露下降，此即上天示瑞，魏当代汉之象也。"许芝又奏曰："臣等职掌司天，夜观乾象，见炎汉气数已终，陛下帝星隐匿不明；魏国乾象，极天察地，言之难尽。更兼上应图谶，其谶曰：'鬼在边，委相连；当代汉，无可言。言在东，午在西；两日并光上下移。'以此论之，陛下可早禅位。'鬼在边，委相连'，是'魏'字也，'言在东，午在西'，乃'许'字也；'两日并光上下移'，乃'昌'字也。此是魏在许昌应受汉禅也，愿陛下察之。"帝曰："祥瑞图谶，皆虚妄之事；奈何以虚妄之事，而遽欲朕舍祖宗之基业乎？"王朗奏曰："自古以来，有兴必有废，有盛必有衰，岂有不亡之国、不败之家乎？汉室相传四百余年，延至陛下，气数已尽，宜早退避，不可迟疑；迟则生变矣。"帝大哭入后殿去了。百官哂笑而退。[单凭"百官哂笑"之举，亦证汉家气数已尽。至于华歆等人的"奏"，尤其那个"图谶"，又显失庄重。]

次日，官僚又集于大殿，令宦官入请献帝。帝忧惧不敢出。曹后曰："百官请陛下设朝，陛下何故推阻？"帝泣曰："汝兄欲篡位，令百官相迫，朕故不出。”曹后大怒曰：“吾兄奈何为此乱逆之事耶？”言未已，只见曹洪、曹休带剑而入，请帝出殿。曹后大骂曰：“俱是汝等乱贼，希图富贵，共造逆谋！吾父功盖寰区，威震天下，然且不敢篡窃神器。［用这种话形容亡父，颇为失礼。］今吾兄嗣位未几，辄思篡汉，皇天必不祚尔！”言罢，痛哭入宫。左右侍者皆欷歔流涕。

曹洪、曹休力请献帝出殿。帝被迫不过，只得更衣出前殿。华歆奏曰：“陛下可依臣等昨日之议，免遭大祸。”帝痛哭曰：“卿等皆食汉禄久矣，中间多有汉朝功臣子孙，何忍作此不臣之事？”歆曰：“陛下若不从众议，恐旦夕萧墙祸起，非臣等不忠于陛下也。”帝曰：“谁敢弑朕耶？”歆厉声曰：“天下之人，皆知陛下无人君之福，以致四方大乱！若非魏王在朝，弑陛下者，何止一人？陛下尚不知恩报本，直欲令天下人共伐陛下耶？”帝大惊，拂袖而起，王朗以目视华歆。歆纵步向前，扯住龙袍，变色而言曰：“许与不许，早发一言！”帝战栗不能答。曹洪、曹休拔剑大呼曰：“符宝郎何在？”祖弼应声出曰：“符宝郎在此！”曹洪索要玉玺。祖弼叱曰：“玉玺乃天子之宝，安得擅索！”洪喝令武士推出斩之。祖弼大骂不绝口而死。后人有诗赞曰：

奸宄专权汉室亡，诈称禅位效虞唐。
满朝百辟皆尊魏，仅见忠臣符宝郎。

帝颤栗不已，只见阶下披甲持戈数百余人皆是魏兵。帝泣谓群臣曰：“朕愿将天下禅与魏王，幸留残喘以终天年。”贾诩曰：“魏王必不负陛下。陛下可急降诏，以安众心。”帝只得令陈群草禅国之诏，令华歆赍捧诏玺，引百官直至魏王宫献纳。曹丕大喜。开读诏曰：

朕在位三十二年，遭天下荡覆，幸赖祖宗之灵，危而复存。然今仰瞻天象，俯察民心，炎精之数既终，行运在乎曹氏。是以前王既树神武之迹，今王又光耀明德，以应其期。历数昭明，信可知矣。夫“大道之行，天下为公”。唐尧不私于厥子，而名播于无穷，朕窃慕焉。今其追踵尧典，禅位于丞相魏王。王其毋辞！［自古及今，强奸民意屡见不鲜，强奸圣意确乎少见。］

曹丕听毕，便欲受诏。司马懿谏曰：“不可。虽然诏玺已至，殿下宜且上表谦辞，以绝天下之谤。”丕从之，令王朗作表，自称德薄，请别求大贤以嗣天位。帝览表，心甚惊疑，谓群臣曰：“魏王谦逊，如之奈何？”华歆曰：“昔魏武王受王爵之时，三辞而诏不受，然后受之。今陛下可再降诏，魏王自当允从。”

帝不得已，又令桓楷草诏，遣高庙使张音持节奉玺至魏王宫。曹丕开读诏曰：

咨尔魏王，上书谦让。朕窃为汉道陵迟，为日已久；幸赖武王操，德膺符运，奋扬神武，芟除凶暴，清定区夏。今王丕缵承前绪，至德光昭，声教被四海，仁风扇八区；天之历数，实在尔躬。昔虞舜有大功二十，而放勋禅以天下；大禹有疏导之绩，而重华禅以帝位。汉承尧运，有传圣之义，加顺灵祇，绍天明命，使行御史大夫张音，持节奉皇帝玺绶。王其受之！

曹丕接诏欣喜，谓贾诩曰：“虽二次有诏，然终恐天下后世，不免篡窃之名也。”诩曰：“此事极易。可再命张音赍回玺绶，却教华歆令汉帝筑一台，名‘受禅台’，择吉日良辰，集大小公卿，尽到台下，令天子亲奉玺绶，禅天下与王，便可以释群疑而绝众议矣。”[泱泱辞让之礼，已被搬演成小丑曲目。当礼仪的内在精神丧失，则礼愈繁，人愈诈，礼仪徒成阴谋的藻饰。]

丕大喜，即令张音捧回玺绶，仍作表谦辞。音回奏献帝。帝问群臣曰：“魏王又让，其意若何？”华歆奏曰：“陛下可筑一台，名曰‘受禅台’，集公卿庶民明白禅位，则陛下子子孙孙，必蒙魏恩矣。”帝从之，乃遣太常院官卜地，于繁阳筑起三层高台，择于十月庚午日寅时禅让。

至期，献帝请魏王曹丕登台受禅，台下集大小官僚四百余员，御林虎贲禁军三十余万，帝亲捧玉玺奉曹丕。丕受之。台下群臣跪听册曰：

咨尔魏王！昔者唐尧禅位于虞舜，舜亦以命禹。天命不于常，唯归有德。汉道凌迟，世失其序。降及朕躬，大乱滋昏；群凶恣逆，宇内颠覆。赖武王神武，拯兹难于四方，唯清区夏，以保绥我宗庙。岂予一人获乂，俾九服实受其赐。今王钦承前绪，光于乃德；恢文武之大业，昭尔考之弘烈。皇灵降瑞，人神告征；诞唯亮采，师锡朕命。佥曰：尔度克协于虞舜，用率我唐典，敬逊尔位。於戏！天之历数在尔躬，君其祗顺大礼，飨万国以肃承天命！

读册已毕，魏王曹丕即受禅位大礼，登了帝位。贾诩引大小官僚朝于台下。[当年从容周旋于董卓、李傕、郭汜身边的那位无德谋士，而今颐养成一副德高望重的蔼然容貌。] 改延康元年为黄初元年。国号大魏。丕即传旨，大赦天下。谥父曹操为太祖武皇帝。华歆奏曰："'天无二日，民无二王。'汉帝既禅天下，理宜退就藩服。乞降明旨，安置刘氏于何地？"言讫，扶献帝跪于台下听旨。丕降旨封帝为山阳公，即日便行。华歆按剑指帝，厉声而言曰："立一帝，废一帝，古之常道！今上仁慈，不忍加害，封汝为山阳公。即日便行，非宣召不许入朝！"[华歆过于霸道。可叹，真实的华歆已在作者魔笔下灰飞烟灭。] 献帝含泪拜谢，上马而去。台下军民人等见之，伤感不已。丕谓群臣曰："舜、禹之事，朕知之矣！"群臣皆呼"万岁"。后人观此受禅台，有诗叹曰：

两汉经营事颇难，一朝失却旧江山。

黄初欲学唐虞事，司马将来作样看。

百官请曹丕答谢天地。丕方才下拜，忽然台前卷起一阵怪风，飞沙走石，急如骤雨，对面不见；台上火烛，尽皆吹灭。丕惊倒于台上，百官急救下台，半晌方醒。侍臣扶入宫中，数日不能设朝。后病稍可，方出殿受群臣朝贺，封华歆为司徒，王朗为司空；大小官僚，一一升赏。丕疾未痊，疑许昌宫室多妖，乃自许昌幸洛阳，大建宫室。

早有人到成都，报说曹丕自立为大魏皇帝，于洛阳盖造宫殿；且传言汉帝已遇害。汉中王闻知，痛哭终日，下令百官挂孝，遥望设祭，上尊谥曰"孝愍皇帝"。[献帝分明活着，却被刘备弄个谥号出来，心里恐不是滋味。] 玄德因此忧虑，致染成疾，不能理事，政务皆托与孔明。孔明与太傅许靖、光禄大夫谯周商议，言天下不可一日无君，欲尊汉中王为帝。谯周曰："近有祥风庆云之瑞；成都西北角有黄气数十丈，冲宁而起；帝星见于毕、胃、昴之分，煌煌如月。此正应汉中王当即帝位，以继汉统，更复何疑？"

于是孔明与许靖，引大小官僚上表，请汉中王即皇帝位。汉中王览表，大惊曰："卿等欲陷孤为不忠不义之人耶？"孔明奏曰："非也。曹丕篡汉自立，主上乃汉室苗裔，理合继统以延汉祀。"汉中王勃然变色曰："孤岂效逆贼所为！"拂袖而起，入于后宫。众官皆散。[这把袖，拂得扑朔迷离，风月无边。至少，孔明内心并未当真。若确信其真，孔明定然知难而退，顶多在一边苦苦叹息，就像他在刘备决意伐吴时做的那样。]三日后，孔明又引众官入朝，请汉中王出。众皆拜伏于前。许靖奏曰："今汉天子已被曹丕所弑，主上不即帝位，兴师讨逆，不得为忠义也。今天下无不欲主上为君，为孝愍皇帝雪恨。若不从臣等所议，是失民望矣。"汉中王曰："孤虽是景帝之孙，并未有德泽以布于民；今一旦自立为帝，与篡窃何异！"孔明苦劝数次，汉中王坚执不从。孔明乃设一计，谓众官曰："如此如此。"于是孔明托病不出。

汉中王闻孔明病笃，亲到府中，直入卧榻边，问曰："军师所感何病？"孔明答曰："忧心如焚，命不久矣！"汉中王曰："军师所忧何事？"连问数次，孔明只推病重，瞑目不答。汉中王再三请问。孔明喟然叹曰："臣自出茅庐，得遇大王，相随至今，言听计从。今幸大王有两川之地，不负臣夙昔之言。目今曹丕篡位，汉祀将斩，文武官僚，咸欲奉大王为帝，灭魏兴刘，共图功名；不想大王坚执不肯，众官皆有怨心，不久必尽散矣。若文武皆散，吴、魏来攻，两川难保，臣安得不忧乎？"汉中王曰："吾非推阻，恐天下人议论耳。"孔明曰："圣人云：'名不正，则言不顺。'今大王名正言顺，有何可议？岂不闻'天与弗取，反受其咎'？"汉中王曰："待军师病可，行之未迟。"孔明听罢，从榻上跃然而起，将屏风一击，外面文武众官皆入，拜伏于地曰："主上既允，便请择日以行大礼。"[和曹丕一般无二，亦是演戏。但作者抱定立场，坚守主旋律，写来遂有不同。其实，哪有不同！若两边官员互换，许靖等改捧曹丕，华歆等改劝刘备，还是那套程序说法。]汉中王视之，乃是太傅许靖、安汉将军糜竺、青衣侯尚举、阳泉侯刘豹、别驾赵祚、治中杨洪、议曹杜琼、从事张爽、太常卿赖忠、光禄卿黄权、祭酒何曾、学士尹默、司业谯周、大司马殷纯、偏将军张裔、少府王谋、昭文博士伊籍、从事郎秦宓等众也。

汉中王惊曰："陷孤于不义，皆卿等也！"孔明曰："主上既允所请，便可筑台择吉，恭行大礼。"即时送汉中王还宫，一面令博士许慈、谏议郎孟光掌礼，筑台于成都武担之南。诸事齐备，多官整设銮驾，迎请汉中王登坛致祭。谯周坛上高声朗读祭文曰：

惟建安二十五年四月丙午朔，越十二日丁巳，皇帝备敢昭告于皇天后土：汉有天下，历数无疆。曩者王莽篡盗，光武皇帝震怒致诛，社稷复存。今曹操阻兵残忍，戮杀主后，罪恶滔天；操子丕，载肆凶逆，窃据神器。群下将士，以为汉祀堕废，备宜延之，嗣武二祖，躬行天罚。备惧无德忝帝位，询于庶民，外及遐荒君长，佥曰：天命不可以不答，祖业不可以久替，四海不可以无主。率土式望，在备一人。备畏天明命，又惧高、光之业，将坠于地，谨择吉日，登坛祭告，受皇帝玺绶，抚临四方。唯神飨祚汉家，永绥历服！

读罢祭文，孔明率众官恭上玉玺。汉中王受了，捧于坛上，再三推让曰："备无才德，请择有才德者受之。"孔明奏曰："主上平定四海，[分明僻居一隅，偏说"平定四海"，亏孔明说得出口。]功德昭于天下，况是大汉宗派，宜即正位。已祭告天神，复何让焉！"文武各官，皆呼万岁。拜舞礼毕，改元章武元年。立妃吴氏为皇后，长子刘禅为太子；封次子刘永为鲁王，刘理为梁王；封诸葛亮为丞相，许靖为司徒；大小官僚，一一升赏。大赦天下。两川军民，无不欣跃。

次日设朝，文武官僚拜毕，列为两班。先主降诏曰："朕自桃园与关、张结义，誓同生死。不幸二弟云长被东吴孙权所害，若不报仇，是负盟也。朕欲起倾国之兵，剪伐东吴，生擒逆贼，以雪此恨！"言未毕，班内一人拜伏于阶下，谏曰："不可。"先主视之，乃虎威将军赵云也。正是：

君王未及行天讨，臣下曾闻进直言。

未知子龙所谏若何，且看下文分解。

讲究

辨析历史事件，常识、常理和常情，总是可靠的向导。

曹丕登基必昭告天下，因为确保汉献帝活着，是“篡逆之举”得以美化为“舜禹之事”的绝对前提，如此，那则献帝遭弑的谣言，就极度可疑了。就算一度有此谣言，核实也甚为方便，一则事关重大，不容不详加查验；二则时间充裕，毕竟登基需要大量礼仪化准备，费时耗力，无需也无法奉行“兵贵神速”之教。刘备（或孔明）不予核实，只能理解为：他需要这则谣言。他是否主动制造了这则谣言，不得而知，但刘备成为该谣言的最大受益者，则不言自明。寿终正寝的汉献帝甚至比曹丕多活了八年，不知汉献帝健在的消息为人周知之时，对自己先下手为强的称帝之举，刘备是暗生惭愧，还是暗自得意？总之，在需要讲究之时偏不讲究，刘备得以加冕上位。

据《三国志》，曹丕行登基大典时，华歆面露愠色，惹曹丕不快，贬了华歆的官。曹丕久久不能释怀，后要求尚书令陈群作出解释（陈群当时亦无欢欣貌），得到如下答复：“我和相国均是汉朝旧臣，当时心虽悦喜，却又必须端出肃穆之情，若非如此，我们也担心引起陛下的憎恨。”这也是一种礼节，一种高端人士的讲究。也许太讲究了，竟把曹丕蒙进鼓里。

曹丕与臣下的辞让游戏，书上写了三次，其实达到变态的十一次。只要臣下判定曹丕只是装样，他们会精神抖擞，与曹丕再玩三百回合都毫无倦意。玩到底，也是一种讲究。

第八十一回

急兄仇张飞遇害　雪弟恨先主兴兵

却说先主欲起兵东征，赵云谏曰："国贼乃曹操，非孙权也。今曹丕篡汉，神人共怒。陛下可早图关中，屯兵渭河上流，以讨凶逆，则关东义士，必裹粮策马以迎王师。若舍魏以伐吴，兵势一交，岂能骤解？愿陛下察之。"先主曰："孙权害了朕弟，又兼傅士仁、糜芳、潘璋、马忠皆有切齿之仇，啖其肉而灭其族，方雪朕恨！卿何阻耶？"云曰："汉贼之仇公也，兄弟之仇私也。愿以天下为重。"先主答曰："朕不为弟报仇，虽有万里江山，何足为贵？"［赵云何其明智！刘备一当皇帝，渐成愣头青。身居九五之尊，满脑子快意恩仇，等于驱民于水火。权力真是乱性之物。］遂不听赵云之谏，下令起兵伐吴；且发使往五溪，借番兵五万，共相策应；一面差使往阆中，迁张飞为车骑将军，领司隶校尉，封西乡侯兼阆中牧。使命赍诏而去。

却说张飞在阆中闻知关公被东吴所害，旦夕号泣，血湿衣襟。诸将以酒劝解，酒醉怒气愈加。帐上帐下但有犯者即鞭挞之，多有鞭死者。每日望南切齿睁目怒恨，放声痛哭不已。忽报使至，慌忙接入，开读诏旨。飞受爵望北拜毕，设酒款待来使。飞曰："吾兄被害，仇深似海。庙堂之臣，何不早奏兴兵？"使者曰："多有劝先灭魏而后伐吴者。"飞怒曰："是何言也！昔我三人桃园结义，誓同生死；今不幸二兄半途而逝，吾安得独享富贵耶！吾当面见天子，愿为前部先锋，挂孝伐吴，生擒逆贼，祭告二兄，以践前盟！"［古有"哀兵必胜"之说，若"挂孝伐吴"，倒是做足了哀兵样，果能必胜乎？］言讫，就同使命望成都而来。

却说先主每日自下教场操演军马，克日兴师，御驾亲征。于是公卿都至丞相府中见孔明，曰："今天子初临大位，亲统军伍，非所以重社稷也。丞相秉钧衡之职，何不规谏？"孔明曰："吾苦谏数次，只是不听。

今日公等随我入教场谏去。”当下孔明引百官来奏先主曰：“陛下初登宝位，若欲北讨汉贼以伸大义于天下，方可亲统六师；若只欲伐吴，命一上将统军伐之可也，何必亲劳圣驾？”先主见孔明苦谏，心中稍回。忽报张飞到来，先主急召入。飞至演武厅拜伏于地，抱先主足而哭。先主亦哭。飞曰：“陛下今日为君，早忘了桃园之誓！二兄之仇，如何不报？”先主曰：“多官谏阻，未敢轻举。”飞曰：“他人岂知昔日之盟？若陛下不去，臣舍此躯与二兄报仇！若不能报时，臣宁死不见陛下也！”先主曰：“朕与卿同往。卿提本部兵自阆州而出，朕统精兵会于江州，共伐东吴，以雪此恨！”飞临行，先主嘱曰：“朕素知卿酒后暴怒，鞭挞健儿，而复令在左右，此取祸之道也。今后务宜宽容，不可如前。”飞拜辞而去。

次日，先主整兵要行。学士秦宓奏曰：“陛下舍万乘之躯而徇小义，古人所不取也。愿陛下思之。”先主曰：“云长与朕犹一体也。大义尚在，岂可忘耶？”宓伏地不起曰：“陛下不从臣言，诚恐有失。”先主大怒曰：“朕欲兴兵，尔何出此不利之言！”叱武士推出斩之，宓面不改色，回顾先主而笑曰：“臣死无恨，但可惜新创之业又将颠覆耳！”众官皆为秦宓告免。先主曰：“暂且囚下，待朕报仇回时发落。”孔明闻知，即上表救秦宓。其略曰：

> 臣亮等切以吴贼逞奸诡之计，致荆州有覆亡之祸；陨将星于斗牛，折天柱于楚地。此情哀痛，诚不可忘。但念迁汉鼎者，罪由曹操；移刘祚者，过非孙权。窃谓魏贼若除，则吴自宾服。愿陛下纳秦宓金石之言，以养士卒之力，别作良图，则社稷幸甚！天下幸甚！

先主看毕，掷表于地曰：“朕意已决，无得再谏！”[暴得大名、骤握大权之时，最能看出人的底色。追求荣耀乃相对简单的事，配得上那份尊宠，要困难百倍。得志者每每用一副“得志便猖狂”的嘴脸，证明自己不配得志。]遂命丞相诸葛亮保太子守两川；骠骑将军马超并弟马岱，助镇北将军魏延守汉中，以当魏兵；虎威将军赵云为后应，兼督粮草；黄权、程畿为参谋；马良、陈震掌理文书；黄忠为前部先锋；冯习、张南为副将；傅彤、张翼为中军护尉；赵融、廖淳为合后。川将数百员，并五溪番将等，共兵七十五万，择定章武元年七月丙寅日出师。

却说张飞回到阆中，下令军中：限三日内制办白旗白甲，三军挂孝伐吴。次日，帐下两员末将范疆、张达，入帐告曰："白旗白甲，一时无措，须宽限方可。"飞大怒曰："吾急欲报仇，恨不明日便到逆贼之境，汝安敢违我将令！"叱武士缚于树上，各鞭背五十。鞭毕，以手指之曰："来日俱要完备！若违了限，即杀汝二人示众！"打得二人满口出血，回到营中商议。范疆曰："今日受了刑责，着我等如何办得？其人性暴如火，倘来日不完，你我皆被杀矣！"张达曰："比如他杀我，不如我杀他。"疆曰："怎奈不得近前。"达曰："我两个若不当死，则他醉于床上；若是当死，则他不醉。"二人商议停当。

却说张飞在帐中，神思皆乱，动止恍惚，乃问部将曰："吾今心惊肉颤，坐卧不安，此何意也？"部将答曰："此是君侯思念关公，以致如此。"飞令人将酒来，与部将同饮，不觉大醉，卧于帐中。范、张二贼探知消息，初更时各藏短刀密入帐中，诈言欲禀机密重事，直至床前。原来张飞每睡不合眼，当夜寝于帐中，二贼见他须竖目张，本不敢动手，因闻鼻息如雷，方敢近前，以短刀刺入飞腹。飞大叫一声而亡，时年五十五岁。[生得壮烈，死得无趣。作者执笔，只知感受英雄的肺腑心跳，拒绝理会兵士的苦痛忧惧，径将范、张二人呼为"贼"，已见一斑。该称呼一出，作者已然放弃中立，对笔下人物代行审判之职了。]后人有诗叹曰：

安喜曾闻鞭督邮，黄巾扫尽佐炎刘。
虎牢关上声先震，长坂桥边水逆流。
义释严颜安蜀境，智欺张郃定中州。
伐吴未克身先死，秋草长遗阆地愁。

却说二贼当夜割了张飞首级，便引数十人连夜投东吴去了。次日，军中闻知，起兵追之不及。时有张飞部将吴班，向自荆州来见先主，先主用为牙门将，使佐张飞守阆中。当下吴班先发表章奏知天子，然后令长子张苞具棺椁盛贮，令弟张绍守阆中，苞自来报先主。时先主已择期出师，大小官员皆随孔明送十里方回。孔明回至成都，怏怏不乐，顾谓

众官曰："法孝直若在，必能制主上东行也。"［听来心痛。孔明何等样人，地位竟不如法正。］

却说先主是夜心惊肉颤，寝卧不安。出帐仰观天文，见西北一星，其大如斗，忽然坠地。先主大疑，连夜令人求问孔明。孔明回奏曰："合损一上将。三日之内，必有惊报。"先主因此按兵不动。忽侍臣奏曰："阆中张车骑部将吴班，差人赍表至。"先主顿足曰："噫！三弟休矣！"及至览表，果报张飞凶信。先主放声大哭，昏绝于地。众官救醒。次日，人报一队军马骤风而至。先主出营观之。良久，见一员小将，白袍银铠，滚鞍下马，伏地而哭，乃张苞也。苞曰："范疆、张达杀了臣父，将首级投吴去了！"先主哀痛至甚，饮食不进。群臣苦谏曰："陛下方欲为二弟报仇，何可先自摧残龙体？"先主方才进膳，遂谓张苞曰："卿与吴班，敢引本部军作先锋，为卿父报仇否？"苞曰："为国为父，万死不辞！"先主正欲遣苞起兵，又报一彪军风拥而至。先主令侍臣探之。须臾，侍臣引一小将军，白袍银铠，入营伏地而哭。先主视之，乃关兴也。先主见了关兴，想起关公，又放声大哭。众官苦劝。先主曰："朕想布衣时与关、张结义，誓同生死；今朕为天子，正欲与二弟共享富贵，不幸俱死于非命！［刘备屡次把当皇帝等于"享富贵"，尽管是句老实话，但较之当今政治理念，何等蒙昧！腓特烈大帝所谓"国王是国家的第一公仆"，刘备闻所未闻。］见此二侄，能不断肠！"言讫又哭。

众官曰："二小将军且退。容圣上将息龙体。"侍臣奏曰："陛下年过六旬，不宜过于哀痛。"先主曰："二弟俱亡，朕安忍独生！"言讫，以头顿地而哭。多官商议曰："今天子如此烦恼，将何解劝？"马良曰："主上亲统大兵伐吴，终日号泣，于军不利。"陈震曰："吾闻成都青城山之西有一隐者，姓李名意。世人传说此老已三百余岁，能知人之生死吉凶，乃当世之神仙也。何不奏知天子，召此老来，问他吉凶，胜如吾等之言。"遂入奏先主。先主从之，即遣陈震赍诏，往青城山宣召。

震星夜到了青城，令乡人引入山谷深处，遥望仙庄，清云隐隐，瑞气非凡。忽见一小童来迎曰："来者莫非陈孝起乎？"震大惊曰："仙童如何知我姓字？"童子曰："吾师昨夜有言：'今日必有皇帝诏命至，使者必是陈孝起。'”震曰：“真神仙也！人言信不诬矣！”遂与小童同入仙庄，拜见李意，宣天子诏命。李意推老不行。震曰：“天子急欲见仙翁一面，幸勿吝鹤驾。”再三敦请，李意方行。既至御营，入见先主。先主见李意鹤发童颜，碧眼方瞳，灼灼有光，身如古柏之状，知是异人，优礼相待。李意曰：“老夫乃荒山村叟，无学无识。辱陛下宣召，不知有何见论？”先主曰：“朕与关、张二弟结生死之交，三十余年矣。今二弟被害，亲统大军报仇，未知休咎如何。久闻仙翁通晓玄机，望乞赐教。”李意曰：“此乃天数，非老夫所知也。”先主再三求问，意乃索纸笔画兵马器械四十余张，画毕便一一扯碎。又画一大人仰卧于地上，傍边一人掘土埋之，上写一大“白”字，遂稽首而去。先主不悦，谓群臣曰：“此狂叟也！不足为信。”即以火焚之，便催军前进。［凡人之性，偏信吉利之论，厌闻不祥之言。刘备亦凡人耳。］

张苞入奏曰：“吴班军马已至。小臣乞为先锋。”先主壮其志，即取先锋印赐张苞。苞方欲挂印，又一少年将奋然出曰：“留下印与我！”视之，乃关兴也。苞曰：“我已奉诏矣。”兴曰：“汝有何能，敢当此任？”苞曰：“我自幼学习武艺，箭无虚发。”先主曰：“朕正要观贤侄武艺，以定优劣。”苞令军士于百步之外，立一面旗，旗上画一红心。苞拈弓取箭，连射三箭，皆中红心。众皆称善。关兴挽弓在手曰：“射中红心何足为奇？”正言间，忽值头上一行雁过，兴指曰：“吾射这飞雁第三只。”一箭射去，那只雁应弦而落。文武官僚，齐声喝采。苞大怒，飞身上马，手挺父所使丈八点钢矛，大叫曰：“你敢与我比试武艺否？”兴亦上马，绰家传大砍刀纵马而出曰：“偏你能使矛！吾岂不能使刀！”［大悲之际，两小子不思同仇敌忾，反而亢奋过度，算哪家礼数。］

二将方欲交锋，先主喝曰：“二子休得无礼！”兴、苞二人慌忙下马，各弃兵器，拜伏请罪。先主曰：“朕自涿郡与卿等之父结异姓之交，亲如骨肉。今汝二人亦是昆仲之分，正当同心协力共报父仇，奈何自相争竞，失其大义！父丧未远而犹如此，况日后乎？”二人再拜伏罪。先主问曰：“卿二人谁年长？”苞曰：“臣长关兴一岁。”先主即命兴拜苞为兄。二人就帐前折箭为誓，永相救护。［但丁说过：“人的美德很少传到支脉上去。”欲张苞、关兴复制乃父性情，再叙一阕兄弟情，怕是没门。]先主下诏使吴班为先锋，令张苞、关兴护驾，水陆并进，船骑双行，浩浩荡荡，杀奔吴国来。

却说范疆、张达将张飞首级投献吴侯，细告前事。孙权听罢，收了二人，乃谓百官曰：“今刘玄德即了帝位，统精兵七十余万，御驾亲征，其势甚急，如之奈何？”百官尽皆失色，面面相觑。诸葛瑾出曰：“某食君侯之禄久矣，无可报效，愿舍残生去见蜀主，以利害说之，使两国相和，共讨曹丕之罪。”权大喜，即遣诸葛瑾为使，来说先主罢兵。正是：

两国相争通使命，一言解难赖行人。

未知诸葛瑾此去如何，且看下文分解。

张飞

“噫！三弟休矣！”刘备预知三弟遇难，如此感叹。一个“噫”字，感慨万千。

张飞健在时，与关羽一起被世人称为“万人敌”。但考其真实事迹，除长坂桥那声巨吼，并无一颗敌将之头，可以确认死于张飞之手。如果不算义释严颜，张飞真正的沙场战功，只是在宕渠山打败张郃。考虑到曹操在张郃失利后不仅未加问责、反而升了张郃的官，亦反证张飞那一仗没啥大不了，至少，与张郃后来在街亭打败马谡那一仗，不成比较。

张飞为何如此有名呢？唐人颜真卿曾建议用武庙配享古今六十四名将，三国共有八人入选，张飞与关羽作为蜀汉代表，双双荣列其中。另六人是：曹魏一方的张辽、邓艾，东吴一方的周瑜、吕蒙、陆逊和陆抗（在小说中出现过的还有属于东汉的皇甫嵩，属于西晋的羊祜、杜预和王濬）。考其余六人，他们至少主宰了一场胜仗，唯关、张除外。这告诉我们一个事实：传奇性的人生及突出的形象气质，较之货真价实的事功，更易被人铭记。与张飞充满戏剧化的形象元素相比，徐晃、张郃就单薄多了，哪怕战功远在张飞之上，也只能在历史记忆中屈居下僚。人们记住或遗忘某人，未必以事实为依据。

属于张飞的秘密是：人们记住并喜欢的张飞，与真实的张飞相距甚远。清代学者章学诚曾愤然质问道：“张恒侯史称其爱君子，是非不知礼者，演义直以拟水浒之李逵，则侮慢极矣。”

第八十二回

孙权降魏受九锡　先主征吴赏六军

却说章武元年秋八月，先主起大军至夔关，驾屯白帝城；前队军马已至川口。近臣奏曰："吴使诸葛瑾至。"先主传旨教休放入。黄权奏曰："瑾弟在蜀为相，必有事而来。陛下何故绝之？当召入，看他言语。可从则从；如不可，则就借彼口说与孙权，令知问罪有名也。"先主从之，召瑾入城。瑾拜伏于地。先主问曰："子瑜远来，有何事故？"瑾曰："臣弟久事陛下，臣故不避斧钺，特来奏荆州之事。前者关公在荆州时，吴侯数次求亲，关公不允。后关公取襄阳，曹操屡次致书吴侯，使袭荆州。吴侯本不肯许，因吕蒙与关公不睦，故擅自兴兵，误成大事，今吴侯悔之不及。此乃吕蒙之罪，非吴侯之过也。今吕蒙已死，冤仇已息。孙夫人一向思归。今吴侯令臣为使，愿送归夫人，缚还降将，并将荆州仍旧交还，永结盟好，共灭曹丕，以正篡逆之罪。"［孙权真这么干，将危及统治的稳定性。贬低并出卖功臣，足令三军泄气，群臣寒心，即使作为缓兵计也太掉价。军人常以主将尊严为自尊来源，主将丢份，全军脸面无光。］先主怒曰："汝东吴害了朕弟，今日敢以巧言来说乎！"瑾曰："臣请以轻重大小之事，与陛下论之。陛下乃汉朝皇叔，今汉帝已被曹丕篡夺，不思剿除，却为异姓之亲而屈万乘之尊，是舍大义而就小义也。中原乃海内之地，两都皆大汉创业之方，陛下不取，而但争荆州，是弃重而取轻也。天下皆知陛下即位，必兴汉室，恢复山河；今陛下置魏不问，反欲伐吴，窃为陛下不取。"先主大怒曰："杀吾弟之仇，不共戴天！欲朕罢兵，除死方休！不看丞相之面，先斩汝首！今且放汝回去，说与孙权，洗颈就戮！"诸葛瑾见先主不听，只得自回江南。

却说张昭见孙权曰："诸葛子瑜知蜀兵势大，故假以讲和为辞，欲背吴入蜀。此去必不回矣。"权曰："孤与子瑜有生死不易之盟，孤不负子瑜，子瑜亦不负孤。昔子瑜在柴桑时，孔明来吴，孤欲使子瑜留之。子瑜曰：‘弟已事玄德，义无二心；弟之不留，犹瑾之不往。’其言足贯神明。今日岂肯降蜀乎？孤与子瑜可谓神交，非外言所得间也。”［这才是高明的孙权，与诸葛瑾对刘备道及的那个出卖吕蒙的孙权，无纤毫相似。］正言间，忽报诸葛瑾回。权曰：“孤言若何？”张昭面羞惭而退。瑾见孙权，言先主不肯通和之意。权大惊曰：“若如此，则江南危矣！”阶下一人进曰：“某有一计，可解此危。”视之，乃中大夫赵咨也。权曰：“德度有何良策？”咨曰：“主公可作一表，某愿为使，往见魏帝曹丕，陈说利害，使袭汉中，则蜀兵自危矣。”权曰：“此计虽善，但卿此去，休失了东吴气象。”咨曰：“若有些小差失，即投江而死，安有面目见江南人物乎！”

权大喜，即写表称臣，令赵咨为使，星夜到了许都，先见太尉贾诩等并大小官僚。次日早朝，贾诩出班奏曰：“东吴遣中大夫赵咨上表。”曹丕叹曰：“此欲退蜀兵故也。”即令召入。咨拜伏于丹墀。丕览表毕，遂问咨曰：“吴侯乃何如主也？”咨曰：“聪明、仁智、雄略之主也。”丕笑曰：“卿褒奖毋乃太甚？”咨曰：“臣非过誉也。吴侯纳鲁肃于凡品，是其聪也；拔吕蒙于行阵，是其明也；获于禁而不害，是其仁也；取荆州兵不血刃，是其智也；据三江虎视天下，是其雄也；屈身于陛下，是其略也。［末句卑中有亢。］以此论之，岂不为聪明、仁智、雄略之主乎？”丕又问曰：“吴主颇知学乎？”咨曰：“吴主浮江万艘，带甲百万，任贤使能，志存经略；少有余闲，博览书传，历观史籍，采其大旨，不效书生寻章摘句而已。”丕曰：“朕欲伐吴，可乎？”［问得坦率，半是天真，半是流氓。］咨曰：“大国有征伐之兵，小国有御备之策。”丕曰：“吴畏魏乎？”咨曰：“带甲百万，江汉为池，何畏之有？”丕曰：“东吴如大夫者几人？”咨曰：“聪明特达者八九十人；如臣之辈，车载斗量，不可胜数。”丕叹曰：“‘使于四方，不辱君命’，卿可以当之矣。”于是即除诏命，太常卿邢贞赍册封孙权为吴王，加九锡。赵咨谢恩出城。

大夫刘晔谏曰：“今孙权惧蜀兵之势，故来请降。以臣愚见，蜀、吴交兵，乃天亡之也。今若遣上将提数万之兵渡江袭之，蜀攻其外，魏攻其内，吴国之亡，不出旬日。吴亡则蜀孤矣。陛下何不早图之?”丕曰：“孙权既以礼服朕，朕若攻之，是沮天下欲降者之心，不若纳之为是。”刘晔又曰：“孙权虽有雄才，乃残汉骠骑将军、南昌侯之职。官轻则势微，尚有畏中原之心；若加以王位，则去陛下一阶耳。今陛下信其诈降，崇其位号，以封殖之，是与虎添翼也。”丕曰：“不然。朕不助吴，亦不助蜀。待看吴、蜀交兵，若灭一国，止存一国，那时除之，有何难哉?朕意已决，卿勿复言。”遂命太常卿邢贞同赵咨捧执册锡，径至东吴。

却说孙权聚集百官，商议御蜀兵之策。忽报：“魏帝封主公为王，礼当远接。”顾雍谏曰：“主公宜自称上将军、九州伯之位，不当受魏帝封爵。”权曰：“当日沛公受项羽之封，盖因时也；何故却之?”遂率百官出城迎接。邢贞自恃上国天使，入门不下车。张昭大怒，厉声曰：“礼无不敬，法无不肃，而君敢自尊大，岂以江南无方寸之刃耶?”邢贞慌忙下车，与孙权相见，并车入城。忽车后一人放声哭曰：“吾等不能奋身舍命，为主并魏吞蜀，乃令主公受人封爵，不亦辱乎!”众视之，乃徐盛也。[受魏国隆礼册封，徐盛等人尚且不服，若向刘备屈膝，孙权更不知如何收场了。]邢贞闻之，叹曰：“江东将相如此，终非久在人下者也!”

却说孙权受了封爵，众文武官僚拜贺已毕，命收拾美玉明珠等物，遣人赍进谢恩。早有细作报说：“蜀主引本国大兵，及蛮国沙摩柯番兵数万，又有洞溪汉将杜路、刘宁二枝兵，水陆并进，声势震天。水路军已出巫口，旱路军已到秭归。”时孙权虽登王位，奈魏王不肯接应，乃问文武曰：“蜀兵势大，当复如何?”众皆默然。权叹曰：“周郎之后有鲁肃，鲁肃之后有吕蒙；今吕蒙已亡，无人与孤分忧也!”言未毕，忽班部中一少年将奋然而出，伏地奏曰：“臣虽年幼，颇习兵书。愿乞数万之兵，以破蜀兵。”权视之，乃孙桓也。桓字叔武，其父名河，本姓俞氏，孙策爱之，赐姓孙，因此亦系吴王宗族。河生四子，桓居其长，弓马熟娴，常从吴王征讨，累立奇功，授武卫都尉，时年二十五岁。权曰：“汝有何策胜之?”桓曰：“臣有大将二员，一名李异，一名谢旌，俱有万夫不当之勇。乞数万之众，往擒刘备。”权曰：“侄虽英勇，争奈年幼，必得一人相助方可。”虎威将军朱然出曰：“臣愿与小将军同擒刘备。”权许之，遂点水陆军五万，封孙桓为左都督，朱然为右都督，即日起兵。[孙桓二十五岁，不算“少年将”，但如此起兵，终究草率。]哨马探得蜀兵已至宜都下寨，孙桓引二万五千马军，屯于宜都界口，前后分作三营，以拒蜀兵。

却说蜀将吴班领先锋之印，自出川以来，所到之处，望风而降，兵不血刃，直到宜都；探知孙桓在彼下寨，飞奏先主。时先主已到秭归，闻奏怒曰：“量此小儿，安敢与朕抗耶！”关兴奏曰：“既孙权令此子为将，不劳陛下遣大将，臣愿往擒之。”先主曰：“朕正欲观汝壮气。”即命关兴前往。兴拜辞欲行，张苞出曰：“既关兴前去讨贼，臣愿同行。”先主曰：“二侄同去甚妙，但须谨慎，不可造次。”

二人拜辞先主，会合先锋，一同进兵，列成阵势。孙桓听知蜀兵大至，合寨多起。两阵对圆，孙桓领李异、谢旌立马于门旗之下，见蜀营中拥出二员大将，皆银盔银铠，白马白旗；上首张苞挺丈八点钢矛，下首关兴横着大砍刀。苞大骂曰：“孙桓竖子！死在临时，尚敢抗拒天兵乎！”桓亦骂曰：“汝父已作无头之鬼；今汝又来讨死，好生不智！”张苞大怒，挺枪直取孙桓。桓背后谢旌骤马来迎。两将战有三十余合，旌败走，苞乘胜赶来。李异见谢旌败了，慌忙拍马轮蘸金斧接战。张苞与战二十余合，不分胜负。吴军中稗将谭雄见张苞英勇，李异不能胜，却放一冷箭，正射中张苞所骑之马。那马负痛奔回本阵，未到门旗边，扑地便倒，将张苞掀在地上。李异急向前轮起大斧，望张苞脑袋便砍。忽一道红光闪处，李异头早落地。原来关兴见张苞马回，正待接应，忽见张苞马倒，李异赶来，兴大喝一声，劈李异于马下，救了张苞，乘势掩杀。孙桓大败。各自鸣金收军。[作者爱父及子，明里暗里，总使关兴胜张苞一肩。]

次日，孙桓又引军来。张苞、关兴齐出。关兴立马于阵前，单搦孙桓交锋。桓大怒，拍马挥刀与关兴战三十余合，气力不加，大败回阵。二小将追杀入营，吴班引着张南、冯习掩杀。张苞奋勇当先杀入吴军，正遇谢旌，被苞一矛刺死。吴军四散奔走。蜀将得胜收兵，只不见了关兴。张苞大惊曰：“安国有失，吾不独生！”言讫，绰枪上马。寻不数里，只见关兴左手提刀，右手活挟一将。苞问曰："此是何人？"兴笑答曰："吾在乱军中，正遇仇人，故生擒来。"苞视之，乃昨日放冷箭的谭雄也。[“仇人”概念扩大化了。若谭雄辈亦按“仇人”对待，士兵打仗等于结冤树敌了。]苞大喜，同回本营，斩首沥血，祭了死马。遂写表差人赴先主处报捷。

孙桓折了李异、谢旌、谭雄等许多将士，力穷势孤，不能抵敌，即差人回吴求救。蜀将张南、冯习谓吴班曰："目今吴兵势败，正好乘虚劫寨。"班曰："孙桓虽然折了许多将士，朱然水军见今结营江上，未曾损折。今日若去劫寨，倘水军上岸断我归路，如之奈何？"南曰："此事至易。可教关、张二将军各引五千军伏于山谷中，如朱然来救，左右两军齐出夹攻，必然取胜。"班曰："不如先使小卒诈作降兵，却将劫寨事告与朱然；然见火起必来救应，却令伏兵击之，则大事济矣。"冯习等大喜，遂依计而行。

却说朱然听知孙桓损兵折将，正欲来救，忽伏路军引几个小卒上船投降。然问之，小卒曰："我等是冯习帐下士卒，因赏罚不明，特来投降，就报机密。"然曰："所报何事？"小卒曰："今晚冯习乘虚要劫孙将军营寨，约定举火为号。"朱然听毕，即使人报知孙桓。报事人行至半途，被关兴杀了。朱然一面商议，欲引兵去救应孙桓。部将崔禹曰："小卒之言，未可深信。倘有疏虞，水陆二军尽皆休矣。将军只宜稳守水寨，某愿替将军一行。然从之，遂令崔禹引一万军前去。是夜，冯习、张南、吴班分兵三路，直杀入孙桓寨中，四面火起，吴兵大乱，寻路奔走。

且说崔禹正行之间，忽见火起，急催兵前进。刚才转过山来，忽山谷中鼓声大震，左边关兴，右边张苞，两路夹攻。崔禹大惊，方欲奔走，正遇张苞，交马只一合，被苞生擒而回。朱然听知危急，将船往下水退五六十里去了。孙桓引败军逃走，问部将曰："前去何处城坚粮广？"部将曰："此去正北彝陵城，可以屯兵。"桓引败军急望彝陵而走。方进得城，吴班等追至，将城四面围定。关兴、张苞等解崔禹到秭归来。先主大喜，就将崔禹斩却，大赏三军。[不问而斩，大开杀戒。卢梭对类似人物评价道："他们希望自己的血享有特别的尊敬，却丝毫不在意人类的血。”］自此威风震动，江南诸将无不胆寒。

却说孙桓令人求救于吴王，吴王大惊，即召文武商议曰：“今孙桓受困于彝陵，朱然大败于江中，蜀兵势大，如之奈何？”张昭奏曰：“今诸将虽多物故，然尚有十余人，何虑于刘备？可命韩当为正将，周泰为副将，潘璋为先锋，凌统为合后，甘宁为救应，起兵十万拒之。”权依所奏，即命诸将速行。此时甘宁已患痢疾，带病从征。［那个年代，疾疫猖獗，频夺人命。有学者怀疑，吕蒙之死亦与疾疫有关，因东吴同时病死者还有孙皎、蒋钦。西方学者认为，中国人流行喝茶后，痢疾等肠道疾病大减，因喝茶须用开水，开水可消除大量病菌。吕蒙、甘宁染病，或与斯时茶风不盛有关。］

却说先主从巫峡建平起，直接彝陵界分，七十余里连结四十余寨，见关兴、张苞屡立大功，叹曰：“昔日从朕诸将皆老迈无用矣，复有二侄如此英雄，朕何虑孙权乎！”正言间，忽报当、泰领兵来到。先主方欲遣将迎敌，近臣奏曰：“老将黄忠引五六人投东吴去了。”先主笑曰：“黄汉升非反叛之人也。因朕失口误言老者无用，彼必不服老，故奋力去相持矣。”即召关兴、张苞曰：“黄汉升此去必然有失。贤侄休辞劳苦，可去相助。略有微功，便可令回，勿使有失。”二小将拜辞先主，引本部军来助黄忠。正是：

老臣素矢忠君志，年少能成报国功。

未知黄忠此去如何，且看下文分解。

战心

刘备兴兵，世人咸以为替关羽复仇。的确，战争总有原因，原因与借口又总是“剪不断，理还乱”。假定刘备另有所图，他未必说出来，能够公开道出的理由，必须符合那个喋血年代的正义认知，复仇就很符合。道德感强烈的康德在《论优美感和崇高感》中尚且认为，“受了重大的侮辱之后公开进行毫无顾忌的复仇，这本身就有着某种伟大”，刘备以之兴动刀兵，再辅以若干披麻戴孝的哀兵装束，不愁催不动三军士气。

然而，刘备真会如此感情用事吗？从关羽死到刘备发兵，隔了一年半，中间刘备又喜滋滋地当上了皇帝，第一时间学会对张飞、孔明以“朕”自称；在谯周宣读的祭文里，更明确把曹魏视为战争目标，无一语及于孙权。时间能治愈一切，结合刘备战败不久即与孙权媾和，我们亦可窥探他声称的复仇，到底有几多坚定。刘备终究是权力场的人，他动辄遗妻弃子及对待宗亲刘璋的前科，已表明了他的情感含量。就算他对关羽情感特别——对此倒无人怀疑——也不至于不惜一切，如是后者，刘备就是毫无理智的人。刘备从一介无甚背景的小人物走到今天，靠的可不仅是那番兄弟情。所以，刘备的真正动机，当是坚信自己有实力吃掉孙权。

除非拥有绝对占优的实力（如曹操之于陶谦），否则，狠辣的复仇心，唯有结合冷静的操作步骤，方能毕其功。故真正的复仇者，为完成对宿敌的致命一击，无不兼备一种外科手术的精准。个人之仇如此，举国之战同样如此。刘备，太毛糙了。

第八十三回

战猇亭先主得仇人　守江口书生拜大将

却说章武二年春正月，武威后将军黄忠随先主伐吴，忽闻先主言老将无用，即提刀上马，引亲随五六人，径到彝陵营中。吴班与张南、冯习接入，问曰："老将军此来，有何事故？"忠曰："吾自长沙跟天子到今，多负勤劳。今虽七旬有余，尚食肉十斤，臂开二石之弓，能乘千里之马，未足为老。昨日主上言吾等老迈无用，故来此与东吴交锋，看吾斩将老也不老！"

正言间，忽报吴兵前部已到，哨马临营。忠奋然而起，出帐上马。冯习等劝曰："老将军且休轻进。"忠不听，纵马而去。吴班令冯习引兵助战。忠在吴军阵前勒马横刀，单搦先锋潘璋交战。璋引部将史迹出马。迹欺忠年老，挺枪出马，斗不三合，被忠一刀斩于马下。潘璋大怒，挥关公使的青龙刀，来战黄忠。交马数合，不分胜负。忠奋力恶战，璋料敌不过，拨马便走。忠乘势追杀，全胜而回。路逢关兴、张苞。兴曰："我等奉圣旨来助老将军；既已立了功，速请回营。"忠不听。［倔老头，如何劝得回。］

次日，潘璋又来搦战。黄忠奋然上马。兴、苞二人要助战，忠不从；吴班要助战，忠亦不从，只自引五千军出迎。战不数合，璋拖刀便走。忠纵马追之，厉声大叫曰："贼将休走！吾今为关公报仇！"［关羽看不起黄忠，黄忠偏为关羽报仇。］追至三十余里，四面喊声大震，伏兵齐出，右边周泰，左边韩当，前有潘璋，后有凌统，把黄忠困在垓心。忽然狂风大起，忠急退时，山坡上马忠引一军出，一箭射中黄忠肩窝，险些儿落马。吴兵见忠中箭，一齐来攻。忽后面喊声大起，两路军杀来，吴兵溃散，救出黄忠，乃关兴、张苞也。二小将保送黄忠径到御前营中。忠年老血衰，箭疮痛裂，病甚沉重。先主御驾自来看视，抚其背曰："令老将军中伤，是朕之过也！”忠曰：“臣乃一武夫耳，幸遇陛下。臣今年七十有五，寿亦足矣。望陛下善保龙体，以图中原！”言讫，不省人事，是夜殒于御营。后人有诗叹曰：

老将说黄忠，收川立大功。重披金锁甲，双挽铁胎弓。

胆气惊河北，威名镇蜀中。临亡头似雪，犹自显英雄。

［战死沙场，对战将也是一种善终。在英雄辈出的汉末，获此“善终”者不多。］

先主见黄忠气绝，哀伤不已，敕具棺椁，葬于成都。先主叹曰：“五虎大将，已亡三人。朕尚不能复仇，深可痛哉！”乃引御林军直至猇亭，大会诸将，分军八路，水陆俱进。水路令黄权领兵，先主自率大军于旱路进发。时章武二年二月中旬也。

韩当、周泰听知先主御驾来征，引兵出迎。两阵对圆，韩当、周泰出马，只见蜀营门旗开处，先主自出，黄罗绢金伞盖，左右白旄黄钺，金银旌节前后围绕。当大叫曰：“陛下今为蜀主，何自轻出？倘有疏虞，悔之何及！”先主遥指骂曰：“汝等吴狗，伤朕手足，誓不与立于天地之间！”当回顾众将曰：“谁敢冲突蜀兵？”部将夏恂挺枪出马。先主背后张苞挺丈八矛纵马而出，大喝一声，直取夏恂。恂见苞声若巨雷，心中惊惧；恰待要走，周泰弟周平见恂抵敌不住，挥刀纵马而来。关兴见了，跃马提刀来迎。张苞大喝一声，一矛刺中夏恂，倒撞下马。周平大惊，措手不及，被关兴一刀斩了。二小将便取韩当、周泰。韩、周二人慌退入阵。先主视之，叹曰：“虎父无犬子也！”用御鞭一指，蜀兵一齐掩杀过去，吴兵大败。那八路兵势如泉涌，杀得那吴军尸横遍野，血流成河。

却说甘宁正在船中养病，听知蜀兵大至，火急上马，正遇一彪蛮兵，人皆披发跣足，皆使弓弩长枪，搪牌刀斧。为首乃是番王沙摩柯，生得面如噀血，碧眼突出，使一个铁蒺藜骨朵，腰带两张弓，威风抖擞。甘宁见其势大，不敢交锋，拨马而走；被沙摩柯一箭射中头颅。宁带箭而走，到于富池口，坐于大树之下而死。树上群鸦数百，围绕其尸。［死法别致。带病上阵，仍当以“善终”视之。］吴王闻之，哀痛不已，具礼厚葬，立庙祭祀。后人有诗叹曰：

吴郡甘兴霸，长江锦幔舟。酬君重知己，报友化仇雠。

劫寨将轻骑，驱兵欲巨瓯。神鸦能显圣，香火永千秋。

却说先主乘势追杀，遂得猇亭。吴兵四散逃走。先主收兵，只不见关兴。先主慌令张苞等四面跟寻。原来关兴杀入吴阵，正遇仇人潘璋，骤马追之。璋大惊，奔入山谷内，不知所往。兴寻思只在山里，往来寻觅不见。看看天晚，迷踪失路。幸得星月有光，追至山僻之间，时已二更，到一庄上，下马叩门。一老者出问何人。兴曰："吾是战将，迷路到此，求一饭充饥。"老人引入，兴见堂内点着明烛，中堂绘画关公神像。兴大哭而拜。老人问曰："将军何故哭拜？"兴曰："此吾父也。"老人闻言，即便下拜。兴曰："何故供养吾父？"老人答曰："此间皆是尊神地方。在生之日，家家奉侍，何况今日为神乎？老夫只望蜀兵早早报仇。今将军到此，百姓有福矣。"遂置酒食待之，卸鞍喂马。

三更已后，忽门外又一人击户。老人出而问之，乃吴将潘璋亦来投宿。恰入草堂，关兴见了，按剑大喝曰："反贼休走！"璋回身便出。忽门外一人，面如重枣，丹凤眼，卧蚕眉，飘三缕美髯，绿袍金铠，按剑而入。璋见是关公显圣，大叫一声，神魂惊散；欲待转身，早被关兴手起剑落，斩于地上，取心沥血，就关公神像前祭祀。兴得了父亲的青龙偃月刀，却将潘璋首级擐于马项之下，辞了老人，就骑了潘璋的马，望本营而来。老人自将潘璋之尸拖出烧化。[对历史所知不多、又深信因果报应者，读《三国》会频生幸福，反之则不无折磨。作者在文字里注入了大量安慰剂，其实潘璋活得不错，孙权称帝后还获封右将军。潘璋该死是一回事，把潘璋写成断头男是另一回事。依托历史的小说频频改编成一厢情愿的愿景，其实反映了创作心理的脆弱。]

且说关兴行无数里，忽听得人言马嘶，一彪军来到，为首一将乃潘璋部将马忠也。忠见兴杀了主将潘璋，将首级擐于马项之下，青龙刀又被兴得了，勃然大怒，纵马来取关兴。兴见马忠是害父仇人，气冲牛斗，举青龙刀望忠便砍。忠部下三百军并力上前，一声喊起，将关兴围在垓心。兴力孤势危，忽见西北上一彪军杀来，乃是张苞。马忠见救兵到来，慌忙引军自退。关兴、张苞一处赶来。赶不数里，前面糜芳、傅士仁引兵来寻马忠。两军相合，混战一场，苞、兴二人兵少，慌忙撤退，回至猇亭来见先主，献上首级，具言此事。先主惊异，赏犒三军。

却说马忠回见韩当、周泰，收聚败兵，各分头把守。军士中伤者不计其数。马忠带傅士仁、糜芳于江渚屯扎。当夜三更，军士皆哭声不止。糜芳暗听之，有一伙军言曰："我等皆是荆州之兵，被吕蒙诡计送了主公性命。今刘皇叔御驾亲征，东吴早晚休矣。所恨者，糜芳、傅士仁也。我等何不杀此二贼，去蜀营投降？功劳不小。"又一伙军言曰："不要性急，等个空儿便就下手。"

糜芳听毕大惊，遂与傅士仁商议曰："军心变动，我二人性命难保。今蜀主所恨者马忠耳；何不杀了他，将首级去献蜀主，告称：'我等不得已而降吴，今知御驾前来，特地诣营请罪。'"仁曰："不可。去必有祸。"芳曰："蜀主宽仁厚德，目今阿斗太子是我外甥，彼但念我国戚之情，必不肯加害。"二人计较已定，先备了马。三更时分，入帐刺杀马忠，将首级割了。二人带数十骑，径到猇亭而来。伏路军人先引见张南、冯习，具说其事。次日，到御营中来见先主，献上马忠首级，哭告于前曰："臣等实无反心，被吕蒙诡计称言关公已亡，赚开城门，臣等不得已而降。今闻圣驾前来，特杀此贼，以雪陛下之恨。伏乞陛下恕臣等之罪。"先主大怒曰："朕自离成都许多时，你两个如何不来请罪？今日势危，故来巧言，欲全性命！若饶你，至九泉之下，有何面目见关公乎！"言讫，令关兴在御营中设关公灵位，先主亲捧马忠首级，诣前祭祀。又令关兴将糜芳、傅士仁剥去衣服，跪于灵前，亲自用刀剐之，以祭关公。［鲁迅曾说罗贯中"欲显刘备之长厚而似伪"，观此处狞厉笔墨，颇纳闷作者欲将刘备写成何如人。打从第一回就盛称刘备之仁，至此辣笔倏然一划，刘备突成桀纣不如的人间酷吏。奇怪的是，作者还想告诉读者：这就是爱！］忽张苞上帐哭拜于前曰："二伯父仇人皆已诛戮；臣父冤仇，何日可报？"先主曰："贤侄勿忧。朕当削平江南，杀尽吴狗，务擒二贼，与汝亲自醢之，以祭汝父。"苞泣谢而退。

此时先主威声大振，江南之人尽皆胆裂，日夜号哭。韩当、周泰大惊，急奏吴王，具言糜芳、傅士仁杀了马忠，去归蜀帝，亦被蜀帝杀了。

孙权心怯，遂聚文武商议。步骘奏曰："蜀主所恨者，乃吕蒙、潘璋、马忠、糜芳、傅士仁也。今此数人皆亡，独有范疆、张达二人见在东吴。何不擒此二人，并张飞首级，遣使送还，交与荆州，送还夫人，上表求和，再会前情，共图灭魏，则蜀兵自退矣。"权从其言，遂具沉香木匣，盛贮飞首，绑缚范疆、张达，囚于槛车之内，令程秉为使，赍国书，望猇亭而来。

却说先主欲发兵前进。忽近臣奏曰："东吴遣使送张车骑之首，并囚范疆、张达二贼至。"先主两手加额曰："此天之所赐，亦由三弟之灵也！"即令张苞设飞灵位。先主见张飞首级在匣中面不改色，放声大哭。张苞自仗利刀，将范疆、张达万剐凌迟，祭父之灵。[凌迟之刑，非等闲人可为，张苞缘何无师自通，刀法利落?]祭毕，先主怒气不息，定要灭吴。马良奏曰："仇人尽戮，其恨可雪矣。吴大夫程秉到此，欲还荆州，送回夫人，永结盟好，共图灭魏，伏候圣旨。"先主怒曰："朕切齿仇人，乃孙权也。今若与之连和，是负二弟当日之盟矣。今先灭吴，次灭魏。"便欲斩来使，以绝吴情。多官苦告方免。程秉抱头鼠窜，回奏吴王曰："蜀不从讲和，誓欲先灭东吴，然后伐魏。众臣苦谏不听，如之奈何?"

权大惊，举止失措。阚泽出班奏曰："见有擎天之柱，如何不用耶?"权急问何人。泽曰："昔日东吴大事全任周郎，后鲁子敬代之；子敬亡后，决于吕子明；今子明虽丧，见有陆伯言在荆州。此人名虽儒生，实有雄才大略，以臣论之，不在周郎之下；前破关公，其谋皆出于伯言。主上若能用之，破蜀必矣。如或有失，臣愿与同罪。"权曰："非德润之言，孤几误大事。"张昭曰："陆逊乃一书生耳，非刘备敌手，恐不可用。"顾雍亦曰："陆逊年幼望轻，恐诸公不服；若不服则生祸乱，必误大事。"步骘亦曰："逊才堪治郡耳；若托以大事，非其宜也。"阚泽大呼曰："若不用陆伯言，则东吴休矣！臣愿以全家保之！"权曰："孤亦素知陆伯言乃奇才也！孤意已决，卿等勿言。"[孙权的绝大幸运是，每逢大战，必得奇才相佐。]

于是命召陆逊。逊本名陆议，后改名逊，字伯言，乃吴郡吴人也；汉城门校尉陆纡之孙，九江都尉陆骏之子；身长八尺，面如美玉；官领镇西将军。当下奉召而至，参拜毕。权曰："今蜀兵临境，孤特命卿总督军马，以破刘备。"逊曰："江东文武皆大王故旧之臣，臣年幼无才，安能制之？"权曰："阚德润以全家保卿，孤亦素知卿才。今拜卿为大都督，卿勿推辞。"逊曰："倘文武不服，何如？"权取所佩剑与之曰："如有不听号令者，先斩后奏。"逊曰："荷蒙重托，敢不拜命。但乞大王于来日会聚众官，然后赐臣。"阚泽曰："古之命将，必筑坛会众，赐白旄黄钺、印绶兵符，然后威行令肃。今大王宜遵此礼，择日筑坛，拜伯言为大都督，假节钺，则众人自无不服矣。"权从之，命人连夜筑坛完备，大会百官，请陆逊登坛，拜为大都督、右护军镇西将军，进封娄侯，赐以宝剑印绶，令掌六郡八十一州兼荆楚诸路军马。吴王嘱之曰："阃以内，孤主之；阃以外，将军制之。"［效法韩信拜将。礼仪非止虚设，运用得当，礼仪也能创造神奇。］

逊领命下坛，令徐盛、丁奉为护卫，即日出师；一面调诸路军马，水陆并进。文书到猇亭，韩当、周泰大惊曰："主上如何以一书生总兵耶？"比及逊至，众皆不服。逊升帐议事，众人勉强参贺。逊曰："主上命吾为大将，督兵破蜀。军有常法，公等各宜遵守。违者王法无亲，勿致后悔。"众皆默然。周泰曰："目今安东将军孙桓，乃主上之侄，见困于彝陵城中，内无粮草，外无救兵；请都督早施良策，救出孙桓，以安主上之心。"逊曰："吾素知孙安东深得军心，必能坚守，不必救之。待吾破蜀后，彼自出矣。"众皆暗笑而退。韩当谓周泰曰："命此孺子为将，东吴休矣！公见彼所行乎？"泰曰："吾聊以言试之，早无一计。安能破蜀也！"［在哪儿都一样，青年才俊遇到一伙平庸的老资格，最是头疼。］

次日，陆逊传下号令，教诸将各处关防牢守隘口，不许轻敌。众皆笑其懦，不肯坚守。次日，陆逊升帐唤诸将曰："吾钦承王命，总督诸军，昨已三令五申，令汝等各处坚守，俱不遵吾令，何也？"韩当曰："吾自从孙将军平定江南，经数百战；其余诸将，或从讨逆将军，或从当今大王，皆披坚执锐、出生入死之士。今主上命公为大都督，令退蜀兵，早宜定计，调拨军马，分头征进，以图大事；乃只令坚守勿战，岂欲待天自杀贼耶？吾非贪生怕死之人，奈何使吾等堕其锐气？"于是帐下诸将，皆应声而言曰："韩将军之言是也。吾等情愿决一死战！"陆逊听毕，掣剑在手，厉声曰："仆虽一介书生，今蒙主上托以重任者，以吾有尺寸可取，能忍辱负重故也。汝等各宜守隘口，牢把险要，不许妄动，如违令者皆斩！"众皆愤愤而退。[陆逊胸有成竹，但听任众官愤愤，三军气馁，亦非良法。]

却说先主自猇亭布列军马，直至川口，接连七百里，前后四十营寨，昼则旌旗蔽日，夜则火光耀天。忽细作报说："东吴用陆逊为大都督，总制军马。逊令诸将各守险要不出。"先主问曰："陆逊何如人也？"马良奏曰："逊虽东吴一书生，然年幼多才，深有谋略；前袭荆州，皆系此人之诡计。"先主大怒曰："竖子诡谋损朕二弟，今当擒之！"便传令进兵。马良谏曰："陆逊之才不亚周郎，未可轻敌。"先主曰："朕用兵老矣，岂反不如一黄口孺子耶！"[此乃做皇上和大官的好处：可以任意夸口，别人不敢顶嘴，还须连称英明。]遂亲领前军，攻打诸处关津隘口。

韩当见先主兵来，差人报知陆逊。逊恐韩当妄动，急飞马自来观看，正见韩当立马于山上，远望蜀兵漫山遍野而来，军中隐隐有黄罗盖伞。韩当接着陆逊，并马而观。当指曰："军中必有刘备，吾欲击之。"逊曰："刘备举兵东下，连胜十余阵，锐气正盛。今只乘高守险，不许轻出，出则不利。但宜奖励将士，广布守御之策，以观其变。今彼驰骋于平原旷野之间，正自得志；我坚守不出，彼求战不得，必移屯于山林树木间，吾当以奇计胜之。"

韩当口虽应诺，心中只是不服。先主使前队搦战，辱骂百端。逊令塞耳休听，不许出迎，亲自遍历诸关隘口，抚慰将士，皆令坚守。[陆逊深知士气重要，得大将法。]先主见吴军不出，心中焦躁。马良曰："陆逊深有谋略。今陛下远来攻战，自春历夏；彼之不出，欲待我军之变也。愿陛下察之。"先主曰："彼有何谋？但怯敌耳。向者数败，今安敢再出！"先锋冯习奏曰："即今天气炎热，军屯于赤火之中，取水深为不便。"先主遂命各营，皆移于山林茂盛之地，近溪傍涧，待过夏到秋，并力进兵。冯习遂奉旨将诸寨皆移于林木阴密之处。马良奏曰："吾军若动，倘吴兵骤至，如之奈何？"先主曰："朕令吴班引万余弱兵，近吴寨平地屯住；朕亲选八千精兵，伏于山谷之中。若陆逊知朕移营，必乘势来击，却令吴班诈败；逊若追来，朕引兵突出，断其归路，小子可擒矣。”文武皆贺曰：“陛下神机妙算，诸臣不及也！”［亚理士多德在《政治学》、古罗马哲人西塞罗在讲稿《论行省》中都曾写道：亚洲的人民容易服从奴隶制，而叙利亚人和犹太人则生来就过着奴隶生活。说法虽可商，亦非一无足取。叽叽喳喳地歌颂领导英明，至今仍是吾国顽症，与刘备手下那班文武，不过用语不同罢了。］

马良曰：“近闻诸葛丞相在东川点看各处隘口，恐魏兵入寇。陛下何不将各营移居之地，画成图本，问于丞相？”先主曰：“朕亦颇知兵法，何必又问丞相？”良曰：“古云：‘兼听则明，偏听则蔽。’望陛下察之。”先主曰：“卿可自去各营，画成四十八道图本，亲到东川去问丞相。如有不便，可急来报知。”马良领命而去。于是先主移兵于林木阴密处避暑。早有细作报知韩当、周泰。二人听得此事大喜，来见陆逊曰：“目今蜀兵四十余营，皆移于山林密处，依溪傍涧，就水歇凉。都督可乘虚击之。”正是：

蜀主有谋能设伏，吴兵好勇定遭擒。

未知陆逊可听其言否，且看下文分解。

凌迟

这回书，煞是血腥，刘备和张苞客串屠夫，抖了手“千刀万剐”的酷吏绝技。真正的东汉人行事自有一派凛然刚正，不致如此低贱，作为一种酷刑的凌迟，更非刘备所知。在中国，它是五代以后方有的酷刑，也就是说，罗贯中恰好知道。

依古代世界的文明认知，斩首（或“枭首”）只是一种处决方式，并不等于残暴。法国人吉约坦发明的断头台，原是针对贵族的专有刑具，普通罪犯还不配享此待遇；后者的刑具是绞架。日本自杀武士在依例履行切腹程序后，边上有位唤作“介错”的执行者——通常由剖腹者的亲朋充当——负责最后挥动大刀，将痛苦中的武士身首异处。这道刀光，其实是一种致敬。汤姆·克鲁斯主演的《最后的武士》，正好有此一幕。至于“凌迟”之刑，不管由何人行使，不管出于何种目的，都是文明败坏、个体堕落的标志。

作者为什么要这么写？答案或许是：他相信读者喜欢这个结局。该结局既对读者的嗜血性充满依赖，又对他们精神上的脆弱性和道德上的蒙昧性抱有坚信。所以，小说不仅展示了罗贯中的非凡天才，还对我们理解活生生的民族性提供了绝佳视角。

第八十四回

陆逊营烧七百里　孔明巧布八阵图

却说韩当、周泰探知先主移营就凉，急来报知陆逊。逊大喜，遂引兵自来观动静，只见平地一屯不满万余人，大半皆是老弱之众，大书"先锋吴班"旗号。周泰曰："吾视此等兵如儿戏耳，愿同韩将军分两路击之。如其不胜，甘当军令。"陆逊看了良久，以鞭指曰："前面山谷中，隐隐有杀气起，其下必有伏兵，故于平地设此弱兵，以诱我耳。诸公切不可出。"众将听了，皆以为懦。[说得玄妙。陆逊妙处，在善于观察。]

次日，吴班引兵到关前搦战，耀武扬威，辱骂不绝，多有解衣卸甲，赤身裸体，或睡或坐。徐盛、丁奉入帐禀陆逊曰："蜀兵欺我太甚！某等愿出击之！"逊笑曰："公等但恃血气之勇，未知孙、吴兵法，此彼诱敌之计也，三日后必见其诈矣。"徐盛曰："三日后，彼移营已定，安能击之乎？"逊曰："吾正欲令彼移营也。"诸将哂笑而退。过三日后，会诸将于关上观望，见吴班兵已退去。逊指曰："杀气起矣。刘备必从山谷中出也。"言未毕，只见蜀兵皆全装惯束，拥先主而过。吴兵见了，尽皆胆裂。逊曰："吾之不听诸公击班者，正为此也。今伏兵已出，旬日之内，必破蜀矣。"诸将皆曰："破蜀当在初时，今连营五六百里，相守经七八月，其诸要害皆已固守，安能破乎？"逊曰："诸公不知兵法。备乃世之枭雄，更多智谋，其兵始集，法度精专；今守之久矣，不得我便，兵疲意阻，取之正在今日。"诸将方才叹服。后人有赞曰：

虎帐谈兵按《六韬》，安排香饵钓鲸鳌。
三分自是多英俊，又显江南陆逊高。

却说陆逊已定了破蜀之策，遂修笺遣使奏闻孙权，言指日可以破蜀之意。权览毕，大喜曰："江东复有此异人，孤何忧哉！诸将皆上书言其懦，孤独不信。今观其言，果非懦也。"[在莽夫眼里，"谨慎"等于懦弱。其实，“大智大勇”是一个因果词组，即：大智者方有大勇。莽夫不配语勇。］于是大起吴兵来接应。

却说先主于猇亭尽驱水军顺流而下，沿江屯扎水寨，深入吴境。黄权谏曰：“水军沿江而下，进则易，退则难。臣愿为前驱，陛下宜在后阵，庶万无一失。”先主曰：“吴贼胆落，朕长驱大进，有何碍乎？”众官苦谏，先主从之，遂分兵两路，命黄权督江北之兵，以防魏寇；先主自督江南诸军，夹江分立营寨，以图进攻。细作探知，连夜报知魏主，言“蜀伐吴，树栅连营，纵横七百余里，分四十余屯，皆傍山林下寨；令黄权督兵在江北岸，每日出哨百余里，不知何意”。魏主闻之，仰面笑曰：“刘备将败矣！”群臣请问其故。魏主曰：“刘玄德不晓兵法，岂有连营七百里，而可以拒敌者乎？包原隰险阻屯兵者，此兵法之大忌也。玄德必败于东吴陆逊之手。旬日之内，消息必至矣。”［在“不晓兵法”的刘备面前，曹丕都敢指指点点。］群臣犹未信，皆请拨兵备之。魏主曰：“陆逊若胜，必尽举东吴兵去取西川。吴兵远去，国中空虚，朕虚托以兵助战，令三路一齐进兵，东吴唾手可取也。”众皆拜服。［想得美。事后看来，曹丕的“黄雀在后”计，恰好助刘备脱困。］魏主下令，使曹仁督一军出濡须，曹休督一军出洞口，曹真督一军出南郡，三路军马会合日期，暗袭东吴，“朕随后自来接应。”调遣已定。

不说魏兵袭吴。且说马良至川，入见孔明，呈上图本而言曰：“今移营夹江，横占七百里，下四十余屯，皆依溪傍涧、林木茂盛之处。皇上令良将图本来与丞相观之。”孔明看讫，拍案叫苦曰：“是何人教主上如此下寨？可斩此人！”马良曰：“皆主上自为，非他人之谋。”孔明叹曰：“汉朝气数休矣！”良问其故。孔明曰：“包原隰险阻而结营，此兵家之大忌。倘彼用火攻，何以解救？又岂有连营七百里而可拒敌乎？祸不远矣！陆逊拒守不出，正为此也。汝当速去见天子，改屯诸营，不可如此。”良曰：“倘今吴兵已胜，如之奈何？”孔明曰：“陆逊不敢来追，成都可保无虞。”良曰：“逊何故不追？”孔明曰：“恐魏兵袭其后也。主上若有失，当投白帝城避之。吾入川时，已伏下十万兵在鱼腹浦矣。”［写得妖炫。］良大惊曰：“某于鱼腹浦往来数次，未尝见一卒，丞相何作此诈语？”孔明曰："后来必见，不劳多问。"马良求了表章，火速投御营来。孔明自回成都，调拨军马救应。

却说陆逊见蜀兵懈怠，不复堤防，升帐聚大小将士听令曰："吾自受命以来，未尝出战。今观蜀兵，足知动静，故欲先取江南岸一营。谁敢去取？"言未毕，韩当、周泰、凌统等应声而出曰："某等愿往。"逊教皆退不用，独唤阶下末将淳于丹曰："吾与汝五千军，去取江南第四营；蜀将傅彤所守。今晚就要成功。吾自提兵接应。"淳于丹引兵去了。又唤徐盛、丁奉曰："汝等各领兵三千，屯于寨外五里，如淳于丹败回，有兵赶来，当出救之，却不可追去。"二将自引军去了。

却说淳于丹于黄昏时分领兵前进，到蜀寨时，已三更之后。丹令众军鼓噪而入。蜀营内傅彤引军杀出，挺枪直取淳于丹。丹敌不住，拨马便回。忽然喊声大震，一彪军拦住去路，为首大将赵融。丹夺路而走，折其大半。正走之间，山后一彪蛮兵拦住，为首番将沙摩柯。丹死战得脱，背后三路军赶来。比及离营五里，吴军徐盛、丁奉二人两下杀来，蜀兵退去，救了淳于丹回营。丹带箭入见陆逊请罪。逊曰："非汝之过也。吾欲试敌人之虚实耳。破蜀之计，吾已定矣。"徐盛、丁奉曰："蜀兵势大，难以破之，空自损兵折将耳。"逊笑曰："吾这条计，但瞒不过诸葛亮耳。天幸此人不在，使我成大功也。"[作者百美归于亮。实情是：刘备入川后，出征从无孔明相伴。辅佐者先是庞统，后是法正。两人死后，孔明依旧留守成都，刘备改任素无战功的马良。刘备大概嫌孔明总把自己当陪衬，故决意亲自过一把前敌统帅瘾。]遂集大小将士听令，使朱然于水路进兵，来日午后东南风大作，[又见东南风。东南风决定了两大战役的成败。]用船装载茅草，依计而行；韩当一军攻江北岸，周泰引一军攻江南岸，每人手执茅草一把，内藏硫黄焰硝，各带火种，各执枪刀，一齐而上，但到蜀营，顺风举火；蜀兵四十屯，只烧二十屯，每间一屯烧一屯。各军预带干粮，不许暂退，昼夜追袭，只擒了刘备方止。众将听了军令，各受计而去。

却说先主正在御营寻思破吴之计，忽见帐前中军旗幡无风自倒，乃问程畿曰："此为何兆？"畿曰："今夜莫非吴兵来劫营？"先主曰："昨夜杀尽，安敢再来？”畿曰：“倘是陆逊试敌，奈何？”正言间，人报山上远远望见吴兵尽沿山望东去了。先主曰：“此是疑兵。”令众休动，命关兴、张苞各引五百骑出巡。黄昏时分，关兴回奏曰：“江北营中火起。”先主急令关兴往江北，张苞往江南，探看虚实，倘吴兵到时，可急回报。二将领命去了。初更时分，东南风骤起，只见御营左屯火起。方欲救时，御营右屯又火起。风紧火急，树木皆着，喊声大震。两屯军马齐出，奔离御营中，御营军自相践踏，死者不知其数。后面吴兵杀到，又不知多少军马。先主急上马，奔冯习营时，习营中火光连天而起。江南、江北，照耀如同白日。冯习慌上马引数十骑而走，正逢吴将徐盛军到，敌住厮杀。先主见了，拨马投西便走。徐盛舍了冯习，引兵追来。先主正慌，前面又一军拦住，乃是吴将丁奉，两下夹攻。先主大惊，四面无路。忽然喊声大震，一彪军杀入重围，乃是张苞，救了先主，引御林军奔走。正行之间，前面一军又到，乃蜀将傅彤也，合兵一处而行。背后吴兵追至。先主前到一山，名马鞍山。张苞、傅彤请先主上的山时，山下喊声又起，陆逊大队人马将马鞍山围住。张苞、傅彤死据山口。先主遥望遍野火光不绝，死尸重叠，塞江而下。

次日，吴兵又四下放火烧山，军士乱窜，先主惊慌。忽然火光中一将引数骑杀上山来，视之乃关兴也。兴伏地请曰：“四下火光迫近，不可久停。陛下速奔白帝城，再收军马可也。”先主曰：“谁敢断后？”傅彤奏曰：“臣愿以死当之！”当日黄昏，关兴在前，张苞在中，傅彤断后，保着先主杀下山来。吴兵见先主奔走，皆要争功，各引大军，遮天盖地往西追赶。先主令军士尽脱袍铠，塞道而焚，以断后军。正奔走间，喊声大震，吴将朱然引一军从江岸边杀来，截住去路。先主叫曰：“朕死于此矣！”关兴、张苞纵马冲突，被乱箭射回，各带重伤，不能杀出。背后喊声又起，陆逊引大军从山谷中杀来。先主正慌急之间，此时天色已微明，只见前面喊声震天，朱然军纷纷落涧，滚滚投岩，一彪军杀入，前来救驾。先主大喜，视之，乃常山赵子龙也。时赵云在川中江州，闻吴、蜀交兵，遂引军出，忽见东南一带火光冲天，云心惊，远远探视，不想先主被困，云奋勇冲杀而来。陆逊闻是赵云，急令军退。云正杀之间，忽遇朱然，便与交锋，不一合，一枪刺朱然于马下，杀散吴兵，救出先主，望白帝城而走。先主曰："朕虽得脱，诸将士将奈何？"云曰："敌军在后，不可久迟。陛下且入白帝城歇息，臣再引兵去救应诸将。"此时先主仅存百余人入白帝城。后人有诗赞陆逊曰：

持矛举火破连营，玄德穷奔白帝城。

一旦威名惊蜀魏，吴王宁不敬书生。

[说到书生，毛氏父子有段妙论："书生而有大将之才，不得以书生目之；亦唯书生而有大将之才，则正以其书生而取之。先轸悦礼乐而敦诗书，晋之名将，一书生也；张巡过目不忘，唐之名将，一书生也；岳飞歌雅投壶，孟珙扫地焚香，宋之名将，一书生也。每怪今人以书生相诟詈，见其人之文而无用者，辄笑之以书生气。试观陆逊之为书生，奈何轻量书生哉？"]

却说傅彤断后，被吴军八面围住。丁奉大叫曰："川将死者无数，降者极多，汝主刘备已被擒获。今汝力穷势孤，何不早降？"傅彤叱曰："吾乃汉将，安肯降吴狗乎！"挺枪纵马，率蜀军奋力死战不下百余合，往来冲突，不能得脱。彤长叹曰："吾今休矣！"言讫，口中吐血，死于吴军之中。后人赞傅彤诗曰：

彝陵吴蜀大交兵，陆逊施谋用火焚。

至死犹然骂"吴狗"，傅彤不愧汉将军。

[傅彤可敬，但骂"吴狗"不算本事，犯不着写诗叫好。]

蜀祭酒程畿，匹马奔至江边，招呼水军赴敌，吴兵随后追来，水军四散奔逃。畿部将叫曰："吴兵至矣！程祭酒快走罢！"畿怒曰："吾自从主上出军，未尝赴敌而逃！"言未毕，吴兵骤至，四下无路，畿拔剑自刎。后人有诗赞曰：

慷慨蜀中程祭酒，身留一剑答君王。

临危不改平生志，博得声名万古香。

时吴班、张南久围彝陵城，忽冯习到，言蜀兵败，遂引军来救先主，孙桓方才得脱。张、冯二将正行之间，前面吴兵将来，背后孙桓从彝陵城杀出，两下夹攻。张南、冯习奋力冲突，不能得脱，死于乱军之中。后人有诗赞曰：

冯习忠无二，张南义少双。

沙场甘死节，史册共流芳。

吴班杀出重围，又遇吴兵追赶，幸得赵云接着，救回白帝城去了。时有蛮王沙摩柯匹马奔走，正逢周泰，战二十余合，被泰所杀。蜀将杜路、刘宁尽皆降吴。蜀营一应粮草器仗，尺寸不存。蜀将川兵，降者无数。[火势无古今之别，冷兵器时代若有大火相助，立时获得现代战争的效果。]时孙夫人在吴，闻猇亭兵败，讹传先主死于军中，遂驱车至江边，望西遥哭，投江而死。后人立庙江滨，号曰枭姬祠。尚论者作诗叹之曰：

先主兵归白帝城，夫人闻难独捐生。

至今江畔遗碑在，犹著千秋烈女名。

却说陆逊大获全功，引得胜之兵，往西追袭。前离夔关不远，逊在马上看见前面临山傍江，一阵杀气冲天而起，遂勒马回顾众将曰："前面必有埋伏，三军不可轻进。"即倒退十余里，于地势空阔处排成阵势，以御敌军。即差哨马前去探视，回报并无军屯在此。逊不信，下马登高望之，杀气复起。逊再令人仔细探视，哨马回报，前面并无一人一骑。逊见日将西沉，杀气越加，心中犹豫，令心腹人再往探看。回报江边止有乱石八九十堆，并无人马。逊大疑，令着土人问之。须臾有数人到，逊问曰："何人将乱石作堆？如何乱石堆中有杀气冲起？"土人曰："此处地名鱼腹浦。诸葛亮入川之时，驱兵到此，取石排成阵势于沙滩之上。自此常常有气如云，从内而起。"[想象一下英格兰的索尔兹伯里石阵。欲臻"十万精兵"效果，孔明石阵的规模还要大百来倍才行。]

陆逊听罢，上马引数十骑来看石阵，立马于山坡之上，但见四面八方，皆有门有户。逊笑曰："此乃惑人之术耳，有何益焉！"遂引数骑下山坡来，直入石阵观看。部将曰："日暮矣，请都督早回。"逊方欲出阵，忽然狂风大作，一霎时，飞沙走石，遮天盖地。但见怪石嵯峨，槎枒似剑；横沙立土，重叠如山；江声浪涌，有如剑鼓之声。逊大惊曰："吾中诸葛之计也！"急欲回时，无路可出。正惊疑间，忽见一老人立于马前，笑曰："将军欲出此阵乎？"逊曰："愿长者引出。"老人策杖徐徐而行，径出石阵，并无所碍，送至山坡之上。逊问曰："长者何人？"老人答曰："老人乃诸葛孔明之岳父黄承彦也。昔小婿入川之时，于此布下石阵，阵名'八阵图'。反复八门，按遁甲休、生、伤、杜、景、死、惊、开。每日每时，变化无端，可比十万精兵。临去之时，曾分付老夫道：'后有东吴大将迷于阵中，莫要引他出来。'老夫适于山岩之上，见将军从'死门'而入，料想不识此阵，必为所迷。老夫平生好善，不忍将军陷没于此，故特自'生门'引出也。"逊曰："公曾学此阵法否？"黄承彦曰："变化无穷，不能学也。"逊慌忙下马拜谢而回。［小说家可以虚构，也不妨构筑荒诞情节，但最忌情理不通。孔明真有通天彻地之能，倒有渎职之嫌了：他为何不预防刘备兵败呢？艺术逻辑不比生活逻辑，但仍是一种逻辑。］后杜工部有诗曰：

功盖三分国，名成八阵图。

江流石不转，遗恨失吞吴。

陆逊回寨，叹曰："孔明真卧龙也！吾不能及！"于是下令班师。左右曰："刘备兵败势穷，困守一城，正好乘势击之。今见石阵而退，何也？"逊曰："吾非惧石阵而退。吾料魏主曹丕，其奸诈与父无异，今知吾追赶蜀兵，必乘虚来袭。吾若深入西川，急难退矣。"［这才是陆逊的真话，也符合实情。］遂令一将断后，逊率大军而回。退兵未及二日，三处人来飞报："魏兵曹仁出濡须，曹休出洞口，曹真出南郡，三路兵马数十万，星夜至境，未知何意。"逊笑曰："不出吾之所料。吾已令兵拒之矣。"正是：

雄心方欲吞西蜀，胜算还须御北朝。

未知如何退兵，且看下文分解。

战阵

八阵图之说，史有记载，未道其详。《水经注》曾提及三处"八阵图垒"，"皆垒细石为之"，亦未述其功用，看来是孔明用于操练士兵的八种阵法。单凭若干“细石”，肯定无法产生飞沙走石、云卷风飞的效果。此类魔幻战阵的实战价值从未有过确证，它们只是频繁出现在文人墨客或江湖大仙的拟想情境中，在书卷里出尽风头。

依常理，复杂战阵，出自少林寺十八棍僧固然可能（他们算专业人士），寻常士兵必无力曲尽其妙。战场之阵需要成千上万人配合，阵式越繁，出错率越高，而敌情是个变量，士兵焉能胜任？因此，只有兼具简单、高效特点的战阵，才能奏其功。马其顿和古罗马人的方阵就有类似特点，它们没有“天覆阵、地载阵、风扬阵、云垂阵”等炫目名称，但凭其简单高效，亚历山大大帝和后来的罗马人征服了当时的地中海世界。中国古人亦有出色的战阵调度，从曹操亲撰的《军令》《步战令》中，后人也能感受真实的战阵战况，如“临战，阵骑皆当在军两头；前陷，陈骑次之，游骑在后，违令髡鞭二百；兵进，退入阵间者斩”，即相当简洁。主帅的大脑里可以丘壑纵横，风云变幻，但士兵得到的指令越简单，他们的执行力就越完美。

复杂战阵非训练有素的专业人士莫办；若复杂且庞大，则无人能办。毕竟，谁也不可能拥有一支数万人的特种部队。

第八十五回

刘先主遗诏托孤儿　诸葛亮安居平五路

却说章武二年夏六月，东吴陆逊大破蜀兵于猇亭彝陵之地，先主奔回白帝城，赵云引兵据守。忽马良至，见大军已败，懊悔不及，将孔明之言奏知先主。先主叹曰："朕早听丞相之言，不致今日之败！今有何面目复回成都见群臣乎！"遂传旨就白帝住扎，将馆驿改为永安宫。人报冯习、张南、傅彤、程畿、沙摩柯等皆殁于王事，先主伤感不已。又近臣奏称："黄权引江北之兵，降魏去了。陛下可将彼家属送有司问罪。"刘先主曰："黄权被吴兵隔断在江北岸，欲归无路，不得已而降魏；是朕负权，非权负朕也，何必罪其家属？"仍给禄米以养之。[冷静下来的刘备，做了件了不起的事。]

却说黄权降魏，诸将引见曹丕。丕曰："卿今降朕，欲追慕于陈、韩也！"权泣而奏曰："臣受先帝之恩，殊遇甚厚，令臣督诸军于江北，被陆逊绝断。臣归蜀无路，降吴不可，故来投陛下。败军之将，免死为幸，安敢追慕于古人耶！"丕大喜，遂拜黄权为镇南将军。权坚辞不受。忽近臣奏曰："有细作人自蜀中来，说蜀主将黄权家属尽皆诛戮。"权曰："臣与蜀主推诚相信，知臣本心，必不肯杀臣之家小也。"丕然之。后人有诗责黄权曰：

降吴不可却降曹，忠义安能事两朝？
堪叹黄权惜一死，紫阳书法不轻饶。

[诗味庸俗。伪清客好放高调，真英雄独能恤人。]

曹丕问贾诩曰："朕欲一统天下，先取蜀乎？先取吴乎？"诩曰："刘备雄才，更兼诸葛亮善能治国；东吴孙权能识虚实，陆逊见屯兵于险要，隔江泛湖，皆难卒谋。以臣观之，诸将之中皆无孙权、刘备敌手。虽以陛下天威临之，亦未见万全之势也。只可持守，以待二国之变。"丕曰：

"朕已遣三路大兵伐吴，安有不胜之理?"尚书刘晔曰："近东吴陆逊新破蜀兵七十万，[刘备真实兵力未满五万，陆逊兵力差不多。经过多年战乱、动荡和疾疫，曹丕都无力集结七十万大军。]上下齐心，更有江湖之阻，不可卒制，陆逊多谋，必有准备。"丕曰："卿前劝朕伐吴，今又谏阻，何也?"晔曰："时有不同也。昔东吴累败于蜀，其势顿挫，故可击耳；今既获全胜，锐气百倍，未可攻也。"丕曰："朕意已决，卿勿复言。"遂引御林军亲往接应三路兵马。早有哨马报说："东吴已有准备，令吕范引兵拒住曹休，诸葛瑾引兵在南郡拒住曹真，朱桓引兵当住濡须以拒曹仁。"刘晔曰："既有准备，去恐无益。"丕不从，引兵而去。

却说吴将朱桓，年方二十七岁，极有胆略，孙权甚爱之；时督军于濡须，闻曹仁引大军去取羡溪，桓遂尽拨军守把羡溪去了，止留五千骑守城。忽报曹仁令大将常雕同诸葛虔、王双，引五万精兵飞奔濡须城来。众军皆有惧色。桓按剑而言曰："胜负在将，不在兵之多寡。兵法云：'客兵倍而主兵半者，主兵尚能胜于客兵。'今曹仁千里跋涉，人马疲困。吾与汝等共据高城，南临大江，北背山险，以逸待劳，以主待客，此乃百战百胜之势。虽曹丕自来，尚不足忧，况仁等耶!"于是传令，教众军偃旗息鼓，只作无人守把之状。[读者或许纳闷：孙权刚"降魏受九锡"，曹丕又封他为吴王，缘何突然刀兵相加?无他，曹丕勒令孙权送儿子孙登到朝廷充当"任子"，孙权拒绝。依当时规矩，孙权应该送，因为臣子有免除皇上担忧的义务。所以，曹丕并非师出无名。]

且说魏将先锋常雕，领精兵来取濡须城，遥望城上并无军马。雕催军急进，离城不远，一声炮响，旌旗齐竖。朱桓横刀飞马而出，直取常雕。战不三合，被桓一刀斩常雕于马下。吴兵乘势冲杀一阵，魏兵大败，死者无数。朱桓大胜，得了无数旌旗军器战马。曹仁领兵随后到来，却被吴兵从羡溪杀出。曹仁大败而退，回见魏主，细奏大败之事。丕大惊。正议之间，忽探马报："曹真、夏侯尚围了南郡，被陆逊伏兵于内，诸葛瑾伏兵于外，内外夹攻，因此大败。"言未毕，忽探马又报："曹休亦被吕范杀败。"丕听知三路兵败，乃喟然叹曰："朕不听贾诩、刘晔之言，果有此败!"时值夏天，瘟疫流行，马步军十死六七，遂引军回洛阳。

吴、魏自此不和。[逻辑好怪。不和是因，战争是果。作者竟颠倒过来，变成先打仗，后不和。]

却说先主在永安宫染病不起，渐渐沉重，至章武三年夏四月，先主自知病入四肢，又哭关、张二弟，其病愈深，两目昏花。厌见侍从之人，乃叱退左右，独卧于龙榻之上。忽然阴风骤起，将灯吹摇，灭而复明，只见灯影之下，二人侍立。先主怒曰："朕心绪不宁，教汝等且退，何故又来！"叱之不退。先主起而视之，上首乃云长，下首乃翼德也。先主大惊曰："二弟原来尚在？"云长曰："臣等非人，乃是鬼也。上帝以臣二人平生不失信义，皆敕命为神。哥哥与兄弟聚会不远矣。"先主扯定大哭。忽然惊觉，二弟不见。即唤从人问之，时正三更。先主叹曰："朕不久于人世矣！"遂遣使往成都，请丞相诸葛亮、尚书令李严等，星夜来永安宫，听受遗命。孔明等与先主次子鲁王刘永、梁王刘理，来永安宫见帝，留太子刘禅守成都。

且说孔明到永安宫，见先主病危，慌忙拜伏于龙榻之下。先主传旨，请孔明坐于龙榻之侧，抚其背曰："朕自得丞相，幸成帝业；何期智识浅陋，不纳丞相之言，自取其败。悔恨成疾，死在旦夕。嗣子孱弱，不得不以大事相托。"言讫，泪流满面。孔明亦涕泣曰："愿陛下善保龙体，以副天下之望！"先主以目遍视，只见马良之弟马谡在傍，先主令且退。谡退出，先主谓孔明曰："丞相观马谡之才何如？"孔明曰："此人亦当世之英才也。"先主曰："不然。朕观此人，言过其实，不可大用。丞相宜深察之。"[刘备有知人之才，这是帝王之具；孔明独缺此能。刘劭《人物志》曰："知人者，王道也；知事者，臣道也。"亦即当年刘邦与韩信唠嗑时提及的"将将"与"将兵"之别。]分付毕，传旨召诸臣入殿，取纸笔写了遗诏，递与孔明而叹曰："朕不读书，粗知大略。圣人云：'鸟之将死，其鸣也哀；人之将死，其言也善。'朕本待与卿等同灭曹贼，共扶汉室；不幸中道而别。烦丞相将诏付与太子禅，令勿以为常言。凡事更望丞相教之！"[果然不读书。"人之将死"云云只可评价他人，焉可自称？以之自称，等于招认平时说话"不善"。]孔明等泣拜于地曰："愿陛下将息龙体！臣等尽施犬马之劳，以报陛下知遇之恩也。"先主命内侍扶起孔明，一手掩泪，一手执其手曰："朕今死矣，有心腹之言相告！"孔明曰："有何圣谕？"先主泣曰："君才十倍曹丕，必能安邦定国，终定大事。若嗣子可辅则辅之，如其不才，君可自为成都之主。"孔明听毕，汗流遍体，手足失措，泣拜于地曰："臣安敢不竭股肱之力，效忠贞之节，继之以死乎！"言讫，叩头流血。先主又请孔明坐于榻上，唤鲁王刘永、梁王刘理近前，分付曰："尔等皆记朕言：朕亡之后，尔兄弟三人皆以父事丞相，不可怠慢。"言罢，遂命二王同拜孔明。二王拜毕，孔明曰："臣虽肝脑涂地，安能报知遇之恩也！"[刘备腹心难测，从日后走向看，孔明似被刘备的遗言罩住了。戏仿书中回目，或可说"死刘备拿生孔明"。]

先主谓众官曰："朕已托孤于丞相，令嗣子以父事之。卿等俱不可怠慢，以负朕望。"又嘱赵云："朕与卿于患难之中，相从到今，不想于此地分别。卿可想朕故交，早晚看觑吾子，勿负朕言。"云泣拜曰："臣敢不效犬马之劳！"先主又谓众官曰："卿等众官，朕不能一一分嘱，愿皆自爱。"言毕驾崩，寿六十三岁。时章武三年夏四月二十四日也。后杜工部有诗叹曰：

蜀主窥吴向三峡，崩年亦在永安宫。
翠华想像空山外，玉殿虚无野寺中。
古庙杉松巢水鹤，岁时伏腊走村翁。
武侯祠屋长邻近，一体君臣祭祀同。

先主驾崩，文武官僚无不哀痛。孔明率众官奉梓宫还成都。太子刘禅出城迎接灵柩，安于正殿之内。举哀行礼毕，开读遗诏。诏曰：

> 朕初得疾，但下痢耳；后转生杂病，殆不自济。朕闻"人年五十，不称夭寿"。今朕六十有余，死复何恨？但以汝兄弟为念耳。勉之！勉之！勿以恶小而为之，勿以善小而不为。唯贤唯德，可以服人；汝父德薄，不足效也。汝与丞相从事，事之如父，勿怠！勿忘！汝兄弟更求闻达。至嘱！至嘱！[临终有遗恨，也有善心。]

群臣读诏已毕。孔明曰："国不可一日无君。请立嗣君，以承汉统。"

乃立太子禅即皇帝位，改元建兴。加诸葛亮为武乡侯，领益州牧。［可见，刘备在时，孔明未封侯。］葬先主于惠陵，谥曰昭烈皇帝。尊皇后吴氏为皇太后，谥甘夫人为昭烈皇后，糜夫人亦追谥为皇后。升赏群臣，大赦天下。

早有魏军探知此事，报入中原。近臣奏知魏主，曹丕大喜曰："刘备已亡，朕无忧矣。何不乘其国中无主，起兵伐之？"贾诩谏曰："刘备虽亡，必托孤于诸葛亮。亮感备知遇之恩，必倾心竭力，扶持嗣主。陛下不可仓卒伐之。"正言间，忽一人从班部中奋然而出曰："不乘此时进兵，更待何时？"众视之，乃司马懿也。丕大喜，遂问计于懿。懿曰："若只起中国之兵，急难取胜；须用五路大兵，四面夹攻，令诸葛亮首尾不能救应，然后可图。"

丕问何五路，懿曰："可修书一封，差使往辽东鲜卑国见国王轲比能，赂以金帛，令起辽西羌兵十万，先从旱路取西平关，此一路也。再修书遣使赍官诰赏赐，直入南蛮，见蛮王孟获，令起兵十万，攻打益州、永昌、牂牁、越隽四郡，以击西川之南，此二路也。再遣使入吴修好，许以割地，令孙权起兵十万，攻两川夹口，径取涪城，此三路也。又可差使至降将孟达处，起上庸兵十万，西攻汉中，此四路也。然后命大将军曹真为大都督，提兵十万，由京兆径出阳平关取西川，此五路也。共大兵五十万，五路并进，诸葛亮便有吕望之才，安能当此乎？"［司马懿终于有望"露两手"了。］丕大喜，随即密遣能言官四员为使前去；又命曹真为大都督，领兵十万，径取阳平关。此时张辽等一班旧将皆封列侯，俱在冀、徐、青及合肥等处据守关津隘口，故不复调用。

却说蜀汉后主刘禅，自即位以来，旧臣多有病亡者，不能细说；凡一应朝廷选法、钱粮、词讼等事，皆听诸葛丞相裁处。时后主未立皇后，孔明与群臣上言曰："故车骑将军张飞之女甚贤，年十七岁，可纳为正宫皇后。"后主即纳之。

建兴元年秋八月，忽有边报说："魏调五路大兵来取西川：第一路曹真为大都督，起兵十万，取阳平关；第二路乃反将孟达，起上庸兵十万，犯汉中；第三路乃东吴孙权，起精兵十万，取峡口入川；第四路乃蛮王孟获，起蛮兵十万，犯益州四郡；第五路乃番王轲比能，起羌兵十万，犯西平关。此五路军马，甚是利害。已先报知丞相，丞相不知为何，不出视事。”后主听罢大惊，即差近侍赍旨，宣召孔明入朝。使命去了半日，回报：“丞相府下人言，丞相染病不出。”后主转慌。次日，又命黄门侍郎董允、谏议大夫杜琼，去丞相卧榻前告此大事。董、杜二人到丞相府前，皆不得入。杜琼曰：“先帝托孤于丞相，今主上初登宝位，被曹丕五路兵犯境，军情至急，丞相何故推病不出？”良久，门吏传丞相令，言：“病体稍可，明早出都堂议事。”董、杜二人叹息而回。次日，多官又来丞相府前伺候，从早至晚又不见出。多官惶惶，只得散去。杜琼入奏后主曰：“请陛下圣驾亲往丞相府问计。”后主即引多官入宫，启奏皇太后。太后大惊曰：“丞相何故如此？有负先帝委托之意也！我当自往。”董允奏曰：“娘娘未可轻往。臣料丞相必有高明之见。且待主上先往；如果怠慢，请娘娘于太庙中召丞相问之未迟。”太后依奏。［为了日后合作愉快，孔明大概想以“相父”之尊，先给阿斗立下规矩。孔明无意阿斗的宝座，但阿斗最好别添乱。］

次日，后主车驾亲至相府。门吏见驾到，慌忙拜伏于地而迎。后主问曰：“丞相在何处？”门吏曰：“不知在何处。只有丞相钧旨，教挡住百官，勿得辄入。”后主乃下车步行，独进第三重门，见孔明独倚竹杖，在小池边观鱼。后主在后立久，乃徐徐而言曰：“丞相安乐否？”孔明回顾，见是后主，慌忙弃杖，拜伏于地曰：“臣该万死！”后主扶起，问曰：“今曹丕分兵五路犯境甚急，相父缘何不肯出府视事？”孔明大笑，扶后主入内室坐定，奏曰：“五路兵至，臣安得不知？臣非观鱼，有所思也。”后主曰：“如之奈何？”孔明曰：“羌王轲比能，蛮王孟获，反将孟达，魏将曹真，此四路兵，臣已皆退去了也。止有孙权这一路兵，臣已有退之之计，但须一能言之人为使。因未得其人，故熟思之。陛下何必忧乎？”

后主听罢，又惊又喜，曰：“相父果有鬼神不测之机也！愿闻退兵之策。”孔明曰：“先帝以陛下付托与臣，臣安敢旦夕怠慢。成都众官皆不晓兵法之妙贵在使人不测，岂可泄漏于人？老臣先知西番国王轲比能引兵犯西平关，臣料马超积祖西川人氏，素得羌人之心，羌人以超为神威天将军，臣已先遣一人，星夜驰檄，令马超紧守西平关，伏四路奇兵，每日交换，以兵拒之，此一路不必忧矣。又南蛮孟获兵犯四郡，臣亦飞檄遣魏延领一军左出右入，右出左入，为疑兵之计；蛮兵唯凭勇力，其心多疑，若见疑兵，必不敢进，此一路又不足忧矣。又知孟达引兵出汉中，达与李严曾结生死之交；臣回成都时，留李严守永安宫。臣已作一书，只做李严亲笔，令人送与孟达，达必然推病不出，以慢军心，[当初怂恿刘封拒绝关羽求援者，正是孟达。刘封伏诛，孔明、李严却和孟达书信往来，刘备泉下有知，怕又要"大怒"了。其实，这恰切反映了真实的人际关系：人们不会单纯依据君王的好恶，决定自己的交友；孔明更自有决断。]此一路又不足忧矣。又知曹真引兵犯阳平关；此地险峻，可以保守，臣已调赵云引一军守把关隘，并不出战；曹真若见我兵不出，不久自退矣。此四路兵俱不足忧。臣尚恐不能全保，又密调关兴、张苞二将各引兵三万，屯于紧要之处，为各路救应。此数处调遣之事，皆不曾由成都，故无人知觉。只有东吴一路兵未必便动，如见四路兵胜，川中危急，必来相攻；若四路不济，安肯动乎？臣料孙权想曹丕三路侵吴之怨，必不肯从其言。虽然如此，须用一舌辩之士，径往东吴，以利害说之，则先退东吴；其四路之兵，何足忧乎？但未得说吴之人，臣故踌躇。何劳陛下圣驾来临？"[孔明从未打算与东吴为敌，故一俟刘备驾崩，马上着手修复吴蜀联盟。当然，破坏是双方面的，孙权也有责任。]后主曰："太后亦欲来见相父。今朕闻相父之言，如梦初觉，复何忧哉！"

孔明与后主共饮数杯，送后主出府。众官皆环立于门外，见后主面有喜色。后主别了孔明，上御车回朝。众皆疑惑不定。孔明见众官中一人仰天而笑，面亦有喜色。孔明视之，乃义阳新野人，姓邓名芝，字伯苗，见为户部尚书；汉司马邓禹之后。孔明暗令人留住邓芝。多官皆散，孔明请芝到书院中，问芝曰："今蜀、魏、吴鼎分三国，欲讨二国，一统中兴，当先伐何国？"芝曰："以愚意论之，魏虽汉贼，其势甚大，急难摇动，当徐徐缓图；今主上初登宝位，民心未安，当与东吴连合，结为唇齿，一洗先帝旧怨，此乃长久之计也。未审丞相钧意若何？"孔明大笑曰："吾思之久矣，奈未得其人，今日方得也！"芝曰："丞相欲其人何为?”孔明曰：“吾欲使人往结东吴。公既能明此意，必能不辱君命。使吴之任，非公不可。”芝曰：“愚才疏智浅，恐不堪当此任。”孔明曰：“吾来日奏知天子，便请伯苗一行，切勿推辞。”芝应允而退。至次日，孔明奏准后主，差邓芝往说东吴。芝拜辞，望东吴而来。正是：

吴人方见干戈息，蜀使还将玉帛通。

未知邓芝此去若何，且看下文分解。

筹码

对刘备托孤语，人们或褒或弹。赵翼赞为“千载下犹见其肝膈本怀，岂非真性情之流露”，吕思勉屡称刘备心计太工，对刘备颇有回护的黎东方也指出：“刘备的确于信任之中，带了一点不信任的意思。”他提醒读者，阿斗“同时也托给了李严。李严被刘备提升为尚书令兼都护军……分掉了诸葛亮军政两方面的大权”。

说大话需要筹码。刘备托孤语该视为诚挚还是滑头，只有结合刘备的筹码才能觑个究竟。老实说，刘备筹码不多，一场惨败使蜀国元气大伤，旧将新臣十去七八，赵云老去，马超原非股肱之臣。刘备甚至没脸回成都了，用诈力攫获的益州，当然不应指望刘璋旧臣及百姓的诚心拥戴，在他新遭惨败且令大量蜀国父老失去亲人之时，就更不敢奢望了。看来，孔明既是刘备唯一的提防对象，也是刘备唯一可以倚重的力量。若位居丞相之尊的孔明别有他图，刘备无能为力，故情急之下，刘备来了手绝的：用孔明的道德为筹码，反制孔明。

孔明确有绝高的道德，对皇位决无异心，对恢复汉室怀有强烈使命。因此，孔明决心用忠诚来达成理想，同时对刘备揣着明白装糊涂的小算盘不予计较——啥叫“如其不才，君可自为成都之主”？阿斗无才，刘备会不知道？

第八十六回

难张温秦宓逞天辨　破曹丕徐盛用火攻

却说东吴陆逊自退魏兵之后，吴王拜逊为辅国将军、江陵侯，领荆州牧，自此军权皆归于逊。张昭、顾雍启奏吴王，请自改元。权从之，遂改为黄武元年。［改年号，是闹独立的标志，宣布了与魏国决裂；距自称皇帝，仅一步之遥。］忽报魏主遣使至，权召入。使命陈说："蜀前使人求救于魏，魏一时不明，故发兵应之，今已大悔，欲起四路兵收川，东吴可来接应。若得蜀土，各分一半。"

权闻言不能决，乃问于张昭、顾雍等。昭曰："陆伯言极有高见，可问之。"权即召陆逊至。逊奏曰："曹丕坐定中原，急不可图，今君不从，必为仇矣。臣料魏与吴皆无诸葛亮之敌手。今且勉强应允，整军预备，只探听四路如何。若四路兵胜，川中危急，诸葛亮首尾不能救，主上则发兵以应之，先取成都，此为上策；如四路兵败，别作商议。"权从之，乃谓魏使曰："军需未办，择日便当起程。"使者拜辞而去。［如孔明所料。但东吴三心二意，时而左倾时而右袒，体统丧尽，令人哑然。］权令人探得西番兵出西平关，见了马超，不战自退；南蛮孟获起兵攻四郡，皆被魏延用疑兵计杀退回洞去了；上庸孟达兵至半路，忽然染病不能行；曹真兵出阳平关，赵子龙拒住各处险道，果然"一将守关，万夫莫开"。曹真屯兵于斜谷道，不能取胜而回。

孙权知了此信，乃谓文武曰："陆伯言真神算也。孤若妄动，又结怨于西蜀矣。"忽报西蜀遣邓芝到。张昭曰："此又是诸葛亮退兵之计，遣邓芝为说客也。"权曰："当何以答之？"昭曰："先于殿前立一大鼎，贮油数百斤，下用炭烧。待其油沸，可选身长面大武士一千人，各执刀在手，从宫门前直排至殿上，却唤芝入见。休等此人开言下说词，责以郦食其说齐故事，效此例烹，且看其人如何对答。"［如临大敌，只为对付一位说客。张昭高射炮打蚊子，太夸张。]

权从其言，遂立油鼎，命武士立于左右，各执军器，召邓芝入。芝整衣冠而入。行至宫门前，只见两行武士威风凛凛，各持钢刀、大斧、长戟、短剑，直列至殿前。芝晓其意，并无惧色，昂然而行。至殿前，又见鼎镬内热油正沸。左右武士以目视之，芝但微微而笑。近臣引至帘前，邓芝长揖不拜。权令卷起珠帘，大喝曰："何不拜?"芝昂然而答曰："上国天使，不拜小邦之主。"权大怒曰："汝不自料，欲掉三寸之舌，效郦生说齐乎！可速入油鼎!"芝大笑曰："人皆言东吴多贤，谁想惧一儒生!"权转怒曰："孤何惧尔一匹夫耶?"芝曰："既不惧邓伯苗，何愁来说汝等也?"权曰："尔欲为诸葛亮作说客，来说孤绝魏向蜀，是否?"芝曰："吾乃蜀中一儒生，特为吴国利害而来。乃设兵陈鼎，以拒一使，何其局量之不能容物耶!"

权闻言惶愧，即叱退武士，命芝上殿，[勇于昏庸，敏于纠错，孙权难捉摸。]赐坐而问曰："吴、魏之利害若何？愿先生教我。"芝曰："大王欲与蜀讲和，还是欲与魏讲和?"权曰："孤正欲与蜀主讲和，但恐蜀主年轻识浅，不能全始全终耳。"芝曰："大王乃命世之英豪，诸葛亮亦一时之俊杰；蜀有山川之险，吴有三江之固。若二国连和，共为唇齿，进则可以兼吞天下，退则可以鼎足而立。今大王若委贽称臣于魏，魏必望大王朝觐，求太子以为内侍；如其不从，则兴兵来攻，蜀亦顺流而进取。如此则江南之地，不复为大王有矣。若大王以愚言为不然，愚就将死于大王之前，以绝说客之名也。"言讫，撩衣下殿，望油鼎中便跳。[真做得出。]权急命止之，请入后殿，以上宾之礼相待。权曰："先生之言，正合孤意。孤今欲与蜀主连和，先生肯为我介绍乎?"芝曰："适欲烹小臣者，乃大王也。今欲使小臣者，亦大王也。大王犹自狐疑未定，安能取信于人?"权曰："孤意已决，先生勿疑。"

于是吴王留住邓芝，集多官问曰："孤掌江南八十一州，更有荆楚之地，反不如西蜀偏僻之处也。蜀有邓芝，不辱其主；吴并无一人入蜀，以达孤意。"忽一人出班奏曰："臣愿为使。"众视之，乃吴郡吴人，姓张名温，字惠恕，见为中郎将。权曰："恐卿到蜀见诸葛亮，不能达孤之情。”温曰：“孔明亦人耳，臣何畏彼哉？”权大喜，重赏张温，使同邓芝入川通好。[亨利·沃顿爵士认为：“大使就是为了国家利益而到国外说谎的诚实人。”孙权就想找这样一个“诚实人”。]

却说孔明自邓芝去后，奏后主曰：“邓芝此去，其事必成。吴地多贤，定有人来答礼。陛下当礼貌之，令彼回吴以通盟好。吴若通和，魏必不敢加兵于蜀矣。吴、魏宁靖，臣当征南，平定蛮方，然后图魏。魏削则东吴亦不能久存，可以复一统之基业也。”后主然之。

忽报东吴遣张温与邓芝入川答礼。后主聚文武于丹墀，令邓芝、张温入。温自以为得志，昂然上殿，见后主施礼。后主赐锦墩，坐于殿左，设御宴待之。后主但敬礼而已。宴罢，百官送张温到馆舍。次日，孔明设宴相待。孔明谓张温曰：“先帝在日与吴不睦，今已晏驾。当今主上深慕吴王，欲捐旧忿，永结盟好，并力破魏。望大夫善言回奏。”张温领诺。[孔明等于替刘备道歉，需要大度，更需要担当。]酒至半酣，张温喜笑自若，颇有傲慢之意。

次日，后主将金帛赐与张温，设宴于城南邮亭之上，命众官相送。孔明殷勤劝酒。忽一人乘醉而入，昂然长揖，入席就坐。温怪之，乃问孔明曰：“此何人也？”孔明答曰：“姓秦名宓，字子勑，见为益州学士。”温笑曰：“名称学士，未知胸中曾学事否？”宓正色而言曰：“蜀中三尺小童尚皆就学，何况于我？”温曰：“且说公何所学？”宓对曰：“上至天文，下至地理，三教九流，诸子百家，无所不通；古今兴废，圣贤经传，无所不览。”温笑曰：“公既出大言，请即以天为问：天有头乎？”宓曰：“有头。”温曰：“头在何方？”宓曰：“在西方。《诗》云：‘乃眷西顾。’以此推之，头在西方也。”温又问：“天有耳乎？”宓答曰：“天处高而听卑。《诗》云：‘鹤鸣九皋，声闻于天。’无耳何能听？”温又问：“天有足乎？”宓曰：“有足。《诗》云：‘天步艰难。’无足何能步？”温又问：“天有姓乎？”宓曰：“岂得无姓！”温曰：“何姓？”宓答曰：“姓刘。”温曰：“何以知之？”宓曰：“天子姓刘，以故知之。”温又问曰：“日生于东乎？”宓对曰：“虽生于东，而没于西。”[好玩，不值细玩。有趣，终归无趣。]

此时秦宓语言清朗，答问如流，满座皆惊。张温无语。宓乃问曰：

"先生东吴名士，既以天事下问，必能深明天之理。昔混沌既分，阴阳剖判；轻清者上浮而为天，重浊者下凝而为地；至共工氏战败，头触不周山，天柱折，地维缺，天倾西北，地陷东南。天既轻清而上浮，何以倾其西北乎？又未知轻清之外，还是何物？愿先生教我。"张温无言可对，乃避席而谢曰："不意蜀中多出俊杰！恰闻讲论，使仆顿开茅塞。"孔明恐温羞愧，故以善言解之曰："席间问难，皆戏谈耳。足下深知安邦定国之道，何在唇齿之戏哉！"温拜谢。［对张温小罚即止，再以良言宽慰。孔明身形妙曼，不可方物。］孔明又令邓芝入吴答礼，就与张温同行。张、邓二人拜谢孔明，望东吴而来。

却说吴王见张温入蜀未还，乃聚文武商议。忽近臣奏曰："蜀遣邓芝同张温入国答礼。"权召入。张温拜于殿前，备称后主、孔明之德，愿求永结盟好，特遣邓尚书又来答礼。权大喜，乃设宴待之。权问邓芝曰："若吴、蜀二国同心灭魏，得天下太平，二主分治，岂不乐乎？"芝答："天无二日，民无二王。如灭魏之后，未识天命所归何人。但为君者各修其德，为臣者各尽其忠，则战争方息耳。"权大笑曰："君之诚款，乃如是耶！"遂厚赠邓芝还蜀。自此吴、蜀通好。［在孔明努力下，吴、蜀再无兵戈。双方日后达成的盟约中，甚至将魏国土地预先划分了，仿佛魏国已是囊中物。］

却说魏国细作探知此事，火速报入中原。魏主曹丕听知，大怒曰："吴、蜀连和，必有图中原之意也。不若朕先伐之。"于是大集文武，商议起兵伐吴。此时大司马曹仁、太尉贾诩已亡。侍中辛毗出班奏曰："中原之地，土阔民稀，而欲用兵，未见其利。今日之计，莫若养兵屯田十年，足食足兵，然后用之，则吴、蜀方可破也。"丕怒曰："此迂儒之论也！今吴、蜀连和，早晚必来侵境，何暇等待十年！"即传旨起兵伐吴。司马懿奏曰："吴有长江之险，非船莫渡。陛下必御驾亲征，可选大小战船，从蔡、颍而入淮，取寿春，至广陵，渡江口，径取南徐，此为上策。"丕从之。于是日夜并工，造龙舟十只，长二十余丈，可容二千余人，收拾战船三千余只。魏黄初五年秋八月，会聚大小将士，令曹真为前部，张辽、张郃、文聘、徐晃等为大将先行，许褚、吕虔为中军护卫，曹休为合后，刘晔、蒋济为参谋。前后水陆军马三十余万，克日起兵。封司马懿为尚书仆射，留在许昌，凡国政大事，并皆听懿决断。［站在曹家立场，司马懿这只饿虎，逐渐被养大了。］

不说魏兵起程。却说东吴细作探知此事，报入吴国。近臣慌奏吴王曰："今魏王曹丕亲自乘驾龙舟，提水陆大军三十余万，从蔡、颍出淮，必取广陵渡江来下江南，甚为利害。"孙权大惊，即聚众文武商议。顾雍曰："今主上既与西蜀连和，可修书与诸葛孔明，令起兵出汉中，以分其势；一面遣一大将，屯兵南徐以拒之。"权曰："非陆伯言不可当此大任。"雍曰："陆伯言镇守荆州，不可轻动。"权曰："孤非不知，奈眼前无替力之人。"言未尽，一人从班部内应声而出曰："臣虽不才，愿统一军以当魏兵。若曹丕亲渡大江，臣必生擒以献陛下；若不渡江，亦杀魏兵大半，令魏兵不敢正视东吴。"权视之，乃徐盛也。权大喜曰："如得卿守江南一带，孤何忧哉！"遂封徐盛为安东将军，总镇都督建业、南徐军马。盛谢恩，领命而退，即传令教众官军多置器械，多设旌旗，以为守护江岸之计。

忽一人挺身出曰："今日大王以重任委托将军，欲破魏兵以擒曹丕，将军何不早发军马渡江，于淮南之地迎敌？直待曹丕兵至，恐无及矣。"盛视之，乃吴王侄孙韶也。韶字公礼，官授扬威将军，曾在广陵守御，年幼负气，极有胆勇。盛曰："曹丕势大，更有名将为先锋，不可渡江迎敌。待彼船皆集于北岸，吾自有计破之。"韶曰："吾手下自有三千军马，更兼深知广陵路势，吾愿自去江北，与曹丕决一死战。如不胜，甘当军令。"盛不从。韶坚执要去，盛只是不肯，韶再三要行。盛怒曰："汝如此不听号令，吾安能制诸将乎？"叱武士推出斩之。刀斧手拥孙韶出辕门之外，立起皂旗。韶部将飞报孙权。权听知，急上马来救。武士恰待行刑，孙权早到，喝散刀斧手，救了孙韶。韶哭奏曰："臣往年在广陵，深知地理；不就那里与曹丕厮杀，直待他下了长江，东吴指日休矣！"权径入营来。徐盛迎接入帐，奏曰："大王命臣为都督，提兵拒魏。今扬威将军孙韶，不遵军法，违令当斩，大王何故赦之？"权曰："韶倚血气之壮，误犯军法，万希宽恕。"盛曰："法非臣所立，亦非大王所立，乃国家之典刑也。若以亲而免之，何以令众乎？”权曰：“韶犯法，本应任将军处治；奈此子虽本姓俞氏，然孤兄甚爱之，赐姓孙，于孤颇有劳绩。今若杀之，负兄义矣。”盛曰：“且看大王之面，寄下死罪。”权令孙韶拜谢。韶不肯拜，厉声而言曰：“据吾之见，只是引军去破曹丕！便死也不服你的见识！”徐盛变色。权叱退孙韶，谓徐盛曰：“便无此子，何损于吴？今后勿再用之。”言讫自回。是夜，人报徐盛说：“孙韶引本部三千精兵，潜地过江去了。”盛恐有失，于吴王面上不好看，乃唤丁奉授以密计，引三千兵渡江接应。［孙韶有富家子弟骄横气，无富家公子纤柔气，胆气可嘉。像《水浒传》中高衙内之流，乃是中华文明渐失阳刚气质后的产物。吕思勉概括道：“魏晋之际，中国盛衰强弱之大界也。自三国以前，异族恒为我所服，至五胡乱起，而我转为异族所服矣。”］

却说魏王驾龙舟至广陵，前部曹真已领兵列于大江之岸。曹丕问曰：“江岸有多少兵？”真曰：“隔岸远望，并不见一人，亦无旌旗营寨。”丕曰：“此必诡计也。朕自往观其虚实。”于是大开江道，放龙舟直至大江，泊于江岸。船上建日月龙凤五色旌旗，銮仪簇拥，光耀射目。曹丕端坐舟中，遥望江南，不见一人，回顾刘晔、蒋济曰：“可渡江否？”晔曰：“兵法‘实实虚虚’。彼见大军至，如何不作准备？陛下未可造次。且待三五日，看其动静，然后发先锋渡江以探之。”丕曰：“卿言正合朕意。”

是日天晚，宿于江中。当夜月黑，军士皆执灯火，明耀天地，恰如白昼。遥望江南，并不见半点儿火光。丕问左右曰：“此何故也？”近臣奏曰：“想闻陛下天兵来到，故望风逃窜耳。”丕暗笑。及至天晓，大雾迷漫，对面不见。须臾风起，雾散云散，望见江南一带皆是连城，城楼上枪刀耀日，遍城尽插旌旗号带。顷刻数次人来报：“南徐沿江一带，直至石头城，一连数百里，城郭舟车，连绵不绝，一夜成就。”曹丕大惊。原来徐盛束缚芦苇为人，尽穿青衣，执旌旗，立于假城疑楼之上。［曹丕手上有个望远镜，就立见真伪了。但“一连数百里”仍太离谱。缺乏数字概念是中国文人通病，罗贯中常染此弊。毕竟，这不是写诗。］魏兵见城上许多人马，如何不胆寒？丕叹曰：“魏虽有武士千群，无所用之。江南人物如此，未可图也！”

正惊讶间，忽然狂风大作，白浪滔天，江水溅湿龙袍，大船将覆。曹真慌令文聘撑小舟急来救驾。龙舟人立站不住。文聘跳上龙舟，负丕下得小舟，奔入河港。忽流星马报："赵云引兵出阳平关，径取长安。"丕听得，大惊失色，便教收军。众军各自奔走。背后吴兵追至。丕传旨教尽弃御用之物而走。龙舟将次入淮，忽然鼓角齐鸣，喊声大震，刺斜里一彪军杀到，为首大将乃孙韶也。魏兵不能抵当，折其大半，淹死者无数。诸将奋力救出魏主。魏主渡淮河，行不三十里，淮河中一带芦苇，预灌鱼油，尽皆火着，顺风而下，风势甚急，火焰漫空，截住龙舟。丕大惊，急下小船傍岸时，龙舟上早已火着。丕慌忙上马。岸上一彪军杀来，为首一将乃丁奉也。张辽急拍马来迎，被奉一箭射中其腰，却得徐晃救了，同保魏主而走，折军无数。背后孙韶、丁奉夺到马匹、车仗、船只器械不计其数。魏兵大败而回。吴将徐盛大获全功，吴王重加赏赐。张辽回到许昌，箭疮迸裂而亡，曹丕厚葬之，不在话下。［史载，张辽带兵出征，孙权惴惴告诫诸将："张辽虽病，不可当也，慎之！"张辽不久病死，这里竟被安排成"箭疮迸裂而亡"。张辽泉下有知，当呼"文人笔下有鬼"。］

却说赵云引兵杀出阳平关之次，忽报丞相有文书到，说益州耆帅雍闿结连蛮王孟获，起十万蛮兵，侵掠四郡，因此宣云回军，令马超坚守阳平关，丞相欲自南征。赵云乃急收兵而回。此时孔明在成都整饬军马，亲自南征。正是：

方见东吴敌北魏，又看西蜀战南蛮。

未知胜负如何，且看下回分解。

天辩

秦宓难张温，原是一时兴到的游戏文字，付之一笑可矣。若略加探讨，我辈又不得不对古人思辩力之低下，三摇其头。作者撰此一段问答，分明是要颂赞秦宓的惊天辩才，但任何一位理性训练尚可的现代读者，对此断然无法接受。秦宓的一应问答，实质都是一种"脑筋急转弯"的俏皮，该俏皮之所以成立，又以问答双方全然昧于逻辑为前提，所以秦宓才会将《诗经》里的诗句，当成不证自明的人间公理。如此悖谬荒唐的论证方式，竟使张温“顿开茅塞”，亦令今人听不懂。张温若信以为真，他的大脑只配呆在茅房里。当年那些批评哥白尼“日心说”的人，也曾以类似方式进行。路德咒骂道：“这蠢才想要把天文这门科学全部弄颠倒；但是《圣经》里告诉我们，约书亚命令太阳静止下来，没有命令大地。”

苏格拉底认为，“厌恶论证与厌恶人类是一回事”。话似乎言重了，但迷信诡辩者必远离真理，则是素朴之谈。若差劲的论证方式与貌似高明的优雅谈吐结合在一起，则是智力病入膏肓的不二表征。

孔明是明白人，早年游说东吴时，也曾略施秦宓之技，用一点文字戏法难住东吴刁客，心里却明白，此乃“唇齿之戏”。

第八十七回

征南寇丞相大兴师　抗天兵蛮王初受执

却说诸葛丞相在于成都，事无大小，皆亲自从公决断。两川之民，忻乐太平，夜不闭户，路不拾遗。又幸连年大熟，老幼鼓腹讴歌，凡遇差徭，争先早办，因此军需器械应用之物，无不完备；米满仓廒，财盈府库。[观作者思路，只要司法公正，短短数年就会变出一座理想国来。]

建兴三年，益州飞报："蛮王孟获大起蛮兵十万，犯境侵掠。建宁太守雍闿，乃汉朝什万侯雍齿之后，今结连孟获造反。牂牁郡太守朱褒、越嶲郡太守高定二人献了城，止有永昌郡太守王伉不肯反。见今雍闿、朱褒、高定三人部下人马，皆与孟获为乡导官，攻打永昌郡。今王伉与功曹吕凯，会集百姓，死守此城，其势甚急。"孔明乃入朝奏后主曰："臣观南蛮不服，实国家之大患也。臣当自领大军，前去征讨。"后主曰："东有孙权，北有曹丕，今相父弃朕而去，倘吴、魏来攻，如之奈何?"孔明曰："东吴方与我国讲和，料无异心；李严在白帝城，此人可当陆逊也。曹丕新败，锐气已丧，未能远图；且有马超守把汉中诸处关口，不必忧也。臣又留关兴、张苞等分两军为救应，保陛下万无一失。今臣先去扫荡蛮方，然后北伐，以图中原，报先帝三顾之恩，托孤之重。"后主曰："朕年幼无知，唯相父斟酌行之。"言未毕，班部内一人出曰："不可！不可!"众视之，乃南阳人也，姓王名连，字文仪，见为谏议大夫。连谏曰："南方不毛之地，瘴疫之乡，丞相秉钧衡之重任，而自远征，非所宜也。且雍闿等乃癣疥之疾，丞相直须遣一大将讨之，必然成功。"孔明曰："南蛮之地离国甚远，人多不习王化，收服甚难，吾当亲去征之。可刚可柔，别有斟酌，非可容易托人。"[除我之外，别人都不行。孔明的优点与短板，均集于此。]

王连再三苦劝，孔明不从。是日，孔明辞了后主，令蒋琬为参军，费祎为长史，董厥、樊建二人为椽史；赵云、魏延为大将，总督军马；王平、张翼为副将；并川将数十员，共起川兵五十万，前望益州进发。［该益州指益州境内的益州郡，约在今云南昆明。汉朝常有此糊涂命名，易致混淆。今人也有此弊，上海市下属某县，曾叫“上海县”。］忽有关公第三子关索，入军来见孔明曰：“自荆州失陷，逃难在鲍家庄养病。每要赴川见先帝报仇，疮痕未合，不能起行。近已安痊，打探得东吴仇人已皆诛戮，径来西川见帝，恰在途中遇见征南之兵，特来投见。”孔明闻之，嗟讶不已；一面遣人申报朝廷，就令关索为前部先锋，一同征南。大队人马，各依队伍而行。饥餐渴饮，夜住晓行，所经之处，秋毫无犯。

却说雍闿听知孔明自统大军而来，即与高定、朱褒商议，分兵三路，高定取中路，雍闿在左，朱褒在右，三路各引兵五六万迎敌。于是高定令鄂焕为前部先锋。焕身长九尺，面貌丑恶，使一枝方天戟，有万夫不当之勇，领本部兵离了大寨，来迎蜀兵。

却说孔明引大军已到益州界分。前部先锋魏延，副将张翼、王平才入界口，正遇鄂焕军马。两阵对圆，魏延出马大骂曰：“反贼早早受降!”鄂焕拍马与魏延交锋。战不数合，延诈败走，焕随后赶来。走不数里，喊声大震。张翼、王平两路军杀来，绝其后路。延复回，三员将并力拒战，生擒鄂焕，解到大寨入见孔明，孔明令去其缚，以酒食待之。问曰：“汝是何人部将?”焕曰：“某是高定部将。”孔明曰：“吾知高定乃忠义之士，今为雍闿所惑，以致如此。吾今放汝回去，令高太守早早归降，免遭大祸。”鄂焕拜谢而去，回见高定，说孔明之德。定亦感激不已。次日，雍闿至寨。礼毕，闿曰：“如何得鄂焕回也?”定曰：“诸葛亮以义放之。”闿曰：“此乃诸葛亮反间之计，欲令我两人不和，故设此谋也。”定半信不信，心中犹豫。忽报蜀将搦战，闿自引三万兵出迎。战不数合，闿拨马便走。延率兵大进，追杀二十余里。次日，雍闿又起兵来迎。孔明一连三日不出。至第四日，雍闿、高定分兵两路，来取蜀寨。

却说孔明令魏延等两路伺候，果然雍闿、高定两路兵来，被伏兵杀伤大半，生擒者无数，都解到大寨来。雍闿的人囚在一边，高定的人囚在一边。却令军士称说：“但是高定的人免死，雍闿的人尽杀。”众军皆闻此言。少时，孔明令取雍闿的人到帐前，问曰：“汝等是何人部从？”众伪曰：“高定部下人也。”孔明教皆免其死，与酒食赏劳，令人送出界首，纵放回寨。孔明又唤高定的人问之。众皆告曰：“吾等实是高定部下军士。”孔明亦皆免其死，赐以酒食，却扬言曰：“雍闿今日使人投降，要献汝主并朱褒首级以为功劳，吾甚不忍。汝等既是高定部下军，吾放汝等回去，再不可背反。若再擒来，决不轻恕。”［南征实质是镇压内部反叛势力。镇压偶尔难免，性质难脱丑陋，效果往往可疑，故孔明百般斟酌，宽柔相济，以双面神形象示人：时而狞厉，时而慈祥；脑中有奸计，腹内怀仁心。］

众皆拜谢而去，回到本寨，入见高定，说知此事。定乃密遣人去雍闿寨中探听，却有一半放回的人言说孔明之德。因此雍闿部军，多有归顺高定之心。虽然如此，高定心中不稳，又令一人来孔明寨中探听虚实，被伏路军捉来见孔明。孔明故意认做雍闿的人，唤入帐中问曰：“汝元帅既约下献高定、朱褒二人首级，因何误了日期？汝这厮不精细，如何做得细作！”军士含糊答应。孔明以酒食赐之，修密书一封，付军士曰：“汝持此书付雍闿，教他早早下手，休得误事。”细作拜谢而去，回见高定，呈上孔明之书，说雍闿如此如此。定看书毕，大怒曰：“吾以真心待之，彼反欲害吾，情理难容！”便唤鄂焕商议。焕曰：“孔明乃仁人，背之不祥。我等谋反作恶，皆雍闿之故，不如杀闿以投孔明。”定曰：“如何下手？”焕曰：“可设一席，令人去请雍闿。彼若无异心，必坦然而来；若其不来，必有异心。我主可攻其前，某伏于寨后小路候之，闿可擒矣。”高定从其言，设席请雍闿。［手法酷似曹操抹书间韩遂，唯敌方心智大有不同。南蛮首领乃化外之民，心智尚待开化，故孔明无计不施，彼辈无当不上。］闿果疑前日放回军士之言，惧而不来。是夜高定引兵杀投雍闿寨中。原来有孔明放回免死的人，皆想高定之德，乘势助战。雍闿军不战自乱。闿上马望山路而走。行不二里，鼓声响处，一彪军出，乃鄂焕也，挺方天戟，骤马当先。雍闿措手不及，被焕一戟刺于马下，就枭其首级。闿部下军士皆降高定。定引两部军来降孔明，献雍闿首级于帐下。孔明高坐于帐上，喝令左右推转高定，斩首报来。定曰：“某感丞相大恩，今将雍闿首级来降，何故斩也?”孔明大笑曰：“汝来诈降，敢瞒吾耶!”定曰：“丞相何以知吾诈降?”孔明于匣中取出一缄，与高定曰：“朱褒已使人密献降书，说你与雍闿结生死之交，岂肯一旦便杀此人？吾故知汝诈也。”定叫屈曰：“朱褒乃反间之计也，丞相切不可信!”孔明曰：“吾亦难凭一面之词。汝若捉得朱褒，方表真心。”定曰：“丞相休疑。某去擒朱褒来见丞相，若何?”孔明曰：“若如此，吾疑心方息也。”

高定即引部将鄂焕并本部兵，杀奔朱褒营来。比及离寨约有十里，山后一彪军到，乃朱褒也。褒见高定军来，慌忙与高定答话。定大骂曰：“汝如何写书与诸葛丞相处，使反间之计害吾耶?”褒目瞪口呆，不能回答。忽然鄂焕于马后转过，一戟刺朱褒于马下。定厉声而言曰：“如不顺者皆戮之!”于是众军一齐拜降。定引两部军来见孔明，献朱褒首级于帐下。孔明大笑曰：“吾故使汝杀此二贼，以表忠心。”遂命高定为益州太守，总摄三郡；令鄂焕为牙将。

三路军马已平，于是永昌太守王伉出城迎接孔明。孔明入城已毕，问曰：“谁与公守此城，以保无虞?”伉曰：“某今日得此郡无危者，皆赖永昌不韦人，姓吕名凯，字季平，皆此人之力。”孔明遂请吕凯至。凯入见，礼毕。孔明曰：“久闻公乃永昌高士，多亏公保守此城。今欲平蛮方，公有何高见?”吕凯遂取一图，呈与孔明曰：“某自历仕以来，知南人欲反久矣，故密遣人入其境，察看可屯兵交战之处，画成一图，名曰‘平蛮指掌图’。今敢献与明公，明公试观之，可为征蛮之一助也。”［效果略同于张松献给刘备的《西川地理图》。］孔明大喜，就用吕凯为行军教授兼乡导官。于是孔明提兵大进，深入南蛮之境。

正行军之次，忽报天子差使命至。孔明请入中军，但见一人素袍白衣而进，乃马谡也；为兄马良新亡，因此挂孝。谡曰：“奉主上敕命，赐众军酒帛。”孔明接诏已毕，依命一一给散，遂留马谡在帐叙话。孔明问曰：“吾奉天子诏，削平蛮方。久闻幼常高见，望乞赐教。”谡曰：“愚有片言，望丞相察之。南蛮恃其地远山险，不服久矣；虽今日破之，明日复叛。丞相大军到彼，必然平服；但班师之日，必用北伐曹丕；蛮兵若知内虚，其反必速。夫用兵之道，攻心为上，攻城为下；心战为上，兵战为下。愿丞相但服其心足矣。”孔明叹曰：“幼常足知吾肺腑也！”[孔明偏爱马谡，事出有因。不能因日后街亭之败，把马谡贬得一无是处。但说得头头是道与做得井井有条不是一回事，却最易看做一码事。刘备预见及此，允称金睛火眼。]于是孔明遂令马谡为参军，即统大兵前进。

却说蛮王孟获听知孔明智破雍闿等，遂聚三洞元帅商议：第一洞乃金环三结元帅，第二洞乃董荼那元帅，第三洞乃阿会喃元帅。三洞元帅入见孟获。获曰：“今诸葛丞相领大军来侵我境界，不得不并力敌之。汝三人可分兵三路而进。如得胜者便为洞主。”于是分金环三结取中路，董荼那取左路，阿会喃取右路，各引五万蛮兵，依令而行。

却说孔明正在寨中议事，忽哨马飞报，说三洞元帅分兵三路到来。孔明听毕，即唤赵云、魏延至，却都不分付；更唤王平、马忠至，嘱之曰：“今蛮兵三路而来，吾欲令子龙、文长去，此二人不识地理，未敢用之。王平可往左路迎敌，马忠可往右路迎敌。吾却使子龙、文长随后接应。今日整顿军马，来日平明发进。”二人听令而去。又唤张嶷、张翼分付曰：“汝二人同领一军，往中路迎敌。今日整点军马，来日与王平、马忠约会而进。吾欲令子龙、文长去取，奈二人不识地理，故未敢用之。”张嶷、张翼听令去了。

赵云、魏延见孔明不用，各有愠色。孔明曰：“吾非不用汝二人，但恐以中年涉险，为蛮人所算，失其锐气耳。”赵云曰：“倘我等识地理，若何？”孔明曰：“汝二人只宜小心，休得妄动。”二人怏怏而退。赵云请魏延到自己寨内商议曰：“吾二人为先锋，却说不识地理而不肯用。今用此后辈，吾等岂不羞乎？”延曰：“吾二人只今就上马亲去探之，捉住土人，便教引进以敌蛮兵，大事可成。”云从之，遂上马径取中路而来。方行不数里，远远望见尘头大起。二人上山坡看时，果见数十骑蛮兵，纵马而来。二人两路冲出。蛮兵见了，大惊而走。赵云、魏延各生擒几人，回到本寨，以酒食待之，却细问其故。蛮兵告曰：“前面是金环三结元帅大寨，正在山口。寨边东西两路，却通五溪洞并董荼那、阿会喃各寨之后。”

赵云、魏延听知此话，遂点精兵五千，教擒来蛮兵引路。比及起军时，已是二更天气，月明星朗，趁着月色而行。刚到金环三结大寨之时，约有四更，蛮兵方起造饭，准备天明厮杀。忽然赵云、魏延两路杀入，蛮兵大乱。赵云直杀入中军，正逢金环三结元帅，交马只一合，被云一枪刺落马下，就枭其首级。余军溃散。魏延便分兵一半，望东路抄董荼那寨来。赵云分兵一半，望西路抄阿会喃寨来。比及杀到蛮兵大寨之时，天已平明。

先说魏延杀奔董荼那寨来，董荼那听知寨后有军杀至，便引兵出寨拒敌。忽然寨前门一声喊起，蛮兵大乱。原来王平军马早已到了。两下夹攻，蛮兵大败。董荼那夺路走脱，魏延追赶不上。

却说赵云引兵杀到阿会喃寨后之时，马忠已杀至寨前。两下夹攻，蛮兵大败，阿会喃乘乱走脱。各自收军，回见孔明。孔明问曰："三洞蛮兵，走了两洞之主；金环三结元帅首级安在?"赵云将首级献功。众皆言曰："董荼那、阿会喃皆弃马越岭而去，因此赶他不上。"孔明大笑曰："二人吾已擒下了。"赵、魏二人并诸将皆不信。少顷，张嶷解董荼那到，张翼解阿会喃到。众皆惊讶。孔明曰："吾观吕凯图本，已知他各人下的寨子，故以言激子龙、文长之锐气，故教深入重地，先破金环三结，随即分兵左右寨后抄出，以王平、马忠应之，非子龙、文长不可当此任也。[言外之意是：若非孔明激将，子龙、文长会丧失锐气。读者分明看到，无论是否激将，赵、魏"猛志固常在"。]吾料董荼那、阿会喃必从便径往山路而走，故遣张嶷、张翼以伏兵待之，令关索以兵接应，擒此二人。"诸将皆拜伏曰："丞相机算，神鬼莫测!"

孔明令押过董荼那、阿会喃至帐下，尽去其缚，以酒食衣服赐之，令各自归洞，勿得助恶。二人泣拜，各投小路而去。孔明谓诸将曰："来日孟获必然亲自引兵厮杀，便可就此擒之。"乃唤赵云、魏延至，付与计策，各引五千兵去了。又唤王平、关索同引一军，授计而去。孔明分拨已毕，坐于帐上待之。

却说蛮王孟获在帐中正坐，忽哨马报来说，三洞元帅俱被孔明捉将去了，部下之兵各自溃散。获大怒，遂起蛮兵迤逦进发，正遇王平军马。

两阵对圆，王平出马横刀望之，只见旗门开处，数百南蛮骑将两势摆开。中间孟获出马，头顶嵌宝紫金冠，身披缨络红锦袍，腰系碾玉狮子带，脚穿鹰嘴抹绿靴，骑一匹卷毛赤兔马，悬两口松纹镶宝剑，昂然观望，回顾左右蛮将曰："人每说诸葛亮善能用兵；今观此阵，旌旗杂乱，队伍交错，刀枪器械无一可能胜吾者，始知前日之言谬也。早知如此，吾反多时矣。谁敢去擒蜀将，以振军威?"言未尽，一将应声而出，名唤忙牙长，[名字古怪。今人将欧洲某国译为"葡萄牙"，与"忙牙长"亦在伯仲之间。]使一口截头大刀，骑一匹黄骠马，来取王平。二将交锋，战不数合，王平便走。孟获驱兵大进，迤逦追赶。关索略战又走，约退二十余里。孟获正追杀之间，忽然喊声大起，左有张嶷，右有张翼，两路兵杀出，截断归路。王平、关索复兵杀回。前后夹攻，蛮兵大败。孟获引部将死战得脱，望锦带山而逃。背后三路兵杀将来。获正奔走之间，前面喊声大起，一彪军拦住，为首大将乃常山赵子龙也。获见了大惊，慌忙奔锦带山小路而走。子龙冲杀一阵，蛮兵大败，生擒者无数。孟获止与数十骑奔入山谷之中，背后追兵至近，前面路狭，马不能行，乃弃了马匹，爬山越岭而逃。忽然山谷中一声鼓响，乃是魏延受了孔明计策，引五百部军伏于此处，孟获抵敌不住，被魏延生擒活捉了。从骑皆降。[缺乏训练的杂牌军撞上训练有素的正规军，焉能不败?]

魏延解孟获到大寨来见孔明。孔明早已杀牛宰马，设宴在寨，却教帐中排开七重围子手，刀枪剑戟，灿若霜雪；又执御赐黄金钺斧，曲柄伞盖，前后羽葆鼓吹，左右排开御林军，布列得十分严整。孔明端坐于帐上，只见蛮兵纷纷攘攘，解到无数。孔明唤到帐中，尽去其缚，抚谕曰："汝等皆是好百姓，不幸被孟获所拘，今受惊唬。吾想汝等父母、兄弟、妻子必倚门而望；若听知阵败，定然割肚牵肠，眼中流血。吾今尽放汝等回去，以安各人父母、兄弟、妻子之心。"言讫，各赐酒食米粮而遣之。蛮兵深感其恩，泣拜而去。孔明教唤武士押过孟获来。不移时，前推后拥，缚至帐前。获跪于帐下。孔明曰："先帝待汝不薄，汝何敢背反?"获曰："两川之地皆是他人所占地土，汝主倚强夺之，自称为帝。吾世居此处，汝等无礼，侵我土地，何为反耶?"孔明曰："吾今擒汝，汝心服否?"[孔明理屈，遂不复说理，改为恃力夸智。如此，孟获即便

"心服"，也只是"心服"智与力，论理，孔明仍处下风。〕获曰："山僻路狭，误遭汝手，如何肯服！"孔明曰："汝既不服，吾放汝去，若何？"获曰："汝放我回去，再整军马，共决雌雄；若能擒吾，吾方服也。"孔明即令去其缚，与衣服穿了，赐以酒食，给与鞍马，差人送出路径，望本寨而去。正是：

寇入掌中还放去，人居化外未能降。

未知再来交战若何，且看下文分解。

南征

古典作家写小说，大开大阖，兴到笔到，不甚理会内在理路。本回书中，作者刚描绘了一幅天堂般的人间安乐图，转眼就是"蛮王孟获，大起蛮兵十万，犯境侵掠"，中间连过渡转折都没有，无视关联照应。孟获非外国人，他们亦在孔明政府的管辖范围内。若一边"忻乐太平"，"鼓腹讴歌"，另一边摩拳擦掌，动刀动枪，肯定意味着孔明的统治出了问题。

孔明南征，是替北伐扫清后患，亦即传统的"攘外必先安内"。孟获谋反，恰与北伐有关。益州原非富庶之地，连年战争加剧了它的创伤，为北伐计，孔明又不得不预储大量战略资源，对百姓必然意味着赋敛加重。根据一些来源可疑的说法，孟获谋反与赋税繁重有关。没有人喜欢交税，人民通常只是把税视为一种"必要之恶"加以忍耐，一旦赋税加重，危机立现。美国独立战争的起因，不就是反抗英王的"印花税"吗？所以，"南征"就是孔明以军事高压政策强行贯彻国家意志，与英王乔治三世当初派往美洲的红衫军并无二致。

孔明认为，意在恢复汉室的北伐，是一项神圣使命。为达成使命，民众必须做出巨大牺牲。孔明的高明在于，他用宽柔相济的手法追求目标，避免单纯镇压。从统治成本上讲，镇压既愚蠢，也划不来。至于北伐劳而无功是否与蜀民赋税繁重有关，难说，培根尝言："一个为苛捐杂税压得喘不过气来的民族永远不会变得英勇善战。"

第八十八回

渡泸水再缚番王　识诈降三擒孟获

却说孔明放了孟获，众将上帐问曰："孟获乃南蛮渠魁，今幸被擒，南方便定，丞相何故放之？"孔明笑曰："吾擒此人如囊中取物耳。直须降伏其心，自然平矣。"诸将闻言，皆未肯信。[没啥，臭棋篓子遇上国手，连下百盘也难求一胜。]

当日孟获行至泸水，正遇手下败残的蛮兵皆来寻探。众兵见了孟获，且惊且喜，拜问曰："大王如何能勾回来？"获曰："蜀人监我在帐中，被我杀死十余人，乘夜黑而走；正行间，逢着一哨马军，亦被我杀之，夺了此马，因此得脱。"[一种憨厚的狡猾。]众皆大喜，拥孟获渡了泸水，下住寨栅，会集各洞酋长，陆续招聚原放回的蛮兵，约有十余万骑。此时董荼那、阿哙喃已在洞中。孟获使人去请，二人惧怕，只得也引洞兵来。获传令曰："吾已知诸葛亮之计矣，不可与战，战则中他诡计。彼川兵远来劳苦，况即日天炎，彼兵岂能久住？吾等有此泸水之险，将船筏尽拘在南岸一带，皆筑土城，深沟高垒，看诸葛亮如何施谋！"众酋长从其计，尽拘船筏于南岸一带，筑起土城；有依山傍岸之地，高竖敌楼，楼上多设弓弩炮石，准备久处之计。粮草皆是各洞共运。孟获以为万全之策，坦然不忧。

却说孔明提兵大进，前军已至泸水，哨马飞报说："泸水之内并无船筏，又兼水势甚急，隔岸一带筑起土城，皆有蛮兵守把。"时值五月，天气炎热，南方之地分外炎酷，军马衣甲皆穿不得。孔明自至泸水边观毕，回到本寨，聚诸将至帐中，传令曰："今孟获兵屯泸水之南，深沟高垒，以拒我兵。吾既提兵至此，如何空回？汝等各各引兵，依山傍树，拣林木茂盛之处，与我将息人马。"乃遣吕凯离泸水百里，拣阴凉之地分作两个寨子，使王平、张嶷、张翼、关索各守一寨，内外皆搭草棚，遮盖马匹，将士乘凉，以避暑气。参军蒋琬看了，入问孔明曰："某看吕凯所造之寨甚不好，正犯昔日先帝败于东吴时之地势矣。倘蛮兵偷渡泸水，前来劫寨，若用火攻，如何解救？"孔明笑曰："公勿多疑，吾自有妙算。"［撇开诗人狂放语，自称"妙算"实在罕见，正如不会有人自称"杰作"，如有，他人必以"少年轻狂"或"老年卖呆"视之。］蒋琬等皆不晓其意。

忽报蜀中差马岱解暑药并粮米到。孔明令入。岱参拜毕，一面将米药分派四寨。孔明问曰："汝今带多少军来？"马岱曰："有三千军。"孔明曰："吾军累战疲困，欲用汝军，未知肯向前否？"岱曰："皆是朝廷军马，何分彼我？丞相要用，虽死不辞。"孔明曰："今孟获拒住泸水，无路可渡。吾欲先断其粮道，令彼军自乱。"岱曰："如何断得？"孔明曰："离此一百五十里，泸水下流沙口，此处水慢，可以扎筏而渡。汝提本部三千军渡水，直入蛮洞，先断其粮，然后会合董荼那、阿会喃两个洞主，便为内应。不可有误。"

马岱欣然去了，领兵前到沙口，驱兵渡水；因见水浅，大半不下筏，只裸衣而过，半渡皆倒；急救傍岸，口鼻出血而死。马岱大惊，连夜回告孔明。孔明唤乡导土人问之。土人曰："目今炎天，毒聚泸水，日间甚热，毒气正发，有人渡水，必中其毒；或饮此水，其人必死。若要渡时，须待夜静水冷，毒气不起，饱食渡之，方可无事。"孔明遂令土人引路，又选精壮军五六百，随着马岱来到泸水沙口，扎起木筏，半夜渡水，果然无事。岱领着二千壮军，令土人引路，径取蛮洞运粮总路口夹山峪而来。那夹山峪，两下是山，中间一条路，止容一人一马而过。马岱占了夹山峪，分拨军士，立起寨栅。洞蛮不知，正解粮到，被岱前后截住，夺粮百余车，蛮人报入孟获大寨中。

此时孟获在寨中，终日饮酒取乐，不理军务，谓众酋长曰："吾若与诸葛亮对敌，必中奸计。今靠此泸水之险，深沟高垒以待之；蜀人受不过酷热，必然退走。那时吾与汝等随后击之，便可擒诸葛亮也。"言讫，呵呵大笑。忽然班内一酋长曰："沙口水浅，倘蜀兵透漏过来，深为利害，当分军守把。"获笑曰："汝是本处土人，如何不知？吾正要蜀兵来渡此水，渡则必死于水中矣。”酋长又曰：“倘有土人说与夜渡之法，当复何如？”获曰：“不必多疑。吾境内之人，安肯助敌人耶？”［结合小说情节，只能说孟获弱智。之前投降反水者，无虑其多，如高定。主将雍闿的人头，也是鄂焕割下的。］正言之间，忽报蜀兵不知多少，暗渡泸水，绝断了夹山粮道，打着“平北将军马岱”旗号。获笑曰：“量此小辈，何足道哉！”即遣副将忙牙长，引三千兵投夹山峪来。

却说马岱望见蛮兵已到，遂将二千军排在山前。两阵对圆，忙牙长出马，与马岱交锋，只一合被岱一刀剌于马下。蛮兵大败走回，来见孟获，细言其事。获唤诸将问曰：“谁敢去敌马岱？”言未毕，董荼那出曰：“某愿往。”孟获大喜，遂与三千兵而去。获又恐有人再渡泸水，即遣阿哙喃引三千兵去守把沙口。

却说董荼那引蛮兵到了夹山峪下寨，马岱引兵来迎。部内军有认得是董荼那，说与马岱如此如此。岱纵马向前大骂曰：“无义背恩之徒！吾丞相饶你性命，今又背反，岂不自羞！”董荼那满面羞惭，无言可答，不战而退。马岱掩杀一阵而回。董荼那回见孟获曰：“马岱英雄，抵敌不住。”获大怒曰：“吾知汝原受诸葛亮之恩，今故不战而退，正是卖阵之计！”喝教推出斩了。众酋长再三哀告，方才免死，叱武士将董荼那打了一百大棍，放归本寨。诸多酋长皆来告董荼那曰：“我等虽居蛮方，未尝敢犯中国；中国亦不曾侵我。今因孟获势力相迫，不得已而造反。想孔明神机莫测，曹操、孙权尚自惧之，何况我等蛮方乎？况我等皆受其活命之恩，无可为报。今欲舍一死命，杀孟获去投孔明，以免洞中百姓涂炭之苦。”董荼那曰：“未知汝等心下若何？”内有原蒙孔明放回的人，一齐同声应曰：“愿往！”于是董荼那手执钢刀，引百余人直奔大寨而来，时孟获大醉于帐中。董荼那引众人持刀而入，帐下有两将侍立。董荼那以刀指曰：“汝等亦受诸葛丞相之恩，宜当报效。”二将曰：“不须将军下手，某当生擒孟获，去献丞相。”于是一齐入帐，将孟获执缚已定，［孟获手下太喜欢叛变了，孟获若恁般无号召力，凭何与孔明叫阵？更蹊跷的是，若南蛮自己都没把孟获当回事，孔明又何必猫捉老鼠？］押到泸水边，驾船直过北岸，先使人报知孔明。

却说孔明已有细作探知此事，于是密传号令，教各寨将士整顿军器，方教为首酋长解孟获入来，其余皆回本寨听候。董荼那先入中军见孔明，细说其事。孔明重加赏劳，用好言安慰，遣董荼那引众酋长去了，然后令刀斧手推孟获入。孔明笑曰："汝前者有言：'但再擒得，便肯降服。'今日如何？"获曰："此非汝之能也，乃吾手下之人自相残害，以致如此，如何肯服！"孔明曰："吾今再放汝去，若何？"孟获曰："吾虽蛮人，颇知兵法。若丞相端的放吾回洞中，吾当率兵再决胜负。若丞相这番再擒得我，那时倾心吐胆归降，并不敢改移也。"孔明曰："这番生擒，如又不服，必无轻恕。"令左右去其绳索，仍前赐以酒食，列坐于帐上。孔明曰："吾自出茅庐，战无不胜，攻无不取。汝蛮邦之人，何为不服？"获默然不答。

孔明酒后唤孟获同上马出寨，看视诸营寨栅所屯粮草，所积军器。孔明指谓孟获曰："汝不降吾，真愚人也。吾有如此之精兵猛将，粮草兵器，汝安能胜吾哉？汝若早降，吾当奏闻天子，令汝不失王位，子子孙孙永镇蛮邦。意下若何？"获曰："某虽肯降，怎奈洞中之人未肯心服。若丞相肯再放回去，就当招安本部人马，同心合胆，方可归顺。"孔明忻然，又与孟获回到大寨。饮酒至晚，获辞去；孔明亲自送至泸水边，以船送获归寨。

孟获来到本寨，先伏刀斧手于帐下，差心腹人到董荼那、阿哙喃寨中，只推孔明有使命至，将二人赚到大寨帐下，尽皆杀之，弃尸于涧。孟获随即遣亲信之人，守把隘口，自引军出了夹山峪，要与马岱交战，却并不见一人；及问土人，皆言昨夜尽搬粮草，复渡泸水，归大寨去了。获再回洞中，与亲弟孟优商议曰："如今诸葛亮之虚实，吾已尽知，汝可去如此如此。"

孟优领了兄计，引百余蛮兵，搬载金珠、宝贝、象牙、犀角之类，渡了泸水，径投孔明大寨而来。方才过了河时，前面鼓角齐鸣，一彪军摆开，为首大将乃马岱也。孟优大惊。岱问了来情，令在外厢，差人来报孔明。孔明正在帐中与马谡、吕凯、蒋琬、费祎等共议平蛮之事，忽帐下一人报称孟获差弟孟优来进宝贝。孔明回顾马谡曰："汝知其来意否?”谡曰：“不敢明言。容某暗写于纸上，呈与丞相，看合钧意否?”孔明从之。马谡写讫，呈与孔明。孔明看毕，抚掌大笑曰：“擒孟获之计，吾已差派下也。汝之所见，正与吾同。”遂唤赵云入，向耳畔分付如此如此；又唤魏延入，亦低言分付；又唤王平、马忠、关索入，亦各密地分付。

各人受了计策，皆依令而去，方召孟优入帐，优再拜于帐下曰：“家兄孟获感丞相活命之恩，无可奉献，辄具金珠宝贝若干，权为赏军之资。续后便有进贡天子礼物。”孔明曰：“汝兄今在何处?”优曰：“为感丞相天恩，径往银坑山中收拾宝物去了，少时便回来也。”孔明曰：“汝带多少人来?”优曰：“不敢多带，只是随行百余人，皆运货物者。”孔明尽教入帐看时，皆是青眼黑面，黄发紫须，耳带金环，髽头跣足，身长力大之士。孔明就令随席而坐，教诸将劝酒，殷勤相待。

却说孟获在帐中专望回音，忽报有二人回了；唤入问之，具说：“诸葛亮受了礼物大喜；将随行之人，皆唤入帐中，杀牛宰物，设宴相待。二大王令其密报大王，今夜二更，里应外合，以成大事。”［似有变体“木马计”的味道。孟获的心智依旧起伏不定，时好时坏。］

孟获听知甚喜，即点起三万蛮兵，分为三队。获唤各洞酋长分付曰：“各军尽带火具。今晚到了蜀寨时，放火为号。吾当自取中军，以擒诸葛亮。”诸多蛮将受了计策，黄昏左右各渡泸水而来。孟获带领心腹蛮将百余人，径投孔明大寨，于路并无一军阻当。前至寨门，获率众将骤马而入，乃是空寨，并不见一人。获撞入中军，只见帐中灯烛荧煌，孟优并番兵尽皆醉倒。原来孟优被孔明教马谡、吕凯二人管待，令乐人搬做杂剧，殷勤劝酒，酒内下药，尽皆醉倒，浑如醉死之人。孟获入帐问之，内有醒者但指口而已。获知中计，急救了孟优等一干人，却待奔回中队，前面喊声大震，火光骤起，蛮兵各自逃窜。一彪军杀到，乃是蜀将王平。获大惊，急奔左队时，火光冲天，一彪军杀到，为首蜀将乃是魏延。获慌忙望右队而来，只见火光又起，又一彪杀到，为首蜀将乃是赵云。三路军夹将攻来，四下无路。孟获弃了军士，匹马望泸水而逃。正见泸水上数十个蛮兵，驾一小舟，获慌令近岸。人马方才下船，一声号起，将孟获缚住。原来马岱受了计策，引本部兵扮作蛮兵，撑船在此诱擒孟获。于是孔明招安蛮兵，降者无数。孔明一一抚慰，并不加害。就教救灭了余火。

须臾，马岱擒孟获至，赵云擒孟优至，魏延、马忠、王平、关索擒诸洞酋长至。孔明指孟获而笑曰："汝先令汝弟以礼诈降，如何瞒得吾过！今番又被我擒，汝可服否？"获曰："此乃吾弟贪口腹之故，误中汝毒，因此失了大事。吾若自来，弟以兵应之，必然成功。此乃天败，非吾之不能也，如何肯服！"孔明曰："今已三次，如何不服？"孟获低头无语。孔明笑曰："吾再放汝回去。"孟获曰："丞相若肯放我弟兄回去，收拾家下亲丁和丞相大战一场，那时擒得方才死心塌地而降。"孔明曰："再若擒住，必不轻恕。汝可小心在意，勤攻韬略之书，再整亲信之士，早用良策，勿生后悔。"［孔明与孟获一对一单挑，如此捉捉放放，尚有可说。现在，每次放还都意味着将士继续在前线厮杀，承担包括气候、水土、饮食在内的种种风险。当将士预感到下一次战果仍会被主帅潇洒卖掉，他们还剩多少战斗激情？］遂令武士去其绳索，放起孟获，并孟优及各洞酋长，一齐都放。孟获等拜谢去了。此时蜀兵已渡泸水。孟获等过了泸水，只见岸口陈兵列将，旗帜纷纷。获到营前，马岱高坐，以剑指之曰："这番拿住，必无轻放！"孟获到了自己寨时，赵云早已袭了此寨，布列兵马。云坐于大旗下，按剑而言曰："丞相如此相待，休忘大恩！"获喏喏连声而去。将出界口山坡，魏延引一千精兵摆在坡上，勒马厉声而言曰："吾今已深入巢穴，夺汝险要。汝尚自愚迷，抗拒大军，这回拿住，碎尸万段，决不轻饶！"孟获等抱头鼠窜，望本洞而去。后人有诗赞曰：

五月驱兵入不毛，月明泸水瘴烟高。
誓将雄略酬三顾，岂惮征蛮七纵劳。

［"五月渡泸，深入不毛"，出自孔明《前出师表》，也是正史中关于这些战役的唯一记载。"七擒孟获"的故事出自野史《汉晋春秋》。］

却说孔明渡了泸水，下寨已毕，大赏三军，聚诸将于帐下曰："孟获第二番擒来，吾令遍观各营虚实，正欲令其来劫营也。吾知孟获颇晓兵法，吾已兵马粮草炫耀，实令孟获看吾破绽，必用火攻。彼令其弟诈降，欲为内应耳。吾三番擒之而不杀，诚欲服其心，不欲灭其类也。吾今明告汝等，勿得辞劳，可用心报国。”众将拜伏曰：“丞相智、仁、勇三者足备，虽子牙、张良不能及也。”孔明曰：“吾今安望古人耶？皆赖汝等之力，共成功业耳。”帐下诸将听得孔明之言，尽皆喜悦。

却说孟获受了三擒之气，忿忿归到银坑洞中，即差心腹人赍金珠宝贝，往八番九十三甸等处，并蛮方部落，借使牌刀獠丁军健数十万，克日齐备。各队人马，云堆雾拥，俱听孟获调用。伏路军探知其事，来报孔明，孔明笑曰：“吾正欲令蛮兵皆至，见吾之能也。”遂上小车而行。正是：

若非洞主威风猛，怎显军师手段高！

未知胜负如何，且看下文分解。

虚实

《三国演义》是部极其特殊的作品，它分明是小说，大量内容又极度忠实历史，读者极易误以为正在读历史。当他这么看时，又会遇到与正史截然不同的描述，叫人摸不着头脑。如，曹操儿子曹熊早就病逝，也压根不值一提——无足轻重的人物太多，会干扰读者记忆，妨碍他们对主要人物、事件的关注——作者却不仅提及，还虚构曹熊“惧罪，自缢身死”。张苞同样早夭，作者让他重上战场，意在充当张飞的转世灵童，兼使孔明手下多一员战将可供驱使，倒算情有可原。

有教养的读者早已养成看待历史小说的态度：人们希望读到特定人物在历史事件中的特殊经历，人们需要感受人物的性格和命运，至于历史真相如何，倒在其次。真正关心历史者大可跳过小说，直接去读史传。因此，不会有人计较《哈姆雷特》中的场景是否与真实的丹麦宫廷吻合，伏尔泰在小说里甚至故意颠倒历史（让十四世纪武士拿手枪射人），再在后记里请求读者不要计较。但罗贯中的情况与此不同，他有板有眼地写了太多真实历史（有名有姓的人物，竟逾一千二百人），唯其如此，暗嵌其中的改写才让读者目瞪口呆，故章学诚斥为“七实三虚惑乱观者”。

回到孟获，书中所述，与历史无甚关系。打仗是掉脑袋的事，让士兵冒着掉脑袋的风险陪主将捉迷藏，没人愿意，也没有哪位主将真敢这么折腾士兵。

第八十九回

武乡侯四番用计　南蛮王五次遭擒

却说孔明自驾小车，引数百骑前来探路。前有一河名曰西洱河，水势虽慢，并无一只船筏。孔明令伐木为筏而渡，其木到水皆沉。孔明遂问吕凯，凯曰："闻西洱河上流有一山，其山多竹，大者数围。可令人伐之，于河上搭起竹桥，以渡军马。"孔明即调三万人入山，伐竹数十万根，顺水放下，于河面狭处搭起竹桥，阔十余丈。乃调大军于河北岸一字儿下寨，便以为濠堑，以浮桥为门，垒土为城；过桥南岸，一字下三个大营，以待蛮兵。[战争的胜败，常常是工程兵之间的较量。有一种很多男孩都玩过的《陆战棋》，工兵在子力配置中地位最低，但具腾空飞行、千里毙敌之能，不无道理。]

却说孟获引数十万蛮兵，恨怒而来。将近西洱河，孟获引前部一万刀牌獠丁，直扣前寨搦战。孔明头戴纶巾，身披鹤氅，手执羽扇，乘驷马车，左右众将簇拥而出。孔明见孟获身穿犀皮甲，头顶朱红盔，左手挽牌，右手执刀，骑赤毛牛，口中辱骂；手下万余洞丁，各舞刀牌往来冲突。孔明急令退回本寨，四面紧闭，不许出战。蛮兵皆裸衣赤身，直到寨门前叫骂。[北美读者读到此节，必谓孟获是印第安人。]诸将大怒，皆来禀孔明曰："某等情愿出寨决一死战！"孔明不许。诸将再三欲战，孔明止曰："蛮方之人不遵王化，今此一来狂恶正盛，不可迎也；且宜坚守数日，待其猖獗少懈，吾自有妙计破之。"

于是蜀兵坚守数日。孔明在高阜处探之，窥见蛮兵已多懈怠，乃聚诸众曰："汝等敢出战否？"众将欣然要出。孔明先唤赵云、魏延入帐，向耳畔低言，分付如此如此。二人受了计策先进。却唤王平、马忠入帐，受计去了。又唤马岱分付曰："吾今弃此三寨，退过河北；吾军一退，汝可便拆浮桥，移于下流，却渡赵云、魏延军马过河来接应。"岱受计而去。又唤张翼曰："吾军退去，寨中多设灯火。孟获知之，必来追赶，汝却断其后。"张翼受计而退。孔明只教关索护车。众军退去，寨中多设灯火。蛮兵望见，不敢冲突。[孔明手下诸将再次降格为领命机器。如此，孔明大放光芒，将领晦暗无比。]

次日平明，孟获引大队蛮兵径到蜀寨之时，只见三个大寨皆无人马，于内弃下粮草车仗数百余辆。孟优曰："诸葛亮弃寨而走，莫非有计否？"孟获曰："吾料诸葛亮弃辎重而去，必因国中有紧急之事，若非吴侵，定是魏伐。故虚张灯火以为疑兵，弃车仗而去也。可速追之，不可错过。"于是孟获自驱前部，直到西洱河边。望见河北岸上，寨中旗帜整齐如故，灿若云锦；沿河一带，又设锦城。蛮兵哨见，皆不敢进。获谓优曰："此是诸葛亮惧吾追赶，故就河北岸少住，不二日必走矣。"遂将蛮兵屯于河岸，又使人去山上砍竹为筏，以备渡河；却将敢战之兵，皆移于寨前面。却不知蜀兵早已入自己之境。

是日狂风大起，四壁厢火明鼓响，蜀兵杀到。蛮兵獠丁自相冲突。孟获大惊，急引宗族洞丁杀开条路，径奔旧寨。忽一彪军从寨中杀出，乃是赵云。获慌忙回西洱河，望山僻处而走。又一彪军杀出，乃是马岱。孟获只剩得数十个败残兵，望山谷中而逃。见南、北、西三处尘头火光，因此不敢前进，只得望东奔走。方才转过山口，见一大林之前，数十从人引一辆小车，车上端坐孔明，呵呵大笑曰："蛮王孟获，大败至此！吾已等候多时也！"获大怒，回顾左右曰："吾遭此人诡计，受辱三次；今幸得这里相遇。汝可奋力前去，连人带马砍为粉碎！"数骑蛮兵猛力向前。孟获当先呐喊，抢到大林之前，踆踏一声，踏了陷坑，一齐塌倒。大林之内转出魏延，引数百军来，一个个拖出，用索缚定。孔明先到寨中招安蛮兵，并诸甸酋长洞丁；此时大半皆归本乡去了，除死伤外，其余尽皆归降。孔明以酒肉相待，以好言抚慰，尽令放回。蛮兵皆感叹而去。少顷，张翼解孟优至。孔明诲之曰："汝兄愚迷，汝当谏之。今被吾擒了四番，有何面目再见人耶！"孟优羞惭满面，伏地告求免死。孔明曰："吾杀汝不在今日。吾且饶汝性命，劝谕汝兄。"令武士解其绳索，放起孟优。优泣拜而去。

不一时，魏延解孟获至。孔明大怒曰："汝今番又被吾擒了，有何理说！"获曰："吾今误中诡计，死不瞑目！"孔明叱武士推出斩之。获全然无惧色，回顾孔明曰："若敢再放吾回去，必然报四番之恨！"孔明大笑，令左右去其缚，赐酒压惊，就坐于帐中。孔明问曰："吾今四次以礼相待，汝尚然不服，何也？"获曰："吾虽是化外之人，不似丞相专施诡计，吾如何肯服？"[自称"化外之人"，又是一奇。将他人针对本族的贬称用来自称（类似日耳曼人在罗马人面前自称"蛮族"），颇难想象。孟获毕竟可爱。]孔明曰："吾再放汝回去，复能战乎？"获曰："丞相若再拿住吾，那时倾心降服，尽献本洞之物犒军，誓不反乱。"

孔明即笑而遣之。获忻然拜谢而去，于是聚得诸洞壮丁数千人，望南迤逦而行。早望见尘头起处，一队兵到，乃是兄弟孟优，重整残兵，来与兄报仇。兄弟二人抱头相哭，诉说前事。优曰："我兵屡败，蜀兵屡胜，难以抵当。只可就山阴洞中，退避不出。蜀兵受不过暑气，自然退矣。"获问曰："何处可避？"优曰："此去西南有一洞，名曰秃龙洞。洞主朵思大王与弟甚厚，可投之。"于是孟获先教孟优到秃龙洞。见了朵思大王，朵思慌引洞兵出迎。孟获入洞，礼毕，诉说前事。朵思曰："大王宽心。若川兵到来，令他一人一骑不得还乡，与诸葛亮皆死于此处！"获大喜，问计于朵思。朵思曰："此洞中止有两条路：东北上一路，就是大王所来之路，地势平坦，土厚水甜，人马可行；若以木石垒断洞口，虽有百万之众，不能进也。西北上有一条路，山险岭恶，道路窄狭；其中虽有小路，多藏毒蛇恶蝎；黄昏时分，烟瘴大起，直至巳、午时方收，惟未、申、酉三时可以往来；水不可饮，人马难行。此处更有四个毒泉：一名哑泉，其水颇甜，人若饮之，则不能言，不过旬日必死；二曰灭泉，此水与汤无异，人若沐浴，则皮肉皆烂，见骨必死；三曰黑泉，其水微清，人若溅之在身，则手足皆黑而死；四曰柔泉，其水如冰，人若饮之，咽喉无暖气，身躯软弱如绵而死。此处虫鸟皆无。惟有汉伏波将军曾到；自此以后，更无一人到此。今垒断东北大路，令大王稳居敝洞，若蜀兵见东路截断，必从西路而入；于路无水，若见此四泉，定然饮水，虽百万之众皆无归矣。何用刀兵耶！"[《三国演义》正式转型为《西游记》。]

孟获大喜，以手加额曰："今日方有容身之地！"又望北指曰："任诸葛神机妙算，难以施设！四泉之水，足以报败兵之恨也！"自此，孟获、孟优终日与朵思大王筵宴。

却说孔明连日不见孟获兵出，遂传号令教大军离西洱河，望南进发。此时正当六月炎天，其热如火。有后人咏南方苦热诗曰：

山泽欲焦枯，火光覆太虚。

不知天地外，暑气更何如！

又有诗曰：

赤帝施权柄，阴云不敢生。云蒸孤鹤喘，海热巨鳌惊。

忍舍溪边坐？慵抛竹里行。如何沙塞客，擐甲复长征！

[作者不熟悉孟获所处地域的地形气候。那里山高谷深，有着堪称世界之最的壮观峡谷。高海拔地区并不炎热，唯温差极大，"一山有四季，十里不同天"是也。观作者形容，几疑为火焰山。]

孔明统领大军，正行之际，忽哨马飞报："孟获退住秃龙洞中不出，将洞口要路垒断，内有兵把守；山恶岭峻，不能前进。"孔明请吕凯问之，凯曰："某曾闻此洞有条路，实不知详细。"蒋琬曰："孟获四次遭擒，既已丧胆，安敢再出？况今天气炎热，军马疲乏，征之无益，不如班师回国。"孔明曰："若如此，正中孟获之计也。吾军一退，彼必乘势追之。今已到此，安有复回之理！"遂令王平领数百军为前部，却教新降蛮兵引路，寻西北小境而入。前到一泉，人马皆渴，争饮此水。王平探有此路，回报孔明。比及到大寨之时，皆不能言，但指口而已。

孔明大惊，知是中毒，遂自驾小车引数十人前来看时，见一潭清水深不见底，水气凛凛，军不敢试。孔明下车登高望之，四壁峰岭，鸟雀不闻，心中大疑。忽望见远远山岗之上有一古庙。孔明攀藤附葛而到，见一石屋之中，塑一将军端坐，旁有石牌，乃汉伏波将军马援之庙；因平蛮到此，土人立庙祀之。[被征服者立庙祭祀征服者？匪夷所思。难道印加人会立庙祭祀毁灭印加文明的西班牙强盗埃尔南多·科尔特斯?]孔明再拜曰："亮受先帝托孤之重，今承圣旨到此平蛮，欲待蛮方既平，然后伐魏吞吴，重安汉室。今军士不识地理，误饮毒水，不能出声。万望尊神念本朝恩义，通灵显圣，护佑三军！”

祈祷已毕，出庙寻土人问之。隐隐望见对山一老叟扶杖而来，形容甚异。孔明请老叟入庙，礼毕，对坐于石上。孔明问曰：“丈者高姓？”老叟曰：“老夫久闻大国丞相隆名，幸得拜见。蛮方之人多蒙丞相活命，皆感恩不浅。”孔明问泉水之故，老叟答曰：“军所饮水，乃哑泉之水也，饮之难言，数日而死。此泉之外，又有三泉：东南有一泉，其水至冷，人若饮之，咽喉无暖气，身躯软弱而死，名曰柔泉；正南有一泉，人若溅之在身，手足皆黑而死，名曰黑泉；西南有一泉，沸如热汤，人若浴之，皮肉尽脱而死，名曰灭泉。敝处有此四泉，毒气所聚，无药可治。又烟瘴甚起，惟未、申、酉三时辰可往来；余者时辰，皆瘴气密布，触之即死。”

孔明曰：“如此则蛮方不可平矣。蛮方不平，安能并吞吴、魏，再兴汉室？有负先帝托孤之重，生不如死也！”老叟曰：“丞相勿忧。老夫指引一处，可以解之。”孔明曰：“老丈有何高见，望乞指教。”老叟曰：“此去正西数里，有一山谷，入内行二十里，有一溪名曰万安溪。上有一高士，号为‘万安隐者’；此人不出溪有数十余年矣。其草庵后有一泉，名安乐泉。人若中毒，吸其水饮之即愈。有人或生疥癞，或感瘴气，于万安溪内浴之，自然无事。更兼庵前有一等草，名曰‘薤叶芸香’。人若口含一叶，则瘴气不染。丞相可速往求之。”孔明拜谢，问曰：“承丈者如此活命之德，感刻不胜，愿闻高姓。”老叟入庙曰：“吾乃本处山神，奉伏波将军之命，特来指引。”言讫，喝开庙后石壁而入。孔明惊讶不已，再拜庙神，寻旧路上车，回到大寨。[孙悟空无计可施时，即赴南海普陀求救于观音菩萨。这位庙神，即孔明之观音菩萨。]

次日，孔明备信香礼物，引王平及众哑军，连夜望山神所言去处迤逦而进。入山谷小径约行二十余里，但见长松大柏，茂竹奇花，环绕一庄；篱落之中，有数间茅屋，闻得馨香喷鼻。孔明大喜，到庄前扣户，有一小童出。孔明方欲通姓名，早有一人竹冠草履，白袍皂绦，碧眼黄发，忻然出曰：“来者莫非汉丞相否？”孔明笑曰：“高士何以知之？”隐者曰："久闻丞相大纛南征，安得不知！"遂邀孔明入草堂，礼毕，分宾主坐定。孔明告曰："亮受昭烈皇帝托孤之重，今承嗣君圣旨，领大军到此，欲服蛮邦，使归王化。[按今天的文明观，这套强制他人接受先进文明的说辞，就是赤裸裸的侵略和干涉，俨若"输出革命"，大违多元文化和谐共存之旨。"平乱"与"使归王化"，是性质截然不同的两种使命。]不期孟获潜入洞中，军士误饮哑泉之水。夜来蒙伏波将军显圣，言高士有药泉，可以治之。望乞矜念，赐神水以救众兵残生。"隐者曰："量老夫山野废人，何劳丞相枉驾。此泉就在庵后。"教取来饮。

于是童子引王平一起哑军，来到溪边，汲水饮之，随即吐出恶涎，便能言语。童子又引众军到万安溪中沐浴。隐者于庵中进柏子茶、松花菜，以待孔明。隐者告曰："此间蛮洞多毒蛇恶蝎，柳花飘入溪泉之间，水不可饮；但掘地为泉，汲水饮之方可。"孔明求"薤叶芸香"，隐者令众军尽意采取："各人口含一叶，自然瘴气不侵。"孔明拜求隐者姓名，隐者笑曰："某乃孟获之兄孟节是也。"孔明愕然。隐者又曰："丞相休疑，容伸片言。某一父母所生三人：长即老夫孟节，次孟获，又次孟优。父母皆亡。二弟强恶，不归王化。某屡谏不从，故更名改姓，隐居于此。今辱弟造反，又劳丞相深入不毛之地，如此生受，孟节合该万死，故先于丞相之前请罪。"孔明叹曰："方信盗跖、下惠之事，今亦有之。"遂与孟节曰："吾申奏天子，立公为王，可乎？"节曰："为嫌功名而逃于此，岂复有贪富贵之意！"孔明乃具金帛赠之。孟节坚辞不受。孔明嗟叹不已，拜别而回。后人有诗曰：

高士幽栖独闭关，武侯曾此破诸蛮。
至今古木无人境，犹有寒烟锁旧山。

孔明回到大寨之中，令军士掘地取水。掘下二十余丈，并无滴水；凡掘十余处，皆是如此。军心惊慌。孔明夜半焚香告天曰："臣亮不才，仰承大汉之福，受命平蛮。今涂中乏水，军马枯渴。倘上天不绝大汉，即赐甘泉；若气运已终，臣亮等愿死于此处！"是夜祝罢，平明视之，皆得满井甘泉。后人有诗曰：

为国平蛮统大兵，心存正道合神明。

耿恭拜井甘泉出，诸葛虔诚水夜生。

孔明军马既得甘泉，遂安然由小径直入秃龙洞前下寨。蛮兵探知，来报孟获曰："蜀兵不染瘴疫之气，又无枯渴之患，诸泉皆不应。"朵思大王闻知皆不信，自与孟获来高山望之。只见蜀兵安然无事，大桶小担，搬运水浆，饮马造饭。朵思见之，毛发耸然，回顾孟获曰："此乃神兵也！"获曰："吾兄弟二人与蜀兵决一死战，就殒于军前，安肯束手受缚！"朵思曰："若大王兵败，吾妻子亦休矣。当杀牛宰马，大赏洞丁，不避水火，直冲蜀寨，方可得胜。"于是大赏蛮兵。

正欲起程，忽报洞后迤西银治洞二十一洞主杨锋引三万兵来助战。孟获大喜曰："邻兵助我，我必胜矣！"即与朵思大王出洞迎接。杨锋引兵入曰："吾有精兵三万，皆披铁甲，能飞山越岭，足以敌蜀兵百万；我有五子，皆武艺足备，愿助大王。"锋令五子入拜，皆彪躯虎体，威风抖擞。孟获大喜，遂设席相待杨锋父子。酒至半酣，锋曰："军中少乐，吾随军有蛮姑，善舞刀牌，以助一笑。"获忻然从之。须臾，数十蛮姑，皆披发跣足，从帐外舞跳而入，群蛮拍手以歌和之。杨锋令二子把盏。二子举杯诣孟获、孟优前。二人接杯，方欲饮酒。锋大喝一声，二子早将孟获、孟优执下座来。朵思大王却待要走，已被杨锋擒了。蛮姑横截于帐上，谁敢近前。获曰："'兔死狐悲，物伤其类。'吾与汝皆是各洞之主，往日无冤，何故害我？"锋曰："吾兄弟子侄皆感诸葛丞相活命之恩，无可以报；今汝反叛，何不擒献！"［又是自家兵变。看来，孟获是那种在同一地方连摔多跤的笨伯。］

于是各洞蛮兵，皆走回本乡。杨锋将孟获、孟优、朵思等解赴孔明寨来。孔明令入，杨锋等拜于帐下曰："某等子侄皆感丞相恩德，故擒孟获、孟优等呈献。"孔明重赏之，令驱孟获入。孔明笑曰："汝今番心服乎？"获曰："非汝之能，乃吾洞中之人自相残害，以致如此。要杀便杀，只是不服！"孔明曰："汝赚吾入无水之地，更以哑泉、灭泉、黑泉、柔泉如此之毒，吾军无恙，岂非天意乎？汝何如此执迷？"获又曰："吾祖居银坑山中，有三江之险，重关之固。汝若就彼擒之，吾当子子孙孙倾心服事。"孔明曰："吾再放汝回去，重整兵马，与吾共决胜负；如那时擒住，汝再不服，当灭九族。”叱左右去其缚，放起孟获。获再拜而去。孔明又将孟优并朵思大王皆释其缚，赐酒食压惊。二人悚惧，不敢正视。孔明令鞍马送回。正是：

深临险地非容易，更展奇谋岂偶然！

未知孟获整兵再来胜负如何，且看下文分解。

错位

通行本《三国志演义》的编订者、评论者及修改者毛伦、毛宗岗父子，也是罗贯中的热烈颂赞者。毛氏父子早已下定决心，随时对小说中的任何文字击节叫好。有趣的是，他们一边指责“《西游》捏造妖魔之事，诞而不经，不若《三国》实叙帝王之事，真而可考也”，一边又强调“《西游》好处《三国》已皆有之”，最后又声称“只一卷‘汉相南征记’便抵得一部《西游记》矣”。做法颇不可取，更大的问题是，还混淆了一个基本概念：读者完全可能既喜欢罗贯中又热爱吴承恩，但他们未必喜欢在《三国》里读到《西游》。让素以忠贞报国著称的孔明频现神怪特征，好像贾宝玉突露令狐冲的身手，一位既喜欢曹雪芹又喜欢金庸的读者，对此定然大皱眉头。这叫角色错位。

当然，换个角度看，罗贯中写以上情节时，吴承恩尚未出生，当年读者读到此节，也可能情绪激动，拍手叫好。今天看过《魔戒》《哈里・波特》《阿凡达》等梦幻大片的现代读者，也许觉得“哑泉”情节不够刺激，但这并不公正。罗贯中的小说首先面对的乃是当时读者，在他最初执笔时，这些题材是新颖的，写法是神奇的，足以造成洛阳纸贵。

看到先行者的若干糟粕，不代表后来者的高明，我们可以批评作品，但不要忘了同时向作者致敬。

第九十回

驱巨兽六破蛮兵　烧藤甲七擒孟获

却说孔明放了孟获等一干人，杨锋父子皆封官爵，重赏洞兵。杨锋等拜谢而去。孟获等连夜奔回银坑。那洞外有三江，乃是泸水、甘南水、西城水。三路水会合，故为三江。其洞北近平坦二百余里，多产万物。洞西二百里有盐井。西南二百里，直抵泸、甘。正南三百里，乃是梁都洞，洞中有山，环抱其洞；山土出银矿，故名为银坑山。山中置宫殿楼台，以为蛮王巢穴。其中建一祖庙，名曰“家鬼”。四时宰牛杀马享祭，名曰“卜鬼”。每年常以蜀人并外乡之人祭之。若人患病，不肯服药，只祷师巫，名为“药鬼”。其处无刑法，但犯罪即斩。有女长成，却于溪中沐浴，男女自相混淆，任其自配，父母不禁，名为“学艺”。［古人视“男女授受不亲”为天经地义，却不知在其他民族眼里，这种“男女大防”纯属变态。］年岁雨水均调，则种稻谷；倘若不熟，杀蛇为羹，煮象为饭。每方隅之中，上户号曰“洞主”，次曰“酋长”。每月初一、十五两日，皆在三江城中买卖，转易货物。其风俗如此。

却说孟获在洞中，聚集宗党千余人，谓之曰：“吾屡受辱于蜀兵，立誓欲报之。汝等有何高见?”言未毕，一人应曰：“吾举一人，可破诸葛亮。”众视之，乃孟获妻弟，见为八番部长，名曰“带来洞主”。获大喜，急问何人。带来洞主曰：“此去西南八纳洞，洞主木鹿大王，深通法术，出则骑象，能呼风唤雨，常有虎豹豺狼、毒蛇恶蝎跟随。手下更有三万神兵，甚是英勇。大王可修书具礼，某亲往求之。此人若允，何惧蜀兵哉!”获忻然，令国舅赍书而去。却令朵思大王守把三江城，以为前面屏障。

却说孔明提兵直至三江城，遥望见此城三面傍江，一面通旱，即遣魏延、赵云同领一军，于旱路打城。军到城下时，城上弓弩齐发。原来洞中之人多习弓弩，一弩齐发十矢，箭头上皆用毒药；但有中箭者，皮肉皆烂，见五脏而死。赵云、魏延不能取胜，回见孔明，言药箭之事。孔明自乘小车，到军前看了虚实，回到寨中，令军退数里下寨。[这辆小车不知是何构造，竟能在崎岖险峻之地充当座驾。已故探险家余纯顺为减轻步行穿越西藏的负担，曾请人特地设计一辆手推车，工艺考究，用料扎实，但没几天车子就在川西二郎山上报废了。]蛮兵望见蜀兵远退，皆大笑作贺，只疑蜀兵惧怯而退，因此夜间安心稳睡，不去哨探。

却说孔明约军退后，即闭寨不出。一连五日，并无号令。黄昏左侧，忽起微风。孔明传令曰："每军要衣襟一幅，限一更时分应点，无者立斩。"诸将皆不知其意，众军依令预备。初更时分，又传令曰："每军衣襟一幅包土一包，无者立斩。"众军亦不知其意，只得依令预备。孔明又传令曰："诸军包土俱在三江城下交割，先到者有赏。"众军闻令，皆包净土，飞奔城下。孔明令积土为蹬道，先上城者为头功。于是蜀兵十余万，并降兵万余，将所包之土一齐弃于城下，一霎时积土成山，接连城上。一声暗号，蜀兵皆上城。[想法甚妙。五十九回中曹操一夜筑好土城，乃借助"随筑随冻"的奇寒北风，亦合物理之理。]蛮兵急放弩时，大半早被执下，余者弃城而走。朵思大王死于乱军之中。蜀将督军分路剿杀。孔明取了三江城，所得珍宝，皆赏三军。败残蛮兵奔回见孟获说："朵思大王身死，失了三江城。"获大惊。

正虑之间，人报蜀兵已渡江，见在本洞中下寨。孟获甚是慌张。忽然屏风后一人大笑而出曰："既为男子，何无智也？我虽是一妇人，愿与你出战。"获视之，乃妻祝融夫人也。夫人世居南蛮，乃祝融氏之后，善使飞刀，百发百中。孟获起身称谢。夫人忻然上马，引宗党猛将数百员、生力洞兵五万，出银坑宫阙，来与蜀兵对敌。方才转过洞口，一彪军拦住，为首蜀将乃是张嶷。蛮兵见之，却早两路摆开。祝融夫人背插五口飞刀，手挺丈八长标，坐下卷毛赤兔马。张嶷见之暗暗称奇。二人骤马交锋。战不数合，夫人拨马便走。张嶷赶去，空中一把飞刀落下。嶷急用手隔，正中左臂，翻身落马。蛮兵发一声喊，将张嶷执缚去了。马忠听得张嶷被执，急出救时，早被蛮兵困住，望见祝融夫人挺标勒马而立，忠忿怒向前去战，坐下马绊倒，亦被擒了，都解入洞中来见孟获。获设席庆贺。夫人叱刀斧手推出张嶷、马忠要斩。获止曰："诸葛亮放吾五次，今番若杀彼将，是不义也。且囚在洞中，待擒住诸葛亮，杀之未迟。"夫人从其言，笑饮作乐。

却说败残兵来见孔明，告知其事。孔明即唤马岱、赵云、魏延三人受计，各自领军前去。次日，蛮兵报入洞中，说赵云搦战。祝融夫人即上马出迎。二人战不数合，云拨马便走。夫人恐有埋伏，勒兵而回。魏延又引军来搦战，夫人纵马相迎。正交锋紧急，延诈败而逃，夫人只不赶。次日，赵云又引军来搦战，夫人领洞兵出迎。二人战不数合，云诈败而走，夫人按标不赶；欲收兵回洞时，魏延引军齐声辱骂，夫人急挺标来取魏延。延拨马便走。夫人忿怒赶来，延骤马奔入山僻小路。忽然背后一声响亮，延回头视之，夫人仰鞍落马。原来马岱埋伏在此，用绊马索绊倒，就里擒缚，解投大寨而来。蛮将洞兵皆来救时，赵云一阵杀散。孔明端坐于帐上，马岱解祝融夫人至。孔明急令武士去其缚，请在别帐赐酒压惊；遣使往告孟获，欲送夫人换张嶷、马忠二将。孟获允诺，即放出张嶷、马忠还了孔明。孔明遂送夫人入洞。孟获接入，又喜又恼。忽报八纳洞主到。孟获出洞迎接，见其人骑着白象，身穿金珠缨络，腰悬两口大刀，领着一班喂养虎豹豺狼之士，簇拥而入。获再拜哀告，诉说前事。木鹿大王许以报仇。获大喜，设宴相待。

次日，木鹿大王引本洞兵带猛兽而出。赵云、魏延听知蛮兵出，遂将军马布成阵势。二将并辔立于阵前视之，只见蛮兵旗帜器械皆别，人多不穿衣甲，尽裸身赤体，面目丑陋，身带四把尖刀；军中不鸣鼓角，但筛金为号。木鹿大王腰挂两把宝刀，手执蒂钟，［不知是何法器。］身骑白象，从大旗中而出。赵云见了，谓魏延曰："我等上阵一生，未尝见如此人物。"二人正沉吟之际，只见木鹿大王口中不知念甚咒语，手摇蒂钟。忽然狂风大作，飞沙走石，如同骤雨；一声画角响，虎豹豺狼，毒蛇猛兽，乘风而出，张牙舞爪，冲将过来。蜀兵如何抵当，往后便退。蛮兵追杀，直赶到三江界路方回。

赵云、魏延收聚败兵，来孔明帐前请罪，细说此事。孔明笑曰："非汝二人之罪。吾未出茅庐之时，先知南蛮有驱虎豹之法。吾在蜀中已办下破此阵之物也，随军有二十辆车，俱封记在此。今日且用一半，留下一半，后有别用。”遂令左右取了十辆红油柜车到帐下，留十辆黑油柜车在后。众皆不知其意。孔明将柜打开，皆是木刻彩画巨兽，俱用五色绒线为毛衣，钢铁为牙爪，一个可骑坐十人。［简直是坦克。］孔明选了精壮军士一千余人，领了一百口内装烟火之物，藏在车中。次日，孔明驱兵大进，布于洞口。蛮兵探知，入洞报与蛮王。木鹿大王自谓无敌，即与孟获引洞兵而出。孔明纶巾羽扇，身衣道袍，端坐于车上。孟获指曰：“车上坐的便是诸葛亮！若擒住此人，大事定矣！”木鹿大王口中念咒，手摇蒂钟。顷刻之间，狂风大作，猛兽突出。孔明将羽扇一摇，其风便回吹彼阵中去了，蜀阵中假兽拥出。蛮洞真兽见蜀阵巨兽口吐火焰，鼻出黑烟，身摇铜铃，张牙舞爪而来，诸恶兽不敢前进，皆奔回蛮洞，反将蛮兵冲倒无数。［类似场面，好莱坞科幻巨制《星球大战·克隆人的战争》里也有。］孔明驱兵大进，鼓角齐鸣，望前追杀。木鹿大王死于乱军之中。洞内孟获宗党，皆弃宫阙，扒山越岭而走。孔明大军占了银坑洞。

次日，孔明正欲分兵缉擒孟获，忽报：“蛮王孟获妻弟带来洞主，因劝孟获归降，获不从，今将孟获并祝融夫人及宗党数百余人尽皆擒来，献与丞相。”孔明听知，即唤张嶷、马忠，分付如此如此。二将受了计，引二千精壮兵，伏于两廊。孔明即令守门将，俱放进来。带来洞主引刀斧手解孟获等数百人，拜于殿下。孔明大喝曰：“与吾擒下！”两廊壮兵齐出，二人捉一人，尽被执缚。孔明大笑曰：“量汝些小诡计，如何瞒得我！汝见二次俱是本洞人擒汝来降，吾不加害；汝只道吾深信，故来诈降，欲就洞中杀吾！”喝令武士搜其身畔，果然各带利刀。孔明问孟获曰：“汝原说在汝家擒住，方始心服；今日如何？”获曰：“此是我等自来送死，非汝之能也。吾心未服。”［亏他每次能辩出理来。］孔明曰：“吾擒汝六番，尚然不服，欲待何时耶？”获曰：“汝第七次擒住，吾方倾心归服，誓不反矣。”孔明曰：“巢穴已破，吾何虑哉！”令武士尽去其缚，叱之曰：“这番擒住，再若支吾，必不轻恕！”孟获等抱头鼠窜而去。

却说败残蛮兵有千余人，大半中伤而逃，正遇蛮王孟获。获收了败兵，心中稍喜，却与带来洞主商议曰："吾今洞府已被蜀兵所占，今投何地安身？"带来洞主曰："只有一国可以破蜀。"获喜曰："何处可去？"带来洞主曰："此去东南七百里，有一国名乌弋国。国主兀突骨，身长二丈，不食五谷，以生蛇恶兽为饭；身有鳞甲，刀箭不能侵。其手下军士，俱穿藤甲。其藤生于山涧之中，盘于石壁之内，国人采取，浸于油中，半年方取出晒之；晒干复浸，凡千余遍，却才造成铠甲，穿在身上，渡江不沉，经水不湿，刀箭皆不能入，因此号为'藤甲军'。今大王可往求之。若得彼相助，擒诸葛亮如利刀破竹也。"［作者沉浸在另类创作快感中，把陈寿丢到爪哇国去了。在最早版本《三国志通俗演义》里，作者一栏写的是：晋平阳侯陈寿史传，后学罗本贯中编次。陈寿怕要纳闷：我几时写过乌戈国来着？］孟获大喜，遂投乌弋国，来见兀突骨。其洞无宇舍，皆居土穴之内。孟获入洞再拜，哀告前事。兀突骨曰：'吾起本洞之兵，与汝报仇。"获忻然拜谢。于是兀突骨唤两个领兵俘长，一名土安，一名奚泥，起三万兵，皆穿藤甲，离乌弋国望东北而来。行至一江，名桃花水，两岸有桃树，历年落叶于水中，若别国人饮之尽死，惟乌弋国人饮之，倍添精神。兀突骨兵至桃花渡口下寨，以待蜀兵。

却说孔明令蛮人哨探孟获消息，回报曰："孟获请乌弋国主，引三万藤甲军，见屯于桃花渡口。孟获又在各番聚集蛮兵，并力拒战。"孔明听说，提兵大进，直至桃花渡口。隔岸望见蛮兵，不类人形，甚是丑恶；［作者对南蛮风俗越陌生，笔下越奇异。魔幻巨片《霍比特人》中的半兽人，也符合这番描述。］又问土人，言说即日桃叶正落，水不可饮。孔明退五里下寨，留魏延守寨。

次日，乌弋国主引一彪藤甲军过河来，金鼓大震。魏延引兵出迎。蛮兵卷地而至。蜀兵以弩箭射到藤甲之上，皆不能透，俱落于地；刀砍枪刺，亦不能入。蛮兵皆使利刀钢叉，蜀兵如何抵当，尽皆败走。蛮兵不赶而回。魏延复回，赶到桃花渡口，只见蛮兵带甲渡水而去；内有困乏者，将甲脱下，放在水面，以身坐其上而渡。魏延急回大寨，来禀孔明，细言其事。孔明请吕凯并土人问之。凯曰："某素闻南蛮中有一乌弋国，无人伦者也。更有藤甲护身，急切难伤。又有桃叶恶水，本国人饮之，反添精神；别国人饮之即死。如此蛮方，纵使全胜，有何益焉？不如班师早回。”孔明笑曰：“吾非容易到此，岂可便去！吾明日自有平蛮之策。”于是令赵云助魏延守寨，且休轻出。

次日，孔明令土人引路，自乘小车到桃花渡口北岸山僻去处，遍观地理。山险岭峻之处，车不能行，孔明弃车步行。忽到一山，望见一谷，形如长蛇，皆危峭石壁，并无树木，中间一条大路。孔明问土人曰：“此谷何名？”土人答曰：“此处名为盘蛇谷。出谷则三江城大路，谷前名塔郎甸。”孔明大喜曰：“此乃天赐吾成功于此也！”遂回旧路，上车归寨，唤马岱分付曰：“与汝黑油柜车十辆，须用竹竿千条，柜内之物，如此如此。可将本部兵去把住盘蛇谷两头，依法而行。与汝半月限，一切完备，至期如此施设。倘有走漏，定按军法。”马岱受计而去。又唤过赵云分付曰：“汝去盘蛇谷后三江大路口如此守把。所用之物，克日完备。”赵云受计而去。又唤魏延分付曰：“汝可引本部兵去桃花渡口下寨。如蛮兵渡水来敌，汝便弃了寨，望白旗处而走。限半个月内，须要连输十五阵，弃七个寨栅。若输十四阵，也休来见我。”魏延领命，心中不乐，怏怏而去。［别说魏延，换了谁都不乐。］孔明又唤张翼另引一军，依所指之处，筑立寨栅去了。却令张嶷、马忠引本洞所降千人，如此行之。各人都依计而行。

却说孟获与乌戈国主兀突骨曰：“诸葛亮多有巧计，只是埋伏。今后交战，分付三军，但见山谷之中林木多处，切不可轻进。”兀突骨曰：“大王说的有理。吾已知道中国人多行诡计。今后依此言行之。吾在前面厮杀，汝在背后教道。”两人商量已定。忽报蜀兵在桃花渡口北岸立寨。兀突骨即差二俘长引藤甲军渡河来，与蜀兵交战。不数合，魏延败走。蛮兵恐有埋伏，不赶自回。次日，魏延又去立了营寨。蛮兵哨得，又有众军渡过河来战。延出迎之。不数合，延败走。蛮兵追杀十余里，见四下并无动静，便在蜀寨中屯住。次日，二俘长请兀突骨到寨，说知此事。兀突骨即引兵大进，将魏延追一阵。蜀兵皆弃甲抛戈而走，只见前有白旗。延引败兵，急奔回白旗处，早有一寨，就寨中屯住。兀突骨驱兵追至，魏延引兵弃寨而走。蛮兵得了蜀寨。次日，又望前追杀。魏延回兵交战，不三合又败，只看白旗处而走，又有一寨，延就寨屯住。次日，蛮兵又至。延略战又走，蛮兵占了蜀寨。

话休絮烦，魏延且战且走，已败十五阵，连弃七个营寨。蛮兵大进追杀。兀突骨自在军前破敌，于路但见林木茂盛之处，便不敢进；却使人远望，果见树阴之中，旌旗招飐。兀突骨谓孟获曰："果不出大王所料。"孟获大笑曰："诸葛亮今番被吾识破！大王连日胜他十五阵，夺了七个营寨，蜀兵望风而走。诸葛亮已是计穷，只此一进，大事定矣！"兀突骨大喜，遂不以蜀兵为念。至第十六日，魏延引败残兵来，与藤甲军对敌，兀突骨骑象当先，头戴日月狼须帽，身披金珠缨络，两肋下露出生鳞甲，眼目中微有光芒，手指魏延大骂。延拨马便走。后面蛮兵大进。魏延引兵转过了盘蛇谷，望白旗而走。兀突骨统引兵众，随后追杀。兀突骨望见山上并无草木，料无埋伏，放心追杀。赶到谷中，见数十辆黑油柜车在当路。蛮兵报曰："此是蜀兵运粮道路，因大王兵至，撇下粮草而走。"兀突骨大喜，催兵追赶。将出谷口，不见蜀兵，只见横木乱石滚下，垒断谷口。兀突骨令兵开路而进，忽见前面大小车辆，装载干柴，尽皆火起。兀突骨忙教退兵，只闻后军发喊，报说谷中已被干柴垒断，车中原来皆是火药，一齐烧着。[作者逸兴遄飞，不知不觉中，火药的发明时间被提前了数百年，兀突骨等于死在一项未来科技中。]兀突骨见无草木，心尚不慌，令寻路而走。只见山上两边乱丢火把，火把到处，地中药线皆着，就地飞起铁炮。满谷中火光乱舞，但逢藤甲，无有不着，将兀突骨并三万藤甲军，烧得互相拥抱，死于盘蛇谷中。孔明在山上往下看时，只见蛮兵被火烧的伸拳舒腿，大半被铁炮打的头脸粉碎，皆死于谷中，臭不可闻。孔明垂泪而叹曰："吾虽有功于社稷，必损寿矣！"左右将士，无不感叹。[孔明真正对孟获的有生力量造成巨大杀伤，这是第一次。]

却说孟获在寨中，正望蛮兵回报。忽然千余人笑拜于寨前，言说："乌戈国兵与蜀兵大战，将诸葛亮围在盘蛇谷中了。特请大王前去接应。我等皆是本洞之人，不得已而降蜀；今知大王前到，特来助战。"孟获大喜，即引宗党并所聚番人，连夜上马，就令蛮兵引路。方到盘蛇谷时，只见火光甚众，臭味难闻。获知中计，急退兵时，左边张嶷，右边马忠，两路军杀出。获方欲抵敌，一声喊起，蛮兵中大半皆是蜀兵，将蛮王宗党并聚集的番人，尽皆擒了。孟获匹马杀出重围，望山径而走。

正走之间，见山凹里一簇人马，拥出一辆小车；车中端坐一人，纶巾羽扇，身衣道袍，乃孔明也。孔明大喝曰："反贼孟获！今番如何？"获急回马走。旁边闪过一将，拦住去路，乃是马岱。孟获措手不及，被马岱生擒活捉了。此时王平、张翼已引一军赶至蛮寨中，将祝融夫人并一应老小皆活捉而来。

孔明归到寨中，升帐而坐，谓众将曰："吾今此计，不得已而用之，大损阴德。我料敌人必算吾于林木多处埋伏，吾却空设旌旗，实无兵马，疑其心也。吾令魏文长连输十五阵者，坚其心也。吾见盘蛇谷止一条路，两壁厢皆是光石，并无树木，下面都是沙土，因令马岱将黑油车安排于谷中，车中油柜内，皆是预先造下的大炮，名曰'地雷'，一炮中藏九炮，三十步埋之，中用竹竿通节，以引药线；才一发动，山损石裂。［太现代了。］吾又令赵子龙预备草车，安排于谷口。又于山上准备大木乱石。却令魏延赚兀突骨并藤甲军入谷，放出魏延，即断其路，随后焚之。吾闻：'利于水者必不利于火。'藤甲虽刀箭不能入，乃油浸之物，见火必着。蛮兵如此顽皮，非火攻安能取胜？使乌戈国之人不留种类者，是吾之大罪也！"众将拜伏曰："丞相天机，鬼神莫测也！"孔明令押过孟获来。孟获跪于帐下。孔明令去其缚，教且在别帐与酒食压惊。孔明唤管酒食官至坐榻前，如此如此，分付而去。

却说孟获与祝融夫人并孟优、带来洞主、一切宗党在别帐饮酒。忽一人入帐谓孟获曰："丞相面羞，不欲与公相见。特令我来放公回去，再招人马来决胜负。公今可速去。"孟获垂泪言曰："七擒七纵，自古未尝有也。吾虽化外之人，颇知礼义，直如此无羞耻乎？"遂同兄弟妻子宗党人等，皆匍匐跪于帐下，肉袒谢罪曰："丞相天威，南人不复反矣！"孔明曰："公今服乎？"获泣谢曰："某子子孙孙皆感覆载生成之恩，安得不服！"孔明乃请孟获上帐，设宴庆贺，就令永为洞主。所夺之地，尽皆退还。孟获宗党及诸蛮兵无不感戴，皆欣然跳跃而去。［一段无足轻重的内部平叛史，作者写足了四回书，吴蜀彝陵之战不过写了两回。长篇小说常有大规模偏离主题的案例，维克多·雨果曾在《悲惨世界》里匀出数万字篇幅，插入一篇与主题缺乏关联的修道院沿革史，对枯燥历史不感兴趣者，多半跳过不读。］后人有诗赞孔明曰：

羽扇纶巾拥碧幢，七擒妙策制蛮王。

至今溪洞传威德，为选高原立庙堂。

长史费祎入谏曰："今丞相亲提士卒，深入不毛，收服蛮方；今蛮王既已归服，何不置官吏，与孟获一同守之？"孔明曰："如此有三不易：留外人则当留兵，兵无所食，一不易也；蛮人伤破，父兄死亡，留外人而不留兵，必成祸患，二不易也；蛮人累有废杀之罪，自有嫌疑，留外人终不相信，三不易也。今吾不留人，不运粮，与相安于无事而已。"众人尽服。于是南方皆感孔明恩德，乃为孔明立生祠，四时享祭，皆呼之为"慈父"；各送珍珠金宝、丹漆药材、耕牛战马，以资军用，誓不再反。南方已定。

却说孔明犒军已毕，班师回蜀，令魏延引本部兵为前锋。延引兵方至泸水，忽然阴云四合，水面上一阵狂风骤起，飞沙走石，军不能进。延退兵回报孔明。孔明遂请孟获问之。正是：

塞外蛮人方帖服，水边鬼卒又猖狂。

未知孟获所言若何，且看下文分解。

经典

存在着不可批评的经典，如荷马史诗之于欧洲人，《诗经》之于中国人，她们是文明的乳汁，有了她们，文明才迈出第一步。《三国演义》是民族文学经典，经典不是完美的同义语，它并非不可批评，但批评者必须留意：历代读者通过热切阅读检验了她，同时也接受了经典的哺育，这种双向互馈会带来一种单向改变：一个民族永远改变了自己。生活在李白、杜甫之后的中国人，是会发生若干变化的，《三国演义》亦然。历史的厚重和文化的传承构成作品的一部分，作品通过感染读者而间接影响文化，以至我们不可能像评论当代作品那样评判它，它的缺点和优点融洽无间，历史赋予它文化的内涵，它就像泰山那样矗立着，像月亮那样闪耀着。你能批评泰山某座山腰不够完美吗？你能指责月亮某处阴影不够明亮吗？

但是，当批评不是针对作品本身，而是检验后人在其中付出的爱憎，并发掘若干有意味的民族性内容，批评仍是必要的。翁贝托·埃科认为："一个被定义为'经典'的作家一定在他的作品中传达了若干有价值的信息"，而一部像《三国演义》那样影响广大的巨作，传递的民族性信息甚至大于文学信息。所以，一边欣赏她，一边让自己进入反思状态，定会加强而不是贬抑阅读快感。所谓阅读快感，不正是思考的乐趣？

第九十一回

祭泸水汉将班师　伐中原武侯上表

却说孔明班师回国，孟获率引大小洞主酋长及诸部落，罗拜相送。前军至泸水，时值九月秋天，忽然阴云布合，狂风骤起。兵不能渡，回报孔明。孔明遂问孟获。获曰："此水原有猖神作祸，往来者必须祭之。"孔明曰："用何物祭享？"获曰："旧时国中因猖神作祸，用七七四十九颗人头并黑牛白羊祭之，自然风恬浪静，更兼连年丰稔。"孔明曰："吾今事已平定，安可妄杀一人？"遂自到泸水岸边观看。果见阴风大起，波涛汹涌，人马皆惊。孔明甚疑，即寻土人问之。土人告说："自丞相经过之后，夜夜只闻得水边鬼哭神号，自黄昏直至天晓，哭声不绝。瘴烟之内，阴鬼无数。因此作祸，无人敢渡。"孔明曰："此乃我之罪愆也。前者马岱引蜀兵千余，皆死于水中；更兼杀死南人，尽弃此处。狂魂怨鬼，不能解释，以致如此。吾今晚当亲自往祭。"土人曰："须依旧例，杀四十九颗人头为祭，则怨鬼自散也。"孔明曰："本为人死而成怨鬼，岂可又杀生人耶？吾自有主意。"唤行厨宰杀牛马；和面为剂，塑成人头，内以牛羊等肉代之，名曰"馒头"。[有趣的民俗掌故。]当夜于泸水岸上，设香案，铺祭物，列烛四十九盏，扬幡招魂；将馒头等物，陈设于地。三更时分，孔明金冠鹤氅，亲自临祭，令董厥读祭文。其文曰：

> 维大汉建兴三年秋九月一日，武乡侯、领益州牧、丞相诸葛亮，谨陈祭仪，享于故殁王事蜀中将校以及南人亡者阴魂曰：
>
> 我大汉皇帝，威胜五霸，明继三王。昨自远方侵境，异俗起兵；纵虿尾以兴妖，恣狼心而逞乱。我奉王命，问罪遐荒；大举貔貅，悉除蝼蚁；雄军云集，狂寇冰消；才闻破竹之声，便是失猿之势。但士卒儿郎，尽是九州豪杰；官僚将校，皆为四海英雄。习武从戎，投明事主，莫不同申三令，共展七擒；

齐坚奉国之诚，并效忠君之志。何期汝等偶失兵机，缘落奸计。或为流矢所中，魂掩泉台；或为刀剑所伤，魄归长夜。生则有勇，死则成名。今凯歌欲还，献俘将及。汝等英灵尚在，祈祷必闻。随我旌旗，逐我部曲，同回上国，各认本乡；受骨肉之蒸尝，领家人之祭祀；莫作他乡之鬼，徒为异域之魂。我当奏之天子，使汝等各家尽沾恩露，年给衣粮，月赐廪禄。用兹酬答，以慰汝心。至于本境土神，南方亡鬼，血食有常，凭依不远。生者既凛天威，死者亦归王化；想宜宁帖，毋致号啕。聊表丹忱，敬陈祭祀。呜呼哀哉！伏惟尚飨！［可比照古希腊伯里克利《在阵亡将士葬礼上的演说》，两文立意及侧重点不同，是生动的中西比较资料。伯里克利表达的观念，直抵现代，他说：“你们要下定决心：要自由，才能有幸福；要勇敢，才能有自由。”］

读祭文毕，孔明放声大哭，极其痛切，情动三军，无不下泪。孟获等众，尽皆哭泣。只见愁云怨雾之中，隐隐有数千鬼魂，皆随风而散。于是孔明令左右将祭物尽弃于泸水之中。

次日，孔明引大军俱到泸水南岸，但见云收雾散，风静浪平。蜀兵安然尽渡泸水，果然鞭敲金镫响，人唱凯歌还。行到永昌，孔明留王伉、吕凯守四郡；发付孟获领众自回，嘱其勤政驭下，善抚居民，勿失农务。孟获涕泣拜别而去。

孔明自引大军回成都。后主排銮驾出郭三十里迎接，下辇立于道傍，以候孔明。孔明慌下车伏道而言曰：“臣不能速平南方，使主上怀忧，臣之罪也。”后主扶起孔明，并车而回，设太平筵会，重赏三军。自此远邦进贡来朝者二百余处。孔明奏准后主，将殁于王事者之家，一一优恤。人心欢悦，朝野清平。

却说魏主曹丕，在位七年，即蜀汉建兴四年也。丕先纳夫人甄氏，即袁绍次子袁熙之妇，前破邺城时所得。后生一子，名叡，字元仲，自幼聪明，丕甚爱之。后丕又纳安平广宗人郭永之女为贵妃，甚有颜色；其父尝曰：“吾女乃女中之王也。”故号为“女王”。自丕纳为贵妃，因甄夫人失宠，郭贵妃欲谋为后，却与幸臣张韬商议。时丕有疾，韬乃诈称于甄夫人宫中掘得桐木偶人，上书天子年月日时，为压镇之事。丕大怒，遂将甄夫人赐死，立郭贵妃为后。因无出，养曹叡为己子。虽甚爱之，不立为嗣。[曹丕人品极不可靠，读其文字，明智通达；观其行事，暴戾非常。甄夫人死状甚惨，“殡时被发覆面，以糠塞口”。]叡年至十五岁，弓马熟娴。当年春二月，丕带叡出猎。行于山坞之间，赶出子母二鹿，丕一箭射倒母鹿，回视小鹿驰于曹叡马前。丕大呼曰：“吾儿何不射之?”叡在马上泣告曰：“陛下已杀其母，安忍复杀其子?”丕闻之，掷弓于地曰：“吾儿真仁德之主也!”于是遂封叡为平原王。[一叶落可知天下秋，一念善却不等于终生仁。古代阅人术过分依赖以小见大，常致一叶障目。]

夏五月，丕感寒疾，医治不痊，乃召中军大将军曹真、镇军大将军陈群、抚军大将军司马懿三人入寝宫。丕唤曹叡至，指谓曹真等曰：“今朕病已沉重，不能复生。此子年幼，卿等三人可善辅之，勿负朕心。”三人皆告曰：“陛下何出此言？臣等愿竭力以事陛下至千秋万岁。”丕曰：“今年许昌城门无故自崩，乃不祥之兆，朕故自知必死也。”正言间，内侍奏征东大将军曹休入宫问安。丕召入谓曰：“卿等皆国家柱石之臣也，若能同心辅朕之子，朕死亦瞑目矣!”言讫，坠泪而薨。时年四十岁，在位七年。[曹丕在位期间，对朝政多有改革。作者另有所好，满腔情怀尽付诸葛丞相，别事遂遭舍弃。在三国力量格局中，蜀国最弱；在小说文字格局中，蜀国成了重点。]于是曹真、陈群、司马懿、曹休等，一面举哀，一面拥立曹叡为大魏皇帝。谥父丕为文皇帝，谥母甄氏为文昭皇后。封钟繇为太傅，曹真为大将军，曹休为大司马，华歆为太尉，王朗为司徒，陈群为司空，司马懿为骠骑大将军。其余文武官僚，各各封赠。大赦天下。时雍、凉二州缺人守把，司马懿上表乞守西凉等处。曹叡从之，遂封懿提督雍、凉等处兵马，[一直是文官的司马懿，自此握有兵权。]领诏去讫。

早有细作飞报入川。孔明大惊曰：“曹丕已死，孺子曹叡即位，余皆不足虑；司马懿深有谋略，今督雍、凉兵马，倘训练成时，必为蜀中之大患。不如先起兵伐之。”参军马谡曰：“今丞相平蛮方回，军马疲敝，只宜存恤，岂可复远征？某有一计，使司马懿自死于曹叡之手，未知丞相钧意允否？”孔明问是何计，马谡曰：“司马懿虽是魏国大臣，曹叡素怀疑忌。何不密遣人往洛阳、邺郡等处，布散流言，道此人欲反；更作司马懿告示天下榜文，遍贴诸处，使曹叡心疑，必然杀此人也。”孔明从之，即遣人密行此计去了。

却说邺城门上，忽一日见贴下告示一道。守门者揭了，来奏曹叡。叡观之，其文曰：

> 骠骑大将军总领雍、凉等处兵马事司马懿，谨以信义布告天下：昔太祖武皇帝创立基业，本欲立陈思王子建为社稷主；不幸奸谗交集，岁久潜龙。皇孙曹叡素无德行，妄自居尊，有负太祖之遗意。今吾应天顺人，克日兴师，以慰万民之望。告示到日，各宜归命新君。如不顺者，当灭九族！先此告闻，想宜知悉。

曹叡览毕，大惊失色，急问群臣。太尉华歆奏曰：“司马懿上表乞守雍、凉，正为此也。先时太祖武皇帝尝谓臣曰：‘司马懿鹰视狼顾，不可付以兵权，［“狼顾”是相书术语，指心术极坏。据《晋书·宣帝纪》，曹操曾测试司马懿的狼顾态：“令反顾，面正向后而身不动。”］久必为国家大祸。’今日反情已萌，可速诛之。”王朗奏曰：“司马懿深明韬略，善晓兵机，素有大志；若不早除，久必为祸。”叡乃降旨，欲兴兵御驾亲征。忽班部中闪出大将军曹真奏曰：“不可。文皇帝托孤于臣等数人，是知司马仲达无异志也。今事未知真假，遽尔加兵，乃逼之反耳。或者蜀、吴奸细行反间之计，使我君臣自乱，彼却乘虚而击，未可知也。陛下幸察之。”叡曰：“司马懿若果谋反，将奈何？”真曰：“如陛下心疑，可仿汉高伪游云梦之计，御驾幸安邑；司马懿必然来迎，观其动静，就车前擒之可也。”叡从之，遂命曹真监国，亲自领御林军十万，径到安邑。

司马懿不知其故，欲令天子知其威严，乃整兵马，率甲士数万来迎。近臣奏曰：“司马懿果率兵十余万，前来抗拒，实有反心矣。”叡慌命曹休先领兵迎之。司马懿见兵马前来，只疑车驾亲至，伏道而迎。曹休出曰："仲达受先帝托孤之重，何故反耶？"懿大惊失色，汗流遍体，乃问其故。休备言前事。懿曰："此吴、蜀奸细反间之计，欲使我君臣自相残害，彼却乘虚而袭。某当自见天子辨之。"遂急退了军马，至叡车前俯伏泣奏曰："臣受先帝托孤之重，安敢有异心？必是吴、蜀之奸计。臣请提一旅之师，先破蜀，后伐吴，报先帝与陛下，以明臣心。"叡疑虑未决。华歆奏曰："不可付之兵权，可即罢归田里。"叡依言，将司马懿削职回乡，命曹休总督雍、凉军马。曹叡驾回洛阳。[把司马懿失宠视为孔明离间，自是美化孔明，惜话未说圆。司马懿真写了那道告示，自属十恶不赦，断不会轻飘飘地"削职回乡"。]

却说细作探知此事，报入川中。孔明闻之大喜曰："吾欲伐魏久矣，奈有司马懿总雍、凉之兵。今既中计遭贬，吾有何忧！"次日，后主早朝，大会官僚，孔明出班，上《出师表》一道。表曰：

> 臣亮言：先帝创业未半，而中道崩殂；今天下三分，益州罢敝，[原文是"疲敝"，意思相同，但与小说中"人心欢悦，朝野清平"显然矛盾。《出师表》是可靠的历史文献，当以孔明说法为准。]此诚危急存亡之秋也。然侍卫之臣不懈于内，忠志之士忘身于外者，盖追先帝之殊遇，欲报之于陛下也。诚宜开张圣听，以光先帝遗德，恢宏志士之气；不宜妄自菲薄，引喻失义，以塞忠谏之路也。宫中府中，俱为一体；陟罚臧否，不宜异同。若有作奸犯科，及为忠善者，宜付有司，论其刑赏，以昭陛下平明之治；不宜偏私，使内外异法也。侍中、侍郎郭攸之、费祎、董允等，此皆良实，志虑忠纯，是以先帝简拔以遗陛下。愚以为宫中之事，事无大小，悉以咨之，然后施行，必得裨补阙漏，有所广益。将军向宠，性行淑均，晓畅军事，试用之于昔日，先帝称之曰能，是以众议举宠以为督。愚以为营中之事，事无大小，悉以咨之，必能使行阵和穆，优劣得所也。亲贤臣，远小人，此先汉所以兴隆也；亲小人，远贤臣，此后汉所以倾颓也。先帝在时，每与臣论此事，未尝不叹息痛恨于桓、灵也！侍中尚书、长史参军，此悉贞亮死节之臣也，

愿陛下亲之、信之，则汉室之隆，可计日而待也。

臣本布衣，躬耕南阳，苟全性命于乱世，不求闻达于诸侯。先帝不以臣卑鄙，猥自枉屈，三顾臣于草庐之中，谘臣以当世之事，由是感激，遂许先帝以驱驰。后值倾覆，受任于败军之际，奉命于危难之间，尔来二十有一年矣。[孔明四十八岁了。]先帝知臣谨慎，故临崩寄臣以大事也。受命以来，夙夜忧虑，恐付托不效，以伤先帝之明，故五月渡泸，深入不毛。今南方已定，甲兵已足，当奖帅三军，北定中原，庶竭驽钝，攘除奸凶，兴复汉室，还于旧都。此臣所以报先帝而忠陛下之职分也。至于斟酌损益，进尽忠言，则攸之、祎、允之任也。愿陛下托臣以讨贼兴复之效，不效则治臣之罪，以告先帝之灵；若无兴复之言，则责攸之、祎、允等之咎，以彰其慢。陛下亦宜自谋，以谘诹善道，察纳雅言，深追先帝遗诏。臣不胜受恩感激！今当远离，临表涕泣，不知所云。

后主览表曰："相父南征，远涉艰难，方始回都，坐未安席；今又欲北征，恐劳神思。"孔明曰："臣受先帝托孤之重，夙夜未尝有怠。今南方已平，可无内顾之忧；不就此时讨贼，恢复中原，更待何日？"忽班部中太史谯周出奏曰："臣夜观天象，北方旺气正盛，星曜倍明，未可图也。"乃顾孔明曰："丞相深明天文，何故强为？"孔明曰："天道变易不常，岂可拘执？吾今且驻军马于汉中，观其动静而后行。"[同一天象，想法不同，说法遂异，无一定之规。孔子曰："天何言哉！"]谯周苦谏不从。于是孔明乃留郭攸之、董允、费祎等为侍中，总摄宫中之事。又留向宠为大将，总督御林军马；陈震为侍中，蒋琬为参军；张裔为长史，掌丞相府事；杜琼为谏议大夫；杜微、杨洪为尚书；孟光、来敏为祭酒；尹默、李譔为博士；郤正、费诗为秘书；谯周为太史。内外文武官僚一百余员，同理蜀中之事。

孔明受诏归府，唤诸将听令：前督部镇北将军、领丞相司马、凉州刺史、都亭侯魏延；前军都督领扶风太守张翼；牙门将裨将军王平；后军领兵使安汉将军、领建宁太守李恢，副将定远将军、领汉中太守吕义；

兼管运粮左军领兵使平北将军、陈仓侯马岱，副将飞卫将军廖化；右军领兵使奋威将军、博阳亭侯马忠，镇抚将军、关内侯张嶷；行中军师车骑大将军、都乡侯刘琰；中监军扬武将军邓芝；中参军安远将军马谡；前将军都亭侯袁綝；左将军高阳侯吴懿；右将军玄都侯高翔；后将军安乐侯吴班；领长史绥军将军杨仪；前将军征南将军刘巴；前护军偏将军汉成亭侯许允；左护军笃信中郎将丁咸；右护军偏将军刘敏；后护军典军中郎将官雝；行参军昭武略中郎将胡济；行参军谏议将军阎晏；行参军偏将军爨习；行参军裨将军杜义，武略中郎将杜祺，绥军都尉盛敦；从事武略中郎将樊岐；典军书记樊建；丞相令史董厥；帐前左护卫使龙骧将军关兴；右护卫使虎翼将军张苞。以上一应官员，都随着平北大都督、丞相、武乡侯、领益州牧、知内外事诸葛亮。分拨已定，又檄李严等守川口以拒东吴。[名字排了一大溜，日后扬名立万者，魏延而外，数不出几个。偏偏魏延饱受作者文字欺凌。]选定建兴五年春三月丙寅日，出师伐魏。

忽帐下一老将厉声而进曰："我虽年迈，尚有廉颇之勇，马援之雄。此二古人皆不服老，何故不用我耶？"众视之，乃赵云也。孔明曰："吾自平南回都，马孟起病故，吾甚惜之，以为折一臂也。今将军年纪已高，倘稍有参差，动摇一世英名，减却蜀中锐气。"云厉声曰："吾自随先帝以来，临阵不退，遇敌则先。大丈夫得死于疆场者，幸也，吾何恨焉？愿为前部先锋！"孔明再三苦劝不住。云曰："如不教我为先锋，就撞死于阶下！"[赵云这一倔，倒显出老态来了。]孔明曰："将军既要为先锋，须得一人同去。"言未尽，一人应曰："某虽不才，愿助老将军先引一军前去破敌。"孔明见之，乃邓芝也。孔明大喜，即拨精兵五千、副将十员，随赵云、邓芝去讫。孔明出师，后主引百官送于北门外十里。孔明辞了后主，旌旗蔽野，戈戟如林，率军望汉中迤逦进发。

却说边庭探知此事，报入洛阳。是日曹叡设朝，近臣奏曰："边官报称：诸葛亮率领大兵三十余万，出屯汉中，令赵云、邓芝为前部先锋，引兵入境。"叡大惊，问群臣曰："谁可为将，以退蜀兵？"忽一人应声而出曰："臣父死于汉中，切齿之恨，未尝得报。今蜀兵犯境，臣愿引本部猛将，更乞陛下赐关西之兵，前往破蜀，上为国家效力，下报父仇，臣万死不恨！”众视之，乃夏侯渊之子夏侯楙也。楙字子休，其性最急，又最吝，自幼嗣与夏侯惇为子。后夏侯渊为黄忠所斩，曹操怜之，以女清河公主招楙为驸马，因此朝中钦敬。虽掌兵权，未尝临阵。当时自请出征，曹叡即命为大都督，调关西诸路军马前去迎敌。司徒王朗谏曰：“不可。夏侯驸马素不曾经战，今付以大任，非其所宜。更兼诸葛亮足智多谋，深通韬略，不可轻敌。”夏侯楙叱曰：“司徒莫非结连诸葛，欲为内应耶？吾自幼从父学习韬略，深通兵法。汝何欺我年幼？吾若不生擒诸葛亮，誓不回见天子！”王朗等皆不敢言。夏侯楙辞了魏主，星夜到长安，调关西诸路军马二十余万，来敌孔明。正是：

欲秉白旄麾将士，却教黄吻掌兵权。

未知胜负如何，且看下文分解。

出师

《出师表》天下名文，至今读之，尤真切感人。

《出师表》不是战争动员令，它是孔明写给刘禅的私信。结合内容及阿斗呼孔明“相父”的事实，《出师表》更宜解读成“戒子书”。从“亲君子，远小人”的嘱咐中，从关照何事宜咨询何人的琐碎叮咛中，我们既能感知孔明的不安，也能探知阿斗的品行能力。

南征甫毕，将士未息，国土疲弊，百废待举，孔明不思休养生息，积攒国力，反而急切地启动“北定中原”的举国战略，志向之大，令人感叹。其实，当时魏国在华歆等人“为国者以民为基，民以衣食为本”的建议下，处在一个平静的恢复发展期，国力正在康复中——至于曹睿（“睿”应为“叡”）日后荒淫无度，则是后话。可以确认，孔明北伐前，曹魏差不多忘记了蜀汉的存在，防线上“略无备预”，所以，在交战之初，孔明的突袭有望获得突出战果。战线一旦拉长，决定胜负的因素就不再是主将能力了，而是综合国力的竞争。阿克顿说：“是人民而不是军队决定一场战争的结果。军队只能决定一场战役的胜败。”“二战”时，前方日益吃紧的德军从美军战俘身上搜出大量德军想都不敢想的随身物资（罐头食品，巧克力等），遂恐惧地意识到，德国不可能获胜。

孔明是在综合实力远逊对方的情况下率军出师的。感人中有一份悲壮，悲壮中有一道命运的阴影。

第九十二回

赵子龙力斩五将　诸葛亮智取三城

却说孔明率兵前至沔阳，经过马超坟墓，乃令其弟马岱挂孝，孔明亲自祭之。[马超终年四十六岁，依古人标准，算早夭。“五虎将”中马超享寿最短，严格意义上的善终，唯赵云得之。] 祭毕，回到寨中，商议进兵。忽哨马报道：“魏主曹叡遣驸马夏侯楙，调关中诸路军马，前来拒敌。”魏延上帐献策曰：“夏侯楙乃膏粱子弟，懦弱无谋。延愿得精兵五千，取路出褒中，循秦岭以东，当子午谷而投北，不过十日，可到长安。夏侯楙若闻某骤至，必然弃城望横门邸阁而走。某却从东方而来，丞相可大驱士马，自斜谷而进。如此行之，则咸阳以西，一举可定也。”孔明笑曰：“此非万全之计也。汝欺中原无好人物，倘有人进言，于山僻中以兵截杀，非惟五千人受害，亦大伤锐气。决不可用。”魏延又曰：“丞相兵从大路进发，彼必尽起关中之兵，于路迎敌，则旷日持久，何时而得中原？”孔明曰：“吾从陇右取平坦大路，依法进兵，何忧不胜！”遂不用魏延之计。[“依法进兵”，措词滑稽。正如文章的最高法度是“文无定法”，打仗的至高准则是兵无常法，以奇为正，无法而无不法。] 魏延怏怏不悦。孔明差人令赵云进兵。

却说夏侯楙在长安聚集诸路军马。时有西凉大将韩德，善使开山大斧，有万夫不当之勇，引西羌诸路兵八万到来，见了夏侯楙，楙重赏之，就遣为先锋。德有四子，皆精通武艺，弓马过人：长子韩瑛，次子韩瑶，三子韩琼，四子韩琪。韩德带四子并西羌兵八万，取路至凤鸣山，正遇蜀兵。两阵对圆。韩德出马，四子列于两边。德厉声大骂曰：“反国之贼，安敢犯吾境界！”赵云大怒，挺枪纵马，单搦韩德交战。长子韩瑛，跃马来迎；战不三合，被赵云一枪刺死于马下。次子韩瑶见之，纵马挥刀来战。赵云施逞旧日虎威，抖擞精神迎战。瑶抵敌不住。三子韩琼，急挺方天戟骤马前来夹攻。云全然不惧，枪法不乱。四子韩琪，见二兄战云不下，也纵马轮两口日月刀而来，围住赵云。云在中央独战三将。少时，韩琪中枪落马，韩阵中偏将急出救去。云拖枪便走。韩琼按戟，急取弓箭射之，连放三箭，皆被云用枪拨落。琼大怒，仍绰方天戟纵马赶来，却被云一箭射中面门，落马而死。韩瑶纵马举宝刀便砍赵云。云弃枪于地，闪过宝刀，生擒韩瑶归阵，复纵马取枪杀过阵来。韩德见四子皆丧于赵云之手，[倒了天大的楣。]肝胆皆裂，先走入阵去。西凉兵素知赵云之名，今见其英勇如昔，谁敢交锋？赵云马到处，阵阵倒退。赵云匹马单枪，往来冲突，如入无人之境。后人有诗赞曰：

忆昔常山赵子龙，年登七十建奇功。
独诛四将来冲阵，犹似当阳救主雄。

邓芝见赵云大胜，率蜀兵掩杀，西凉兵大败而走。韩德险被赵云擒住，弃甲步行而逃。云与邓芝收军回寨。芝贺曰："将军寿已七旬，英勇如昨。今日阵前力斩四将，世所罕有！"[超级英雄，像说年逾七旬的球王贝利在世界杯赛场上连中三元。]云曰："丞相以吾年迈，不肯见用，吾故聊以自表耳。"遂差人解韩瑶，申报捷书，以达孔明。

却说韩德引败军回见夏侯楙，哭告其事。楙自统兵来迎赵云。探马报入蜀寨，说夏侯楙引兵到。云上马绰枪，引千余军，就凤鸣山前摆成阵势。当日，夏侯楙戴金盔，坐白马，手提大砍刀，立在门旗之下。见赵云跃马挺枪，往来驰骋，楙欲自战。韩德曰："杀吾四子之仇，如何不报！"纵马轮开山大斧，直取赵云。云奋怒挺枪来迎；战不三合，枪起处，韩德刺死于马下，[国家间的战争陡变成私人的灭门之痛，韩德一家五口在一场仗中先后死于一人之手，亘古未闻。]急拨马直取夏侯楙。楙慌忙闪入本阵。邓芝驱兵掩杀，魏兵又折一阵，退十余里下寨。楙连夜与众将商议曰："吾久闻赵云之名，未尝见面；今日年老，英雄尚在，方信当阳长坂之事。似此无人可敌，如之奈何？"参军程武，乃程昱之子也，进言曰："某料赵云有勇无谋，不足为虑。来日都督再引兵出，先伏两军于左右。都督临阵先退，诱赵云到伏兵处；都督却登山指挥四面军马，重叠围住，云可擒矣。"楙从其言，遂遣董禧引三万军伏于左，薛则引三万伏于右，[充当伏兵的左右两军人数相等，仿佛战场是规整的，可以像中国象棋般对称布子。]二人埋伏已定。

次日，夏侯楙复整金鼓旗幡，率兵而进。赵云、邓芝出迎。芝在马上谓赵云曰："昨夜魏兵大败而走，今日复来，必有诈也。老将军防之。"子龙曰："量此乳臭小儿，何足道哉！吾今日必当擒之！"便跃马而出。魏将潘遂出迎，战不三合，拨马便走。赵云赶去，魏阵中八员将一齐来迎。放过夏侯楙先走，八将陆续奔走。赵云乘势追杀，邓芝引兵继进。赵云深入重地，只听得四面喊声大震。邓芝急收军退回，左有董禧，右有薛则，两路兵杀到。邓芝兵少，不能解救。赵云被困在垓心，东冲西突，魏兵越厚。时云手下止有千余人，杀到山坡之下，只见夏侯楙在山上指挥三军。赵云投东则望东指，投西则望西指，因此赵云不能突围，乃引兵杀上山来。半山中擂木炮石打将下来，不能上山。

赵云从辰时杀至酉时，不得脱走，只得下马少歇，且待月明再战。却才卸甲而坐，月光方出，忽四下火光冲天，鼓声大震，矢石如雨，魏兵杀到，皆叫曰："赵云早降！"云急上马迎敌。四面军马渐渐逼近，八方弩箭交射甚急，人马皆不能向前。云仰天叹曰："吾不服老，死于此地矣！"忽东北角上喊声大起，魏兵纷纷乱窜。一彪军杀到，为首大将持丈八点钢矛，马项下挂一颗人头。云视之，乃张苞也。苞见了赵云，言曰："丞相恐老将军有失，特遣某引五千兵接应。闻老将军被困，故杀透重围。正遇魏将薛则拦路，被某杀之。"云大喜，即与张苞杀出西北角来。只见魏兵弃戈奔走，一彪军从外呐喊杀入，为首大将提偃月青龙刀，手挽人头。云视之，乃关兴也。兴曰："奉丞相之命，恐老将军有失，特引五千兵前来接应。却才阵上逢着魏将董禧，被吾一刀斩之，枭首在此。丞相随后便到也。"云曰："二将军已建奇功，何不趁今日擒住夏侯楙，以定大事？"张苞闻言，遂引兵去了。兴曰："我也干功去。"遂亦引兵去了。云回顾左右曰："他两个是吾子侄辈，尚且争先干功，吾乃国家上将，朝廷旧臣，反不如此小儿耶？吾当舍老命以报先帝之恩！"[心理活动规范刻板，缺乏个性。欧洲某小说里两位效忠皇帝的海军将领在一场难逃一死的海战前，曾如此对答——将领甲说："我真希望首先开火。"

“这是一个风骚女子的心愿。”将领乙答道。〕于是引兵来捉夏侯楙。当夜三路兵夹攻，大破魏军一阵。邓芝引兵接应，杀得尸横遍野，血流成河。夏侯楙乃无谋之人，更兼年幼，不曾经战，见军大乱，遂引帐下骁将百余人，望南安郡而走。众军因见无主，尽皆逃窜。兴、苞二将闻夏侯楙望南安郡去了，连夜赶来。楙走入城中，令紧闭城门，驱兵守御。兴、苞二人赶到，将城围住；赵云随后也到，三面攻打。少时，邓芝亦引兵到。一连围了十日，攻打不下。忽报丞相留后军住沔阳，左军屯阳平，右军屯石城，自引中军来到。赵云、邓芝、关兴、张苞皆来拜问孔明，说连日攻城不下。

孔明遂乘小车亲到城边周围看了一遍，回寨升帐而坐。众将环立听令。孔明曰：“此郡濠深城峻，不易攻也。吾正事不在此城，汝等如只久攻，倘魏兵分道而出，以取汉中，吾军危矣。”邓芝曰：“夏侯楙乃魏之驸马，若擒此人，胜斩百将。今困于此，岂可弃之而去？”孔明曰：“吾自有计。此处西连天水郡，北抵安定郡。二处太守，不知何人？”探卒答曰：“天水太守马遵，安定太守崔谅。”孔明大喜，乃唤魏延受计，如此如此；又唤关兴、张苞受计，如此如此；又唤心腹军士二人受计，如此行之。各将领命，引兵而去。孔明却在南安城外，令军运柴草堆于城下，口称烧城。魏兵闻知，皆大笑不惧。

却说安定太守崔谅，在城中闻蜀兵围了南安，困住夏侯楙，十分慌惧，即点军马约共四千，守住城池。忽见一人自正南而来，口称有机密事。崔谅唤入问之，答曰：“某是夏侯楙都督帐下心腹将裴绪。奉都督将令，特来求救于天水、安定二郡。南安甚急，每日城上纵火为号，专望二郡救兵，并不见到，因复差某杀出重围，来此告急。可星夜起兵为外应，都督若见二郡兵到，便开城门接应也。”谅曰：“有都督文书否？”绪贴肉取出，汗已湿透；略教一视，急令手下换了匹马，便出城望天水而去。不二日，又有报马到，说天水太守已起兵救援南安去了，教安定早早接应。崔谅与府官商议。多官曰：“若不去救，失了南安，送了夏侯驸马，皆我两郡之罪也，只得救之。”谅即点起人马，离城而去，只留文官守城。崔谅提兵向南安大路进发，遥望见火光冲天，催兵星夜前进。离南安尚有五十余里，忽闻前后喊声大震，哨马报道："前面关兴截住去路，背后张苞杀来！"安定之兵，四下逃窜。谅大惊，乃领手下百余人，往小路死战得脱，奔回安定。方到城濠边，城上乱箭射下来。蜀将魏延在城上叫曰："吾已取了城也！何不早降？"原来魏延扮作安定军，夤夜赚开城门，蜀兵尽入，因此得了安定。[真是易如反掌。]

崔谅慌投天水郡来。行不到一程，前面一彪军摆开。大旗之下，一人纶巾羽扇，道袍鹤氅，端坐于车上。谅视之，乃孔明也，急拨回马走。关兴、张苞两路兵追到，只叫早降。崔谅见四面皆是蜀兵，不得已遂降，同归大寨。孔明以上宾相待。孔明曰："南安太守与足下交厚否？"谅曰："此人乃杨阜之族弟杨陵也，与某邻郡，交契甚厚。"孔明曰："今欲烦足下入城，说杨陵擒夏侯楙，可乎？"谅曰："丞相若令某去，可暂退军马，容某入城说之。"孔明从其言，即时传令，教四面军马各退二十里下寨。崔谅匹马到城边叫开城门，入到府中，与杨陵礼毕，细言其事。陵曰："我等受魏主大恩，安忍背之？可将计就计而行。"遂引崔谅到夏侯楙处，备细说知。楙曰："当用何计？"杨陵曰："只推某献城门，赚蜀兵入，却就城中杀之。"

崔谅依计而行，出城见孔明说："杨陵献城门，放大军入城，以擒夏侯楙。杨陵本欲自捉，因手下勇士不多，未敢轻动。"孔明曰："此事至易。今有足下原降兵百余人，于内暗藏蜀将扮作安定军马带入城去，先伏于夏侯楙府下，却暗约杨陵待半夜之时献开城门，里应外合。"崔谅暗思："若不带蜀将去，恐孔明生疑。且带入去，就内先斩之，举火为号，赚孔明入来，杀之可也。"因此应允。孔明嘱曰："吾遣亲信将关兴、张苞随足下先去，只推救军杀入城中，以安夏侯楙之心；但举火，吾当亲入城去擒之。"时值黄昏，关兴、张苞受了孔明密计，披挂上马，各执兵器，杂在安定军中，随崔谅来到南安城下。杨陵在城上撑起悬空板，倚定护心栏，问曰："何处军马？"崔谅曰："安定救军来到。"谅先射号箭上城，箭上带着密书曰："今诸葛亮先遣二将伏于城中，要里应外合；且不可惊动，恐泄漏计策，待入府中图之。"杨陵将书见了夏侯楙，细言其事。楙曰："既然诸葛亮中计，可教刀斧手百余人伏于府中。如二将随崔太守到府下马，闭门斩之；却于城上举火，赚诸葛亮入城。伏兵齐出，亮可擒矣。”安排已毕，杨陵回到城上言曰：“既是安定军马，可放入城。”关兴跟崔谅先行，张苞在后。杨陵下城，在门边迎接。兴手起刀落，斩杨陵于马下。崔谅大惊，急拨马走到吊桥边，张苞大喝曰：“贼子休走！汝等诡计，如何瞒得丞相耶！”手起一枪，刺崔谅于马下。关兴早到城上，放起火来。四面蜀兵齐入。夏侯楙措手不及，开南门并力杀出。一彪军拦住，为首大将乃是王平，交马只一合，生擒夏侯楙于马上，余皆杀死。

孔明入南安，招谕军民，秋毫无犯。众将各各献功。孔明将夏侯楙囚于车中。邓芝问曰：“丞相何故知崔谅诈也？”孔明曰：“吾已知此人无降心，故意使入城。彼必尽情告与夏侯楙，欲将计就计而行。吾见来情，足知其诈，复使二将同去，以稳其心。此人若有真心，必然阻当；彼忻然同去者，恐吾疑也。他意中度二将同去，赚入城杀之未迟，又令吾军有托，放心而进。吾已暗嘱二将，就城门下图之。城内必无准备，吾军随后便到。此出其不意也。”众将拜服。孔明曰：“赚崔谅者，吾使心腹人诈作魏将裴绪也。吾又去赚天水郡，至今未到，不知何故。今可乘势取之。”乃留吴懿守南安，刘琰守安定，替出魏延军马去取天水郡。［史载，天水、南安、安定三郡是主动“叛魏应亮”的，并未多劳孔明攻城拔寨。由于孔明战功不丰，日后更有大败相随，作者遂夸大那些可以归在孔明之下的小规模战果，营造孔明战果辉煌的错觉。］

却说天水郡太守马遵，听知夏侯楙困在南安城中，乃聚文武官商议。功曹梁绪、主簿尹赏、主记梁虔等曰：“夏侯驸马乃金枝玉叶，倘有疏虞，难逃坐视之罪。太守何不尽起本部兵以救之？”马遵正疑虑间，忽报夏侯驸马差心腹将裴绪到。绪入府，取公文付马遵，说：“都督求安定、天水两郡之兵星夜救应。”言讫，匆匆而去。次日，又有报马到，称说安定兵已先去了，教太守火急前来会合。马遵正欲起兵，忽一人自外而入曰：“太守中诸葛亮之计矣！”众视之，乃天水冀人也，姓姜名维，字伯约。父名冏，昔日曾为天水郡功曹，因羌人乱，没于王事。维自幼博览群书，兵法武艺无所不通；奉母至孝，郡人敬之；后为中郎将，就参本部军事。[论悲剧英雄，首推孔明，姜维亦排得上号。总之，是一位值得单独立传的奇人。]当日姜维谓马遵曰："近闻诸葛亮杀败夏侯楙，困于南安，水泄不通，安得有人自重围之中而出？又且裴绪乃无名下将，从不曾见；况安定报马，又无公文。以此察之，此人乃蜀将诈称魏将。赚得太守出城，料城中无备，必然暗伏一军于左近，乘虚而取天水也。"马遵大悟曰："非伯约之言，则误中奸计矣！"维笑曰："太守放心。某有一计，可擒诸葛亮，解南安之危。"正是：

运筹又遇强中手，斗智还逢意外人。

未知其计如何，且看下文分解。

运气

篇首魏延那道奇策，被孔明否决了。子午谷是一条由汉中通往长安的捷径，极度险峻，故有"秦岭六道，子午为王"之叹。文人史家好以"假设历史"的态度，对魏延战略进行推断。"历史容不得假设"原是一句废话，已有的历史不会凭假设而推翻，合理的假设却有助于深化理解。大致看法是：魏延目标倘是直取关中而不是长安，有望成就不世之业。诚然，风险极大，故追求"十全必克"的孔明以谨慎为由加以否定，不宜轻非。

打仗原有运气成分，实力弱小一方更有必要借助冒险来取得突破，扭转战局。曹操偷袭乌巢既是冒险，也是豪赌。若追求稳妥，以当时形势论，曹操将被实力占优的袁绍"稳妥"地击败。曹操北击乌桓，同样走了一条极度崎岖的道路，然一旦走通，作用立被放大：疲惫的远征军瞬间转型为天降神兵，强敌魂飞魄散，蹋顿一战被斩。穆罕默德攻占拜占庭时，用过一条匪夷所思的计策：借助陆路运输把大量战舰翻过大山，最终在守军视为绝无可能的海域出现了一支舰队。让人叹息的是，日后邓艾灭蜀，恰恰走了一条风险极大的道路。倘孔明是邓艾上司，八成会制止。

貌似不可能的攻击路线，也是防线最为疏忽之地，成功孕于风险中，非胆略超群者莫办。即便胆略超群，仍需运气成全。运气会眷顾勇士，不过家常励志之谈。运气常是战场的主角，而运气之所以为运气，正缘于无章可循，须看老天爷的眼色。但放弃赌博，也就为运气所弃。

第九十三回

姜伯约归降孔明　武乡侯骂死王朗

却说姜维献计于马遵曰："诸葛亮必伏兵于郡后，赚我兵出城，乘虚袭我。某愿请精兵三千，伏于要路。太守随后发兵出城，不可速去，止行三十里便回，但看火起为号，前后夹攻，可获大胜。如诸葛亮自来，必为某所擒矣。"遵用其计，付精兵与姜维去讫，然后自与梁虔引兵出城等候；只留梁绪、尹赏守城。原来孔明果遣赵云引一军伏于山僻之中，只待天水人马离城，便乘虚袭之。当日细作回报赵云，说天水太守马遵起兵出城，只留文官守城。赵云大喜，又令人报与张翼、高翔，教于要路截杀马遵。此二处兵亦是孔明预先埋伏。

却说赵云引五千兵，径投天水郡城下，高叫曰："吾乃常山赵子龙也！汝知中计，早献城池，免遭诛戮！"城上梁绪大笑曰："汝中吾姜伯约之计，尚然不知耶？"云恰待攻城，忽然喊声大震，四面火光冲天。当先一员少年将军，挺枪跃马而言曰："汝见天水姜伯约乎！"云挺枪直取姜维。战不数合，维精神倍长。云大惊，暗忖曰："谁想此处有这般人物！"［姜维二十六岁，与孔明出隆中时相仿。"少年将军"是作者固定用语，未可当真。］正战时，两路军夹攻来，乃是马遵、梁虔引军杀回。赵云首尾不能相顾，冲开条路，引败兵奔走。姜维赶来。亏得张翼、高翔两路军杀出，接应回去。赵云归见孔明，说中了敌人之计。孔明惊问曰："此是何人，识吾玄机？"有南安人告曰："此人姓姜名维，字伯约，天水冀人也；事母至孝，文武双全，智勇足备，真当世之英杰也。"［陈寿称姜维"粗有文武"，不知算褒中带贬，还是贬中带褒。毕竟，寻常武将（如王平）还扯不上那个"文"字。］赵云又夸奖姜维枪法，与他人大不同。孔明曰："吾今欲取天水，不想有此人。"遂起大军前来。

却说姜维回见马遵曰："赵云败去，孔明必然自来。彼料我军必在城中。今可将本部军马，分为四枝。某引一军伏于城东，如彼兵到则截之。太守与梁虔、尹赏各引一军城外埋伏。梁绪率百姓在城上守御。”分拨已定。

却说孔明因虑姜维，自为前部，望天水郡进发。将到城边，孔明传令曰：“凡攻城池，以初到之日，激励三军，鼓噪直上。若迟延日久，锐气尽隳，急难破矣。”于是大军径到城下。因见城上旗帜整齐，未敢轻攻。候至半夜，忽然四下火光冲天，喊声震地，正不知何处兵来。只见城上亦鼓噪呐喊相应，蜀兵乱窜。孔明急上马，有关兴、张苞二将保护，杀出重围。回头看时，正东上马军，一带火光，势若长蛇。孔明令关兴探视，回报曰：“此姜维兵也。”孔明叹曰：“兵不在多，在人之调遣耳。此人真将才也!”收兵归寨，思之良久，乃唤安定人问曰：“姜维之母，现在何处?”答曰：“维母今居冀县。”孔明唤魏延分付曰：“汝可引一军，虚张声势，诈取冀县。若姜维到，可放入城。”又问：“此地何处紧要?”安定人曰：“天水钱粮，皆在上邽；若打破上邽，则粮道自绝矣。”孔明大喜，教赵云引一军去攻上邽。孔明离城三十里下寨。早有人报入天水郡，说蜀兵分为三路：一军守此郡，一军取上邽，一军取冀城。姜维闻之，哀告马遵曰：“维母现在冀城，恐母有失。维乞一军往救此城，兼保老母。”[孔明此法，与曹操当初借徐庶母亲召回徐庶，如出一辙。人们爱使盘外招，并非不知其卑劣，而是贪慕其有效——尽管，此系虚构，孔明做不来这等事。]马遵从之，遂令姜维引三千军去保冀城，梁虔引三千军去保上邽。

却说姜维引兵至冀城，前面一彪军摆开，为首蜀将乃是魏延。二将交锋数合，延诈败奔走。维入城闭门，率兵守护，拜见老母，并不出战。赵云亦放过梁虔入上邽城去了。孔明乃令人去南安郡，取夏侯楙至帐下。孔明曰：“汝惧死乎?”楙慌拜伏乞命。孔明曰：“目今天水姜维现守冀城，使人持书来说：但得驸马在，我愿来降。吾今饶汝性命，汝肯招安姜维否?”楙曰：“情愿招安。”孔明乃与衣服鞍马，不令人跟随，放之自行。楙得脱出寨，欲寻路而走，奈不知路径。正行之间，忽逢人奔走。楙问之，答曰：“我等是冀县百姓，今被姜维献了城池，归降诸葛亮，蜀将魏延纵火劫财，我等因此弃家奔走，投上邽去也。”楙又问曰：“今守天水城是谁？”土人曰：“天水城中乃马太守也。”楙闻之，纵马望天水而行。又见百姓携男抱女远来，所说皆同。楙至天水城下叫门，城上人认得是夏侯楙，慌忙开门迎接。马遵惊拜问之。楙细言姜维之事，又将百姓所言说了。遵叹曰：“不想姜维反投蜀矣！”梁绪曰：“彼意欲救都督，故以此言虚降。”楙曰：“今维已降，何为虚也？”正踌躇间，时已初更，蜀兵又来攻城。火光中见姜维在城下挺枪勒马，大叫曰：“请夏侯都督答话！”夏侯楙与马遵等皆到城上，见姜维耀武扬威大叫曰：“我为都督而降，都督何背前言？”楙曰：“汝受魏恩，何故降蜀？有何前言耶？”维应曰：“汝写书教我降蜀，何出此言？汝要脱身，却将我陷了！我今降蜀，加为上将，安有还魏之理？”言讫，驱兵打城，至晓便退。原来夜间妆姜维者，乃孔明之计，令部卒形貌相似者，假扮姜维攻城，因火光之中，不辨真伪。[形象酷肖不难，兼以在夜色中，然口吻腔调不会随夜色而变，况城上诸人不乏与姜维相熟者。越是虚构，越需借助强有力的细节，令读者无从生疑。]

孔明却引兵来攻冀城。城中粮少，军食不敷。姜维在城上见蜀军大车小辆，搬运粮草，入魏延寨中去了。维引三千兵出城，径来劫粮。蜀兵尽弃了粮车，寻路而走。姜维夺得粮草，欲要入城，忽然一彪军拦住，为首蜀将张翼也。二将交锋，战不数合，王平引一军又到，两下夹攻。维力穷，抵敌不住，夺路归城。城上早插蜀兵旗号，原来已被魏延袭了。维杀条路奔天水城，手下尚有十余骑；又遇张苞杀了一阵，维止剩得匹马单枪，来到天水城下叫门。城上军见是姜维，慌报马遵。遵曰：“此是姜维来赚我城门也。”令城上乱箭射下。姜维回顾蜀兵至近，遂飞奔上邽城来。城上梁虔见了姜维，大骂曰：“反国之贼，安敢来赚我城池！吾已知汝降蜀矣！”遂乱箭射下。姜维不能分说，仰天大叹，两眼泪流，拨马望长安而走。行不数里，前至一派大树茂林之处，一声喊起，数千兵拥出，为首蜀将关兴，截住去路。维人困马乏，不能抵当，勒回马便走。忽然一辆小车从山坡中转出。其人头戴纶巾，身披鹤氅，手摇羽扇，乃孔明也。孔明唤姜维曰：“伯约此时何尚不降？”维寻思良久，前有孔明，后有关兴，又无去路，只得下马投降。孔明慌忙下车而迎，执维手曰："吾自出茅庐以来，遍求贤者，欲传授平生之学，恨未得其人。今遇伯约，吾愿足矣。"［这话，算谦虚还是骄傲？孔明对姜维一见即喜，倒是实情。眼界极高的孔明，入他法眼者寥寥无几。不过，后人对姜维评价不高，多贬为"天水匹夫"。］维大喜拜谢。

孔明遂同姜维回寨，升帐商议取天水、上邽之计。维曰："天水城中尹赏、梁绪与某至厚，当写密书二封射入城中，使其内乱，城可得矣。"孔明从之。姜维写了二封密书，拴在箭上，纵马直至城下，射入城中。小校拾得，呈与马遵。遵大疑，与夏侯楙商议曰："梁绪、尹赏与姜维结连，欲为内应，都督宜早决之。"楙曰："可杀二人。"尹赏知此消息，乃谓梁绪曰："不如纳城降蜀，以图进用。"是夜，夏侯楙数次使人请梁、尹二人说话。二人料知事急，披挂上马，各执兵器，引本部军大开城门，放蜀兵入。夏侯楙、马遵惊慌，引数百人出西门，弃城投羌城而去。梁绪、尹赏迎接孔明入城。安民已毕，孔明问取上邽之计。梁绪曰："此城乃某亲弟梁虔守之，愿招来降。"孔明大喜。绪当日到上邽唤梁虔出城来降。孔明重加赏劳，就令梁绪为天水太守，尹赏为冀城令，梁虔为上邽令。孔明分拨已毕，整兵进发。诸将问曰："丞相何不去擒夏侯楙？"孔明曰："吾放夏侯楙，如放一鸭耳。今得伯约，得一凤也！"［来自敌人的尊重才是真正的尊重。夏侯楙是反面典型：凭借驸马之威高视阔步，却被敌人判为一只跛鸭。活成这样，不如买块豆腐撞死。］

孔明自得三城之后，威声大震，远近州郡，望风归降。孔明整顿军马，尽提汉中之兵，前出祁山，兵临渭水之西。细作报入洛阳。

时魏主曹叡太和元年，升殿设朝。近臣奏曰："夏侯驸马已失三郡，逃窜羌中去了。今蜀兵已到祁山，前军临渭水之西。乞早发兵破敌。"叡大惊，乃问群臣曰："谁可为朕退蜀兵耶？"司徒王朗出班奏曰："臣观先帝每用大将军曹真，所到必克；今陛下何不拜为大都督，以退蜀兵？"叡准奏，乃宣曹真曰："先帝托孤与卿，今蜀兵入寇中原，卿安忍坐视乎？"真奏曰："臣才疏智浅，不称其职。"王朗曰："将军乃社稷之臣，不可固辞。老臣虽驽钝，愿随将军一往。"真又奏曰："臣受大恩，安敢推辞？

但乞一人为副将。”叡曰：“卿自举之。”真乃保太原阳曲人，姓郭名淮，字伯济，官封射亭侯，领雍州刺史。叡从之，遂拜曹真为大都督，赐节钺；命郭淮为副都督，王朗为军师。朗时年已七十六岁矣。［曹魏如此无人，竟会让一位从未上过战阵的高龄学者型文官走上前线?］选拨东西二京军马二十万与曹真。真命宗弟曹遵为先锋，又命荡寇将军朱赞为副先锋。当年十一月出师，魏主曹叡亲自送出西门之外方回。

曹真领大军来到长安，过渭河之西下寨。真与王朗、郭淮共议退兵之策。朗曰：“来日可严整队伍，大展旌旗。老夫自出，只用一席话，管教诸葛亮拱手而降，蜀兵不战而退。”［写得好玩。老头儿不知轻重，却不知“老”是卖不得的，“倚老卖老”是老人最可悲的习惯。论地位，王朗曾与华歆、钟繇一起，被曹丕赞为不可复现的“一代之伟人”。］真大喜，是夜传令，来日四更造饭，平明务要队伍整齐，人马威仪，旌旗鼓角，各按次序。当时使人先下战书。

次日，两军相迎，列成阵势于祁山之前。蜀军见魏兵甚是雄壮，与夏侯楙大不相同。三军鼓角已罢，司徒王朗乘马而出。上首乃都督曹真，下首乃副都督郭淮，两个先锋压住阵角。探子马出军前大叫曰：“请对阵主将答话!”只见蜀兵门旗开处，关兴、张苞分左右而出，立马于两边；次后一队队骁将分列；门旗影下，中央一辆四轮车，孔明端坐车中，纶巾羽扇，素衣皂绦，飘然而出。孔明举目见魏阵前三个麾盖，旗上大书姓名。中央白髯老者，乃军师、司徒王朗。孔明暗忖曰：“王朗必下说词，吾当随机应之。”遂教推车于阵外，令护军小校传曰：“汉丞相与司徒会话。”王朗纵马而出。孔明于车上拱手，朗在马上欠身答礼。朗曰：“久闻公之大名，今幸一会。公既知天命、识时务，何故兴无名之兵?”孔明曰：“吾奉诏讨贼，何谓无名?”朗曰：“天数有变，神器更易而归有德之人，此自然之理也。曩自桓、灵以来，黄巾倡乱，天下争横。降至初平、建安之岁，董卓造逆，傕、汜继虐；袁术僭号于寿春，袁绍称雄于邺土；刘表占据荆州，吕布虎吞徐郡。盗贼蜂起，奸雄鹰扬，社稷有累卵之危，生灵有倒悬之急。我太祖武皇帝，扫清六合，席卷八荒；万姓倾心，四方仰德，非以权势取之，实天命所归也。世祖文帝，神文圣武，以膺大统，应天合人，法尧禅舜，处中国以治万邦，岂非天心人意乎？今公蕴大才、抱大器，自欲比于管、乐，何乃强欲逆天理、背人情而行事耶？岂不闻古人云：'顺天者昌，逆天者亡。'今我大魏带甲百万，良将千员。谅腐草之萤光，怎及天心之皓月？公可倒戈卸甲，以礼来降，不失封侯之位。国安民乐，岂不美哉！"

孔明在车上大笑曰："吾以为汉朝大老元臣，必有高论，岂期出此鄙言！［概括得准。］吾有一言，诸军静听：昔日桓、灵之世，汉统凌替，宦官酿祸；国乱岁凶，四方扰攘。黄巾之后，董卓、傕、汜等接踵而起，迁劫汉帝，残暴生灵。因庙堂之上，朽木为官，殿陛之间，禽兽食禄；狼心狗行之辈，滚滚当朝，奴颜婢膝之徒，纷纷秉政，以致社稷丘墟，苍生涂炭。吾素知汝所行：世居东海之滨，初举孝廉入仕；理合匡君辅国，安汉兴刘；何期反助逆贼，同谋篡位。罪恶深重，天地不容！天下之人，愿食汝肉！今幸天意不绝炎汉，昭烈皇帝继统西川。吾今奉嗣君之旨，兴师讨贼。汝既为谄谀之臣，只可潜身缩首，苟图衣食；安敢在行伍之前，妄称天数耶！皓首匹夫！苍髯老贼！［用语绝妙，如两枝羽箭穿心而过。］汝即日将归于九泉之下，何面目见二十四帝乎！老贼速退！可教反臣与吾共决胜负！"

王朗听罢，气满胸膛，大叫一声，撞死于马下。后人有诗赞孔明曰：

兵马出西秦，雄才敌万人。
轻摇三寸舌，骂死老奸臣。

孔明以扇指曹真曰："吾不逼汝。汝可整顿军马，来日决战。"言讫回车。于是两军皆退。曹真将王朗尸首，用棺木盛贮，送回长安去了。［老头莫名其妙地玩了把"马革裹尸还"。］副都督郭淮曰："诸葛亮料吾军中治丧，今夜必来劫寨。可分兵四路，两路兵从山僻小路，乘虚去劫蜀寨；两路兵伏于本寨外，左右击之。"曹真大喜曰："此计与吾相合。"遂传令唤曹遵、朱赞两个先锋分付曰："汝二人各引一万军，抄出祁山之后。但见蜀兵望吾寨而来，汝可进兵去劫蜀寨。如蜀兵不动，便撤兵回，不可轻进。"二人受计，引兵而去。真谓淮曰："我两个各引一枝军伏于寨外，寨中虚堆柴草，只留数人。如蜀兵到，放火为号。"诸将皆分左右，各自准备去了。

却说孔明归帐，先唤赵云、魏延听令。孔明曰："汝二人各引本部兵去劫魏寨。"魏延进曰："曹真深明兵法，必料我乘丧劫寨。他岂不堤防？"孔明笑曰："吾正欲曹真知吾去劫寨也。彼必伏兵在祁山之后，待我兵过去，却来袭我寨；吾故令汝二人，引兵前去，过山脚后路，远下营寨，待魏兵来劫吾寨。汝看火起为号，分兵两路，文长拒住山口，子龙引兵杀回，必遇魏兵，却放彼走回，汝乘势攻之，彼必自相掩杀，可获全胜。"二将引兵受计而去。又唤关兴、张苞分付曰："汝二人各引一军，伏于祁山要路；放过魏兵，却从魏兵来路，杀奔魏寨而去。"二人引兵受计去了。又令马岱、王平、张翼、张嶷四将，伏于寨外，四面迎击魏兵。孔明乃虚立寨栅，居中堆起柴草，以备火号；自引诸将退于寨后，以观动静。［放着青天丽日不打仗，专好乘夜劫寨，也是小说一景。］

却说魏先锋曹遵、朱赞黄昏离寨，迤逦前进。二更左侧，遥望山前隐隐有军行动。曹遵自思曰："郭都督真神机妙算！"遂催兵急进。到蜀寨时，将及三更。曹遵先杀入寨，却是空寨，并无一人。料知中计，急撤军回。寨中火起。朱赞兵到，自相掩杀，人马大乱。曹遵与朱赞交马，方知自相践踏。急合兵时，忽四面喊声大震，王平、马岱、张翼、张嶷杀到。曹、朱二人引心腹军百余骑，望大路奔走。忽然鼓角齐鸣，一彪军截住去路，为首大将乃常山赵子龙也，大叫曰："贼将那里去？早早受死！"曹、朱二人夺路而走。忽喊声又起，魏延又引一彪军杀到。曹、朱二人大败，夺路奔回本寨。守寨军士只道蜀兵来劫寨，慌忙放起火号。左边曹真杀至，右边郭淮杀至，自相掩杀。背后三路蜀兵杀至：中央魏延，左边关兴，右边张苞，大杀一阵。魏兵败走十余里，魏将死者极多。孔明全获大胜，方始收兵。曹真、郭淮收拾败军回寨，商议曰："今魏兵势孤，蜀兵势大，将何策以退之？"淮曰："胜负乃兵家常事，不足为忧。某有一计，使蜀兵首尾不能相顾，定然自走矣。"正是：

可怜魏将难成事，欲向西方索救兵。

未知其计如何，且看下文分解。

骂人

王朗也是一代鸿儒，著述甚丰，所创学问曾被后世尊为“王学”。王朗与钟繇司掌魏国的司法系统，双双为人称道。王朗“务在宽恕，罪疑从轻”的司法理念，虽不及当今“疑罪从无”先进，但在一千七百年前，足称开明。将这样一位古贤说成“老奸臣”，并替他安排一个被活活骂死的可悲下场，罗贯中实在构思奇特。由此我们再次确认一个事实：小说不是伸张正义之地，论影响深远，一部《三国演义》制造的文学冤假错案，比整个三国时代还多。

我们还需确认一个合乎经验的常识：人是骂不死的。那些道路以目、千夫所指者，从未有过被骂死的先例，他们早已练就金刚不坏之身，可以直面滔天嘲骂而安之若素。另外，真正勇于担当的人物也不会被骂死。民主国家的民选领袖整天在舆论的风口浪尖上讨生活，接受嘲骂是他们政治生活的一部分。美国国父华盛顿曾被画成一头驴，当此之时，他大概只能以威尔士诗人乔治·赫伯特的妙语解嘲：“如果驴子冲你叫，不要对它叫。”据说，英国诗人约翰·弥尔顿与论敌撒尔美夏斯激辩，撒氏理屈词穷，两年后含愤而死。但“两年后”与当场毙命，毕竟不可同日而语，何况弥尔顿的两篇激辩文章，洋洋十余万字，实属真功夫。

所以，骂人致死，与其夸骂人者高明，不如说被骂者脸皮太薄，耻感超常。换了脸皮可当盾牌使的家伙，十个诸葛亮也只换来对方淡淡一笑，不信，骂司马懿试试？

第九十四回

诸葛亮乘雪破羌兵　司马懿克日擒孟达

却说郭淮谓曹真曰：“西羌之人，自太祖时连年入贡，文皇帝亦有恩惠加之；我等今可据住险阻，遣人从小路直入羌中求救，许以和亲，羌人必起兵袭蜀兵之后。吾却以大兵击之，首尾夹攻，岂不大胜？”真从之，即遣人星夜驰书赴羌。

却说西羌国王撤里吉，自曹操时年年入贡；手下有一文一武，文乃雅丹丞相，武乃越吉元帅。时魏使赍金珠并书到国，先来见雅丹丞相，送了礼物，具言求救之意。雅丹引见国王，呈上书礼。撤里吉览了书，与众商议。雅丹曰：“我与魏国素相往来，今曹都督求救，且许和亲，理合依允。”撤里吉从其言，即命雅丹与越吉元帅起羌兵二十五万，皆惯使弓弩、枪刀、蒺藜、飞锤等器；又有战车，用铁叶裹钉，装载粮食军器什物，或用骆驼驾车，或用骡马驾车，号为“铁车兵”。二人辞了国王，领兵直扣西平关。守关蜀将韩祯，急差人赍文报知孔明。

孔明闻报，问众将曰：“谁敢去退羌兵？”张苞、关兴应曰：“某等愿往。”孔明曰：“汝二人要往，奈路涂不熟。”遂唤马岱曰：“汝素知羌人之性，久居彼处，可作乡导。便起精兵五万，与兴、苞二人同往。”［马岱资格在张苞、关兴之上，只是充当向导，不知情绪上可有波动？］兴、苞等引兵而去。行有数日，早遇羌兵。关兴先引百余骑登山坡看时，只见羌兵把铁车首尾相连，随处结寨；车上遍排兵器，就似城池一般。兴睹之良久，无破敌之策，回寨与张苞、马岱商议。岱曰：“且待来日见阵，观其虚实，另作计议。”次早，分兵三路：关兴在中，张苞在左，马岱在右，三路兵齐进。羌兵阵里，越吉元帅手挽铁锤，腰悬宝雕弓，跃马奋勇而出。关兴招三路兵径进。忽见羌兵分在两边，中央放出铁车，如潮涌一般，弓弩一齐骤发。蜀兵大败，马岱、张苞两军先退；关兴一军，被羌兵一裹，直围入西北角上去了。

兴在垓心，左冲右突，不能得脱；铁车密围，就如城池。蜀兵你我不能相顾。兴望山谷中寻路而走。看看天晚，但见一簇皂旗，蜂拥而来，一员羌将，手提铁锤大叫曰："小将休走！吾乃越吉元帅也！"关兴急走到前面，尽力纵马加鞭，正遇断涧，只得回马来战越吉。兴终是胆寒，抵敌不住，望涧中而逃；被越吉赶到，一铁锤打来，兴急闪过，正中马胯。那马望涧中便倒，兴落于水中。忽听得一声响处，背后越吉连人带马，平白地倒下水来。兴就水中挣起看时，只见岸上一员大将，杀退羌兵。兴提刀待砍越吉，吉跃水而走。关兴得了越吉马，牵到岸上，整顿鞍辔，绰刀上马。只见那员将，尚在前面追杀羌兵。兴自思此人救我性命，当与相见，遂拍马赶来。看看至近，只见云雾之中，隐隐有一大将，面如重枣，眉若卧蚕，绿袍金铠，提青龙刀，骑赤兔马，手绰美髯，分明认得是父亲关公。兴大惊。忽见关公以手望东南指曰："吾儿可速望此路去，吾当护汝归寨。"言讫不见。［孔明再次独获神灵保佑。通俗作品中出现神灵，不成文的规矩是：双方都有神灵。荷马史诗里的诸神有的站在希腊联军一边，有的站在特洛伊一边。］关兴望东南急走。至半夜，忽见一彪军到，乃张苞也，问兴曰："汝曾见二伯父否？"兴曰："汝何由知之？"苞曰："我被铁车军追急，忽见伯父自空而下，惊退羌兵，指曰：'汝从这路去救吾儿。'因此引军径来寻你。"关兴亦说前事，共相嗟异。二人同归寨内。马岱接着，对二人说："此军无计可退。我守住寨栅，你二人去禀丞相，用计破之。"于是兴、苞二人，星夜来见孔明，备说此事。

孔明遂命赵云、魏延各引一军埋伏去讫，然后点三万军，带了姜维、张翼、关兴、张苞，亲自来到马岱寨中歇定。次日上高阜处观看，见铁车连络不绝，人马纵横，往来驰骤。孔明曰："此不难破也。"唤马岱、张翼分付如此如此。二人去了，乃唤姜维曰："伯约知破车之法否？"维曰："羌人惟恃一勇力，岂知妙计乎？"［赤裸裸的种族优劣观，对孔明明褒暗贬：笨蛋面前，谈何妙计。］孔明笑曰："汝知吾心也。今彤云密布，朔风紧急，天将降雪，吾计可施矣。"便令关兴、张苞二人引兵埋伏去讫，令姜维领兵出战，但有铁车兵来，退后便走；寨口虚立旌旗，不设军马。准备已定。

是时十二月终，果然天降大雪。姜维引军出，越吉引铁车兵来。姜维即退走。羌兵赶到寨前，姜维从寨后而去。羌兵直到寨外观看，听得寨内鼓琴之声，四壁皆空竖旌旗，急回报越吉。越吉心疑，未敢轻进。雅丹丞相曰："此诸葛亮诡计，虚设疑兵耳。可以攻之。"越吉引兵至寨前，但见孔明携琴上车，引数骑入寨，望后而走。羌兵抢入寨栅，直赶过山口，见小车隐隐转入林中去了。雅丹谓越吉曰："这等兵虽有埋伏，不足为惧。"遂引大兵追赶。又见姜维兵俱在雪地之中奔走。越吉大怒，催兵急追。山路被雪漫盖，一望平坦。正赶之间，忽报蜀兵自山后而出。雅丹曰："纵有些小伏兵，何足惧哉！"只顾催趱兵马，往前进发。忽然一声响，如山崩地陷，羌兵俱落于坑堑之中；背后铁车正行得紧溜，急难收止，并拥而来，自相践踏。后兵急要回时，左边关兴、右边张苞，两军冲出，万弩齐发；背后姜维、马岱、张翼三路兵又杀到，铁车兵大乱。越吉元帅望后面山谷中而逃，正逢关兴，交马只一合，被兴举刀大喝一声，砍死于马下。雅丹丞相早被马岱活捉，解投大寨来。羌兵四散逃窜。孔明升帐，马岱押过雅丹来。孔明叱武士去其缚，赐酒压惊，用好言抚慰。雅丹深感其德。孔明曰："吾主乃大汉皇帝，今命吾讨贼，尔如何反助逆？吾今放你回去，说与汝主，吾国与尔乃邻邦，永结盟好，勿听反贼之言。"遂将所获羌兵及车马器械，尽给还雅丹，俱放回国。众皆拜谢而去。[事先挖个天坑，羌人就像不知危险的北极旅鼠朝着陷阱争先恐后地扑来，然后，十五万大军就败了。依常识，羌兵的雪战经验应在蜀兵之上。] 孔明引三军连夜投祁山大寨而来，命关兴、张苞引军先行；一面差人赍表奏报捷音。

却说曹真连日望羌人消息，忽有伏路军来报说："蜀兵拔寨收拾起程。"郭淮大喜曰："此因羌兵攻击，故尔退去。"遂分两路追赶。前面蜀兵乱走，魏兵随后追赶。先锋曹遵正赶之间，忽然鼓声大震，一彪军闪出，为首大将乃魏延也，大叫："反贼休走！"曹遵大惊，拍马交锋，不三合，被魏延一刀斩于马下。副先锋朱赞引兵追赶，忽然一彪军闪出，为首大将乃赵云也。朱赞措手不及，被云一枪刺死。曹真、郭淮见两路先锋有失，欲收兵回，背后喊声大震，鼓角齐鸣，关兴、张苞两路兵杀出，围了曹真、郭淮，痛杀一阵。曹、郭二人引败兵冲路走脱。蜀兵全胜，直追到渭水，夺了魏寨。曹真折了两个先锋，哀伤不已，只得写本申朝，乞拨援兵。

却说魏主曹叡设朝，近臣奏曰："大都督曹真，数败于蜀，折了两个先锋，羌兵又折了无数，其势甚急。今上表求救，请陛下裁处。"叡大惊，急问退军之策。华歆奏曰："须是陛下御驾亲征，大会诸侯，人皆用命，方可退也。不然，长安有失，关中危矣！"太傅钟繇奏曰："凡为将者，知过于人，则能制人。孙子云：'知彼知己，百战百胜。'臣量曹真虽久用兵，非诸葛亮对手。臣以全家良贱，保举一人，可退蜀兵。未知圣意准否？"叡曰："卿乃大老元臣，有何贤士可退蜀兵，早召来与朕分忧。"钟繇奏曰："向者诸葛亮欲兴师犯境，但惧此人，故散流言，使陛下疑而去之，方敢长驱大进。今若复用之，则亮自退矣。"叡问何人。繇曰："骠骑大将军司马懿也。"叡叹曰："此事朕亦悔之。今仲达现在何处？"繇曰："近闻仲达在宛城闲住。"叡即降诏，遣使持节，复司马懿官职，加为平西都督，就起南阳诸路军马，前赴长安。［孔明终于遇到宿敌。论品质能力，司马懿无法媲美孔明，但司马懿可从富强的魏国得到坚实后援，故仍能抗衡孔明。］叡御驾亲征，令司马懿克日到彼聚会。使命星夜望宛城去了。

却说孔明自出师以来，累获全胜，心中甚喜；正在祁山寨中，会众议事，忽报镇守永安宫李严令子李丰来见。孔明只道东吴犯境，心甚惊疑，唤入帐中问之。丰曰："特来报喜。"孔明曰："有何喜？"丰曰："昔日孟达降魏，乃不得已也。彼时曹丕爱其才，时以骏马金珠赐之，曾同辇出入，封为散骑常侍，领新城太守，镇守上庸、金城等处，委以西南之任。自丕死后，曹叡即位，朝中多人嫉妒，孟达日夜不安，常谓诸将曰：'我本蜀将，势逼于此。'今累差心腹人，持书来见家父，教早晚代禀丞相：前者五路下川之时，曾有此意；今在新城，听知丞相伐魏，欲起金城、新城、上庸三处军马，就彼举事，径取洛阳；丞相取长安，两京大定矣。今某引来人并累次书信呈上。”孔明大喜，厚赏李丰等。忽细作入报说：“魏主曹叡一面驾幸长安，一面诏司马懿复职，加为平西都督，起本处之兵，于长安大会。”孔明大惊。[不是大喜，就是大惊。作者形容心情好走极端。好处是：强化戏剧冲突，提升阅读关注度。用多了也会麻痹观感。]参军马谡曰：“量曹叡何足道！若来长安，可就而擒之。丞相何故惊讶？”孔明曰：“吾岂惧曹叡耶？所患者惟司马懿一人而已。今孟达欲举大事，若遇司马懿，必败矣。达非司马懿对手，必被所擒。孟达若死，中原不易得也。”马谡曰：“何不急修书，令孟达堤防？”孔明从之，即修书令来人星夜回报孟达。

却说孟达在新城，专望心腹人回报。一日，心腹人到来，将孔明回书呈上。孟达拆封视之。书略曰：

> 近得书，足知公忠义之心，不忘故旧，吾甚喜慰。若成大事，则公汉朝中兴第一功臣也。然极宜谨密，不可轻易托人。慎之！戒之！近闻曹叡复诏司马懿起宛、洛之兵，若闻公举事，必先至矣。须万全堤备，勿视为等闲也。

孟达览毕，笑曰：“人言孔明心多，今观此事可知矣。”乃具回书，令心腹人来答孔明。孔明唤入帐中。其人呈上回书。孔明拆封视之。书曰：

> 适承钧教，安敢少怠。窃谓司马懿之事，不必惧也。宛城离洛城约八百里，至新城一千二百里。若司马懿闻达举事，须表奏魏主，往复一月间事，达城池已固，诸将与三军皆在深险之地。司马懿即来，达何惧哉？丞相宽怀，惟听捷报！

孔明看毕，掷书于地而顿足曰：“孟达必死于司马懿之手矣！”马谡问曰：“丞相何谓也？”孔明曰：“兵法云：攻其无备，出其不意。岂容料在一月之期？曹叡既委任司马懿，逢寇即除，何待奏闻？若知孟达反，不须十日，兵必到矣，安能措手耶？”众将皆服。[智高一筹，贵乎先知，后知后觉无甚用处。史载，始劝孟达反水的，正是孔明。作者玩了手“乾坤大挪移”，孔明非但毫无过错，还成了别人莽撞的牺牲品。]孔明急令来人回报曰：“若未举事，切莫教同事者知之；知则必败。”其人拜辞，归新城去了。

却说司马懿在宛城闲住，闻知魏兵累败于蜀，乃仰天长叹。懿长子司马师，字子元；次子司马昭，字子尚。二人素有大志，通晓兵书，当日侍立于侧，见懿长叹，乃问曰："父亲何为长叹？"懿曰："汝辈岂知大事耶？"司马师曰："莫非叹魏主不用乎？"司马昭笑曰："早晚必来宣召父亲也。"言未已，忽报天使持节至。懿听诏毕，遂调宛城诸路军马。忽又报金城太守申仪家人有机密事求见。懿唤入密室问之，其人细说孟达欲反之事。更有孟达心腹人李辅并达外甥邓贤，随状出首。司马懿听毕，以手加额曰："此乃皇上齐天之洪福也！诸葛亮兵在祁山，杀得内外人皆胆落；今天子不得已而幸长安，若旦夕不用吾时，孟达一举，两京破矣！此贼必通谋诸葛亮，吾先擒之，诸葛亮定然心寒，自退兵也。"长子司马师曰："父亲可急写表申奏天子。"懿曰："若等圣旨，往复一月之间，事无及矣。"［"兵贵神速"终于显出其绝对必要性，李小龙所谓"天下武功，唯快不破"，说的是搏击，也与兵法相通。］即传令教人马起程，一日要行二日之路，如迟立斩；一面令参军梁畿赍檄星夜去新城，教孟达等准备征进，使其不疑。梁畿先行，懿随后发兵。行了二日，山坡下转出一军，乃是右将军徐晃。晃下马见懿，说："天子驾到长安，亲拒蜀兵，今都督何往？"懿低言曰："今孟达造反，吾去擒之耳。"晃曰："某愿为先锋。"懿大喜，合兵一处。徐晃为前部，懿在中军，二子押后。又行了二日，前军哨马捉住孟达心腹人，搜出孔明回书，来见司马懿。［密函不密，也是书中老套。若参照书中密函泄漏率，世上没人敢写信了。］懿曰："吾不杀汝，汝从头细说。"其人只得将孔明、孟达往复之事，一一告说。懿看了孔明回书，大惊曰："世间能者所见皆同，吾机先被孔明识破。幸得天子有福，获此消息，孟达今无能为矣。"遂星夜催军前行。

却说孟达在新城约下金城太守申仪、上庸太守申耽，克日举事。耽、仪二人佯许之，每日调练军马，只待魏兵到，便为内应，却报孟达军器粮草，俱未完备，不敢约期起事。达信之不疑。忽报参军梁畿来到，孟达迎入城中。畿传司马懿将令曰："司马都督今奉天子之诏，起诸路军以退蜀兵。太守可集本部军马听候调遣。"达问曰："都督何日起程？"畿曰："此时约离宛城，望长安去了。"达暗喜曰："吾大事成矣！"遂设宴待了梁畿，送出城外，即报申耽、申仪知道，明日举事，换上大汉旗号，发诸路军马，径取洛阳。忽报："城外尘土冲天，不知何处兵来。"孟达登城视之，只见一彪军，打着"右将军徐晃"旗号，飞奔城下。达大惊，急扯起吊桥。徐晃坐下马收拾不住，直来到河边，高叫曰："反贼孟达，早早受降！"达大怒，急开弓射之，正中徐晃头额，魏将救去。城上乱箭射下，魏兵方退。孟达恰待开门追赶，四面旌旗蔽日，司马懿兵到。达仰天长叹曰："果不出孔明所料也！"于是闭门坚守。

却说徐晃被孟达射中头额，众军救到寨中，取了箭头，令医调治，当晚身死，时年五十九岁。司马懿令人扶柩还洛阳安葬。［死得没轻没重。作者意在替徐晃安排一个结局，之前也为张辽安排了类似结局，虽与史不合，但合乎演义之道：对名将，病逝总有点无聊。］次日，孟达登城遍视，只见魏兵四面围得铁桶相似。达行坐不安，惊疑未定，忽见两路兵自外杀来，旗上大书"申耽"、"申仪"。孟达只道是救军到，忙引本部兵大开城门杀出。耽、仪大叫曰："反贼休走！早早受死！"达见事变，拨马望城中便走，城上乱箭射下。李辅、邓贤二人在城上大骂曰："吾等已献了城也！"达夺路而走，申耽赶来。达人困马乏，措手不及，被申耽一枪刺于马下，枭其首级。余军皆降。李辅、邓贤大开城门，迎接司马懿入城。抚民劳军已毕，遂遣人奏知魏主曹叡。叡大喜，教将孟达首级去洛阳城市示众，加申耽、申仪官职，就随司马懿征进，命李辅、邓贤守新城、上庸。

却说司马懿引兵到长安城外下寨。懿入城来见魏主。叡大喜曰："朕一时不明，误中反间之计，悔之无及。今达造反，非卿等制之，两京休矣！"懿奏曰："臣闻申仪密告反情，意欲表奏陛下，恐往复迟滞，故不待圣旨，星夜而去。若待奏闻，则中诸葛亮之计也。"言讫，将孔明回孟达密书奉上。叡看毕，大喜曰："卿之学识，过于孙、吴矣！"赐金钺斧一对，后遇机密重事，不必奏闻，便宜行事，［"将在外，君命有所不受"是一项重要原则，中外皆有。吉本在《罗马帝国衰亡史》中提到："罗马军团的部队到了远离意大利的任何地方，那些将军们便有权在他们认为于国家有利的情况下，指挥他们用任何方式，对任何人进行战斗。”〕就令司马懿出关破蜀。懿奏曰：“臣举一大将，可为先锋。”叡曰：“卿举何人？”懿曰：“右将军张郃可当此任。”叡笑曰：“朕正欲用之。”遂命张郃为前部先锋，随司马懿离长安来破蜀兵。正是：

既有谋臣能用智，又求猛将助施威。

未知胜负如何，且看下文分解。

美容

为美化孔明，作者实施了大量文字美容术，兹归纳如下：一、虚构不存在的战役，让孔明取得大胜，如本回中的“乘雪破羌兵”。二、虚构子虚乌有的敌将，让其死于蜀将手下，如“赵子龙力斩五将”。三、实施“千里挪头”术，让正常病逝的魏国人物，改变死地和死法，如王朗被孔明骂死，徐晃被孟达射死。四、将不战而降的事例，改成兵败投降，如天水、安定等郡的投诚。五、将孔明理应承担责任的过错，改由他人垫背，如孟达被擒。六、让关公或伏波将军显灵……

如能自圆其说，这些文字美容术倒相当有趣，但罗贯中与其他小说家的本质区别是：写作无法任由想象力做主，他必须结合《三国志》的内容，故只能在有限范围内对孔明实施美化，一旦过火，就会构成误导，影响读者的判断。孔明第一次北伐，其实是全面惨败，撤退时连之前投降蜀军的天水等三郡都被魏国重新收回，但沉浸于书中描述的读者极难体会这场大败，他们看到的，分明是魏兵在丢盔弃甲，孔明的小车在神奇地出没。

为美化孔明，作者愿意把历史当泥巴，随便捏着玩。读者该持什么态度呢？

第九十五回

马谡拒谏失街亭　武侯弹琴退仲达

却说魏主曹叡令张郃为先锋，与司马懿一同征进，一面令辛毗、孙礼二人领兵五万，往助曹真。二人奉诏而去。

且说司马懿引二十万军，出关下寨，请先锋张郃至帐下曰："诸葛亮平生谨慎，未敢造次行事。若是吾用兵，先从子午谷径取长安，早得多时矣。他非无谋，但恐有失，不肯弄险。今必出军斜谷，来取郿城。若取郿城，必分兵两路，一军取箕谷矣。吾已发檄文，令子丹拒守郿城，若兵来不可出战；令孙礼、辛毗截住箕谷道口，若兵来到出奇兵击之。"郃曰："今将军当于何处进兵？"懿曰："吾素知秦岭之西，有一条路，地名街亭；傍有一城名列柳城，此二处皆是汉中咽喉。诸葛亮欺子丹无备，定从此进。吾与汝径取街亭，望阳平关不远矣。亮若知吾断其街亭要路，绝其粮道，则陇西一境不能安守，必然连夜奔回汉中去也。彼若回动，吾提兵于小路击之，可得全胜；若不归时，吾却将诸处小路尽皆垒断，俱以兵守之。一月无粮，蜀兵皆饿死，亮必被吾擒矣。"张郃大悟，拜伏于地曰："都督神算也！"懿曰："虽然如此，诸葛亮不比孟达。将军为先锋，不可轻进。当传与诸将，循山西路，远远哨探，如无伏兵，方可前进；若是怠忽，必中诸葛亮之计。"张郃受计引军而行。［写得司马懿智谋深远，出手不凡。看腻了孔明欺负孟获，精神为之一振。］

却说孔明在祁山寨中，忽报新城探细人来到。孔明急唤入问之，细作告曰："司马懿倍道而行，八日已到新城，孟达措手不及，又被申耽、申仪、李辅、邓贤为内应，孟达被乱军所杀。今司马懿撤兵到长安见了魏主，同张郃引兵出关，来拒我师也。"孔明大惊曰："孟达作事不密，死固当然。今司马懿出关，必取街亭，断吾咽喉之路。"便问："谁敢引兵去守街亭？"言未毕，参军马谡曰："某愿往。"孔明曰："街亭虽小，干系甚重，倘街亭有失，吾大军皆休矣。汝虽深通谋略，此地奈无城郭，又无险阻，守之极难。”谡曰：“某自幼熟读兵书，颇知兵法，岂一街亭不能守耶?”孔明曰：“司马懿非等闲之辈，更有先锋张郃乃魏之名将，恐汝不能敌之。”谡曰：“休道司马懿、张郃，便是曹叡亲来，有何惧哉！若有差失，乞斩全家。”［恐怖的决心。为国出征，家人不仅替亲人性命担忧，还得为自家生命祈祷。］孔明曰：“军中无戏言。”谡曰：“愿立军令状。”孔明从之，谡遂写了军令状呈上。孔明曰：“吾与汝二万五千精兵，再拨一员上将，相助你去。”即唤王平分付曰：“吾素知汝平生谨慎，故特以此重任相托。汝可小心谨守此地，下寨必当要道之处，使贼兵急切不能偷过。安营既毕，便画四至八道地理形状图本来我看。凡事商议停当而行，不可轻易。如所守无危，则是取长安第一功也。戒之！戒之!”二人拜辞引兵而去。

孔明寻思，恐二人有失，又唤高翔曰：“街亭东北上有一城，名列柳城，乃山僻小路，此可以屯兵札寨。与汝一万兵，去此城屯扎。但街亭危，可引兵救之。”高翔引兵而去。孔明又思高翔非张郃对手，必得一员大将屯兵于街亭之右方可防之，遂唤魏延引本部兵去街亭之后屯扎。［史载，张郃“识变数，善处营阵，料战势地形，无不如计，自诸葛亮皆惮之”。］延曰：“某为前部，理合当先破敌，何故置某于安闲之地?”孔明曰：“前锋破敌，乃偏裨之事耳。今令汝接应街亭，当阳平关冲要道路，总守汉中咽喉，此乃大任也，何为安闲乎？汝勿以等闲视之，失吾大事，切宜小心在意!”魏延大喜，引兵而去。孔明恰才心安，乃唤赵云、邓芝分付曰：“今司马懿出兵，与旧日不同。汝二人各引一军出箕谷，以为疑兵。如逢魏兵，或战或不战，以惊其心。吾自统大军由斜谷径取郿城，若得郿城，长安可破矣。”［难得，孔明的构想悉在司马懿预料中。］二人受命而去。孔明令姜维作先锋，兵出斜谷。

却说王平、马谡二人兵到街亭，看了地势。马谡笑曰：“丞相何故多心也？谅此山僻之处，魏兵如何敢来!”王平曰：“虽然魏兵不敢来，可就此五路总口下寨，即令军士伐木为栅，以图久计。”谡曰：“当道岂是下寨之地？此处侧边一山，四面皆不相连，且树木极广，此乃天赐之险也：可就山上屯军。”平曰：“参军差矣。若屯兵当道，筑起城垣，贼兵纵有十万，不能偷过；今若弃此要路，屯兵于山上，倘魏兵骤至，四面围定，将何策保之？”谡大笑曰：“汝真女子之见！兵法云：凭高视下，势如劈竹。若魏兵到来，吾教他片甲不回！”平曰：“吾累随丞相经阵，每到之处，丞相尽意指教。今观此山，乃绝地也，若魏兵断我汲水之道，军士不战自乱矣。”谡曰：“汝莫乱道！孙子云：置之死地而后生。若魏兵绝我汲水之道，蜀兵岂不死战？以一可当百也。吾素读兵书，丞相诸事尚问于我，汝奈何相阻耶！”平曰：“若参军欲在山上下寨，可分兵与我，自于山西下一小寨，为犄角之势。倘魏兵至，可以相应。”马谡不从。忽然山中居民，成群结队，飞奔而来，报说魏兵已到。王平欲辞去。马谡曰：“汝既不听吾令，与汝五千兵自去下寨。待吾破了魏兵，到丞相面前须分不得功！”［折射出蜀军将领间的一个重要特点：除佩服诸葛亮外，彼此不买账，甚至互相拆台。该特点在孔明去世后，将带来无尽后患。］王平引兵离山十里下寨，画成图本，星夜差人去禀孔明，具说马谡自于山上下寨。

却说司马懿在城中，令次子司马昭去探前路：若街亭有兵守御，即当按兵不行。司马昭奉令探了一遍，回见父曰：“街亭有兵把守。”懿叹曰：“诸葛亮真乃神人，吾不如也！”昭笑曰：“父亲何故自堕志气耶？男料街亭易取。”懿问曰：“汝安敢出此大言？”昭曰：“男亲自哨见，当道并无寨栅，军皆屯于山上，故知可破也。”懿大喜曰：“若兵果在山上，乃天使吾成功矣！”遂更换衣服，引百余骑亲自来看。是夜天晴月朗，直至山下，周围巡哨了一遍方回。马谡在山上见之，大笑曰：“彼若有命，不来围山！”传令与诸将：“倘兵来，只看山顶上红旗招动，即四面皆下。”

却说司马懿回到寨中，使人打听是何将引兵守街亭。回报曰：“乃马良之弟马谡也。”懿笑曰：“徒有虚名，乃庸才耳！孔明用如此人物，如何不误事！”又问：“街亭左右别有军否？”探马报曰：“西山十里有王平安营。”懿乃命张郃引一军，当住王平来路。又令申耽、申仪引两路兵围山，先断了汲水道路，待蜀兵自乱，然后乘势击之。当夜调度已定。次日天明，张郃引兵先往背后去了。司马懿大驱军马，一拥而进，把山四面围定。马谡在山上看时，只见魏兵漫山遍野，旌旗队伍，甚是严整。蜀兵见之，尽皆丧胆，不敢下山。马谡将红旗招动，军将你我相推，无一人敢动。谡大怒，自杀二将。众军惊怕，只得努力下山来冲魏兵。魏兵端然不动。蜀兵又退上山去。马谡见事不谐，教军紧守寨门，只等外应。

却说王平见魏兵到，引军杀来，正遇张郃，战有数十余合，平力穷势孤，只得退去。魏兵自辰时困至戌时，山上无水，军不得食，寨中大乱。嚷至半夜时分，山南蜀兵大开寨门，下山降魏。马谡禁止不住。司马懿又令人于沿山放火，山上蜀兵愈乱。马谡料守不住，只得驱残兵杀下山西逃奔。司马懿放条大路，让过马谡。背后张郃引兵赶来。赶到三十余里，前面鼓角齐鸣，一彪军出，放过马谡，拦住张郃；视之，乃魏延也。挥刀纵马，直取张郃。郃回军便走。延驱兵赶来，复夺街亭。赶到五十余里，一声喊起，两边伏兵齐出，左边司马懿，右边司马昭，却抄在魏延背后，把延困在垓心。张郃复来，三路兵合在一处。魏延左冲右突，不得脱身，折兵大半。正危急间，忽一彪军杀入，乃王平也。延大喜曰："吾得生矣！"二将合兵一处，大杀一阵，魏兵方退。二将慌忙奔回寨时，营中皆是魏兵旌旗。申耽、申仪从营中杀出。王平、魏延径奔列柳城，来投高翔。此时高翔闻知街亭有失，尽起列柳城之兵，前来救应。正遇延、平二人，诉说前事。高翔曰："不如今晚去劫魏寨，再复街亭。"当时三人在山坡下商议已定。待天色将晚，分兵三路。魏延引兵先进，径到街亭，不见一人，心中大疑，不敢轻进，且伏在路口等候。忽见高翔兵到，二人共说魏兵不知在何处。正没理会，却不见王平兵到。忽然一声炮响，火光冲天，鼓声震地，魏兵齐出，把魏延、高翔围在垓心。二人尽力冲突，不得脱身。忽听得山坡后喊声若雷，一彪军杀入，乃是王平，救了高、魏二人，径奔列柳城来。比及奔到城下时，城边早有一军杀到，旗上大书"魏都督郭淮"字样。原来郭淮与曹真商议，恐司马懿得了全功，乃分淮来取街亭，闻知司马懿、张郃成了此功，遂引兵径袭列柳城，正遇三将，大杀一阵。蜀兵伤者极多。魏延恐阳平关有失，慌与王平、高翔望阳平关来。［从笔墨规模上看，这场仗远不及孔明烧死孟获的三万藤甲兵，却是孔明吃的最大一场败仗，导致第一次北伐失败。］

却说郭淮收了军马，乃谓左右曰："吾虽不得街亭，却取了列柳城，亦是大功。"引兵径到城下叫门，只见城上一声炮响，旗帜皆竖，当头一面大旗，上书"平西都督司马懿"。懿撑起悬空板，倚定护心木栏杆，大笑曰："郭伯济来何迟也？"淮大惊曰："仲达神机，吾不及也！"遂入城。相见已毕，懿曰："今街亭已失，诸葛亮必走。公可速与子丹星夜追之。"郭淮从其言，出城而去。懿唤张郃曰："子丹、伯济恐吾全获大功，故来取此城池。吾非独欲成功，乃侥幸而已。吾料魏延、王平、马谡、高翔等辈，必先去据阳平关。吾若去取此关，诸葛亮必随后掩杀，中其计矣。兵法云：'归师勿掩，穷寇莫追。'汝可从小路抄箕谷退兵，吾自引兵当斜谷之兵。若彼败走，不可相拒，只宜中途截住，蜀兵辎重可尽得也。"张郃受计，引兵一半去了。懿下令："径取斜谷，由西城而进。西城虽山僻小县，乃蜀兵屯粮之所，又南安、天水、安定三郡总路。若得此城，三郡可复矣。"于是司马懿留申耽、申仪守列柳城，自领大军望斜谷进发。

却说孔明自令马谡等守街亭去后，犹豫不定。忽报王平使人送图本至。孔明唤入，左右呈上图本。孔明就文几上拆开视之，拍案大惊曰："马谡无知，坑陷吾军矣！"左右问曰："丞相何故失惊？"孔明曰："吾观此图本，失却要路，占山为寨。倘魏兵大至，四面围合，断汲水道路，不须二日，军自乱矣。若街亭有失，吾等安归？"长史杨仪进曰："某虽不才，愿替马幼常回。"孔明将安营之法，一一分付与杨仪。正待要行，忽报马到来，说街亭、列柳城，尽皆失了。孔明跌足长叹曰："大事去矣！此吾之过也！"［作者忙里忙外，拆东墙补西墙，只为强化马谡无知，掩饰孔明失算。其实，孔明不是这种人，"此吾之过也"确是他的真实想法，绝非一种姿态。］急唤关兴、张苞分付曰："汝二人各引三千精兵，投武功山小路而行。如遇魏兵，不可大击，只鼓噪呐喊，为疑兵惊之。彼当自走，亦不可追。待军退尽，便投阳平关去。"又令张翼先引军去修理剑阁，以备归路。又密传号令，教大军暗暗收拾行装，以备起程。又令马岱、姜维断后，先伏于山谷中，待诸军退尽，方始收兵。又差心腹人，分路报与天水、南安、安定三郡官吏军民，皆入汉中。又遣心腹人到冀县搬取姜维老母，送入汉中。

孔明分拨已定，先引五千兵退去西城县搬运粮草。忽然十余次飞马报到，说司马懿引大军十五万，望西城蜂拥而来。时孔明身边别无大将，止有一班文官，所引五千军，已分一半先运粮草去了，只剩二千五百军在城中。众官听得这个消息，尽皆失色。孔明登城望之，果然尘土冲天，魏兵分两路望西城县杀来。孔明传令众："将旌旗尽皆藏匿；诸军各守城铺，如有妄行出入，及高声言语者，立斩！大开四门，每一门上用二十军士扮作百姓，洒扫街道。如魏兵到时，不可擅动，吾自有计。"孔明乃披鹤氅，戴纶巾，引二小童携琴一张，于城上敌楼前凭栏而坐，焚香操琴。［这是古代百姓最喜闻乐道的场景，京剧《空城计》传唱不休。］

却说司马懿前军哨到城下，见了如此模样，皆不敢进，急报与司马懿。懿笑而不信，遂止住三军，自飞马远远望之。果见孔明坐于城楼之上，笑容可掬，焚香操琴。左有一童子，手捧宝剑；右有一童子，手执麈尾。城门内外，有二十余百姓，低头洒扫，傍若无人。［扮成百姓的士兵，得有何等不同凡响的素质，方能临危不乱！］懿看毕大疑，便到中军，教后军作前军，前军作后军，望北山路而退。次子司马昭曰："莫非诸葛亮无军，故作此态？父亲何故便退兵？"懿曰："亮平生谨慎，不曾弄险。今大开城门，必有埋伏。我兵若进，中其计也。汝辈岂知！宜速退。"于是两路兵尽皆退去。孔明见魏军远去，抚掌而笑。众官无不骇然，乃问孔明曰："司马懿乃魏之名将，今统十五万精兵到此，见了丞相，便速退去，何也？"孔明曰："此人料吾生平谨慎，必不弄险，见如此模样，疑有伏兵，所以退去。吾非行险，盖因不得已而用之。此人必引军投山北小路去也。吾已令兴、苞二人在彼等候。"众皆惊服曰："丞相之机，鬼神莫测。若某等之见，必弃城而走矣。"孔明曰："吾兵只有二千五百，若弃城而走，必不能远遁。得不为司马懿所擒乎？"［讽刺的是，马谡之败在于纸上谈兵，后人喜欢"空城计"又正在于它是纸上谈兵。所以，视小说为兵家圣书并大加赞叹的民间权谋家，反把自己弄成一个个兵家三脚猫。］后人有诗赞曰：

瑶琴三尺胜雄师，诸葛西城退敌时。

十五万人回马处，二人指点到今疑。

言讫，拍手大笑，曰："吾若为司马懿，必不便退也。"遂下令教西城百姓随军入汉中，司马懿必将复来。于是孔明离西城望汉中而走。天水、安定、南安三郡官吏军民，陆续而来。

却说司马懿望武功山小路而走。忽然山坡后喊杀连天，鼓声震地。懿回顾二子曰："吾若不走，必中诸葛之计矣。"只见大路上一军杀来，旗上大书"右护卫使虎翼将军张苞"。魏兵皆弃甲抛戈而走。行不到一程，山谷中喊声震地，鼓角喧天，前面一杆大旗，上书"左护卫使龙骧将军关兴"。山谷应声，不知蜀兵多少；更兼魏军心疑，不敢久停，只得尽弃辎重而去。兴、苞二人皆遵将令，不敢追袭，多得军器粮草而归。司马懿见山谷中皆有蜀兵，不敢出大路，遂回街亭。此时曹真听知孔明退兵，急引兵追赶。山背后一声炮起，蜀兵漫山遍野而来，为首大将乃是姜维、马岱。真大惊，急退军时，先锋陈造已被马岱所斩。真引兵鼠窜而还。蜀兵连夜皆奔回汉中。［写作之道与兵法相通，作者写书如用兵，虚虚实实。空城计过后，粗心读者甚至以为孔明是赢家。］

却说赵云、邓芝伏兵于箕谷道中，闻孔明传令回军，云谓芝曰："魏军知吾兵退，必然来追。吾先引一军伏于其后，公却引兵打吾旗号，徐徐而退。吾一步步自有护送也。"

却说郭淮提兵再回箕谷道中，唤先锋苏颙分付曰："蜀将赵云英勇无敌，汝可小心堤防。彼军若退，必有计也。"苏颙欣然曰："都督若肯接应，某当生擒赵云。"遂引前部三千兵奔入箕谷，看看赶上蜀兵，只见山坡后闪出红旗白字，上书"赵云"。苏颙急收兵退走，行不到数里，喊声大震，一彪军撞出，为首大将挺枪跃马，大喝曰："汝识赵子龙否！"苏颙大惊曰："如何这里又有赵云？"措手不及，被云一枪刺死于马下。余军溃散。云迤逦前进，背后又一军到，乃郭淮部将万政也。云见魏兵追急，乃勒马挺枪，立于路口，待来将交锋。蜀兵已去三十余里。万政认得是赵云，不敢前进。云等待天色黄昏，方才拨回马缓缓而进。郭淮兵到，万政言赵云英勇如旧，因此不敢近前。淮传令教军急赶，政令数百骑壮士赶来。行至一大林，忽听得背后大喝一声曰："赵子龙在此!"惊得魏兵落马者百余人，余者皆越岭而去。万政勉强来敌，被云一箭射中盔缨，惊跌于涧中。云以枪指之曰："吾饶汝性命，回去快教郭淮赶来!"万政脱命而回。云护送车仗人马，望汉中而去，沿途并无遗失。曹真、郭淮复夺三郡，以为己功。[真是奇妙，赵云败退之举，写得极其英勇，仿佛蜀军又获一场胜仗，而蜀军失去三郡之败，则一笔带过。]

却说司马懿分兵而进，此时蜀兵尽回汉中去了。懿引一军复到西城，因问遗下居民及山僻隐者，皆言孔明只有二千五百军在城中，又无武将，只有几个文官，别无埋伏。武功山小民告曰："关兴、张苞，只各有三千军，转山呐喊，鼓噪惊退，又无别军，并不敢厮杀。"懿悔之不及，仰天叹曰："吾不如孔明也!"遂安抚了诸处官民，引兵径还长安，朝见魏主。叡曰："今日复得陇西诸郡，皆卿之功也。"懿奏曰："今蜀兵皆在汉中，未尽剿灭。臣乞大兵并力收川，以报陛下。"叡大喜，令懿即便兴兵。忽班内一人出奏曰："臣有一计，足可定蜀降吴。"正是：

蜀中将相方归国，魏地君臣又逞谋。

未知献计者是谁，且看下文分解。

傻乐

当年有个叫郭冲的家伙，是孔明的狂热崇拜者，编造过大量孔明神话，逻辑错乱，常常连时间轴都对不上，甚至出现死人复活的闹剧。裴松之替《诸葛亮传》做注时，对"郭冲五事"条分缕析，直斥其非。裴松之万万没想到，这些作为反面教材的郭冲笑话集，竟被后来的"说三国"者当成宝贝。"空城计"即出自"郭冲五事"中的第三事。

"空城计"有精彩之处，想象瑰丽，场景壮阔，人物对照强烈，"谈笑间强虏灰飞烟灭"的意境尤令人神往。但空城计的可笑之处也极为触目，具有智性自尊的读者断然无法接受。毕竟，感受艺术氛围是一回事，承受智力唬弄是另一回事。素以谨慎知名的孔明，做不出这种赌场老千才玩得出手的诈唬手段。更重要的是，此事与史实截然不合，当时司马懿远在千里之外的宛城，街亭大捷乃魏将张郃的名作，司马懿分不得半寸功劳。作者将其归在司马懿名下，从制造旗鼓相当的对手角度，不失为合理虚构，但就历史真相而论，相当于为了抬举乾隆皇帝的诗歌造诣，硬把纳兰容若的作品归在乾隆名下。

一个“空城计”，给大量古代百姓带来了娱乐。但我们也不得不指出，这份娱乐的官能性因素多于智性因素，近乎“傻乐”。

第九十六回

孔明挥泪斩马谡　周鲂断发赚曹休

却说献计者，乃尚书孙资也。曹叡问曰：“卿有何妙计?”资奏曰：“昔太祖武皇帝收张鲁时，危而后济，常对群臣曰：‘南郑之地，真为天狱。’中斜谷道为五百里石穴，非用武之地。今若尽起天下之兵攻蜀，则东吴又将入寇。不如以现在之兵，分命大将据守险要，养精蓄锐。不过数年，中国日盛，吴、蜀二国必自相残害。那时图之，岂非胜算？乞陛下裁之。”叡乃问司马懿曰：“此论若何?”懿奏曰：“孙尚书所言极当。”叡从之，命懿分拨诸将守把险要，留郭淮、张郃守长安。大赏三军，驾回洛阳。[孔明初出祁山，魏国防御松懈，有望一战功成。日后北伐，魏国已重兵布守，取胜不易。故马谡之败是决定性的。]

却说孔明回到汉中，计点军士，只少赵云、邓芝，心中甚忧，乃令关兴、张苞各引一军接应。二人正欲起身，忽报赵云、邓芝到来，并不曾折一人一骑，辎重等器亦无遗失。孔明大喜，亲引诸将出迎。赵云慌忙下马伏地曰：“败军之将，何劳丞相远接?”孔明急扶起，执手而言曰：“是吾不识贤愚，以致如此！各处兵将败损，惟子龙不折一人一骑，何也?”邓芝告曰：“某引兵先行，子龙独自断后，斩将立功，敌人惊怕，因此军资什物，不曾遗弃。”孔明曰：“真将军也!”遂取金五十斤以赠赵云，又取绢一万匹赏云部卒。云辞曰：“三军无尺寸之功，某等俱各有罪；若反受赏，乃丞相赏罚不明也。且请寄库，候今冬赐与诸军未迟。”孔明叹曰：“先帝在日，常称子龙之德，今果如此!”乃倍加钦敬。[子龙同样吃了败仗，好在撤退有方，未受大损。]

忽报马谡、王平、魏延、高翔至。孔明先唤王平入帐，责之曰：“吾令汝同马谡守街亭，汝何不谏之，致使失事?”平曰：“某再三相劝，要在当道筑土城，安营守把。参军大怒不从，某因此自引五千军离山十里下寨。魏兵骤至，把山四面围合，某引兵冲杀十余次，皆不能入。次日土崩瓦解，降者无数。某孤军难立，故投魏文长求救。半途又被魏兵困在山谷之中，某奋死杀出。比及归寨，早被魏兵占了。及投列柳城时，路逢高翔，遂分兵三路去劫魏寨，指望克复街亭。因见街亭并无伏路军，以此心疑。登高望之，只见魏延、高翔被魏兵围住，某即杀入重围，救出二将，就同参军并在一处。某恐失却阳平关，因此急来回守。非某之不谏也。丞相不信，可问各部将校。"孔明喝退，又唤马谡入帐。谡自缚跪于帐前。孔明变色曰："汝自幼饱读兵书，熟谙战法。吾累次叮咛告戒，街亭是吾根本。汝以全家之命，领此重任。汝若早听王平之言，岂有此祸？今败军折将，失地陷城，皆汝之过也！若不明正军律，何以服众？汝今犯法，休得怨吾。汝死之后，汝之家小，吾按月给与禄米，汝不必挂心。"叱左右推出斩之。谡泣曰："丞相视某如子，某以丞相为父。某之死罪，实已难逃；愿丞相思舜帝殛鲧用禹之义，某虽死亦无恨于九泉！"言讫大哭。孔明挥泪曰："吾与汝义同兄弟，汝之子即吾之子也，不必多嘱。"［在夷陵为国损躯的马良，曾在信中呼孔明"尊兄"，裴松之推断："良盖与亮结为兄弟，或相与有亲，亮年长，良故呼亮为尊兄耳。"马谡是马良弟，如此，孔明或属"大义灭亲"。］左右推出马谡于辕门之外将斩，参军蒋琬自成都至，见武士欲斩马谡，大惊，高叫"留人！"入见孔明曰："昔楚杀得臣而文公喜。今天下未定，而戮智谋之士，岂不可惜乎？"孔明流涕而答曰："昔孙武所以能制胜于天下者，用法明也。今四方分争，兵交方始，若复废法，何以讨贼耶？合当斩之。"须臾，武士献马谡首级于阶下。孔明大哭不已。蒋琬问曰："今幼常得罪，既正军法，丞相何故哭耶？"孔明曰："吾非为马谡而哭。吾想先帝在白帝城临危之时，曾嘱吾曰：'马谡言过其实，不可大用。'今果应此言。乃深恨已之不明，追思先帝之明，因此痛哭耳！"［马谡无带兵经验，孔明将攸关全局的指挥权交给马谡，确有失察之咎。］大小将士，无不流涕。马谡亡年三十九岁，时建兴六年夏五月也。后人有诗曰：

失守街亭罪不轻，堪嗟马谡枉谈兵。

辕门斩首严军法，拭泪犹思先帝明。

却说孔明斩了马谡，将首级遍示各营已毕，用线缝在尸上，具棺葬之，自修祭文享祀；将谡家小加意抚恤，按月给与禄米。于是孔明自作表文，令蒋琬申奏后主，请自贬丞相之职。琬回成都，入见后主，进上孔明表章。后主拆视曰：

> 臣本庸才，叨窃非据，亲秉旄钺，以励三军。不能训章明法，临事而惧，至有街亭违命之阙，箕谷不戒之失。咎皆在臣不明，不知人，虑事多暗。《春秋》责备，罪何所逃？请自贬三等，以督厥咎。臣不胜惭愧，俯伏待命！［结合孔明表文，读者才看出“箕谷不戒之失”，否则，还以为赵云凯歌频传。］

后主览毕曰：“胜负兵家常事，丞相何出此言？”侍中费祎奏曰：“臣闻治国者，必以奉法为重。法若不行，何以服人？丞相败绩，自行贬降，正其宜也。”后主从之，乃诏贬孔明为右将军，行丞相事，照旧总督军马，就命费祎赍诏到汉中。［名贬权在。］孔明受诏贬降讫，祎恐孔明羞赧，乃贺曰：“蜀中之民知丞相初拔四县，深以为喜。”孔明变色曰：“是何言也！得而复失，与不得同。公以此贺我，实足使我愧赧耳。”祎又曰：“近闻丞相得姜维，天子甚喜。”孔明怒曰：“兵败师还，不曾夺得寸土，此吾之大罪也。量得一姜维，于魏何损？”祎又曰：“丞相现统雄师数十万，可再伐魏乎？”孔明曰：“昔大军屯于祁山、箕谷之时，我兵多于贼兵，而不能破贼，反为贼所破，此病不在兵之多寡，在主将耳。今欲减兵省将，明罚思过，较变通之道于将来；如其不然，虽兵多何用？自今以后，诸人有远虑于国者，但勤攻吾之阙，责吾之短，则事可定，贼可灭，功可翘足而待矣。”［借孔明之言，终于还原了真实战况：魏兵之胜，原是以弱胜强。但读者更堕五里雾中：司马懿不是统领了十五万大军吗？可见，虚构不是问题，不能自圆其说才是麻烦。］费祎诸将皆服其论。费祎自回成都。孔明在汉中惜军爱民，励兵讲武，置造攻城渡水之器，聚积粮草，预备战筏，以为后图。细作探知，报入洛阳。

魏主曹叡闻知，即召司马懿商议收川之策。懿曰：“蜀未可攻也。方今天道亢炎，蜀兵必不出；若我军深入其地，彼守其险要，急切难下。”叡曰：“倘蜀兵再来入寇，如之奈何？”懿曰：“臣已算定今番诸葛亮必效韩信暗渡陈仓之计。臣举一人往陈仓道口，筑城守御，万无一失。此人身长九尺，猿臂善射，深有谋略。若诸葛亮入寇，此人足可当之。”叡大喜，问曰：“此何人也?”懿奏曰：“乃太原人，姓郝名昭，字伯道，现为杂号将军，镇守河西。”［指那些名目繁杂、职衔较低的将军，赵云获得的“牙门将军”，亦属“杂号将军”。］

叡从之，加郝昭为镇西将军，命把守陈仓道口，遣使持诏去讫。忽报扬州司马大都督曹休上表，说东吴鄱阳太守周鲂，愿以郡来降，密遣人陈言七事，说东吴可破，乞早发兵取之。叡就御床上展开，与司马懿同观。懿奏曰：“此言极有理，吴当灭矣！臣愿引一军往助曹休。”忽班中一人进曰：“吴人之言，反覆不一，未可深信。周鲂智谋之士，必不肯降，此特诱兵之诡计也。”众视之，乃建威将军贾逵也。懿曰：“此言亦不可不听，机会亦不可错失。”魏主曰：“仲达可与贾逵同助曹休。”二人领命去讫。于是曹休引大军径取皖城；贾逵引前将军满宠、东皖太守胡质，径取阳城，直向东关；司马懿引本部军径取江陵。

却说吴主孙权，在武昌东关会多官商议曰：“今有鄱阳太守周鲂密表，奏称魏都督曹休，有入寇之意。今鲂诈施诡计，暗陈七事，引诱魏兵深入重地，可设伏兵擒之。今魏兵分三道而来，诸卿有何高见?”顾雍进曰：“此大任非陆伯言不敢当也。”权大喜，乃召陆逊，封为辅国大将军、平北都元帅，统御林大兵，摄行王事，授以白旄黄钺，文武百官，皆听约束。权亲自与逊执鞭。逊领命谢恩毕，乃保二人为左右都督，分兵以迎三道。权问何人，逊曰：“奋威将军朱桓、绥南将军全琮，二人可为辅佐。”权从之，即命朱桓为左都督，全琮为右都督。于是陆逊总率江南八十一州并荆湖之众七十余万，令朱桓在左，全琮在右，逊自居中，三路进兵。朱桓献策曰：“曹休以亲见任，非智勇之将也。今听周鲂诱言，深入重地，元帅以兵击之，曹休必败。败后必走两条路，左乃夹石，右乃桂车。此二条路，皆山僻小径，最为险峻。某愿与全子璜各引一军，伏于山险，先以柴木大石塞断其路，曹休可擒矣。若擒了曹休，便长驱直进，唾手而得寿春，以窥许、洛，此万世一时也。”逊曰：“此非善策，吾自有妙用。”于是朱桓怀不平而退。［貌似东吴魏延。］逊令诸葛瑾等拒守江陵，以敌司马懿。诸路俱各调拨停当。

却说曹休兵临皖城，周鲂来迎，径到曹休帐下。休问曰：“近得足下之书，所陈七事深为有理，奏闻天子，故起大军三路进发。若得江东之地，足下之功不少。有人言足下多谋，诚恐所言不实。吾料足下必不欺我。”周鲂大哭，急掣从人所佩剑欲自刎。［民间说书人遇到此类表赤诚、剖肝胆的场合，必有大段精彩猛料，令听众不可不信。小说一句话交代了事，读者缺乏预备，或嫌周鲂做作。无端赌咒发誓，非奸即诈。］休急止之。鲂仗剑而言曰：“吾所陈七事，恨不能吐出心肝。今反生疑，必有吴人使反间之计也。若听其言，吾必死矣。吾之忠心，惟天可表！”言讫，又欲自刎。曹休大惊，慌忙抱住曰：“吾戏言耳，足下何故如此！”鲂乃用剑割发掷于地曰：“吾以忠心待公，公以吾为戏，吾割父母所遗之发，以表此心！”曹休乃深信之，设宴相待。席罢，周鲂辞去。忽报建威将军贾逵来见，休令入，问曰：“汝此来何为？”逵曰：“某料东吴之兵，必尽屯于皖城。都督不可轻进，待某两下夹攻，贼兵可破矣。”休怒曰：“汝欲夺吾功耶？”逵曰：“又闻周鲂截发为誓，此乃诈也。昔要离断臂，刺杀庆忌，未可深信。”休大怒曰：“吾正欲进兵，汝何出此言以慢军心！”叱左右推出斩之。众将告曰：“未及进兵，先斩大将，于军不利。且乞暂免。”休从之，将贾逵兵留在寨中调用，自引一军来取东关。时周鲂听知贾逵削去兵权，暗喜曰：“曹休若用贾逵之计，则东吴败矣！今天使我成功也！”即遣人密到皖城，报知陆逊。逊唤诸将听令曰：“前面石亭，虽是山路，足可埋伏。早先去占石亭阔处，布成阵势，以待魏军。”遂令徐盛为先锋，引兵前进。

却说曹休命周鲂引兵而进，正行间，休问曰：“前至何处？”鲂曰：“前面石亭也，堪以屯兵。”休从之，遂率大军并车仗等器，尽赴石亭驻扎。次日，哨马报道：“前面吴兵不知多少，据住山口。”休大惊曰：“周鲂言无兵，为何有准备？”急寻鲂问之。人报周鲂引数十人，不知何处去了。休大悔曰：“吾中贼之计矣！虽然如此，亦不足惧！”遂令大将张普为先锋，引数千兵来与吴兵交战。两阵对圆，张普出马骂曰：“贼将早降！”徐盛出马相迎。战无数合，普抵敌不住，勒马收兵，回见曹休，言徐盛勇不可当。休曰："吾当以奇兵胜之。"就令张普引二万军伏于石亭之南，又令薛乔引二万军伏于石亭之北，"明日吾自引一千兵搦战，却佯输诈败，诱到北山之前，放炮为号，三面夹攻，必获大胜。"二将受计，各引二万军到晚埋伏去了。

却说陆逊唤朱桓、全琮分付曰："汝二人各引三万军，从石亭山路抄到曹休寨后，放火为号，吾亲率大军从中路而进，可擒曹休也。"当日黄昏，二将受计引兵而进。二更时分，朱桓引一军正抄到魏寨后，迎着张普伏兵。普不知是吴兵，径来问时，被朱桓一刀斩于马下。魏兵便走。桓令后军放火。全琮引一军抄到魏寨后，正撞在薛乔阵里，就那里大杀一阵。薛乔败走，魏兵大损，奔回本寨。后面朱桓、全琮两路杀来。曹休寨中大乱，自相冲击。休慌上马，望夹石道奔走。徐盛引大队军马，从正路杀来。魏兵死者不可胜数，逃命者尽弃衣甲。曹休大惊，在夹石道中奋力奔走，忽见一彪军从小路冲出，为首大将乃贾逵也。休惊慌少息，自愧曰："吾不用公言，果遭此败！"［有此"自愧"，还算不赖。］逵曰："都督可速出此道。若被吴兵以木石塞断，吾等皆危矣！"于是曹休骤马而行，贾逵断后。逵于林木茂盛处及险峻小径，多设旌旗以为疑兵。及至徐盛赶到，见山坡下闪出旗角，疑有埋伏，不敢追赶，收兵而回。因此救了曹休。司马懿听知休败，亦引兵退去。

却说陆逊正望捷音，须臾，徐盛、朱桓、全琮皆到。所得车仗、牛马、驴骡、军资、器械，不计其数，降兵数万余人。逊大喜，即同太守周鲂并诸将班师还吴。吴主孙权领文武官僚出武昌城迎接，以御盖覆逊而入。诸将尽皆升赏。权见周鲂无发，慰劳曰："卿断发成此大事，功名当书于竹帛也。"即封周鲂为关内侯；大设筵会，劳军庆贺。陆逊奏曰："今曹休大败，魏已丧胆，可修国书，遣使入川，教诸葛亮进兵攻之。"权从其言，遣使赍书入川去。［若孔明与东吴同时发兵，效果更好。信息不畅，沟通不明，真是误事。1812年6月18日，美国向英国宣战，却不知英国为了避免战争，已经解除了对美国的贸易禁运。待到隔着大西洋的美国人知道这条消息，两国已打得不可开交。］正是：

只因东国能施计，致令西川又动兵。

未知孔明再来伐魏，胜负如何，且看下文分解。

斩将

既然“胜败乃兵家常事”，兵败受戮就极没道理。张郃吃败仗时若被处死，就没有街亭大胜了；马谡不死，焉知他不会汲取教训，成为一代名将？孔明是坦荡的人，他承担了主要责任，并无让马谡背黑锅的阴郁念头；马谡被正法或许另有原因。小说里虽频频出现斩将情节，但通常止于威胁，只要旁人劝说几句，那把行刑刀就搁下了。因为，斩将虽有“明正军法”之效，负面性也很大，不可滥施。曹操手下失利后，他们从曹操嘴里听到最多的，恰是那句充满安慰的“胜败乃兵家常事”。千军易得，一将难求，失败是经验之源，无需责之过深。

兵败不是斩将理由，违法才是。古罗马执政官曼留斯处死自己儿子，理由更有趣：儿子没有得到命令就去打仗，并且获得胜利。可见，关键不是胜败，而是违纪抗命。古希腊雅典城邦曾有获胜将领被民众以民主表决的方式处死，理由说来荒唐：他们违反了必须收回士兵尸体的法律，故虽然获胜，依法仍须处死。

古罗马有惩罚逃兵之俗，克拉苏曾将逃兵按十人一队分为五十队，用抽签法从每队中挑出一个人处死。动辄斩将固然也有，如迦太基人常在失败后把败将钉死在十字架上，但历史上的斩将多属权力之争，斩将只是借机除掉潜在的竞争者，伍子胥、文种、韩信等人，都是权力斗争的牺牲品。马谡不是孔明的竞争者，故真相多半是：马谡死于违法，而非战败。

陈寿在《三国志》里，提供了马谡三种结局：一、被斩；二、死在牢里；三、逃亡。诸葛亮到底斩没斩马谡，其实没人知道，后人只是姑妄言之，姑妄信之。

第九十七回

讨魏国武侯再上表　破曹兵姜维诈献书

却说蜀汉建兴六年秋九月，魏都督曹休被东吴陆逊大破于石亭，车仗马匹，军资器械，并皆罄尽。休惶恐之甚，气忧成病，到洛阳，疽发背而死。魏主曹叡敕令厚葬。司马懿引兵还，众将接入问曰："曹都督兵败，即元帅之干系，何故急回耶?"懿曰："吾料诸葛亮知吾兵败，必乘虚来取长安。倘陇西紧急，何人救之？吾故回耳。"众皆以为惧怯，哂笑而退。

却说东吴遣使致书蜀中请兵伐魏，并言大破曹休之事，一者显自己威风，二者通和会之好。后主大喜，令人持书至汉中报知孔明。时孔明兵强马壮，粮草丰足，所用之物一切完备，正要出师，听知此信，即设宴大会诸将，计议出师。忽一阵大风，自东北角上而起，把庭前松树吹折。众皆大惊。孔明就占一课，曰："此风主损一大将!"诸将未信。正饮酒间，忽报镇南将军赵云长子赵统、次子赵广来见丞相。孔明大惊，掷杯于地曰："子龙休矣!"二子入见，拜哭曰："某父昨夜三更病重而死。"孔明跌足而哭曰："子龙身故，国家损一栋梁，去吾一臂也!"众将无不挥涕。孔明令二子入成都面君报丧。后主闻云死，放声大哭曰："朕昔年幼，非子龙则死于乱军之中矣!"即下诏追赠大将军，谥顺平侯，敕葬于成都锦屏山之东；建立庙堂，四时享祭。[作者对赵云倾注了强烈情感，在三国英雄廊中，赵云青春刚健，魅力无穷。]后人有诗曰：

常山有虎将，智勇匹关张：汉水功勋在，当阳姓字彰。

两番扶幼主，一念答先皇。青史书忠烈，应流百世芳。

却说后主思念赵云昔日之功，祭葬甚厚；封赵统为虎贲中郎，赵广为牙门将，就令守坟。二人辞谢而去。忽近臣奏曰："诸葛丞相将军马分拨已定，即日将出师伐魏。"后主问在朝诸臣，诸臣多言未可轻动。后主疑虑未决。忽奏丞相令杨仪赍《出师表》至。后主宣入，仪呈上表章。后主就御案上拆视，其表曰：[此表亦系毛氏父子添加。《后出师表》历来疑为吴人伪作，目的是替伐魏主张寻找舆论强援。也有确信其真的，说是孔明为搞好与东吴的同盟关系，抄录一份附件给兄长诸葛谨参考，东吴遂得以留存披露。]

先帝虑汉、贼不两立，王业不偏安，故托臣以讨贼也。以先帝之明，量臣之才，故知臣伐贼，才弱敌强也。然不伐贼，王业亦亡。惟坐而待亡，孰与伐之？是故托臣而弗疑也。臣受命之日，寝不安席，食不甘味；思惟北征，宜先入南，故五月渡泸，深入不毛，并日而食。臣非不自惜也，顾王业不可偏安于蜀都，故冒危难以奉先帝之遗意；而议者谓为非计。今贼适疲于西，又务于东，兵法乘劳，此进趋之时也。谨陈其事如左：

高帝明并日月，谋臣渊深，然涉险被创，危然后安。今陛下未及高帝，谋臣不如良平；而欲以长策取胜，坐定天下，此臣之未解一也。刘繇、王朗各据州郡，论安言计，动引圣人，群疑满腹，众难塞胸；今岁不战，明年不征，使孙权坐大，遂并江东，此臣之未解二也。曹操智计，殊绝于人，其用兵也，仿佛孙、吴，然困于南阳，险于乌桓，危于祁连，逼于黎阳，几败北山，殆死潼关，然后伪定一时耳；况臣才弱，而欲以不危而定之，此臣之未解三也。曹操五攻昌霸不下，四越巢湖不成，任用李服而李服图之，委任夏侯而夏侯败亡，先帝每称操为能，犹有此失；况臣驽下，何能必胜？此臣之未解四也。[分类上说，“未解三”与“未解四”内容相近，无需强分为二。孔明思虑周详，不该错乱至此。] 自臣到汉中，中间期年耳，然丧赵云、阳群、马玉、阎芝、丁立、白寿、刘郃、邓铜等，及曲长屯将七十余人，突将无前，賨、叟、青羌，散骑武骑一千余人，此皆数十年之内，所纠合四方之精锐，非一州之所有；若复数年，则损三分之二也，当何以图敌？此臣之未解五也。[致命硬伤是：《后出师表》据说写于建兴六年，而赵云死于建兴七年。作者在引用前巧加挪移，倒是弥补了漏洞。但真相总是真相。]今民穷兵疲，而事不可息；事不可息，则住与行劳费正等；而不及早图之，欲以一州之地，与贼持久，此臣之未解六也。

夫难平者，事也。昔先帝败军于楚，当此时，曹操拊手，谓天下已定。然后先帝东连吴、越，西取巴、蜀，举兵北征，夏侯授首，此操之失计，而汉事将成也。然后吴更违盟，关某毁败，秭归蹉跌，曹丕称帝。凡事如是，难可逆料。臣鞠躬尽瘁，死而后已；至于成败利钝，非臣之明所能逆睹也。[出师需要动员，需要强化必胜信念，吹点牛也不妨，柏拉图说："国家统治者可以为了国家利益说谎。"孔明一味诚实，文中一派愁云惨雾，畏怯之词溢于言表。清代文士袁枚断然判定《后出师表》系伪作，说："若果为亮作，是亮之气已馁，而其精也消亡矣。"]

后主览表甚喜，即敕令孔明出师。孔明受命，起三十万精兵，令魏延总督前部先锋，径奔陈仓道口而来。

早有细作报入洛阳。司马懿奏知魏主，大会文武商议。大将军曹真出班奏曰："臣昨守陇西，功微罪大，不胜惶恐。今乞引大军往擒诸葛亮。臣近得一员大将，使六十斤大刀，骑千里征騟马，开两石铁胎弓，暗藏三个流星锤，百发百中，有万夫不当之勇，乃陇西狄道人，姓王名双，字子全。臣保此人为先锋。"叡大喜，便召王双上殿，视之，身长九尺，面黑睛黄，熊腰虎背。叡笑曰："朕得此大将，有何虑哉！"遂赐锦袍金甲，封为虎威将军、前部大先锋；曹真为大都督。真谢恩出朝，遂引十五万精兵，会合郭淮、张郃，分道守把隘口。

却说蜀兵前队哨至陈仓，回报孔明说："陈仓口已筑起一城，内有大将郝昭守把，深沟高垒，遍排鹿角，十分谨严。不如弃了此城，从太白岭鸟道出祁山甚便。"孔明曰："陈仓正北是街亭，必得此城，方可进兵。"命魏延引兵到城下四面攻之，连日不能破。魏延复来告孔明，说城难打。孔明大怒，欲斩魏延。[孔明骤露不可理喻之状。]忽帐下一人告曰："某虽无才，随丞相多年，未尝报效。愿去陈仓城中，说郝昭来降，不用张弓只箭。”众视之，乃部曲靳祥也。孔明曰：“汝用何言以说之？”祥曰：“郝昭与某同是陇西人氏，自幼交契。某今到彼，以利害说之，必来降矣。”孔明即令前去。靳祥骤马径到城下，叫曰：“郝伯道故人靳祥来见。”城上人报知郝昭。昭令开门放入，登城相见。昭问曰：“故人因何到此？”祥曰：“吾在西蜀孔明帐下参赞军机，待以上宾之礼。特令某来见公，有言相告。”昭勃然变色曰：“诸葛亮乃我国仇敌也！吾事魏，汝事蜀，各事其主，昔时为昆仲，今时为仇敌！汝再不必多言，便请出城！”靳祥又欲开言，郝昭已出敌楼上了。魏军急催上马，赶出城外。祥回头视之，见昭倚定护心木栏杆。祥勒马以鞭指之曰：“伯道贤弟，何太情薄耶？”昭曰：“魏国法度，兄所知也。吾受国恩，但有死而已，兄不必下说词。早回见诸葛亮，教快来攻城，吾不惧也！”［观风度举止，郝昭才是孔明，孔明倒成了袁绍。］祥回告孔明曰：“郝昭未等某开言，便先阻却。”孔明曰：“汝可再去见他，以利害说之。”祥又到城下，请郝昭相见。昭出到敌楼上。祥勒马高叫曰：“伯道贤弟，听吾忠言。汝据守一孤城，怎拒数十万之众？今不早降，后悔无及！且不顺大汉而事奸魏，抑何不知天命、不辨清浊乎？愿伯道思之。”郝昭大怒，拈弓搭箭，指靳祥而喝曰：“吾前言已定，汝不必再言！可速退，吾不射汝！”

靳祥回见孔明，具言郝昭如此光景。孔明大怒曰：“匹夫无礼太甚！岂欺吾无攻城之具耶？”随叫土人问曰：“陈仓城中，有多少人马？”土人告曰：“虽不知的数，约有三千人。”孔明笑曰：“量此小贼，安能御我！休等他救兵到，火速攻之！”于是军中起百乘云梯，一乘上可立十数人，周围用木版遮护。军士各把短梯软索，听军中擂鼓，一齐上城。郝昭在敌楼上望见蜀兵装起云梯，四面而来，即令三千军各执火箭分布四面，待云梯近城，一齐射之。孔明只道城中无备，故大造云梯，令三军鼓噪呐喊而进；不期城上火箭齐发，云梯尽焚，梯上军士多被烧死。城上矢石如雨，蜀兵皆退。孔明大怒曰：“汝烧吾云梯，吾却用冲车之法！”于是连夜安排下冲车。次日，又四面鼓噪呐喊而进。郝昭急命运石凿眼，用葛索穿定飞打，冲车皆被打折。孔明又令人运土填城壕，教廖化引三千锹镢军，从夜间掘地道，暗入城去。郝昭又于城中掘重壕横截之。如此昼夜相攻二十余日，无计可破。孔明营中忧闷，忽报："东边救兵到了，旗上书：'魏先锋大将王双。'"孔明问曰："谁可迎之？"魏延出曰："某愿往。"孔明曰："汝乃先锋大将，未可轻出。"又问："谁敢迎之？"裨将谢雄应声而出。孔明与三千军去了。孔明又问曰："谁敢再去？"裨将龚起应声要去。孔明亦与三千兵去了。孔明恐城内郝昭引兵冲出，乃把人马退二十里下寨。［一百比一的绝对优势，三十万精兵竟担心郝昭的三千兵。］

却说谢雄引军前行，正遇王双，战不三合，被双一刀劈死。蜀兵败走，双随后赶来。龚起接着，交马只三合，亦被双所斩。败兵回报孔明。孔明大惊，忙令廖化、王平、张嶷三人出迎。两阵对圆，张嶷出马，王平、廖化压住阵角。王双纵马来与张嶷交马，数合，不分胜负。双诈败便走，嶷随后赶去。王平见张嶷中计，忙叫曰："休赶！"嶷急回马时，王双流星锤早到，正中其背。嶷伏鞍而走，双回马赶来。王平、廖化截住，救得张嶷回阵。王双驱兵大杀一阵，蜀兵折伤甚多。嶷吐血数口，回见孔明，说："王双英勇无敌，如今将二万兵就陈仓城外下寨，四面立起排栅，筑起重城，深挑壕堑，守御甚严。"孔明见折二将，张嶷又被打伤，即唤姜维曰："陈仓道口这条路不可行。别求何策？"［孔明无计可施，只能请姜维施教。］维曰："陈仓城池坚固，郝昭守御甚密，又得王双相助，实不可取。不若令一大将依山傍木下寨固守；再令良将守把要道，以防街亭之攻；却统大军去袭祁山，某却如此如此用计，可捉曹真也。"孔明从其言，即令王平、李恢引二枝兵守街亭小路，魏延引一军守陈仓口。马岱为先锋，关兴、张苞为前后救应使，从小径出斜谷望祁山进发。

却说曹真因思前番被司马懿夺了功劳，因此到洛口分调郭淮、孙礼东西守把；又听的陈仓告急，已令王双去救，闻知王双斩将立功，大喜，乃令中护军大将费耀，权摄前部总督，诸将各自守把隘口。忽报山谷中捉得细作来见。曹真令押入，跪于帐前。其人告曰："小人不是奸细，有机密来见都督，误被伏路军捉来，乞退左右。"真乃教去其缚，左右暂退。其人曰："小人乃姜伯约心腹人也，蒙本官遣送密书。"真曰："书安在？”其人于贴肉衣内取出呈上。真拆视曰：

罪将姜维百拜，书呈大都督曹麾下：维念世食魏禄，忝守边城，叨窃厚恩，无门补报。昨日误遭诸葛亮之计，陷身于巅崖之中。思念旧国，何日忘之！今幸蜀兵西出，诸葛亮甚不相疑。赖都督亲提大兵而来，如遇敌人，可以诈败；维当在后，以举火为号，先烧蜀人粮草，却以大兵翻身掩之，则诸葛亮可擒也。非敢立功报国，实欲自赎前罪。倘蒙照察，速须来命。

曹真看毕，大喜曰：“天使吾成功也！”遂重赏来人，便令回报，依期会合。真唤费耀商议曰：“今姜维暗献密书，令吾如此如此。”耀曰：“诸葛亮多谋，姜维智广，或者是诸葛亮所使，恐其中有诈。”真曰：“他原是魏人，不得已而降蜀，又何疑乎？”耀曰：“都督不可轻去，只守定本寨。某愿引一军接引姜维，如成功尽归都督；倘有奸计，某自支当。”[说得熨帖。如此贴心且敢于赴险的部下，哪个主将不喜？]真大喜，遂令费耀引五万兵，望斜谷而进。行了两三程，屯下军马，令人哨探。当日申时分，回报：“斜口道中，有蜀兵来也。”耀忙催兵进。蜀兵未及交战先退，耀引兵追之。蜀兵又来，方欲对阵，蜀兵又退。如此者三次，俄延至次日申时分。魏军一日一夜不曾敢歇，只恐蜀兵攻击。方欲屯军造饭，忽然四面喊声大震，鼓角齐鸣，蜀兵漫山遍野而来。门旗开处，闪出一辆四轮车，孔明端坐其中，令人请魏军主将答话。耀纵马而出，遥见孔明，心中暗喜，回顾左右曰：“如蜀兵掩至，便退后走。若见山后火起，却回身杀去，自有兵来相应。”分付毕，跃马出呼曰：“前者败将，今何敢又来！”孔明曰：“汝唤曹真来答话！”耀骂曰：“曹都督乃金枝玉叶，安肯与反贼相见耶！”孔明大怒，把羽扇一招，左有马岱，右有张嶷，两路兵冲出。魏兵便退，行不到三十里，望见蜀兵背后火起，喊声不绝。费耀只道火号，便回身杀来。蜀兵齐退。耀提刀在前，只望喊处追赶。将次近火，山路中鼓角喧天，喊声震地，两军杀出，左有关兴，右有张苞。山上矢石如雨，往下射来。魏兵大败。费耀知是中计，急退军望山谷中而走，人马困乏。背后关兴引生力军赶来。魏兵自相践踏及落涧身死者，不知其数。耀逃命而走，正遇山坡口一彪军，乃是姜维。

耀大骂曰："反贼无信！吾不幸误中汝奸计也！"维笑曰："吾欲擒曹真，误赚汝矣！速下马受降！"耀骤马夺路，望山谷中而走。忽见谷口火光冲天，背后追兵又至。耀自刎身死，余众尽降。孔明连夜驱兵，直出祁山前下寨，收住军马，重赏姜维。维曰："某恨不得杀曹真也！"孔明亦曰："可惜大计小用矣。"［这条"大计"亦属想当然。频频要奸使坏，效用必将递减。"兵不厌诈"遭到滥用，辄成最笨计谋：一旦对方确信你专会使诈，那么，一个被判定为缺乏诚信的对手，等于被褫夺了使诈资格，就像恶意透支者会被银行降低信用等级。］

却说曹真听知折了费耀，悔之不及，遂与郭淮商议退兵之策。于是孙礼、辛毗星夜具表申奏魏主，言蜀兵又出祁山，曹真损兵折将，势甚危急。叡大惊，即召司马懿入内曰："曹真损兵折将，蜀兵又出祁山。卿有何策可以退之？"懿曰："臣已有退诸葛亮之计。不用魏军扬武耀威，蜀兵自然走矣。"正是：

已见子丹无胜术，全凭仲达有良谋。

未知其计如何，且看下文分解。

丑化

无论历史人物还是文学人物，可信度均来自性格、能力的统一性和完整性。诚然，人是会变的，但变化须有轨迹可寻，因果可溯。

集三十万精兵围困"杂号将军"郝昭镇守的只有三千守军的陈仓，孔明展示出的性格和能力，与前判若两端。虽有绝对优势兵力，孔明却计穷智短，喜怒无常，还无端作斩将状。倘若只带了先锋部队的魏延都可斩，握有全部兵力却一筹莫展的孔明，不更须自裁吗？

其实，攻城不克，也是兵家常事，孔明并不丢脸。真正的问题在于，变回凡人的孔明与之前呼风唤雨、神出鬼没的孔明，存在巨大落差，读者无法相信：能力如此庸常的孔明，与祭东风、戏周郎、视百万曹兵为无物、对孟获七擒七纵的那个孔明，是同一个人。作者的笔墨毫无预警，突然向读者展示了一个窝囊、无能、暴戾的孔明，让那些对孔明满怀爱戴的读者，猝不及防，目瞪口呆。

正如作者曾过分美化孔明一样，本回中的处理对孔明也有丑化。孔明哪有三十万精兵！史书所载，不过“数万”而已。若真有一百比一的优势兵力而不能下，孔明辄成超级笨伯了。所以，作者为何掉转笔墨，向心爱人物射出一枝文字毒镖，令人费解。

第九十八回

追汉军王双受诛　袭陈仓武侯取胜

却说司马懿奏曰：“臣尝奏陛下，言孔明必出陈仓，故以郝昭守之，今果然矣。彼若从陈仓入寇，运粮甚便。今幸有郝昭、王双守把，不敢从此路运粮。其余小道，搬运艰难。臣算蜀兵，行粮止有一月，利在急战。我军只宜久守。陛下可降诏，令曹真坚守诸路关隘，不要出战。不须一月，蜀兵自走。那时乘虚而击之，诸葛亮可擒矣。”叡欣然曰：“卿既有先见之明，何不自引一军以袭之？”懿曰：“臣非惜身重命，实欲存下此兵，以防东吴陆逊耳。孙权不久必将僭号称尊，如称尊号，恐陛下伐之，定先入寇也，臣故欲以兵待之。”正言间，忽近臣奏曰：“曹都督奏报军情。”懿曰：“陛下可即令人告戒曹真，凡追赶蜀兵，必须观其虚实，不可深入重地，以中诸葛亮之计。”叡即时下诏，遣太常卿韩暨持节告戒曹真：“切不可战，务在谨守；只待蜀兵退去，方才击之。”司马懿送韩暨于城外，嘱之曰：“吾以此功让与子丹；公见子丹，休言是吾所陈之意，只道天子降诏，教保守为上。追赶之人，大要仔细，勿遣性急气躁者追之。”［好谨慎。既如此，日后为何又逼着张郃追击，害曹魏失去一员大将呢？］暨辞去。

却说曹真正升帐议事，忽报天子遣太常卿韩暨持节至。真出寨接入，受诏已毕，退与郭淮、孙礼计议。淮笑曰：“此乃司马仲达之见也。”真曰：“此见若何？”淮曰：“此言深识诸葛亮用兵之法。久后能御蜀兵者，必仲达也。”真曰：“倘蜀兵不退，又将如何？”淮曰：“可密令人去教王双引兵于小路巡哨，彼自不敢运粮。待其粮尽兵退，乘势追击，可获全胜。”孙礼曰：“某去祁山虚妆做运粮兵，车上尽装干柴茅草，以硫黄焰硝灌之，却教人虚报陇西运粮到。若蜀兵无粮，必然来抢。待入其中，放火烧车，外以伏兵应之，可胜矣。”真喜曰：“此计大妙！”即令孙礼引兵依计而行。又遣人教王双引兵于小路巡哨，郭淮引兵提调箕谷、街亭，令诸路军马守把险要。真又令张辽子张虎为先锋，乐进子乐綝为副先锋，同守头营，不许出战。

却说孔明在祁山寨中，每日令人挑战，魏兵坚守不出。孔明唤姜维等商议曰："魏兵坚守不出，是料吾军中无粮也。今陈仓转运不通，其余小路盘涉艰难，吾算随军粮草，不敷一月用度，如之奈何？"正踌躇间，忽报："陇西魏军运粮数千车于祁山之西，运粮官乃孙礼也。"孔明曰："其人如何？"有魏人告曰："此人曾随魏主出猎于大石山，忽惊起一猛虎直奔御前，孙礼下马拔剑斩之，从此封为上将军，乃曹真心腹人也。"孔明笑曰："此是魏将料吾乏粮，故用此计。车上装载者，必是茅草引火之物。吾平生专用火攻，彼乃欲以此计诱我耶？彼若知吾军去劫粮草，必来劫吾寨矣。可将计就计而行。"遂唤马岱分付曰："汝引三千军径到魏兵屯粮之所，不可入营，但于上风头放火。若烧着车仗，魏兵必来围吾寨。"又差马忠、张嶷各引五千兵在外围住，内外夹攻。三人受计去了。又唤关兴、张苞分付曰："魏兵头营接连四通之路。今晚若西山火起，魏兵必来劫吾营。汝二人却伏于魏寨左右，只等他兵出寨，汝二人便可劫之。"又唤吴班、吴懿分付曰："汝二人各引一军伏于营外。如魏兵到，可截其归路。"孔明分拨已毕，自在祁山上凭高而坐。［粮食最为要紧。围绕粮食的战争往往比针对有生力量的战争更能决定成败。在现代战争中，粮食好比汽油，"二战"期间围绕汽油的争夺常能左右战局，汽油告罄会令一支强大的装甲军团瞬间变成一堆废铁。］魏兵探知蜀兵要来劫粮，慌忙报与孙礼。礼令人飞报曹真。真遣人去头营分付张虎、乐綝："看今夜山西火起，蜀兵必来救应。可以出军，如此如此。"二将受计，令人登楼专看火号。

却说孙礼把军伏于山西，只待蜀兵到。是夜二更，马岱引三千兵来，人皆衔枚，马皆勒口，径到山西，见许多车仗，重重叠叠，攒绕成营，车仗虚插旌旗。正值西南风起，岱令军士径去营南放火，车仗尽着，火光冲天。孙礼只道蜀兵到魏寨内放号火，急引兵一齐掩至。背后鼓角喧天，两路兵杀来，乃是马忠、张嶷，把魏军围在垓心。孙礼大惊。又听的魏军中喊声起，一彪军从火光边杀来，乃是马岱。内外夹攻，魏兵大败。火紧风急，人马乱窜，死者无数。孙礼引中伤军，冲烟冒火而走。

却说张虎在营中望见火光，大开寨门，与乐綝尽引人马，杀奔蜀寨来，寨中不见一人，急收军回时，吴班、吴懿两路兵杀出，断其归路。张、乐二将急冲出重围，奔回本寨，只见大城之上箭如飞蝗，原来却被关兴、张苞袭了营寨。魏兵大败，皆投曹真寨来。方欲入寨，忽见一彪败军飞奔而来，乃是孙礼；遂同入寨见真，各言中计之事。真听知，谨守大寨，更不出战。

蜀兵得胜，回见孔明。孔明令人密授计与魏延，一面教拔寨齐起。杨仪曰："今已大胜，挫尽魏兵锐气，何故反欲收军?"孔明曰："吾兵无粮，利在急战。今彼坚守不出，吾受其病矣。彼今虽暂时兵败，中原必有添益，若以轻骑袭吾粮道，那时要归不能。今乘魏兵新败，不敢正视蜀兵，便可出其不意，乘机退去。所忧者但魏延一军，在陈仓道口拒住王双，急不能脱身。吾已令人授以密计，教斩王双，使魏人不敢来追。只令后队先行。"当夜，孔明只留金鼓守在寨中打更。一夜兵已尽退，只落空营。[无粮，孔明空有一身奇谋、满怀壮志，徒呼奈何。]

却说曹真正在寨中忧闷，忽报左将军张郃引军到。郃下马入帐，谓真曰："某奉圣旨，特来听调。"真曰："曾别仲达否?"郃曰："仲达分付云：'吾军胜，蜀兵必不便去；若吾军败，蜀兵必即去矣。'今吾军失利之后，都督曾往哨探蜀兵消息否?"[话说得玄妙，惜经不起检验。盖魏军胜败是个变数，蜀军粮食是个定数。孔明的军粮不是股票大盘，不会随魏军的或胜或败而随涨随跌。粮尽必退，就是孔明的定数。]真曰："未也。"于是即令人往探之，果是虚营，只插着数十面旌旗，兵已去了二日也。曹真懊悔无及。

且说魏延受了密计，当夜二更拔寨，急回汉中。早有细作报知王双。双大驱军马，并力追赶。追到二十余里，看看赶上，见魏延旗号在前，双大叫曰："魏延休走!"蜀兵更不回头。双拍马赶来。背后魏兵叫曰："城外寨中火起，恐中敌人奸计。"双急勒马回时，只见一片火光冲天，慌令退军。行到山坡左侧，忽一骑马从林中骤出，大喝曰："魏延在此!"

王双大惊，措手不及，被延一刀砍于马下。魏兵疑有埋伏，四散逃走。延手下只有三十骑人马，望汉中缓缓而行。后人有诗赞曰：

孔明妙算胜孙庞，耿若长星照一方。

进退行兵神莫测，陈仓道口斩王双。

［孔明再次神明附体，竟预料王双死于魏延刀下。］

原来魏延受了孔明密计，先教存下三十骑伏于王双营边，只待王双起兵赶时，却去他营中放火；待他回寨，出其不意，突出斩之。魏延斩了王双，引兵回到汉中见孔明，交割了人马。孔明设宴大会，不在话下。

且说张郃追蜀兵不上，回到寨中。忽有陈仓城郝昭差人申报，言王双被斩，曹真闻之，伤感不已，因此忧成疾病，遂回洛阳；命郭淮、孙礼、张郃守长安诸道。［曹真以爱戴士卒知名，故能得士卒死力。他像古罗马将军那样，常拿自己的私财赠予士兵。为王双“忧成疾病”，倒符合他的性格。］

却说吴王孙权设朝，有细作人报说：“蜀诸葛丞相出兵两次，魏都督兵损将亡。”于是群臣皆劝吴王兴师伐魏，以图中原。权犹疑未决。张昭奏曰：“近闻武昌东山凤皇来仪，大江之中黄龙屡现。主公德配唐、虞，明并文、武，可即皇帝位，然后兴兵。”多官皆应曰：“子布之言是也。”遂选定夏四月丙寅日，筑坛于武昌南郊。是日，群臣请权登坛即皇帝位，改黄武八年为黄龙元年。谥父孙坚为武烈皇帝，母吴氏为武烈皇后，兄孙策为长沙桓王。立子孙登为皇太子。命诸葛瑾长子诸葛恪为太子左辅，张昭次子张休为太子右弼。［随着孙权称帝，小说正式进入三国格局。］

恪字元逊，身长七尺，极聪明，善应对。权甚爱之。年六岁时，值东吴筵会；恪随父在座。权见诸葛瑾面长，乃令人牵一驴来，用粉笔书其面曰：“诸葛子瑜。”众皆大笑。恪趋至前，取粉笔添二字于其下曰：“诸葛子瑜之驴。”满座之人，无不惊讶。权大喜，遂将驴赐之。又一日，大宴官僚，权命恪把盏。巡至张昭面前，昭不饮曰：“此非养老之礼也。”权谓恪曰：“汝能强子布饮乎？”恪领命，乃谓昭曰：“昔姜尚父年九十，秉旄仗钺，未尝言老。今临阵之日先生在后，饮酒之日先生在前，何谓不养老也？”昭无言可答，只得强饮。［孙权好酒，偶露酒鬼特征。运用得好，可使君臣和睦；用得不好，就转为暴虐之气，令臣下每生“伴君如伴虎”之感。］权因此爱之，故命辅太子。张昭佐吴王，位列三公之上，故以其子张休为太子右弼。又以顾雍为丞相，陆逊为上将军，辅太子守武昌。权复还建业。群臣共议伐魏之策。张昭奏曰：“陛下初登宝位，未可动兵。只宜修文偃武，增设学校，以安民心；遣使入川，与蜀同盟，共分天下，缓缓图也。”

权从其言，即令使命星夜入川，来见后主。礼毕，细奏其事。后主闻知，遂与群臣商议。众议皆谓孙权僭逆，宜绝其盟好。蒋琬曰：“可令人问于丞相。”后主即遣使到汉中问孔明。孔明曰：“可令人赍礼物入吴作贺，乞遣陆逊兴师伐魏。魏必命司马懿拒之。懿若南拒东吴，我再出祁山，长安可图也。”后主依言，遂令太尉陈震，将名马、玉带、金珠、宝贝，入吴作贺。震至东吴，见了孙权，呈上国书。权大喜，设宴相待，打发回蜀。权召陆逊入，告以西蜀约会兴兵伐魏之事。逊曰：“此乃孔明惧司马懿之谋也。既与同盟，不得不从。今却虚作起兵之势，遥与蜀兵为应。待孔明攻魏急，吾可乘虚取中原也。”［孔明伐魏是一种信念，东吴伐魏是一种权宜。一旦战局吃紧，东吴随时可能投降，孔明则与曹魏势不两立。］即时下令，教荆襄各处都要训练人马，择日兴兵。

却说陈震回到汉中，报知孔明。孔明尚忧陈仓不可轻进，先令人去哨探。回报说：“陈仓城中郝昭病重。”孔明曰：“大事成矣。”遂唤魏延、姜维分付曰：“汝二人领五千兵，星夜直奔陈仓城下，如见火起，并力攻城。”二人俱未深信，又来告曰：“何日可行？”孔明曰：“三日都要完备，不须辞我，即便起行。”二人受计去了。又唤关兴、张苞至，附耳低言：“如此如此。”二人各受密计而去。

且说郭淮闻郝昭病重，乃与张郃商议曰：“郝昭病重，你可速去替他。我自写表申奏朝廷，别行定夺。”张郃引着三千兵，急来替郝昭。时郝昭病危，当夜正呻吟之间，忽报蜀军到城下了。昭急令人上城守把。时各门上火起，城中大乱。昭听知惊死。蜀兵一拥入城。

却说魏延、姜维领兵到陈仓城下看时，并不见一面旗号，又无打更之人。二人惊疑，不敢攻城。忽听得一声炮响，四面旗帜齐竖，只见一人纶巾羽扇，鹤氅道袍，大叫曰："汝二人来的迟了！"二人视之，乃孔明也。二人慌忙下马，拜伏于地曰："丞相真神计也！"孔明令放入城，谓二人曰："吾打探得郝昭病重，吾令汝三日内领兵取城，此乃稳众人之心也。吾却令关兴、张苞，只推点军，暗出汉中。吾即藏于军中，星夜倍道径到城下，使彼不能调兵。吾早有细作在城内放火、发喊相助，令魏兵惊疑不定。兵无主将，必自乱矣。吾因而取之，易如反掌。兵法云：'出其不意，攻其无备。'正谓此也。"魏延、姜维拜伏。孔明怜郝昭之死，令彼妻小扶灵柩回魏，以表其忠。[又见孔明好处。惺惺相惜，唯器局宽宏者得之。当然，与部下争功，令手下不住赞叹"丞相神计"，则大乖丞相之道。丞相不宜争功，更不可贪功居功，将可见功劳让给手下，使将士产生强烈成就欲和荣誉感，才是上乘"将将之法"。]

孔明谓魏延、姜维曰："汝二人且莫卸甲，可引兵去袭散关。把关之人若知兵到，必然惊走。若稍迟，必有魏兵至关，即难攻矣。"魏延、姜维受命，引兵径到散关。把关之人果然尽走。二人上关才要卸甲，遥见关外尘头火起，魏兵到来。二人相谓曰："丞相神算，不可测度！"急登楼视之，乃魏将张郃也。二人乃分兵守住险道。张郃见蜀兵把住要路，遂令退军。魏延随后追杀一阵，魏兵死者无数，张郃大败而去。延回到关上，令人报知孔明。孔明先自领兵，出陈仓斜谷，取了建威。后面蜀兵陆续进发。后主又命大将陈式来助。孔明驱大兵复出祁山，安下营寨。孔明聚众言曰："吾二次出祁山，不得其利；今又到此，吾料魏人必依旧战之地，与吾相敌。彼意疑我取雍、郿二处，必以兵拒守；吾观阴平、武都二郡，与汉连接，若得此城，亦可分魏兵之势。何人敢取之？"姜维曰："某愿往。"王平应曰："某亦愿往。"孔明大喜，遂令姜维引兵一万取武都，王平引兵一万取阴平。二人领兵去了。

再说张郃回到长安，见郭淮、孙礼说："陈仓已失，郝昭已亡，散关亦被蜀兵夺了，今孔明复出祁山，分道进兵。"淮大惊曰："若如此，必取雍、郿矣！"乃留张郃守长安，令孙礼保雍城。淮自引兵星夜来郿城守御，一面上表入洛阳告急。

却说魏主曹叡设朝，近臣奏曰："陈仓城已失，郝昭已亡，诸葛亮又出祁山，散关亦被蜀兵夺了。”叡大惊。忽又奏满宠等有表，说：“东吴孙权僭称帝号，与蜀同盟；今遣陆逊在武昌训练人马，听候调用，只在旦夕，必入寇矣。”叡闻知两处危急，举止失措，甚是惊慌。此时曹真病未痊，即召司马懿商议。懿奏曰：“以臣愚意所料，东吴必不举兵。”叡曰：“卿何以知之？”懿曰：“孔明尝思报猇亭之仇，非不欲吞吴也，只恐中原乘虚击彼，故暂与东吴结盟。陆逊亦知其意，故假作兴兵之势以应之，实是坐观成败耳。陛下不必防吴，只须防蜀。”叡曰：“卿真高见！”遂封懿为大都督，总摄陇西诸路军马，令近臣取曹真总兵将印来。懿曰：“臣自去取之。”遂辞帝出朝，径到曹真府下，先令人入府报知，懿方进见。问病毕，懿曰：“东吴、西蜀会合，兴兵入寇。今孔明又出祁山下寨，明公知之乎？”真惊讶曰：“吾家人知我病重，不令我知。似此国家危急，何不拜仲达为都督，以退蜀兵耶？”懿曰：“某才薄智浅，不称其职。”真曰：“取印与仲达。”懿曰：“都督少虑。某愿助一臂之力，只不敢受此印也。”真跃起曰：“如仲达不领此任，中国危矣！吾当抱病见帝以保之！”懿曰：“天子已有恩命，但懿不敢受耳。”真大喜曰：“仲达今领此任，可退蜀兵。”懿见真再三让印，遂受之，辞了魏主，引兵往长安来与孔明决战。[等于否定了前面的虚构，即，司马懿并未与诸葛亮交战过，“空城计”是虚构的。曹真位在司马懿之上，张郃是老资格战将，在司马懿封为大都督之前，不会听他节度。]正是：

旧帅印为新帅取，两路兵惟一路来。

未知胜负如何，且看下文分解。

题解

“三国演义”之名，不知何人所拟。依照该书名，直到本回孙权称帝宣告魏蜀吴三国成立，书名才名副其实，而小说已进入尾声。可见，书名“三国演义”只能概括一小截内容，终曹操、刘备一生，不知有三国在。书中大量角色，严格地说只能视为东汉人物。

读者知道，罗贯中把小说命名为“三国志通俗演义”，自有其道理，即，依据陈寿《三国志》写就的通俗小说。“三国”指《三国志》这本书，非魏蜀吴三个国家。《三国志》中过半人物，从不知有三国在，他们素以汉人自居。后人嫌原小说书名太长，遂略去“通俗”，径以“三国志演义”名之。这有道理，盖“通俗”与“演义”所指相同，所谓“演义”，正指写作手法的通俗化。和中国人同样喜欢这部小说的日本人，干脆把它缩写成《三国志》。日本人提到《三国志》，与陈寿无关，多指罗贯中的小说。这么缩写虽然不太规范，但好过“三国演义”，因“三国演义”无视罗贯中的命名初衷，也无从概括小说的内容。当然，若强调三国是如何形成的，“三国演义”倒说得通。

总之，习惯力量是强大的，“三国演义”既成定名，后人只能尊重。

第九十九回

诸葛亮大破魏兵　司马懿入寇西蜀

蜀汉建兴七年夏四月，孔明兵在祁山分作三寨，专候魏兵。

却说司马懿引兵到长安，张郃接见，备言前事。懿令郃为先锋，戴凌为副将，引十万兵到祁山，于渭水之南下寨。郭淮、孙礼入寨参见。懿问曰："汝等曾与蜀兵对阵否？"二人答曰："未也。"懿曰："蜀兵千里而来，利在速战；今来此不战，必有谋也。陇西诸路，曾有信息否？"淮曰："已有细作探得各郡十分用心，日夜堤防，并无他事。只有武都、阴平二处，未曾回报。"懿曰："吾自差人与孔明交战。汝二人急从小路去救二郡，却掩在蜀兵之后，彼必自乱矣。"二人受计，引兵五千，从陇西小路来救武都、阴平，就袭蜀兵之后。郭淮于路谓孙礼曰："仲达比孔明如何？"礼曰："孔明胜仲达多矣。"淮曰："孔明虽胜，此一计足显仲达有过人之智。蜀兵如正攻两郡，我等从后抄到，彼岂不自乱乎？"正言间，忽哨马来报："阴平已被王平打破了，武都已被姜维打破了。前离蜀兵不远。"礼曰："蜀兵既已打破了城池，如何陈兵于外，必有诈也。不如速退。"郭淮从之。方传令教军退时，忽然一声炮响，山背后闪出一枝军马来，旗上大书："汉丞相诸葛亮。"中央一辆四轮车，孔明端坐于上。左有关兴，右有张苞。孙、郭二人见之大惊。孔明大笑曰："郭淮、孙礼休走！司马懿之计，安能瞒得过吾？他每日令人在前交战，却教汝等袭吾军后。武都、阴平吾已取了。汝二人不早来降，欲驱兵与吾决战耶？"郭淮、孙礼听毕大慌。忽然背后喊杀连天，王平、姜维引兵从后杀来。兴、苞二将又引军从前面杀来。两下夹攻，魏兵大败。孙、郭二人弃马爬山而走。张苞望见，骤马赶来，不期连人带马，跌入涧内。后军急忙救起，头已跌破。孔明令人送回成都养病。[史载，武都、阴平二郡，是蜀汉大将陈式攻拔的。小说不提陈式，只为替孔明斩陈式张目。]

却说郭、孙二人走脱，回见司马懿曰："武都、阴平二郡已失。孔明伏于要路，前后攻杀，因此大败，弃马步行，方得逃回。"懿曰："非汝等之罪，孔明智在吾先。可再引兵守把雍、郿二城，切勿出战。吾自有破敌之策。"二人拜辞而去。懿又唤张郃、戴凌分付曰："今孔明得了武都、阴平，必然抚百姓以安民心，不在营中矣。汝二人各引一万精兵，今夜起身，抄在蜀兵营后，一齐奋勇杀将过来。吾却引兵在前布阵，只待蜀兵势乱，吾大驱人马，攻杀进去。两军并力，可夺蜀寨也。若得此地山势，破敌何难？"二人受计引兵而去。戴凌在左，张郃在右，各取小路进发，深入蜀兵之后。三更时分，来到大路，两军相遇，合兵一处，却从蜀兵背后杀来。行不到三十里，前军不行。张、戴二人自纵马视之，只见数百辆草车横截去路。郃曰："此必有准备，可急取路而回。"才传令退军，只见满山火光齐明，鼓角大震，伏兵四下皆出，把二人围住。孔明在祁山上大叫曰："戴凌、张郃可听吾言：司马懿料吾往武都、阴平抚民，不在营中，故令汝二人来劫吾寨，却中吾之计也。汝二人乃无名下将，吾不杀害，下马早降！"郃大怒，指孔明而骂曰："汝乃山野村夫，侵吾大国境界，如何敢发此言！吾若捉住汝时，碎尸万段！"言讫，纵马挺枪，杀上山来。山上矢石如雨。郃不能上山，乃拍马舞枪，冲出重围，无人敢当。蜀兵困戴凌在垓心。郃杀出旧路，不见戴凌，即奋勇翻身又杀入重围，救出戴凌而回。孔明在山上，见郃在万军之中，往来冲突，英勇倍加，乃谓左右曰："尝闻张翼德大战张郃，人皆惊惧。吾今日见之，方知其勇也。若留下此人，必为蜀中之害。吾当除之。"［孔明早在七十回中表示"张郃……非等闲可及。除非翼德，无人可当"，后又在街亭领教张郃的厉害，缘何今日"方知其勇"？张郃非新锐，成名于破黄巾时，那年孔明只有三岁。与张郃同期成名的战将泰半死去，健在者也退出了一线战场，唯张郃尚在。然年近古稀，恐难以在"万军之中往来冲突"。］遂收军还营。

却说司马懿引兵布成阵势，只待蜀兵乱动，一齐攻之。忽见张郃、戴凌狼狈而来，告曰："孔明先如此堤防，因此大败而归。"懿大惊曰："孔明真神人也！不如且退。"即传令教大军尽回本寨，坚守不出。

且说孔明大胜，所得器械、马匹，不计其数，乃引大军回寨。每日令魏延挑战，魏兵不出。一连半月，不曾交兵。孔明正在帐中思虑，忽报天子遣侍中费祎赍诏至。孔明接入营中，焚香礼毕，开诏读曰：

街亭之役，咎由马谡；而君引愆，深自贬抑。重违君意，听顺所守。前年耀师，馘斩王双；今岁爰征，郭淮遁走；降集氐、羌，复兴二郡。威震凶暴，功勋显然。方今天下骚扰，元恶未枭，君受大任，干国之重，而久自抑损，非所以光扬洪烈也。今复君丞相，君其勿辞！

孔明听诏毕，谓祎曰："吾国事未成，安可复丞相之职？"坚辞不受。祎曰："丞相若不受职，拂了天子之意，又冷淡了将士之心。宜且权受。"孔明方才拜受。祎辞去。

孔明见司马懿不出，思得一计，传令教各处皆拔寨而起。当有细作报知司马懿，说孔明退兵了。懿曰："孔明必有大谋，不可轻动。"张郃曰："此必因粮尽而回，如何不退？"懿曰："吾料孔明上年大收，今又麦熟，粮草丰足；虽然转运艰难，亦可支吾半载，安肯便走？彼见吾连日不战，故作此计引诱。可令人远远哨之。"［不是打仗，而是"打粮"。"打粮"与打仗常是一回事。］军士探知，回报说："孔明离此三十里下寨。"懿曰："吾料孔明果不走。且坚守寨栅，不可轻进。"住了旬日，绝无音信，并不见蜀将来战。懿再令人哨探，回报说："蜀兵已起营去了。"懿未信，乃更换衣服，杂在军中，亲自来看，只见蜀兵又退三十里下寨。懿回营谓张郃曰："此乃孔明之计也，不可追赶。"又住了旬日，再令人哨探。回报说："蜀兵又退三十里下寨。"郃曰："孔明用缓兵之计，渐退汉中，都督何故怀疑，不早追之？郃愿往决一战！"懿曰："孔明诡计极多，倘有差失，丧我军之锐气。不可轻进。"郃曰："某去若败，甘当军令。"懿曰："既汝要去，可分兵两枝：汝引一枝先行，须要奋力死战；吾随后接应，以防伏兵。汝次日先进，到半途驻扎，后日交战，使兵力不乏。"遂分兵已毕。［孔明、司马懿皆用兵谨慎，没有谨慎，难成名将；徒有谨慎，亦难成名将。上手遇下手往往敢于放胆，如孔明对孟获。司马懿尊孔明为上手，孔明视司马懿为不可小觑的对手，故用兵态度不同：

司马懿一味谨慎，孔明不时邀战。］次日，张郃、戴凌引副将数十员、精兵三万，奋勇先进，到半路下寨。司马懿留下许多军马守寨，只引五千精兵，随后进发。

原来孔明密令人哨探，见魏兵半路而歇。是夜，孔明唤众将商议曰："今魏兵来追，必然死战，汝等须以一当十，吾以伏兵截其后，非智勇之将，不可当此任。"言毕，以目视魏延。延低头不语。王平出曰："某愿当之。"孔明曰："若有失，如何？"平曰："愿当军令。"孔明叹曰："王平肯舍身亲冒矢石，真忠臣也！虽然如此，奈魏兵分两枝前后而来，断吾伏兵在中；平纵然智勇，只可当一头，岂可分身两处？须再得一将同去为妙。怎奈军中再无舍死当先之人！"言未毕，一将出曰："某愿往！"孔明视之，乃张翼也。孔明曰："张郃乃魏之名将，有万夫不当之勇，汝非敌手。"翼曰："若有失事，愿献首于帐下。"孔明曰："汝既敢去，可与王平各引一万精兵伏于山谷中，只待魏兵赶上，任他过尽，汝等却引伏兵从后掩杀。若司马懿随后赶来，却分兵两头，张翼引一军当住后队，王平引一军截其前队。两军须要死战，吾自有别计相助。"二人受计引兵而去。孔明又唤姜维、廖化分付曰："与汝二人一个锦囊，引三千精兵，偃旗息鼓，伏于前山之上。如见魏兵围住王平、张翼，十分危急，不必去救，只开锦囊看视，自有解危之策。"二人受计引兵而去。又令吴班、吴懿、马忠、张嶷四将，附耳分付曰："如来日魏兵到，锐气正盛，不可便迎，且战且走。只看关兴引兵来掠阵之时，汝等便回军赶杀，吾自有兵接应。"四将受计引兵而去。又唤关兴分付曰："汝引五千精兵伏于山谷，只看山上红旗飐动，却引兵杀出。"兴受计引兵而去。［没有魏延。孔明在算计司马懿，作者在算计魏延。］

却说张郃、戴凌领兵前来，骤如风雨。马忠、张嶷、吴懿、吴班四将接着，出马交锋。张郃大怒，驱兵追杀。蜀兵且战且走，魏兵追赶约有二十余里。时值六月，天气十分炎热，人马汗如泼水。走到五十里外，魏兵尽皆气喘。孔明在山上把红旗一招，关兴引兵杀出，马忠等四将一齐引兵掩杀回来。张郃、戴凌死战不退。忽然喊声大震，两路军杀出，乃王平、张翼也，各奋勇追杀，截其后路。郃大叫众将曰："汝等到此不决一死战，更待何时！”魏兵奋力冲突，不得脱身。忽然背后鼓角喧天，司马懿自领精兵杀到。懿指挥众将，把王平、张翼围在垓心。翼大呼曰：“丞相真神人也！计已算定，必有良谋。吾等当决一死战！”即分兵两路，平引一军截住张郃、戴凌，翼引一军力当司马懿。两头死战，叫杀连天。姜维、廖化在山上探望，见魏兵势大，蜀兵力危，渐渐抵当不住。维谓化曰：“如此危急，可开锦囊看计。”二人拆开视之，内书云：“若司马懿兵来围王平、张翼至急，汝二人可分兵两枝，竟袭司马懿之营；懿必急退，汝可乘乱攻之。营虽不得，可获全胜。”二人大喜，即分兵两路，径袭司马懿营中而去。

原来司马懿亦恐中孔明之计，沿途不住的令人传报。懿正催战间，忽流星马飞报，言蜀兵两路竟取大寨去了。懿大惊失色，乃谓众将曰：“吾料孔明有计，汝等不信，勉强追来，却误了大事！”即提兵急回，军士惶惶乱走。张翼随后掩杀，魏兵大败。张郃、戴凌见势孤，亦望山僻小路而走，蜀兵大胜。背后关兴引兵接应诸路。司马懿大败一阵，奔入寨时，蜀兵已自回去。懿收聚败军，责骂诸将曰：“汝等不知兵法，只凭血气之勇，强欲出战，致有此败。今后切不许妄动，再有不遵，决正军法！”众皆羞惭而退。这一阵，魏将死者极多，遗弃马匹器械无数。

却说孔明收得胜军马入寨，又欲起兵进取。忽报有人自成都来，说张苞身死。孔明闻知，放声大哭，口中吐血，昏绝于地。众人救醒。孔明自此得病卧床不起，诸将无不感激。后人有诗叹曰：

悍勇张苞欲建功，可怜天不助英雄！
武侯泪向西风洒，为念无人佐鞠躬。

旬日之后，孔明唤董厥、樊建入帐分付曰：“吾自觉昏沉，不能理事，不如且回汉中养病，再作良图。汝等切勿走泄。司马懿若知，必来攻击。”遂传号令，教当夜暗暗拔寨，皆回汉中。孔明去了五日，懿方得知，乃长叹曰：“孔明真有神出鬼没之计，吾不能及也！”于是司马懿留诸将在寨中，分兵守把各处隘口；懿自班师回。[连偷偷撤兵都算“神出鬼没”？在苍茫深邃的大山深处，又值深夜，于数十里外撤走一支军队，那是印第安人都不难办到的事。总之，孔明第三次北伐，再次告吹。]

却说孔明将大军屯于汉中，自回成都养病。文武官僚出城迎接，送入丞相府中。后主御驾自来问病，命御医调治，日渐痊可。

建兴八年秋七月，魏都督曹真病可，乃上表说："蜀兵数次侵界，屡犯中原，若不剿除，必为后患。今时值秋凉，人马安闲，正当征伐。臣愿与司马懿同领大军，径入汉中，殄灭奸党，以清边境。"魏主大喜，问侍中刘晔曰："子丹劝朕伐蜀，若何？"晔奏曰："大将军之言是也。今若不剿除，后必为大患。陛下便可行之。"叡点头。晔出内回家，有众大臣相探，问曰："闻天子与公计议兴兵伐蜀，此事如何？"晔应曰："无此事也。蜀有山川之险，非可易图；空费军马之劳，于国无益。"众官皆默然而出。杨暨入内奏曰："昨闻刘晔劝陛下伐蜀，今日与众臣议，又言不可伐，是欺陛下也。陛下何不召而问之？"叡即召刘晔入内问曰："卿劝朕伐蜀，今又言不可，何也？"晔曰："臣细详之下，蜀不可伐。"叡大笑。少时，杨暨出内。晔奏曰："臣昨日劝陛下伐蜀，乃国之大事，岂可妄泄于人？夫兵者，诡道也，事未发，切宜秘之。"叡大悟曰："卿言是也。"自此愈加敬重。［喜欢打小报告，也是专制政治的特点：只要存在一个至高的效忠对象，一切有利于他的行为，都会抹上神圣釉彩。茫昧于个体尊严的臣民遂生成奴性本能，行龌龊事反觉脸蛋光鲜。杨暨告刘晔状，马超告发彭羕，皆是。］旬日内，司马懿入朝，魏主将曹真表奏之事，逐一言之。懿奏曰："臣料东吴未敢动兵，今日正可乘此去伐蜀。"叡即拜曹真为大司马、征西大都督，司马懿为大将军、征西副都督，刘晔为军师。三人拜辞魏主，引四十万大兵，前行至长安，径奔剑阁，来取汉中。其余郭淮、孙礼等，各取路而行。

汉中人报入成都。此时孔明病好多时，每日操练人马，习学八阵之法，尽皆精熟，欲取中原，听得这个消息，遂唤张嶷、王平分付曰："汝二人先引一千兵去守陈仓古道，以当魏兵，吾却提大兵便来接应。"二人告曰："人报魏兵四十万，诈称八十万，声势甚大，如何只与一千兵去守隘口？倘魏兵大至，何以拒之？"孔明曰："吾欲多与，恐士卒辛苦耳。"嶷与平面面相觑，皆不敢去。孔明曰："若有疏失，非汝等之罪。不必多言，可疾去。"二人又哀告曰："丞相欲杀某二人，就此请杀，只不敢去。”孔明笑曰：“何其愚也！吾令汝等去，自有主见。吾昨夜仰观天文，见毕星躔于太阴之分，此月内必有大雨淋漓。魏兵虽有四十万，安敢深入山险之地？因此不用多军，决不受害。吾将大军皆在汉中安居一月，待魏兵退，那时以大兵掩之，以逸待劳，吾十万之众可胜魏兵四十万也。”二人听毕，方大喜，拜辞而去。孔明遂统大军出汉中，传令教各处隘口预备干柴草料军粮，俱勾一月人马支用，以防秋雨；将大军宽限一月；先给衣食，俟候出征。

却说曹真、司马懿同领大军径到陈仓城内，不见一间房屋，寻土人问之，皆言孔明回时放火烧毁。曹真便要往陈仓道进发。懿曰：“不可轻进。我夜观天文，见毕星躔于太阴之分，此月内必有大雨。若深入重地，或胜则可；倘有疏虞，人马受苦，要退则难。且宜在城中搭起窝铺住扎，以防阴雨。”［孔明与司马懿的大脑里分别藏着一座二十二世纪的气象站。今人结合气象卫星，尚无把握提前一个月断定“月内必有大雨”。］真从其言。未及半月，天雨大降，淋漓不止。陈仓城外，平地水深三尺，军器尽湿，人不得睡，昼夜不安。大雨连降三十日，马无草料，死者无数，军士怨声不绝。传入洛阳，魏主设坛，求晴不得。黄门侍郎王肃上疏曰：

> 前志有之：“千里馈粮，士有饥色；樵苏后爨，师不宿饱。”此谓平途之行军者也。又况于深入险阻，凿路而前，则其为劳，必倍者也。今又加之以霖雨，山坡峻滑，众逼而不展，粮远而难继，实行军之大忌也。闻曹真发已逾月，而行方半谷，治道功大，战士悉作，是彼偏得以逸待劳，乃兵家之所惮也。言之前代，则武王伐纣，出关而复还；论之近事，则武、文征权，临江而不济，岂非顺天知时，通于权变者哉？愿陛下念水雨艰剧之故，休息士卒；后日有衅，乘时用之。所谓“悦以犯难，民忘其死”者也。

魏主览表，正在犹豫，杨阜、华歆亦上疏谏。魏主即下诏，遣使诏曹真、司马懿还朝。［兴师动众，白忙一场。全天候战争是现代的事，古人打仗如种田，得靠天吃饭。］

却说曹真与司马懿商议曰：“今连阴三十日，军无战心，各有思归之意，如何禁止？”懿曰：“不如且回。”真曰：“倘孔明追来，怎生退之？”懿曰：“先伏两军断后，方可回兵。”正议间，忽使命来召。二人遂将大军前队作后队，后队作前队，徐徐而退。

却说孔明计算一月秋雨，天气未晴，自提一军屯于城固，又传令教大军会于赤坡驻扎。孔明升帐唤众将言曰：“吾料魏兵必走，魏主必下诏来取曹真、司马懿兵回。吾若追之，必有准备；不如任他且去，再作良图。”忽王平令人报来，说魏兵已回。孔明分付来人，传与王平：“不可追袭。吾自有破魏兵之策。”正是：

魏兵纵使能埋伏，汉相原来不肯追。

未知孔明怎生破魏，且看下文分解。

孔明

孔明无人不爱。但自《三国演义》出，中国即有两个孔明。两个孔明都获得成功，赢得广泛爱戴，但是，人们很难同时喜欢两个。喜欢小说中的孔明者，多不了解真实孔明。喜爱真实孔明的读者，对小说里的孔明非但不欣赏，有时还会嫌恶。鲁迅就是这样，他指责小说“状诸葛之多智而近妖”；对历史上的孔明无比敬爱的学者黎东方，对小说里的孔明也拒绝接受。

罗贯中气魄宏大，他对三国历史的了解不在任何人之下，但知难而上，敢撄历史的虎须，硬是将大量截然不合的性格、能力，安在孔明身上。伟大的小说家未必擅长解读历史，但擅长解读人心。作家借孔明之身，塑造了一位深得民众喜爱的智慧超人，至于该超人是否与历史吻合，他无需介意。孔明是一个载体，用于寄托作者的别样情怀。由于这位孔明几乎是为明代初期的读者所量身定制，它满足了读者的心灵渴望和娱乐本能，再加笔墨迷幻，构思深远，场景神奇，遂一出手就征服了民众。大致上，凡是作者歪曲得最厉害的人物（如孔明、关羽、赵云），都获得了巨大成功。对小说家来说，这是一种荣耀。

但是，当新一代读者的见识心智明显高于明清民众时，作者的笔墨好运，就不那么顺遂了。

第一百回

汉兵劫寨破曹真　武侯斗阵辱仲达

却说众将闻孔明不追魏兵，俱入帐告曰："魏兵苦雨，不能屯扎，因此回去，正好乘势追之。丞相如何不追?"孔明曰："司马懿善能用兵，今军退必有埋伏。吾若追之，正中其计。不如纵他远去，吾却分兵径出斜谷而取祁山，使魏人不堤防也。"众将曰："取长安之地，别有路途；丞相只取祁山，何也?"孔明曰："祁山乃长安之首也。陇西诸郡倘有兵来，必经由此地；更兼前临渭滨，后靠斜谷，左出右入，可以伏兵，乃用武之地。吾故欲先取此，得地利也。"众将皆拜服。［打仗难免以成败论英雄。结合战果，孔明并不值得"拜服"。］孔明令魏延、张嶷、杜琼、陈式出箕谷；马岱、王平、张翼、马忠出斜谷，俱会于祁山。调拨已定，孔明自提大军，令关兴、廖化为先锋，随后进发。

却说曹真、司马懿二人在后监督人马，令一军入陈仓古道探视，回报说蜀兵不来。又行旬日，后面埋伏众将皆回，说蜀兵全无音耗。真曰："连绵秋雨，栈道断绝，蜀人岂知吾等退军耶?"懿曰："蜀兵随后出矣。"真曰："何以知之?"懿曰："连日晴朗，蜀兵不赶，料吾有伏兵也，故纵我兵远去，待我兵过尽，他却夺祁山矣。"曹真不信。懿曰："子丹如何不信? 吾料孔明必从两谷而来。吾与子丹各守一谷口，十日为期。若无蜀兵来，我面涂红粉，身穿女衣，来营中伏罪。"真曰："若有蜀兵来，我愿将天子所赐玉带一条、御马一匹与你。"［无伤大雅，好比以天气打赌，赌者无法借调控天象来改变手气。孔明大军之于打赌者，就是"不测风云"。］即分兵两路，真引兵屯于祁山之西斜谷口，懿引军屯于祁山之东箕谷口。各下寨已毕。懿先引一枝兵伏于山谷中；其余军马，各于要路安营。懿更换衣妆，杂在众军之中，遍观各营。忽到一营，有一偏将仰天而怨曰："大雨淋了许多时，不肯回去，今又在这里顿住，强要赌寨，却不苦了官军！”懿闻言，归寨升帐，聚众将皆到帐下，挨出那将来。懿叱之曰：“朝廷养军千日，用在一时。汝安敢出怨言，以慢军心！”其人不招。懿叫出同伴之人对证，那将不能抵赖。懿曰：“吾非赌赛，欲胜蜀兵，令汝各人有功回朝。汝乃妄出怨言，自取罪戾！”喝令武士推出斩之。须臾，献首帐下。众将悚然。懿曰：“汝等诸将皆要尽心以防蜀兵。听吾中军炮响，四面皆进。”众将受令而退。［打赌之事，赌者自知，不可让旁人知晓。］

却说魏延、张嶷、陈式、杜琼四将，引二万兵，取箕谷而进。正行之间，忽报参谋邓芝到来。四将问其故，芝曰：“丞相有令：如出箕谷，堤防魏兵埋伏，不可轻进。”陈式曰：“丞相用兵何多疑耶？吾料魏兵连遭大雨，衣甲皆毁，必然急归，安得又有埋伏？今吾兵倍道而进，可获大胜，如何又教休进？”芝曰：“丞相计无不中，谋无不成，汝安敢违令？”式笑曰：“丞相若果多谋，不致街亭之失！”魏延想起孔明向日不听其计，亦笑曰：“丞相若听吾言，径出子午谷，此时休说长安，连洛阳皆得矣！今执定要出祁山，有何益耶？既令进兵，今又教休进，何其号令不明！”式曰：“吾自有五千兵，径出箕谷，先到祁山下寨，看丞相羞也不羞！”芝再三阻当，式只不听，径自引五千兵出箕谷去了。邓芝只得飞报孔明。

却说陈式引兵行不数里，忽听的一声炮响，四面伏兵皆出。式急退时，魏兵塞满谷口，围得铁桶相似。式左冲右突，不能得脱。忽闻喊声大震，一彪军杀入，乃是魏延，救了陈式。回到谷中，五千兵只剩得四五百带伤人马。背后魏兵赶来，却得杜琼、张嶷引兵接应，魏兵方退。陈、魏二人方信孔明先见如神，懊悔不及。

且说邓芝回见孔明，言魏延、陈式如此无礼。孔明笑曰：“魏延素有反相，吾知彼常有不平之意。因怜其勇而用之，久后必生患害。”［笑得阴寒。身为主帅却疑字当头，算计下属，不足法。］正言间，忽流星马报到，说陈式折了四千余人，止有四五百带伤人马，屯在谷中。孔明令邓芝再来箕谷抚慰陈式，防其生变；一面唤马岱、王平分付曰：“斜谷若有魏兵守把，汝二人引本部军越山岭，夜行昼伏，速出祁山之左，举火为号。"又唤马忠、张翼分付曰："汝等从山僻小路，昼伏夜行，径出祁山之右，举火为号，与马岱、王平会合，共劫曹真营寨。吾自从谷中三面攻之，魏兵可破也。"四人领命分头引兵去了。孔明又唤关兴、廖化分付曰："如此如此。"二人受了密计，引兵而去。孔明自领精兵倍道而行。正行间，又唤吴班、吴懿授与密计，亦引兵先行。

却说曹真心中不信蜀兵来，以此怠慢，纵令军士歇息；只等十日无事，要羞司马懿。不觉守了七日，忽有人报谷中有些小蜀兵出来。真令副将秦良引五千兵哨探，不许纵令蜀兵近界。秦良领命，引兵刚到谷口，哨见蜀兵退去。良急引兵赶来，行到五六十里，不见蜀兵，心下疑惑，教军士下马歇息。忽哨马报说："前面有蜀兵埋伏。"良上马看时，只见山中尘土大起，急令军士堤防。不一时，四壁厢喊声大震，前面吴班、吴懿引兵杀出，背后关兴、廖化引兵杀来。左右是山，皆无走路。山上蜀兵大叫："下马投降者免死！"魏军大半多降。秦良死战，被廖化一刀斩于马下。孔明把降卒拘于后军，却将魏军衣甲与蜀兵五千人穿了，扮作魏兵，令关兴、廖化、吴班、吴懿四将引着，径奔曹真寨来，先令报马入寨说："只有些小蜀兵，尽赶去了。"真大喜。忽报司马都督差心腹人至，真唤入问之。其人告曰："今都督用埋伏计，杀蜀兵四千余人。司马都督致意将军，教休将赌赛为念，务要用心堤备。"真曰："吾这里并无一个蜀兵。"遂打发来人回去。忽又报秦良引兵回来了。真自出帐迎之。比及到寨，人报前后两把火起。真急回寨后看时，关兴、廖化、吴班、吴懿四将，指麾蜀军，就营前杀将进来；马岱、王平从后面杀来；马忠、张翼亦引兵杀到。魏军措手不及，各自逃生。众将保曹真望东而走，背后蜀兵赶来。曹真正奔走，忽然喊声大震，一彪军杀到。真胆战心惊，视之，乃司马懿也。懿大战一场，蜀兵方退。真得脱，羞惭无地。懿曰："诸葛亮夺了祁山地势，吾等不可久居此处；宜去渭滨安营，再作良图。"真曰："仲达何以知吾遭此大败也？"懿曰："见来人报称子丹说并无一个蜀兵，吾料孔明暗来劫寨，因此知之，故相接应。今果中计。切莫言赌赛之事，只同心报国。"［此即打赌之副作用，试图用人力干预赌局，作弊心生，不仅失去原有的娱乐性，还加剧了本方的风险。］曹真甚是惶恐，气成疾病，卧床不起。兵屯渭滨，懿恐军心有乱，不敢教真引兵。

却说孔明大驱士马，复出祁山。劳军已毕，魏延、陈式、杜琼、张嶷入帐拜服请罪。孔明曰：“是谁失陷了军来？”延曰：“陈式不听号令，潜入谷中，以此大败。”式曰：“此事魏延教我行来。”孔明曰：“他倒救你，你反攀他！将令已违，不必巧说！”即令武士推出陈式斩之。须臾，悬首于帐前，以示诸将。此时孔明不杀魏延，欲留之以为后用也。［太可怕。更可怕的是，作者将此视为孔明的能耐。］孔明既斩了陈式，正议进兵，忽有细作报说曹真卧病不起，现在营中治疗。孔明大喜，谓诸将曰：“若曹真病死，必便回长安。今魏兵不退，必为病重，故留于军中，以安众人之心。吾写下一书，教秦良的降兵持与曹真，真若见之，必然死矣！”遂唤降兵至帐下，问曰：“汝等皆是魏军，父母妻子多在中原，不宜久居蜀中。今放汝等回家，若何？”众军泣泪拜谢。孔明曰：“曹子丹与吾有约，吾有一书，汝等带回送与子丹，必有重赏。”魏军领了书，奔回本寨，将孔明书呈与曹真。真扶病而起，拆封视之。其书曰：

> 汉丞相、武乡侯诸葛亮，致书于大司马曹子丹之前：窃谓夫为将者，能去能就，能柔能刚；能进能退，能弱能强。不动如山岳，难知如阴阳。无穷如天地，充实如太仓。浩渺如四海，眩明如三光。预知天文之旱涝，先识地理之平康。察阵势之期会，揣敌人之短长。嗟尔无学后辈，上逆穹苍，助篡国之反贼，称帝号于洛阳。走残兵于斜谷，遭霖雨于陈仓。水陆困乏，人马猖狂。抛盈郊之戈甲，弃满地之刀枪。都督心崩而胆裂，将军鼠窜而狼忙！无面见关中之老父，何颜入相府之厅堂！史官秉笔而记录，百姓众口而传扬。仲达闻阵而惕惕，子丹望风而遑遑！吾军兵强而马壮，大将虎奋以龙骧；扫秦川为平壤，荡魏国作坵荒！

曹真看毕，恨气填胸，至晚死于军中。司马懿用兵车装载，差人送赴洛阳安葬。［舌毙王朗，笔杀曹真，太牛了。曹真是曹操养子，本姓秦，此时还活着，在被孔明笔杀的第二年，才真正死去。为成就孔明神迹，作者虚构了多少奇特死相啊！]

魏王闻知曹真已死，即下诏催司马懿出战。懿提大军来与孔明交锋，隔日先下战书。孔明谓诸将曰："曹真必死矣。"遂批回："来日交锋。"使者去了。孔明当夜教姜维受了密计："如此而行。"又唤关兴分付："如此如此。"次日，孔明尽起祁山之兵前到渭滨，一边是河，一边是山，中央平川旷野，好片战场！两军相迎，以万箭射住阵角。三通鼓罢，魏阵中门旗开处，司马懿出马，众将随后而出，只见孔明端坐于四轮车上，手摇羽扇。懿曰："吾主上法尧禅舜，相传二帝，坐镇中原，容汝蜀、吴二国者，乃吾主宽慈仁厚，恐伤百姓也。汝乃南阳一耕夫，不识天数，强要相侵，理宜殄灭！如省心改过，宜即早回，各守疆界，以成鼎足之势，免致生灵涂炭，汝等皆得全生！"孔明笑曰："吾受先帝托孤之重，安肯不倾心竭力以讨贼乎！汝曹氏不久为汉所灭。汝祖父皆为汉臣，世食汉禄，不思报效，反助篡逆，岂不自耻？"[吊诡的是，终结曹家天下的，不是骂人者孔明，而是挨骂者司马懿父子。]懿羞惭满面曰："吾与汝决一雌雄！汝若能胜，吾誓不为大将！汝若败时，早归故里，吾并不加害。"

孔明曰："汝欲斗将？斗兵？斗阵法？"懿曰："先斗阵法。"孔明曰："先布阵我看。"懿入中军帐下，手执黄旗招飐，左右军动，排成一阵。复上马出阵，问曰："汝识吾阵否？"孔明笑曰："吾军中末将亦能布之。此乃'混元一气阵'也。"懿曰："汝布阵我看。"孔明入阵，把羽扇一摇，复出阵前，问曰："汝识我阵否？"懿曰："量此'八卦阵'，如何不识！"孔明曰："识便识了，敢打我阵否？"懿曰："既识之，如何不敢打！"孔明曰："汝只管打来。"司马懿回到本阵中，唤戴凌、张虎、乐綝三将，分付曰："今孔明所布之阵，按休、生、伤、杜、景、死、惊、开八门。汝三人可从正东'生门'打入，往西南'休门'杀出，复从正北'开门'杀入，此阵可破。汝等小心在意！"于是戴凌在中，张虎在前，乐綝在后，各引三十骑，从生门打入。两军呐喊相助。三人杀入蜀阵，只见阵如连城，冲突不出。三人慌引骑转过阵脚，往西南冲去，却被蜀兵射住，冲突不出。阵中重重叠叠，都有门户，那里分东西南北？三将不能相顾，只管乱撞，但见愁云漠漠，惨雾濛濛。喊声起处，魏军一个个皆被缚了，送到中军。孔明坐于帐中，左右将张虎、戴凌、乐綝并九十个军皆缚在帐下。孔明笑曰："吾纵然捉得汝等，何足为奇！吾放汝等回见司马懿，教他再读兵书，重观战策，那时来决雌雄，未为迟也。汝等性命既饶，当留下军器战马。"遂将众人衣甲脱了，以墨涂面，步行出军。司马懿见之大怒，回顾诸将曰："如此挫败锐气，有何面目回见中原大臣耶！"［大怒乃大败之兆。］即指挥三军，奋死掠阵，懿自拔剑在手，引百余骁将，催督冲杀。两军恰才相会，忽然阵后鼓角齐鸣，喊声大震，一彪军从西南上杀来，乃关兴也。懿分后军当之，后催军向前厮杀。忽然魏兵大乱，原来姜维引一彪军悄地杀来，蜀兵三路夹攻。懿大惊，急忙退军。蜀兵周围杀到，懿引三军望南死命冲出。魏兵十伤六七。司马懿退在渭滨南岸下寨，坚守不出。

孔明收得胜之兵，回到祁山。时永安城李严遣都尉苟安解送粮米，至军中交割。苟安好酒，于路怠慢，违限十日。孔明大怒曰："吾军中专以粮为大事，误了三日便该处斩，汝今误了十日，有何理说？"喝令推出斩之。长史杨仪曰："苟安乃李严用人，又兼钱粮多出于西川，若杀此人，后无人敢送粮也。"孔明乃叱武士去其缚，杖八十放之。苟安被责，心中怀恨，连夜引亲随五六骑，径奔魏寨投降。懿唤入，苟安拜告前事。懿曰："虽然如此，孔明多谋，汝言难信。汝能为我干一件大功，吾那时奏准天子，保汝为上将。"安曰："但有甚事，即当效力。"懿曰："汝可回成都布散流言，说孔明有怨上之意，早晚欲称为帝，使汝主召回孔明，便是汝之功。"［斗阵，司马懿吃了大亏；斗心术，司马懿扳回一城。］

苟安允诺，竟回成都，见了宦官，布散流言，说孔明自倚大功，早晚必将篡国。宦官闻知大惊，即入内奏帝，细言前事。后主惊讶曰："似此如之奈何？"宦官曰："可诏还成都，削其兵权，免生叛逆。"后主下诏，宣孔明班师回朝。蒋琬出班奏曰："丞相自出师以来，累建大功，何故宣回？"后主曰："朕有机密事，必须与丞相面议。"即遣使赍诏。星夜宣孔明回。

使命径到祁山大寨，孔明接入，受诏已毕，仰天叹曰："主上年幼，必有佞臣在侧！吾正欲建功，何故取回？我若不回，是欺主矣。若奉命而退，日后再难得此机会也。”姜维问曰：“若大军退，司马懿乘势掩杀，当复如何？”孔明曰：“吾今退军，可分五路而退。今日先退此营，假如营内兵一千，却掘二千灶，今日掘三千灶，明日掘四千灶。每日退军，添灶而行。”杨仪曰：“昔孙膑擒庞涓，用添兵减灶之法；今丞相退兵，何故增灶？”孔明曰：“司马懿善能用兵，知吾兵退，必然追赶；心中疑吾有伏兵，定于旧营内数灶；见每日增灶，兵又不知退与不退，则疑而不敢追。吾徐徐而退，自无损兵之患。”遂传令退军。[“灶法”大有讲究。犹太士兵和古罗马士兵需自带干粮，自己解决吃饭问题，故无从数灶，孔明大军出征旷日持久，士兵不可能自带那么多干粮，故需专职伙头军。史载，当初魏延提议偷袭子午谷，要求带五千精兵和五千负粮兵。]

却说司马懿料苟安行计停当，只待蜀兵退时一齐掩杀。正踌躇间，忽报蜀寨空虚，人马皆去。懿因孔明多谋，不敢轻追，自引百余骑前来蜀营内踏看，教军士数灶，仍回本寨。次日，又教军士赶到那个营中，查点灶数。回报说：“这营内之灶，比前又增一分。”司马懿谓诸将曰：“吾料孔明多谋，今果添兵增灶，吾若追之，必中其计；不如且退，再作良图。”于是回军不追。孔明不折一人，望成都而去。次后，川口土人来报司马懿，说孔明退兵之时，未见添兵，只见增灶。懿仰天长叹曰：“孔明效虞诩之法，瞒过吾也！其谋略吾不如之！”遂引大军还洛阳。正是：

棋逢敌手难相胜，将遇良才不敢骄。

未知孔明回到成都，竟是如何，且看下文分解。

不祥

从作者绵里藏针、酒中拌毒的怪异描述中，读者能感知种种不祥。

继马谡之后，孔明又斩杀了一员大将：陈式。手下最得力的战将魏延，已经像窝棚里的肉鸡那样，随时可供开刀问斩。作者以此衬托孔明的未卜先知，不幸把孔明写得过于歹毒。手下若心知主将有此癖好，定当忽喇喇各奔前程。实际上，孔明既不会杀魏延，也不曾杀陈式，但作者的虚构亦非全然无据，它至少传递出孔明帐里帐外的诸般不祥：将帅互疑，部属不和，危机四伏。苟安散布的谣言轻易生效，表明孔明对后院成都的掌控出现了重大疏漏。因为，人们只愿相信契合内心疑虑、符合自身期待的谣言，一条乖违事实的谣言竟能广泛传播，肯定揭示了某种群体心理真相。所以，只会对谣言传播者进行如临大敌的惩罚的统治者是弱智的，看出谣言中的隐秘实情才是明智之举。

所有这些不祥，都因孔明人品、能力和权力上的三重强势而受到压制，一俟孔明作古，它们就会反弹，并最终给蜀国带来灾难。孔明见不及此，他的能力太出众了，以至无法不对自己抱有过度自信，无法不对他人持有“左右看不顺眼”的鄙夷。曹操“任天下之智力”而成其伟业，孔明任一己之智力而成就事功，一人智力有限而天下智力无穷，成败遂预伏其中。

第一百一回

出陇上诸葛妆神　奔剑阁张郃中计

却说孔明用减兵添灶之法，退兵到汉中；司马懿恐有埋伏，不敢追赶，亦收兵回长安去了，因此罢兵，不曾折了一人。孔明大赏三军已毕，回到成都入见后主，奏曰："老臣出了祁山，欲取长安，忽承陛下降诏召回，不知有何大事？"后主无言可对，良久乃曰："朕久不见丞相之面，心甚思慕，故特诏回，别无他事。"孔明曰："此非陛下本心，必有奸臣谗谮，言臣有异志也。"后主闻言，默然无语。孔明曰："老臣受先帝厚恩，誓以死报。今若内有奸邪，臣安能讨贼乎？"后主曰："朕因过听宦官之言，一时召回丞相。今日茅塞方开，悔之不及矣！"孔明遂唤众宦官究问，方知是苟安流言；急令人捕之，已投魏国去了。孔明将妄奏的宦官诛戮，余皆废出宫外；又深责蒋琬、费祎等不能觉察奸邪，规谏天子。[能力不及，责怪也没用。曹丕、曹睿非英明之主，臣僚却不乏精英；孔明英明盖世，手下多平庸之辈。于此可窥"英明"的软肋。]二人唯唯服罪。孔明拜辞后主，复到汉中，一面发檄令李严应付粮草，仍运赴军前；一面再议出师。杨仪曰："前数兴兵，军力罢弊，粮又不继。今不如分兵两班，以三个月为期。且如二十万之兵，只领十万出祁山，住了三个月，却教这十万替回，循环相转。若此则兵力不乏，然后徐徐而进，中原可图矣。"孔明曰："此言正合我意。吾伐中原，非一朝一夕之事，正当为此长久之计。"遂下令分兵两班，限一百日为期，循环相转，违限者按军法处治。

建兴九年春二月，孔明复出师伐魏。时魏太和五年也。魏主曹叡知孔明又伐中原，急召司马懿商议。懿曰："今子丹已亡，臣愿竭一人之力，剿除寇贼，以报陛下。"叡大喜，设宴待之。次日，人报蜀兵寇急。叡即命司马懿出师御敌，亲排銮驾送出城外。懿辞了魏主，径到长安，大会诸路人马，计议破蜀兵之策。张郃曰："吾愿引一军去守雍、郿，以拒蜀兵。"懿曰："吾前军不能独当孔明之众，而又分兵为前后，非胜算也。不如留兵守上邽，余众悉往祁山。公肯为先锋否？"郃大喜曰："吾素怀忠义，欲尽心报国，惜未遇知己。今都督肯委重任，虽万死不辞！"于是司马懿令张郃为先锋，总督大军。又令郭淮守陇西诸郡，其余众将各分道而进。前军哨马报说：孔明率大军望祁山进发，前部先锋王平、张嶷，径出陈仓，过剑阁，由散关望斜谷而来。司马懿谓张郃曰："今孔明长驱大进，必将割陇西小麦，以资军粮。汝可结营守祁山，吾与郭淮巡略天水诸郡，以防贼兵割麦。"郃领诺，遂引四万兵守祁山。懿引大军望陇西而去。

却说孔明兵至祁山，安营已毕，见渭滨有魏军堤备，乃谓诸将曰："此必是司马懿也。即今营中乏粮，屡遣人催并李严运米应付，却只是不到。吾料陇上麦熟，可密引兵割之。"［曹操靠有效的屯田制解决粮食问题，从而统一北方。"没有非洲的粮食，罗马帝国的生存是不可思议的。"（马克·布洛赫语）"伐中原非一朝一夕之事"，孔明却长期受困于同一道坎。］于是留王平、张嶷、吴班、吴懿四将守祁山营，孔明自引姜维、魏延等诸将，前到卤城。卤城太守素知孔明，慌忙开城出降。孔明抚慰毕，问曰："此时何处麦熟？"太守告曰："陇上麦已熟。"孔明乃留张翼、马忠守卤城，自引诸将并三军望陇上而来。前军回报说："司马懿引兵在此。"孔明惊曰："此人预知吾来割麦也！"即沐浴更衣，推过一般三辆四轮车来，车上皆要一样妆饰。此车乃孔明在蜀中预先造下的。当下令姜维引一千军护车，五百军擂鼓，伏在上邽之后；马岱在左，魏延在右，亦各引一千军护车，五百军擂鼓。每一辆车，用二十四人，皂衣跣足，披发仗剑，手执七星皂幡，在左右推车。三人各受计，引兵推车而去。孔明又令三万军皆执镰刀、驮绳，伺候割麦。却选二十四个精壮之士，各穿皂衣，披发跣足，仗剑簇拥四轮车，为推车使者。令关兴结束做天蓬模样，手执七星皂幡，步行于车前。孔明端坐于上，望魏营而来。

哨探军见之大惊，不知是人是鬼，火速报知司马懿。懿自出营视之，只见孔明簪冠鹤氅，手摇羽扇，端坐于四轮车上，左右二十四人披发仗剑，前面一人手执皂幡，隐隐似天神一般。懿曰："这个又是孔明作怪也！"遂拨二千人马分付曰："汝等疾去，连车带人，尽情都捉来！"魏兵领命，一齐追赶。孔明见魏兵赶来，便教回车，遥望蜀营缓缓而行。魏兵皆骤马追赶，但见阴风习习，冷雾漫漫，尽力赶了一程，追之不上。各人大惊，都勒住马言曰："奇怪！我等急急赶了三十里，只见在前，追之不上，如之奈何？"孔明见兵不来，又令推车过来，朝着魏兵歇下。魏兵犹豫良久，又放马赶来。孔明复回车慢慢而行。魏兵又赶了二十里，只见在前，不曾赶上，尽皆痴呆。孔明教回过车，朝着魏兵推车倒行。魏兵又欲追赶。后面司马懿自引一军到，传令曰："孔明善会八门遁甲，能驱六丁六甲之神。此乃六甲天书内缩地之法也。众军不可追之。"众军方勒马回时，左势下战鼓大震，一彪军杀来。懿急令兵拒之，只见蜀兵队里二十四人，披发仗剑，皂衣跣足，拥出一辆四轮车；车上端坐孔明，簪冠鹤氅，手摇羽扇。懿大惊曰："方才那个车上坐着孔明，赶了五十里，追之不上；如何这里又有孔明？怪哉！怪哉！"言未毕，右势下战鼓又鸣，一彪军杀来，四轮车上亦坐着一个孔明，左右亦有二十四人，皂衣跣足，披发仗剑，拥车而来。懿心中大疑，回顾诸将曰："此必神兵也！"众军心下大乱，不敢交战，各自奔走。

正行之际，忽然鼓声大震，又一彪军杀来：当先一辆四轮车，孔明端坐于上，左右前后推车使者，同前一般。魏兵无不骇然。[孔明神奇，却无法面对一个质问：如此能耐，为何不能出祁山一步？用生花妙笔把自己陷于自相矛盾之境，作者不智。其实，孔明的绝顶能耐，在于训练士卒，调度队伍。时人评价道："其用兵也，止如山，进退如风。"]司马懿不知是人是鬼，又不知多少蜀兵，十分惊惧，急急引兵奔入上邽，闭门不出。此时孔明早令三万精兵将陇上小麦割尽，运赴卤城打晒去了。司马懿在上邽城中，三日不敢出城。后见蜀兵退去，方敢令军出哨，于路捉得一蜀兵，来见司马懿。懿问之，其人告曰："某乃割麦之人，因走失马匹，被捉前来。"懿曰："前者是何神兵？"答曰："三路伏兵，皆不是孔明，乃姜维、马岱、魏延也。每一路只有一千军护车，五百军擂鼓。只是先来诱阵的车上乃孔明也。"懿仰天长叹曰："孔明有神出鬼没之机！”忽报副都督郭淮入见。懿接入，礼毕，淮曰：“吾闻蜀兵不多，见在卤城打麦，可以击之。”懿细言前事。淮笑曰：“只瞒过一时，今已识破，何足道哉！吾引一军攻其后，公引一军攻其前，卤城可破，孔明可擒矣。”懿从之，遂分兵两路而来。

却说孔明引军在卤城打晒小麦，忽唤诸将听令曰：“今夜敌人必来攻城。吾料卤城东西麦田之内足可伏兵，谁敢为我一往？”姜维、魏延、马忠、马岱四将出曰：“某等愿往。”孔明大喜，乃命姜维、魏延各引二千兵伏东南、西北两处，马岱、马忠各引二千兵伏在西南、东北两处，只听炮响，四角一齐杀来。四将受计，引兵去了。孔明自引百余人，各带火炮出城，伏在麦田之内等候。

却说司马懿引兵径到卤城下，日已昏黑，乃谓诸将曰：“若白日进兵，城中必有准备，今可乘夜晚攻之。此处城低壕浅，可便打破。”遂屯兵城外。一更时分，郭淮亦引兵到。两下合兵，一声鼓响，把卤城围得铁桶相似。城上万弩齐发，矢石如雨，魏兵不敢前进。忽然魏军中信炮连声，三军大惊，又不知何处兵来。淮令人去麦田搜时，四角上火光冲天，喊声大震，四路蜀兵，一齐杀至。卤城四门大开，城内兵杀出，里应外合，大杀了一阵，魏兵死者无数。司马懿引败兵奋死突出重围，占住了山头；郭淮亦引败兵奔到山后扎住。孔明入城，令四将于四角下安营。郭淮告司马懿曰：“今与蜀兵相持许久，无策可退，目下又被杀了一阵，折伤三千余人；若不早图，日后难退矣。”懿曰：“当复如何？”淮曰：“可发檄文调雍、凉人马并力剿杀。吾愿引军袭剑阁，截其归路，使彼粮草不通，三军慌乱。那时乘势击之，敌可灭矣。”懿从之，即发檄文星夜往雍、凉调拨人马。不一日，大将孙礼引雍、凉诸郡人马到。懿即令孙礼约会郭淮去袭剑阁。［粮食是胜利的保障，不是战争的目的。双方打来打去，粮食反成了头号目标，似乎孔明北伐，只为了弄点粮食。粮食固然重要，但重要到舍本逐末的程度，不如回家种田。］

却说孔明在卤城相距日久，不见魏兵出战，乃唤马岱、姜维入城听令曰：“今魏兵守住山险，不与我战，一者料吾麦尽无粮，二者令兵去袭剑阁，断吾粮道也。汝二人各引一万军先去守住险要，魏兵见有准备，自然退去。”二人引兵去了。长史杨仪入帐告曰：“向者丞相令大兵一百日一换，今已限足，汉中兵已出川口，前路公文已到，只待会兵交换。见存八万军，内四万该与换班。”孔明曰：“既有令，便教速行。”众军闻知，各各收拾起程。忽报孙礼引雍、凉人马二十万来助战，去袭剑阁，司马懿自引兵来攻卤城了。蜀兵无不惊骇。杨仪入告孔明曰：“魏兵来得甚急，丞相可将换班军且留下退敌，待新来兵到，然后换之。”孔明曰：“不可。吾用兵命将，以信为本；既有令在先，岂可失信？且蜀兵应去者，皆准备归计，其父母妻子倚扉而望；吾今便有大难，决不留他。”即传令教应去之兵，当日便行。众军闻之，皆大呼曰：“丞相如此施恩于众，我等愿且不回，各舍一命，大杀魏兵，以报丞相！”孔明曰：“尔等该还家，岂可复留于此？”众军皆要出战，不愿回家。孔明曰：“汝等既要与我出战，可出城安营，待魏兵到，莫待他息喘，便急攻之，此以逸待劳之法也。”众兵领命，各执兵器，欢喜出城，列阵而待。

却说西凉人马倍道而来，走的人马困乏，方欲下营歇息，被蜀兵一拥而进，人人奋勇，将锐兵骁，雍、凉兵抵敌不住，望后便退。蜀兵奋力追杀，杀得那雍、凉兵尸横遍野，血流成渠。孔明出城，收聚得胜之兵，入城赏劳。忽报永安李严有书告急。孔明大惊，拆封视之。书云：

> 近闻东吴令人入洛阳，与魏连和。魏令吴取蜀，幸吴尚未起兵。今严探知消息，伏望丞相早作良图。

孔明览毕，甚是惊疑，乃聚众将曰：“若东吴兴兵寇蜀，吾须紧速回也。”即传令：“教祁山大寨人马，且退回西川。司马懿知吾屯军在此，必不敢追赶。”于是王平、张嶷、吴班、吴懿，分兵两路，徐徐退入西川去了。

张郃见蜀兵退去，恐有计策，不敢来追，乃引兵往见司马懿曰：“今蜀兵退去，不知何意？”懿曰：“孔明诡计极多，不可轻动。不如坚守，待他粮尽，自然退去。”大将魏平出曰：“蜀兵拔祁山之营而退，正可乘势追之，都督按兵不动，畏蜀如虎，奈天下笑何？”懿坚执不从。［仗着稳定的后方保障，司马懿用长期相持的战略消耗孔明。孔明不怵司马懿，独惧粮食，经不起消耗。］

却说孔明知祁山兵已回，遂唤杨仪、马忠入帐，授以密计，令："先引一万弓弩手，去剑阁木门道两下埋伏，若魏兵追到，听吾炮响，急滚下木石，先截其去路，两头一齐射之。"二人引兵去了。又唤魏延、关兴引兵断后，城上四面遍插旌旗，城内乱堆柴草，虚放烟火。大兵尽望木门道而去。

魏营巡哨军来报司马懿曰："蜀兵大队已退，但不知城中还有多少兵。"懿自往视之，见城上插旗，城中烟起，笑曰："此乃空城也。"令人探之，果是空城，懿大喜曰："孔明已退，谁敢追之？"先锋张郃曰："吾愿往。"懿阻曰："公性急躁，不可去。"郃曰："都督出关之时，命吾为先锋，今日正是立功之际，却不用吾，何也？"懿曰："蜀兵退去，险阻处必有埋伏，须十分仔细，方可追之。"郃曰："吾已知得，不必挂虑。"懿曰："公自欲去，莫要追悔。"郃曰："大丈夫舍身报国，虽万死无恨。"懿曰："公既坚执要去，可引五千兵先行；却教魏平引二万马步兵后行，以防埋伏。吾却引三千兵随后策应。"［改得别致，卸去司马懿的责任，使下文张郃之死变成"活该"。据《魏略》："亮军退，司马宣王使郃追之，郃曰：'军法：围城必开出路，归军勿追。'宣王不听，郃不得已，遂进。"］张郃领命，引兵火速望前追赶。行到三十余里，忽然背后一声喊起，树林内闪出一彪军，为首大将，横刀勒马大叫曰："贼将引兵那里去！"郃回头视之，乃魏延也。郃大怒，回马交锋。不十合，魏延诈败而走。郃又追赶三十余里，勒马回顾，全无伏兵，又策马前追。方转过山坡，忽喊声大起，一彪军拥出，为首大将乃关兴也，横刀勒马大叫曰："张郃休赶！有吾在此！"郃就拍马交锋。不十合，关兴拨马便走。郃随后追之。赶到一密林内，郃心疑，令人四下哨探，并无伏兵，于是放心又赶。不想魏延却抄在前面；郃又与战十余合，延又败走。郃奋怒赶来，又被关兴抄在前面，截住去路。郃大怒，拍马交锋，战有十合。蜀兵尽弃衣甲什物等件，塞满道路，魏兵皆下马争取。延、兴二将轮流交锋，张郃奋勇追赶。看看天晚，赶到木门道口，魏延拨回马，高声大骂曰："张郃逆贼！吾不与汝相拒，汝只顾赶来，吾今与汝决一死战！"郃十分忿怒，挺枪骤马，直取魏延。延挥刀来迎。战不十合，延大败，尽弃衣甲、头盔，匹马引败兵望木门道中而走。张郃杀的性起，又见魏延大败而逃，乃骤马赶来。此时天色昏黑，一声炮响，山上火光冲天，大石乱柴滚将下来，阻截去路。郃大惊曰："我中计矣！"急回马时，背后已被木石塞满了归路，中间只有一段空地，两边皆是峭壁，郃进退无路。忽一声梆子响，两下万弩齐发，将张郃并百余个部将，皆射死于木门道中。后人有诗曰：

伏弩齐飞万点星，木门道上射雄兵。
至今剑阁行人过，犹说军师旧日名。

[颂赞孔明，也是古人的政治挂帅。]

却说张郃已死，随后魏兵追到，见塞了道路，已知张郃中计。众军勒回马急退。忽听的山头上大叫曰："诸葛丞相在此！"众军仰视，只见孔明立于火光之中，指众军而言曰："吾今日围猎，欲射一'马'，误中一'獐'。汝各人安心而去，上覆仲达，早晚必为吾所擒矣。"魏兵回见司马懿，细告前事。懿悲伤不已，仰天叹曰："张隽乂身死，吾之过也！"乃收兵回洛阳。魏主闻张郃死，挥泪叹息，令人收其尸厚葬之。[张郃右膝（一说大腿）中箭，并不致命。可能与年纪老迈有关，中箭后的跌倒，夺去了老将生命。张郃是真正的老将，从 184 年战至 231 年，直至殒身疆场。]

却说孔明入汉中，欲归成都见后主。都护李严妄奏后主曰："臣已办备军粮，行将运赴丞相军前，不知丞相何故忽然班师。"后主闻奏，即命尚书费祎入汉中见孔明，问班师之故。祎至汉中，宣后主之意。孔明大惊曰："李严发书告急，说东吴将兴兵寇川，因此回师。"费祎曰："李严奏称军粮已办，丞相无故回师，天子因此命某来问耳。"孔明大怒，令人访察，乃是李严因军粮不济，怕丞相见罪，故发书取回，却又妄奏天子，遮饰己过。孔明大怒曰："匹夫为一己之故，废国家大事！"令人召至，欲斩之。费祎劝曰："丞相念先帝托孤之意，姑且宽恕。"孔明从之。费祎即具表启奏后主。后主览表，勃然大怒，叱武士推李严出斩之。参军蒋琬出班奏曰："李严乃先帝托孤之臣，乞望恩宽恕。"后主从之，即谪为庶人，徙于梓潼郡闲住。

孔明回到成都，用李严子李丰为长史；积草屯粮，讲阵论武，整治军器，存恤将士，三年然后出征。两川人民军士，皆仰其恩德。

光阴荏苒，不觉三年。时建兴十三年春二月，孔明入朝奏曰："臣今存恤军士，已经三年。粮草丰足，军器完备，人马雄壮，可以伐魏。今番若不扫清奸党，恢复中原，誓不见陛下也！"后主曰："方今已成鼎足之势，吴、魏不曾入寇，相父何不安享太平？"［阿斗都已看出，北伐只是劳师动众，消耗蜀国日渐衰微的资源，别无大用。］孔明曰："臣受先帝知遇之恩，梦寐之间，未尝不设伐魏之策。竭力尽忠，为陛下克复中原，重兴汉室，臣之愿也。"言未已，班部中一人出曰："丞相不可兴兵。"众视之，乃谯周也。正是：

武侯尽瘁惟忧国，太史知机又论天。

未知谯周有何议论，且看下文分解。

软肋

李严是谁？相当于曹操手下的尚书令荀彧。刘备托孤，非止孔明一人，李严同时受托。曹操出征时，是荀彧替他看家护院，刘备出兵汉中及攻打东吴，是孔明替他打理后方。孔明出征时，坐镇成都的，蒋琬外，就是李严。孔明打了胜仗，正思乘胜追击，李严竟谎报军情，迫使孔明退兵，办了件司马懿都办不到的事，这是何等恶劣！孔明最为依赖的人如此胡作非为，孔明还打什么仗？

李严心术不正，时人已有认识，所谓"腹中有鳞甲"是也。孔明的软肋之一，就是识人无力，用人无方。为了弥补这个软肋，他采取一个下策：相信自己，最大程度地亲力亲为。孔明有一种奇怪的献身精神，相对于蜀汉的基业，他更在乎自己"鞠躬尽瘁、死而后已"的千秋形象；他甚至未必怀有必胜之心，年复一年的劳师远征只是完成刘备的嘱托，置成败利钝于度外。"知其不可为而为"固然是一种崇高品质，但只适宜个体事务，孔明以其品质和权威，将蜀国绑在他的信念战车上。随着孔明形象冉冉上升，蜀国国力日趋下滑。

出色的人格会让人忽略其余，一贤遮百丑，人们愿意赞颂一位公而忘私、开诚布公的伟人，同时对他造成的不良后果轻描淡写。这也是人性的软肋。

第一百二回

司马懿占北原渭桥　诸葛亮造木牛流马

却说谯周官居太史，颇明天文，见孔明又欲出师，乃奏后主曰："臣今职掌司天台，但有祸福，不可不奏。近有群鸟数万，自南飞来，投于汉水而死，此不祥之兆；[今人或视为地震预兆。孔明征战之地，位于今日地质学家经常提及的龙门山断裂带上。]臣又观天象，见奎星躔于太白之分，盛气在北，不利伐魏；又成都人民，皆闻柏树夜哭。有此数般灾异，丞相只宜谨守，不可妄动。"孔明曰："吾受先帝托孤之重，当竭力讨贼，岂可以虚妄之灾氛，而废国家大事耶！"遂命有司设太牢祭于昭烈之庙，涕泣拜告曰："臣亮五出祁山，未得寸土，负罪非轻！今臣复统全部，再出祁山，誓竭力尽心，剿灭汉贼，恢复中原，鞠躬尽瘁，死而后已！"[孔明真正出祁山只有两次，第一次的街亭大败和第五次的上邽大捷。也只是刚出祁山，距西安尚遥。]祭毕，拜辞后主，星夜至汉中，聚集诸将，商议出师。忽报关兴病亡。孔明放声大哭，昏倒于地，半晌方苏。众将再三劝解，孔明叹曰："可怜忠义之人，天不与以寿！我今番出师，少一员大将也！"后人有诗叹曰：

生死人常理，蜉蝣一样空。
但存忠孝节，何必寿乔松。

孔明引蜀兵三十四万，分五路而进，令姜维、魏延为先锋，皆出祁山取齐；令李恢先运粮草于斜谷道口伺候。

却说魏国因旧岁有青龙自摩坡井内而出，改为青龙元年。此时乃青龙二年春二月也。近臣奏曰："边官飞报，蜀兵三十余万，分五路复出祁山。"魏主曹叡大惊，急召司马懿至，谓曰："蜀人三年不曾入寇，今诸葛亮又出祁山，如之奈何？"懿奏曰："臣夜观天象，见中原旺气正盛，奎星犯太白，不利于西川。今孔明自负才智，逆天而行，乃自取败亡也。

臣托陛下洪福，当往破之。但愿保四人同去。”叡曰：“卿保何人?”懿曰：“夏侯渊有四子，长名霸字仲权，次名威字季权，三名惠字雅权，四名和字义权。霸、威二人弓马熟娴，惠、和二人谙知韬略。此四人常欲为父报仇。臣今保夏侯霸、夏侯威为左右先锋，夏侯惠、夏侯和为行军司马，共赞军机，以退蜀兵。”叡曰：“向者夏侯楙驸马违误军机，失陷了许多人马，至今羞惭不回。今此四人，亦与楙同否?”懿曰：“此四人非楙之比也。”叡乃从其请，即命司马懿为大都督，凡将士悉听量才委用，各处兵马皆听调遣。懿受命，辞朝出城。叡又以手诏赐懿曰：

卿到渭滨，宜坚壁固守，勿与交锋。蜀兵不得志，必诈退诱敌，卿慎勿追。待彼粮尽，必将自走，然后乘虚攻之，则取胜不难，亦免军马疲劳之苦。计莫善于此也。

司马懿顿首受诏，即日到长安，聚集各处军马共四十万，皆来渭滨下寨；又拨五万军，于渭水上搭起九座浮桥，令先锋夏侯霸、夏侯威过渭水安营；又于大营之后东原，筑起一城，以防不虞。［如此规模，取决于魏国的军工技术，工程能力常会左右战局。］懿正与众将商议间，忽报郭淮、孙礼来见。懿迎入，礼毕，淮曰：“今蜀兵现在祁山，倘跨渭登原，接连北山，阻绝陇道，大可虞也。”懿曰：“所言甚善。公可就总督陇西军马，据北原下寨，深沟高垒，按兵休动；只待彼兵粮尽，方可攻之。”郭淮、孙礼领命，引兵下寨去了。

却说孔明复出祁山，下五个大寨，按左、右、中、前、后；自斜谷直至剑阁，一连又下十四个大寨，分屯军马，以为久计，每日令人巡哨。忽报郭淮、孙礼领陇西之兵，于北原下寨。孔明谓诸将曰：“魏兵于北原安营者，惧吾取此路，阻绝陇道也。吾今虚攻北原，却暗取渭滨。令人扎木筏百余只，上载草把，选惯熟水手五千人驾之。我夤夜只攻北原，司马懿必引兵来救。彼若少败，我把后军先渡过岸去，然后把前军下于筏中，休要上岸，顺水取浮桥放火烧断，以攻其后。吾自引一军去取前营之门。若得渭水之南，则进兵不难矣。”诸将遵令而行。早有巡哨军飞报司马懿。懿唤诸将议曰：“孔明如此设施，其中有计。彼以取北原为名，顺水来烧浮桥，乱吾后，却攻吾前也。”即传令与夏侯霸、夏侯威曰："若听得北原发喊，便提兵于渭水南山之中，待蜀兵至击之。"又令张虎、乐綝："引二千弓弩手伏于渭水浮桥北岸。若蜀兵乘木筏顺水而来，可一齐射之，休令近桥。"又传令郭淮、孙礼曰："孔明来北原暗渡渭水，汝新立之营，人马不多，可尽伏于半路。若蜀兵午后渡水，黄昏时分，必来攻汝。汝诈败而走，蜀兵必退。汝等皆以弓弩射之。吾水陆并进。若蜀兵大至，只看吾指挥击之。"各处下令已毕，又令二子司马师、司马昭，引兵救应前营。懿自引一军救北原。［高手对弈，彼此都能识破寻常伎俩，故不怀侥幸。所谓棋高一着，不在盘内的算计，而在盘外的气魄决断。］

却说孔明令魏延、马岱引兵渡渭水攻北原；令吴班、吴懿引木筏兵去烧浮桥；令王平、张嶷为前队，姜维、马忠为中队，廖化、张翼为后队，分兵三路，去攻渭水旱营。是日午时，人马离大寨，尽渡渭水，列成阵势缓缓而行。

却说魏延、马岱将近北原，天色已昏。孙礼哨见，便弃营而走。魏延知有准备，急退军时，四下喊声大震，左有司马懿，右有郭淮，两路兵杀来。魏延、马岱奋力杀出，蜀兵多半落于水中，余众奔逃无路。幸得吴懿兵杀来，救了败兵过岸拒住。吴班分一半兵撑筏顺水来烧浮桥，却被张虎、乐綝在岸上乱箭射住。吴班中箭，落水而死。余军跳水逃命，木筏尽被魏兵夺去。此时王平、张嶷不知北原兵败，直奔到魏营，已有二更天气，只听得喊声四起。王平谓张嶷曰："马军攻打北原，未知胜负。渭南之寨现在面前，如何不见一个魏兵？莫非司马懿知道了，先作准备也？我等且看浮桥火起，方可进兵。"二人勒住军马，忽背后一骑马来报，说："丞相教军马急回。北原兵、浮桥兵俱失了。"王平、张嶷大惊，急退军时，却被魏兵抄在背后，一声炮响，一齐杀来，火光冲天。王平、张嶷引兵相迎，两军混战一场。平、嶷二人奋力杀出，蜀兵折伤大半。孔明回到祁山大寨，收聚残兵，约折了万余人，心中忧闷。

忽报费祎自成都来见丞相。孔明请入。费祎礼毕，孔明曰："吾有一书，正欲烦公去东吴投递，不知肯去否？"祎曰："丞相之命，岂敢推辞？"孔明即修书付费祎去了。祎持书径到建业，入见吴主孙权，呈上孔明之书。[费祎脚程快。从孔明营寨（宝鸡附近）到建业，直线距离一千五百公里，道路险阻。曹操早年征辟王朗，“朗自曲阿展转江海，积年乃至”。] 权拆视之，书略曰：

汉室不幸，王纲失纪，曹贼篡逆，蔓延及今。亮受昭烈皇帝寄托之重，敢不竭力尽心！今大兵已会于祁山，狂寇将亡于渭水。伏望陛下念同盟之义，命将北征，共取中原，同分天下。书不尽言，万希圣听！

权览毕大喜，乃谓费祎曰：“朕久欲兴兵，未得会合孔明。今既有书到，即日朕自亲征，入居巢门，取魏新城；再令陆逊、诸葛瑾等屯兵于江夏、沔口取襄阳，孙韶、张承等出兵广陵取淮阳等处。三处一齐进军，共三十万，克日兴师。”费祎拜谢曰：“诚如此，则中原不日自破矣！”权设宴款待费祎。饮宴间，权问曰：“丞相军前，用谁当先破敌？”祎曰：“魏延为首。”权笑曰：“此人勇有余而心不正。若一朝无孔明，彼必为祸。孔明岂未知耶？”祎曰：“陛下之言极当！臣今归去，即当以此言告孔明。”遂拜辞孙权，回到祁山见了孔明，具言吴主起大兵三十万，御驾亲征，兵分三路而进。孔明又问曰：“吴主别有所谓否？”费祎将论魏延之语告之。孔明叹曰：“真聪明之主也！吾非不知此人，为惜其勇，故用之耳。”祎曰：“丞相早宜区处。”孔明曰：“吾自有法。”祎辞别孔明，自回成都。[据《襄阳记》，孙权嘴里的“牧竖小人”，指杨仪、魏延。在陈寿笔下，杨仪才是更凶恶的小人。]

孔明正与诸将商议进征，忽报有魏将来投降。孔明唤入问之，答曰：“某乃魏国偏将军郑文也。近与秦朗同领人马，听司马懿调用。不料懿徇私偏向，加秦朗为前将军，而视文如草芥，因此不平，特来投降丞相。愿赐收录。”言未已，人报秦朗引兵在寨外，单搦郑文交战。孔明曰：“此人武艺比汝若何？”郑文曰：“某当立斩之。”孔明曰：“汝若先杀秦朗，吾方不疑。”郑文欣然上马出营，与秦朗交锋。孔明亲自出营视之。只见秦朗挺枪大骂曰：“反贼盗我战马来此，可早早还我！”言讫，直取郑文。文拍马舞刀相迎，只一合，斩秦朗于马下。魏军各自逃走。郑文提首级入营。孔明回到帐中坐定，唤郑文至，勃然大怒，叱左右：“推出斩之！”郑文曰：“小将无罪！”孔明曰：“吾向识秦朗。汝今斩者，并非秦朗。安敢欺我！”文拜告曰：“此实秦朗之弟秦明也。”孔明笑曰：“司马懿令汝来诈降，于中取事，却如何瞒得我过！若不实说，必然斩汝！”郑文只得诉告其实是诈降，泣求免死。孔明曰：“汝既求生，可修书一封，教司马懿自来劫营，吾便饶汝性命。若捉住司马懿，便是汝之功，还当重用。”郑文只得写了一书，呈与孔明。孔明令将郑文监下。樊建问曰：“丞相何以知此人诈降？”孔明曰：“司马懿不轻用人。若加秦朗为前将军，必武艺高强；今与郑文交马只一合，便为文所杀，必不是秦朗也。以故知其诈。”众皆拜服。［理据欠通。将军不是武举状元，武艺洵非“前将军”的必要条件。马谡武艺欠通，孔明照样委他先锋大将；韩信非弓马好手，孙膑则是残疾之身，双双成为千古名将。］

孔明选一舌辨军士，附耳分付如此如此。军士领命，持书径来魏寨，求见司马懿。懿唤入，拆书看毕，问曰：“汝何人也？”答曰：“某乃中原人，流落蜀中；郑文与某同乡。今孔明因郑文有功，用为先锋。郑文特托某来献书，约于明日晚间，举火为号，望乞都督尽提大军前来劫寨，郑文在内为应。”司马懿反覆诘问，又将来书仔细检看，果然是实，即赐军士酒食，分付曰：“本日二更为期，我自来劫寨。大事若成，必重用汝。”军士拜别，回到本寨告知孔明。［许攸当年告密，曹操留他在军中，方率军奔袭乌巢，“彼若有诈，安肯留我寨中？”司马懿竟任由“军士拜别”。］孔明仗剑步罡，祷祝已毕，唤王平、张嶷分付：“如此如此。”又唤马忠、马岱分付：“如此如此。”又唤魏延分付：“如此如此。”孔明自引数十人，坐于高山之上，指挥众军。

却说司马懿见了郑文之书，便欲引二子提大兵来劫蜀寨。长子司马师谏曰：“父亲何故据片纸而亲入重地？倘有疏虞，如之奈何？不如令别将先去，父亲为后应可也。”懿从之，遂令秦朗引一万兵去劫蜀寨，懿自引兵接应。是夜初更，风清月朗，将及二更时分，忽然阴云四合，黑气漫空，对面不见。懿大喜曰：“天使我成功也！”于是人尽衔枚，马皆勒口，长驱大进。秦朗当先，引一万兵直杀入蜀寨中，并不见一人。朗知中计，忙叫退兵。四下火把齐明，喊声震地，左有王平、张嶷，右有马岱、马忠，两路兵杀来。秦朗死战，不能得出。背后司马懿见蜀寨火光冲天，喊声不绝，又不知魏兵胜负，只顾催兵接应，望火光中杀来。忽然一声喊起，鼓角喧天，火炮震地，左有魏延，右有姜维，两路杀出。魏兵大败，十伤八九，四散逃奔。此时秦朗所引一万兵，都被蜀兵围住，箭如飞蝗。秦朗死于乱军之中。司马懿引败兵奔入本寨。

三更以后，天复清朗。孔明在山头上鸣金收军。原来三更时阴云暗黑，乃孔明用遁甲之法；后收兵已了，天复清朗，乃孔明驱六丁六甲扫荡浮云也。

当下孔明得胜回寨，命将郑文斩了，再议取渭南之策。［郑文不足道，留下、放归均可。即使在战争期间，也当区分“必要之恶”和“无谓之恶”，前者如曹操杀粮官王垕，后者如孔明杀郑文。］每日令兵搦战，魏军只不出迎。孔明自乘小车，来祁山前、渭水东西踏看地理。忽到一谷口，见其形如葫芦之状，内中可容千余人；两山又合一谷，可容四五百人；背后两山环抱，只可通一人一骑。孔明看了，心中大喜，问乡导官曰：“此处是何地名？”答曰：“此名上方谷，又号葫芦谷。”孔明回到帐中，唤裨将杜睿、胡忠二人，附耳授以密计，令唤集随军匠作一千余人，入葫芦谷中制造木牛流马应用；又令马岱领五百兵守住谷口。孔明嘱马岱曰：“匠作人等不许放出，外人不许放入。吾还不时自来点视。捉司马懿之计只在此举，切不可走漏消息。”马岱受命而去。杜睿等二人在谷中监督匠作，依法制造。孔明每日往来指示。

忽一日，长史杨仪入告曰：“即今粮米皆在剑阁，人夫牛马，搬运不便，如之奈何？”孔明笑曰：“吾已运谋多时也。前者所积木料，并西川收买下的大木，教人制造木牛流马，搬运粮米，甚是便利。牛马皆不水食，可以搬运昼夜不绝。”众皆惊曰：“自古及今，未闻有木牛流马之事。不知丞相有何妙法，造此奇物？”孔明曰：“吾已令人依法制造，尚未完备。吾今先将造木牛流马之法，尺寸方员，长短阔狭，开写明白，汝等视之。”众大喜。孔明即手书一纸，付众观看。众将环绕而视。其造木牛之法云：

方腹曲胫，一腹四足；头入领中，舌着于腹。载多而行少，独行者数十里，群行者三十里。曲者为牛头，双者为牛足，横者为牛领，转者为牛脚，覆者为牛背，方者为牛腹，垂者为牛舌，曲者为牛肋，刻者为牛齿，立者为牛角，细者为牛鞅，摄者为牛鞦鞧。牛御双辕，人行六尺，牛行四步。人不大劳，牛不饮食。

造流马之法云：

肋长三尺五寸，广三寸，厚二寸五分，左右同。前轴孔分墨去头四寸，径中二寸。前脚孔分墨去头四寸五分，长一寸五分，广一寸。前杠孔去前脚孔分墨二寸七分，孔长二寸，广一寸。后轴孔去前杠孔分墨一尺五寸，大小与前同。后杠孔去后脚孔分墨一寸二分，后杠孔分墨四寸五分。前杠长一尺八寸，广二寸，厚一寸五分。后杠舆等板方囊二枚，厚八分，长二尺七寸，高一尺六寸五分，广一尺六寸：每枚受米二斛三斗。从上杠孔去肋下七寸，前后同。上杠孔去下杠孔分墨一尺三寸，孔长一寸五分，广七分，八孔同。前后四脚广二寸，厚一寸五分。形制如象，靬长四寸，径面四寸三分。孔径中三脚杠，长二尺一寸，广一寸五分，厚一寸四分。

众将看了一遍，皆拜服曰："丞相真神人也!"[凭这份说明书，后人无法造出样品。孔明兼有工匠之能，发明之巧。木牛是一种独轮车，今日四川农村尚可一见的鸡公车，或即木牛后代。流马大概是一种轻便运输船。在美国学者贾蒙德·戴蒙德的著作《枪炮、病菌与钢铁》中，独轮车得与纸、罗盘、火药并列，作为中国优秀的技术发明。]过了数日，木牛流马皆造完备，宛然如活者一般，上山下岭，各尽其便。众军见之，无不欣喜。孔明令右将军高翔引一千兵，驾着木牛流马，自剑阁直抵祁山大寨，往来搬运粮草，供给蜀兵之用。后人有诗赞曰：

剑阁险峻驱流马，斜谷崎岖驾木牛。
后世若能行此法，输将安得使人愁？

却说司马懿正忧闷间，忽哨马报说："蜀兵用木牛流马转运粮米。人不大劳，牛马不食。"懿大惊曰："吾所以坚守不出者，为彼粮草不能接济，欲待其自毙耳。今用此法，必为久远之计，不思退矣。如之奈何?”急唤张虎、乐綝二人分付曰：“汝二人各引五百军，从斜谷小路抄出，待蜀兵驱过木牛流马，任他过尽，一齐杀出；不可多抢，只抢三五匹便回。”二人依令，各引五百军，扮作蜀兵，夜间偷过小路，伏在谷中，果见高翔引兵驱木牛流马而来。将次过尽，两边一齐鼓噪杀出。蜀兵措手不及，弃下数匹，张虎、乐綝欢喜，驱回本寨。司马懿看了，果然进退如活的一般，乃大喜曰：“汝会用此法，难道我不会用!”便令巧匠百余人，当面拆开，分付依其尺寸长短厚薄之法，一样制造木牛流马。不消半月，造成二千余只，与孔明所造者一般法则，亦能奔走。遂令镇远将军岑威，引一千军驱驾木牛流马，去陇西搬运粮草，往来不绝。魏营军将，无不欢喜。[站在文化传播角度，倒是好事。]

却说高翔回见孔明，说魏兵抢夺木牛流马各五六匹去了。孔明笑曰：“吾正要他抢去。我只费了几匹木牛流马，却不久便得军中许多资助也。”诸将问曰：“丞相何以知之?”孔明曰：“司马懿见了木牛流马，必然仿我法度，一样制造。那时我又有计策。”数日后，人报魏兵也会造木牛流马，往陇西搬运粮草。孔明大喜曰：“不出吾之算也。”便唤王平分付曰：“汝引一千兵扮作魏人，星夜偷过北原，只说是巡粮军，混入彼运粮军中，将护粮之人尽皆杀散，却驱木牛流马而回，径奔过北原来。此处必有魏兵追赶，汝便将木牛流马口内舌头扭转，牛马就不能行动，汝等竟弃之而走，背后魏兵赶到，牵拽不动，扛抬不去。吾再有兵到，汝却回身再将牛马舌扭过来，长驱大行。魏兵必疑为怪也!”王平受计引兵而去。

孔明又唤张嶷分付曰：“汝引五百军，都扮作六丁六甲神兵，鬼头兽身，用五彩涂面，妆作种种怪异之状，一手执绣旗，一手仗宝剑；身挂葫芦，内藏烟火之物，伏于山傍。待木牛流马到时，放起烟火，一齐拥出，驱牛马而行。魏人见之，必疑是神鬼，不敢来追赶。”张嶷受计引兵而去。孔明又唤魏延、姜维分付曰：“汝二人同引一万兵，去北原寨口接应木牛流马，以防交战。”又唤廖化、张翼分付曰：“汝二人引五千兵，去断司马懿来路。”又唤马忠、马岱分付曰：“汝二人引二千兵去渭南搦战。”六人各各遵令而去。

且说魏将岑威引军驱木牛流马，装载粮草，正行之间，忽报前面有兵巡粮。岑威令人哨探，果是魏兵，遂放心前进。两军合在一处，忽然喊声大震，蜀兵就本队里杀起，大呼：“蜀中大将王平在此！”魏兵措手不及，被蜀兵杀死大半。岑威引败兵抵敌，被王平一刀斩了，余皆溃散。王平引兵尽驱木牛流马而回。败兵飞奔报入北原寨内。郭淮闻军粮被劫，疾忙引军来救。王平令兵扭转木牛流马舌头，俱弃于道中，且战且走。郭淮教且莫追，只驱回木牛流马。众军一齐驱赶，却那里驱得动？郭淮心中疑惑，正无奈何，忽鼓角喧天，喊声四起，两路兵杀来，乃魏延、姜维也。王平复引兵杀回。三路夹攻，郭淮大败而走。王平令军士将牛马舌头重复扭转，驱赶而行。郭淮望见，方欲回兵再追，只见山后烟云突起，一队神兵拥出，一个个手执旗剑，怪异之状，拥护木牛流马如风拥而去。郭淮大惊曰：“此必神助也！”[孔明又不是第一次装神弄鬼，缘何魏军毫无长进，逢怪必骇？]众军见了，无不惊畏，不敢追赶。

却说司马懿闻北原兵败，急自引军来救。方到半路，忽一声炮响，两路兵自险峻处杀出，喊声震地。旗上大书“汉将张翼廖化”。司马懿见了大惊。魏军着慌，各自逃窜。正是：

路逢神将粮遭劫，身遇奇兵命又危。

未知司马懿怎地抵敌，且看下文分解。

道德

罗贯中是天才的通俗作家，不是富含人道气质的人文作家。小说的价值观和道德取向、作者对邪恶的过度审美，常令后人心惊。

以本回为例，作者握有可靠史料，却惩优护劣，暗中卸掉孙权对杨仪的质疑，以成全丑类；郑文诈降，司马懿竟让秦朗弟弟秦明充当诱饵，听任郑文砍头；郑文依孔明之命助蜀军大胜，孔明却毁弃承诺，处斩郑文；孔明对魏延的算计，冷漠而阴毒，作者竟以嘉许笔调娓娓写来……

汉末人物有着后世难以企及的雄强气质和道德光芒，作者再现不足，只能拿精神气节大不如前的明代风俗来蠡测前人。作者执笔于十四世纪，笔下人物生活于二至三世纪，巨大的时空沟壑难以填补，遂写出种种混搭历史的形貌。那些令人大倒胃口的“丞相神谋，众不及也”的同声颂赞，原非矫健刚直的汉人习气，移入书中，对笔下人物是一种污损，对小说历史感是一种损害，也使小说的道德感持续走低。

无人能依据今日英国人想象千年前的不列颠国民性；所谓德国人的严谨，也是近百余年方始形成，百年前的德国货还被俾斯麦首相斥为“在品质和数量方面都可悲地缺乏信用”；日本制造驰名世界之前，本国有识之士也曾承认“松弛的商业道德确实是我国国民声誉上最糟的污点”。某种意义上，秦汉人相当于我们的罗马人，“此情可待成追忆，只是当时已惘然”。

第一百三回

上方谷司马受困　五丈原诸葛禳星

却说司马懿被张翼、廖化一阵杀败，匹马单枪，望密林间而走。张翼收住后军，廖化当先追赶。看看赶上，懿着慌，绕树而转。化一刀砍去，正砍在树上；及拔出刀时，懿已走出林外。廖化随后赶出，却不知去向，但见树林之东，落下金盔一个。廖化取盔捎在马上，一直望东追赶。原来司马懿把金盔弃于林东，却反向西走去了。廖化追了一程，不见踪迹，奔出谷口，遇见姜维，同回寨见孔明。张嶷早驱木牛流马到寨，交割已毕，获粮万余石。廖化献上金盔，录为头功。魏延心中不悦，口出怨言。孔明只做不知。［魏延是性格不讨喜的"刺头"，平庸上司都不会喜欢，唯胸襟广阔、欣赏"异量之美"的统帅，方能驾驭。据刘劭《人物志》，"异量之美"有别于"同体之善"，后者指那种"囿于我相，以一己之优工，为百家之衡准"（钱锺书语）的识人鉴物方式。］

且说司马懿逃回寨中，心甚恼闷。忽使命赍诏至，言东吴三路入寇，朝廷正议命将抵敌，令懿等坚守勿战。懿受命已毕，深沟高垒，坚守不出。

却说曹叡闻孙权分兵三路而来，亦起兵三路迎之，命刘劭引兵救江夏，田豫引兵救襄阳，叡自与满宠率大军救合淝。满宠先引一军至巢湖口，望见东岸战船无数，旌旗整肃。宠入军中奏魏主曰："吴人必轻我远来，未曾提备，今夜可乘虚劫其水寨，必得全胜。"魏主曰："汝言正合朕意。"即令骁将张球领五千兵，各带火具，从湖口攻之；满宠引兵五千，从东岸攻之。是夜二更时分，张球、满宠各引军悄悄望湖口进发；将近水寨，一齐呐喊杀入。吴兵慌乱，不战而走，被魏军四下举火，烧毁战船，粮草、器具不计其数。诸葛瑾率败兵逃走沔口。魏兵大胜而回。次日，哨军报知陆逊。逊集诸将议曰："吾当作表申奏主上，请撤新城之围，以兵断魏军归路，吾率众攻其前；彼首尾不敌，一鼓可破也。”众服其言。陆逊即具表，遣一小校密地赍往新城。小校领命，赍着表文行至渡口，不期被魏兵伏路的捉住，解赴军中见魏主曹叡。［所谓“无巧不成书”，往往体现了作者的无奈：衔接无方，遂借巧合补缀串连。］叡搜出陆逊表文，览毕叹曰：“东吴陆逊真妙算也！”遂令将吴卒监下，令刘劭谨防孙权后兵。

却说诸葛瑾大败一阵，又值暑天，人马多生疾病，乃修书一封，令人转达陆逊，议欲撤兵还国。逊看书毕，谓来人曰：“拜上将军，吾自有主意。”使者回报诸葛瑾。瑾问：“陆将军作何举动？”使者曰：“但见陆将军催督众人于营外种豆菽，自与诸将在辕门射戏。”瑾大惊，亲自往陆逊营中，与逊相见，问曰：“今曹叡亲来，兵势甚盛，都督何以御之？”逊曰：“吾前遣人奏表于主上，不料为敌人所获。机谋既泄，彼必知备；与战无益，不如且退。已差人奉表约主上缓缓退兵矣。”瑾曰：“都督既有此意，即宜速退，何又迟延？”逊曰：“吾军欲退，当徐徐而动。今若便退，魏人必乘势追赶，此取败之道也。足下宜先督船只诈为拒敌之意，吾悉以人马向襄阳而进，为疑敌之计，然后徐徐退归江东，魏兵自不敢近耳。”瑾依其计，辞逊归本营，整顿船只，预备起行。陆逊整肃部伍，张扬声势，望襄阳进发。早有细作报知魏主，说吴兵已动，须用提防。魏将闻之，皆要出战。魏主素知陆逊之才，谕众将曰：“陆逊有谋，莫非用诱敌之计？不可轻动。”众将乃止。数日后，哨卒报来：“东吴三路兵马皆退矣。”魏主未信，再令人探之，回报果然尽退。魏主曰：“陆逊用兵不亚孙、吴，东南未可平也。”因敕诸将，各守险要，自引大军屯合淝，以伺其变。［这一仗，陆逊并无寸攻，无非全师而退，竟蒙魏主如此揄扬。成名英雄容易获得印象分。］

却说孔明在祁山，欲为久驻之计，乃令蜀兵与魏民相杂种田，军一分，民二分，并不侵犯，魏民皆安心乐业。［凭此，孔明可望一劳永逸解决粮食问题，惜执行太晚。］司马师入告其父曰：“蜀兵劫去我许多粮米，今又令蜀兵与我民相杂屯田于渭滨，以为久计，似此真为国家大患。父亲何不与孔明约期大战一场，以决雌雄？”懿曰：“吾奉旨坚守，不可轻动。”正议间，忽报魏延将着元帅前日所失金盔，前来骂战。众将忿怒，俱欲出战。懿笑曰：“圣人云：‘小不忍则乱大谋。’但坚守为上。”诸将依令不出。魏延辱骂良久方回。

孔明见司马懿不肯出战，乃密令马岱造成木栅，营中掘下深堑，多积干柴引火之物；周围山上，多用柴草虚用窝铺，内外皆伏地雷。置备停当，孔明附耳嘱之曰：“可将葫芦谷后路塞断，暗伏兵于谷中。若司马懿追到，任他入谷，便将地雷干柴一齐放起火来。”又令军士昼举七星号带于谷口，夜设七盏明灯于山上，以为暗号。马岱受计引兵而去。孔明又唤魏延分付曰：“汝可引五百兵去魏寨讨战，务要诱司马懿出战，不可取胜，只可诈败。懿必追赶，汝可望七星旗处而入；若是夜间，则望七盏灯处而走。只要引得司马懿入葫芦谷内，吾自有擒之之计。”魏延受计，引兵而去。孔明又唤高翔分付曰：“汝将木牛流马或二三十为一群，或四五十为一群，各装米粮，于山路往来行走。如魏兵抢去，便是汝之功。”高翔领计，驱驾木牛流马去了。孔明将祁山兵一一调去，只推屯田，分付：“如别兵来战，只许诈败；若司马懿自来，方并力只攻渭南，断其归路。”孔明分拨已毕，自引一军近上方谷下营。

且说夏侯惠、夏侯和二人入寨告司马懿曰：“今蜀兵四散结营，各处屯田，以为久计；若不趁此时除之，纵令安居日久，深根固蒂，难以摇动。”懿曰：“此必又是孔明之计。”二人曰：“都督若如此疑虑，寇敌何时得灭？我兄弟二人当奋力决一死战，以报国恩。”懿曰：“既如此，汝二人可分头出战。”遂令夏侯惠、夏侯和各引五千兵去讫，懿坐待回音。［此时的司马懿并无对军队的绝对统治力，手下将校不时表达异议，有时还讥笑他。］

却说夏侯惠、夏侯和二人分兵两路，正行之间，忽见蜀兵驱木牛流马而来。二人一齐杀将过去，蜀兵大败奔走，木牛流马尽被魏兵抢获，解送司马懿营中。次日又劫掳得人马百余，亦解赴大寨。懿将解到蜀兵诘审虚实，蜀兵告曰：“孔明只料都督坚守不出，尽命我等四散屯田，以为久计，不想却被擒获。”懿即将蜀兵尽皆放回。夏侯和曰：“何不杀之？”懿曰：“量此小卒，杀之无益。放归本寨，令说魏将宽厚仁慈，释彼战心，此吕蒙取荆州之计也。”遂传令今后凡有擒到蜀兵，俱当善遣之，乃重赏有功将吏。诸将皆听令而去。

却说孔明令高翔佯作运粮，驱驾木牛流马，往来于上方谷口。夏侯惠等不时截杀，半月之间连胜数阵。司马懿见蜀兵屡败，心中欢喜。一日，又擒到蜀兵数十人。懿唤到帐下问曰：“孔明今在何处?”众告曰：“诸葛丞相不在祁山，在上方谷西十里下寨安住。令每日运粮屯于上方谷。”懿备细问了，即将众人放去，乃唤诸将分付曰：“孔明今不在祁山，在上方谷安营。汝等于明日可一齐并力攻取祁山大寨，吾自引兵来接应。”众将领命，各各准备出战。司马师曰：“父亲何故反欲攻其后?”懿曰：“祁山乃蜀人之根本，若见我兵攻之，各营必尽奔救；我却取上方谷烧其粮草，彼必首尾不接，必大败也。”司马师拜服。懿即发兵起行，令张虎、乐綝各引五千兵，在后救应。

且说孔明正在山上，望见魏兵或三五千一行，或一二千一行，队伍纷纷，前后顾盼，料必来取祁山大寨，乃密传令众将：“若司马懿自来，汝等便往劫魏寨，夺了渭南。”众将各各听令。

却说魏兵皆奔祁山寨来，蜀兵四下一齐呐喊奔走，虚作救应之势。司马懿见蜀兵都去救祁山寨，便引二子并中军护卫人马，杀走上方谷来。魏延在谷口，只盼司马懿到来，忽见一枝魏兵杀到，延纵马向前视之，正是司马懿。延大喝曰：“司马懿休走!”舞刀相迎。懿挺枪接战。不上三合，延拨回马便走，懿随后赶来。延只望七星旗处而走。懿见魏延只一人，军马又少，放心追之，令司马师在左，司马昭在右，懿自居中，一齐攻杀将来。魏延引五百兵皆退入谷中去。懿追到谷口，先令人入谷中哨探。回报谷内并无伏兵，山上皆是草房。懿曰：“此必是积粮之所也。”遂大驱士马尽入谷中。懿忽见草房上尽是干柴，前面魏延已不见了。懿心疑，谓二子曰：“倘有兵截断谷口，如之奈何?”言未已，只听得喊声大震，山下一齐丢下火把来，烧断谷口。魏兵奔逃无路。山上火箭射下，地雷一齐突出，草房内干柴都着，刮刮杂杂，火势冲天。司马懿惊得手足无措，乃下马抱二子大哭曰：“我父子三人皆死于此处矣!”正哭之间，忽然狂风大作，黑气漫空，一声霹雳响处，骤雨倾盆。满谷之火，尽皆浇灭；地雷不震，火器无功。司马懿大喜曰："不就此时杀出，更待何时！"即引兵奋力冲杀。张虎、乐綝亦各引兵杀来接应。马岱军少，不敢追赶。司马懿父子与张虎、乐綝合兵一处，同归渭南大寨，不想寨栅已被蜀兵夺了。郭淮、孙礼正在浮桥上与蜀兵接战。司马懿等引兵杀到，蜀兵退去。懿烧断浮桥，据住北岸。[细心读者或会问，魏延哪去啦？答曰：被毛氏父子删了。作者虚构了孔明借机烧死魏延的情节，用心之歹毒，毛氏父子都不忍直视。本着"为尊者讳"的古风，一刀删掉。]

且说魏兵在祁山攻打蜀寨，听知司马懿大败，失了渭南营寨，军心慌乱，急退时，四面蜀兵冲杀将来。魏兵大败，十伤八九，死者无数，余众奔过渭北逃生。孔明在山上见魏延诱司马懿入谷，一霎时火光大起，心中甚喜，以为司马懿此番必死。不期天雨大降，火不能着，哨马报说司马懿父子俱逃去了。孔明叹曰："'谋事在人，成事在天。'不可强也！"后人有诗叹曰：

谷口风狂烈焰飘，何期骤雨降青霄。

武侯妙计如能就，安得山河属晋朝！

[说的是天意。古人凡遇不可解处，多借天意排解。天意是最无趣的东西，玄机是笨伯的思维宠物，它不会造就真正的智慧，却可悲地制造种种准智慧模样。]

却说司马懿在渭北寨内传令曰："渭南寨栅今已失了，诸将如再言出战者斩。"众将听令，据守不出。郭淮入告曰："近日孔明引兵巡哨，必将择地安营。"懿曰："孔明若出武功，依山而东，我等皆危矣；若出渭南，西止五丈原，方无事也。"令人探之，回报果屯五丈原。司马懿以手加额曰："大魏皇帝之洪福也！"遂令诸将："坚守勿出，彼久必自变。"

且说孔明自引一军屯于五丈原，累令人搦战，魏兵只不出。孔明乃取巾帼并妇人缟素之服，盛于大盒之内，修书一封，遣人送至魏寨。诸将不敢隐蔽，引来使入见司马懿。懿对众启盒视之，内有巾帼妇人之衣，并书一封。懿拆视其书，略曰：

仲达既为大将，统领中原之众，不思披坚执锐，以决雌雄，乃甘窟守土巢，谨避刀箭，与妇人又何异哉！今遣人送巾帼素衣至，如不出战，可再拜而受之。倘耻心未泯，犹有男子胸襟，早与批回，依期赴敌。

司马懿看毕，心中大怒，乃佯笑曰："孔明视我为妇人耶！"即受之，令重待来使。[屡试不爽的激将法，终于打在棉花上了。]懿问曰："孔明寝食及事之烦简若何?"使者曰："丞相夙兴夜寝，罚二十以上皆亲览焉。所啖之食，日不过数升。"懿顾谓诸将曰："孔明食少事烦，其能久乎?"使者辞去，回到五丈原，见了孔明，具说："司马懿受了巾帼女衣，看了书札，并不嗔怒，只问丞相寝食及事之烦简，绝不提起军旅之事。某如此应对，彼言：食少事烦，岂能长久?"孔明叹曰："彼深知我也！"主簿杨颙曰："某见丞相常自校簿书，窃以为不必。夫为治有礼，上下不可相侵。譬之治家之道，必使仆执耕，婢典爨，私业无旷，所求皆足，其家主从容自在，高枕饮食而已。若皆身亲其事，将形疲神困，终无一成。岂其智之不如婢仆哉？失为家主之道也。是故古人称：坐而论道，谓之三公；作而行之，谓之士大夫。昔丙吉忧牛喘，而不问横道死人；陈平不知钱谷之数，曰：'自有主者。'今丞相亲理细事，汗流终日，岂不劳乎？司马懿之言，真至言也。"孔明泣曰："吾非不知。但受先帝托孤之重，唯恐他人不似我尽心也！"[一种崇高的可悲；因其崇高，易让人忽视其可悲，反使可悲加剧。]众皆垂泪。自此孔明自觉神思不宁。诸将因此未敢进兵。

却说魏兵皆知孔明以巾帼女衣辱司马懿，懿受之不战。众将尽忿，入帐告曰："我等皆大国名将，安忍受蜀人如此之辱！即请出战，以决雌雄。"懿曰："吾非不敢出战而甘心受辱也。奈天子明诏，令坚守勿动。今若轻出，有违君命矣。"众将俱忿怒不平。懿曰："汝等皆要出战，待我奏准天子，同力赴敌，何如?"众皆允诺。懿乃写表，遣使直至合淝军前，奏闻魏主曹叡。叡拆表览之。表略曰：

　　臣才薄任重，伏蒙明旨，令臣坚守不战，以待蜀人之自毙。奈今诸葛亮遗臣以巾帼，待臣如妇人，耻辱至甚！臣谨先达圣聪，旦夕将效死一战，以报朝廷之恩，以雪三军之耻。臣不胜激切之至！

叡览讫，乃谓多官曰："司马懿坚守不出，今何故又上表求战？"卫尉辛毗曰："司马懿本无战心，必因诸葛亮耻辱，众将忿怒之故，特上此表，欲更乞明旨，以遏诸将之心耳。"叡然其言，即令辛毗持节至渭北寨传谕，令勿出战。司马懿接诏入帐，辛毗宣谕曰："如再有敢言出战者，即以违旨论。"众将只得奉诏。懿暗谓辛毗曰："公真知我心也！"于是令军中传说："魏主命辛毗持节，传谕司马懿勿得出战。"蜀将闻知此事，报与孔明。孔明笑曰："此乃司马懿安三军之法也。"姜维曰："丞相何以知之？"孔明曰："彼本无战心，所以请战者，以示武于众耳。岂不闻'将在外，君命有所不受'。安有千里而请战者乎？此乃司马懿因将士忿怒，故借曹叡之意，以制众人。今又播传此言，欲懈我军心也。"［孔明战场上打败司马懿，司马懿战场外拖死孔明。古罗马将领费边在遇到相似强敌（迦太基名将汉尼拔）时，曾采用相似的拖延战术，同样取得若干成效。现代政治术语"费边主义"缘此而来。］

正论间，忽报费祎到。孔明请入问之，祎曰："魏主曹叡闻东吴三路进兵，乃自引大军至合淝，令满宠、田豫、刘劭分兵三路迎敌。满宠设计尽烧东吴粮草战具，吴兵多病。陆逊上表于吴王，约会前后夹攻，不意赍表人中途被魏兵所获，因此机关泄漏，吴兵无功而还。"孔明听知此信，长叹一声，不觉昏倒于地。众将急救，半晌方苏。孔明叹曰："吾心昏乱，旧病复发，恐不能生矣！"是夜，孔明扶病出帐，仰观天文，十分惊慌，入帐谓姜维曰："吾命在旦夕矣！"维曰："丞相何出此言？"孔明曰："吾见三台星中，客星倍明，主星幽暗，相辅列曜，其光昏暗。天象如此，吾命可知！"维曰："天象虽则如此，丞相何不用祈禳之法挽回之？"孔明曰："吾素谙祈禳之法，但未知天意若何。汝可引甲士四十九人，各执皂旗，穿皂衣，环绕帐外；我自于帐中祈禳北斗。若七日内主灯不灭，吾寿可增一纪；如灯灭，吾必死矣。闲杂人等，休教放入。凡一应需用之物，只令二小童搬运。"姜维领命，自去准备。［作为道教法术的祈禳，不见于孔明时代。作家兴之所致，穿越时空。］时值八月中秋，是夜银河耿耿，玉露零零，旌旗不动，刁斗无声。姜维在帐外引四十九人守护。孔明自于帐中设香花祭物，地上分布七盏大灯，外布四十九盏小灯，内安本命灯一盏。孔明拜祝曰："亮生于乱世，甘老林泉；承昭烈皇帝三顾之恩，托孤之重，不敢不竭犬马之劳，誓讨国贼。不意将星欲坠，阳寿将终。谨书尺素，上告穹苍，伏望天慈，俯垂鉴听，曲延臣算，使得上报君恩，下救民命，克复旧物，永延汉祀。非敢妄祈，实由情切。"拜祝毕，就帐中俯伏待旦。次日，扶病理事，吐血不止。日则计议军机，夜则步罡踏斗。[在明代《李卓吾先生批评三国志》里，假托为思想家李贽的无名批评者在此评点道："谁云孔明胸中有定见哉？不惟国事不识天时，亦且身事不知天命。祷星祈命，岂有识者之所为哉？"真是明白人。]

却说司马懿在营中坚守，忽一夜仰观天文大喜，谓夏侯霸曰："吾见将星失位，孔明必然有病，不久便死。你可引一千军去五丈原哨探。若蜀人攘乱，不出接战，孔明必然患病矣。吾当乘势击之。"霸引兵而去。孔明在帐中祈禳已及六夜，见主灯明亮，心中甚喜。姜维入帐，正见孔明披发仗剑，踏罡步斗，压正将星。忽听得寨外呐喊，方欲令人出问，魏延飞步入告曰："魏兵至矣！"延脚步急，竟将主灯扑灭。孔明弃剑而叹曰："死生有命，不可得而禳也！"魏延惶恐，伏地请罪。姜维忿怒，拔剑欲杀魏延。正是：

万事不由人做主，一心难与命争衡。

未知魏延性命如何，且看下文分解。

天意

所谓天意，只有作为自然规律的别名时，才有认知价值。

在孔明伐魏过程中，那些被笼统归为天意的原因，大多有理可循。司马懿概括的"食少事烦，其能久乎"，表达朴实，说的就是人所尽知的道理，换用今语，孔明叫"过劳死"。"过劳死"何干天意？它明明可以通过正确的生活、工作方式加以调节、改善。据东吴大鸿胪张俨看来，蜀国的物力、人力资源，仅占中国"九分之一"，孔明以弱攻强，以蛇吞象，原无取胜可能，这同样不是天意，而是硬梆梆的死道理。孔明识人无方，任人唯庸，造成蜀汉人才匮乏，后继无人，这更加不是天意，而是孔明性格及其奉行强人政治的必然结果，人亡政息就是必由之路。

上方谷那场虚构的大雨，仍被作者归为天意。当代一些“理科男”结合上方谷特有的葫芦地形，依据热能与水汽结合所生发的大气效应，得出必有大雨的结论，进而推断孔明物理学知识不足。虽是玩笑之论，但也从侧面说明，此事同样不得滥归天意。

天意当然是存在的，运气也常会左右战局，但动辄浪言天意总是一种愚蠢。我们最好在这种情况下谈论天意：“天意君须会，人间要好诗。”

第一百四回

陨大星汉丞相归天　见木像魏都督丧胆

却说姜维见魏延踏灭了灯，心中忿怒，拔剑欲杀之。孔明止之曰："此吾命当绝，非文长之过也。"维乃收剑。孔明吐血数口，卧倒床上，谓魏延曰："此是司马懿料吾有病，故令人来探视虚实。汝可急出迎敌。"魏延领命，出帐上马，引兵杀出寨来。夏侯霸见了魏延，慌忙引军退走。延追赶二十余里方回。孔明令魏延自回本寨把守。

姜维入帐，直至孔明榻前问安。孔明曰："吾本欲竭忠尽力，恢复中原，重兴汉室；奈天意如此，吾旦夕将死。吾平生所学，已著书二十四篇，计十万四千一百一十二字，内有八务、七戒、六恐、五惧之法。吾遍观诸将，无人可授，独汝可传我书。切勿轻忽！"[说"十万言"可矣，无需精确到个位数。这原是陈寿编《诸葛亮集》时统计的字数，在陈寿，那叫严谨，由孔明报出，叫自恋。孔明不可能像守财奴葛朗台那样，整天以动态更新的方式清点文章字数。]维哭拜而受。孔明又曰："吾有'连弩'之法，不曾用得。其法：矢长八寸，一弩可发十矢，皆画成图本。汝可依法造用。"维亦拜受。孔明又曰："蜀中诸道，皆不必多忧；唯阴平之地，切须仔细。此地虽险峻，久必有失。"又唤马岱入帐，附耳低言，授以密计，嘱曰："我死之后，汝可依计行之。"岱领计而出。少顷，杨仪入。孔明唤至榻前，授与一锦囊，密嘱曰："我死，魏延必反；待其反时，汝与临阵，方开此囊。那时自有斩魏延之人也。"孔明一一调度已毕，便昏然而倒，至晚方苏，便连夜表奏后主。后主闻奏大惊，急令尚书李福星夜至军中问安，兼询后事。李福领命，趱程赴五丈原，入见孔明，传后主之命，问安毕。孔明流涕曰："吾不幸中道丧亡，虚废国家大事，得罪于天下。我死后，公等宜竭忠辅主。国家旧制，不可改易。吾所用之人，亦不可轻废。[前句注重法治，后句强调人治，内涵淆乱。]

吾兵法皆授与姜维，他自能继吾之志，为国家出力。吾命已在旦夕，当即有遗表上奏天子也。”李福领了言语，匆匆辞去。

孔明强支病体，令左右扶上小车，出寨遍观各营，自觉秋风吹面，彻骨生寒，乃长叹曰：“再不能临阵讨贼矣！悠悠苍天，曷其有极！”叹息良久。回到帐中，病转沉重，乃唤杨仪分付曰：“马岱、王平、廖化、张翼、张嶷等，皆忠死之士，久经战阵，多负勤劳，堪可委用。我死之后，凡事俱依旧法而行。缓缓退兵，不可急骤。汝深通谋略，不必多嘱。姜伯约智勇足备，可以断后。”杨仪泣拜受命。孔明令取文房四宝，于卧榻上手书遗表，以达后主。表略曰：

> 伏闻生死有常，难逃定数。死之将至，愿尽愚忠。臣亮赋性愚拙，遭时艰难，分符拥节，专掌钧衡，兴师北伐，未获成功。何期病入膏肓，命垂旦夕，不及终事陛下，饮恨无穷！伏愿陛下清心寡欲，约己爱民；达孝道于先皇，布仁恩于宇下；提拔幽隐，以进贤良；屏斥奸邪，以厚风俗。臣家有桑八百株，田五十顷，子孙衣食，自有余饶。至于臣在外任，随身所需，悉仰于官，不别治生产。臣死之日，不使内有余帛，外有余财，以负陛下也。［“成都有桑”以下，摘自孔明早先表文。原文是“若臣死之日”，作者删去了“若”。］

孔明写毕，又嘱杨仪曰：“吾死之后，不可发丧。可作一大龛，将吾尸坐于龛中，以米七粒放吾口内；脚下用明灯一盏；军中安静如常，切勿举哀，则将星不坠，吾阴魂更自起镇之。司马懿见将星不坠，必然惊疑。吾军可令后寨先行，然后一营一营缓缓而退。若司马懿来追，汝可布成阵势，回旗反鼓。等他来到，却将我先时所雕木像，安于车上，推出军前，令大小将士，分列左右。懿见之必惊走矣。”杨仪一一领诺。是夜，孔明令人扶出，仰观北斗，遥指一星曰：“此吾之将星也。”众视之，见其色昏暗，摇摇欲坠。［文字迷醉，意境壮美。］孔明以剑止之，口中念咒。咒毕急回帐时，不省人事。众将正慌乱间，忽尚书李福又至，见孔明昏绝，口不能言，乃大哭曰：“我误国家之大事也！”须臾，孔明复醒，开目遍视，见李福立于榻前。孔明曰：“吾已知公复来之意也。”福谢曰：

“福奉天子命，问丞相百年后，谁可任大事者。适因匆遽，失于谘请，故复来耳。”孔明曰：“吾死之后，可任大事者，蒋公琰其宜也。”福曰：“公琰之后，谁可继之？”孔明曰：“费文祎可继之。”福又问：“文祎之后，谁当继者？”孔明不答。众将近前视之，已薨矣。时建兴十二年秋八月二十三日也，寿五十四岁。后杜工部有诗叹曰：

长星昨夜坠前营，讣报先生此日倾。
虎帐不闻施号令，麟台谁有著勋名。
空余门下三千客，辜负胸中百万兵。
好看绿阴清昼里，于今无复迓歌声！

白乐天亦有诗曰：

先生晦迹卧山林，三顾那逢贤主寻。
鱼到南阳方得水，龙飞天外便为霖。
托孤既尽殷勤礼，报国还倾忠义心。
前后出师遗表在，令人一览泪沾襟。

初，蜀长水校尉廖立，自谓才名宜为孔明之副，尝以职位闲散，怏怏不平，怨谤无已。于是孔明废之为庶人，徙之汶山。及闻孔明亡，乃垂泣曰：“吾终为左衽矣！”李严闻之，亦大哭病死。盖严尝望孔明复收已，得自补前过；度孔明死后，人不能用之故也。[孔明“科教严明，赏罚必信，无恶不惩，无善不显”。黎东方遍考孔明事迹后认为，除对刘封之死负有责任外，孔明无论对君上、僚属还是朋友，都问心无愧，堪称楷模。]后元微之有诗赞孔明曰：

拨乱扶危主，殷勤受托孤。英才过管乐，妙策胜孙吴。
凛凛《出师表》，堂堂八阵图。如公存盛德，应叹古今无！

是夜，天愁地惨，月色无光，孔明奄然归天。姜维、杨仪遵孔明遗命，不敢举哀，依法成殓，安置龛中，令心腹将卒三百人守护；随传密令，使魏延断后，各处营寨一一退去。

却说司马懿夜观天文，见一大星，赤色，光芒有角，自东北方流于西南方，坠于蜀营内，三投再起，隐隐有声。懿惊喜曰：“孔明死矣！”即传令起大兵追之。方出寨门，忽又疑虑曰：“孔明善会六丁六甲之法，今见我久不出战，故以此术诈死，诱我出耳。今若追之，必中其计。”遂复勒马回寨不出，只令夏侯霸暗引数十骑，往五丈原山僻哨探消息。

却说魏延在本寨中夜作一梦，梦见头上忽生二角，醒来甚是疑异。次日，行军司马赵直至，延请入问曰：“久知足下深明《易》理。吾夜梦头生二角，不知主何吉凶？烦足下为我决之。”赵直想了半晌，答曰：“此大吉之兆。麒麟头上有角，苍龙头上有角，乃变化飞腾之象也。”延大喜曰：“如应公言，当有重谢！”直辞去，行不数里，正遇尚书费祎。祎问何来。直曰：“适至魏文长营中，文长梦头生角，令我决其吉凶。此本非吉兆，但恐直言见怪，因以麒麟苍龙解之。”祎曰：“足下何以知非吉兆？”直曰：“角之字形，乃‘刀’下‘用’也。今头上有刀，其凶甚矣！”祎曰：“君且勿泄漏。”直别去。费祎至魏延寨中，屏退左右，告曰：“昨夜三更，丞相已辞世矣。临终再三嘱付，令将军断后以当司马懿，缓缓而退，不可发丧。今兵符在此，便可起兵。”延曰：“何人代理丞相之大事？”［大道理没错，因一人之死遽尔改变国家政策，是一种蒙昧的统治形态。但现实政治是按“潜规则”运转的。］祎曰：“丞相一应大事，尽托与杨仪；用兵密法，皆授与姜伯约。此兵符乃杨仪之令也。”延曰：“丞相虽亡，吾今现在。杨仪不过一长史，安能当此大任？他只宜扶柩入川安葬。我自率大兵攻司马懿，务要成功。岂可因丞相一人而废国家大事耶？”祎曰：“丞相遗令，教且暂退，不可有违。”延怒曰：“丞相当时若依我计，取长安久矣！吾今官任前将军、征西大将军、南郑侯，安肯与长史断后！”祎曰：“将军之言虽是，然不可轻动，令敌人耻笑。待吾往见杨仪，以利害说之，令彼将兵权让与将军，何如？”延依其言。

祎辞延出营，急到大寨见杨仪，具述魏延之语。仪曰：“丞相临终，曾密嘱我曰：‘魏延必有异志。’今我以兵符往，实欲探其心耳。今果应丞相之言。吾自令伯约断后可也。”于是杨仪领兵扶柩先行，令姜维断后；依孔明遗令，徐徐而退。魏延在寨中不见费祎来回覆，心中疑惑，乃令马岱引十数骑往探消息。回报曰：“后军乃姜维总督，前军大半退入谷中去了。”延大怒曰：“竖儒安敢欺我！我必杀之！”因顾谓岱曰：“公肯相助否？”岱曰：“某亦素恨杨仪，今愿助将军攻之。”延大喜，即拔寨引本部兵望南而行。[孔明对蜀汉的实际统治力远在曹操之上。当个人权威——哪怕是正面的——渗透到方方面面，以致国家不是依靠稳健的典章制度、而是依赖臣民对伟人的崇信来运转时，命运已经堪忧。与孔明去世相伴的，是人心崩溃，宫廷动荡，万众迷茫，阴谋丛生。]

却说夏侯霸引军至五丈原看时，不见一人，急回报司马懿曰："蜀兵已尽退矣。"懿跌足曰："孔明真死矣！可速追之！"夏侯霸曰："都督不可轻追。当令偏将先往。"懿曰："此番须吾自行。"遂引兵同二子一齐杀奔五丈原来，呐喊摇旗，杀入蜀寨时，果无一人。懿顾二子曰："汝急催兵赶来，吾先引军前进。"于是司马师、司马昭在后催军，懿自引军当先，追到山脚下，望见蜀兵不远，乃奋力追赶。忽然山后一声炮响，喊声大震，只见蜀兵俱回旗返鼓，树影中飘出中军大旗，上书一行大字曰："汉丞相武乡侯诸葛亮。"懿大惊失色。定睛看时，只见军中数十员上将，拥出一辆四轮车来。车上端坐孔明，纶巾羽扇，鹤氅皂绦。懿大惊曰："孔明尚在！吾轻入重地，堕其计矣！"急勒回马便走。背后姜维大叫："贼将休走！你中了我丞相之计也！"魏兵魂飞魄散，弃甲丢盔，抛戈撇戟，各逃性命，自相践踏，死者无数。司马懿奔走了五十余里，背后两员魏将赶上，扯住马嚼环叫曰："都督勿惊。"懿用手摸头曰："我有头否？"二将曰："都督休怕，蜀兵去远了。"懿喘息半晌，神色方定，睁目视之，乃夏侯霸、夏侯惠也；乃徐徐按辔，与二将寻小路奔归本寨，使众将引兵四散哨探。

过了两日，乡民奔告曰："蜀兵退入谷中之时，哀声震地，军中扬起白旗。孔明果然死了，止留姜维引一千兵断后。前日车上之孔明，乃木人也。"懿叹曰："吾能料其生，不能料其死也！"因此蜀中人谚曰："死诸葛能走生仲达。"后人有诗叹曰：

长星半夜落天枢，奔走还疑亮未殂。
关外至今人冷笑，头颅犹问有和无！

[此乃怀有英雄崇拜心理的蜀地民众编的故事。孔明死后，对他的纪念就成为民众的自发行为，历千年而不衰。]

司马懿知孔明死信已确，乃复引兵追赶。行到赤岸坡，见蜀兵已去远，乃引还，顾谓众将曰："孔明已死，我等皆高枕无忧矣！"遂班师回。一路见孔明安营下寨之处，前后左右，整整有法，懿叹曰："此天下奇才也！"［日常治兵之才不同于临阵决机之才。司马懿在写给兄弟司马孚的信里评论道："亮志大而不见机，多谋而少决，好兵而无权。""权"指临敌权变。陈寿对孔明满怀崇敬，也认为"应变将略，非其所长"。］于是引兵回长安，分调众将，各守隘口，懿自回洛阳面君去了。

却说杨仪、姜维排成阵势，缓缓退入栈阁道口，然后更衣发丧，扬幡举哀。蜀军皆撞跌而哭，至有哭死者。蜀兵前队正回到栈阁道口，忽见前面火光冲天，喊声震地，一彪军拦路。众将大惊，急报杨仪。正是：

已见魏营诸将去，不知蜀地甚兵来。

未知来者是何处军马，且看下文分解。

死后

史载，孔明看重杨仪和魏延的才干，"常恨二人之不平，不忍有所偏废"。朝臣间本就不易产生友谊，古代专制国家如此，现代民主国家亦然。华盛顿手下两位奇佐——国务卿杰斐逊和财政部长汉密尔顿势如水火；杰斐逊任总统后，又与首席大法官约翰·马歇尔不睦；汉密尔顿与副总统艾伦·伯乐甚至仇视到决斗程度。但是，在稳健运行的国家制度面前，这点不和并未造成动荡，有人甚至认为，他们的不和——所谓"巨人间的战争"——还促进了美国的民主进程。

杨仪、魏延等人的问题，并非不够精诚团结，而是能力不足；更大的问题，则是制度残缺，孔明的人治化统治越英明，去世后留下的权力真空就越大，正好供杨仪为代表的阴谋家跃马扬鞭，大开杀戒。

或曰，孔明拒绝发现、培养能人，是出于对阿斗的呵护，因为阿斗是如此无能，一个心怀不轨的能臣即使只有曹操十分之一的能力，也会把蜀国搅乱。就算此论成立，孔明等于是用一种最差劲的方式来维持表面上的长治久安。满朝文武皆无能，必使国力日益虚弱，如此，蜀汉不毁于内，必亡于外。

人有追随伟人的心理，伟人的光环常因民众的追随而放大。其实，这多半是错觉。羊和大雁也喜欢追随，难道我们可以把领头者尊为“圣羊”“圣雁”？对孔明的过度崇信，客观上造成了蜀汉精神上的空虚。

第一百五回

武侯预伏锦囊计　魏主拆取承露盘

却说杨仪闻报前路有军拦截，忙令人哨探。回报说魏延烧绝栈道，引兵拦路。仪大惊曰："丞相在日，料此人久后必反，谁想今日果然如此！今断吾归路，当复如何？"费祎曰："此人必先捏奏天子，诬吾等造反，故烧绝栈道，阻遏归路。吾等亦当表奏天子，陈魏延反情，然后图之。"姜维曰："此间有一小径，名槎山，虽崎岖险峻，可以抄出栈道之后。"一面写表奏闻天子，一面将人马望槎山小路进发。

且说后主在成都，寝食不安，动止不宁，后作一梦，梦见成都锦屏山崩倒，遂惊觉，坐而待旦，聚集文武，入朝圆梦。谯周曰："臣昨夜仰观天文，见一星，赤色，光芒有角，自东北落于西南，主丞相有大凶之事。今陛下梦山崩，正应此兆。"后主愈加惊怖。忽报李福到，后主急召入问之。福顿首泣奏丞相已亡，将丞相临终言语，细述一遍。后主闻言大哭曰："天丧我也！"哭倒于龙床之上。侍臣扶入后宫。吴太后闻之，亦放声大哭不已。多官无不哀恸，百姓人人涕泣。[均属意料中的反应。]后主连日伤感，不能设朝。忽报魏延表奏杨仪造反，群臣大骇，入宫启奏后主。时吴太后亦在宫中。后主闻奏大惊，命近臣读魏延表。其略曰：

> 征西大将军、南郑侯臣魏延，诚惶诚恐，顿首上言：杨仪自总兵权，率众造反，劫丞相灵柩，欲引敌人入境。臣先烧绝栈道，以兵守御。谨此奏闻。

读毕，后主曰："魏延乃勇将，足可拒杨仪等众，何故烧绝栈道？"吴太后曰："尝闻先帝有言，孔明识魏延背后有反骨，每欲斩之；因怜其勇，故姑留用。今彼奏杨仪等造反，未可轻信。杨仪乃文人，丞相委以长史之任，必其人可用。今日若听此一面之词，杨仪等必投魏矣。此事当深虑远议，不可造次。"["长史"相当于秘书长，属文官，但军中文官的权责常有交叉，权力达到一定程度时，文官也能掌控军权。魏延曾为“丞相司马”，与“长史”性质相近，但魏延还“督前部”，是先锋司令，握有兵权。］众官正商议间，忽报长史杨仪有紧急表到。近臣拆表读曰：

长史、绥军将军臣杨仪，诚惶诚恐，顿首谨表：丞相临终，将大事委于臣，照依旧制，不敢变更，使魏延断后，姜维次之。今魏延不遵丞相遗语，自提本部人马，先入汉中，放火烧断栈道，劫丞相灵车，谋为不轨。变起仓卒，谨飞章奏闻。［双方均无可靠证据，却互告恶状。］

太后听毕，问：“卿等所见若何？”蒋琬奏曰：“以臣愚见：杨仪为人虽禀性过急，不能容物，至于筹度粮草，参赞军机，与丞相办事多时，今丞相临终，委以大事，决非背反之人。魏延平日恃功务高，人皆下之，仪独不假借；延心怀恨，今见仪总兵，心中不服，故烧栈道，断其归路，又诬奏而图陷害。臣愿将全家良贱，保杨仪不反。实不敢保魏延。”董允亦奏曰：“魏延自恃功高，常有不平之心，口出怨言。向所以不即反者，惧丞相耳。今丞相新亡，乘机为乱，势所必然。若杨仪，才干敏达，为丞相所任用，必不背反。”后主曰：“若魏延果反，当用何策御之？”蒋琬曰：“丞相素疑此人，必有遗计授与杨仪。若仪无恃，安能退入谷口乎？延必中计矣。陛下宽心。”不多时，魏延又表至，告称杨仪反了。正览表之间，杨仪又表到，奏称魏延背反。二人接连具表，各陈是非。忽报费祎到。后主召入，祎细奏魏延反情。后主曰：“若如此，且令董允假节释欢，用好言抚慰。”允奉诏而去。［两人中任一人，真有背叛之心，无需向后主上表，直接转投司马懿即可。两人当时所处位置，距魏军近，离成都远。］

却说魏延烧断栈道，屯兵南谷，把住隘口，自以为得计；不想杨仪、姜维星夜引兵抄到南谷之后。仪恐汉中有失，令先锋何平引三千兵先行。仪同姜维等引兵扶柩望汉中而来。

且说何平引兵径到南谷之后，擂鼓呐喊。哨马飞报魏延，说杨仪令先锋何平引兵自槎山小路抄来搦战。延大怒，急披挂上马，提刀引兵来迎。两阵对圆，何平出马大骂曰：“反贼魏延安在？”延亦骂曰：“汝助杨仪造反，何敢骂我！”平叱曰：“丞相新亡，骨肉未寒，汝焉敢造反！”乃扬鞭指川兵曰：“汝等军士，皆是西川之人，川中多有父母妻子，兄弟亲朋；丞相在日，不曾薄待汝等，今不可助反贼，宜各回家乡，听候赏赐。”众军闻言，大喊一声，散去大半。延大怒，挥刀纵马，直取何平。平挺枪来迎。战不数合，平诈败而走，延随后赶来。众军弓弩齐发，延拨马而回。见众将纷纷溃散，延转怒，拍马赶上，杀了数人，却只止遏不住；只有马岱所领三百人不动。延谓岱曰：“公真心助我，事成之后，决不相负。”遂与马岱追杀何平。平引兵飞走而去。魏延收聚残军，与马岱商议曰：“我等投魏若何？”岱曰：“将军之言，不智甚也。大丈夫何不自图霸业，乃轻屈膝于人耶？吾观将军智勇足备，两川之士，谁敢抵敌？吾誓同将军先取汉中，然后进攻西川。”[如此写来，魏延成反贼了。]

延大喜，遂同马岱引兵直取南郑。姜维在南郑城上，见魏延、马岱耀武扬威，风拥而来。维急令拽起吊桥。延、岱二人大叫早降。姜维令人请杨仪商议曰：“魏延勇猛，更兼马岱相助，虽然军少，何计退之？”仪曰：“丞相临终遗一锦囊，嘱曰：‘若魏延造反，临城对敌之时，方可开拆，便有斩魏之计。’今当取出一看。”遂出锦囊拆封看时，题曰：“待与魏延对敌，马上方许拆开。”维大喜曰：“既丞相有戒约，长史可收执。吾先引兵出城，列为阵势，公可便来。”姜维披挂上马，绰枪在手，引三千军，开了城门，一齐冲出，鼓声大震，排成阵势。维挺枪立马于门旗之下，高声大骂曰：“反贼魏延！丞相不曾亏汝，今日如何背反？”延横刀勒马而言曰：“伯约，不干你事。只教杨仪来！”仪在门旗影里，拆开锦囊视之，如此如此。仪大喜，轻骑而出，立马阵前，手指魏延而笑曰：“丞相在日，知汝久后必反，教我堤备，今果应其言。汝敢在马上连叫三声‘谁敢杀我’，便是真大丈夫，吾就献汉中城池与汝。”延大笑曰：“杨仪匹夫听着！若孔明在日，吾尚惧三分；他今已亡，天下谁敢敌我？休道连叫三声，便叫三万声，亦有何难！”遂提刀按辔，于马上大叫曰：“谁敢杀我？”一声未毕，脑后一人厉声而应曰：“吾敢杀汝！”手起刀落，斩魏延于马下。众将骇然。斩魏延者，乃马岱也。原来孔明临终之时，授马岱以密计，只待魏延喊叫时，便出其不意斩之。当日，杨仪读罢锦囊计策，已知伏下马岱在彼，故依计而行，果然杀了魏延。后人有诗曰：

诸葛先机识魏延，已知日后反西川。

锦囊遗计人难料，却见成功在马前。

[写得轻巧，但小说中孔明初见魏延即动杀心，马岱这一刀，算是遂了作家的愿，可称“恶始恶终”。]

却说董允未及到南郑，马岱已杀了魏延，与姜维合兵一处。杨仪具表星夜奏闻后主。后主降旨曰：“既已名正其罪，仍念前功，赐棺椁葬之。”杨仪等扶孔明灵柩到成都，后主引文武官僚，尽皆挂孝，出城二十里迎接。后主放声大哭。上至公卿大夫，下及山林百姓，男女老幼，无不痛哭，哀声震地。后主命扶柩入城，停于丞相府中。其子诸葛瞻守孝居丧。

后主还朝，杨仪自缚请罪。后主令近臣去其缚曰：“若非卿能依丞相遗教，灵柩何日得归，魏延如何得灭。大事保全，皆卿之力也。”遂加杨仪为中军师。马岱有讨逆之功，即以魏延之爵爵之。仪呈上孔明遗表。后主览毕大哭，降旨卜地安葬。费祎奏曰：“丞相临终，命葬于定军山，不用墙垣砖石，亦不用一切祭物。”[孔明对丧事的关照是：“因山为坟，冢足容棺，敛以时服，不须器物。”]后主从之。择本年十月吉日，后主自送灵柩至定军山安葬。后主降诏致祭，谥号忠武侯；令建庙于沔阳，四时享祭。后杜工部有诗曰：

丞相祠堂何处寻，锦官城外柏森森。

映阶碧草自春色，隔叶黄鹂空好音。

三顾频烦天下计，两朝开济老臣心。

出师未捷身先死，长使英雄泪满襟！

又杜工部诗曰：

诸葛大名垂宇宙，宗臣遗像肃清高。

三分割据纡筹策，万古云霄一羽毛。

伯仲之间见伊吕，指挥若定失萧曹。

运移汉祚终难复，志决身歼军务劳。

却说后主回到成都，忽近臣奏曰：“边庭报来，东吴令全综引兵数万，屯于巴丘界口，未知何意。”后主惊曰：“丞相新亡，东吴负盟侵界，如之奈何?”蒋琬奏曰：“臣敢保王平、张嶷引兵数万屯于永安，以防不测。陛下再命一人去东吴报丧，以探其虚实。”后主曰：“须得一舌辨之士为使。”一人应声而出曰：“微臣愿往。”众视之，乃南阳安众人，姓宗名预，字德艳，官任参军、右中郎将。后主大喜，即命宗预往东吴报丧，兼探虚实。

宗预领命，径到金陵入见吴主孙权。礼毕，只见左右人皆着素衣。权作色而言曰：“吴蜀已为一家，卿主何故而增白帝之守也?”预曰：“臣以为东益巴丘之戍，西增白帝之守，皆事势宜然，俱不足以相问也。”权笑曰：“卿不亚于邓芝。”乃谓宗预曰：“朕闻诸葛丞相归天，每日流涕，令官僚尽皆挂孝。朕恐魏人乘丧取蜀，故增巴丘守兵万人，以为救援，别无他意也。”预顿首拜谢。权曰：“朕既许以同盟，安有背义之理?”预曰：“天子因丞相新亡，特命臣来报丧。”权遂取金钺箭一枝折之，设誓曰：“朕若负前盟，子孙绝灭!”又命使赍香帛奠仪，入川致祭。[由孔明一手促成的汉吴同盟相当牢固，盟约保证双方“各守分土，无相侵犯；传之后叶，克终若始”。如有违背，“明神上帝，是讨是督；山川百神，是纠是殛”。这种誓言，在不敬神明的现代无神论者眼里没有多少约束力，对古人则有相当约束力。]

宗预拜辞吴主，同吴使还成都，入见后主，奏曰：“吴主因丞相新亡，亦自流涕，群臣皆挂孝。其益兵巴丘者，恐魏人乘虚而入，别无异心。今折箭为誓，并不背盟。”后主大喜，重赏宗预，厚待吴使去讫。遂依孔明遗言，加蒋琬为丞相、大将军，录尚书事；加费祎为尚书令，同理丞相事；加吴懿为车骑将军，假节督汉中；姜维为辅汉将军、平襄侯，总督诸处人马，同吴懿出屯汉中，以防魏兵。其余众校，各依旧职。

杨仪自以为年宦先于蒋琬，而位出琬下；且自恃功高，未有重赏，口出怨言，谓费祎曰：“昔日丞相初亡，吾若将全师投魏，宁当寂寞如此耶!”费祎乃将此言具表密奏后主。后主大怒，命将杨仪下狱勘问，欲斩之。蒋琬奏曰：“仪虽有罪，但前日随丞相多立功劳，未可斩也，当废为庶人。”后主从之，遂贬杨仪赴汉中嘉郡为民。仪羞惭自刎而死。[作者腾出笔墨，补叙杨仪下场，却略去杨仪一句话："令人追悔不可复及。"陈寿当年写此语，意在强调杨仪确有反心。]

蜀汉建兴十三年，魏主曹叡青龙三年，吴主孙权嘉禾四年，三国各不兴兵。单说魏主封司马懿为太尉，总督军马，安镇诸边。懿拜谢回洛阳去讫。魏主在许昌大兴土木，建盖宫殿；又于洛阳造朝阳殿、太极殿，筑总章观，俱高十丈；又立崇华殿、青霄阁、凤凰楼、九龙池，命博士马钧监造，极其华丽，雕梁华栋，碧瓦金砖，光辉耀日。选天下巧匠三万余人，民夫三十余万，不分昼夜而造。民力疲困，怨声不绝。

叡又降旨起土木于芳林园，使公卿皆负土树木于其中。司徒董寻上表切谏曰：

> 伏自建安以来，野战死亡，或门殚户尽；虽有存者，遗孤老弱。若今宫室狭小，欲广大之，犹宜随时，不妨农务，况作无益之物乎？陛下既尊群臣，显以冠冕，被以文绣，载以华舆，所以异于小人也。今又使负木担土，沾体涂足，毁国之光，以崇无益，甚无谓也。孔子云："君使臣以礼，臣事君以忠。"无忠无礼，国何以立？臣知言出必死，而自比于牛之一毛，生既无益，死亦何损。秉笔流涕，心与世辞。臣有八子，臣死之后，累陛下矣。不胜战栗待命之至！

叡览表怒曰："董寻不怕死耶！"左右奏请斩之。叡曰："此人素有忠义，今且废为庶人。再有妄言者必斩！"时有太子舍人张茂，字彦材，亦上表切谏，叡命斩之。即日诏马钧问曰："朕建高台峻阁，欲与神仙往来，以求长生不老之方。"钧奏曰："汉朝二十四帝，惟武帝享国最久，寿算极高，盖因服天上日精月华之气也。尝于长安宫中，建柏梁台；台上立一铜人，手捧一盘，名曰'承露盘'，接三更北斗所降沆瀣之水，其名曰'天浆'，又曰'甘露'。取此水用美玉为屑，调和服之，可以返老还童。"叡大喜曰："汝今可引人夫星夜至长安，拆取铜人，移至芳林园中。"[创一份基业何其艰难，毁一份家当何其容易。昏君一念，民不聊生。古希腊史家修昔底德所谓"强者行其所能为，弱者忍其所必受"，时间一久，必罹大祸。]

钧领命，引一万人至长安，令周围搭起木架，上柏梁台去。不移时间，五千人连绳引索，旋环而上。那柏梁台高二十丈，铜柱圆十围。马钧教先拆铜人。多人并力拆下铜人来，只见铜人眼中潸然泪下。众皆大惊。忽然台边一阵狂风起处，飞砂走石，急若骤雨；一声响亮，就如天崩地裂，台倾柱倒，压死千余人。钧取铜人及金盘回洛阳，入见魏主，献上铜人、承露盘。魏主问曰："铜柱安在？"钧奏曰："柱重百万斤，不能运至。"叡令将铜柱打碎，运来洛阳，铸成二个铜人，号为翁仲，列于司马门外；又铸铜龙凤两个：龙高四丈，凤高三丈余，立在殿前。又于上林苑中，种奇花异木，蓄养珍禽怪兽。少傅杨阜上表谏曰：

臣闻尧尚茅茨，而万国安居；禹卑宫室，而天下乐业；及至殷、周，或堂崇三尺，度以九筵耳。古之圣帝明王，未有宫室高丽，以凋弊百姓之财力者也。桀作璇室、象廊，纣为倾宫、鹿台，致丧社稷；楚灵以筑章华而身受其祸；秦始皇作阿房宫而殃及其子，天下背叛，二世而灭。夫不度万民之力，以从耳目之欲，未有不亡者也。陛下当以尧、舜、禹、汤、文、武为法，以桀、纣、楚、秦为诫。而乃自暇自逸，惟宫室是饰，必有危亡之祸矣。君作元首，臣作股肱，存亡一体，得失同之。臣虽驽怯，敢忘诤臣之义？言不切至，不足以感陛下。谨叩棺沐浴，伏候重诛。[儒生冒死直谏，也是传统士子的闪光点。"叩棺沐浴"，何其从容，何等凛然。作为参照，曾为暴君尼禄"太傅"的古罗马哲人塞涅卡，最终割断静脉，在浴缸里从容自尽。]

表上，叡不省，只催督马钧建造高台，安置铜人承露盘。又降旨广选天下美女，入芳林园中。众官纷纷上表谏诤，叡俱不听。

却说曹叡之后毛氏，乃河内人也。先年叡为平原王时，最相恩爱；及即帝位，立为后。叡因宠郭夫人，毛后失宠。郭夫人美而慧，叡甚嬖之，每日取乐，月余不出宫闼。是岁春三月，芳林园中百花争放，叡同郭夫人到园中赏玩饮酒。郭夫人曰："何不请皇后同乐？"叡曰："若彼在，朕涓滴不能下咽。"遂传谕宫娥，不许令毛后知道。毛后见叡月余不入正宫，是日引十余宫人，来翠花楼上消遣，只听得乐声嘹亮，乃问曰："何处奏乐？"一宫官启曰："乃圣上与郭夫人于御花园中赏花饮酒。"毛后闻之，心中烦恼，回宫安歇。次日，毛皇后乘小车出宫游玩，正迎见叡于曲廊之间，乃笑曰："陛下昨游北园，其乐不浅也！"叡大怒，即命擒昨日侍奉诸人到，叱曰："昨游北园，朕禁左右不许使毛后知道，何得又宣露！"喝令宫官将诸侍奉人尽斩之。毛后大惊，回车至宫，叡即降诏赐毛皇后死，立郭夫人为皇后。朝臣莫敢谏者。［俗话"三岁看大，七岁看老"，说说而已，不可拘泥。曹睿少年时拒杀幼鹿，时人咸以为仁义，观今日行止，早已恶紫夺朱，判若两人。］忽一日，幽州刺史毌丘俭上表，报称辽东公孙渊造反，自号为燕王，改元绍汉元年，建宫殿，立官职，兴兵入寇，摇动北方。叡大惊，即聚文武官僚，商议起兵退渊之策。正是：

才将土木劳中国，又见干戈起外方。

未知何以御之，且看下文分解。

冤将

为增加趣味，作者不时调戏历史，弄几个冤大头来提升读者兴致。周瑜曾是最大的冤大头，周瑜死后就轮到魏延了。奇怪的是，作者把魏延冤死之后，忽心生恻隐，又给魏延虚构了一个不错的下场：被后主"赐棺椁葬之"。其实，由于杨仪等人的构陷，这位替蜀汉立下汗马功劳的战将，受到了最残酷的对待，被夷灭三族（父族、母族与妻族）。杨仪见到魏延头颅时，凶狠地用脚踩踏，说："庸奴！复能作恶不？"——这是陈寿的描述。

陈寿早年生活在蜀地，家庭背景与蜀汉有着很深渊源，父亲曾在马谡手下任参军，马谡伏罪后，寿父亦受髡刑。陈寿对诸葛亮的深情赞美，展示了超然于家庭恩怨之上的良史风范，我们也可想见，关于蜀汉的人事实情，陈寿拥有丰富的第一手材料，他关于魏延、杨仪等人的描述可信度极高。可惜，小说家另有所采，使魏延受到了双重冤枉。当然，魏延不死，也无望继承孔明遗志，这是无需猜测也能确证的事实，日后继承孔明大业的姜维，则用更大的失败证明了这一点。

第一百六回

公孙渊兵败死襄平　司马懿诈病赚曹爽

却说公孙渊乃辽东公孙度之孙，公孙康之子也。建安十二年，曹操追袁尚，未到辽东，康斩尚首级献操，操封康为襄平侯；后康死，有二子：长曰晃，次曰渊，皆幼；康弟公孙恭继职。曹丕时封恭为车骑将军、襄平侯。太和二年，渊长大，文武兼备，性刚好斗，夺其叔公孙恭之位。曹叡封渊扬烈将军、辽东太守。后孙权遣张弥、许宴赍金宝珍玉赴辽东，封渊为燕王。渊惧中原，乃斩张、许二人，送首与曹叡。叡封渊为大司马、乐浪公。渊心不足，与众商议，自号为燕王，改元绍汉元年。［公孙渊势力养足，"三国演义"将成"四国大战"。］副将贾范谏曰："中原待主公以上公之爵，不为卑贱；今若背反，实为不顺。更兼司马懿善用兵，西蜀诸葛武侯且不能取胜，何况主公乎？"渊大怒，叱左右缚贾范，将斩之。参军伦直谏曰："贾范之言是也。圣人云：'国家将亡，必有妖孽。'今国中屡见怪异之事：近有犬戴巾帻，身披红衣，上屋作人行；［今之爱狗者好替爱犬戴巾披衣，世人多见不怪。］又城南乡民造饭，饭甑之中，忽有一小儿蒸死于内；襄平北市中，地忽陷一穴，涌出一块肉，周围数尺，头面眼耳口鼻都具，独无手足，刀箭不能伤，不知何物。卜者占之曰：'有形不成，有口无声；国家亡灭，故现其形。'有此三者，皆不祥之兆也。主公宜避凶就吉，不可轻举妄动。"渊勃然大怒，叱武士绑伦直并贾范同斩于市。令大将军卑衍为元帅，杨祚为先锋，起辽兵十五万，杀奔中原来。

边官报知魏主曹叡。叡大惊，乃召司马懿入朝计议。懿奏曰："臣部下马步官军四万，足可破贼。"叡曰："卿兵少路远，恐难收复。"懿曰："兵不在多，在能设奇用智耳。臣托陛下洪福，必擒公孙渊以献陛下。"叡曰："卿料公孙渊作何举动？"懿曰："渊若弃城预走，是上计也；守辽东拒大军，是中计也；至守襄平，是为下计，必被臣所擒矣。”叡曰：“此去往复几时？”懿曰：“四千里之地，往百日，攻百日，还百日，休息六十日，大约一年足矣。”叡曰：“倘吴、蜀入寇，如之奈何？”懿曰：“臣已定下守御之策，陛下勿忧。”叡大喜，即命司马懿兴师往讨公孙渊。［豪杰纷纷星陨，熬出头的司马懿，终于有了睥睨八方、小看天下的气概，视群雄嚣嚣如群雌粥粥。］懿辞朝出城，令胡遵为先锋，引前部兵先到辽东下寨。哨马飞报公孙渊。渊令卑衍、杨祚分八万兵屯于辽隧，围堑二十余里，环绕鹿角，甚是严密。胡遵令人报知司马懿。懿笑曰：“贼不与我战，欲老我兵耳。我料贼众大半在此，其巢穴空虚，不若弃却此处，径奔襄平；贼必往救，却于中途击之，必获全功。”于是勒兵从小路襄平进发。

却说卑衍与杨祚商议曰：“若魏兵来攻，休与交战。彼千里而来，粮草不继，难以持久，粮尽必退；待他退时，然后出奇兵击之，司马懿可擒也。昔司马懿与蜀兵相拒，坚守渭南，孔明竟卒于军中，今日正与此理相同。”二人正商议间，忽报：“魏兵往南去了。”军衍大惊曰：“彼知吾襄平军少，去袭老营也。若襄平有失，我等守此处无益矣。”遂拔寨随后而起。早有探马飞报司马懿。懿笑曰：“中吾计矣！”乃令夏侯霸、夏侯威各引一军，伏于济水之滨：“如辽兵到，两下齐出。”二人受计而往。早望见卑衍、杨祚引兵前来。一声炮响，两边鼓噪摇旗：左有夏侯霸、右有夏侯威，一齐杀出。卑、杨二人无心恋战，夺路而走；奔至首山，正逢公孙渊兵到，合兵一处，回马再与魏兵交战。卑衍出马骂曰：“贼将休使诡计！汝敢出战否？”夏侯霸纵马挥刀来迎。战不数合，被夏侯霸一刀斩卑衍于马下，辽兵大乱。霸驱兵掩杀，公孙渊引败兵奔入襄平城去，闭门坚守不出。魏兵四面围合。［襄平即今辽宁辽阳市。］

时值秋雨连绵，一月不止，平地水深三尺，运粮船自辽河口直至襄平城下。魏兵皆在水中，行坐不安。左都督裴景入帐告曰：“雨水不住，营中泥泞，军不可停，请移于前面山上。”懿怒曰：“捉公孙渊只在旦夕，安可移营？如有再言移营者斩！”裴景喏喏而退。少顷，右都督仇连又来告曰：“军士苦水，乞太尉移营高处。”懿大怒曰：“吾军令已发，汝何敢故违！”即命推出斩之，悬首于辕门外。于是军心震慑。［这是司马懿第一次拥有不受掣肘的指挥权，故急于建功树威。从前打仗时总有将佐在一边耻笑，司马懿一忍再忍，终于，忍字头上一把刀，出鞘了。］

懿令南寨人马暂退二十里，纵城内军民出城樵采柴薪，牧放牛马。司马陈群问曰：“前太尉攻上庸之时，兵分八路，八日赶至城下，遂生擒孟达而成大功；今带甲四万，数千里而来，不令攻打城池，却使久居泥泞之中，又纵贼众樵牧。不知太尉是何主意？”懿笑曰：“公不知兵法耶？昔孟达粮多兵少，我粮少兵多，故不可不速战，出其不意，突然攻之，方可取胜。今辽兵多，我兵少，贼饥我饱，何必力攻？正当任彼自走，然后乘机击之。我今放开一条路，不绝彼之樵牧，是容彼自走也。”陈群拜服。

于是司马懿遣人赴洛阳催粮。魏主曹叡设朝，群臣皆奏曰：“近日秋雨连绵一月不止，人马疲劳，可召回司马懿，权且罢兵。”叡曰：“司马太尉善能用兵，临危制变，多有良谋，捉公孙渊计日而待。卿等何必忧也？”遂不听群臣之谏，使人运粮解至司马懿军前。懿在寨中，又过数日，雨止天晴。是夜，懿出帐外，仰观天文，忽见一星，其大如斗，流光数丈，自首山东北，坠于襄平东南。各营将士，无不惊骇。懿见之大喜，乃谓众将曰：“五日之后，落星处必斩公孙渊矣。来日可并力攻城。”众将得令，次日侵晨引兵四面围合，筑土山，掘地道，立炮架，装云梯，日夜攻打不息，箭如急雨，射入城去。

公孙渊在城中粮尽，皆宰牛马为食。人人怨恨，各无守心，欲斩渊首，献城归降。渊闻之，甚是惊忧，慌令相国王建、御史大夫柳甫，往魏寨请降。二人自城上系下，来告司马懿曰：“请太尉退二十里，我君臣自来投降。”懿大怒曰：“公孙渊何不自来？殊为无理！”叱武士推出斩之，将首级付与从人。［曹魏军令有“围而后降者不赦”之说，但曹操曾自违己令，关羽“围而后降”，曹操不仅开赦，还大加优待。故司马懿之不赦，未必谨依军令，而是自恃有把握，欲借公孙渊人头，杀出威风。］从人回报，公孙渊大惊，又遣侍中卫演来到魏营。司马懿升帐，聚众将立于两边。演膝行而进，跪于帐下，告曰：“愿太尉息雷霆之怒。克日先送世子公孙修为质当，然后君臣自缚来降。”懿曰：“军事大要有五：能战当战，不能战当守，不能守当走，不能走当降，不能降当死耳！何必送子为质当？”叱卫演回报公孙渊，演抱头鼠窜而去。归告公孙渊，渊大惊，乃与子公孙修密议停当，选下一千人马，当夜二更时分，开了南门，往东南而走。渊见无人，心中暗喜。行不到十里，忽听得山上一声炮响，鼓角齐鸣，一枝兵拦住，中央乃司马懿也；左有司马师，右有司马昭。二人大叫曰：“反贼休走！”渊大惊，急拨马寻路奔逃。早有胡遵兵到，左有夏侯霸、夏侯威，右有张虎、乐綝，四面围得铁桶相似。公孙渊父子只得下马纳降。懿在马上顾诸将曰：“吾前夜丙寅日见大星落于此处，今夜壬申日应矣。”众将称贺曰：“太尉真神机也！”［老天泄密，暗助仲达。］懿传令斩之。公孙渊父子对面受戮。司马懿遂勒兵来取襄平，未及到城下时，胡遵早引兵入城中。人民焚香拜迎，魏兵尽皆入城。懿坐于衙上，将公孙渊宗族并同谋官僚人等俱杀之，计首级七十余颗。［远不止此数。司马懿大军入城后，“男子年十五已上七千余人皆杀之，以为京观”。所谓“京观”，即用泥土夯实尸骸，在路边筑成恐怖高台，显耀武功，震慑他方。］出榜安民。人告懿曰：“贾范、伦直苦谏渊不可反叛，俱被渊所杀。”懿遂封其墓而荣其子孙。就将库内财物，赏劳三军，班师回洛阳。

却说魏主在宫中，夜至三更，忽然一阵阴风，吹灭灯光，只见毛皇后引数十个宫人哭至座前索命。叡因此得病。病渐沉重，命侍中光禄大夫刘放、孙资，掌枢密院一切事务；又召文帝子燕王曹宇为大将军，佐太子曹芳摄政。宇为人恭俭温和，不肯当此大任，坚辞不受。叡召刘放、孙资问曰：“宗族之内，何人可任？”二人久得曹真之惠，乃保奏曰：“惟曹子丹之子曹爽可也。”叡从之。二人又奏曰：“欲用曹爽，当遣燕王归国。”叡然其言。二人遂请叡降诏，赍出谕燕王曰：“有天子手诏，命燕王归国，限即日就行；若无诏不许入朝。”燕王涕泣而去。遂封曹爽为大将军，总摄朝政。叡病渐危，急令使持节诏司马懿还朝。懿受命，径到许昌入见魏主。叡曰：“朕惟恐不得见卿，今日得见，死无恨矣。”懿顿首奏曰：“臣在途中，闻陛下圣体不安，恨不肋生两翼，飞至阙下。今日得睹龙颜，臣之幸也。”叡宣太子曹芳，大将军曹爽，侍中刘放、孙资等，皆至御榻之前。叡执司马懿之手曰：“昔刘玄德在白帝城病危，以幼子刘禅托孤于诸葛孔明，孔明因此竭尽忠诚，至死方休。偏邦尚然如此，何况大国乎？朕幼子曹芳，年才八岁，不堪掌理社稷。幸太尉及宗兄元勋旧臣，竭力相辅，无负朕心！”又唤芳曰：“仲达与朕一体，尔宜敬礼之。”遂命懿携芳近前。［司马懿仿效孔明，活脱脱画虎类犬。］芳抱懿颈不放。叡曰：“太尉勿忘幼子今日相恋之情！”言讫，潸然泪下。懿顿首流涕。魏主昏沉，口不能言，只以手指太子，须臾而卒；在位十三年，寿三十六岁。时魏景初三年春正月下旬也。

当下司马懿、曹爽扶太子曹芳即皇帝位。芳字兰卿，乃叡乞养之子，秘在宫中，人莫知其所由来。［曹叡另有一个儿子曹询，也是养子。无独有偶，古罗马亦流行领养儿子，帝制时代的多位皇帝都是以养子身份生成羽翼，成为皇帝。］于是曹芳谥叡为明帝，葬于高平陵；尊郭皇后为皇太后；改元正始元年。司马懿与曹爽辅政。爽事懿甚谨，一应大事，必先启知。爽字昭伯，自幼出入宫中。明帝见爽谨慎，甚是爱敬。爽门下有客五百人，内有五人以浮华相尚：一是何晏，字平叔；一是邓飏，字玄茂，乃邓禹之后；一是李胜，字公昭；一是丁谧，字彦静；一是毕范，字昭先。又有大司农桓范字元则，颇有智谋，人多称为“智囊”。此数人皆爽所信任。何晏告爽曰：“主公大权，不可委托他人，恐生后患。”爽曰：“司马公与我同受先帝托孤之命，安忍背之？”晏曰：“昔日先公与仲达破蜀兵之时，累受此人之气，因而致死。［“先公”指曹真，然之前不说曹真被孔明用一封信骂死的吗？即兴编造的故事，常需事后弥补。一个谎言需要十个谎言补缀，作者忽而高度注重历史，忽而任意游走，难免穿帮。］主公如何不察也？”爽猛然省悟，遂与多官计议停当，入奏魏主曹芳曰：“司马懿功高德重，可加为太傅。”芳从之，自是兵权皆归于爽。爽命弟曹羲为中领军，曹训为武卫将军，曹彦为散骑常侍，各引三千御林军，任其出入禁宫。又用何晏、邓飏、丁谧为尚书，毕范为司隶校尉，李胜为河南尹。此五人日夜与爽议事。于是曹爽门下宾客日盛。司马懿推病不出，二子亦皆退职闲居。爽每日与何晏等饮酒作乐，凡用衣服器皿，与朝廷无异；各处进贡玩好珍奇之物，先取上等者入己，然后进宫，佳人美女，充满府院。黄门张当，谄事曹爽，私选先帝侍妾七八人，送入府中。又选善歌舞良家子女三四十人为家乐。又建重楼画阁，造金银器皿，用巧匠数百人，昼夜工作。

却说何晏闻平原管辂明数术，请与议《易》。［何晏系大将军何进之孙，母亲为曹操妾，何晏遂为曹操收养。崇尚玄学，著有《论语集解》《道德论》。］时邓飏在座，问辂曰："君自谓善《易》，而语不及《易》中词义，何也？"辂曰："夫善《易》者，不言《易》也。"晏笑而赞之曰："可谓要言不烦。"因谓辂曰："试为我卜一卦，可至三公否？"又问："连梦青蝇数十，来集鼻上，此是何兆？"辂曰："元恺辅舜，周公佐周，皆以和惠谦恭，享有多福。今君侯位尊势重，而怀德者鲜，畏威者众，殆非小心求福之道。且鼻者，山也；山高而不危，所以常守贵也。今青蝇臭恶而集焉。位峻者颠，可不惧乎？愿君侯裒多益寡，非礼勿履，然后三公可至，青蝇可驱也。"邓飏怒曰："此老生之常谈耳！"辂曰："老生者见不生，常谈者见不谈。"遂拂袖而去。二人大笑曰："真狂士也！"辂到家，与舅言之。舅大惊曰："何、邓二人，威权甚重，汝奈何犯之？"辂曰："吾与死人语，何所畏也！"舅问其故。辂曰："邓飏行步，筋不束骨，脉不制肉，起立倾倚，若无手足，此为'鬼躁'之相。何晏视侯，魂不守宅，血不华色，精炎烟浮，容若槁木，此为'鬼幽'之相。二人早晚必有杀身之祸，何足畏也！"［说得着实有趣。培根尝言："搀上一点伪说的道理总是给人添乐趣。"］其舅大骂辂为狂子而去。

却说曹爽尝与何晏、邓飏等畋猎。其弟曹羲谏曰："兄威权太甚，而好出外游猎，倘为人所算，悔之无及。"爽叱曰："兵权在吾手中，何惧之有！"司农桓范亦谏，不听。时魏主曹芳，改正始十年为嘉平元年。曹爽一向专权，不知仲达虚实，适魏主除李胜为青州刺史，即令李胜往辞仲达，就探消息。胜径到太傅府下，早有门吏报入。司马懿谓二子曰："此乃曹爽使来探吾病之虚实也。"乃去冠散发，上床拥被而坐，又令二婢扶策，方请李胜入府。胜至床前拜曰："一向不见太傅，谁想如此病重。今天子命某为青州刺史，特来拜辞。"懿佯答曰："并州近朔方，好为之备。"胜曰："除青州刺史，非'并州'也。"懿笑曰："你方从并州来？"胜曰："山东青州耳。"懿大笑曰："你从青州来也！"胜曰："太傅如何病得这等了？"左右曰："太傅耳聋。"胜曰："乞纸笔一用。"左右取纸笔与胜。胜写毕呈上，懿看之笑曰："吾病的耳聋了。此去保重。"言讫，以手指口。侍婢进汤，懿将口就之，汤流满襟，乃作哽噎之声曰："吾今衰老病笃，死在旦夕矣。二子不肖，望君教之。若见大将军，千万看觑二子！"言讫，倒在床上，声嘶气喘。［这才是绝代戏子！边装病，边"潜为之备"。看来，为逞老夫奇志，俯卧撑没少练。］李胜拜辞仲达，回见曹爽，细言其事。爽大喜曰："此老若死，吾无忧矣！"

司马懿见李胜去了，遂起身谓二子曰："李胜此去回报消息，曹爽必不忌我矣。只待他出城畋猎之时，方可图之。"不一日，曹爽请魏主曹芳去谒高平陵，祭祀先帝。大小官僚，皆随驾出城。爽引三弟，并心腹人何晏等，及御林军护驾正行，司农桓范叩马谏曰："主公总典禁兵，不宜兄弟皆出。倘城中有变，如之奈何？"爽以鞭指而叱之曰："谁敢为变？再勿乱言！"当日，司马懿见爽出城，心中大喜，即起旧日手下破敌之人，并家将数十，引二子上马，径来谋杀曹爽。正是：

闭户忽然有起色，驱兵自此逞雄风。

未知曹爽性命如何，且看下文分解。

宣王

司马昭获封晋王后，追封司马懿为"宣王"；司马炎称帝后，又追封司马懿为宣帝。和曹操一样，他也是未登皇位而获得皇帝称号的人；与曹操不同，宣王并未打下一座天下，他的王朝是窃得的。"篡国"与"窃国"，仍有质的不同。

司马懿是一架阴谋机器。并非他的计谋有多高明（拥有更多兵力却被迫在孔明面前采守势，可见一斑），而是除了计谋，他身上罕有人性之光。一辈子疑神疑鬼，为了日后的龙门前程，可以长期钻爬狗洞，用一种常态化的卑微人生，争取自己的机遇。一旦机遇来临，他身上积压许久的残忍因子瞬间爆发，可以面不改色地大开杀戒。身为男人，司马懿“以狐媚取天下”，狐与媚皆非正常的男性品质，司马懿却娴熟运用。在司马懿行使阴谋的过程中，人们很难看到某种可以定性为理想、信念的东西，无法依据他的行为推断其志向。总之，这是一个胸怀谲志的阴谋家，心术繁复，志向暧昧。

吕思勉认为，曹操和孔明都是“文武全才”，他们作为“公忠体国的文臣，舍死忘生的武士”，代表了封建时代的最高美德。而司马懿的成功，则表明“封建时代的道德澌灭以尽”。

第一百七回

魏主政归司马氏　姜维兵败牛头山

却说司马懿闻曹爽同弟曹羲、曹训、曹彦并心腹何晏、邓飏、丁谧、毕范、李胜等及御林军，随魏主曹芳出城谒明帝墓，就去畋猎。懿大喜，即到省中，令司徒高柔假以节钺行大将军事，先据曹爽营；又令太仆王观行中领军事，据曹羲营。懿引旧官入后宫奏郭太后，言爽背先帝托孤之恩，奸邪乱国，其罪当废。郭太后大惊曰："天子在外，如之奈何？"懿曰："臣有奏天子之表，诛奸臣之计。太后勿忧。"太后惧怕，只得从之。懿急令太尉蒋济、尚书令司马孚，一同写表，遣黄门赍出城外，径至帝前申奏。懿自引大军据武库。早有人报知曹爽家。其妻刘氏急出厅前，唤守府官问曰："今主公在外，仲达起兵何意？"守门将潘举曰："夫人勿惊，我去问来。"乃引弓弩手数十人，登门楼望之，正见司马懿引兵过府前。举令人乱箭射下，懿不得过。偏将孙谦在后止之曰："太傅为国家大事，休得放箭。"［太傅系虚衔，地位尊崇，几无实权，用来架空老臣，再好不过；后世所谓"顾问"，亦有此效。身为太傅却统帅大军，的属异常。］连止三次，举方不射。司马昭护父司马懿而过，引兵出城屯于洛河，守住浮桥。

且说曹爽手下司马鲁芝，见城中事变，来与参军辛敞商议曰："今仲达如此变乱，将如之何？"敞曰："可引本部兵出城去见天子。"芝然其言。敞急入后堂。其姊辛宪英见之，问曰："汝有何事，慌速如此？"敞告曰："天子在外，太傅闭了城门，必将谋逆。"宪英曰："司马公未必谋逆，特欲杀曹将军耳。"敞惊曰："此事未知如何？"宪英曰："曹将军非司马公之对手，必然败矣。"敞曰："那日司马教我同去，未知可去否？"宪英曰："职守，人之大义也。凡人在难，犹或恤之；执鞭而弃其事，不祥莫大焉。"敞从其言，乃与鲁芝引数十骑，斩关夺门而出。人报知司马懿。懿恐桓范亦走，急令人召之。范与其子商议。其子曰："车驾在外，不如南出。"范从其言，乃上马至平昌门，城门已闭，把门将乃桓范旧吏司蕃也。范袖中取出一竹版曰："太后有诏，可即开门。"司蕃曰："请诏验之。"范叱曰："汝是吾故吏，何敢如此！"番只得开门放出。范出的城外，唤司蕃曰："太傅造反，汝可速随我去。"蕃大惊，追之不及。人报知司马懿。懿大惊曰："'智囊'泄矣！如之奈何？"蒋济曰："驽马恋栈豆，必不能用也。"懿乃召许允、陈泰曰："汝去见曹爽，说太傅别无他事，只是削汝兄弟兵权而已。"许、陈二人去了。又召殿中校尉尹大目至，令蒋济作书，与目持去见爽。懿分付曰："汝与爽厚，可领此任。汝见爽，说吾与蒋济指洛水为誓，只因兵权之事，别无他意。"[“洛神”即宓妃，绝世美女，无关惩戒，故司马懿可随意起誓，视报应如玩物。]尹大目依令而去。

却说曹爽正飞鹰走犬之际，忽报城内有变，太傅有表。爽大惊，几乎落马。黄门官捧表跪于天子之前。爽接表拆封，令近臣读之。表略曰：

征西大都督、太傅臣司马懿，诚惶诚恐，顿首谨表：臣昔从辽东还，先帝诏陛下与秦王及臣等，升御床，把臣臂，深以后事为念。今大将军曹爽，背弃顾命，败乱国典；内则僭拟，外尊威权。以黄门张当为都监，尊共交关，看察至尊，伺候神器，离间二宫，伤害骨肉；天下汹汹，人怀危惧。此非先帝诏陛下及嘱臣之本意也。

臣虽朽迈，敢忘往言？太尉臣济、尚书臣孚等，皆以爽为有无君之心，兄弟不宜典兵宿卫。奏永宁宫，皇太后令敕臣表奏施行。臣辄敕主者及黄门令，罢爽、羲、训吏兵，以侯就第，不得逗遛以稽车驾；敢有稽留，便以军法从事。臣辄力疾将兵，屯于洛水浮桥，伺察非常。谨此上闻，伏干圣听。

魏主曹芳听毕，乃唤曹爽曰："太傅之言若此，卿如何裁处？"爽手足失措，回顾二弟曰："为之奈何？"羲曰："劣弟亦曾谏兄，兄执迷不听，致有今日。司马懿谲诈无比，孔明尚不能胜，况我兄弟乎？不如自缚见之，以免一死。"言未毕，参军辛敞、司马鲁芝到。[司马懿单凭一纸表文，竟把拥有庞大兵权的曹爽吓得乖乖就范，如老鼠见了猫，匪夷所思。据《晋书》，司马师曾“阴养死士三千，散在人间，至是一朝而集，众莫知所出也”。］爽问之，二人告曰：“城中把得铁桶相似，太傅引兵屯于洛水浮桥，势将不可复归。宜早定大计。”正言间，司农桓范骤马而至，谓爽曰：“太傅已变，将军何不请天子幸许都，调外兵以讨司马懿耶？”爽曰：“吾等全家皆在城中，岂可投他处求援？”范曰：“匹夫临难，尚欲望活。今主公身随天子，号令天下，谁敢不应？岂可自投死地乎？”爽闻言不决，惟流涕而已。范又曰：“此去许都不过半宿，城中粮草足支数载。今主公别营兵马，近在关南，呼之即至。大司马之印，某将在此。主公可急行，迟则休矣！”［《魏略》原文为“大司农印章在我身”，盖桓范原是大司农，掌管粮食调度，对军队至为要紧。作者改成“大司马”，不知何谓。曹爽本是大将军，皇帝又在身边，焉需大司马之印？］爽曰：“多官勿太催逼，待吾细细思之。”少顷，侍中许允、尚书令陈泰至。二人告曰：“太傅只为将军权重，不过要削去兵权，别无他意。将军可早归城中。”爽默然不语，又只见殿中校尉尹大目至。目曰：“太傅指洛水为誓，并无他意。有蒋太尉书在此。将军可削去兵权，早归相府。”爽信为良言。桓范又告曰：“事急矣，休听外言而就死地！”

是夜，曹爽意不能决，乃拔剑在手，嗟叹寻思，自黄昏直流涕到晓，终是狐疑不定。桓范入帐催之曰：“主公思虑一昼夜，何尚不能决？”爽掷剑而叹曰：“我不起兵，情愿弃官，但为富家翁足矣！”范大哭，出帐曰：“曹子丹以智谋自矜！今兄弟三人，真豚犊耳！”痛哭不已。［“老子英雄儿好汉”不多，虎父配犬子倒很常见。］许允、陈泰令爽先纳印绶与司马懿。爽令将印送去，主簿杨综扯住印绶而哭曰：“主公今日舍兵权自缚去降，不免东市受戮也！”爽曰：“太傅必不失信于我。”于是曹爽将印绶与许、陈二人，先赍与司马懿。众军见无将印，尽皆四散。爽手下只有数骑官僚。到浮桥时，懿传令，教曹爽兄弟三人且回私宅，余皆发监听候敕言。爽等入城府，并无一人侍从。桓范至浮桥边，懿在马上以鞭指之曰：“桓大夫何故如此？”范低头不语，入城而去。

于是司马懿请驾拔营入洛阳。曹爽兄弟三人回家之后，懿用大锁锁门，令居民八百人围守其宅。曹爽心中忧闷。羲谓爽曰："今家中乏粮，兄可作书与太傅借粮。如肯以粮借我，必无相害之心。"爽乃作书令人持去。司马懿览书，遂遣人送粮一百斛，运至曹爽府内。爽大喜曰："司马公本无害我之心也！"遂不以为忧。原来司马懿先将黄门张当捉下狱中问罪。当曰："非我一人，更有何晏、邓飏、李胜、毕范、丁谧等五人，同谋篡逆。"懿取了张当供词，却捉何晏等勘问明白，皆称三月间欲反。［办案之法，无非两条：口供加刑讯。］懿用长枷钉了。城门守将司蕃告称："桓范矫诏出城，口称太傅谋反。"懿曰："诬人反情，抵罪反坐。"亦将桓范等皆下狱，随押曹爽兄弟三人并一干人犯，皆斩于市曹，灭其三族。其家产财物，尽抄入库。［史载，"诛曹爽之际，支党皆夷及三族，男女无少长，姑姊妹女子之适人者皆杀之"。连出嫁女子都不放过。古人常常不辨"处决"与"屠杀"之别，以屠戮代替正法。］

时有曹爽从弟文叔之妻，乃夏侯令女也，早寡而无子，其父欲改嫁之，女截耳而自誓。及爽被诛，其父复将嫁之，女又断去其鼻。其家惊惶，谓之曰："人生世间，如轻尘栖弱草，何至自苦如此？且夫家又被司马氏诛戮已尽，守此欲谁为哉？"女泣曰："吾闻'仁者不以盛衰改节，义者不以存亡易心'。曹氏盛时，尚欲保终；况今灭亡，何忍弃之？此禽兽之为，吾岂行乎！"懿闻而贤之，听使乞子自养，为曹氏后。后人有诗曰：

弱草微尘尽达观，夏侯有女义如山。

大夫不及裙钗节，自顾须眉亦汗颜。

却说司马懿斩了曹爽，太尉蒋济曰："尚有鲁芝、辛敞斩关夺门而出，杨综夺印不与，皆不可纵。"懿曰："彼各为其主，乃义人也。"遂复各人旧职。辛敞叹曰："吾若不问于姊，失大义矣！"后人有诗赞辛宪英曰：

为臣食禄当思报，事主临危合尽忠。

辛氏宪英曾劝弟，故今千载颂高风。

司马懿饶了辛敞等，仍出榜晓谕：但有曹爽门下一应人等，尽皆免死，有官者照旧复职。军民各守家业，内外安堵。何、邓二人死于非命，果应管辂之言。后人有诗赞管辂曰：

传得圣贤真妙诀，平原管辂相通神。
“鬼幽”“鬼躁”分何邓，未丧先知是死人。

却说魏主曹芳封司马懿为丞相，加九锡。懿固辞不肯受。芳不准，令父子三人同领国事。懿忽然想起：“曹爽全家虽诛，尚有夏侯霸守备雍州等处，系爽亲族，倘骤然作乱，如何提备？必当处置。”即下诏遣使往雍州，取征西将军夏侯霸赴洛阳议事。夏侯霸听知大惊，便引本部三千兵造反。有镇守雍州刺史郭淮，听知夏侯霸反，即率本部兵来与夏侯霸交战。淮出马大骂曰：“汝既是大魏皇族，天子又不曾亏汝，何故背反？”霸亦骂曰：“吾祖父于国家多建勤劳，今司马懿何等人，灭吾曹氏宗族耶？又来取我，早晚必思篡位。吾仗义讨贼，何反之有？”淮大怒，挺枪骤马，直取夏侯霸。霸挥刀纵马来迎。战不十合，淮败走，霸随后赶来。忽听得后军呐喊，霸急回马时，陈泰引兵杀来。郭淮复回，两路夹攻。霸大败而走，折兵大半，寻思无计，遂投汉中来降后主。［本来，夏侯霸是最不愿投降蜀汉的人，其父是夏侯渊。］

有人报与姜维，维心不信，令人体访得实，方教入城。霸拜见毕，哭告前事。维曰：“昔微子去周，成万古之名。公能匡扶汉室，无愧古人也。”遂设宴相待。维就席问曰：“今司马懿父子掌握重权，有窥我国之志否？”霸曰：“老贼方图谋逆，未暇及外。但魏国新有二人，正在妙龄之际，若使领兵马，实吴、蜀之大患也。”维问：“二人是谁？”霸告曰：“一人见为秘书郎，乃颍州长社人，姓钟名会，字士季，太傅钟繇之子，幼有胆智。繇尝率二子见文帝，会时年七岁，其兄毓年八岁。见帝惶惧，汗流满面。帝问毓曰：‘卿何以汗？’毓对曰：‘战战惶惶，汗出如浆。’帝问会曰：‘卿何以不汗？’会对曰：‘战战栗栗，汗不敢出。’帝独奇之。及稍长，喜读兵书，深明韬略。司马懿与蒋济皆称其才。一人见为掾吏，乃义阳人也，姓邓名艾，字士载，幼年失父，素有大志。但见高山大泽，辄窥度指画，何处可以屯兵，何处可以积粮，何处可以埋伏。人皆笑之，独司马懿奇其才，遂令参赞军机。艾为人口吃，每奏事必称‘艾艾’。懿戏谓曰：‘卿称艾艾，当有几艾？’艾应声曰：‘“凤兮凤兮”，故是一凤。’

其资性敏捷，大抵如此。此二人深可畏也。”维笑曰：“量此孺子，何足道哉！”［先行报出钟会、邓艾之名，提示读者，兼为下文设伏。然论点与论据脱节，援引《世说新语》，不过略示风雅，并未说明两人为何将成“蜀之大患”，难怪姜维听不懂。］

于是姜维引夏侯霸至成都，入见后主。维奏曰：“司马懿谋杀曹爽，又来赚夏侯霸，霸因此投降。目今司马懿父子专权，曹芳懦弱，魏国将危。臣在汉中有年，兵精粮足。臣愿领王师，即以霸为乡道官，进取中原，重兴汉室，以报陛下之恩，以终丞相之志。”尚书令费祎谏曰：“近者蒋琬、董允皆相继而亡，内治无人。伯约只宜待时，不宜轻动。”维曰：“不然。人生如白驹过隙，似此迁延岁月，何日恢复中原乎？”祎又曰：“孙子云：知彼知己，百战百胜。我等皆不如丞相远甚，丞相尚不能恢复中原，何况我等？”［孔明的超凡能力，竟以精神压迫的方式影响后任，使费祎辈心安理得地放弃努力。孔明泉下有知，当恨造化弄人。］维曰：“吾久居陇上，深知羌人之心。今若结羌人为援，虽未能克复中原，自陇而西，可断而有也。”后主曰：“卿既欲伐魏，可尽忠竭力，勿堕锐气，以负朕命。”于是姜维领敕辞朝，同夏侯霸径到汉中，计议起兵。维曰：“可先遣使去羌人处通盟，然后出西平，近雍州。先筑二城于麴山之下，令兵守之，以为犄角之势。我等尽发粮草于川口，依丞相旧制，次第进兵。”是年秋八月，先差蜀将句安、李歆同引一万五千兵，往麴山前连筑二城。句安守东城，李歆守西城。

早有细作报与雍州刺史郭淮。淮一面申报洛阳，一面遣副将陈泰引兵五万，来与蜀兵交战。句安、李歆各引一军出迎，因兵少不能抵敌，退入城中。泰令兵四面围住攻打，又以兵断其汉中粮道。句安、李歆城中粮缺。郭淮自引兵亦到，看了地势，忻然而喜，回到寨中，乃与陈泰计议曰：“此城山势高阜，必然水少，须出城取水者。断其上流，蜀兵皆渴死矣。”遂令军士掘土揠断上流，城中果然无水。李歆引兵出城取水，雍州兵围困甚急。歆死战不能出，只得退入城去。句安城中亦无水，乃会了李歆，引兵出城，并在一处，大战良久，又败入城去。军士枯渴。安与歆曰：“姜都督之兵至今未到，不知何故。”歆曰：“我当舍命杀出求救。”遂引数十骑，开了城门，杀将出来。雍州兵四面围合，歆奋死冲突，方才得脱；只落得独自一人，身带重伤，余皆杀于乱军之中。是夜北风大起，阴云布合，天降大雪，因此城内蜀兵分粮化雪而食。

却说李歆撞出重围，从西山小路行了两日，正迎着姜维人马。歆下马伏地告曰：“麴山二城，皆被魏兵围困，绝了水道。幸得天降大雪，因此化雪度日，甚是危急。”维曰：“吾非救迟，为聚羌兵未到，因此误了。”遂令人送李歆入川养病。维问夏侯霸曰：“羌兵未到，魏兵围困麴山甚急，将军有何高见？”霸曰：“若等羌兵到，麴山二城皆陷矣。吾料雍州兵尽来麴山攻打，雍州城定然空虚。将军可引兵径往牛头山，抄在雍州之后。郭淮、陈泰必回救雍州，则麴山之围自解矣。”维大喜曰：“此计最善！”于是姜维引兵望牛头山而去。[有趣的是，目前伐魏的两位主角，之前都是魏将。蜀汉人才何等匮乏。]

却说陈泰见李歆杀出城去了，乃谓郭淮曰：“李歆若告急于姜维，姜维料吾大兵皆在麴山，必抄牛头山袭吾之后。将军可引一军去取洮水，断绝蜀兵粮道；吾分兵一半，径往牛头山击之。彼若知粮道已绝，必然自走矣。”郭淮从之，遂引一军暗取洮水。陈泰引一军径往牛头山来。

却说姜维兵至牛头山，忽听得前军发喊，报说魏兵截住去路。维慌忙自到军前视之。陈泰大喝曰：“汝欲袭吾雍州，吾已等候多时了！”维大怒，挺枪纵马，直取陈泰。泰挥刀而迎。战不三合，泰败走，维挥兵掩杀。雍州兵退回，占住山头。维收兵就牛头山下寨。维每日令兵搦战，不分胜负。夏侯霸谓姜维曰：“此处不是久停之所。连日交战，不分胜负，乃诱兵之计耳，必有异谋。不如暂退，再作良图。”正言间，忽报郭淮引一军取洮水，断了粮道。维大惊，急令夏侯霸先退，维自断后。陈泰分兵五路赶来。维独拒五路总口，战住魏兵。泰勒兵上山，矢石如雨。维急退到洮水之时，郭淮引兵杀来。维引兵往来冲突。魏兵阻其去路，密如铁桶。维奋死杀出，折兵大半，飞奔上阳平关来。前面又一军杀到，为首一员大将，纵马横刀而出。那人生得圆面大耳，方口厚唇，左目下生个黑瘤，瘤上生数十根黑毛，乃司马懿长子、骠骑将军司马师也。[好一副尊容。]维大怒曰：“孺子焉敢阻吾归路！”拍马挺枪，直来刺师。师挥刀相迎。只三合，杀败了司马师，维脱身径奔阳平关来。城上人开门放入姜维。司马师也来抢关，两边伏弩齐发，一弩发十矢，乃武侯临终时所遗“连弩”之法也。正是：

难支此日三军败，犹赖当年十矢传。

未知司马师性命如何，且看下文分解。

关系

夏侯渊的女儿某天外出砍柴，遇见张飞。张飞一见欣悦，娶之为妻。张飞日后听说黄忠阵斩夏侯渊，必然不爽。张飞女儿日后成为刘禅妻子，即蜀汉皇后。作为夏侯渊儿子的夏侯霸，对蜀汉的心情遂复杂起来：杀父之仇固然不共戴天，自家小妹却在那儿备极荣华。刘禅见到夏侯霸，一边辩解说“卿父自遇害于行间耳，非我先人之手刃也”，一边指着自己儿子说：“我儿也是你的外甥。”——貌似势不两立的敌对国，竟是亲戚。

三国人物的关系，敌我界限并不分明，那些敌我态度过于分明的人，未必获得尊重。当年于禁讨伐昌豨，昌豨原是于禁旧友，情急投降，于禁以所谓“围而后降者不赦”的堂皇理由，边抹眼泪边斩昌豨，时人多视为装腔作势。曹丕日后厌恶于禁乞降关羽，与此有关：既然你对昌豨一本正经“奉法行令”，自己就不该围而乞降。蜀汉政权里的重要人物刘巴，原是荆州名士，在曹魏有很多朋友。刘巴病重，曹魏重臣陈群等人纷纷致信孔明询问病情，甚是关切。当时中国仍实行封建制，皇权并非唯一效忠对象，诸侯豪杰各有效忠自己的部曲下属，司马懿不问鲁芝、辛敞之罪，强调“彼各为其主，乃义人也”，即是对习俗的尊重。

第一百八回

丁奉雪中奋短兵　孙峻席间施密计

却说姜维正走，遇着司马师引兵拦截。原来姜维取雍州之时，郭淮飞报入朝，魏主与司马懿商议停当，懿遣长子司马师引兵五万，前来雍州助战。师听知郭淮敌退蜀兵，师料蜀兵势弱，就来半路击之。直赶到阳平关，却被姜维用武侯所传连弩法，于两边暗伏连弩百余张，一弩发十矢，皆是药箭，两边弩箭齐发，前军连人带马射死不知其数。司马师于乱军之中，逃命而回。

却说麴山城中蜀将句安，见援兵不至，乃开门降魏。姜维折兵数万，领败兵回汉中屯扎。司马师自还洛阳。至嘉平三年秋八月，司马懿染病，渐渐沉重，乃唤二子至榻前嘱曰："吾事魏历年，官授太傅，人臣之位极矣。人皆疑吾有异志，吾尝怀恐惧。吾死之后，汝二人善理国政，慎之！慎之！"言讫而亡。［司马懿是权臣，不是雄杰。雄杰每不得志，权臣却建不世之功，贻百年之祸。由司马氏结束曹魏政权而建立的西晋王朝，国运仅五十一年，下启"五胡乱华"的长期分裂局面。］长子司马师，次子司马昭，二人申奏魏主曹芳。芳厚加祭葬，优锡赠谥；封师为大将军，总领尚书机密大事，昭为骠骑上将军。

却说吴主孙权，先有太子孙登，乃徐夫人所生，于吴赤乌四年身亡，遂立次子孙和为太子，乃琅琊王夫人所生。和因与金公主不睦，被公主所谮。权废之，和忧恨而死。又立三子孙亮为太子，乃潘夫人所生。此时陆逊、诸葛瑾皆亡，一应大小事务，皆归于诸葛恪。［陆逊是被性情乖张的孙权生生气死的。有大恩于孙权的陆逊获此下场，证明了塔西佗的一个判断："人们更多地喜欢报复而非报恩，因为报恩是负担，报复则带来快感。"］太和元年秋八月初一日，忽起大风，江海涛涌，平地水深八尺。吴主先陵所种松柏，尽皆拔起，直飞到建业城南门外，倒插望道上。

权因此受惊成病，至次年四月内病势沉重，乃召太傅诸葛恪、大司马吕岱至榻前，嘱以后事。嘱讫而薨。在位二十四年，寿七十一岁，乃蜀汉延熙十五年也。后人诗曰：

紫髯碧眼号英雄，能使臣僚肯尽忠。
二十四年兴大业，龙盘虎踞在江东。

孙权既亡，诸葛恪立孙亮为帝，大赦天下，改元大兴元年；谥权曰大皇帝，葬于蒋陵。早有细作探知其事，报入洛阳。司马师闻孙权已死，遂议起兵伐吴。［“乘人之危”是道德恶行，也是兵家常理。］尚书傅嘏曰：“吴有长江之险，先帝屡次征伐，皆不遂意。不如各守边疆，乃为上策。”师曰：“天道三十年一变，岂得常为鼎峙乎？吾欲伐吴。”昭曰：“今孙权新亡，孙亮幼懦，其隙正可乘也。”遂令征南大将军王昶引兵十万攻南郡，征东将军胡遵引兵十万攻东兴，镇南都督毌丘俭引兵十万攻武昌，三路进发。又遣弟司马昭为大都督，总领三路军马。是年冬十二月，司马昭兵至东吴边界，屯住人马，唤王昶、胡遵、毌丘俭到帐中计议曰：“东吴最紧要处，惟东兴郡也。今他筑起大堤，左右又筑两城，以防巢湖后面攻击，诸公须要仔细。”遂令王昶、毌丘俭：“各引一万兵列在左右，且勿进发；待取了东兴郡，那时一齐进兵。”昶、俭二人受令而去。昭又令胡遵为先锋，总领三路兵前去。先搭浮桥，取东兴大堤；若夺得左右二城，便是大功。遵领兵来搭浮桥。

却说吴太傅诸葛恪，听知魏兵三路而来，聚众商议。平北将军丁奉曰：“东兴乃东吴紧要处所，若有失，则南郡、武昌危矣。”恪曰：“此论正合吾意。公可就引三千水兵从江中去，吾随后令吕据、唐咨、刘纂各引一万马步兵，分三路来接应。但听连珠炮响，一齐进兵。吾自引大兵后至。”丁奉得令，即引三千水兵，分作三十只船，望东兴而来。

却说胡遵渡过浮桥，屯军于堤上，差桓嘉、韩综攻打二城。左城中乃吴将全怿守把，右城中乃吴将刘略守把。此二城高峻坚固，急切攻打不下。全、刘二人见魏兵势大，不敢出战，死守城池。胡遵在徐州下寨。时值严寒，天降大雪，胡遵与众将设席高会。忽报水上有三十只战船来到。遵出寨视之，见船将次傍岸，每船上约有百人。遂还帐中，谓诸将曰："不过三千人耳，何足惧哉！"只令部将哨探，仍前饮酒。丁奉将船一字儿抛在水上，乃谓部将曰："大丈夫立功名，正在今日！"遂令众军脱去衣甲，卸了头盔，不用长枪大战，止带短刀。魏兵见之大笑，更不准备。［费解，三千人不算多，但以精锐视之，亦不算少，何至不加防备，无故大笑?］忽然连珠炮响了三声，丁奉扯刀当先，一跃上岸。众军皆拔短刀，随奉上岸，砍入魏寨，魏兵措手不及。韩综急拔帐前大戟迎之，早被丁奉抢入怀内，手起刀落，砍翻在地。桓嘉从左边转出，忙绰枪刺丁奉，被奉挟住枪杆。嘉弃枪而走，奉一刀飞去，正中左肩，嘉望后便倒。奉赶上，以枪刺之。三千吴兵，在魏寨中左冲右突。胡遵急上马夺路而走。魏兵一齐奔上浮桥，浮桥已断，大半落水而死；杀倒在雪地者，不知其数。车仗马匹军器，皆被吴兵所获。司马昭、王昶、毌丘俭听知东兴兵败，亦勒兵而退。［丁奉杀得漂亮，魏军败得蹊跷。］

却说诸葛恪引兵至东兴，收兵赏劳了毕，乃聚诸将曰："司马昭兵败北归，正好乘势进取中原。"遂一面遣人赍书入蜀，求姜维进兵攻其北，许以平分天下；一面起大兵二十万，来伐中原。临行时，忽见一道白气，从地而起，遮断三军，对面不见。蒋延曰："此气乃白虹也，主丧兵之兆。太傅只可回朝，不可伐魏。"恪大怒曰："汝安敢出不利之言，以慢吾军心！"叱武士斩之，众皆告免，恪乃贬蒋延为庶人。乃催兵前进。丁奉曰："魏以新城为总隘口，若先取得此城，司马昭破胆矣。"恪大喜，即趱兵直至新城。守城牙门将军张特，见吴兵大至，闭门坚守。恪令四面围定。早有流星马报入洛阳。主簿虞松告司马师曰："今诸葛恪围新城，且未可与战。吴兵远来，人多粮少，粮尽自走矣。待其将走，然后击之，必得全胜。但恐蜀兵犯境，不可不防。"师然其言，遂令司马昭引一军助郭淮防姜维；毌丘俭、胡遵拒住吴兵。

却说诸葛恪连夜攻打新城不下，令众将曰："并力攻城，怠慢者立斩。"于是诸将奋力攻打。城东北角将陷。张特在城中定下一计，乃令一舌辩之士赍捧册籍，赴吴寨见诸葛恪，告曰："魏国之法：若敌人围城，守城将坚守一百日，而无救兵至，然后出城降敌者，家族不坐罪。今将军围城已九十余日，望乞再容数日，某主将尽率军民出城投降。今先具册籍呈上。”恪深信之，收了军马，遂不攻城。原来张特用缓兵之计，哄退吴兵。遂拆城中房屋，于破城处修补完备，乃登城大骂曰：“吾城中尚有半年之粮，岂肯降吴狗耶！尽战无妨！”恪大怒，催兵攻城。城上乱箭射下。恪额上正中一箭，翻身落马。诸将救起还寨，金疮举发。众军皆无战心；又因天气亢炎，军士多病。恪金疮稍可，欲催兵攻城。营吏告曰：“人人皆病，安能战乎？”恪大怒曰：“再说病者斩之！”众军闻知，逃者无数。忽报都督蔡林引本部军投魏去了。恪大惊，自乘马遍视各营，果见军士面色黄肿，各带病容，遂勒兵还吴。早有细作报知毌丘俭。俭尽起大兵，随后掩杀。［诸葛恪是诸葛亮的侄子，与孔明无纤毫相似。］吴兵大败而归。恪甚羞惭，托病不朝。吴主孙亮自幸其宅问安，文武官僚皆来拜见。恪恐人议论，先搜求众官将过失，轻则发遣边方，重则斩首示众。于是内外官僚，无不悚惧。又令心腹将张约、朱恩掌御林军，以为牙爪。［这是古代的白色恐怖，高压政治。］

却说孙峻，字子远，乃孙坚弟孙静曾孙，孙恭之子也；孙权在日甚爱之，命掌御林军马。今闻诸葛恪令张约、朱恩二人掌御林军，夺其权，心中大怒。太常卿滕胤，素与诸葛恪有隙，乃乘间说峻曰：“诸葛恪专权恣虐，杀害公卿，将有不臣之心。公系宗室，何不早图之？”峻曰：“我有是心久矣。今当即奏天子，请旨诛之。”

于是孙峻、滕胤入见吴主孙亮，密奏其事。亮曰：“朕见此人，亦甚恐怖，常欲除之，未得其隙。今卿等果有忠义，可密图之。”胤曰：“陛下可设席召恪，暗伏武士于壁衣中，掷杯为号，就席间杀之，以绝后患。”亮从之。

却说诸葛恪自兵败回朝，托病居家，心神恍惚。一日，偶出中堂，忽见一人穿麻挂孝而入。恪叱问之，其人大惊无措。恪令拿下拷问，其人告曰：“某因新丧父亲，入城请僧追荐；初见是寺院而入，却不想是太傅之府。却怎生来到此处也？”恪怒，召守门军士问之。军士告曰：“某等数十人，皆荷戈把门，未尝暂离，并不见一人入来。”恪大怒，尽数斩之。是夜，恪睡卧不安，忽听得正堂中声响如霹雳。恪自出视之，见中梁折为两段。恪惊归寝室，忽然一阵阴风起处，见所杀披麻人与守门军士数十人，各提头索命。恪惊倒在地，良久方苏。次早洗面，闻水甚血臭。恪叱侍婢，连换数十盆，皆臭无异。

恪正惊疑间，忽报天子有使至，宣太傅赴宴。恪令安排车仗。方欲出府，有黄犬衔住衣服，嘤嘤作声，如哭之状。恪怒曰："犬戏我也!"叱左右逐去之，遂乘车出府。行不数步，见车前一道白虹，自地而起，如白练冲天而去。[当初董太师死前，亦频现类似凶兆。此类写法，只是表达一个投合下层民众认知的正义观：恶人必遭天谴。]恪甚惊怪，心腹将张约进车前密告曰："今日宫中设宴，未知好歹，主公不可轻入。"恪听毕，便令回车。行不到十余步，孙峻、滕胤乘马至车前曰："太傅何故便回?"恪曰："吾忽然腹痛，不可见天子。"胤曰："朝廷为太傅军回，不曾面叙，故特设宴相召，兼议大事。太傅虽恙，还当勉强一行。"恪从其言，遂同孙峻、滕胤入宫，张约亦随入。

恪见吴主孙亮，施礼毕，就席而坐。亮命进酒，恪心疑，辞曰："病躯不胜杯酌。"孙峻曰："太傅府中尝服药酒，可取饮乎?"恪曰："可也。"遂令从人回府取自制药酒到，恪方才放心饮之。酒至数巡，吴主孙亮托事先起。孙峻下殿，脱了长服，着短衣，内披环甲，手提利刀，上殿大呼曰："天子有诏诛逆贼!"诸葛恪大惊，掷杯于地，欲拔剑迎之，头已落地。张约见峻斩恪，挥刀来迎。峻急闪过，刀尖伤其左指。峻转身一刀，砍中张约右臂。武士一齐拥出，砍倒张约，剁为肉泥。孙峻一面令武士收恪家眷，一面令人将张约并诸葛恪尸首，用芦席包裹，以小车载出，弃于城南门外石子岗乱冢坑内。

却说诸葛恪之妻正在房中心神恍惚，动止不宁，忽一婢女入房。恪妻问曰："汝遍身如何血臭?"其婢忽然反目切齿，飞身跳跃，头撞屋梁，口中大叫曰："吾乃诸葛恪也！被奸贼孙峻谋杀!"[恶人与厉鬼合为一体。]恪合家老幼，惊惶号哭。不一时，军马至，围住府第，将恪全家老幼，俱缚至市曹斩首。时吴大兴二年冬十月也。

昔诸葛瑾存日，见恪聪明尽显于外，叹曰："此子非保家之主也!"又魏光禄大夫张缉，曾对司马师曰："诸葛恪不久死矣。"师问其故，缉曰："威震其主，何能久乎?"至此果中其言。

却说孙峻杀了诸葛恪，吴主孙亮封峻为丞相、大将军、富春侯，总督中外诸军事。自此权柄尽归孙峻矣。

且说姜维在成都接得诸葛恪书，欲求相助伐魏。遂入朝奏准后主，复起大兵北伐中原。正是：

一度兴师未奏绩，两番讨贼欲成功。

未知胜负如何，且看下文分解。

伟大

杰里米·边沁说："无论在原则上还是实践中，无论在正确的还是错误的行为和思想路线上，人的所有品质中最罕见的是始终一贯性。"晚年的孙权，昏庸暴戾，与早年周瑜、鲁肃眼中礼贤下士、英明果决的吴主，有天壤之别。曹操在时，司马懿做小伏低，日谨一日，日后对曹丕、曹叡也算举止谦退，恪尽臣道，突然闹兵变，用沾满人血的屠刀在朝中建立恐怖声威，谦和太傅一变而为无常恶魔。再回放曹操、刘备等人的生平前后，性格变迁亦历历可睹。以曹操论，赤壁战前几有天纵英明，值魏王加身，神光褪尽，非复旧观。"吾道一以贯之"，真谈何容易。

"不要畏惧伟大，有人的伟大是天生的，有人的伟大是获得的，有人的伟大是强加的。"这是莎士比亚的妙论。孙权曾有天生的伟大，但他用不保的晚节，亲手将它毁去，仿佛与伟大有仇。司马懿有过还算伟大的事功，但从未拥有一颗伟大的内心，最终完成了精神上的自戕。诸葛恪权势熏天之际，在他人眼里或有伟人之体量身形，但内心的卑鄙，证明了他比任何人都更"畏惧伟大"。可见，凡热衷权力、迷恋权谋者，必无缘伟大。作为英雄时代的三国，相当程度上也是匹夫与小人时代。

也许，只有曹操和孔明称得上伟大。唯其如此，爱默生的非凡断语牢牢罩住他们的千秋声名："伟大即被误解。"

第一百九回

困司马汉将奇谋　废曹芳魏家果报

蜀汉延熙十六年秋，将军姜维起兵二十万，令廖化、张翼为左右先锋，夏侯霸为参谋，张嶷为运粮使，大兵出阳平关伐魏。维与夏侯霸商议曰："向取雍州，不克而还。今若再出，必又有备。公有何高见？"霸曰："陇上诸郡，只有南安钱粮最广；若先取之，足可为本。向者不克而还，盖因羌兵不至。今可先遣人会羌人于陇右，然后进兵出石营，从董亭直取南安。"维大喜曰："公言甚妙！"遂遣郤正为使，赍金珠蜀锦入羌，结好羌王。羌王迷当得了礼物，便起兵五万，令羌将俄何烧戈为大先锋，引兵南安来。[与其说继承孔明遗志，不如说延续孔明惯性。姜维准备不足，战略不明，战场局限于魏国边陲，不具实质威胁，徒成边患滋扰。]

魏左将军郭淮闻报，飞奏洛阳。司马师问诸将曰："谁敢去敌蜀兵？"辅国将军徐质曰："某愿往。"师素知徐质英勇过人，心中大喜，即令徐质为先锋，令司马昭为大都督，领兵望陇西进发。军至董亭，正遇姜维，两军列成阵势。徐质使开山大斧，出马挑战。蜀阵中廖化出迎。战不数合，化拖刀败回。张翼纵马挺枪而迎，战不数合，又败入阵。徐质驱兵掩杀，蜀兵大败，退三十余里。司马昭亦收兵回，各自下寨。

姜维与夏侯霸商议曰："徐质勇甚，当以何策擒之？"霸曰："来日诈败，以埋伏之计胜之。"维曰："司马昭乃仲达之子，岂不知兵法？若见地势掩映，必不肯追。吾见魏兵累次断吾粮道，今却用此计诱之，可斩徐质矣。"遂唤廖化分付如此如此，又唤张翼分付如此如此，二人领兵去了。一面令军士于路撒下铁蒺藜，寨外多排鹿角，示以久计。

徐质连日引兵搦战，蜀兵不出。哨马报司马昭说："蜀兵在铁笼山后，用木牛流马搬运粮草，以为久计，只待羌兵策应。"昭唤徐质曰：

“昔日所以胜蜀者，因断彼粮道也。今蜀兵在铁笼山后运粮，汝今夜引兵五千断其粮道，蜀兵自退矣。”徐质领令，初更时分，引兵望铁笼山来，果见蜀兵二百余人，驱百余头木牛流马，装载粮草而行。魏兵一声喊起，徐质当先拦住。蜀兵尽弃粮草而走。质分兵一半押送粮草回寨，自引兵一半追来。追不到十里，前面车仗横截去路。质令军士下马，拆开车仗，只见两边忽然火起。质急勒马回走，后面山僻窄狭处，亦有车仗截路，火攻迸起。质等冒烟突火，纵马而出。一声炮响，两路军杀来，左有廖化，右有张翼，大杀一阵，魏兵大败。徐质奋死只身而走，人困马乏。正奔走间，前面一枝兵杀到，乃姜维也。质大惊无措，被维一枪刺倒坐下马，徐质跌下马来，被众军乱刀砍死。质所分一半押粮兵，亦被夏侯霸所擒，尽降其众。霸将魏兵衣甲马匹令蜀兵穿了，就令骑坐，打着魏军旗号，从小路径奔回魏寨来。魏军见本部兵回，开门放入，蜀兵就寨中杀起。司马昭大惊，慌忙上马走时，前面廖化杀来。昭不能前进，急退时，姜维引兵从小路杀到。昭四下无路，只得勒兵上铁笼山据守。原来此山只有一条路，四下皆峻险难上；其上唯有一泉，止彀百人之饮。此时昭手下有六千人，被姜维绝其路口，山上泉水不敷，人马枯渴。昭仰天长叹曰：“吾死于此地矣！”后人有诗曰：

妙算姜维不等闲，魏师受困铁笼间。

庞涓始入马陵道，项羽初围九里山。

主簿王韬曰：“昔日耿恭受困，拜井而得甘泉。将军何不效之？”昭从其言，遂上山顶泉边，再拜而祝曰：“昭奉诏来追蜀兵，若昭合死，令甘泉枯竭，昭自当刎颈，教部军尽降；如寿禄未终，愿苍天早赐甘泉，以活众命！”祝毕，泉水涌出，取之不竭，因此人马不死。［似乎苍天有副贪官脾性，没心没肺，有奶便是娘。其实不然，这类传说出于事后杜撰，在缺乏公共平台的古代社会，虚构的天意具有今日公众舆论的能量，足以惑乱视听，为己方造势。］

却说姜维在山下困住魏兵，谓众将曰：“昔日丞相在上方谷不曾捉住司马懿，吾深为恨；今司马昭必被吾擒矣。”

却说郭淮听知司马昭困于铁笼山上，欲提兵来。陈泰曰：“姜维会合羌兵，欲先取南安。今羌兵已到，将军若彻兵去救，羌兵必乘虚袭我后也。可先令人诈降羌人，于中取事。若退了此兵，方可救铁笼之围。”郭淮从之，遂令陈泰引五千兵，径到羌王寨内，解甲而入，泣拜曰：“郭淮妄自尊大，常有杀泰之心，故来投降。郭淮军中虚实，某俱知之。只今夜愿引一军前去劫寨，便可成功。如兵到魏，泰自有内应。”迷当大喜，遂令俄何烧戈同陈泰来劫魏寨。俄何烧戈教泰降兵在后，令泰引羌兵为前部。是夜二更，竟到魏寨，寨门大开。陈泰一骑马先入。俄何烧戈骤马挺枪入寨之时，只叫得一声苦，连人带马，跌在陷坑里。陈泰从后面杀来，郭淮从左边杀来，羌兵大乱，自相践踏，死者无数，生者尽降。俄何烧戈自刎而死。郭淮、陈泰引兵直杀到羌人寨中，迷当大王急出帐上马时，被魏兵生擒活捉，来见郭淮。淮慌下马，亲去其缚，用好言抚慰曰：“朝廷素以公为忠义，今何故助蜀人也？”迷当惭愧伏罪。淮乃说迷当曰：“公今为前部，去解铁笼山之围；退了蜀兵，吾奏准天子，自有厚赐。”［请一支随时可能变换旗帜的军队助阵，风险太大。］

迷当从之，遂引羌兵在前，魏兵在后，径奔铁笼山。时值三更，先令人报知姜维。维大喜，教请入相见。魏兵多半杂在羌人部内，行到蜀寨前，维令大兵皆寨外屯扎，迷当引百余人到中军帐前。姜维、夏侯霸二人出迎。魏将不等迷当开言，就从背后杀将起来。维大惊，急上马而走。羌、魏之兵，一齐杀入。蜀兵四纷五落，各自逃生。维手无器械，腰间悬有一副弓箭，走得慌忙，箭皆落了，只有空壶。维望山中而走。背后郭淮引兵赶来，见维手无寸铁，乃骤马挺枪追之。看看至近，维虚拽弓弦，连响十余次。淮连躲数番，不见箭到，知维无箭，乃挂住钢枪，拈弓搭箭射之。维急闪过，顺手接了，就扣在弓弦上，待淮追近，望面门上尽力射去，淮应弦落马。维勒回马来杀郭淮，魏军骤至。维下手不及，只夺得淮枪而去。魏兵不敢追赶，急救淮归寨，拔出箭头，血流不止而死。司马昭下山引兵追赶，半途而回。夏侯霸随后逃至，与姜维一齐奔走。维折了许多人马，一路收扎不住，自回汉中。虽然兵败，却射死郭淮，杀死徐质，挫动魏国之威，将功补罪。［双方徒然在战场上委弃大量尸骸，却无改魏强蜀弱的既定格局。郭淮已是老将，年龄当在六十开外，不至于在战场上与姜维单挑比箭；姜维也年逾五十。]

却说司马昭犒劳羌兵，发遣回国去讫，班师还洛阳，与兄司马师专制朝权，群臣莫敢不服。魏主曹芳每见师入朝，战栗不已，如针刺背。一日，芳设朝，见师挂剑上殿，慌忙下榻迎之。师笑曰："岂有君迎臣之礼也，请陛下稳便。"须臾，群臣奏事，司马师俱自剖断，并不启奏魏主。少时师退，昂然下殿，乘车入内，前遮后拥，不下数千人马。芳退入后殿，顾左右止有三人，乃太常夏侯玄，中书令李丰，光禄大夫张缉。缉乃张皇后之父，曹芳之皇丈也。

芳叱退近侍，同三人至密室商议。芳执张缉之手而哭曰："司马师视朕如小儿，觑百官如草芥，社稷早晚必归此人矣！"言讫大哭。李丰奏曰："陛下勿忧。臣虽不才，愿以陛下之明诏，聚四方之英杰，以剿此贼。"夏侯玄奏曰："臣兄夏侯霸降蜀，因惧司马兄弟谋害故耳。今若剿除此贼，臣兄必回也。臣乃国家旧戚，安敢坐视奸贼乱国？愿同奉诏讨之。"芳曰："但恐不能耳。"三人哭奏曰："臣等誓当同心讨贼，以报陛下！"芳脱下龙凤汗衫，咬破指尖，写了血诏，授与张缉，乃嘱曰："朕祖武皇帝诛董承，盖为机事不密也。卿等须谨细，勿泄于外。"丰曰："陛下何出此不利之言？臣等非董承之辈，司马师安比武祖也？陛下勿疑。"

三人辞出，至东华门左侧，正见司马师带剑而来，从者数百人，皆持兵器。三人立于道旁。师问曰："汝三人退朝何迟？"李丰曰："圣上在内观书，我三人侍读故耳。"师曰："所看何书？"丰曰："乃夏、商、周三代之书也。"师曰："上见此书，问何故事？"丰曰："天子所问伊尹扶商、周公摄政之事，我等皆奏曰：'今司马大将军，即伊尹、周公也。'"师冷笑曰："汝等岂将吾比伊尹、周公；其心实指吾为王莽、董卓！"三人皆曰："我等皆将军门下之人，安敢如此？"师大怒曰："汝等乃口谀之人！适间于天子在密室中所哭何事？"三人曰："实无此状。"师叱曰："汝三人泪眼尚红，如何抵赖！"夏侯玄知事已泄，乃厉声大骂曰："吾等所哭者，为汝威震其主，将谋篡逆耳！"师大怒，叱武士捉夏侯玄。玄揎拳裸袖，径击司马师，却被武士擒住。师令将各人搜检，于张缉身畔搜出一龙凤汗衫，上有血字。左右呈与司马师。师视之，乃密诏也。诏曰：

司马师弟兄，共持大权，将图篡逆。所行诏制，皆非朕意。各部官兵将士，可同仗忠义，讨灭贼臣，匡扶社稷。功成之日，重加爵赏。

司马师看毕，勃然大怒曰："原来汝等正欲谋害吾兄弟！情理难容！"遂令将三人腰斩于市，灭其三族。三人骂不绝口。比临东市中，牙齿尽被打落，各人含糊数骂而死。[与董承衣带诏故事，一般无二。不得不说，作者写作激情及想象力有所下滑，常迫使读者重温旧事。历史偶有惊人的重复，小说却不该有全无新意的叙事和鉴戒。]师直入后宫。魏主曹芳正与张皇后商议此事。皇后曰："内庭耳目颇多，倘事泄露，必累妾矣！"

正言间，忽见师入，皇后大惊。师按剑谓芳曰："臣父立陛下为君，功德不在周公之下；臣事陛下，亦与伊尹何别乎？今反以恩为仇，以功为过，欲与二三小臣，谋害臣兄弟，何也？"芳曰："朕无此心。"师袖中取出汗衫，掷之于地曰："此谁人所作耶！"芳魂飞天外，魄散九霄，战栗而答曰："此皆为他人所迫故也。朕岂敢兴此心？"[逼急了，皇帝也是小人，热衷出卖。]师曰："妄诬大臣造反，当加何罪？"芳跪告曰："朕合有罪，望大将军恕之！"师曰："陛下请起。国法未可废也。"乃指张皇后曰："此是张缉之女，理当除之！"芳大哭求免，师不从，叱左右将张后捉出，至东华门内用白练绞死。后人有诗曰：

当年伏后出宫门，跣足哀号别至尊。
司马今朝依此例，天教还报在儿孙。

次日，司马师大会群臣曰："今主上荒淫无道，亵近娼优，听信谗言，闭塞贤路。其罪甚于汉之昌邑，不能主天下。吾谨按伊尹、霍光之法，别立新君，以保社稷，以安天下，如何？"众皆应曰："大将军行伊、霍之事，所谓应天顺人，谁敢违命？"师遂同多官入永宁宫，奏闻太后。太后曰："大将军欲立何人为君？"师曰："臣观彭城王曹据，聪明仁孝，可以为天下之主。"太后曰："彭城王乃老身之叔，今立为君，我何以当之？今有高贵乡公曹髦，乃文皇帝之孙，此人温恭克让，可以立之。卿等大臣，从长计议。”一人奏曰：“太后之言是也，便可立之。”众视之，乃司马师宗叔司马孚也。师遂遣使往元城召高贵乡公；请太后升太极殿，召芳责之曰：“汝荒淫无度，亵近娼优，不可承天下；当纳下玺绶，复齐王之爵，目下起程，非宣召不许入朝。”芳泣拜太后，纳了国宝，乘王车大哭而去。只有数员忠义之臣，含泪而送。后人有诗曰：

昔日曹瞒相汉时，欺他寡妇与孤儿。

谁知四十余年后，寡妇孤儿亦被欺。

[吕思勉极反感这种说法，尝写道：“把魏武帝和司马懿看做一流人物，这真是笑话了，魏武帝何尝有欺人孤儿寡妇之事来?”]

却说高贵乡公曹髦，字彦士，乃文帝之孙，东海定王霖之子也。当日司马师以太后命宣至，文武官僚备銮驾于南掖门外拜迎。髦慌忙答礼。太尉王肃曰：“主上不当答礼。”髦曰：“吾亦人臣也，安得不答礼乎?”文武扶髦上辇入宫。髦辞曰：“太后诏命，不知为何，吾安敢乘辇而入?”遂步行至太极东堂。司马师迎着，髦先下拜，师急扶起。问候已毕，引见太后。太后曰：“吾见汝年幼时，有帝王之相。汝今可为天下之主，务须恭俭节用，布德施仁，勿辱先帝也。”髦再三谦辞。师令文武请髦出太极殿，是日立为新君，改嘉平六年为正元元年，大赦天下。假大将军司马师黄钺，入朝不趋，奏事不名，带剑上殿。文武百官，各有封赐。

正元二年春正月，有细作飞报，说镇东将军毌丘俭、扬州刺史文钦，以废主为名，起兵前来。司马师大惊。正是：

汉臣曾有勤王志，魏将还兴讨贼师。

未知如何迎敌，且看下文分解。

正义

关于战争的正义性，古人的认知与今人绝然不同。孟子说：“春秋无义战。”何谓“义战”? 孔子曰：“天下有道，则礼乐征伐自天子出；天下无道，则礼乐征伐自诸侯出。”“义”取决于征伐者的身份，以天子身份征伐，则义在其中；反之，即是无道战争。曹魏与蜀汉各恃正统，各有天子，双方互攻时均以“义战”自居，则“义”在何处？镇东将军毌丘俭、扬州刺史文钦出于对司马师废主的义愤而起兵，他们定会在“义”的层面找到起兵理由，但再怎么找，也与今人的正义观不同。古罗马史家李维说过：“在君主政体下培养出来的人，说起话来都充满了空洞、炫耀和毫无价值的东西，他们无一不把自己的国王抬到德才兼备至高无上的地位。”故仅仅以帝王神圣性作为义战的道义基础，终究无关正义。

罗马人的战争观，同样远离正义，李维说得痛快：“必然之战皆正义，当武力是唯一希望之所在，武力就是神圣的。”汉娜·阿伦特提醒我们，在西方世界，“侵略是一种罪行，只要是抵御或防范侵略，战争就是有理的，这种观点只有在第一次世界大战使现代科技下的战争所具有的可怕杀伤力一览无余之后，才获得了实践的乃至理论的意义”。看来，无论结合古人认知还是现代观念，我们都能得出结论：三国无义战。

第一百十回

文鸯单骑退雄兵　姜维背水破大敌

却说魏正元二年正月，扬州都督、镇东将军、领淮南军马毌丘俭，字仲闻，河南闻喜人也，闻司马师擅行废立之事，心中愤怒。长子毌丘甸曰："父亲官居方面，司马师专权废主，国家有垒卵之危，安可晏然自守？"俭曰："吾儿之言是也。"遂请刺史文钦商议。钦乃曹爽门下客，当日闻俭相请，即来拜谒。俭邀入后堂，礼毕，说话间，俭流泪不止。钦问其故，俭曰："司马师专权废主，天地反覆，安得不伤心乎！"钦曰："都督镇守方面，若肯仗义讨贼，钦愿舍死相助。钦中子文淑，小字阿鸯，有万夫不当之勇，常欲杀司马师兄弟，与曹爽报仇，今可令为先锋。"俭大喜，即时酹酒为誓。二人诈称太后有密诏，令淮南大小官兵将士，皆入寿春城，立一坛于西，宰白马歃血为盟，宣言司马师大逆不道，今奉太后密诏，令尽起淮南军马，仗义讨贼。众皆悦服。俭提六万兵，屯于项城。文钦领兵二万在外为游兵，往来接应。俭移檄诸郡，令各起兵相助。

却说司马师左眼肉瘤，不时痛痒，乃命医官割之，以药封闭，连日在府养病；［据《太平御览》，华佗曾替婴儿期的司马师施行眼科手术。若此事可信，手术后司马师用那只病眼多看了四十多载春秋，当属非常了不起的医学成就。］忽闻淮南告急，乃请太尉王肃商议。肃曰："昔关云长威震华夏，孙权令吕蒙袭取荆州，抚恤将士家属，因此关公军势瓦解。今淮南将士家属，皆在中原，可急抚恤，更以兵断其归路，必有土崩之势矣。"师曰："公言极是。但吾新害目瘤，不能自往。若使他人，心又不稳。"时中书侍郎钟会在侧，进言曰："淮楚兵强，其锋甚锐。若遣人领兵去退，多是不利。倘有疏虞，则大事废矣。"师蹶然起曰："非吾自往，不可破贼！"遂留弟司马昭守洛阳总摄朝政，师乘软舆带病东行，令镇东将军诸葛诞总督豫州诸军，从安风津取寿春；又令征东将军胡遵领青州诸军，出谯、宋之地，绝其归路；又遣豫州刺史、监军王基领前部兵，先取镇南之地。师领大军屯于襄阳，聚文武于帐下商议。光禄勋郑褒曰："毌丘俭好谋而无断，文钦有勇而无智。今大将出其不意，江、淮之卒锐气正盛，不可轻敌，只宜深沟高垒，以挫其锐。此亚夫之长策也。"监军王基曰："不可。淮南之反，非军民思乱也，皆因毌丘俭势力所迫，不得已而从之。若大军一临，必然瓦解。"师曰："此言甚妙。"遂进兵于㶏水之上，中军屯于㶏桥。基曰："南顿极好屯兵，可提兵星夜取之。若迟则毌丘俭必先至矣。"师遂令王基前部兵来南顿下寨。

却说毌丘俭在项城闻知司马师自来，乃聚众商议。先锋葛雍曰："南顿之地，依山傍水，极好屯兵；若魏兵先占，难以驱遣，可速取之。"俭然其言，起兵投南顿来。正行之间，前面流星马报说，南顿已有人马下寨。俭不信，自到军前视之，果然旌旗遍野，营寨齐整。俭回到军中，无计可施。忽哨马飞报："东吴孙峻提兵渡江袭寿春来了。"俭大惊曰："寿春若失，吾归何处！"是夜退兵于项城。

司马师见毌丘俭军退，聚多官商议。尚书傅嘏曰："今俭兵退者，忧吴人袭寿春也，必回项城分兵拒守。将军可令一军取乐嘉城，一军取项城，一军取寿春，则淮南之卒必退矣。兖州刺史邓艾足智多谋，若领兵径取乐嘉，更以重兵应之，破贼不难也。"师从之，急遣使持檄文，教邓艾起兖州之兵破乐嘉城。师随后引兵到彼会合。[这位天生的将领，从传说之雾中正式走向历史前台。]

却说毌丘俭在项城不时差人去乐嘉城哨探，只恐有兵来。请文钦到营共议，钦曰："都督勿忧。我与拙子文鸯，只消五千兵，敢保乐嘉城。"俭大喜。钦父子引五千兵投乐嘉来。前军报说："乐嘉城西，皆是魏兵，约有万余。遥望中军，白旄黄钺，皂盖朱幡，簇拥虎帐，内竖立一面锦绣帅字旗，此必司马师也。安立营寨，尚未完备。"时文鸯悬鞭立于父侧，闻知此语，乃告父曰："趁彼营寨未成，可分兵两路，左右击之，可全胜也。"钦曰："何时可去？"鸯曰："今夜黄昏，父引二千五百兵，从城南杀来；儿引二千五百兵，从城北杀来。三更时分，要在魏寨会合。"

钦从之，当晚分兵两路。

且说文鸯年方十八岁，身长八尺，全妆贯甲，腰悬铜鞭，绰枪上马，遥望魏寨而进。[又一位翻版自赵云的少年英雄。]是夜，司马师到乐嘉，立下营寨，等邓艾未至。师为眼下新割肉瘤，疮口疼痛，卧于帐中，令数百甲士环立护卫。三更时分，忽然寨内喊声大震，人马大乱。师急问之，人报曰："一军从寨北斩围直入，为首一将，勇不可当！"师大惊，心如火烈，眼珠从肉瘤疮口内迸出，血流遍地，疼痛难当；又恐有乱军心，只咬被头而忍，被皆咬烂。[人心叵测。史载，司马懿诛曹爽前，曾与司马师"深谋秘策"，直到事变前一晚，才告知司马昭。司马懿当晚观察二子动静，司马昭辗转反侧，夜不能寐，司马师鼾息沉稳，镇静如常。此际遇到预料中的敌情，竟又吓成这样。]原来文鸯军马先到，一拥而进，在寨中左冲右突，所到之处，人不敢当，有相拒者，枪搠鞭打，无不被杀。鸯只望父到，以为外应，并不见来。数番杀到中军，皆被弓弩射回。鸯只杀到天明，只听得北边鼓角喧天。鸯回顾从者曰："父亲不在南面为应，却从北至，何也？"鸯纵马看时，只见一军行如猛风，为首一将，乃邓艾也，跃马横刀，大叫曰："反贼休走！"鸯大怒，挺枪迎之。战有五十合，不分胜负。

正斗间，魏兵大进，前后夹攻，鸯部下兵各自逃散，只文鸯单人独马，冲开魏兵，望南而走。背后数百员将，抖擞精神，骤马追来。将至乐嘉桥边，看看赶上，鸯忽然勒回马大喝一声，直冲入魏将阵中来，钢鞭起处，纷纷落马，各自倒退。鸯复缓缓而行。魏将聚在一处，惊讶曰："此人尚敢退我等之众耶！可并力追之！"于是魏将百员，复来追赶。鸯勃然大怒曰："鼠辈何不惜命也！"提鞭拨马，杀入魏将丛中，用鞭打死数人，复回马缓辔而行。魏将连追四五番，皆被文鸯一人杀退。[俨若神灵附体。]后人有诗曰：

长坂当年独拒曹，子龙从此显英豪。

乐嘉城内争锋处，又见文鸯胆气高。

原来文钦被山路崎岖，迷入谷中，行了半夜，比及寻路而出，天色已晓，文鸯人马不知所向，只见魏兵大胜。钦不战而退，魏兵乘势追杀。

钦自引兵望寿春而走。

却说魏殿中校尉尹大目，乃曹爽心腹之人，因爽被司马懿谋杀，故事司马师，常有杀师报爽之心；又素与文钦交厚，今见师眼瘤突出，不能动止，乃入帐告曰："文钦本无反心，今被毌丘俭逼迫，以致如此。某去说之，必然来降。"师从之。大目顶盔贯甲，乘马来赶文钦，看看赶上，乃高声大叫曰："文刺史见尹大目么？"钦回头视之，大目除盔放于鞍鞒之前，以鞭指曰："文刺史何不忍耐数日也？"此是大目知师将亡，故来留钦。钦不解其意，厉声大骂，便欲开弓射之。大目大哭而回。［两人既"交厚"，大目何不多说两句，释文钦之疑？史载，文钦"性刚暴无礼"，那副不容分说的决绝架势，大概把尹大目吓坏了。］钦收聚人马奔寿春时，已被诸葛诞引兵去取了；欲复回项城时，胡遵、王基、邓艾三路兵皆到。钦见势危，遂投东吴孙峻去了。

却说毌丘俭在项城内听知寿春已失，文钦势败，城外三路兵到，俭遂尽彻城中之兵出战。正与邓艾相遇，俭令葛雍出马，与艾交锋，不一合，被艾一刀斩之，引兵杀过阵来。毌丘俭死战相拒。江淮兵大乱。胡遵、王基引兵四面夹攻。毌丘俭敌不住，引十余骑夺路而走。前至慎县城下，县令宋白开门接入，设席待之。俭大醉，被白令人杀了，将头献与魏兵。于是淮南平定。

司马师卧病不起，唤诸葛诞入帐，赐以印绶，加为征东大将军，都督扬州诸路军马；一面班师回许昌。师目痛不止，每夜只见李丰、张缉、夏侯玄三人立于榻前。师心神恍惚，自料难保，令人往洛阳取司马昭到。昭哭拜于床下。师遗言曰："吾今权重，虽欲卸肩，不可得也。汝继我为之，大事切不可轻托他人，自取灭族之祸。"言讫，以印绶付之，泪流满面。昭急欲问时，大叫一声，眼睛迸出而死。［狰狞恐怖，天生的"不得好死"。］时正元二年二月也。于是司马昭发丧，申奏魏主曹髦。髦遣使持诏到许昌，即命暂留司马昭屯军许昌，以防东吴。昭心中犹豫未决。钟会曰："大将军新亡，人心未定，将军若留守于此，万一朝廷有变，悔之何及？"昭从之，即起兵还屯洛水之南。髦闻之大惊。太尉王肃奏曰："昭既继其兄掌大权，陛下可封爵以安之。"髦遂命王肃持诏，封司马昭为大将军，录尚书事。昭入朝谢恩毕。自此，中外大小事情，皆归于昭。

却说西蜀细作哨知此事，报入成都。姜维奏后主曰："司马师新亡，司马昭初握重权，必不敢擅离洛阳。臣请乘间伐魏，以复中原。"后主从之，遂命姜维兴师伐魏。维到汉中，整顿人马。征西大将军张翼曰："蜀地浅狭，钱粮浅薄，不宜远征。不如据险守分，恤军爱民，此乃保国之计也。"维曰："不然。昔丞相未出茅庐，已定三分天下，然且六出祁山以图中原，不幸半途而丧，以致功业未成。今吾既受丞相遗命，当尽忠报国以继其志，虽死而无恨也。今魏有隙可乘，不就此时伐之，更待何时?"夏侯霸曰："将军之言是也。可将轻骑先出枹罕。若得洮西南安，则诸郡可定。"[这条进攻线路，绕得够远。]张翼曰："向者不克而还，皆因军出甚迟也。兵法云：'攻其无备，出其不意。'今若火速进兵，使魏人不能堤防，必然全胜矣。"于是姜维引兵百万，望枹罕进发。兵至洮水，守边军士报知雍州刺史王经、副将军陈泰。王经先起马步兵七万来迎。姜维分付张翼如此如此，又分付夏侯霸如此如此。二人领计去了。维乃自引大军背洮水列阵。王经引数员牙将出而问曰："魏与吴、蜀，已成鼎足之势。汝累次入寇，何也?"维曰："司马师无故废主，邻邦理宜问罪，何况仇敌之国乎?"[理由令人无语，典型的狗拿耗子——多管闲事。盖司马师所废之主，也是孔明、姜维历来视为"国贼"的人。哪有一边兴兵伐魏，一边又替"国贼"打抱不平之理?]

经回顾张明、花永、刘达、朱芳四将曰："蜀兵背水为阵，败则皆殁于水矣。姜维骁勇，汝四将可战之。彼若退动，便可追击。"四将分左右而出，来战姜维。维略战数合，拨回马望本阵便走。王经大驱士马，一齐赶来。维引兵望洮西而走，将次近水，大呼将士曰："事急矣！诸将何不努力!"众将一齐奋力杀回，魏兵大败。张翼、夏侯霸抄在魏兵之后，分两路杀来，把魏兵困在垓心。维奋武扬威，杀入魏军之中，左冲右突，魏兵大乱，自相践踏，死者大半，逼入洮水者无数，斩首万余，叠尸数里。王经引败兵百骑，奋力杀出，径往狄道城而走，奔入城中，闭门保守。[仍是"置之死地而后生"战法。]姜维大获全功，犒军已毕，便欲进兵攻打狄道城。张翼谏曰："将军功绩已成，威声大震，可以止矣。今若前进，倘不如意，正如‘画蛇添足’也。”维曰：“不然。向者兵败，尚欲进取，纵横中原；今日洮水一战，魏人胆裂，吾料狄道唾手可得。汝勿自堕其志也。”张翼再三劝谏，维不从，遂勒兵来取狄道城。

却说雍州征西将军陈泰，正欲起兵与王经报兵败之仇，忽兖州刺史邓艾引兵到。泰接着，礼毕，艾曰：“今奉大将军之命，特来助将军破敌。”泰问计于邓艾，艾曰：“洮水得胜，若招羌人之众，东争关陇，传檄四郡，此吾兵之大患也。今彼不思如此，却图狄道城；其城垣坚固，急切难攻，空劳兵费力耳。吾今陈兵于项岭，然后进兵击之，蜀兵必败矣。”陈泰曰：“真妙论也！”遂先拨二十队兵，每队五十人，尽带旌旗、鼓角之类，日伏夜行，去狄道城东南高山深谷之中埋伏，只待兵来，一齐鸣鼓吹角为应，夜则举火放炮以惊之。调度已毕，专候蜀兵到来。于是陈泰、邓艾，各引二万兵相继而进。

却说姜维围住狄道城，令兵八面攻之，连攻数日不下，心中郁闷，无计可施。是日黄昏时分，忽三五次流星马报说：“有两路兵来，旗上明书大字。一路是征西将军陈泰，一路是兖州刺史邓艾。”维大惊，遂请夏侯霸商议。霸曰：“吾向尝为将军言，邓艾自幼深明兵法，善晓地理。今领兵到，颇为劲敌。”维曰：“彼军远来，我休容他住脚，便可击之。”乃留张翼攻城，命夏侯霸引兵迎陈泰。维自引兵来迎邓艾。行不到五里，忽然东南一声炮响，鼓角震地，火光冲天。维纵马看时，只见周围皆是魏兵旗号。维大惊曰：“中邓艾之计矣！”遂传令教夏侯霸、张翼各弃狄道而退。于是蜀兵皆退于汉中。维自断后，只听得背后鼓声不绝。维退入剑阁之时，方知火鼓二十余处，皆虚设也。维收兵退屯于钟堤。[就将才论，姜维遇到邓艾，总有克星之感。姜维未必不如邓艾，但邓艾确乎构成食物链的上游。]

且说后主因姜维有洮西之功，降诏封维为大将军。维受了职，上表谢恩毕，再议出师伐魏之策。正是：

成功不必添蛇足，讨贼犹思奋虎威。

未知此番北伐如何，且看下文分解。

立场

“讨贼犹思奋虎威”——贼是谁呢？

古人说三国，必谈立场，讲政治。政治性的立场，实质是一种权宜，当时振振有辞，煞有介事，事后总难脱荒唐可笑。所谓三国立场，无非以曹魏还是以蜀汉为正统。《三国演义》分明以蜀汉为正统，曹操日后在京剧中被画成白鼻丑角，即是该种立场的延续，但在整个历史长河中，曹魏正统观历时更长。陈寿《三国志》即以曹魏为正统，北宋司马光撰《资治通鉴》，仍以曹魏为正统，将蜀汉对魏国的讨伐称为“入寇”。依这套立场，邓艾对姜维的征战才说得上“讨贼”。

其实，立场的变换与统治重心的变迁关系密切。当以北方中原文明为代表的中华帝国处于强势时，隶属该传统的曹魏即得到尊重；当统治中心偏居一隅，或异族问鼎中原时，僻处西南的蜀汉逐渐得到人民情感上的共鸣，“帝蜀寇魏”的立场于焉成型。到毛氏父子整理《三国演义》时，该立场已发酵成最大的政治。对于文学，这是最大的无趣，盖文学魅力从来不取决于作家政治立场的坚定。痛恨清兵叩关的明末大学者顾炎武，对曹操即缺乏好感，尝斥为“毁方败常之俗，孟德一人变之而有余”。

《三国演义》是一本高度政治挂帅的书，令人惊奇的是，作品依旧具有深远的艺术魅力。读者可以沉浸在人物的命运和故事的神奇中，完全不介意“贼是谁”。

第一百十一回

邓士载智败姜伯约　诸葛诞义讨司马昭

却说姜维退兵屯于钟堤，魏兵屯于狄道城外。王经迎接陈泰、邓艾入城，拜谢解围之事，设宴相待，大赏三军。泰将邓艾之功，申奏魏主曹髦。髦封艾为安西将军，假节领护东羌校尉，同陈泰屯兵于雍、凉等处。邓艾上表谢恩毕，陈泰设宴与邓艾拜贺曰："姜维夜遁，其力已竭，不敢再出矣。"艾笑曰："吾料蜀兵其必出有五。"泰问其故，艾曰："蜀兵虽退，终有乘胜之势；吾兵终有弱败之实，其必出一也。蜀兵皆是孔明教演，精锐之兵容易调遣；吾将不时更换，军又训练不熟，其必出二也。[斯时距孔明去世已逾二十年，年华老去，兵若流水，焉能继续葆有孔明时期的精锐?] 蜀人多以船行，吾军皆是旱地，劳逸不同，其必出三也。狄道、陇西、南安、祁山四处皆有守战之地，蜀人或声东击西，指南攻北；吾兵必须分头守把，蜀兵合为一处而来，以一分当我四分，其必出四也。若蜀兵至南安、陇西，则可取羌人之谷为食；若出祁山，则有麦可就食，其必出五也。"陈泰叹服曰："公料敌如神，蜀兵何足虑哉!"于是陈泰与邓艾结为忘年之交。艾遂将雍、凉等处之兵，每日操练，各处隘口皆立营寨，以防不测。

却说姜维在钟堤大设筵会，会集诸将，商议伐魏之事。令史樊建谏曰："将军屡出，未获全功。今日洮西之战，魏人既服威名，何故又欲出也？万一不利，前功尽弃。"维曰："汝等只知魏国地广人广，急不可得，却不知攻魏者有五可胜。"[孔明的屯田方案已遭废弃，故姜维军队只能依靠土匪模式。"因粮于敌"虽合乎战争法则，但不可久长，姜维又缺乏速战速决的把握。] 众问之，维答曰："彼洮西一败，挫尽锐气，吾兵虽退，不曾损折，今若进兵，一可胜也。吾兵船载而进，不致劳困，彼兵皆从旱地来迎，二可胜也。吾兵久经训练之众，彼皆乌合之徒，不曾有法度，三可胜也。吾兵自出祁山，掠抄秋谷为食，四可胜也。彼兵虽各守备，军力分开，吾兵一处而去，彼安能救？五可胜也。不在此时伐魏，更待何时耶？”夏侯霸曰：“艾年虽幼，而机谋深远，近封为安西将军之职，必于各处准备，非同往日矣。”维厉声曰：“吾何畏彼哉！公等休长他人锐气，灭自己威风！吾意已决，必先取陇西。”众不敢谏。［姜维只知己方之必胜，邓艾先料敌方之必胜，再作计议。］维自领前部，令众将随后而进。于是蜀兵尽离钟堤，杀奔祁山来。哨马报说魏兵已先在祁山立下九个寨栅。维不信，引数骑凭高望之，果见祁山九寨势如长蛇，首尾相顾。维回顾左右曰：“夏侯霸之言，信不诬矣。此寨形势绝妙，止吾师诸葛丞相能之；今观邓艾所为，不在吾师之下。”遂回本寨，唤诸将曰：“魏人既有准备，必知吾来矣。吾料邓艾必在此间。汝等可虚张吾旗号，据此谷口下寨，每日令百余骑出哨，每出哨一回，换一番衣甲、旗号，按青、黄、赤、白、黑五方旗帜更换。吾却提大兵偷出董亭，径袭南安去也。”遂令鲍素屯于祁山谷口，维尽率大兵，望南安进发。

却说邓艾知蜀兵出祁山，早与陈泰下寨准备，见蜀兵连日不来搦战，一日五番哨马出寨，或十里十五里而回。艾凭高望毕，慌入帐与陈泰曰：“姜维不在此间，必取董亭袭南安去了。出寨哨马只是这几匹，更换衣甲，往来哨探，其马皆困乏，主将必无能者。陈将军可引一军攻之，其寨可破也。破了寨栅，便引兵袭董亭之路，先断姜维之后。吾当先引一军救南安，径取武城山。若先占此山头，姜维必取上邽。上邽有一谷，名曰段谷，地狭山险，正好埋伏。彼来争武城山时，吾先伏两军于段谷，破维必矣。”泰曰：“吾守陇西二三十年，未尝如此明察地理。公之所言，真神算也！公可速去，吾自攻此处寨栅。”于是邓艾引军星夜倍道而行，径到武城山，下寨已毕，蜀兵未到，即令子邓忠，与帐前校尉师纂，各引五千兵，先去段谷埋伏，如此如此而行。二人受计而去。艾令偃旗息鼓，以待蜀兵。［《淮南子·兵略训》曰：“善用兵者，必先求诸己而后求诸人，先为不可胜而后求胜。”邓艾用兵，老于此法。］

却说姜维从董亭望南安而来，至武城山前，谓夏侯霸曰：“近南安有一山，名武城山，若先得了，可夺南安之势。只恐邓艾多谋，必先堤防。”正疑虑间，忽然山上一声炮响，喊声大震，鼓角齐鸣，礼旗遍竖，皆是魏兵；中夹风飘起一黄旗，大书“邓艾”字样。蜀兵大惊。山上数处精兵杀下，势不可当，前军大败。维急率中军人马去救时，魏兵已退。维直来武城山下搦邓艾战，山上魏兵并不下来。维令军士辱骂。至晚方欲退军，山上鼓角齐鸣，却又不见魏兵下来。维欲上山冲杀，山上炮石甚严，不能得进。守至三更欲回，山上鼓角又鸣，维移兵下山屯扎。比及令军搬运木石，方欲竖立为寨，山上鼓角又来，魏兵骤至。蜀兵大乱，自相践踏，退回旧寨。次日，姜维令军士运粮草车仗至武城山，穿连排定，欲立起寨栅，以为屯兵之计。是夜二更，邓艾令五百人，各执火把，分两路下山，放火烧车仗。两兵混杀了一夜，营寨又立不成。维复引兵退，再与夏侯霸商议曰：“南安未得，不如先取上邽。上邽乃南安屯粮之所，若得上邽，南安自危矣。”遂留霸屯于武城山，维尽引精兵猛将，径取上邽。行了一宿，将及天明，见山势狭峻，道路崎岖，乃问乡道官曰：“此处何名?”答曰：“段谷。”维大惊曰：“其名不美。‘段谷’者，‘断谷’也。倘有人断其谷口，如之奈何?”正踌躇未决，忽前军来报：“山后尘头大起，必有伏兵。”维急令退兵。师纂、邓忠两军杀出，维且战且走，前面喊声大震，邓艾引兵杀到，三路夹攻，蜀兵大败。幸得夏侯霸引兵杀到，魏兵方退，救了姜维，欲再往祁山。霸曰：“祁山寨已被陈泰打破，鲍素阵亡，全寨人马皆退回汉中去了。”维不敢取董亭，急投山僻小路而回。后面邓艾急追，维令诸军前进，自为断后。正行之际，忽然山中一军突出，乃魏将陈泰也。魏兵一声喊起，将姜维困在垓心。维人马困乏，左冲右突，不能得出。荡寇将军张嶷，闻姜维受困，引数百骑杀入重围。维因乘势杀出。嶷被魏兵乱箭射死。维得脱重围，复回汉中，因感张嶷忠勇，殁于王事，乃表赠其子孙。于是，蜀中将士多有阵亡者，皆归罪于姜维。[姜维无孔明之权威谋略，北伐的劲头却后来居上，长此以往，蜀人焉能不怨?]维照武侯街亭旧例，乃上表自贬为后将军，行大将军事。

却说邓艾见蜀兵退尽，乃与陈泰设宴相贺，大赏三军。泰表邓艾之功，司马昭遣使持节，加艾官爵，赐印绶，并封其子邓忠为亭侯。

时魏主曹髦，改正元三年为甘露元年。司马昭自为天下兵马大都督，出入常令三千铁甲骁将前后簇拥，以为护卫；一应事务，不奏朝廷，就于相府裁处，自此常怀篡逆之心。有一心腹人，姓贾名充，字公闾，乃故建威将军贾逵之子，为昭府下长史。充语昭曰："今主公掌握大柄，四方人心必然未安；且当暗访，然后徐图大事。"昭曰："吾正欲如此。汝可为我东行，只推慰劳出征军士为名，以探消息。"贾充领命，径到淮南入见镇东大将军诸葛诞。诞字公休，乃琅琊南阳人，即武侯之族弟也；向仕于魏，因武侯在蜀为相，因此不得重用；后武侯身亡，诞在魏历任重职，封高平侯，总摄两淮军马。当日，贾充托名劳军，至淮南见诸葛诞。诞设宴待之。酒至半酣，充以言挑诞曰："近来洛阳诸贤，皆以主上懦弱，不堪为君。司马大将军三世辅国，功德弥天，可以禅代魏统。未审钧意若何？"诞大怒曰："汝乃贾豫州之子，世食魏禄，安敢出此乱言！"充谢曰："某以他人之言告公耳。"诞曰："朝廷有难，吾当以死报之。"充默然。

次日辞归，见司马昭细言其事。昭大怒曰："鼠辈安敢如此！"充曰："诞在淮南，深得人心，久必为患，可速除之。"［贾充行径，直如幕府鹰犬，相门走狗。但在《晋书》中，贾充以"雅长法理"著称，别号"平反"。可见，观其言，未必知其行；知其行，常会惊其言。贾充女儿贾南风，个矮貌丑，"妒忌多权诈，"作为西晋惠帝司马衷的皇后，日后主演了毁坏空前的"八王之乱"。］昭遂暗发密书与扬州刺史乐綝，一面遣使赍诏征诞为司空。诞得了诏书，已知是贾充告变，遂捉来使拷问。使者曰："此事乐綝知之。"诞曰："他如何得知？"使者曰："司马将军已令人到扬州送密书与乐綝矣。"诞大怒，叱左右斩了来使，遂起部下兵千人，杀奔扬州来。将至南门，城门已闭，吊桥拽起。诞在城下叫门，城上并无一人回答。诞大怒曰："乐綝匹夫，安敢如此！"遂令将士打城。手下十余饶骑，下马渡河，飞身上城，杀散军士，大开城门，于是诸葛诞引兵入城，乘风放火，杀至綝家。綝慌上楼避之。诞提剑上楼，大喝曰："汝父乐进昔日受魏国大恩，不思报本，反欲顺司马昭耶！"綝未及回言，为诞所杀。［这位诸葛好生猛，竟然上门追杀。乐綝也是一员战将，据说

"果毅有父风"，强敌破城之际，却不在城楼指挥，反龟缩家中，引颈受戮。］一面具表数司马昭之罪，使人申奏洛阳；一面大聚两淮屯田户口十余万，并扬州新降兵四万余人，积草屯粮，准备进兵；又令长史吴纲送子诸葛靓入吴为质求援，务要合兵诛讨司马昭。

此时东吴丞相孙峻病亡，从弟孙綝辅政。綝字子通，为人强暴，杀大司马滕胤、将军吕据、王惇等，因此权柄皆归于綝。吴主孙亮虽然聪明，无可奈何。于是吴纲将诸葛靓至石头城，入拜孙綝。綝问其故，纲曰："诸葛诞乃蜀汉诸葛武侯之族弟也，向事魏国，今见司马昭欺君罔上，废主弄权，欲兴师讨之，而力不及，故特来归降。诚恐无凭，专送亲子诸葛靓为质。伏望发兵相助。"綝从其请，便遣大将全怿、全端为主将，于诠为合后，朱异、唐咨为先锋，文钦为乡导，起兵七万，分三队而进。吴纲回寿春报知诸葛诞。诞大喜，遂陈兵准备。

却说诸葛诞表文到洛阳，司马昭见了大怒，欲自往讨之。贾充谏曰："主公承父兄之基业，恩德未及四海，今弃天子而去，若一朝有变，后悔何及？不如奏请太后及天子一同出征，可保无虞。"昭喜曰："此言正合吾意。"遂入奏太后曰："诸葛诞谋反，臣与文武官僚计议停当，请太后同天子御驾亲征，以继先帝之遗意。"太后畏惧，只得从之。次日，昭请魏主曹髦起程。髦曰："大将军都督天下军马，任从调遣，何必朕自行也？"昭曰："不然。昔日武祖纵横四海，文帝、明帝有包括宇宙之志，并吞八荒之心，凡遇大敌，必须自行。陛下正宜追配先君，扫清故孽，何自畏也？"髦畏威权，只得从之。［曹操不过"挟天子以令诸侯"，司马昭改"挟"为"胁"，竟胁迫皇帝、太后充当随军人质。时代大不相同。不过，古人设词亦如英美法官判案，好援用先例，故司马昭说出口的言词，堂皇得多，道是"昔黥布叛逆，汉祖亲征；隗嚣违戾，光武西伐；烈祖明皇帝乘舆仍出：皆所以奋扬赫斯，震耀威武也。陛下宜暂临戎，使将士得凭天威"。］昭遂下诏，尽起两都之兵二十六万，命征南将军王基为正先锋，安东将军陈骞为副先锋，监军石苞为左军，兖州刺史州泰为右军，保护车驾，浩浩荡荡，杀奔淮南而来。

东吴先锋朱异，引兵迎敌。两军对圆，魏军中王基出马，朱异来迎。

战不三合，朱异败走。唐咨出马，战不三合，亦大败而走。王基驱兵掩杀，吴兵大败，退五十里下寨，报入寿春城中。诸葛诞自引本部锐兵，会合文钦并二子文鸯、文虎，雄兵数万，来敌司马昭。正是：

方见吴兵锐气堕，又看魏将劲兵来。

未知胜负如何，且看下文分解。

态度

围棋高手评论顶尖国手，常有“悲观派”“乐观派”之分。所谓乐观派，指那些擅长发现自己处于优势的棋手，这份认识多半是准确的，但与之相伴的，往往是妥协意念，于是下着下着，突然转胜为败。所谓悲观派，指那些永远认为自己形势吃紧的棋手，哪怕旁观者多认为他已占据上风，他依旧表情凝重，叹气连连。与该态度相伴的，则是永远搏命的进取精神，仿佛不如此将覆水难收，于是走着走着，他总是更大程度地确保胜利。通常认为，悲观派是更厉害的棋手，乐观派则难入顶尖之列。观邓艾“五必出”与姜维“五可胜”，邓艾是悲观派，总是更多地估量对方力量；姜维不幸沦为稍逊一筹的乐观派，总是更多地看到己方优势。

生活中，我们不断看到各种表决心、吼口号的信念表演，其实，这种手法只能用以激励下属，不宜用来培植指挥官的勇气。打仗一如下棋，冷静的算计远比高调的决心重要，放低姿态远比高估自己来得实在。邓艾作为一名天才将领，成功秘诀当与这份低调有关；姜维被人斥为“匹夫”，想必与他的高估有关。

态度决定一切，胜利却未必取决于“必胜的态度”。邓艾给姜维上了一课。

第一百十二回

救寿春于诠死节　取长城伯约鏖兵

却说司马昭闻诸葛诞会合吴兵前来决战，乃召散骑长史裴秀、黄门侍郎钟会，商议破敌之策。钟会曰："吴兵之助诸葛诞，实为利也；以利诱之，则必胜矣。"昭从其言，遂令石苞、州泰引两军于石头城埋伏，王基、陈骞领精兵在后，却令偏将成倅引兵数万先去诱敌；又令陈俊引车仗牛马驴骡，装载赏军之物，四面聚集于阵中，如敌来则弃之。

是日，诸葛诞令吴将朱异在左，文钦在右，见魏阵中人马不整，诞乃大驱士马径进。成倅退走，诞驱兵掩杀，见牛马驴骡遍满郊野，南兵争取，无心恋战。忽然一声炮响，两路兵杀来：左有石苞，右有州泰，诞大惊，急欲退时，王基、陈骞精兵杀到。诞兵大败。司马昭又引兵接应。诞引败兵奔入寿春，闭门坚守。昭令兵四面围困，并力攻城。[二十六回曹操战文丑前，"令军士皆解衣卸甲少歇，尽放其马"，钟会类此。]

时吴兵退屯安丰，魏主车驾驻于项城。钟会曰："今诸葛诞虽败，寿春城中粮草尚多，更有吴兵屯安丰以为犄角之势。今吾兵四面攻围，彼缓则坚守，急则死战；吴兵或乘势夹攻，吾军无益。不如三面攻之，留南门大路，容贼自走；走而击之，可全胜也。吴兵远来，粮必不继，我引轻骑抄在其后，可不战而自破矣。"昭抚会背曰："君真吾之子房也！"遂令王基撤退南门之兵。

却说吴兵屯于安丰，孙綝唤朱异责之曰："量一寿春城不能救，安可并吞中原？如再不胜必斩！"朱异乃回本寨商议。于诠曰："今寿春南门不围，某愿领一军从南门入去，助诸葛诞守城。将军与魏兵挑战，我却从城中杀出，两路夹攻，魏兵可破矣。"异然其言。于是全怿、全端、文钦等，皆愿入城，遂同于诠引兵一万，从南门而入城。魏兵不得将令，未敢轻敌，任吴兵入城，乃报知司马昭。昭曰："此欲与朱异内外夹攻，以破我军也。”乃召王基、陈骞分付曰：“汝可引五千兵截断朱异来路，从背后击之。”二人领命而去。朱异正引兵来，忽背后喊声大起，左有王基，右有陈骞，两路军杀来。吴兵大败。朱异回见孙綝，綝大怒曰：“累败之将，要汝何用！”叱武士推出斩之。又责全端子全祎曰：“若退不得魏兵，汝父子休来见我！”于是孙綝自回建业去了。［孙綝一味好杀。把这号人物安排在屠宰场工作，倒算人尽其用；使这号人物拥有“一人之下，万人之上”的地位，他人必度日如年。］

钟会与昭曰：“今孙綝退去，外无救兵，城可图矣。”昭从之，遂催军攻围。全祎引兵欲入寿春，见魏兵势大，寻思进退无路，遂降司马昭。昭加祎为偏将军。祎感昭恩德，乃修家书与父全端、叔全怿，言孙綝不仁，不若降魏，将书射入城中。怿得祎书，遂与端引数千人开门出降。诸葛诞在城中忧闷，谋士蒋班、焦彝进言曰：“城中粮少兵多，不能久守，可率吴、楚之众，与魏兵决一死战。”诞大怒曰：“吾欲守，汝欲战，莫非有异心乎！再言必斩！”二人仰天长叹曰：“诞将亡矣！我等不如早降，免至一死！”是夜二更时分，蒋、焦二人逾城降魏，司马昭重用之。因此城中虽有敢战之士，不敢言战。［足见诸葛诞之荒唐，一边决意对抗司马昭，一边又逼令手下“不敢言战”。行事缺乏内在一致性，必一事无成。］

诞在城中见魏兵四下筑起土城以防淮水，只望水泛冲倒土城，驱兵击之。不想自秋至冬，并无霖雨，淮水不泛。城中看看粮尽，文钦在小城内与二子坚守，见军士渐渐饿倒，只得来告诞曰：“粮皆尽绝，军士饿损，不如将北方之兵尽放出城，以省其食。”诞大怒曰：“汝教我尽去北军，欲谋我耶？”叱左右推出斩之。文鸯、文虎见父被杀，各拔短刀，立杀数十人，飞身上城，一跃而下，越河赴魏寨投降。司马昭恨文鸯昔日单骑退兵之仇，欲斩之。钟会谏曰：“罪在文钦，今文钦已亡，二子乘穷来归，若杀降将，是坚城内人之心也。”昭从之，遂召文鸯、文虎入帐，用好言抚慰，赐骏马锦衣，加为偏将军，封关内侯。二子拜谢，上马绕城大叫曰：“我二人蒙大将军赦罪赐爵，汝等何不早降！”城内人闻言，皆计议曰：“文鸯乃司马氏仇人，尚且重用，何况我等乎？”于是皆欲投降。诸葛诞闻之大怒，日夜自来巡城，以杀为威。[身为主将，竟兼任宪兵团长、行刑队长之职，够滑稽，够暴戾。]

钟会知城中人心已变，乃入帐告昭曰："可乘此时攻城矣。"昭大喜，遂激三军四面云集，一齐攻打。守将曾宣献了北门，放魏兵入城。诞知魏兵已入，慌引麾下数百人，自城中小路突出，至吊桥边，正撞着胡奋，手起刀落，斩诞于马下，数百人皆被缚。王基引兵杀到西门，正遇吴将于诠。基大喝曰："何不早降！"诠大怒曰："受命而出，为人救难，既不能救，又降他人，义所不为也！"乃掷盔于地，大呼曰："人生在世，得死于战场者，幸耳！"[此即"阵亡系善终"的注脚。]急挥刀死战三十余合，人马困乏，为乱军所杀。后人有诗赞曰：

司马当年围寿春，降兵无数拜车尘。
东吴虽有异雄士，谁及于诠肯杀身！

司马昭入寿春，将诸葛诞老少尽皆枭首，灭其三族。武士将所擒诸葛诞部卒数百人缚至。昭曰："汝等降否？"众皆大叫曰："愿与诸葛公同死，决不降汝！"昭大怒，叱武士尽缚于城外，逐一问曰："降者免死。"并无一人言降。直杀至尽，终无一人降者。昭深加叹息不已，令皆埋之。后人有诗赞曰：

忠臣矢志不偷生，诸葛公休帐下兵。
《薤露》歌声应未断，遗踪直欲继田横！

[得人死力如此，诸葛诞必有过人之处。若战死沙场，他们的刀伤必在身体正面。古代将领常以创口位于正面还是背面，研判阵亡者的战斗意志。创口多在正面，说明这支军队不怕牺牲，英勇顽强。]

却说吴兵大半降魏，裴秀告司马昭曰："吴兵老小尽在东南江、淮之地，今若留之，久必为变，不如坑之。"钟会曰："不然。古之用兵者，全国为上，戮其元恶而已。若尽坑之，是不仁也。不如放归江南，以显中国之宽大。"昭曰："此妙论也。"遂将吴兵尽皆放归本国。[说裴秀欲坑降卒，不知何所本。裴秀曾撰《禹贡地域图》十八篇，英人李约瑟誉为"中国科学制图学之父"。]唐咨因惧孙綝，不敢回国，亦来降魏。昭皆重用，令分布三河之地。淮南已平，正欲退兵，忽报西蜀姜维引兵来取长城，邀截粮草。昭大惊，与多官计议退兵之策。

时蜀汉延熙二十年，改为景耀元年。姜维在汉中，选川将两员每日操练人马，一是蒋舒，一是傅佥。二人颇有胆勇，维甚爱之。忽报淮南诸葛诞起兵讨司马昭，东吴孙綝助之。昭大起两淮之兵，将魏太后并魏主一同出征去了。维大喜曰："吾今番大事济矣！"遂表奏后主，愿兴兵攻魏。中散大夫谯周听知，叹曰："近来朝廷溺于酒色，信任中贵黄皓，不理国事，只图欢乐；［交代阿斗近况。］伯约累欲征伐，不恤军士，国将危矣！"乃作《仇国论》一篇，寄与姜维。维拆封视之。论曰：

> 或问古往能以弱胜强者，其术何如？曰：处大国无患者，恒多慢；处小国有忧者，恒思善。多慢则生乱，思善则生治，理之常也。故周文养民，以少取多；勾践率众，以弱毙强。此其术也。
>
> 或曰：曩者楚强汉弱，约分鸿沟，张良以为民志既定则难动也，率兵追羽，终毙项氏，岂必由文王、勾践之事乎？曰：商、周之际，王侯世尊，君臣久固。当此之时，虽有汉祖，安能仗剑取天下乎？及秦罢侯置守之后，民疲秦役，天下土崩，于是豪杰并争。今我与彼，皆专国易世矣，既非秦末鼎沸之时，实有六国并据之势，故可以为文王，难为汉祖。时可而后动，数合而后举，故汤、武之师不再而克，诚重民劳而度时审也。如遂极武黩征，不幸遇难，虽有智者，不能谋之矣。［原文见于《三国志·谯周传》，作者略加变易，删去了原文伪托小国"因余"、大国"肇建"的构思。该文体现了以谯周为首的另一派蜀汉官员的治国思想，他们反对姜维频频用武。谯周撰此文后升任光禄大夫，亦证该派官员的强势。］

姜维看毕，大怒曰："此腐儒之论也！"掷之于地，遂提川兵来取中原。又问傅佥曰："以公度之，可出何地？"佥曰："魏屯粮草皆在长城，今可径取骆谷，度沈岭，直到长城，先烧粮草，然后直取秦川，则中原指日可得矣。"维曰："公之见与吾计暗合也。"即提兵径取骆谷，度沈岭，望长城而来。

却说长城镇守将军司马望，乃司马昭之族兄也。城内粮草甚多，人马却少。望听知蜀兵到，急与王真、李鹏二将引兵离城二十里下寨。次日，蜀兵来到，望引二将出阵。姜维出马，指望而言曰："今司马昭迁主于军中，必有李傕、郭汜之意也。吾今奉朝廷明命，前来问罪，汝当早降。若还愚迷，全家诛戮！"望大声而答曰："汝等无礼，数犯上国，如不早退，令汝片甲不归！"言未毕，望背后王真挺枪出马，蜀阵中傅佥出迎。战不十合，佥卖个破绽，王真便挺枪来刺；傅佥闪过，活捉真于马上，便回本阵。李鹏大怒，纵马轮刀来救。佥故意放慢，等李鹏将近，努力掷真于地，暗掣四楞铁简在手；鹏赶上举刀待砍，傅佥偷身回顾，向李鹏面门只一简，打得眼珠迸出，死于马下。王真被蜀军乱枪刺死。姜维驱兵大进。司马望弃寨入城，闭门不出。维下令曰："军士今夜且歇一宿，以养锐气。来日须要入城。"次日平明，蜀兵争先大进，一拥至城下，用火箭火炮打入城中。城上草屋一派烧着，魏兵自乱。维又令人取干柴堆满城下，一齐放火，烈焰冲天。城已将陷，魏兵在城内嚎啕痛哭，声闻四野。

正攻打之间，忽然背后喊声大震。维勒马回看，只见魏兵鼓噪摇旗，浩浩而来。维遂令后队为前队，自立于门旗下候之。只见魏阵中一小将，全装贯带，挺枪纵马而出，约年二十余岁，面如傅粉，唇似抹朱，厉声大叫曰："认得邓将军否！"维自思曰："此必是邓艾矣。"［错得离谱，夏侯霸早就向姜维告知邓艾来历，打仗多年，竟依旧茫然于邓艾真相。邓艾长姜维五岁，此时约在花甲之年，不该错认成"面如傅粉"的后生。］挺枪纵马而来。二人抖擞精神，战到三四十合，不分胜负。那小将军枪法无半点放闲。维心中自思："不用此计，安得胜乎？"便拨马望左边山路中而走。那小将骤马追来，维挂住了铜枪，暗取雕弓羽箭射之。那小将眼乖，早已见了，弓弦响处，把身望前一倒，放过羽箭。维回头看小将已到，挺枪来刺；维闪过，那枪从肋旁边过，被维挟住。那小将弃枪，望前阵而走。维嗟叹曰："可惜！可惜！"再拨马赶来。追至阵门前，一将提刀而出曰："姜维匹夫，勿赶吾儿！邓艾在此！"维大惊。原来小将乃艾之子邓忠也。维暗暗称奇，欲战邓艾，又恐马乏，乃虚指艾曰："吾今日识汝父子也。各自收兵，来日决战。"艾见战场不利，亦勒马应曰："既如此，各自收兵，暗算者非丈夫也。"［姑算"不打不成交"。］于是两军皆退。邓艾据渭水下寨，姜维跨两山安营。艾见蜀兵地理，乃作书于司马望曰："我等切不可战，只宜固守。待关中兵至时，蜀兵粮草皆尽，三面攻之，无不胜也。今遣长子邓忠相助守城。"一面差人于司马昭处求救。

却说姜维令人于艾寨中下战书，约来日大战，艾佯应之。次日五更，维令三军造饭，平明布阵等候。艾营中偃旗息鼓，却如无人之状。维至晚方回。次日又令人下战书，责以失期之罪。艾以酒食待使，答曰："微躯小疾，有误相持，明日会战。"次日，维又引兵来，艾仍前不出。如此五六番。傅佥谓维曰："此必有谋也，宜防之。"维曰："此必捱关中兵到，三面击我耳。吾今令人持书与东吴孙綝，使并力攻之。"忽探马报说："司马昭攻打寿春，杀了诸葛诞，吴兵皆降。昭班师回洛阳，便欲引兵来救长城。"维大惊曰："今番伐魏又成画饼矣，不如且回。"正是：

已叹四番难奏绩，又嗟五度未成功。

未知如何退兵，且看下文分解。

生存

从司马懿赚曹爽始，斩将、灭族几成家常便饭。那么多读者还没来得及熟悉的人物——何晏、王凌、毌丘俭、诸葛恪、孙异、文钦，等等——转瞬间或被砍头，或遭夷灭。在后文，我们还将看到更令人痛心的斩将和夷族。

古人并非不了解、不珍惜乱世生存术，读其文章书札，前贤伍子胥、文种、韩信等人提供的悲惨下场迭获例举，像一道道巨大阴影掠过脑际，令他们寝食难安，昼夜劳心。姜维曾写信提醒钟会，"韩信不背汉于扰攘，以见疑于既平；大夫种不从范蠡于五湖，卒伏剑而妄死"，饶是如此，最终两人仍双双横死。刘封逃奔刘备前，孟达曾用老江湖口吻提醒他留意安危，并相当高明地预见了刘封的下场，到头来，以"智贵免祸"自诩的孟达仍避祸不及，尸体在洛阳的“四达之衢”烧成了灰。他们知道自己顶多只是“功狗”，也深悉韩非所谓“狡兔尽则良犬烹，敌国灭则谋臣亡”的宫廷规律，更透彻了解君王的“逆鳞”本性，对于陶朱公范蠡提供的经典存身术，亦心存向往。但世道浇漓，即便像竹林七贤那样做出无意仕宦、遁迹山林的飘逸模样，仍不免随一曲《广陵散》遽赴黄泉。

在那种时代，寿终正寝是一门艺术，也是一种运气。故于诠所谓“人生在世，得死于战场者，幸耳!”的论断，不宜单单视如豪言壮语，它也是一种“两害相较取其轻”的明智。

第一百十三回

丁奉定计斩孙𬘭　姜维斗阵破邓艾

却说姜维恐救兵到，先将军器车仗、一应军需、步兵先退，然后将马军断后。细作报知邓艾。艾笑曰："姜维知大将军兵到，故先退去。不必追之，追则中彼之计也。"乃令人哨探，回报果然骆谷迫狭之处，堆积柴草，准备要烧追兵。众皆称艾曰："将军真神算也！"遂遣使赍表奏闻。于是司马昭大喜，又奏赏邓艾。

却说东吴大将军孙𬘭听知全端、唐咨等降魏，勃然大怒，将各人家眷尽皆斩之。吴主孙亮时年方十七，见𬘭杀戮太过，心甚不然。一日出西苑，因食生梅，令黄门取蜜。须臾取至，见蜜内有鼠粪数块，召藏吏责之。藏吏叩首曰："臣封闭甚严，安有鼠粪？"亮曰："黄门曾向尔求蜜食否？"藏吏曰："黄门于数日前曾求蜜食，臣实不敢与。"亮指黄门曰："此必汝怒藏吏不与尔蜜，故置粪于蜜中，以陷之也。"黄门不服。亮曰："此事易知耳。若粪久在蜜中，则内外皆湿；若新在蜜中，则外湿内燥。"命剖视之，果然内燥，黄门服罪。亮之聪明，大抵如此。［依儒门分类，这是格物致知之学。孙亮长在帝王家，竟然熟悉这等微贱物理，一奇。］虽然聪明，却被孙𬘭把持，不能主张。𬘭之弟威远将军孙据入苍龙宿卫，武卫将军孙恩、偏将军孙干、长水校尉孙闿分屯诸营。

一日，吴主孙亮闷坐，黄门侍郎全纪在侧；纪乃国舅也。亮因泣告曰："孙𬘭专权妄杀，欺朕太甚；今不图之，必为后患。"纪曰："陛下但有用臣处，臣万死不辞。"亮曰："卿可只今点起禁兵，与将军刘丞各把城门，朕自出杀孙𬘭。但此事切不可令卿母知之，卿母乃𬘭之姊也。倘若泄漏，误朕非轻。"纪曰："乞陛下草诏与臣。临行事之时，臣将诏示众，使𬘭手下人皆不敢妄动。"亮从之，即写密诏付纪。纪受诏归家，密告其父全尚。尚知此事，乃告妻曰："三日内杀孙𬘭矣。"妻曰："杀之是也。"

口虽应之，却私令人持书报知孙綝。綝大怒，当夜便唤弟兄四人，点起精兵，先围大内，一面将全尚、刘丞并其家小俱拿下。[帝王密诏，每写必泄。后代帝王读此当凛然生畏。]比及平明，吴主孙亮听得宫门外金鼓大震，内侍慌入奏曰："孙綝引兵围了内苑。"亮大怒，指全后骂曰："汝父兄误我大事矣！"乃拔剑欲出。全后与侍中近臣，皆牵其衣而哭，不放亮出。孙綝先将全尚、刘丞等杀讫，然后召文武于朝内，下令曰："主上荒淫久病，昏乱无道，不可以奉宗庙，今当废之。汝诸文武，敢有不从者，以谋叛论！"众皆畏惧，应曰："愿从将军之令。"尚书桓懿大怒，从班部中挺然而出，指孙綝大骂曰："今上乃聪明之主，汝何敢出此乱言！吾宁死不从贼臣之命！"綝大怒，自拔剑斩之，即入内指吴主孙亮骂曰："无道昏君！本当诛戮以谢天下！看先帝之面，废汝为会稽王，吾自选有德者立之！"叱中书郎李崇夺其印绶，令邓程收之。亮大哭而去。后人有诗叹曰：

乱贼诬伊尹，奸臣冒霍光。
可怜聪明主，不得莅朝堂。

[观董卓徒子徒孙辈所为，惊觉董卓不算太坏。]

孙綝遣宗正孙楷、中书郎董朝，往虎林迎请琅琊王孙休为君。休字子烈，乃孙权第六子也，在虎林夜梦乘龙上天，回顾不见龙尾，失惊而觉。次日，孙楷、董朝至，拜请回都。行至曲阿，有一老人，自称姓干名休，叩头言曰："事久必变，愿殿下速行。"休谢之。行至布塞亭，孙恩将车驾来迎。休不敢乘辇，乃坐小车而入。百官拜谒道傍，休慌忙下车答礼。孙綝出，令扶起，请入大殿，升御座即天子位。休再三谦让，方受玉玺。文武官将朝贺已毕，大赦天下，改元永安元年；封孙綝为丞相、荆州牧；多官各有封赏；又封兄之子孙皓为乌程侯。孙綝一门五侯，皆典禁兵，权倾人主。吴主孙休恐其内变，阳示恩宠，内实防之。綝骄横愈甚。

冬十二月，綝奉牛酒入宫上寿，吴主孙休不受。["牛酒"非酒名，而是分指牛和酒。当"牛酒"合称时，牛非耕牛，而是宰杀以供下酒的肉牛。多见于上级对下属的赏赐，如第三回中曹操"暗使人赍牛酒抚慰"

刘、关、张。］綝怒，乃以牛酒诣左将军张布府中共饮，酒酣，乃谓布曰："吾初废会稽王时，人皆劝吾为君。吾为今上贤，故立之。今我上寿而见拒，是将我等闲相待。吾早晚教你看！"布闻言，唯唯而已。次日，布入宫密奏孙休。休大惧，日夜不安。数日内，孙綝遣中书郎孟宗，拨与中营所营精兵一万五千，出屯武昌；又尽将武库内军器与之。于是将军魏邈、武卫士施朔二人密奏孙休曰："綝调兵在外，又搬尽武库内军器，早晚必为变矣。"休大惊，急召张布计议。布奏曰："老将丁奉，计略过人，能断大事，可与议之。"休乃召奉入内，密告其事。奉奏曰："陛下勿忧。臣有一计，为国除害。"休问何计，奉曰："来朝腊日，只推大会群臣，召綝赴席，臣自有调遣。"休大喜。奉令魏邈、施朔为外事，张布为内应。

是夜，狂风大作，飞沙走石，将老树连根拔起。天明风定，使者奉旨来请孙綝入宫赴宴。孙綝方起床，平地如人推倒，心中不悦。使者十余人，簇拥入内。家人止之曰："一夜狂风不息，今早又无故惊倒，恐非吉兆，不可赴宴。"綝曰："吾兄弟共典禁兵，谁敢近身！倘有变动，于府中放火为号。"嘱讫，升车入内。吴主孙休慌下御座迎之，请綝高坐。酒行数巡，众惊曰："宫外望有火起！"綝便欲起身。休止之曰："丞相稳便。外兵自多，何必惧哉？"言未毕，左将军张布拔剑在手，引武士三十余人，抢上殿来，口中厉声而言曰："有诏擒反贼孙綝！"綝急欲走时，早被武士擒下。綝叩头奏曰："愿徙交州归田里。"休叱曰："尔何不徙滕胤、吕据、王惇耶？"命推下斩之。［被斩时仅二十八岁。如此年轻即权倾朝野，委实不多，也只有皇家子弟能窜升得这么快。］于是张布牵孙綝下殿东斩讫，从者皆不敢动。布宣诏曰："罪在孙綝一人，余皆不问。"众心乃安。布请孙休升五凤楼。丁奉、魏邈、施朔等擒孙綝兄弟至，休命尽斩于市。宗党死者数百人，灭其三族；命军士掘开孙峻坟墓，戮其尸首。［孙綝系孙权弟弟孙静的曾孙，灭族等于自灭宗室。孙权曾"赐死"过儿子孙霸，也算先例。东吴宫廷中的血雨腥风，远比司马氏统治下的魏国惨烈。］将被害诸葛恪、滕胤、吕据、王惇等家，重建坟墓，以表其忠。其牵累流远者，皆赦还乡里。丁奉等重加封赏。

驰书报入成都。后主刘禅遣使回贺，吴使薛珝答礼。珝自蜀中归，吴主孙休问蜀中近日作何举动。薛珝奏曰："近日中常侍黄皓用事，公卿多阿附之。入其朝，不闻直言；经其野，民有菜色。所谓'燕雀处堂，不知大厦之将焚'者也。"休叹曰："若诸葛武侯在时，何至如此乎！"于是又写国书，教人赍入成都，说司马昭不日篡魏，必将侵吴、蜀以示威，彼此各宜准备。

姜维听得此信，忻然上表，再议出师伐魏。时蜀汉景耀元年冬，大将军姜维以廖化、张翼为先锋，王含、蒋斌为左军，蒋舒、傅佥为右军，胡济为合后，维与夏侯霸总中军，共起蜀兵二十万，拜辞后主，径到汉中，与夏侯霸商议，当先攻取何地。霸曰："祁山乃用武之地，可以进兵。故丞相昔日六出祁山，因他处不可出也。"维从其言，遂令三军并望祁山进发，至谷口下寨。时邓艾正在祁山寨中，整点陇右之兵。忽流星马到，报说蜀兵见下三寨于谷口。艾听知，遂登高看了，回寨升帐，大喜曰："不出吾之所料也！"原来邓艾先度了地脉，故留蜀兵下寨之地；地中自祁山寨直至蜀寨，早挖了地道，待蜀兵至时，于中取事。[仅用锹镐挖通大山下的地道，大非易事。]此时姜维至谷口分作三寨，地道正在左寨之中，乃王含、蒋斌下寨之处。邓艾唤子邓忠，与师纂各引一万兵，为左右冲击；却唤副将郑伦，引五百掘子军，于当夜二更，径于地道直至左营，从帐后地下拥出。

却说王含、蒋斌因立寨未定，恐魏兵来劫寨，不敢解甲而寝。[同样行为，说成"枕戈待旦"，算积极求战；说成"不敢解甲而寝"，则是消极惊恐。]忽闻中军大乱，急绰兵器上的马时，寨外邓忠引兵杀到，内外夹攻。王、蒋二将奋死抵敌不住，弃寨而走。姜维在帐中听得左寨中大喊，料道有内应外合之兵，遂急上马，立于中军帐前传令曰："如有妄动者斩！便有敌兵到营边，休要问他，只管以弓弩射之！"一面传示右营，亦不许妄动。果然魏兵十余次冲击，皆被射回。只冲杀到天明，魏兵不敢杀入。邓艾收兵回寨，乃叹曰："姜维深得孔明之法，兵在夜而不惊，将闻变而不乱，真将才也！"次日，王含、蒋斌收聚败兵，伏于大寨前请罪。维曰："非汝等之罪，乃吾不明地脉之故也。"又拨军马，令二将安营讫。却将伤死身尸，填于地道之中，以土掩之；令人下战书单搦邓艾来日交锋，艾忻然应之。

次日，两军列于祁山之前。维按武侯八阵之法，依天、地、风、云、鸟、蛇、龙、虎之形，分布已定。邓艾出马，见维布成八卦，乃亦布之，左右前后，门户一般。维持枪纵马大叫曰："汝效吾排八阵，亦能变阵否？"艾笑曰："汝道此阵只汝能布耶？吾既会布阵，岂不知变阵！"艾便勒马入阵，令执法官把旗左右招飐，变成八八六十四个门户，复出阵前曰："吾变法若何？"维曰："虽然不差，汝敢与吾入阵相围么？"艾曰："有何不敢！"两军各依队伍而进。艾在中军调遣，两军冲突，阵法不曾错动。姜维到中间把旗一招，忽然变成长蛇卷地阵，将邓艾困在垓心，四面喊声大震。艾不知其阵，心中大惊。蜀兵渐渐逼近，艾引众将冲突不出。只听得蜀兵齐叫曰："邓艾早降！"艾仰天长叹曰："我一时自逞其能，中姜维之计矣！"［依作者之见，邓艾输给了孔明。］

忽然西北角上一彪军杀入，艾见是魏兵，遂乘势杀出。救邓艾者，乃司马望也。比及救出邓艾时，祁山九寨皆被蜀兵所夺。艾引败兵，退于渭水南下寨。艾谓望曰："公何以知此阵法而救出我也？"望曰："吾幼年游学于荆南，曾与崔州平、石广元为友，讲论此阵。今日姜维所变者，乃长蛇卷地阵也。若他处击之，必不可破。吾见其头在西北，故从西北击之，自破矣。"艾谢曰："我虽学得阵法，实不知变法。公既知此法，来日以此法复夺祁山寨栅如何？"望曰："我之所学，恐瞒不过姜维。"艾曰："来日公在阵上与他斗阵法，我却引一军暗袭祁山之后。两下混战，可夺旧寨也。"于是令郑伦为先锋，艾自引军袭山后；一面令人下战书，搦姜维来日斗阵法。"维批回去讫，乃谓众将曰："吾受武侯所传密书，此阵变法共三百六十五样，按周天之数。今搦吾斗阵法，乃班门弄斧耳！但中间必有诈谋，公等知之乎？"廖化曰："此必赚我斗阵法，却引一军袭我后也。"维笑曰："正合我意。"即令张翼、廖化引一万兵去山后埋伏。［"蜀中无大将，廖化作先锋"的俗语，使廖化成为庸将典型。其实，廖化虽非名将，但也不算太差，见识上偶有过人之处。俗语不仅有助于传播真知，还有助于流布虚妄。］

次日，姜维尽拔九寨之兵，分布于祁山之前。司马望引兵离了渭南，径到祁山之前，出马与姜维答话。维曰："汝请吾斗阵法，汝先布与我看。"望布成了八卦。维笑曰："此即吾所布八阵之法也。汝今盗袭，何足为奇！"望曰："汝亦窃他人之法耳！"维曰："此阵凡有几变？"望笑曰："吾既能布，岂不会变？此阵有九九八十一变。"维笑曰："汝试变来。"望入阵变了数番，复出阵曰："汝识吾变否？"维笑曰："吾阵法按周天三百六十五变。汝乃井底之蛙，安知玄奥乎！"望自知有此变法，实不曾学全，乃勉强折辩曰："吾不信，汝试变来。"维曰："汝教邓艾出来，吾当布与他看。"望曰："邓将军自有良谋，不好阵法。"维大笑曰："有何良谋！不过教汝赚吾在此布阵，他却引兵袭吾山后耳！"望大惊，恰欲进兵混战，被维以鞭稍一指，两翼兵先出，杀的那魏兵弃甲抛戈，各逃性命。

却说邓艾催督先锋郑伦来袭山后。伦刚转过山角，忽然一声炮响，鼓角喧天，伏兵杀出，为首大将乃廖化也。二人未及答话，两马交处，被廖化一刀，斩郑伦于马下。邓艾大惊，急勒兵退时，张翼引一军杀到。两下夹攻，魏兵大败。艾舍命突出，身被四箭。奔到渭南寨时，司马望亦到。[托孔明之福，姜维好歹赢了一把。]二人商议退兵之策。望曰："近日蜀主刘禅宠幸中贵黄皓，日夜以酒色为乐。可用反间计召回姜维，此危可解。"艾问众谋士曰："谁可入蜀交通黄皓？"言未毕，一人应声曰："某愿往。"艾视之，乃襄阳党均也。艾大喜，即令党均赍金珠宝物，径到成都结连黄皓，布散流言，说姜维怨望天子，不久投魏。于是成都人人所说皆同。黄皓奏知后主，即遣人星夜宣姜维入朝。[老套叙事。]

却说姜维连日搦战，邓艾坚守不出。维心中甚疑。忽使命至，诏维入朝。维不知何事，只得班师回朝。邓艾、司马望知姜维中计，遂拔渭南之兵，随后掩杀。正是：

乐毅伐齐遭间阻，岳飞破敌被谗回。

未知胜负如何，且看下文分解。

阿斗

托马斯·潘恩质疑君主世袭制度时，嘲讽道："天意并不赞成这种办法，否则它就不会常常把蠢驴而不是雄狮给予人类，从而使得该项制度成为笑柄了。"后主刘禅的所作所为，呼应了潘恩的见解。

阿斗没干过啥坏事，但这不是评判君主的适宜标准，正如对驴的恭维恰恰是对雄狮的贬低。当阿斗得到孔明忠贞辅佐时，其甩手掌柜作风非但无害，反而有助于蜀国的统治。因为以阿斗的能力和地位，他对蜀国所能做出的最大贡献，就是啥都不做，由贤相能臣代为治理。陈寿概括得准确："素丝无常，唯所染之。"近孔明之朱，阿斗得其赤；近黄皓之墨，阿斗染其黑。所以，当阿斗意欲有所振作，而其所能依赖者又是痴迷风水的宦官黄皓时，阿斗的"蠢驴"本质就给蜀国带来了灾难。

挑战君主世袭制是一项超越时代认知的观念，我们无法苛求古人。再则，"蠢驴"至少好过虎豹豺狼。因此，在那个暴君比比皆是的时代，人们对阿斗的态度，同情远多于谴责。这份同情，其实包含了更大的无奈。

第一百十四回

曹髦驱车死南阙　姜维弃粮胜魏兵

却说姜维传令退兵，廖化曰："'将在外，君命有所不受。'今虽有诏，未可动也。"张翼曰："蜀人为大将军连年动兵，皆有怨望。不如乘此得胜之时，收回人马，以安民心，再作良图。"维曰："善。"遂令各军依法而退。命廖化、张翼断后，以防魏兵追袭。

却说邓艾引兵追赶，只见前面蜀兵旗帜整齐，人马徐徐而退。艾叹曰："姜维深得武侯之法也！"因此不敢追赶，勒军回祁山寨去了。

且说姜维至成都入见后主，问召回之故。后主曰："朕为卿在边庭，久不还师，恐劳军士，故诏卿回朝，别无他意。"维曰："臣已得祁山之寨，正欲收功，不期半途而废。此必中邓艾反间之计矣。"后主默然不语。姜维又奏曰："臣誓讨贼，以报国恩。陛下休听小人之言，致生疑虑。"后主良久乃曰："朕不疑卿。卿且回汉中，俟魏国有变，再伐之可也。"姜维叹息出朝，自投汉中去讫。［"良久"二字，足以插入大片疑云，令姜维郁闷不已。］

却说党均回到祁山寨中，报知此事。邓艾与司马望曰："君臣不和，必有内变。"就令党均入洛阳报知司马昭。昭大喜，便有图蜀之心，乃问中护军贾充曰："吾今伐蜀，如何？"充曰："未可伐也。天子方疑主公，若一旦轻出，内难必作矣。旧年黄龙两见于宁陵井中，群臣表贺，以为祥瑞。天子曰：'非祥瑞也。龙者君象，乃上不在天，下不在田，而在井中，是幽囚之兆也。'遂作《潜龙诗》一首。诗中之意，明明道着主公。其诗曰：'伤哉龙受困，不能跃深渊。上不飞天汉，下不见于田。蟠居于井底，鳅鳝舞其前。藏牙伏爪甲，嗟我亦同然！'"

司马昭闻之大怒，谓贾充曰："此人欲效曹芳也！若不早图，彼必害我。"充曰："某愿为主公早晚图之。"时魏甘露五年夏四月，司马昭带剑上殿，髦起迎之。群臣皆奏曰："大将军功德巍巍，合为晋公，加九锡。"髦低头不答。昭厉声曰："吾父子兄弟三人有大功于魏，今为晋公，得毋不宜耶?"髦乃应曰："敢不如命。"昭曰："潜龙之诗，视吾等如鳅鳝，是何礼也?"髦不能答。[问得有趣。从诗句中寻找"反骨"并借机问罪，是中国文化一个没出息的传统，源远流长。但皇帝像落魄文人般"托物言志"，大臣反过来挑皇帝诗中的"反意"，实不多见。]昭冷笑下殿，众官凛然。髦归后宫，召侍中王沈、尚书王经、散骑常侍王业三人入内计议。髦泣曰："司马昭将怀篡逆，人所共知。朕不能坐受废辱，卿等可助朕讨之!"王经奏曰："不可。昔鲁昭公不忍季氏，败走失国。今重权已归司马氏久矣，内外公卿不顾顺逆之理，阿附奸贼，非一人也。且陛下宿卫寡弱，无用命之人。陛下若不隐忍，祸莫大焉。且宜缓图，不可造次。"髦曰："是可忍也，孰不可忍也！朕意已决，便死何惧!"[曹髦年方二十，是皇帝，也是血气方刚的青年。]言讫，即入告太后。王沈、王业谓王经曰："事已急矣。我等不可自取灭族之祸，当往司马公府下出首，以免一死。"经大怒曰："主忧臣辱，主辱臣死，敢怀二心乎?"王沈、王业见经不从，径自往报司马昭去了。

少顷，魏主曹髦出内，令护卫焦伯，聚集殿中宿卫苍头官僮三百余人，鼓噪而出。髦仗剑升辇，叱左右径出南阙。王经伏于辇前，大哭而谏曰："今陛下领数百人伐昭，是驱羊而入虎口耳，空死无益。臣非惜命，实见事不可行也!"髦曰："吾军已行，卿勿阻当。"遂望龙门而来。

只见贾充戎服乘马，左有成倅，右有成济，引数千铁甲禁兵，呐喊杀来。髦仗剑大喝曰："吾乃天子也！汝等突入宫庭，欲弑君耶?"禁兵见了曹髦，皆不敢动。贾充呼成济曰："司马公养你何用？正为今日之事也!"济乃绰戟在手，回顾充曰："当杀耶？当缚耶?"充曰："司马公有令，只要死的。"成济捻戟直奔辇前。髦大喝曰："匹夫敢无礼乎!"言未讫，被成济一戟刺中前胸，撞出辇来；再一戟，刀从背上透出，死于辇傍。焦伯挺枪来迎，被成济一戟刺死。众皆逃走。王经随后赶来，大骂贾充曰："逆贼安敢弑君耶!"充大怒，叱左右缚定，报知司马昭。昭入内，见髦已死，乃佯作大惊之状，以头撞辇而哭，令人报知各大臣。

时太傅司马孚入内，见髦尸首，枕其股而哭曰："弑陛下者，臣之罪也！"遂将髦尸用棺椁盛贮，停于偏殿之西。昭入殿中，召群臣会议。群臣皆至，独有尚书仆射陈泰不至。昭令泰之舅尚书荀顗召之。泰大哭曰："论者以泰比舅，今舅实不如泰也。"乃披麻带孝而入，哭拜于灵前。昭亦佯哭而问曰："今日之事，何法处之？"泰曰："独斩贾充，少可以谢天下耳。"昭沉吟良久，又问曰："再思其次？"泰曰："惟有进于此者，不知其次。"昭曰："成济大逆不道，可剐之，灭其三族。"济大骂昭曰："非我之罪，是贾充传汝之命！"昭令先割其舌。［教科书般的替罪羊案例。西塞罗说过："当武器出鞘时，法律变得沉默"，割舌正为迫其沉默。西塞罗本人死后亦遭割舌。］济至死叫屈不绝。弟成倅亦斩于市，尽灭三族。后人有诗叹曰：

司马当年命贾充，弑君南阙赭袍红。
却将成济诛三族，只道军民尽耳聋。

昭又使人收王经全家下狱。王经正在廷尉厅下，忽见缚其母至。经叩头大哭曰："不孝子累及慈母矣！"母大笑曰："人谁不死？正恐不得死所耳！以此弃命，何恨之有！"次日，王经全家皆押赴东市。王经母子含笑受刑。满城士庶，无不垂泪。后人有诗曰：

汉初夸伏剑，汉末见王经。真烈心无异，坚刚志更清。
节如泰华重，命似羽毛轻。母子声名在，应同天地倾。

［后人耳清目明，史官给予司马昭的盖棺之论，恰是"终为弑君"四字。］

太傅司马孚请以王礼葬曹髦，昭许之。［司马孚享寿极高，达九十二岁。虽然活到司马炎称帝之时，却坚持以魏臣自居。人事复杂，不宜想当然。］贾充等劝司马昭受魏禅，即天子位。昭曰："昔文王三分天下有其二，以服事殷，故圣人称为至德。魏武帝不肯受禅于汉，犹吾之不肯受禅于魏也。"贾充等闻言，已知司马昭留意于子司马炎矣，遂不复劝进。是年六月，司马昭立常道卿公曹璜为帝，改元景元元年。璜改名曹奂，字景召，乃武帝曹操之孙，燕王曹宇之子也。奂封昭为丞相、晋公，赐钱十万、绢万匹。其文武多官，各有封赏。

早有细作报入蜀中。姜维闻司马昭弑了曹髦，立了曹奂，喜曰："吾今日伐魏，又有名矣。"［魏蜀吴共有一个强烈心愿：唯恐敌国不乱。］遂发书入吴，令起兵问司马昭弑君之罪。一面奏准后主，起兵十五万，车乘数千辆，皆置板箱于上；令廖化、张翼为先锋，化取子午谷，翼取骆谷，维自取斜谷，皆要出祁山之前取齐。三路兵并起，杀奔祁山而来。

时邓艾在祁山寨中训练人马，闻报蜀兵三路杀到，乃聚诸将计议。参军王瓘曰："吾有一计不可明言，见写在此，谨呈将军台览。"艾接来展看毕，笑曰："此计虽妙，只怕瞒不过姜维。"瓘曰："某愿舍命前去。"艾曰："公志若坚，必能成功。"遂拨五千兵与瓘。瓘连夜从斜谷迎来，正撞蜀兵前队哨马。瓘叫曰："我是魏国降兵，可报与主帅。"哨军报知姜维，维令拦住余兵，只教为首的将来见。瓘拜伏于地曰："某乃王经之侄王瓘也。近见司马昭弑君，将叔父一门皆戮，某痛恨入骨。今幸将军兴师问罪，故特引本部兵五千来降。愿从调遣，剿除奸党，以报叔父之恨。"维大喜，谓瓘曰："汝既诚心来降，吾岂不诚心相待？吾军中所患者，不过粮耳。今有粮草见在川口，汝可运赴祁山。吾只今去取祁山寨也。"瓘心中大喜，以为中计，忻然领诺。姜维曰："汝去运粮，不必用五千人，但引三千人去，留下二千引路，以打祁山。"瓘恐维疑惑，乃引三千兵去了。维令傅佥引二千魏兵随征听用。忽报夏侯霸到。霸曰："都督何故准信王瓘之言也？吾在魏，虽不知备细，未闻王瓘是王经之侄。其中多诈，请将军察之。"维大笑曰："我已知王瓘之诈，故分其兵势，将计就计而行。"霸曰："公试言之。"维曰："司马昭奸雄比于曹操，既杀王经，灭其三族，安肯存亲侄于关外领兵？故知其诈也。仲权之见，与我暗合。"于是姜维不出斜谷，却令人于路暗伏，以防王瓘奸细。［老套、低水准的诈降，难怪不中用。］不旬日，果然伏兵捉得王瓘回报邓艾下书人来见。维问了情节，搜出私书，书中约于八月二十日，从小路运粮送归大寨，却教邓艾遣兵于坛山谷中接应。维将下书人杀了，却将书中之意，改作八月十五日，约邓艾自率大兵，于坛山谷中接应。一面令人扮作魏军往魏营下书，一面令人将见在粮车数百辆卸了粮米，装载干柴茅草引火之物，用青布罩之，令傅佥引二千原降魏兵，执打运粮旗号，维却与夏侯霸各引一军，去山谷中埋伏；令蒋舒出斜谷，廖化、张翼俱各进兵来取祁山。

却说邓艾得了王瓘书信大喜，急写回书，令来人回报。至八月十五日，邓艾引五万精兵径往坛山谷中来，远远使人凭高眺探，只见无数粮草，接连不断，从山门中而行。艾勒马望之，果然皆是魏兵。左右曰："天已昏暮，可速接应王瓘出谷口。"艾曰："前面山势掩映，倘有伏兵，急难退步，只可在此等候。"正言间，忽两骑马骤至，报曰："王将军因将粮草过界，背后人马赶来，望早救应。"艾大惊，急催兵前进。

时值初更，月明如昼，只听得山后呐喊，艾只道王瓘在山后厮杀，径奔过山后时，忽树林后一彪军撞出，为首蜀将傅佥，纵马大叫曰："邓艾匹夫！已中吾主将之计，何不早早下马受死！"艾大惊，勒回马便走。车上火尽着，那火便是火号。两势下蜀兵尽出，杀得魏兵七断八续，但闻山下山上只叫："拿住邓艾的，赏千金，封万户侯！"唬得邓艾弃甲丢盔，撇了坐下马，杂在步军之中，爬山越岭而逃。姜维、夏侯霸只望马上为首的径来擒捉，不想邓艾步行走脱。维领得胜兵去接王瓘粮草。

却说王瓘密约邓艾，先期将粮草车仗整备停当，专候举事。忽有心腹人报："事已泄漏，邓将军大败，不知性命如何。"瓘大惊，令人哨探，回报三路兵围杀将来，背后又有尘土大起，四下无路。瓘叱左右令放火，尽烧粮草车辆。一霎时，火光突起，烈火烧空。瓘大叫曰："事已急矣！汝等宜死战！"乃提兵望西杀出。背后姜维三路追赶。维只道王瓘舍命撞回魏国，不想反杀入汉中而去。瓘因兵少，只恐追兵赶上，遂将栈道并各关隘尽皆烧毁。姜维恐汉中有失，遂不追邓艾，提兵连夜抄小路来追杀王瓘。瓘被四面蜀兵攻击，投黑龙江而死。余兵尽被姜维坑之。［"坑"即之前提及的"京观"，均指将尸骸封土堆积，非谓活埋。称为"京观"或"武军"，有肯定该种行为的意思，直言"坑"则属滥杀无辜。秦始皇"焚书坑儒"之"坑"，亦属此义。］维虽然胜了邓艾，却折了许多粮草，又毁了栈道，乃引兵还汉中。邓艾引部下败兵，逃回祁山寨内，上表请罪，自贬其职。司马昭见艾数有大功，不忍贬之，复加厚赐。艾将原赐财物，尽分给被害将士之家。昭恐蜀兵又出，遂添兵五万，与艾守御。

姜维连夜修了栈道，又议出师。正是：

连修栈道兵连出，不伐中原死不休。

未知胜负如何，且看下文分解。

替罪

寻找替罪羊，是人的思维习惯。犹太《希伯来书》中指定，人们可以用羊或斑鸠来代为承担由较轻罪孽引致的责任，此即“替罪羊”的语源。但作为一种推卸责任、嫁祸于人的思路，它历来存在于人类社会，在政治权力场上尤为常见，一般也更血腥。

西方研究权谋术的学者曾专门概括了一个名称：“亲信的堕落”，用以指称国王或元首乐此不疲的归罪把戏。司马昭把成济合家老幼当成替罪羊，正符合该名称界定的内容：用一个亲信来顶罪，该亲信既亲密到可以让人以为司马昭大义灭亲，又不至于亲密到让人以为司马昭出卖最忠诚的部下（如贾充）。替罪羊是肮脏国王和权臣手中的王牌，替罪羊的存在，足以诱发君王有恃无恐地干出各种丧心病狂的脏事。更老练也更可怕的替罪羊，不是事后弥补，而是事先找定。曹操唆使王垕“将小斛散之，权且救一时之急”时，已预先将王垕的脑袋视如替罪羊；电影《伯恩的最后通牒》里，美国中情局局长在电话里提醒搭档：“不要忘了，我们当初让兰迪进入这个项目的用意，如果黑蔷薇计划失败，就把责任推给她，另起炉灶。”

不过，“替罪羊”方案的行使者多有自作聪明之嫌，时人或后人常能看出阴谋所在。以司马昭为例，当年流传民间的俗语“司马昭之心，路人皆知”，等于宣告了司马昭骗术不精。

第一百十五回

诏班师后主信谗　托屯田姜维避祸

却说蜀汉景耀五年冬十月，大将军姜维差人连夜修了栈道，整顿军粮兵器，又于汉中水路调拨船只，俱已完备，上表奏后主曰："臣累出战，虽未成大功，已挫动魏人心胆。今养兵日久，不战则懒，懒则致病。况今军思效死，将思用命。臣如不胜，当受死罪。"后主览表，犹豫未决。谯周出班奏曰："臣夜观天文，见西蜀分野，将星暗而不明。今大将军又欲出师，此行甚是不利。陛下可降诏止之。"［古人将天上十二星次的位置对应于地上州国，就天文说，谓之分星，就地面说，谓之分野。某个天象的异动，会主导地面相应部分的休咎。总之，是一种精致的胡扯。］后主曰："且看此行若何。果然有失，却当阻之。"谯周再三谏劝不从，乃归家叹息不已，遂推病不出。

却说姜维临兴兵，乃问廖化曰："吾今出师，誓欲恢复中原，当先取何处？"化曰："连年征伐，军民不宁，兼魏有邓艾，足智多谋，非等闲之辈。将军强欲行强为之事，此化所以不敢专也。"维勃然大怒曰："昔丞相六出祁山，亦为国也。吾今八次伐魏，岂为一己之私哉？今当先取洮阳，如有逆吾有必斩！"遂留廖化守汉中，自同诸将提兵三十万，径取洮阳而来。［以公心自诩，有时更加危险。私欲可控，公心无疆，自以为出自公心，会诱发无视后果的行为，且死到临头犹自以为问心无愧。再则，对手握重权者来说，公心与私欲泯然无界，公心得逞，私欲也同获满足。姜维幸而成功，历史不是将永久铭记他的名号吗？］早有川口人报入祁山寨中。时邓艾正与司马望谈兵，闻知此信，遂令人哨探。回报蜀兵尽从洮阳而出。司马望曰："姜维多计，莫非虚取洮阳而实来取祁山乎？"邓艾曰："今姜维实出洮阳也。"望曰："公何以知之？"艾曰："向者姜维累出吾有粮之地，今洮阳无粮，维必料吾只守祁山，不守洮阳，故径取洮阳；如得此城，屯粮积草，结连羌人，以图久计耳。”望曰：“若此，如之奈何?”艾曰：“可尽撤此处之兵，分为两路去救洮阳。离洮阳二十五里，有侯河小城，乃洮阳咽喉之地。公引一军伏于洮阳，偃旗息鼓，大开四门，如此如此而行；我却引一军伏侯河，必获大胜也。”筹画已定，各各依计而行，只留偏将师纂守祁山寨。

却说姜维令夏侯霸为前部，先引一军径取洮阳。霸提兵前进，将近洮阳，望见城上并无一杆旌旗，四门大开。霸心下疑惑，未敢入城，回顾诸将曰：“莫非诈乎?”诸将曰：“眼见得是空城，只有些小百姓，听知大将军兵到，尽弃城而走了。”霸未信，自纵马于城南视之，只见城后老小无数，皆望西北而逃。霸大喜曰：“果空城也。”遂当先杀入，余众随后而进。方到瓮城边，忽然一声炮响，城上鼓角齐鸣，旌旗遍竖，拽起吊桥。霸大惊曰：“误中计矣!”慌欲退时，城上矢石如雨。可怜夏侯霸同五百军，皆死于城下。后人有诗叹曰：

大胆姜维妙算长，谁知邓艾暗提防。

可怜投汉夏侯霸，顷刻城边箭下亡。

司马望从城内杀出，蜀兵大败而逃。随后姜维引接应兵到，杀退司马望，就傍城下寨。维闻夏侯霸射死，嗟伤不已。[姜维心归蜀汉，在蜀地却没有谈得来的朋友，倒与魏国将领言语投机。日后姜维与钟会一见如故（至少表面上如此），或也缘于性情上的投契。有人曾评价亨利·基辛格：“他善于与敌人相处似乎胜过与朋友相处。”]是夜二更，邓艾自侯河城内，暗引一军潜地杀入蜀寨。蜀兵大乱，姜维禁止不住。城上鼓角喧天，司马望引兵杀出。两下交攻，蜀兵大败。维左冲右突，死战得脱，退二十余里下寨。蜀兵两番败走之后，心中摇动。维与诸将曰：“胜败乃兵家之常，今虽损兵折将，不足为忧。成败之事，在此一举，汝等始终勿改，如有言退者立斩。”张翼进言曰：“魏兵皆在此处，祁山必然空虚。将军与邓艾交锋，攻打洮阳、侯河；某引一军取祁山，取了祁山九寨，便驱兵直向长安。此为上计。”维从之，即令张翼引后军径取祁山。维自引兵到侯河搦邓艾交战。艾引兵出迎。两军对圆，二人交锋数十余合，不分胜负，各收兵回寨。次日，姜维又引兵挑战，邓艾按兵不出。姜维令军辱骂。邓艾寻思曰："蜀人被吾大杀一阵，全然不退，连日反来搦战，必分兵去袭祁山寨也。守寨将师纂，兵少智寡，必然败矣。吾当亲往救之。"乃唤子邓忠分付曰："汝用心守把此处，任他搦战，却弗轻出。吾今夜引兵去祁山救应。"是夜二更，姜维正在寨中设计，忽听得寨外喊声震地，鼓角喧天，人报邓艾引三千精兵夜战。诸将欲出，维止之曰："勿得妄动。"原来邓艾引兵至蜀寨前哨探了一遍，乘势去救祁山，邓忠自入城去了。姜维唤诸将曰："邓艾虚作夜战之势，必然去救祁山寨矣。"乃唤傅佥分付曰："汝守此寨，勿轻与敌。"嘱毕，维自引三千兵来助张翼。

却说张翼正到祁山攻打，守寨将师纂兵少，支持不住。看看待破，忽然邓艾兵至，冲杀了一阵，蜀兵大败，把张翼隔在山后，绝了归路。正慌急之间，忽听的喊声大震，鼓角喧天，只见魏兵纷纷倒退。左右报曰："大将军姜伯约杀到！"翼乘势驱兵相应。两下夹攻，邓艾折了一阵，急退上祁山寨不出。姜维令兵四面攻围。[姜维八次伐魏，未曾取得比孔明略多一寸的战功，而蜀国日以衰，魏国日以强。]

话分两头。却说后主在成都，听信宦官黄皓之言，又溺于酒色，不理朝政。时有大臣刘琰妻胡氏，极有颜色，因入宫朝见皇后，后留在宫中，一月方出。琰疑其妻与后主私通，乃唤帐下军士五百人列于前，将妻绑缚，令每军以履挞其面数十，几死复苏。后主闻之大怒，令有司议刘琰罪。有司议得："卒非挞妻之人，面非受刑之地，合当弃市。"[论证有趣。]遂斩刘琰。自此命妇不许入朝。然一时官僚以后主荒淫，多有疑怨者。于是贤人渐退，小人日进。时右将军阎宇，身无寸功，只因阿附黄皓，遂得重爵；闻姜维统兵在祁山，乃说皓奏后主曰："姜维屡战无功，可命阎宇代之。"后主从其言，遣使赍诏，召回姜维。维正在祁山攻打寨栅，忽一日三道诏至，宣维班师。维只得遵命，先令洮阳兵退，次后与张翼徐徐而退。邓艾在寨中，只听得一夜鼓角喧天，不知何意。至平明，人报蜀兵尽退，止留空寨。艾疑有计，不敢追袭。姜维径到汉中，歇住人马，自与使命入成都见后主。后主一连十日不朝。维心中疑虑，是日至东华门，遇见秘书郎郤正。维问曰："天子召维班师，公知其故否？”正笑曰：“大将军何尚不知？黄皓欲使阎宇立功，奏闻朝廷，发诏取回将军。今闻邓艾善能用兵，因此寝其事矣。”维大怒曰：“我必杀此宦竖！”郤正止之曰：“大将军继武侯之事，任大职重，岂可造次？倘若天子不容，反为不美矣。”维谢曰：“先生之言是也。”次日，后主与黄皓在后园宴饮，维引数人径入。早有人报知黄皓，皓急避于湖山之侧。维至亭下，拜了后主，泣奏曰：“臣困邓艾于祁山，陛下连降三诏，召臣回朝，未审圣意为何？”后主默然不语。维又奏曰：“黄皓奸巧专权，乃灵帝时十常侍也。陛下近则鉴于张让，远则鉴于赵高。早杀此人，朝廷自然清平，中原方可恢复。”后主笑曰：“黄皓乃趋走小臣，纵使专权，亦无能为。昔者董允每切齿恨皓，朕甚怪之。卿何必介意？”维叩头奏曰：“陛下今日不杀黄皓，祸不远也。”后主曰：“‘爱之欲其生，恶之欲其死。’卿何不容一宦官耶？”令近侍于湖山之侧唤出黄皓至亭下，命拜姜维伏罪。皓哭拜维曰：“某早晚趋侍圣上而已，并不干与国政。将军休听外人之言欲杀某也。某命系于将军，惟将军怜之！”言罢，叩头流涕。［宦官之可怕，正在于他们会做出楚楚可怜样，令人不觉其可畏。十常侍也是如此。］

维忿忿而出，即往见郤正，备将此事告之。正曰：“将军祸不远矣。将军若危，国家随灭！”维曰：“先生幸教我以保国安身之策。”正曰：“陇西有一去处，名曰沓中，此地极其肥壮。将军何不效武侯屯田之事，奏知天子，前去沓中屯田？一者得麦熟以助军实；二者可以尽图陇右诸郡；三者魏人不敢正视汉中；四者将军在外掌握兵权，人不能图，可以避祸。此乃保国安身之策也，宜早行之。”维大喜，谢曰：“先生金玉之言也。”［时时想着避祸，处处撞上祸端。姜维命苦。］次日，姜维表奏后主，求沓中屯田，效武侯之事。后主从之。维遂还汉中，聚诸将曰：“某累出师，因粮不足，未能成功。今吾提兵八万，往沓中种麦屯田，徐图进取。汝等久战劳苦，今且敛兵聚谷，退守汉中。魏兵千里运粮，经涉山岭，自然疲乏；疲乏必退，那时乘虚追袭，无不胜矣。”遂令胡济屯汉寿城，王含守乐城，蒋斌守汉城，蒋舒、傅佥同守关隘。分拨已毕，维自引兵八万，来沓中种麦，以为久计。

却说邓艾闻姜维在沓中屯田，于路下四十余营，连络不绝，如长蛇之势。艾遂令细作相了地形，画成图本，具表申奏。晋公司马昭见之，大怒曰："姜维屡犯中原，不能剿除，是吾心腹之患也。"贾充曰："姜维深得孔明传授，急难退之。须得一智勇之将，往刺杀之，可免动兵之劳。"从事中郎荀勖曰："不然。今蜀主刘禅溺于酒色，信用黄皓，大臣皆有避祸之心。姜维在沓中屯田，正避祸之计也。若令大将伐之，无有不胜，何必用刺客乎?"昭大笑曰："此言最善。吾欲伐蜀，谁可为将?"荀勖曰："邓艾乃世之良材，更得钟会为副将，大事成矣。"昭大喜曰："此言正合吾意。"乃召钟会入而问曰："吾欲令汝为大将，去伐东吴，可乎?"会曰："主公之意，本不欲伐吴，实欲伐蜀也。"昭大笑曰："子诚识吾心也。但卿往伐蜀，当用何策?"会曰："某料主公欲伐蜀，已画图现在此。"昭展开视之，图中细载一路安营下寨屯粮积草之处，从何而进，从何而退，一一皆有法度。昭看了大喜曰："真良将也！卿与邓艾合兵取蜀何如?"会曰："蜀川道广，非一路可进，当使邓艾分兵各进可也。"［钟会不甘居于邓艾之下，亟愿自领一军，自成大功。虽是名将应有的气度豪情，却也预伏凶兆。］昭遂拜钟会为镇西将军，假节钺，都督关中人马，调遣青徐兖豫荆扬等处；一面差人持节令邓艾为征西将军，都督关外陇上，使约期伐蜀。次日，司马昭于朝中计议此事，前将军邓敦曰："姜维屡犯中原，我兵折伤甚多，只今守御尚自未保，奈何深入山川危险之地，自取祸乱耶?"昭怒曰："吾欲兴仁义之师，伐无道之主，汝安敢逆吾意！"叱武士推出斩之。须臾，呈邓敦首级于阶下。［没法比。曹操北击乌桓后，特地"重赏先曾谏者"，把胜利归于"侥幸"，同时强调"诸君之谏，乃万安之计，是以相赏。后勿难言"。］众皆失色。昭曰："吾自征东以来，息歇六年，治兵缮甲，皆已完备，欲伐吴、蜀久矣。今先定西蜀，乘顺流之势，水陆并进，并吞东吴，此灭虢取虞之道也。吾料西蜀将士守成都者八九万，守边境者不过四五万，姜维屯田者不过六七万。今吾已令邓艾引关外陇右之兵十余万，绊住姜维于沓中，使不得东顾；遣钟会引关中精兵二三十万直抵骆谷，三路以袭汉中。蜀主刘禅昏暗，边城外破，士女内震，其亡可必矣。"众皆拜服。［严格地说，这是魏国第三次伐蜀，前两次均无功而返，双方甚至不曾发生实质交战。这一次是毁灭性的。]

却说钟会受了镇西将军之印，起兵伐蜀。会恐机谋或泄，却以伐吴为名，令青、兖、豫、荆、扬等五处各造大船；又遣唐咨于登、莱等州傍海之处拘集海船。司马昭不知其意，遂召钟会问之曰："子从旱路收川，何用造船耶？"会曰："蜀若闻我兵大进，必求救于东吴也。故先布声势作伐吴之状，吴必不敢妄动。一年之内，蜀已破，船已成，而伐吴，岂不顺乎？"[钟会思虑周详，意在笔先，难怪目中无人。]昭大喜，选日出师。时魏景元四年秋七月初三日，钟会出师，司马昭送之于城外十里方回。西曹椽邵悌密谓司马昭曰："今主公遣钟会领十万兵伐蜀，愚料会志大心高，不可使独掌大权。"昭笑曰："吾岂不知之？"悌曰："主公既知，何不使人同领其职？"昭言无数语，使悌疑心顿释。正是：

方当士马驱驰日，早识将军跋扈心。

未知其言若何，且看下文分解。

黩武

"今养兵日久，不战则懒，懒则致病。"这是姜维的高见，在他看来，仅仅为了维持士兵的斗志，也必须不断发动战争。理由很可笑，真实的潜台词是，只有持续进行战争，姜维才能实际拥有这支军队，进而保住权力——哪怕为了自身的避祸。普鲁塔克提到迦太基统帅庇鲁斯，和姜维一样，他也有些优秀的个人品质，但普鲁塔克强调，他之所以频频用兵，是因为无法维持他的八千步兵和五百骑兵，"他不断进行征伐，因为不这样做，他便无法存在下去"。这就不仅仅是好战了，而是把战争纳入一种"以战养战"的机制，迫使其常态化。通常，人们管这种做法叫"穷兵黩武"。"以战争为乐是士兵的优点，对军官而言却是危险品质，对政治家而言则无疑是犯罪。"（乔治·桑塔亚那语）各方面均弱于孔明的姜维，伐魏频率竟高过孔明，结果必然造成孟德斯鸠概括的一种状态："把自己弄得既不能享有和平，又不能很好地进行战争。"

好战诚属人的本性，但好战不等于善战，善战不是本性，而是能力。真正的善战必然包括司马昭提及的“息歇六年，治兵缮甲”，简而言之，胜利属于有准备的人。蜀国前后对魏国征伐十余次，皆因准备不足，无功而返；魏国对蜀国的实质征伐只有眼下这一次，蜀国立刻岌岌可危。

第一百十六回

钟会分兵汉中道　武侯显圣定军山

却说司马昭谓西曹椽邵悌曰：“朝臣皆言蜀未可伐，是其心怯；若使强战，必败之道也。今钟会独建伐蜀之策，是其心不怯；心不怯，则破蜀必矣。蜀既破，则蜀人心胆已裂。‘败军之将，不可以言勇；亡国之大夫，不可以图存。’会即有异志，蜀人安能助之乎？至若魏人得胜思归，必不从会而反，更不足虑耳。此言乃吾与汝知之，切不可泄漏。”［说得透彻。是否出自晋人粉饰，就不得而知了。］邵悌拜服。

却说钟会下寨已毕，升帐大集诸将听令。时有监军卫瓘，［卫瓘相当于宪兵队长，是个可怕角色。他和钟会共有一个意外优点：皆是一流书法家。］护军胡烈，大将田续、庞会、田章、爰彭、丘健、夏侯咸、王买、皇甫闿、句安等八十余员。会曰：“必须一大将为先锋，逢山开路，遇水叠桥。谁敢当之？”一人应声曰：“某愿往。”会视之，乃虎将许褚之子许仪也。众皆曰：“非此人不可为先锋。”会唤许仪曰：“汝乃虎体猿班之将，父子有名；今众将亦皆保汝。汝可挂先锋印，领五千马军、一千步军，径取汉中。兵分三路：汝领中路出斜谷，左军出骆谷，右军出子午谷。此皆崎岖山险之地，当令军填平道路，修理桥梁，凿山破石，勿使阻碍。如违必按军法。”许仪受命，领兵而进。［是工程兵，需要训练，更需要大量装备，其艰可知。］钟会随后提十万余众，星夜起程。

却说邓艾在陇西既受伐蜀之诏，一面令司马望往遏羌人，又遣雍州刺史诸葛绪、天水太守王颀、陇西太守牵弘、金城太守杨欣，各调本部兵前来听令。比及军马云集，邓艾夜作一梦，梦见登高山望汉中，忽于脚下迸出一泉，水势上涌。须臾惊觉，浑身汗流；遂坐而待旦，乃召护卫邵缓问之；缓素明《周易》。艾备言其梦，缓答曰：“《易》云：‘山上有水曰“蹇”。’蹇卦者，‘利西南，不利东北’。孔子云：‘蹇利西南，往有功也；不利东北，其道穷也。’将军此行，必然克蜀；但可惜蹇滞不能还。”艾闻言，愀然不乐。[极具宿命感的预言。]忽钟会檄文至，约艾起兵，于汉中取齐。艾遂遣雍州刺史诸葛绪，引兵一万五千，先断姜维归路；次遣天水太守王颀，引兵一万五千，从左攻沓中；陇西太守牵弘，引一万五千人，从右攻沓水；又遣金城太守杨欣，引一万五千人，于甘松邀姜维之后。艾自引兵三万，往来接应。

却说钟会出师之时，有百官送出城外，旌旗蔽日，铠甲凝霜，人强马壮，威风凛凛，人皆称羡，惟有相国参军刘实微笑不语。太尉王祥见实冷笑，[有趣，“微笑”与“冷笑”是同义词，可以互换。]就马上挥其手而问曰：“钟、邓二人此去可平蜀乎？”实曰：“破蜀必矣。但恐皆不得还都耳。”王祥问其故，刘实但笑而不答。祥遂不复问。[家国命运与个体命运融为一体，作者笔尖通神。]

却说魏兵既发，早有细作入沓中报知姜维。维即具表申奏后主：“请降诏遣左车骑将军张翼领兵守护阳平关，右车骑将军廖化领兵守阴平桥。这二处最为要紧，若失二处，汉中不保矣。一面当遣使入吴求救，臣一面自起沓中之兵拒敌。”时后主改景耀五年为炎兴元年，日与宦官黄皓在宫中游乐。忽接姜维之表，即召黄皓问曰：“今魏国遣钟会、邓艾大起人马，分道而来，如之奈何？”皓奏曰：“此乃姜维欲立功名，故上此表。陛下宽心，勿生疑虑。臣闻城中有一师婆，供奉一神，能知吉凶，可召来问之。”后主从其言，于后殿陈设香花纸烛、享祭礼物，令黄皓用小车请入宫中，坐于龙床之上。后主焚香祝毕，师婆忽然披发跣足，就殿上跳跃数十遍，盘旋于案上。皓曰：“此神人降矣。陛下可退左右，亲祷之。”后主尽退侍臣，再拜祝之。师婆大叫曰：“吾乃西川土神也。陛下欣乐太平，何为求问他事？数年之后，魏国疆土亦归陛下矣。陛下切勿忧虑。”言讫，昏倒于地，半晌方苏。后主大喜，重加赏赐。自此深信师婆之说，遂不听姜维之言，每日只在宫中饮宴欢乐。姜维累申告急表文，皆被黄皓隐匿，因此误了大事。[不仅姜维气塞填胸，读者也会生生气坏。但必须承认，迷信是古代社会的一股现实力量。]

却说钟会大军迤逦望汉中进发。前军先锋许仪要立头功，先领兵至南郑关。仪谓部将曰："过此关即汉中矣。关上不多人马，我等便可奋力抢关。"众将领命，一齐并力向前。原来守关蜀将卢逊早知魏兵将到，先于关前木桥左右伏下军士，装起武侯所遗十矢连弩；比及许仪兵来抢关时，一声梆子响处，矢石如雨。仪急退时，早射倒数十骑。魏兵大败。仪回报钟会。会自提帐下甲士百余骑来看，果然箭弩一齐射下。会拨马便回，关上卢逊引五百军杀下来。会拍马过桥，桥上土塌，陷住马蹄，争些儿掀下马来。马挣不起，会弃马步行，跑下桥时，卢逊赶上，一枪刺来，却被魏兵中荀恺回身一箭，射卢逊落马。钟会麾众乘势抢关，关上军士因有蜀兵在关前，不敢放箭，被钟会杀散，夺了山关，即以荀恺为护军，以全副鞍马铠甲赐之。会唤许仪至帐下，责之曰："汝为先锋，理合逢山开路，遇水叠桥，专一修理桥梁道路，以便行军。吾乃才到桥上，陷住马蹄，几乎堕桥；若非荀恺，吾已被杀矣！汝既违军令，当按军法！"叱左右推出斩之。诸将告曰："其父许褚，有功于朝廷。望都督宽恕之。"会怒曰："军法不明，何以令众？"遂令斩首示众。诸将无不骇然。[许仪罪不至死——毕竟，魏兵抢关成功了——钟会此举，只为树立军威。钟会时年三十九，踌躇满志，满脑子想着建立不世功名。据说，许褚死于对曹操思念过度。]

时蜀将王含守乐城，蒋斌守汉城，见魏兵势大，不敢出战，只闭门自守。钟会下令曰："兵贵神速，不可少停。"乃令前军李辅围乐城，护军荀恺围汉城，自引大军取阳平关。守关蜀将傅佥与副将蒋舒商议战守之策，舒曰："魏兵甚众，势不可当，不如坚守为上。"佥曰："不然。魏兵远来，必然疲困，虽多不足惧。我等若不下关战时，汉、乐二城休矣。"蒋舒默然不答。忽报魏兵大队已至关前，蒋、傅二人至关上视之。钟会扬鞭大叫曰："吾今统十万之众到此，如早早出降，各依品级升用；如执迷不降，打破关隘，玉石俱焚！"傅佥大怒，令蒋舒把关，自引三千兵杀下关来。钟会便走，魏兵尽退。佥乘势追之，魏兵复合。佥欲退入关时，关上已竖起魏家旗号，只见蒋舒叫曰："吾已降了魏也！"佥大怒，厉声骂曰："忘恩背义之贼，有何面目见天下人乎！"拨回马复与魏兵接战。魏兵四面合来，将傅佥围在垓心。佥左冲右突，往来死战，不能得脱；所领蜀兵，十伤八九。佥乃仰天叹曰："吾生为蜀臣，死亦当为蜀鬼！"乃复拍马冲杀，身被数枪，血盈袍铠；坐下马倒，佥自刎而死。后人有诗叹曰：

一日抒忠愤，千秋仰义名。
宁为傅佥死，不作蒋舒生。

[依蒋舒"坚守为上"之计，傅佥未必死，蒋舒未必降。傅佥恃勇蹈死地，蒋舒只能盘算着觅活路。投降并不丢脸，但赶在傅佥回城前投降，显得过于阴鸷。]

钟会得了阳平关，关内所积粮草、军器极多，大喜，遂犒三军。是夜，魏兵宿于阳安城中。忽闻西南上喊声大震，钟会慌忙出帐视之，绝无动静。魏军一夜不敢睡。次夜二更，西南上喊声又起。钟会惊疑，向晓使人探之。回报曰："远哨十余里，并无一人。"会惊疑不定，乃自引数百骑，俱全装贯带，望西南巡哨。前至一山，只见杀气四面突起，愁云布合，雾锁山头。会勒住马，问乡导官曰："此何山也？"答曰："此乃定军山，昔日夏侯渊殁于此处。"会闻之，怅然不乐，遂勒马而回。转过山坡，忽然狂风大作，背后数千骑突出，随风杀来。会大惊，引众纵马而走。诸将坠马者，不计其数。乃奔到阳平关时，不曾折一人一骑，只跌损面目，失了头盔。皆言曰："但见阴云中人马杀来，比及近身，却不伤人，只是一阵旋风而已。"会问降将蒋舒曰："定军山有神庙乎？"舒曰："并无神庙，惟有诸葛武侯之墓。"会惊曰："此必武侯显圣也。吾当亲往祭之。"次日，钟会备祭礼，宰太牢，自到武侯坟前再拜致祭。祭毕，狂风顿息，愁云四散。忽然清风习习，细雨纷纷。一阵过后，天色晴朗。魏兵大喜，皆拜谢回营。是夜，钟会在帐中伏几而寝，忽然一阵清风过处，只见一人，纶巾羽扇，身衣鹤氅，素履皂绦，面如冠玉，唇若抹朱，眉清目朗，身长八尺，飘飘然有神仙之概。其人步入帐中，会起身迎之曰："公何人也？"其人曰："今早重承见顾，吾有片言相告。虽汉祚已衰，天命难违，然两川生灵，横罹兵革，诚可怜悯。汝入境之后，万勿妄杀生灵。"言讫，拂袖而去。会欲挽留之，忽然惊醒，乃是一梦。会知是武侯之灵，不胜惊异。于是传令前军立一白旗，上书"保国安民"

四字，所到之处，如妄杀一人者偿命。于是汉中人民，尽皆出城拜迎。会一一抚慰，秋毫无犯。[钟会确曾派兵祭拜孔明。主动祭扫一位敌国前辈，度量与涵养非今人能想。作者改成钟会迫于孔明的阴风，味道全变。]后人有诗赞曰：

数万阴兵绕定军，致令钟会拜灵神。
生能决策扶刘氏，死尚遗言保蜀民。

却说姜维在沓中，听知魏兵大至，传檄廖化、张翼、董厥提兵接应；一面自分兵列将以待之。忽报魏兵至，维引兵出迎。魏阵中为首大将乃天水太守王颀也。颀出马大呼曰："吾今大兵百万，上将千员，分二十路而进，已到成都。汝不思早降，犹欲抗拒，何不知天命耶！"维大怒，挺枪纵马，直取王颀。战不三合，颀大败而走。姜维驱兵追至二十里，只听得金鼓齐鸣，一枝兵摆开，旗上大书"陇西太守牵弘"字样。维笑曰："此等鼠辈，非吾对手！"遂催兵追之，又赶到十里，却遇邓艾领兵杀到。两军混战。维抖擞精神，与艾战十有余合，不分胜负，后面锣鼓又鸣。维急退时，后军报说："甘松诸寨，尽被金城太守杨欣烧毁了。"维大惊，急令副将虚立旗号，与邓艾相拒。维自撤后军，星夜来救甘松，正遇杨欣。欣不敢交战，望山路而走。维随后赶来。将至山岩下，岩上木石如雨，维不能前进。比及回到半路，蜀兵已被邓艾杀败。魏兵大队而来，将姜维围住。[在自家国土，姜维甫一开战即左支右绌，实在难办。]维引众骑杀出重围，奔入大寨坚守，以待救兵。忽流星马到，报说："钟会打破阳平关，守将蒋舒归降，傅佥战死，汉中已属魏矣。乐城守将王含，汉城守将蒋斌，知汉中已失，亦开门而降。胡济抵敌不住，逃回成都求援去了。"

维大惊，即传令拔寨。[正如刘备当年攻刘璋，一路不断遇到临阵倒戈者。]是夜兵至疆川口，前面一军摆开，为首魏将，乃是金城太守杨欣。维大怒，纵马交锋，只一合，杨欣败走，维拈弓射之，连射三箭皆不中。维转怒，因折其弓，挺枪赶来。战马前失，将维跌在地上。杨欣拨回马来杀姜维。维跃起身，一枪刺去，正中杨欣马脑。背后魏兵骤至，救欣去了。维骑上从马，欲待追时，忽报后面邓艾兵到。维首尾不能相顾，遂收兵要夺汉中。哨马报说："雍州刺史诸葛绪已断了归路。"维乃据山险下寨。魏兵屯于阴平桥头。维进退无路，长叹曰："天丧我也！"副将宁随曰："魏兵虽断阴平桥，雍州必然兵少，将军若从孔函谷径取雍州，诸葛绪必撤阴平之兵救雍州，将军却引兵奔剑阁守之，则汉中可复矣。"维从之，即发兵入孔函谷，诈取雍州。细作报知诸葛绪。绪大惊曰："雍州是吾合兵之地，倘有疏失，朝廷必然问罪。"急撤大兵从南路去救雍州，只留一枝兵守桥头。姜维入北道约行三十里，料知魏兵起行，乃勒回兵，后队作前队，径到桥头。果然魏兵大队已去，只有些小兵把桥，被维一阵杀散，尽烧其寨栅。诸葛绪听知桥头火起，复引兵回，姜维已过半日了，因此不敢追赶。

却说姜维引兵过了桥头，正行之间，前面一军来到，乃左将军张翼、右将军廖化也。维问之，翼曰："黄皓听信师巫之言，不肯发兵。翼闻汉中已危，自起兵来时，阳平关已被钟会所取。今闻将军受困，特来接应。"遂合兵一处。化曰："今四面受敌，粮道不通，不如退守剑阁，再作良图。"维疑虑未决。忽报钟会、邓艾分兵十余路杀来。维欲与翼、化分兵迎之。化曰："白水地狭路多，非争战之所，不如且退去救剑阁可也；若剑阁一失，是绝路矣。"维从之，遂引兵来投剑阁。将近关前，忽然鼓角齐鸣，喊声大起，旌旗遍竖，一枝军把住关口。正是：

汉中险峻已无有，剑阁风波又忽生。

未知何处之兵，且看下文分解。

功成

"一将功成万骨枯"，说的是士兵和百姓的命运，未涉及大将自身。钟会、邓艾伐蜀前，魏人料定此战必胜，悬念不在于胜败，而在于用何种方式、用多少时间和代价获得胜利。

古代没有职业将领，带兵凯旋的战将，会在朝廷拥有极大权力，可以轻易官至三公。如此，两位建立不世之功、拥有庞大兵权的赫赫战将，必将成为司马昭的心病。司马家族在朝廷得势，不也始于司马懿握有兵权并在战场奏凯吗？司马昭之前并无耀眼战功，所以，顺着司马昭的冷眼看下来，不难预料邓、钟结局。这个朝廷最有权势的家伙，绝不希望出现两个在权势、威望上对自己构成威胁的对手。以邓、钟之智，对此应有所预警：功高震主是危险的，装傻充愣是知趣的，功成身退更是明智的——除非，确信自己有能力功高废主。

古罗马曾有三巨头，即凯撒、庞培和克拉苏，三巨头得以成立，在于三人都握有庞大兵权，同时无人拥有压倒性优势，因而形成暂时的权力制衡。饶是如此，三巨头日后都死于非命，无一获得善终。

现代民主政府从法律层面禁止军人参政，这非常高明。丘吉尔领导英国人获得“二战”胜利后，立刻被选民弄下了首相宝座，他只能悻悻地引用普鲁塔克的名言：“对伟人忘恩负义是强大民族的标志。”我们或可接过话头说：对强人感恩戴德是弱小民族的标志。

第一百十七回

邓士载偷度阴平　诸葛瞻战死绵竹

却说辅国大将军董厥，闻魏兵十余路入境，乃引二万兵守住剑阁，当日望尘头大起，疑是魏兵，急引军把住关口。董厥自临军前视之，乃姜维、廖化、张翼也。厥大喜，接入关上，礼毕，哭诉后主黄皓之事。维曰："公勿忧虑。若有维在，必不容魏来吞蜀也。且守剑阁，徐图退敌之计。"厥曰："此关虽然可守，争奈成都无人；倘为敌人所袭，大势瓦解矣。"维曰："成都山险地峻，非可易取，不必忧也。"正言间，忽报诸葛绪领兵杀至关下。维大怒，急引五千兵杀下关来，直撞入魏阵中，左冲右突，杀得诸葛绪大败而走，退数十里下寨，魏军死者无数。蜀兵抢了许多马匹器械，维收兵回关。

却说钟会离剑阁二十里下寨，诸葛绪自来伏罪。会怒曰："吾令汝守把阴平桥头，以断姜维归路，如何失了！今又不得吾令，擅自进兵，以致此败！"绪曰："维诡计多端，诈取雍州；绪恐雍州有失，引兵去救，维乘机走脱；绪因赶至关下，不想又为所败。"会大怒，叱令斩之。监军卫瓘曰："绪虽有罪，乃邓征西所督之人，不该将军杀之，恐伤和气。"会曰："吾奉天子明诏、晋公钧命，特来伐蜀。便是邓艾有罪，亦当斩之！"众皆力劝。会乃将诸葛绪用槛车载赴洛阳，任晋公发落；随将绪所领之兵，收在部下调遣。[史载，为收编诸葛绪的军队，钟会打小报告诬陷诸葛绪。此时的钟会想已"异志"萌动，从诸葛绪日后仍能在西晋为官，可见司马昭并不以钟会的小报告为然。看来，钟会是那种智力状况不够平衡的人，小聪明厉害，大智慧阙如。]有人报与邓艾，艾大怒曰："吾与汝官品一般，吾久镇边疆，于国多劳，汝安敢妄自尊大耶！"子邓忠劝曰："'小不忍则乱大谋'，父亲若与他不睦，必误国家大事。望且容忍之。"艾从其言，然毕竟心中怀怒，乃引十数骑来见钟会。会闻艾至，便问左右："艾引多少军来？"左右答曰："只有十数骑。"会乃令帐上帐下列武士数百人。艾下马入见。会接入帐礼毕。艾见军容甚肃，心中不安，乃以言挑之曰："将军得了汉中，乃朝廷大幸也，可定策早取剑阁。"会曰："将军之明见若何？"艾再三推称无能。会固问之。艾答曰："以愚意度之，可引一军从阴平小路出汉中德阳亭，用奇兵径取成都，姜维必撤兵来救，将军乘虚就取剑阁，可获全功。"会大喜曰："将军此计甚妙！可即引兵去。吾在此专候捷音！"二人饮酒相别。会回本帐与诸将曰："人皆谓邓艾有能。今日观之，乃庸才耳！"众问其故。会曰："阴平小路，皆高山峻岭，若蜀以百余人守其险要，断其归路，则邓艾之兵皆饿死矣。吾只以正道而行，何愁蜀地不破乎！"遂置云梯炮架，只打剑阁关。[将领争功，不见得是坏事。"二战"期间美军巴顿将军与英军蒙哥马利元帅也展开竞争，巴顿深为自己抢在蒙蒂之前拿下墨西拿城而自豪。但钟会对邓艾怀有恶意，他比姜维还要殷切地期盼邓艾失败。]

却说邓艾出辕门上马，回顾从者曰："钟会待吾若何？"从者曰："观其辞色，甚不以将军之言为然，但以口强应而已。"艾笑曰："彼料我不能取成都，我偏欲取之。"回到本寨，师纂、邓忠一班将士接问曰："今日与钟镇西有何高论？"艾曰："吾以实心告彼，彼以庸才视我。彼今得汉中，以为莫大之功。若非吾在沓中绊住姜维，彼安能成功耶！吾今若取了成都，胜取汉中矣！"当夜下令，尽拔寨望阴平小路进兵，离剑阁七百里下寨。有人报钟会说："邓艾要去取成都了。"会笑艾不智。

却说邓艾一面修密书遣使驰报司马昭，一面聚诸将于帐下问曰："吾今乘虚去取成都，与汝等立功名于不朽，汝等肯从乎？"诸将应曰："愿遵军令，万死不辞！"艾乃先令子邓忠引五千精兵，不穿衣甲，各执斧凿器具，凡遇峻危之处凿山开路，搭造桥阁，以便军行。艾选兵三万，各带干粮绳索进发。约行百余里，选下三千兵，就彼札寨；又行百余里，又选三千兵下寨。是年十月自阴平进兵，至于巅崖峻谷之中，凡二十余日，行七百余里，皆是无人之地。[无人等于无路。阴平在今甘肃文县，距著名风景区九寨沟不远。蜀人不加防备，在于他们坚信人不是猴子，不可能走过这里。邓艾是疯子，真正的军事奇才和大诗人一样，都有点疯子脾性。]魏兵沿途下了数寨，只剩下二千人马。前至一岭，名摩天岭，马不堪行，艾步行上岭，只见邓忠与开路壮士尽皆哭泣。艾问其故。忠告曰："此岭西背是峻壁巉崖，不能开凿，虚废前劳，因此哭泣。"艾曰："吾军到此，已行了七百余里，过此便是江油，岂可复退？"乃唤诸军曰："'不入虎穴，焉得虎子？'吾与汝等来到此地，若得成功，富贵共之。"众皆应曰："愿从将军之命。"艾令先将军器撺将下去。艾取毡自裹其身，先滚下去。[邓艾时年六十七岁，身手惊人。]副将有毡衫者裹身滚下，无毡衫者各用绳索束腰，攀木挂树，鱼贯而进。邓艾、邓忠并二千军，及开山壮士，皆度了摩天岭。方才整顿衣甲器械而行，忽见道傍有一石碣，上刻："丞相诸葛武侯题。"其文云："二火初兴，有人越此。二士争衡，不久自死。"艾观讫大惊，慌忙对碣再拜曰："武侯真神人也！艾不能以师事之，惜哉！"后人有诗曰：

阴平峻岭与天齐，玄鹤徘徊尚怯飞。
邓艾裹毡从此下，谁知诸葛有先机。

[读此无趣之诗，只能感叹古人笑点太低。]

却说邓艾暗渡阴平，引兵行时，又见一个大空寨。左右告曰："闻武侯在日，曾发二千兵守此险隘。今蜀主刘禅废之。"艾嗟呀不已，乃谓众人曰："吾等有来路而无归路矣！前江油城中粮食足备，汝等前进可活，后退即死，须并力攻之。"众皆应曰："愿死战！"于是邓艾步行，引二千余人，星夜倍道来抢江油城。

却说江油守将马邈，闻东川已失，虽为准备，只是提防大路；又仗着姜维全师守住剑阁关，遂将军情不以为重。当日操练人马回家，与妻李氏拥炉饮酒。其妻问曰："屡闻边情甚急，将军全无忧色，何也？"邈曰："大事自有姜伯约掌握，干我甚事？"其妻曰："虽然如此，将军所守城池，不为不重。"邈曰："天子听信黄皓，溺于酒色，吾料祸不远矣。魏兵若到，降之为上，何必虑哉？"其妻大怒，唾邈面曰："汝为男子，先怀不忠不义之心，枉受国家爵禄，吾有何面目与汝相见！"马邈羞惭无语。忽家人慌入报曰："魏将邓艾不知从何而来，引二千余人一拥而入城矣！"邈大惊，慌出纳降，拜伏于公堂之下，泣告曰："某有心归降久矣。

今愿招城中居民及本部人马，尽降将军。”艾准其降，遂收江油军马于部下调遣，即用马邈为乡导官。［马邈显然被天降神兵吓破了胆。只要稍稍回过神来，即可知悉敌方实情：兵力不足，身无铠甲，疲惫不堪，已成强弩之末。马邈若抵抗，难度并不大；反之，则让邓艾获得了一个宝贵中继站，得以补充给养，积蓄战力。］忽报马邈夫人自缢身死。艾问其故，邈以实告。艾感其贤，令厚礼葬之，亲往致祭。魏人闻者，无不嗟叹。后人有诗赞曰：

后主昏迷汉祚颠，天差邓艾取西川。

可怜巴蜀多名将，不及江油李氏贤。

邓艾取了江油，遂接阴平小路诸军，皆到江油取齐，径来攻涪城。部将田续曰：“我军涉险而来，甚是劳顿，且当休养数日，然后进兵。”艾大怒曰：“兵贵神速，汝敢乱我军心耶！”喝令左右推出斩之。众将苦告方免。艾自驱兵至涪城。城内官吏军民疑从天降，尽皆出降。［天兵效应。］

蜀人飞报入成都。后主闻知，慌召黄皓问之。皓奏曰：“此诈传耳。神人必不肯误陛下也。”后主又宣师婆问之，却不知何处去了。此时远近告急表文，一似雪片，往来使者，联络不绝。后主设朝计议，多官面面相觑，并无一言。郤正出班奏曰：“事已急矣！陛下可宣武侯之子商议退兵之策。”原来武侯之子诸葛瞻，字思远。其母黄氏，即黄承彦之女也。母貌甚陋，而有奇才，上通天文，下察地理；凡韬略遁甲诸书，无所不晓。武侯在南阳时，闻其贤，求以为室。武侯之学，夫人多所赞助焉。及武侯死后，夫人寻逝，临终遗教，惟以忠孝勉其子瞻。瞻自幼聪明，尚后主女，为驸马都尉；后袭父武乡侯之爵，景耀四年迁行军护卫将军。时为黄皓用事，故托病不出。当下后主从郤正之言，即时连发三诏，召瞻至殿下。后主泣诉曰：“邓艾兵已屯涪城，成都危矣。卿看先君之面，救朕之命！”瞻亦泣奏曰：“臣父子蒙先帝厚恩、陛下殊遇，虽肝脑涂地，不能补报。愿陛下尽发成都之兵，与臣领去决一死战。”后主即拨成都兵将七万与瞻。瞻辞了后主，整顿军马，聚集诸将问曰：“谁敢为先锋？”言未讫，一少年将出曰：“父亲既掌大权，儿愿为先锋。”众视之，乃瞻长子诸葛尚也。尚时年一十九岁，博览兵书，多习武艺。瞻大喜，遂命尚为先锋。是日，大军离了成都，来迎魏兵。［孔明对蜀汉的忠诚，延及三代。可贵，可叹。］

却说邓艾得马邈献地理图一本，备写涪城至成都一百六十里山川道路，关隘险峻，一一分明。艾看毕，大惊曰："吾只守涪城，倘被蜀人据住前山，何能成功耶？如迁延日久，姜维兵到，我军危矣。"速唤师纂并子邓忠，分付曰："汝等可引一军，星夜径去绵竹，以拒蜀兵。吾随后便至。切不可怠缓。若纵他先据了险要，决斩汝首！"

师、邓二人引兵将至绵竹，早遇蜀兵。两军各布成阵。师、邓二人勒马于门旗下，只见蜀兵列成八阵。三咚鼓罢，门旗两分，数十员将簇拥一辆四轮车，车上端坐一人，纶巾羽扇，鹤氅方裾。车傍展开一面黄旗，上书："汉丞相诸葛武侯。"唬得师、邓二人汗流遍身，回顾军士曰："原来孔明尚在，我等休矣！"

急勒兵回时，蜀兵掩杀将来，魏兵大败而走。蜀兵掩杀二十余里，遇见邓艾援兵接应。两家各自收兵。艾升帐而坐，唤师纂、邓忠责之曰："汝二人不战而退，何也？"忠曰："但见蜀阵中诸葛孔明领兵，因此奔还。"艾怒曰："纵使孔明更生，我何惧哉！汝等轻退，以至于败，宜速斩以正军法！"众皆苦劝，艾方息怒。令人哨探，回说孔明之子诸葛瞻为大将，瞻之子诸葛尚为先锋。车上坐者乃木刻孔明遗像也。

艾闻之，谓师纂、邓忠曰："成败之机，在此一举。汝二人再不取胜，必当斩首！"师、邓二人又引一万兵来战。［交代欠绵密。前说邓艾只有两千兵，何时多出了八千人？据《袁子》，邓艾入江油时，统兵万人。］诸葛尚匹马单枪，抖擞精神，战退二人。诸葛瞻指挥两掖兵冲出，撞入魏阵中，左冲右突，往来杀有数十番，魏兵大败，死者不计其数。师纂、邓忠中伤而逃。瞻驱军马随后掩杀二十余里，扎营相拒。师纂、邓忠回见邓艾，艾见二人俱伤，未便加责，乃与众将商议曰："蜀有诸葛瞻善继父志，两番杀吾万余人马，今若不速破，彼必为祸。"监军丘本曰："何不作一书以诱之？"艾从其言，遂作书一封，遣使送入蜀寨。守门将引至帐下，呈上其书。瞻拆封视之。书曰：

征西将军邓艾，致书于行军护卫将军诸葛思遂麾下：切观近代贤才，未有如公之尊父也。昔自出茅庐，一言已分三国，扫平荆、益，遂成霸业，古今鲜有及者；后六出祁山，非其智力不足，乃天数耳。今后主昏弱，王气已终，艾奉天子之命，以重兵伐蜀，已皆得其地矣。成都危在旦夕，公何不应天顺人，仗义来归？艾当表公为琅琊王，以光耀祖宗，决不虚言。幸存照鉴。

瞻看毕，勃然大怒，扯碎其书，叱武士立斩来使，令从者持首级回魏营见邓艾。[怒从何来？因何斩使？劝降乃常规军事手段，劝降书写得如此心平气和、如此抬举敌将父亲的，古今罕有。诸葛瞻有权拒降，“大怒”却没有名堂。培根说：“人的怒气并不成就神的正义。”]艾大怒，即欲出战。丘本谏曰：“将军不可轻出，当用奇兵胜之。”艾从其言，遂令天水太守王颀、陇西太守牵弘，伏两军于后，艾自引兵而来。此时诸葛瞻正欲搦战，忽报邓艾自引兵到。瞻大怒，即引兵出，径杀入魏阵中。邓艾败走，瞻随后掩杀将来。忽然两下伏兵杀出。蜀兵大败，退入绵竹。艾令围之。于是魏兵一齐呐喊，将绵竹围的铁桶相似。

诸葛瞻在城中见事势已迫，乃令彭和赍书杀出，往东吴求救。和至东吴，见了吴主孙休，呈上告急之书。吴主看罢，与群臣计议曰：“既蜀中危急，孤岂可坐视不救！”即令老将丁奉为主帅，丁封、孙异为副将，率兵五万前往救蜀。丁奉领旨出师，分拨丁封、孙异引兵二万向沔中而进，自率兵三万向寿春而进，分兵三路来援。

却说诸葛瞻见救兵不至，谓众将曰：“久守非良图。”遂留子尚与尚书张遵守城，瞻自披挂上马，引三军大开三门杀出。邓艾见兵出，便撤兵退。瞻奋力追杀，忽然一声炮响，四面兵合，把瞻困在垓心。瞻引兵左冲右突，杀死数百人。艾令众军放箭射之，蜀兵四散。瞻中箭落马，乃大呼曰：“吾力竭矣，当以一死报国！”遂拔剑自刎而死。其子诸葛尚在城上，见父死于军中，勃然大怒，遂披挂上马。张遵谏曰：“小将军勿得轻出。”尚叹曰：“吾父子祖孙，荷国厚恩，今父既死于敌，我何用生为！”遂策马杀出，死于阵中。[悲壮！无愧孔明。]后人有诗赞瞻、尚父子曰：

不是忠臣独少谋，苍天有意绝炎刘。

当年诸葛留嘉胤，节义真堪继武侯。

邓艾怜其忠，将父子合葬，乘虚攻打绵竹。张遵、黄崇、李球三人，各引一军杀出。蜀兵寡，魏兵众，三人亦皆战死。艾因此得了绵竹。劳军已毕，遂来取成都。正是：

试观后主临危日，无异刘璋受逼时。

未知成都如何守御，且看下文分解。

天兵

用不足万人的兵力，攻陷一座尚武之国，绝无仅有。毕竟，西蜀非春秋小国可比，它共有二十二个郡，一百三十一个县国，覆灭时仅官吏就有四万人。

邓艾凭此一仗，一跃成为千古名将。用兵法还原邓艾的胜利是容易的，无非“攻其无备”“出其不意”“置之死地而后生”等，别说将领，普通士兵都耳熟能详，但敢于将这些军事原则转化为实战者，百不有一。在蜀人眼里，邓艾走了一条天外飞仙的道路（邓艾称为“邪径”）。蜀人多山民，关于哪条道走不通，他们的经验总该更牢靠些，他们是在判定此路不通的前提下，才放弃驻守的。如此，邓艾的精锐军队就有某种特种部队的优势，不仅在勇气上，而且在行军作战的能力上，超出蜀军一筹，他们硬是让骆驼穿过了针眼。当年的迦太基名将汉尼拔也是这么做的，他那包括三十七头大象的大军接连翻越了比利牛斯山和阿尔卑斯山，突然出现在罗马腹地，才在整整十六年里，把罗马帝国搅得天翻地覆。

苦到临头是好运。由于蜀国能征惯战之士都在大将军姜维手下，与钟会对峙于剑阁，留守绵竹和成都的士兵本来不多，故邓艾一旦偷度成功，剩下的战斗就相对容易了。他们像一支空降于蜀汉后方的伞兵，极大地制造了蜀人的心理惊骇，瓦解了百姓的抵抗意志。何况，在刘禅和宦官黄皓的折腾下，蜀人的抵抗意志已气若游丝。

第一百十八回

哭祖庙一王死孝　入西川二士争功

却说后主在成都闻邓艾取了绵竹，诸葛瞻父子已亡，大惊，急召文武商议。近臣奏曰："城外百姓，扶老携幼，哭声大震，各逃生命。"后主惊惶无措。忽哨马报到，说魏兵将近城下。多官议曰："兵微将寡，难以迎敌，不如早弃成都，奔南中七郡。其地险峻，可以自守，就借蛮兵，再来克复未迟。"光禄大夫谯周曰："不可。南蛮久反之人，平昔无惠，今若投之，必遭大祸。"多官又奏曰："蜀、吴既同盟，今事急矣，可以投之。"周又谏曰："自古以来，无寄他国为天子者。臣料魏能吞吴，吴不能吞魏。若称臣于吴，是一辱也；若吴被魏所吞，陛下再称臣于魏，是两番之辱矣。不如不投吴而降魏。魏必裂土以封陛下，则上能自守宗庙，下可以保安黎民。愿陛下思之。"后主未决，退入宫中。

次日，众议纷然。谯周见事急，复上疏诤之。[始劝刘璋投降者，也是谯周。]后主从谯周之言，正欲出降，忽屏风后转出一人，厉声而骂周曰："偷生腐儒，岂可妄议社稷大事！自古安有降天子哉！"后主视之，乃第五子北地王刘谌也。后主生七子：长子刘璿，次子刘瑶，三子刘琮，四子刘瓒，五子即北地王刘谌，六子刘恂，七子刘璩。七子中惟谌自幼聪明，英敏过人，余皆懦善。后主谓谌曰："今大臣皆议当降，汝独仗血气之勇，欲令满城流血耶？"[昔刘璋投降，亦为保民。刘禅继之，不失为善举。]谌曰："昔先帝在日，谯周未尝干预国政；今妄议大事，辄起乱言，甚非理也。臣切料成都之兵尚有数万，姜维全师皆在剑阁，若知魏兵犯阙，必来救应，内外攻击，可获大功。岂可听腐儒之言，轻废先帝之基业乎？"后主叱之曰："汝小儿岂识天时！"谌叩头哭曰："若势穷力极，祸败将及，便当父子君臣背城一战，同死社稷，以见先帝可也。奈何降乎！"后主不听。谌放声大哭曰："先帝非容易创立基业，今一旦弃之，吾宁死不辱也！”后主令近臣推出宫门，遂令谯周作降书，遣私署侍中张绍、驸马都尉邓良同谯周赍玉玺来雒城请降。

时邓艾每日令数百铁骑来成都哨探。当日见立了降旗，艾大喜。不一时，张绍等至，艾令人迎入。三人拜伏于阶下，呈上降款玉玺。艾拆降书视之大喜，受下玉玺，重待张绍、谯周、邓良等。艾作回书，付三人赍回成都，以安人心。三人拜辞邓艾，径还成都，入见后主，呈上回书，细言邓艾相待之善。后主拆封视之大喜，即遣太仆蒋显赍敕令姜维早降；遣尚书郎李虎，送文簿与艾：共户二十八万，男女九十四万，带甲将士十万二千，官吏四万，仓粮四十余万，金银三千斤，锦绮丝绢各二十万匹。余物在库，不及具数。［偌大蜀国，人口仅剩九十四万（约当今日成都的十五分之一），士兵占总人口九分之一。在行政不下乡、乡村自治的古时，官民比例竟至一比二十三。这是何等变态的国家结构！西汉时官民比为一比七千，今日中国约为一比二十六，当今美国约为一比九十四。］择十二月初一日，君臣出降。

北地王刘谌闻知，怒气冲天，带剑入宫。其妻崔夫人问曰：“大王今日颜色异常，何也？”谌曰：“魏兵将近，父皇已纳降款，明日君臣出降，社稷从此殄灭。吾欲先死以见先帝于地下，不屈膝于他人也！”崔夫人曰：“贤哉！贤哉！得其死矣！妾请先死，王死未迟。”谌曰：“汝何死耶？”崔夫人曰：“王死父，妾死夫，其义同也。夫亡妻死，何必问焉！”言讫，触柱而死。谌乃自杀其三子，并割妻头，提至昭烈庙中，伏地哭曰：“臣羞见基业弃于他人，故先杀妻子，以绝挂念，后将一命报祖！祖如有灵，知孙之心！”大哭一场，眼中流血，自刎而死。蜀人闻知，无不哀痛。后人诗赞曰：

> 君臣甘屈膝，一子独悲伤。去矣西川事，雄哉北地王！
>
> 殒身酬烈祖，搔首泣穹苍。凛凛人如在，谁云汉已亡？

［中国人至今仍叫“汉人”“汉族”，就此而言，汉人未亡，汉人永在。］

后主听知北地王自刎，乃令人葬之。

次日，魏兵大至。后主率太子诸王，及群臣六十余人，面缚舆榇，出北门十里而降。邓艾扶起后主，亲解其缚，焚其舆榇，并车入城。[堂堂一国之君，出降时自我捆绑，还抬着棺材，良足叹息。]后人有诗叹曰：

魏兵数万入川来，后主偷生失自裁。
黄皓终存欺国意，姜维空负济时才。
全忠义士心何烈，守节王孙志可哀。
昭烈经营良不易，一朝功业顿成灰。

于是成都之人，皆具香花迎接。[人民这样做，主要出于恐惧，一如当年迎接刘备。]艾拜后主为骠骑将军，其余文武，各随高下拜官；请后主还宫，出榜安民，交割仓库。又令太常张峻、益州别驾张绍，招安各郡军民。[作为占领军首领，邓艾体现了高度的文明，几可类比于二战后占领日本的麦克阿瑟将军。]又令人说姜维归降。一面遣人赴洛阳报捷。艾闻黄皓奸险，欲斩之。皓用金宝赂其左右，因此得免。自是汉亡。后人因汉之亡，有追思武侯诗曰：

猿鸟犹知畏简书，风云应为护储胥。
徒劳上将挥神笔，终见降王走传车。
管乐有才真不忝，关张无命欲何如！
他年锦里经祠庙，《梁父》吟成恨有余！

且说太仆蒋显到剑阁入见姜维，传后主敕命，言归降之事。维大惊失语。帐下众将听知，一齐怨恨，咬牙怒目，须发倒竖，拔刀砍石，大呼曰："吾等死战，何故先降耶！"号哭之声，闻数十里。[姜维军队仍有相当战斗力，这反向证明了邓艾偷袭之奇。]维见人心思汉，乃以善言抚之曰："众将勿忧。吾有一计，可复汉室。"众皆求问。姜维与诸将附耳低言，说了计策，即于剑门关遍竖降旗，先令人报入钟会寨中，说姜维引张翼、廖化、董厥前来降。会大喜，令人迎接维入帐。会曰："伯约来何迟也？"维正色流涕曰："国家全师在吾，今日至此，犹为速也。"会甚奇之，下座相拜，待为上宾。维说会曰："闻将军自淮南以来，算无遗策。司马氏之盛，皆将军之力，维故甘心俯首。如邓士载，当与决一死战，安肯降之乎？"会遂折箭为誓，与维结为兄弟，情爱甚密，仍令照旧领兵。[欲取悦钟会，只须贬抑邓艾。姜维一下子拿住了钟会心理上的七寸之地。]维暗喜，遂令蒋显回成都去了。

却说邓艾封师纂为益州刺史，牵弘、王颀等各领州郡；又于绵竹筑台以彰战功，大会蜀中诸官饮宴。艾酒至半酣，乃指众官曰："汝等幸遇我，故有今日耳。若遇他将，必皆殄灭矣。"多官起身拜谢。[话没错，但最好别亲口说出。"有功"与"居功"异，战功世所羡，居功人恒厌。]忽蒋显至，说姜维自降钟会镇西了。艾因此痛恨钟会。遂修书令人赍赴洛阳，致晋公司马昭。昭得书视之。书曰：

> 臣艾切谓兵有先声而后实者，今因平蜀之势以乘吴，此席卷之时也。然大举之后，将士疲劳，不可便用，宜留陇右兵二万、蜀兵二万，煮盐兴冶，并造舟船，预备顺流之计；然后发使，告以利害，吴可不征而定也。更宜厚待刘禅，以攻孙休；若便送禅来京，吴人必疑，则于向化之心不劝。且权留之于蜀，须来年冬月抵京。今即可封禅为扶风王，锡以赀财，供其左右，爵其子为公卿，以显归命之宠，则吴人畏威怀德，望风而从矣。
>
> [话依旧没错，但正确的话只能说给诚恳的耳朵，否则，如伏尔泰所言，"在大人物错了的问题上，正确是非常危险的"。当下，大人物只有一位：司马昭。]

司马昭览毕，深疑邓艾有自专之心，乃先发手书与卫瓘，随后降封艾。诏曰：

> 征西将军邓艾，耀威奋武，深入敌境，使僭号之主，系颈归降；兵不逾时，战不终日，云彻席卷，荡定巴、蜀；虽白起破强楚，韩信克劲赵，不足比勋也。其以艾为太尉，增邑二万户，封二子为亭侯，各食邑千户。

邓艾受诏毕，监军卫瓘取出司马昭手书与艾。书中说邓艾所言之事，须后奏报，不可辄行。艾曰："'将在外，君命有所不受。'吾既奉诏专征，如何阻当？"[姑妄言之，这里又见出邓艾与麦克阿瑟的不同，麦克阿瑟是在获得杜鲁门总统另行任命为驻日盟军总司令后，才负责对日重建的，并无擅行之嫌。尽管，麦克阿瑟与杜鲁门不睦。]遂又作书，令来使赍赴洛阳。时朝中皆言邓艾必有反意，司马昭愈加疑忌。忽使命回，呈上邓艾之书。昭拆封视之。书曰：

艾衔命西征，元恶既服，当权宜行事，以安初附。若待国命，则往复道途，延引日月。《春秋》之义：大夫出疆，有可以安社稷、利国家，专之可也。今吴未宾，势与蜀连，不可拘常以失事机。兵法“进不求名，退不避罪”。艾虽无古人之节，终不自嫌以损于国也。先此申状，见可施行。

司马昭看毕大惊，慌与贾充计议曰：“邓艾恃功而骄，任意行事，反形露矣。如之奈何？”贾充曰：“主公何不封钟会以制之？”昭从其议，遣使赍诏封会为司徒，就令卫瓘监督两路军马，以手书付瓘，使与会伺察邓艾，以防其变。会接读诏书。诏曰：

镇西将军钟会，所向无敌，前无强良，节制众城，网罗迸逸；蜀之豪帅，面缚归命；谋无遗策，举无废功。其以会为司徒，进封县侯，增邑万户，封子二人亭侯，邑各千户。

钟会既受封，即请姜维计议曰：“邓艾功在吾之上，又封太尉之职。今司马公疑艾有反志，故令卫瓘为监军，诏吾制之。伯约有何高见？”维曰：“愚闻邓艾出身微贱，幼为农家养犊，今侥幸自阴平斜径，攀木悬崖，成此大功，非出良谋，实赖国家洪福耳。若非将军与维相拒于剑阁，又安能成此功耶？今欲封蜀主为扶风王，乃大结蜀人之心，其反情不言可见矣。晋公疑之是也。”会深嘉其言。维又曰：“请退左右，维有一事密告。”会令左右尽退。维袖中取一图与会，曰：“昔日武侯出草庐时，以此图献先帝，且曰：‘益州之地，沃野千里，民殷国富，可为霸业。’先帝因此遂创成都。今邓艾至此，安得不狂？”会大喜，指问山川形势。维一一言之。会又问曰：“当以何策除艾？”维曰：“乘晋公疑忌之际，当急上表，言艾反状；晋公必令将军讨之，一举而可擒矣。”会依言，即遣人赍表进赴洛阳，言邓艾专权恣肆，结好蜀人，早晚必反矣。于是朝中文武皆惊。会又令人于中途截了邓艾表文，按艾笔法，改写傲慢之辞，以实己之语。［模仿他人笔迹，是钟会独门绝技，他用过多回；陷害他人，更是钟会人生常态，除诸葛绪、邓艾外，他早先还陷害嵇康。钟会系官二代，其父钟繇官至太傅，故难免拔扈骄矜之气，而邓艾系放牛娃出身，嵇康是打铁的。]

司马昭见了邓艾表章大怒，即遣人到钟会军前，令会收艾；又遣贾充引三万兵入斜谷，昭乃同魏主曹奂御驾亲征。西曹椽邵悌谏曰："钟会之兵，多邓艾六倍，当令会收艾足矣，何必明公自行耶?"昭笑曰："汝忘了旧日之言耶？汝曾道会后必反。吾今此行，非为艾，实为会耳。"悌笑曰："某恐明公忘之，故以相问。今既有此意，切宜秘之，不可泄漏。"昭然其言，遂提大兵起程。时贾充亦疑钟会有变，密告司马昭。昭曰："如遣汝，吾亦疑汝耶？且到长安，自有明白。"早有细作报知钟会，说昭已至长安。会慌请姜维商议收艾之策。正是：

才见西蜀收降将，又见长安动大兵。

未知姜维以何策破艾，且看下文分解。

争功

邓艾顶多有点居功自傲，居功自傲就像"见钱眼开"或"一阔脸就变"，虽讨嫌，究属人之常情。古人往往无力区分讨嫌与恶行的界限，将道德上的亏欠、礼仪上的疏漏径视为法律上的罪愆。低调固然是一种更好的腔调，高调也不是死罪。邓艾可悲在于，他仅仅因为没有达到居功而不恃的圣贤标准，就横受疑忌。在大人物司马昭面前，疑忌与杀头，是一回事。

传闻，凯撒看见马其顿王亚历山大的塑像时，痛哭失声。哭泣中包含着忌妒：旷世战功已被亚历山大一人所得，留给凯撒的人生空间无几，他能不哭吗？同理，钟会见邓艾独揽大功，亦生大悲。凯撒与亚历山大非同时代人，故哭声中仍包含致敬，钟会与邓艾处于同时竞争状态，更加势不两立，两眼充血。绝世战功是有稀缺性的，名将声名必赖绝世战功而立，绝世战功又必赖绝顶机遇，机不可失，时不我与。邓艾大功告成，等于宣告钟会白忙一场，他当然切齿痛恨。

将领间的猜忌，从来不亚于情妇间的忌妒，理由亦然：竞争对象具有唯一性。一争那个唯一的男人，一争那片唯一的战场。忌妒虽是人之常情，却距悲剧最近。

第一百十九回

假投降巧计成虚话　再受禅依样画葫芦

却说钟会请姜维计议收邓艾之策。维曰："可先令监军卫瓘收艾。艾欲杀瓘，反情实矣。将军却起兵讨之可也。"会大喜，遂令卫瓘引数十人入成都，收邓艾父子。瓘部卒止之曰："此是钟司徒令邓征西杀将军，以正反情也。切不可行。"瓘曰："吾自有计。"遂先发檄文二三十道。其檄曰："奉诏收艾，其余各无所问。若早来归，即加爵赏；敢有不出者，灭三族。"随备槛车两乘，星夜望成都而来。比及鸡鸣，艾部将见檄文者，皆来投拜于卫瓘马前。时邓艾在府中未起。瓘引数十人突入大呼曰："奉诏收邓艾父子！"艾大惊，滚下床来。［部将皆知"收艾"，缘何邓艾父子蒙在鼓里？毕竟，此时的邓艾权势极大，亲信众多。］瓘叱武士缚于车上。其子邓忠出问，亦被捉下，缚于车上。府中将吏大惊，欲待动手抢夺，早望见尘头大起，哨马报说钟司徒大兵到了。众各四散奔走。钟会与姜维下马入府，见邓艾父子已被缚。会以鞭挞邓艾之首而骂曰："养犊小儿，何敢如此！"［妒火攻心，才有如此泄愤声口。］姜维亦骂曰："匹夫行险徼幸，亦有今日耶！"艾亦大骂。会将艾父子送赴洛阳。会入成都，尽得邓艾军马，威声大震，乃谓姜维曰："吾今日方趁平生之愿矣！"维曰："昔韩信不听蒯通之说，而有未央宫之祸；大夫种不从范蠡于五湖，卒伏剑而死。斯二子者，其功名岂不赫然哉，徒以利害未明，而见几之不早也。今公大勋已就，威震其主，何不泛舟绝迹，登峨嵋之岭，而从赤松子游乎？"会笑曰："君言差矣。吾年未四旬，方思进取，岂能便效此退闲之事？"维曰："若不退闲，当早图良策。此则明公智力所能，无烦老夫之言矣。"会抚掌大笑曰："伯约知吾心也。"二人自此每日商议大事。维密与后主书曰："望陛下忍数日之辱，维将使社稷危而复安，日月幽而复明，必不使汉室终灭也。"［姜维酝酿的"四部曲"惊天计划，已完成第一幕：拿下邓艾；目前正顺利进入第二幕：诱导钟会的“异志”。值蜀汉灭国之际，身为大将军的姜维，打算纯凭口舌，完成蜀汉用军队都无法完成的任务。计划之恢宏，令人咋舌。]

却说钟会正与姜维谋反，忽报司马昭有书到。会接书。书中言：“吾恐司徒收艾不下，自屯兵于长安；相见在近，以此先报。”会大惊曰：“吾兵多艾数倍，若但要我擒艾，晋公知吾独能办之。今日自引兵来，是疑我也！”遂与姜维计议。维曰：“君疑臣则臣必死，岂不见邓艾乎？”会曰：“吾意决矣！事成则得天下，不成则退西蜀，亦不失作刘备也。”维曰：“近闻郭太后新亡，可诈称太后有遗诏，教讨司马昭以正弑君之罪。据明公之才，中原可席卷而定。”会曰：“伯约当作先锋。成事之后同享富贵。”维曰：“愿效犬马微劳。但恐诸将不服耳。”会曰：“来日元宵佳节于故宫大张灯火，请诸将饮宴。如不从者尽杀之。”维暗喜。次日会、维二人请诸将饮宴。数巡后，会执杯大哭。诸将惊问其故，会曰：“郭太后临崩有遗诏在此，为司马昭南阙弑君，大逆无道，早晚将篡魏，命吾讨之。汝等各自佥名，共成此事。”众皆大惊，面面相觑。会拔剑出鞘曰：“违令者斩！”众皆恐惧，只得相从。画字已毕，会乃困诸将于宫中，严兵禁守。维曰：“我见诸将不服，请坑之。”会曰：“吾已令宫中掘一坑，置大棒数千；如不从者，打死坑之。”[转眼，第二幕结束，姜维大戏进入第三幕：借钟会之力，坑杀魏国将领。]

时有心腹将丘建在侧。建乃护军胡烈部下旧人也，时胡烈亦被监在宫。建乃密将钟会所言，报知胡烈。烈大惊，泣告曰：“吾儿胡渊领兵在外，安知会怀此心耶？汝可念向日之情，透一消息，虽死无恨。”建曰：“恩主勿忧，容某图之。”遂出告会曰：“主公软监诸将在内，水食不便，可令一人往来传递。”会素听丘建之言，遂令丘建监临。会分付曰：“吾以重事托汝，休得泄漏。”建曰：“主公放心，某自有紧严之法。”建暗令胡烈亲信人入内，烈以密书付其人。其人持书火速至胡渊营内，细言其事，呈上密书。渊大惊，遂遍示诸营中知之。众将大怒，急来渊营商议曰：“我等虽死，岂肯从反臣耶？”渊曰：“正月十八日中，可骤入内，如此行之。”监军卫瓘深喜胡渊之谋，即整顿了人马，令丘建传与胡烈。烈报知诸将。[将士造反，常会左右家国命运。钟会统兵未久，恩威未立，远未臻将士同心、三军用命之境，不少士兵又原属诸葛绪、邓艾，尚在耿耿于怀中，斯时发难，实属不智。]

却说钟会请姜维问曰："吾夜梦大蛇数千条咬吾，主何吉凶？"维曰："梦龙蛇者，皆吉庆之兆也。"会喜，信其言，乃谓维曰："器仗已备，放诸将出问之，若何？"维曰："此辈皆有不服之心，久必为害，不如乘早戮之。"会从之，即命姜维领武士往杀众魏将。维领命，方欲行动，忽然一阵心疼，昏倒在地，左右扶起，半晌方苏。忽报宫外人声沸腾。会方令人探时，喊声大震，四面八方无限兵到。维曰："此必是诸将作恶，可先斩之。"忽报兵已入内。会令关上殿门，使军士上殿屋以瓦击之，互相杀死数十人。宫外四面火起，外兵砍开殿门杀入。会自掣剑立杀数人，却被乱箭射到。众将枭其首。维拔剑上殿，往来冲突，不幸心疼转加。维仰天大叫曰："吾计不成，乃天命也！"遂自刎而死，时年五十九岁。宫中死者数百人。卫瓘曰："众军各归营所，以待王命。"魏兵争欲报仇，共剖维腹，其胆大如鸡卵。众将又尽取姜维家属杀之。[可叹，第三幕还未幕落，姜维已然失败。计划中的第四步是：诛钟会，驱魏兵，恭请刘禅还宫，完成复国大业。]邓艾部下之人见钟会、姜维已死，遂连夜去追劫邓艾。早有人报知卫瓘。瓘曰："是我捉艾，今若留他，我无葬身之地矣。"护军田续曰："昔邓艾取江油之时欲杀续，得众官告免。今日当报此恨！"瓘大喜，遂遣田续引五百兵赶至绵竹，正遇邓艾父子放出槛车，欲还成都。艾只道是本部兵到，不作准备；欲待问时，被田续一刀斩之。邓忠亦死于乱军之中。后人有诗叹邓艾曰：

自幼能筹画，多谋善用兵。凝眸知地理，仰面识天文。

马到山根断，兵来石径分。功成身被害，魂绕汉江云。

又有诗叹钟会曰：

髫年称早慧，曾作秘书郎。妙计倾司马，当时号子房。

寿春多赞画，剑阁显鹰扬。不学陶朱隐，游魂悲故乡。

又有诗叹姜维曰：

天水夸英俊，凉州产异才。系从尚父出，术奉武侯来。

大胆应无惧，雄心誓不回。成都身死日，汉将有余哀。

却说姜维、钟会、邓艾已死，张翼等亦死于乱军之中。太子刘璿、汉寿亭侯关彝，皆被魏兵所杀。军民大乱，互相践踏，死者不计其数。旬日后，贾充先至，出榜安民，方始宁靖。留卫瓘守成都，乃迁后主赴洛阳。止有尚书令樊建、侍中张绍、光禄大夫谯周、秘书郎郤正等数人跟随。廖化、董厥皆托病不起，后皆忧死。[至此，蜀汉正式在历史大戏中谢幕，三国不再。]时魏景元五年，改为咸熙元年。春三月，吴将丁奉见蜀已亡，遂收兵还吴。中书丞华覈奏吴主孙休曰："吴、蜀乃唇齿也，'唇亡则齿寒'。臣料司马昭伐吴在即，乞陛下深加防御。"休从其言，遂命陆逊子陆抗为镇东大将军，领荆州牧，守江口；左将军孙异守南徐诸处隘口，又沿江一带，屯兵数百营，老将丁奉总督之，以防魏兵。

建宁太守霍戈闻成都不守，素服望西大哭三日。诸将皆曰："既汉主失位，何不速降？"戈泣谓曰："道路隔绝，未知吾主安危若何。若魏主以礼待之，则举城而降，未为晚也；万一危辱吾主，则主辱臣死，何可降乎？"众然其言，乃使人到洛阳，探听后主消息去了。[作为国家精神象征的"皇帝"，大于实际坐在龙椅上的那个人，故无论皇帝何等差劲，其精神凝聚力和号召力，仍至高无上。]

且说后主至洛阳时，司马昭已自回朝。昭责后主曰："公荒淫无道，废贤失政，理宜诛戮。"后主面如土色，不知所为。文武皆奏曰："蜀主既失国纪，幸早归降，宜赦之。"昭乃封禅为安乐公，赐住宅，月给用度，赐绢万匹，僮婢百人。子刘瑶及群臣樊建、谯周、郤正等皆封侯爵。后主谢恩出内。昭因黄皓蠹国害民，令武士押出市曹，凌迟处死。[安慰性的说法。黄皓想已远遁他方，正和那个师婆鬼混呢。优秀读者应该具备尼采期待过的两种精神器官——"一口好牙和一个坚强的胃"，以拒绝廉价安慰，直面惨淡真相。]时霍戈探听得后主受封，遂率部下军士来降。次日后主亲诣司马昭府下拜谢。昭设宴款待，先以魏乐舞戏于前，蜀官感伤，独后主有喜色。昭令蜀人扮蜀乐于前，蜀官尽皆堕泪，后主嬉笑自若。酒至半酣，昭谓贾充曰："人之无情乃至于此！虽使诸葛孔明在，亦不能辅之久全，何况姜维乎？"乃问后主曰："颇思蜀否？"后主曰："此间乐，不思蜀也。"须臾，后主起身更衣，郤正跟至厢下曰："陛下如何答应不思蜀也？倘彼再问，可泣而答曰：'先人坟墓远在蜀地，乃心西悲，无日不思。'晋公必放陛下归蜀矣。"后主牢记入席。酒将微醉，昭又问曰："颇思蜀否？"后主如郤正之言以对，欲哭无泪，遂闭其目。昭曰："何乃似郤正语耶？"后主开目惊视曰："诚如尊命。"昭及左右皆笑之。昭因此深喜后主诚实，并不疑虑。后人有诗叹曰：

追欢作乐笑颜开，不念危亡半点哀。

快乐异乡忘故国，方知后主是庸才。

［"庸才"过誉了，"白痴"才实事求是。］

却说朝中大臣因昭收川有功，遂尊之为王，表奏魏主曹奂。时奂名为天子，实不能主张，政皆由司马氏，不敢不从，遂封晋公司马昭为晋王，谥父司马懿为宣王，兄司马师为景王。昭妻乃王肃之女，生二子：长曰司马炎，人物魁伟，立发垂地，两手过膝，聪明英武，胆量过人；次曰司马攸，情性温和，恭俭孝悌，昭甚爱之，因司马师无子，嗣攸以继其后。昭常曰："天下者，乃吾兄之天下也。"于是司马昭受封晋王，欲立攸为世子。山涛谏曰："废长立幼，违礼不祥。"贾充、何曾、裴秀亦谏曰："长子聪明神武，有超世之才；人望既茂，天表如此，非人臣之相也。"昭犹豫未决。太尉王祥、司空荀颉谏曰："前代立少，多致乱国。愿殿下思之。"昭遂立长子司马炎为世子。［总在同一个地方犯疑，算做作还是愚蠢？］

大臣奏称："当年襄武县天降一人，身长二丈余，脚迹长三尺二寸，白发苍髯，着黄单衣，裹黄巾，拄藜头杖，自称曰：'吾乃民王也，今来报汝：天下换王，立见太平。'如此在市游行三日，忽然不见。此乃殿下之瑞也。殿下可戴十二旒冠冕，建天子旌旗，出警入跸，乘金根车，备六马，进王妃为王后，立世子为太子。"昭心中暗喜，回到宫中，正欲饮食，忽中风不语。次日病危，太尉王祥、司徒何曾、司马荀颉及诸大臣入宫问安。昭不能言，以手指太子司马炎而死。［司马昭得寿五十五岁。司马师死时眼不能看，司马昭死时口不能言，算一种另类天谴。］时八月辛卯日也。何曾曰："天下大事，皆在晋王；可立太子为晋王，然后祭葬。”是日，司马炎即晋王位，封何曾为晋丞相，司马望为司徒，石苞为骠骑将军，陈骞为车骑将军，谥父为文王。安葬已毕，炎召贾充、裴秀入宫问曰：“曹操曾云：‘若天命在吾，吾其为周文王乎！’果有此事否？”充曰：“操世受汉禄，恐人议论篡逆之名，故出此言，乃明教曹丕为天子也。”炎曰：“孤父王比曹操何如？”充曰：“操虽功盖华夏，下民畏其威而不怀其德。子丕继业，差役甚重，东西驱驰，未有宁岁。后我宣王、景王，累建大功，布恩施德，天下归心久矣。文王并吞西蜀，功盖寰宇，又岂操之可比乎？”炎曰：“曹丕尚绍汉统，孤岂不可绍魏统耶？”贾充、裴秀二人再拜而奏曰：“殿下正当法曹丕绍汉故事，复筑受禅台，布告天下，以即大位。”

炎大喜，次日带剑入内。此时魏主曹奂连日不曾设朝，心神恍惚，举止失措。炎直入后宫，奂慌下御榻而迎。炎坐毕，问曰：“魏之天下，谁之力也？”奂曰：“皆晋王父祖之赐耳。”炎笑曰：“吾观陛下文不能论道，武不能经邦，何不让有才德者主之？”奂大惊，口噤不能言。傍有黄门侍郎张节大喝曰：“晋王之言差矣！昔日魏武祖皇帝，东荡西除，南征北讨，非容易得此天下。今天子有德无罪，何故让与人耶？”炎大怒曰：“此社稷乃大汉之社稷也。曹操挟天子以令诸侯，自立魏王，篡夺汉室。吾祖父三世辅魏，得天下者，非曹氏之能，实司马氏之力也，四海咸知。吾今日岂不堪绍魏之天下乎？”节又曰：“欲行此事，是篡国之贼也！”炎大怒曰：“吾与汉家报仇，有何不可！”叱武士将张节乱瓜打死于殿下。[大概指一种名叫铁瓜锤的武器。]奂泣泪跪告。炎起身下殿而去。奂谓贾充、裴秀曰：“事已急矣，如之奈何？”充曰：“天数尽矣，陛下不可逆天，当照汉献帝故事，重修受禅台，具大礼，禅位与晋王，上合天心，下顺民情，陛下可保无虞矣。”奂从之，遂令贾充筑受禅台。以十二月甲子日，奂亲捧传国玺，立于台上，大会文武。后人有诗叹曰：

魏吞汉室晋吞曹，天运循环不可逃。

张节可怜忠国死，一拳怎障泰山高。

请晋王司马炎登坛，授以大礼。奂下坛，具公服立于班首。炎端坐于台上，贾充、裴秀列于左右，执剑令曹奂再拜伏地听命。充曰：“自汉建安二十五年，魏受汉禅，已经四十五年矣；今天禄永终，天命在晋。司马氏功德弥隆，极天际地，可即皇帝正位，以绍魏统。封汝为陈留王，出就金墉城居止，当时起程，非宣诏不许入京。”奂泣谢而去。太傅司马孚哭拜于奂前曰：“臣身为魏臣，终不背魏也。”炎见孚如此，封孚为安平王。孚不受而退。是日，文武百官，再拜于台下，山呼万岁。炎绍魏统，国号大晋，改元为太始元年，大赦天下。魏遂亡。后人有诗叹曰：

晋国规模如魏王，陈留踪迹似山阳。

重行受禅台前事，回首当年止自伤。

晋帝司马炎追谥司马懿为宣帝，伯父司马师为景帝，父司马昭为文帝，立七庙以光祖宗。那七庙？汉征西将军司马钧，钧生豫章太守司马亮，亮生颍州太守司马隽，隽生京兆尹司马防，防生宣帝司马懿，懿生景帝司马师、文帝司马昭：是为七庙也。大事已定，每日设朝计议伐吴之策。正是：

汉家城郭已非旧，吴国江山将复更。

未知怎生伐吴，且看下文分解。

命运

“他灵魂的欲望就是他命运的先知”，这是美国诗人型大法官霍姆斯的隽语，语妙通神，仿佛罩住了本回的三位主角。邓艾、钟会、姜维，一时三杰，意气鹰扬。三人中任一人，只要略加收敛，均无取死之由，而竟一一蒙难，死不旋踵，无他，灵魂的欲望逾于常人之故也。

三杰中邓艾最为冤屈，他确无反心，唯自我评价过当，功名之心逾恒，导致举止违礼，无端取祸。钟会异志大炽，心念紊乱，有非凡之欲望而乏老辣之见识，审时不足，度势无力，左脚上姜维之贼船，右腿入司马昭之裤裆，终致死于非命。姜维心雄万夫，胆大包天，若幸而功成，当笑武侯、邓艾为等闲；惜志高于才，心过于智，胆大于略，惊天逆袭，徒成画饼。邓艾可悯，钟会可鄙，姜维可叹。上苍予其才而不馈其智，馈其智而不助其力，助其力而不与之时，与之时而不贻其运，悲夫！

属于英雄的幸运，就是死得其时，死得其所，反之，辄成悲剧英雄的宿命。塞涅卡说："幸运的好处令人向往，厄运的好处叫人惊奇。"他还说过，"所有的好运都会产生忧患"。

第一百二十回

荐杜预老将献新谋　降孙皓三分归一统

却说吴主孙休，闻司马炎已篡魏，知其必将伐吴，忧虑成疾，卧床不起，乃召丞相濮阳兴入宫中，令太子孙灵出拜。吴主把兴臂，手指灵而卒。兴出，与群臣商议，欲立太子孙灵为君。左典军万彧曰："灵幼不能专政，不若取乌程侯孙皓立之。"左将军张布亦曰："皓才识明断，堪为帝王。"丞相濮阳兴不能决，入奏朱太后。太后曰："吾寡妇人耳，安知社稷之事？卿等斟酌立之可也。"兴遂迎皓为君。皓字元宗，大帝孙权太子孙和之子也。当年七月，即皇帝位，改元为元兴元年，封太子孙灵为豫章王，追谥父和为文皇帝，尊母何氏为太后，加丁奉为左右大司马。次年改为甘露元年。

皓凶暴日甚，酷溺酒色，宠幸中常侍岑昏。濮阳兴、张布谏之，皓怒斩二人，灭其三族。[写得不像历史，不像小说。濮阳兴和张布死因有别，死法各异。濮阳兴是在发配广州途中遭到追杀的。]由是廷臣缄口，不敢再谏。又改宝鼎元年，以陆凯、万彧为左、右丞相。时皓居武昌，扬州百姓溯流供给，甚苦之；又奢侈无度，公私匮乏。陆凯上疏谏曰：

> 今无灾而民命尽，无为而国财空，臣窃痛之。昔汉室既衰，三家鼎立；今曹、刘失道，皆为晋有，此目前之明验也。臣愚，但为陛下惜国家耳。武昌土城险瘠，非王者之都。且童谣云："宁饮建业水，不食武昌鱼；宁还建业死，不止武昌居！"此足明民心与天意也。今国无一年之蓄，有露根之渐；官吏为苛扰，莫之或恤。大帝时，后宫女不满百；景帝以来乃有千数，此耗财之甚者也。又左右皆非其人，群党相挟，害忠隐贤，此皆蠹政病民者也。愿陛下省百役，罢苛扰，简出宫女，清选百官，则天悦民附而国安矣。

疏奏，皓不悦。又大兴土木，作昭明宫，令文武各官入山采木；又召术士尚广，令筮蓍问取天下之事。尚对曰："陛下筮得吉兆：庚子岁，青盖当入洛阳。"皓大喜，谓中书丞华覈曰："先帝纳卿之言，分头命将沿江一带屯数百营，命老将丁奉总之。朕欲兼并汉土，以为蜀主复仇，当取何地为先？"覈谏曰："今成都不守，社稷倾崩，司马炎必有吞吴之心。陛下宜修德以安吴民，乃为上计。若强动兵甲，正犹披麻救火，必致自焚也。愿陛下察之。"皓大怒曰："朕欲乘时恢复旧业，汝出此不利之言！若不看汝旧臣之面，斩首号令！"叱武士推出殿门。华覈出朝叹曰："可惜锦绣江山，不久属于他人矣！"遂隐居不出。［不幸中的万幸是，还有草庐可隐。］于是皓令镇东将军陆抗部兵屯江口，以图襄阳。

早有消息报入洛阳，近臣奏知晋主司马炎。晋主闻陆抗寇襄阳，与众官商议。贾充出班奏曰："臣闻吴国孙皓，不修德政，专行无道。陛下可诏都督羊祜率兵拒之，俟其国中有变，乘势攻取，东吴反掌可得也。"炎大喜，即降诏遣使到襄阳，宣谕羊祜。祜奉诏整点军民，预备迎敌。自是羊祜镇守襄阳，甚得军民之心。吴人有降而欲去者，皆听之。减戍逻之卒，用以垦田八百余顷。其初到时，军无百日之粮；及至末年，军中有十年之积。祜在军，尝着轻裘，系宽带，不披铠甲，帐前侍卫者不过十余人。一日，部将入帐禀祜曰："哨马来报，吴兵皆懈怠，可乘其无备而袭之，必获大胜。"祜笑曰："汝众人小觑陆抗耶？此人足智多谋，日前吴主命之攻拔西陵，斩了步阐其将士数十人，吾救之无及。此人为将，我等只可自守；候其内有变，方可图取。若不审时势而轻进，此取败之道也。"众将服其论，只自守疆界而已。［陆抗曾在西陵大破晋军，延缓了晋灭吴的进程。］

一日，羊祜引诸将打猎，正值陆抗亦出猎。羊祜下令："我军不许过界。"众将得令，止于晋地打围，不犯吴境。陆抗望见，叹曰："羊将军兵有纪律，不可犯也。"日晚各退。祜归至军中，察问所得禽兽，被吴人先射伤者皆送还。吴人皆悦，来报陆抗。抗召来人入，问曰："汝主帅能饮酒否？"来人答曰："必得佳酿，则饮之。"抗笑曰："吾有斗酒，藏之久矣。今付与汝持去，拜上都督，此酒陆某亲酿自饮者，特奉一勺，以表昨日出猎之情。”来人领诺，携酒而去。左右问抗曰：“将军以酒与彼，有何主意？”抗曰：“彼既施德于我，我岂得无以酬之？”众皆愕然。

却说来人回见羊祜，以抗所问并奉酒事，一一陈告。祜笑曰：“彼亦知吾能饮乎！”遂命开壶取饮。部将陈元曰：“其中恐有奸诈，都督且宜慢饮。”祜笑曰：“抗非毒人者也，不必疑虑。”竟倾壶饮之。自是使人通问，常相往来。一日，抗遣人候祜。祜问曰：“陆将军安否？”来人曰：“主帅卧病数日未出。”祜曰：“料彼之病，与我相同。吾已合成熟药在此，可送与服之。”来人持药回见抗。众将曰：“羊祜乃是吾敌也，此药必非良药。”抗曰：“岂有鸩人羊叔子哉！汝众人勿疑。”遂服之。次日病愈，众将皆拜贺。抗曰：“彼专以德，我专以暴，是彼将不战而服我也。今宜各保疆界而已，无求细利。”众将领命。[羊祜心计深沉，意欲用怀柔术软化吴人；羊祜又磊落潇洒，道德超迈，令人——哪怕是敌人——输心拜服，只见其诚，不睹其计。把军事计谋弹拨成淙淙琴音，羊公独一无二。陆抗也是妙人，得与羊公四手联弹。]

忽报吴主遣使来到，抗接入问之。使曰：“天子传谕将军，作急进兵，勿使晋人先入。”抗曰：“汝先回，吾随有疏章上奏。”使人辞去，抗即草疏遣人赍到建业。近臣呈上。皓拆观其疏，疏中备言晋未可伐之状，且劝吴主修德慎罚，以安内为念，不当以黩武为事。吴主览毕，大怒曰：“朕闻抗在边境与敌人相通，今果然矣！”遂遣使罢其兵权，降为司马，却令左将军孙冀代领其军。群臣皆不敢谏。吴主皓自改元建衡至凤凰元年，恣意妄为，穷兵屯戍，上下无不嗟怨。丞相万彧、将军留平、大司农楼玄三人见皓无道，直言苦谏，皆被所杀。前后十余年，杀忠臣四十余人。皓出入常带铁骑五万。[论能力秉性，孙皓不过街痞狱霸，但身居九五之尊，邪恶能量几何级数放大。]群臣恐怖，莫敢奈何。

却说羊祜闻陆抗罢兵，孙皓失德，见吴有可乘之机，乃作表遣人往洛阳请伐吴。其略曰：

> 夫期运虽天所授，而功业必因人而成。今江淮之险，不加剑阁；孙皓之暴，过于刘禅；吴人之困，甚于巴蜀；而大晋兵力，盛于往时。不于此际平一四海，而更阻兵相守，使天下困

于征戍，经历盛衰，不可长久也。

司马炎观表大喜，便令兴师。贾充、荀勖、冯统三人，力言不可，炎因此不行。[人事大于国事，国事受阻人事，终成人间憾事。羊祜“木秀于林，风必摧之”，朝廷又历来是小人的渊薮，羊祜遂为小人所忌，国事遂为宵小所误。]祜闻上不允其请，叹曰：“天下不如意者，十常八九。今天与不取，岂不大可惜哉！”至咸宁四年，羊祜入朝，奏辞归乡养病。炎问曰：“卿有何安邦之策，以教寡人？”祜曰：“孙皓暴虐已甚，于今可不战而克。若皓不幸而殁，更立贤君，则吴非陛下所能得也。”炎大悟曰：“卿今便提兵往伐，若何？”祜曰：“臣年老多病，不堪当此任。陛下另选智勇之士可也。”遂辞炎而归。是年十一月，羊祜病危，司马炎车驾亲临其家问安。炎至卧榻前，祜下泪曰：“臣万死不能报陛下也！”炎亦泣曰：“朕悔不能用卿伐吴之策。今日谁可继卿之志？”祜含泪而言曰：“臣死矣，不敢不尽愚诚。右将军杜预可任，若欲伐吴须当用之。”炎曰：“举善荐贤，乃美事也；卿何荐人于朝，即自焚其奏稿，不令人知耶？”祜曰：“拜官公朝，谢恩私门，臣所不取也。”[何等霁月光风的官场人品！烛照今之卖官鬻爵者，俨若人与猿猴之别。]言讫而亡。炎大哭回宫，敕赠太傅、钜平侯。南州百姓闻羊祜死，罢市而哭。江南守边将士，亦皆哭泣。襄阳人思祜存日常游于岘山，遂建庙立碑，四时祭之。往来人见其碑文者，无不流涕，故名为“堕泪碑”。后人有诗叹曰：

晓日登临感晋臣，古碑零落岘山春。
松间残露频频滴，疑是当年堕泪人。

晋主以羊祜之言，拜杜预为镇南大将军，都督荆州事。杜预为人老成练达，好学不倦，最喜读左丘明《春秋传》，坐卧常自携，每出入必使人持《左传》于马前，时人谓之“左传癖”。[杜预是大学者，著有《春秋左氏经传集解》。大学者与大将军一身二任，是古代文明的迷人范型，今已失传。相比兼通六艺的古人，当今世界是一个乏味的专业化时代，谁能想象陈寅恪兼任陆军总司令并屡立战功？古人可以。]及奉晋主之命，在襄阳抚民养兵，准备伐吴。

此时吴国丁奉、陆抗皆死，吴主皓每宴群臣，皆令沉醉；又置黄门郎十人为纠弹官。宴罢之后，各奏过失，有犯者或剥其面，或凿其眼。由是国人大惧。[皇帝也受儒家伦理约束，不易出现过度残忍的暴君。孙皓是异数。] 晋益州刺史王濬上疏请伐吴。其疏曰：

孙皓荒淫内逆，宜速征伐。若一旦皓死，更立贤主，则强敌也；臣造船七年，日有朽败；臣年七十，死亡无日；三者一乖，则难图矣。愿陛下无失事机。

晋主览疏，遂与群臣议曰："王公之论，与羊都督暗合。朕意决矣。"侍中王浑奏曰："臣闻孙皓欲北上，军伍已皆整备，声势正盛，难与争锋。更迟一年以待其疲，方可成功。"晋主依其奏，乃降诏止兵莫动，退入后宫，与秘书丞张华围棋消遣。[张华是知名文士，著有《博物志》，后死于"八王之乱"。] 近臣奏边庭有表到。晋主开视之，乃杜预表也。表略曰：

往者，羊祜不博谋于朝臣，而密与陛下计，故令朝臣多异同之议。凡事当以利害相校。度此举之利，十有八九，而其害止于无功耳。自秋以来，讨贼之形颇露；今若中止，孙皓恐怖，徙都武昌，完修江南诸城，迁其民居，城不可攻，野无所掠，则明年之计亦不及矣。

晋主览表才罢，张华突然而起，推却棋枰，敛手奏曰："陛下圣武，国富兵强；吴主淫虐，民忧国敝。今若讨之，可不劳而定。愿勿以为疑。"晋主曰："卿言洞见利害，朕复何疑！"即出升殿，命镇南大将军杜预为大都督，引兵十万出江陵；镇东大将军琅琊王司马伷出滁中；征东大将军王浑出横江；建威将军王戎出武昌；平南将军胡奋出夏口。各引兵五万，皆听预调用。又遣龙骧将军王濬、广武将军唐彬，浮江东下，水陆兵二十余万，战船数万艘。又令冠南将军杨济出屯襄阳，节制诸路人马。

早有消息报入东吴。吴主皓大惊，急召丞相张悌、司徒何植、司空滕修，计议退兵之策。悌奏曰："可令车骑将军伍延为都督，进兵江陵，迎敌杜预；骠骑将军孙歆进兵拒夏口等处军马。臣敢为将帅，领左将军沈莹、右将军诸葛靓，引兵十万，出兵牛渚，接引诸路军马。"皓从之，遂令张悌引兵去了。皓退入后宫，面有忧色。幸臣中常侍岑昏问其故。皓曰：“晋兵大至，诸路已有兵迎之；争奈王濬率兵数万，战船齐备，顺流而下，其锋甚锐；朕因此忧也。”昏曰：“臣有一计，令王濬之舟，皆为齑粉矣。”皓大喜，遂问其计。昏奏曰：“江南多铁，可打连环索百余条，长数百丈，每环重二三十斤，于沿江紧要去处横截之。再造铁锥数万，长丈余，置于水中。若晋船乘风而来，逢锥则破，岂能渡江也?”［此即南宋词人朱敦儒概括的“铁锁横江”，非关岑昏，乃东吴建平太守吾彦所为。］皓大喜，传令拨匠工于江边连夜造成铁索、铁锥，设立停当。

却说晋都督杜预，兵出江陵，令牙将周旨引水手八百人，乘小舟暗渡长江，夜袭乐乡，多立旌旗于山林之处，日则放炮擂鼓，夜则各处举火。旨领令，引众渡江，伏于巴山。次日，杜预领大军水陆并进。前哨报道：吴主遣伍延出陆路，陆景出水路，孙歆为先锋，三路来迎。杜预引兵前进，孙歆船早到。两兵初交，杜预便退。歆引兵上岸，迤逦追时，不到二十里，一声炮响，四面晋兵大至。吴兵急回，杜预乘势掩杀，吴兵死者不计其数。孙歆奔到城边，周旨八百军混杂于中，就城上举火。歆大惊曰：“北来诸军乃飞渡江也?”急欲退时，被周旨大喝一声，斩于马下。陆景在船上望见江南岸上一片火起，巴山上风飘出一面大旗，上书“晋镇南大将军杜预”。陆景大惊，欲上岸逃命，被晋将张尚马到斩之。伍延见各军皆败，乃弃城走，被伏兵捉住，缚见杜预。预曰：“留之无用!”叱令武士斩之，遂得江陵。于是沅、湘一带，直抵黄州诸郡，守令皆望风赍印而降。预令人持节安抚，秋毫无犯。遂进兵攻武昌，武昌亦降。杜预军威大振，遂大会诸将，共议取建业之策。胡奋曰：“百年之寇，未可尽服。方今春水泛涨，难以久住。可俟来春，更为大举。”预曰：“昔乐毅济西一战而并强齐；今兵威大振如破竹之势，数节之后，皆迎刃而解，无复有着手处也。”［成语“势如破竹”，出典在此。］遂驰檄约会诸将，一齐进兵，攻取建业。

时龙骧将军王濬率水兵顺流而下。前哨报说：“吴人造铁索沿江横截，又以铁锥置于水中为准备。”濬大笑，遂造大筏数十万，上缚草为人，披甲执杖，立于周围，顺水放下。吴兵见之，以为活人，望风先走。暗锥着筏，尽提而去。又于筏上作大炬，长十余丈，大十余围，以麻油灌之，但遇铁索，燃炬烧之，须臾皆断。两路从大江而来，所到之处，无不克胜。

却说东吴丞相张悌，令左将军沈莹、右将军诸葛靓，来迎晋兵。莹谓靓曰："上流诸军不作堤防，吾料晋军必至此，宜尽力以敌之。若幸得胜，江南自安。今渡江与战，不幸而败，则大事去矣。"靓曰："公言是也。"言未毕，人报晋兵顺流而下，势不可当。二人大惊，慌来见张悌商议。靓谓悌曰："东吴危矣，何不遁去？"悌垂泣曰："吴之将亡，贤愚共知。今若君臣皆降，无一人死于国难，不亦辱乎！"诸葛靓亦垂泣而去。张悌与沈莹挥兵抵敌，晋兵一齐围之。周旨首先杀入吴营。张悌独奋力搏战，死于乱军之中。沈莹被周旨所杀。吴兵四散败走。后人有诗赞张悌曰：

杜预巴山见大旗，江东张悌死忠时。
已拚王气南中尽，不忍偷生负所知。

［殉国死难，是牺牲，也是一种礼节。古人的价值观虽然迂腐，但也令人动容。］

却说晋兵克了牛渚，深入吴境。王濬遣人驰报捷音，晋主炎闻知大喜。贾充奏曰："吾兵久劳于外，不服水土，必生疾病。宜召军还，再作后图。"张华曰："今大兵已入其巢，吴人胆落，不出一月，孙皓必擒矣。若轻召还，前功尽废，诚可惜也。"晋主未及应，贾充叱华曰："汝不省天时地利，欲妄邀功勋，困弊士卒，虽斩汝不足以谢天下！"炎曰："此是朕意，华但与朕同耳，何必争辩！"忽报杜预驰表到。晋主视表，亦言宜急进兵之意。晋主遂不复疑，竟下征进之命。王濬等奉了晋主之命，水陆并进，风雷鼓动，吴人望旗而降。吴主皓闻之，大惊失色。诸臣告曰："北兵日近，江南军民不战而降，将如之何？"皓曰："何故不战？"众对曰："今日之祸，皆岑昏之罪，请陛下诛之。臣等出城决一死战。"皓曰："量一中贵，何能误国？"众大叫曰："陛下岂不见蜀之黄皓乎！"遂不待吴主之命，一齐拥入宫中，碎割岑昏，生啖其肉。［也是一种替罪羊。]陶濬奏曰："臣以战船皆小，愿得二万兵乘大船以战，自足破之。"皓从其言，遂拨御林诸军与陶濬上流迎敌。前将军张象，率水兵下江迎敌。二人部兵正行，不想西北风大起，吴兵旗帜，皆不能立，尽倒竖于舟中；兵各不肯下船，四散奔走，只有张象数十军待敌。

却说晋将王濬扬帆而行，过三山，舟师曰："风波甚急，船不能行；且待风势少息行之。"濬大怒，拔剑叱之曰："吾目下欲取石头城，何言住耶！"遂擂鼓大进。吴将张象引从军请降。濬曰："若是真降，便为前部立功。"象回本船，直至石头城下，叫开城门，接入晋兵。孙皓闻晋兵入城，欲自刎。中书令胡冲、光禄勋薛莹奏曰："陛下何不效安乐公刘禅乎？"皓从之，亦舆榇自缚，率诸文武，诣王濬军前归降。濬释其缚，焚其榇，以王礼待之。[邓艾已获平反，远徙西域的家人被朝廷接回，故王濬得以效邓艾故事。]唐人有诗叹曰：

王濬楼船下益州，金陵王气黯然收。
千寻铁锁沉江底，一片降旗出石头。
人世几回伤往事，山形依旧枕寒流。
今逢四海为家日，故垒萧萧芦荻秋。

于是东吴四州，八十三郡，三百一十三县，户口五十二万三千，军吏三万二千，兵二十三万，男女老幼二百三十万，米谷二百八十万斛，舟船五千余艘，后宫五千余人，皆归大晋。[官民比例大异蜀汉，后宫竟有五千人。]大事已定，出榜安民，尽封府库仓廪。次日，陶濬兵不战自溃。琅琊王司马伷并王戎大兵皆至，见王濬成了大功，心中忻喜。[迥异于钟会闻邓艾"成大功"。]次日，杜预亦至，大犒三军，开仓赈济吴民。于是吴民安堵。惟有建平太守吴彦，拒城不下，闻吴亡乃降。王濬上表报捷。朝廷闻吴已平，君臣皆贺上寿。晋主执杯流涕曰："此羊太傅之功也，惜其不亲见之耳！"骠骑将军孙秀退朝，向南而哭曰："昔讨逆壮年，以一校尉创立基业；今孙皓举江南而弃之！'悠悠苍天，此何人哉！'"[依古人认知，国运一如人寿，决于气数。"气数"是个见鬼的概念，啥都解释不了，古人却让它解释一切。考东吴失国，分明因果历历，斑斑可睹，何劳叩问苍天。]

却说王濬班师，迁吴主孙皓赴洛阳面君。皓登殿稽首以见晋帝。帝赐坐曰："朕设此座以待卿久矣。"皓对曰："臣于南方亦设此座以待陛下。"帝大笑。贾充问皓曰："闻君在南方，每凿人眼目，剥人面皮，此何等刑耶?"皓曰："人臣弑君及奸佞不忠者，则加此刑耳。"充默然甚愧。帝封皓为归命侯，子孙封中郎，随降宰辅皆封列侯。丞相张悌阵亡，封其子孙。封王濬为辅国大将军。其余各加封赏。

自此三国归于晋帝司马炎，为一统之基矣。此所谓"天下大势，合久必分，分久必合"者也。后来后汉皇帝刘禅亡于晋太康七年，魏主曹奂亡于太康元年，吴主孙皓亡于太康四年，皆善终。［慵主暴君得善终，忠臣武将有余哀。］

后人有古风一篇，以叙其事曰：

高祖提剑入咸阳，炎炎红日升扶桑。光武龙兴成大统，金乌飞上天中央。哀哉献帝绍海宇，红轮西坠咸池傍。何进无谋中贵乱，凉州董卓居朝堂。王允定计诛逆党，李傕郭汜兴刀枪。四方盗贼如蚁聚，六合奸雄皆鹰扬。孙坚孙策起江左，袁绍袁术兴河梁；刘焉父子据巴蜀，刘表军旅屯荆襄；张燕张鲁霸南郑，马腾韩遂守西凉；陶谦张绣公孙瓒，各逞雄才占一方。曹操专权居相府，牢笼英俊用文武；威挟天子令诸侯，总领貔貅镇中土。楼桑玄德本皇孙，义结关张愿扶主；东西奔走恨无家，将寡兵微作羁旅；南阳三顾情何深，卧龙一见分寰宇；先取荆州后取川，霸业图王在天府；呜呼三载逝升遐，白帝托孤堪痛楚。孔明六出祁山前，愿以只手将天补。何期历数到此终，长星半夜落山坞。姜维独凭气力高，九伐中原空劬劳。钟会邓艾分兵进，汉室江山尽属曹。丕叡芳髦才及奂，司马又将天下交。受禅台前云雾起，石头城下无波涛。陈留归命与安乐，王侯公爵从根苗。纷纷世事无穷尽，天数茫茫不可逃。鼎足三分已成梦，后人凭吊空牢骚。

尾声

时间漂白了罪恶，水落石出，恶迹隐匿，英雄峥嵘。

“三分归一统”，就算完了吗？据《晋书·宣帝纪》，晋明帝曾向宰辅王导打听晋朝如何得天下，王导从司马懿说起，听得明帝羞愧交迸，说：“若如公言，晋祚复安得长远！”可以推想，司马氏的政权定然伴有大量湮没不闻的脏事秽行，足以验证爱默生的洞见：“历史的重大结果大部分是靠无耻的手段实现的。”西晋统一不久即生“八王之乱”，之后是“五胡乱华”和南北朝，直到三百年后的唐朝，中国才重归盛世气象。国人熟知的典故“何不食肉糜”，即得自司马炎儿子晋惠帝。

喜欢《三国演义》的读者很多，读完小说的不多。这么做并无不当，喜欢一部小说，总是牵挂其中人物，当主要人物风流云散，阅读就会意兴萧索。作者继续写下去，只剩下一个非文学的理由：把三国故事讲完。这原是历史学家的任务，何况，作家随时保留戏说的特权，读者若以为获得可靠的历史知识，还会频频上当。

好在，我们获得了巨大的身心愉悦，用心体认，还会了解吾族吾民的情感、道德及智性构造。作为一部广受国人热爱的民族史诗，《三国演义》最为深刻、生动地烛照了汉人的民族特性。

图书在版编目(CIP)数据

周泽雄新批《三国演义》/周泽雄批评. —长沙:岳麓书社,2018.4

(古典名著新批本)

ISBN 978-7-5538-0731-7

Ⅰ.①周... Ⅱ.①周... Ⅲ.①《三国演义》评论

Ⅳ.①I207.413

中国版本图书馆 CIP 数据核字(2017)第 083983 号

ZHOUZEXIONG XINPI SANGUOYANYI

周泽雄新批《三国演义》

罗贯中 著 周泽雄 批评

责任编辑:饶 毅

责任校对:舒 舍

封面设计:胡 斌

岳麓书社出版发行

地址:湖南省长沙市爱民路 47 号

直销电话:0731-88804152 0731-88885616

邮编:410006

岳麓书社网址:www.yueluhistory.com

2018 年 4 月第 1 版第 1 次印刷

开本:710mm×1000mm 1/16

印张:58.75

字数:845 千字

印数:1—15 000

ISBN 978-7-5538-0731-7

(全二册)定价:168.00 元

承印:长沙超峰印刷有限公司

如有印装质量问题,请与本社印务部联系

电话:0731-88884129